桐城派暨古典文化的传承研究

刘跃进 方锡球 主编

黄山书社

桐城派研究

晚清时期桐城派的阅读观

广州工程技术职业学院图书馆　程大立

晚清时期①，在列强入侵中国的同时，西方文化和科技也进入中国，引发了洋务运动等社会改良与革命，促进了中国文化的革新与成长。进步知识分子深入反思中国沦为半殖民地半封建社会的根本原因，认真学习并积极引进西学，推动了近代中国思想、文化、教育等领域的社会转型。时势剧变，思想日新，激发知识分子既关怀国运民生，也关注科学发展。阅读求知、思变图存与创新实践，使他们成为近代中国开端时期最活跃、最有生命力的群体。

桐城派是清代最大的散文流派，因其初创作家方苞、刘大櫆、姚鼐籍贯出自安徽桐城而得名。其尊崇儒家思想，作品浩如烟海；发微传统义理，形成系统文论；师承家学，传播并发扬光大成派，且与清朝统治相始终。桐城派是中国传统文人群体的杰出代表，体现了士大夫修身、齐家、治国、平天下的理想追求；先辈多以耕读起家，他们则以读书求知为人生起点，立德、立行、立言、立功。故桐城派又是别具个性的知识分子群体。

晚清时期，自曾国藩积极倡导并成功践行“经世致用”思想，桐城派作家纷纷投身于教育、政治、外交、经济、科学等事业，以桐城古文书写家事、国事、天下事。在积极用世、努力事功的同时，桐城派作家坚持传统阅读理念和实践，根据社会发展形势和国家需要，以开放包容的思想和胸怀吸纳西学知识和方法，建构了“穷身富读”的全新阅读观，对社会变

① 即清朝晚期（1840—1911），中国近代史的开端，近代中国半殖民地半封建社会形成时期。

革时期传统阅读文化的继承和发展发挥了示范作用，也为当时传统的经典阅读提供了借鉴意义。

一 桐城派作家的阅读追求

人为什么学习？为什么读书？“动机之一、过程之始就是为了学会为世界命名，为自己命名，亦即认识世界，也认识自身。”[①] 古往今来，阅读都是为了获取更多知识，以利于阅读者更好地生存和发展，也以利于人们创造精神和物质财富，更好地服务社会。

晚清时期的桐城派作家，大多出身于较为殷实的士大夫之家，除经历特殊变故之外，基本上无生存之虞。因此，读书对于他们来说，已不再有脱贫以求温饱之功用。其先辈期望后辈在风云激变时期能很好地守正守成。吴敏树（1805—1873）[②] 的父亲吴研田在世时对读书子孙“训课甚勤”，却“不多望以进取”，临终之时告诫其子要“不失为读书善人”[③]，不要追求大富大贵。晚清时期的桐城派作家，除曾国藩、张之洞等极少数权倾一方、名誉一世的经国大臣，大部分都是处于社会中层的知识分子，他们既有对国家前途命运的担忧和焦虑，又有对世风日下、人心不古的社会的悲愤，“独善其身”的思想较为普遍。因此，阅读首为求真，为学做真人。求真就是获得真知识，“读商子而订索隐之讹，取《文选》以正渊明之字”（王先谦）[④]，通过经典文献的阅读，纠正知识之讹，求知识“渊明”之真。学做真人，就是坚守知识分子人格底线，做有德行之人，“求前古圣贤之遗意焉”（姚椿）[⑤]，通过圣贤文章的阅读，体悟、继承、弘扬儒家道德，求思想“峻洁”之真。另有求“养生之术，使天下众知其儒柔

① 王蒙：《庄子的享受》，安徽教育出版社 2010 年版，第 125 页。

② 注有生卒年的为桐城派作家，下同。本文所选桐城派作家，依据刘声木撰、徐天祥点校《桐城文学渊源撰述考》，黄山书社 1989 年版。

③ 郑振铎编：《晚清文选》，中国人民大学出版社 2011 年版，第 126 页。

④ 同上，第 354 页。

⑤ 同上，第 327 页。

无武节”（吴汝纶）[①] 的桐城派作家，重视阅读可以修身养性的高雅功用，追求儒雅风范，拒绝以武逞威，强武欺人。

晚清时期桐城派作家阅读目的和追求与其身份地位有极大关系。文职官员、政客幕僚、山长、教习等能比较敏锐地接受社会信息，对大清政局日益动摇产生忧虑，对外国列强欺侮中国极其反感。由于身份与地位的局限，他们于国家大事无能为力，便更多地转向于内省，即对知识分子群体内部学风虚浮和士大夫阶层道德堕落进行反思，由此形成守正守成、求真求贤的阅读追求，这就促进了他们新的阅读观的形成。

二　晚清桐城派“穷身富读”的阅读观

阅读观是阅读者对阅读的价值追求，对阅读的目的意义、内容思想和方法用途的综合认识。耕读传家、阅读求知、阅读改变人生、好读精思、读行结合等都是中国知识分子在几千年阅读实践中的经验总结。晚清时期的桐城派作家，在对传统阅读观继承的基础上，根据社会形势和个人发展需要，在阅读实践上有了新的体会和总结，这就是：居于简陋环境，抛弃杂念和纷扰，不求达官和显贵的“穷身而读”观；精神富足、内容丰富、方法多样的“富读而得”观。我们将其概括为“穷身富读”的阅读观。

1. 穷身而读

如前所述，晚清时期的桐城派作家大部分都生活在衣食无忧的殷实之家，仓储百石粮，室藏万卷书，也算是养尊处优之人。然而，他们一致认为，阅读需要一种封闭的环境、孤陋的居室和简单的陈设。嘉庆年间，梅曾亮（1786—1856）的朋友陶子静居于半山半城的江宁城，城内繁华，近山多游，故城内城外均喧闹。陶子静便选择在西城僻静之钵山建余霞阁，“偕群弟读书”，时“觞同人于其上”[②]。林纾（1852—1924）“以文章名于

① 《晚清文选》，第 265 页。

② 《晚清文选》，第 29 页。

时”，却“读书苍霞洲上”[①]。桐城派作家不约而同地推崇或选择在远离人烟之处筑室读书，就是为了“穷”平庸、俗套应酬之身累，以获得安心读书之环境。同样，桐城派作家阅读之所也力求简陋。嘉庆十五年（1810），管同（1780—1831）[②] 于江宁百年老屋择小屋一间建抱膝轩，“借书满架，置榻一张”，于“斗室之间，讽书不辍”，“偃仰啸歌，始获其所”[③]。张裕钊（1823—1894）“独居讴吟一室之中，而傲然睥睨乎尘埃之外”[④]。桐城派作家竭力营造“一室”“一榻”的阅读之所，就是为了“穷”贪婪无厌物欲之身累，全心于阅读，于陶醉啸歌讴吟之中获得人生之乐。

晚清中国的经济、科技、文化较前中期有巨大发展，商业发达、工业萌芽、城市繁荣。桐城派作家竟然选择穷身而读，而且到了“敝衣冠独行市中，断烂古书外，不市他物”[⑤]（梅曾亮）的痴迷程度，看似让人难以理解。其实，这是桐城派作家坚守士大夫人文情怀，消极处世又积极用世的智慧选择。他们遵循了“静以修身，俭以养德”的文化传统和庄子“心不忧乐，德之至也”的思想观念。他们认识到在社会变革时期，传统文人既要积极接受新思想、新知识，也应肩负传承和发扬中华传统文化的使命。这些，需要在纷纭变幻的时代中，在经济与物质膨胀的环境中，坚守那份冷静和清醒，居斗室之中，静心阅读，获得新知与真知，最终走出书斋，为社会变革做出实实在在的贡献。

2. 富读而得

穷身而读是晚清时期桐城派作家共同的阅读态度和阅读习惯，也是他们的阅读价值观的一种体现。穷身可以暂置身外杂事、暂离身外器境，心无旁顾地广读之、精思之、洞习之、自得之，这样就达到了富读而有大收获（得）的阅读境界。

富，根据《汉典》解释，有足、裕、多等意义。桐城派作家的富读观

---

① 《晚清文选》，第 584 页。

② 本文中晚清时期桐城派作家文均引自郑振铎编《晚清文选》，下同。

③ 《晚清文选》，第 32 页。

④ 同上，第 242 页。

⑤ 同上，第 28 页。

可以概括为精神富足、内容丰富、方法多样等三个方面。它们分别从阅读者精神状态、书籍种类与思想内容、阅读方法与技巧等层面，全面系统地建构了“富读而得”的阅读理念。

（1）精神富足

精神指人的意志、思维、神志等方面的状态。良好的精神状态，可以提高阅读效率，保障阅读成效。桐城派作家在阅读过程中极力倡导敬、喜、专、恒等饱满、积极的精神状态。

古人读书多有神圣礼拜之仪，或沐浴焚香，或屏门闭户，或净手展卷，此乃为敬。晚清时期桐城派作家继承前人优良传统，尤其对先贤之文至敬至喜。王先谦（1842—1917）在读到刘大櫆评论其门徒吴澹泉文章时“倾倒甚至”①，林纾在意外获得同乡翁薰卿先生手定《金粟如来诗龛集》全稿时，情不自禁地“跃起座间，读尽卷余始释”②。王先谦之“倾倒”是因敬仰而被折服，有一种高山仰止的敬佩之情，如此阅读自然能直击文章中心，汲取思想精华；林纾之“喜读”首先来源于“敬”，更有“踏跛铁鞋无觅处”“柳暗花明又一村”的喜悦与珍爱之情，如此阅读自然能手不释卷、一气呵成。

读书是一件苦差事，易感枯燥，难以为继。这就需要阅读者有坚定的意志力。晚清时期桐城派作家特别强调阅读精神之专注有恒。梅曾亮介绍过一位不求在朝廷做官，不愿出名于科举，仅以教授六七童子为生的宿儒孙先生。他日常阅读“诗一卷，纸墨暗昧，读者卷舌滞口，而不可舍去”③。阅读纸黑字暗的诗稿，常常因受阻滞而读不顺畅，说明读得很辛苦；不愿舍去，需要非常人的耐心和毅力。半百之年的冯桂芬（1809—1874）说自己好读书“未尝一日废业”④。一个人每天阅读且几十年不辍，更需要非凡的恒心和意志。正因为有如此专、恒的阅读精神，众多才气与文绩并显的桐城派作家才诞生了。

---

① 《晚清文选》，第352页。

② 同上，第578页。

③ 同上，第28页。

④ 同上，第112页。

（2）内容丰富

中国有五千年文明史，典籍汗牛充栋。晚清时期，西方文化进入中国，又有大量的思想文化、科学技术、文学艺术等著作可供阅读。在浩如烟海的书籍、文章面前，桐城派作家如何选择呢？概括起来就是富藏博观、广读群籍、通习西书。

博览群书是阅读之基础、学问之根本。只有博览才知世间书籍概观，才晓自己所需所求，才成博雅通识大儒。王先谦对此有完备和系统的论述。首先，他认为古典文学与文字，“词义坚深，表里经训，非博览深思之儒不能为”①。也就是说，读很少的书，只能了解文言知识之皮毛，不能掌握语言的复杂结构与运用规律；只有在大量阅读的基础上积累语感，再通过细心比较、分析，才能逐渐明白语言的意义和规律。其次，他提出“藏书宏富，博览不倦，又得……赠书，益探赜钩深，发抒心得”②。也就是说，“富藏”是阅读者优裕的物质条件，方便阅读者在阅读过程中检视比较，将新得之书与旧藏之书结合起来延伸阅读，深化阅读内容和效果。最后，他认为“博观载籍，洞晰精微，而于古人为文之道，孤往冥会，意量渊然，常有以自得者”③。对于封建社会的士人来说，阅读要首学古人为文之道。古文之“道”丰赡精深，且隐于一篇篇文章之中，寡读远离文章之精髓；只有在富读的基础上，一点一点用心去揣摩总结，从一个个作者的写作用意去研习文法，才能终有所得。

博览中华典籍，如果没有一个界限，即使兀兀穷年，也读无所得。自先秦到清末之浩瀚书海，又岂是一个凡人能读尽的？因此，“读书要循序渐进：对书的选择要由易到难，随着年龄的增长，阅读的难度要逐步加大”④。为了让富读卓有成效，晚清桐城派作家提出以经史子集为阅读之源，且有“治经史能得精意”⑤ 的内容选择。曾国藩（1811—1872）清醒地认识到“书籍之浩浩，著述者之众，若江海然，非一人之腹所能饮尽

---

① 《晚清文选》，第 36 页。

② 同上，第 354 页。

③ 同上，第 353 页。

④ 张怀涛：《耕读传家有义方——感悟中国传统家训中的阅读观》，《图书馆理论与实践》，2015 年第 8 期，第 5—8 页。

⑤ 《晚清文选》，第 354 页。

也"，因此，他倡导博览富读也必须"慎择"[①]。黎庶昌（1837—1896）则认为，"南宋时，朱子作集注，始于《戴记》中摘出《大学》《中庸》，以配《论语》《孟子》，题曰四书，诏学者读书当自四书始"[②]。近代教育家吴汝纶（1840—1903）系统规划了"富读"书籍的次序，即"初学以《论语》《孟子》《左传》《战国策》为主，辅以《纲鉴正史约》陈文恭公手辑本。中才进业，则以《古文辞类篹》《经史百家杂抄》《通鉴辑览》为主。上材则六经卒业，《史记》《汉书》《庄子》又必读书也"[③]。曾氏师徒在阅读内容上思想一致，观点相承。他们认为，富读者应以阅读经史子集等中华传统典籍为必要内容；富读者也应该科学规划自己的阅读次序，始读四书五经，然后根据初学、中材和上材等不同知识基础和阅读水平，逐渐提升阅读难度，拓展阅读范围。

晚清桐城派作家在阅读内容上选择中华文化典籍，意在传承和保持中学之基。但他们并不囿于传统而固步不前。他们也看到西方思想文化与科学技术的进步，因此，他们积极倡导学习西文西语以阅读西书。冯桂芬较早认识到"通习西语西文，例所不能禁，亦势所不可少"，提倡"使读书明理之人共能之"[④]；吴汝纶不仅从战略的角度认识到"能尽读西书，然后能识西国深处"，而且从阅读学角度分析学西学走捷径的弊端，即阅读"已译之书，其弊则苦于不能深入"，解决问题的根本出路在于"从西文入手，能通西文"[⑤]，然后可以准确阅读西书，学得西学真谛。由阅读中学之书到阅读西学之书，表明晚清桐城派作家的开放思想和智慧选择：富读天下之书。

（3）方法多样

阅读无法，人人有法，意指没有一种百用见效的阅读方法，但每一个成功的读书人自有其最见成效的阅读方法。青灯黄卷，苦读经年，桐城派作家有了自己的阅读经验，形成了丰富多样的阅读方法。晚清时期的桐城派作家在继承古人抄录、批注、冥思、研讨等传统阅读方法的基础上，特

---

① 《晚清文选》，第 78 页。

② 同上，第 235 页。

③ 吴汝纶著，施培毅、徐寿凯点校：《吴汝纶全集》（三），黄山书社 2002 年版，第 208 页。

④ 《晚清文选》，第 111 页。

⑤ 《吴汝纶全集》（三），第 129 页。

别倡导桐城派先贤纵读、哦诵阅读法和宣之于文、行之于身阅读法。

抄录、批注是最基本的阅读方法，即将文章中重要内容和精彩片断摘录下来，分门别类地保存备用；在书籍文章最紧要、读之最有心得之处写上阅读者的感悟或体会，以备深化再读。晚清时期桐城派作家特别推崇并亲自实践抄录、批注阅读法。“尤喜钞书，积巨册，首尾端楷若一，无违误者。”（吴敏树）① “余抄古今诗，自魏晋至国朝，得十九家。盖诗之为道广矣。”（曾国藩）② 抄书积成巨册，抄诗自魏晋至清朝达十九家，可谓数量多；从头到尾都是用端正小楷体抄录，且大小一致，可谓认真严谨，一丝不苟。他们读古人文章，“录出其尤可喜者，时手而读之”，将其作为为学者之“恒事”，且“钞归氏之文者，亦犹是”（吴敏树）③；持之以恒地采取抄录阅读法，可以积累大量优秀文章，反复阅读前人成功作品，可以学习到重要的思想和方法。吴敏树的阅读实践说明抄录阅读法在桐城派文章传承中发挥了重要作用。对于批注阅读法，桐城派作家运用得也很广泛，于文辞、篇章、思想等各个方面均有涉及。对于读经史子集，张裕钊赞同“合于圣人之道”④，意在鼓励阅读者对儒家德行的学习和继承。

阅读还需要一个内化的过程，就是习得书中知识、理解作者思想，在阅读过程中发挥思维能力，结合自己的知识积累、生活体验来消化吸收。晚清时期桐城派作家非常重视在阅读过程中，通过冥思与研讨深化阅读效果。王先谦倡导“孤往冥会”而有“自得”⑤，曾国藩则认为大儒之间相与“研讨微言”利于“阐明性道”⑥。其实王、曾二位的观点正好说明了阅读内化的两个方面：独自冥思可以催生个性化阅读思想；集体研讨可以引发多元思维，聚合众多智慧。

讽诵是传统阅读方法之一，就是通过反复朗读把文章背诵下来，达到理解和应用。晚清时期桐城派作家丰富了传统诵读法，在讽诵的基础上倡导“纵读”“哦诵”，进而提升为“欣合”，最终上升为“学用结合”。桐城派创始作家刘大櫆、姚鼐都力行于古文诵读，因身体素质不同而方法各

---

① 《晚清文选》，第 126 页。

② 同上，第 79 页。

③ 同上，第 123 页。

④ 同上，第 241 页。

⑤ 同上，第 353 页。

⑥ 同上，第 83—84 页。

异。据张裕钊引用方宗诚（1818—1888）的回忆：刘大櫆身材魁梧，身体康健，故常取古人之文，“纵声而读”；姚鼐体质衰弱，气息不足，呼吸不畅，便压低声音，放慢呼吸速度，不废哦诵。纵读，就是高声诵读，这与古人之讽诵有一定区别，音量与音速高于传统诵读，需要良好体质和人体气场支持。这种阅读方法使阅读者胸怀开阔、思绪奔放，阅读感受更为形象、立体、逼真、切近。“哦诵”也是一种诵读方法，音量与音速均低于传统讽诵，适用于身体较弱的阅读者。于低声慢速哦诵之中将文字具体化、细微化、情意化，思维的画面感更鲜明、生动、真切、连续，也能达到阅读效果。张裕钊认为“故必讽诵之深且久，使吾之与古人欣合于无间，然后能深契自然之妙，而究极其能事”①。也就是说，无论是纵读还是哦诵，最终都能殊途同归——与古人心意相合，情意相悦。受曾国藩影响，吴汝纶对古文诵读有系统的阐述和实践。其后，他的学生唐文治、高步瀛等创立“桐城吟诵法”（另有专文论述）。桐城派作家还非常重视阅读的迁移和应用。王先谦赞扬其邑先贤张蔗泉“自少沉酣百家之言，洞幽达奥，雷霆光怪，盘郁胸臆。故其宣之于文，古义根互，奇趣间发，侪辈聚观，诧所未有”②。吴敏树则推崇其先父“读书，即笃信宋儒之学，期必行之于身”③。宣之于文是通过阅读获得知识和方法的表现，是文人成长的体现；行之于身则是通过阅读获得道德和思想的表现，是人类精神成长的体现。用之于为“文”、为“人”才是阅读的最佳方法，也是阅读的最高境界。

“穷身富读”既是阅读的价值观，也是阅读的方法论。“穷身”与“富读”之间存在着相辅相成的辩证关系：“穷身”就是穷心，身处陋境，心无所累，自然读之专注、读之用心；精神专一、书籍繁多、方法多样，阅读者自然会有丰富的收获，更安于穷身之境。由于认真实践了“穷身富读”的阅读观，晚清时期的桐城派作家才获得了丰富的知识和思想，在社会变革时期没有盲从他人，没有迷失方向，对传承中华传统文化发挥了重要作用。

---

① 《晚清文选》，第 243 页。

② 同上，第 360 页。

③ 同上，第 125 页。

三　桐城派阅读观的意义与价值

晚清时期的桐城派作家“穷身富读”的阅读观，是对中国传统阅读观的继承和发展，它诠释了古代读书人坚守阅读本位的意义和价值，具有一定的历史意义和当代价值。

1. 坚持和倡导读书人立世之本

晚清时期的桐城派作家经过私塾（家学）或学堂学习，通过科举考试，最终走上社会，立身处世。“穷身富读”的阅读观是他们亲身经历中国传统教育的经验总结，也是适应晚清时期政治社会变革而进行的必要发展。“阅读是读者通过与文本持续对话，不断生成个人意义的过程。”① 作为封建时期文人，会读、读懂是他们读书求知、生存务世的基本功夫，师古人、涉万物、求无名是他们崇高的阅读境界，知世故、进西学是他们服务社会的阅读新见。正是由于坚守了读书人立世之本，他们不仅继承了中国几千年来优秀而成功的阅读思想和阅读方法，而且传承和光大了中华文化典籍的思想与学术；他们以阅读而得到的知识，在文学、教育、政治、外交、企业、科学等社会领域和人生岗位上，有效地担当起了一个封建文化人的历史责任与使命，为近代中国社会的成功变革与转型做出了自己的贡献。

2. 继承和发展了中国传统的阅读观

“穷身富读”阅读观的核心思想就是放弃过度的物质欲望，全神贯注地阅读，基本内容是阅读以经史子集为主体的中华文化经典，主要方法是博览、精思、研习、自得。这些都是对中国传统阅读观的继承。身处晚清社会变革时期，桐城派作家为适应时代、生活提出的淡泊功名阅读目的论、虔心敬读阅读态度论、行之于身阅读目标论，以及西文西学阅读内

① 罗祖兵，贺非非：《后现代阅读观及其实践建议》，《全球教育展望》，2014 年第 9 期。

容、纵声哦诵阅读方法，都是他们在新的历史时期对中国传统阅读观的丰富和发展。

3. 启示当下传统阅读与经典阅读

21 世纪的中国已经进入了信息社会，移动互联网技术彻底改写了传统的阅读模式，但是，“网络阅读是一种浏览性阅读和碎片式阅读，缺乏整体感、品味思考的时空和心灵对话的人际环境”①。市场经济发展和物质财富的追求也在一定程度上颠覆了传统的阅读观。我们已处在一个现代化、功利化、快餐化的浅阅读时代，阅读内容丰富至极，阅读活动无时不在、无处不可。然而，人类精神的成长变得缓慢，不少人感到空虚、孤独、无奈、失望，社会理想信念渺茫、社会责任感丧失、诚信体系的失衡等道德滑坡现象越来越严重。因此，当代阅读推广学家徐雁教授倡导“在检视阅读之后”要有“精阅读”和“深思考”②，这样才算得上真正意义上的阅读。19 世纪末、20 世纪初，桐城派作家坚守穷身富读的阅读观对今天的阅读教育大有启示，这就是要积极倡导回归纸本与经典的传统阅读。

阅读是人类生存和发展过程中的一种基本精神活动，其终极目标是让人类获得知识和提高认识世界的水平，提升创造精神财富和物质财富的能力，达到人类最自由的生存状态。何谓自由？自由是“使个人性格向社会性格方向靠拢，使个人欲求符合他所扮演的社会角色需要”③。晚清桐城派作家倡导并实践“穷身富读”的阅读观，他们在社会变迁过程中坚守了知识分子的德性和操守，履行了传播科学文化的义务和责任，完成了时代赋予的文化使命。应该说，他们是那个时代生活得最自由、最本真的知识分子。今天，面对网络全媒体阅读新趋势，我们应冷静判断、睿智选择，既不能身陷其中而无法脱身，又不能无视网络移动阅读的存在。我们需要借鉴“穷身富读”的思想和方法，将传统阅读和现代阅读有机结合起来，实现移动互联网时代经典阅读的新突破和新跨越。

---

① 叶松庆：《两代大学生阅读观调查研究》，《出版发行研究》，2008 年第 4 期。

② 徐雁：《观其大略 · 但求会意 · 检视阅读——从开卷观书到在屏求知》，《图书馆杂志》，2015 年第 4 期。

③ 埃里希 · 弗罗姆著，陈学明译：《逃避自由》，工人出版社 1987 年版，第 368 页。

试论曾国藩的史学思想①

安庆师范大学图书馆　董根明

曾国藩（1811—1872），字伯涵，号涤生，谥文正，湖南湘乡人，晚清著名的军事家、政治家、理学家和文学家。曾国藩“天性好文，治之终身不厌”，故《清史稿》作者在其传后论曰：“国藩事功本于学问。”② 曾国藩是晚清理学经世派的代表人物，被誉为桐城中兴的盟主，其理学经世思想和文论对桐城派弟子乃至整个晚清学术影响深远，学界对此多有研究。曾国藩治学的另一个重要方面，是他的史论和史学思想。曾国藩为人处世多受其资治、经世、修身、避祸和中庸等史鉴思想的影响，其史学批评理论和历史观反映了晚清士大夫阶层历史观念向近代蜕变的过渡性特征，对此，学界则鲜有论及。本文尝试从曾国藩的史学批评理论、历史观和史鉴思想等方面对其史学思想予以论述，以期抛砖引玉。

一　曾国藩的史学批评理论

曾国藩一生好读史书，并将“读史”列入每日必修课程。道光廿一年（1841）九月，“得派国史馆协修官”③。廿二年十二月初七日，他在日记

① 本文为国家社科基金项目“桐城派名家史学思想研究”（13BZS005）阶段性成果。

② 赵尔巽等：《清史稿·曾国藩传》（三九），中华书局 1986 年版，第 11917—11918 页。

③ 曾国藩：《曾国藩全集·日记之一》（一六），岳麓书社 2012 年版，第 102 页。

中写道："丙申购廿三史。大人曰：'尔借钱买书，吾不惮极力为尔弥缝。尔能圈点一遍，则不负我矣。'嗣后，每日点十叶，间断不孝。"此后，无论军务、政务若何繁忙，亦不间断。"余性喜读书，每日仍看数十叶，亦不免抛荒军务，然非此更无以自怡也。"① 在致儿子纪泽的信函中，曾国藩说："余于四书五经之外，最好《史记》、《汉书》、《庄子》、韩文四种，好之十余年，惜不能熟读精考。"② 他认为"学问之道，能读经史为根柢"③，《史记》、前后《汉书》、《三国志》和《资治通鉴》等，"自诸经外，此数书尤为不刊之典"④。曾国藩校勘了大量史籍，对史实、史文、史识、读史的方法以及历史撰述中的思想等史学理论问题均有独到见解。

曾国藩一生博览群书，经史子集无不涉猎。"予自立课程甚多，惟记茶余偶谈、读史十叶、写日记楷本，此三事者誓终身不间断也。"⑤ 他撰写了大量的读书札记，对其熟读的史部典籍，如《史记》《汉书》《后汉书》《三国志》《资治通鉴》和《文献通考》等，均加以批注和圈点，或校勘，或撰按语。"早饭后读二十三史……皆过笔圈点。"⑥ 曾国藩校勘史籍十分严谨，对桐城派奉为圭臬的《史记》和《古文辞类纂》亦不例外。"余近来事极繁，然无日不看书。……现在批《史记》已三分之二，大约四月可批完。"⑦ "桐城姚姬传郎中鼐所选《古文辞类纂》，嘉道以来，知言君子群相推服。谓学古文者，求诸是而足矣。国藩服膺有年，窃见其中亦小有疵误，兹摘录于左。"⑧

曾国藩推崇《史记》，但对司马迁所载史实多有质疑，认为史不足据。"太史传《庄子》曰：'大抵率寓言也。'余读《史记》亦'大抵率寓言也'。列传首伯夷，一以寓天道善福之不足据，一以寓不得依圣人以为师。""此外如子胥之愤，屈贾之枉，皆借以自鸣其郁耳。非以此为古来伟

① 《曾国藩全集·日记之一》（一六），第137页。

② 《谕纪泽》，《曾国藩全集·家书之一》（二〇），第426页。

③ 《曾国藩全集·家书之一》（二〇），第350页。

④ 《复莫友芝》，《曾国藩全集·书信之十》（三一），第19页。

⑤ 《曾国藩全集·家书之一》（二〇），第41页。

⑥ 同上，第14页。

⑦ 同上，第96页。

⑧ 《曾国藩全集·读书录》（一五），第401页。

人计功簿也。”[①] “《史记》叙韩信破魏豹，以木罂渡军，其破龙且，以囊沙雍水，窃尝疑之。魏以大将柏直当韩信，以骑将冯敬当灌婴，以步将项它当曹参，则两军之数殆亦不下万人，木罂之所渡几何？至多不过二三百人，岂足以致胜乎？沙囊雍水，下可渗漏，旁可横溢，自非兴工严塞，断不能筑成大堰，雍之使下流竟绝。”“二者揆之事理，皆不可信。叙兵事莫善于《史记》，史公叙兵莫详于《淮阴传》，而其不足据如此。孟子曰：‘尽信书则不如无书。’君子之作事，既征诸古籍，诹诸人言，而又必慎思而明辨之，庶不至冒昧从事耳。”[②] 同治四年六月，他在致尹杏农的信函中再次强调：“以物理推之，迁书尚可疑如此，则此外诸史叙述兵事，其与当年实迹相合者盖寡矣。”[③] 曾国藩在这里提出了一个非常重要的史学批评理论，即史学不是为古来伟人计功劳簿的，史学的价值在于借鉴意义，现代人可以征诸古籍，汲取历史经验，但对具体的史实要慎思而明辨之，不可简单效仿。

在史文造诣上，曾国藩推崇司马迁。孔子曰：“言之无文，行而不远。”[④] 曾国藩认为：“文字者，所以代口而传之千百世者也。伏羲既深知经纬三才之道而画卦以著之，文王、周公恐人之不能明也，于是立文字以彰之，孔子又作《十翼》，定诸经以阐显之，而道之散列于万事万物者，亦略尽于文字中矣。”“吾儒所赖以学圣贤者，亦借此文字以考古圣之行，以究其用心之所在。”“故国藩窃谓今日欲明先王之道，不得不以精研文字为要务。”[⑤] 他认为“自汉以来，为文者，莫善于司马迁。迁之文，其积句也皆奇，而义必相辅，气不孤伸，彼有偶焉者存焉。其他善者，班固则毗于用偶，韩愈毗于用奇”[⑥]，而“文气迈远，独子长有此”[⑦]。曾氏评其《西南夷列传》“通二方，置七郡，叙次先后，最为明晰”。他评其《李将军列传》：“初，广之从弟李蔡至，此乃将军所以不得侯者也。十余行专叙

① 《曾国藩全集·读书录》（一五），第 130—131 页。

② 《笔记十二篇》，《曾国藩全集·诗文》（一四），第 495 页。

③ 《复尹耕云》，《曾国藩全集·书信之七》（二八），第 611 页。

④ 王守谦等译著：《左传全译·襄公二十五年》（下），贵州人民出版社 1990 年版，第 957 页。

⑤ 《致刘蓉》，《曾国藩全集·书信之一》（二二），第 7 页。

⑥ 《笔记十二篇》，《曾国藩全集·诗文》（一四），第 236 页。

⑦ 《曾国藩全集·读书录》（一五），第 131—132 页。

广之数奇，已令人读之气短。此下接叙从卫青出击匈奴徙东道迷失道事，愈觉悲壮淋漓。若将从卫青出塞事叙于前，而以广从弟李蔡一段议论叙于后，则无此沉雄矣。故知位置之先后、剪裁之繁简，为文家第一要义也。”他又评其《卫将军骠骑列传》则云“句中有筋，字中有眼”“文章须得偏鸷不平之气，乃是佳耳”①。他还认为《汉书》和《后汉书》较《史记》则次之。《三国志》个别篇目，如《董卓传》和《诸葛亮传》，“文势迈远，有似《史记》”②。

对司马迁的史识，曾国藩同样是赞赏有加。他认为《史记·孟子荀卿列传》乃“自秦焚书以后，汉之儒者惟子长与董仲舒见得大意”。读《史记·樗里子甘茂列传·赞》曰，“方秦之强时，天下尤趋谋诈哉”“知子长胸中自具远识”。读《史记·刘敬孙叔通列传·赞》曰：“智岂可专邪?”“此语是子长识力过人处。”③ 章学诚认为“才、学、识三者，得一而不易，而兼三尤难，千古多文人而少良史，职是故也。……非识无以断其义，非才无以善其文，非学无以练其事”④。由此可见，曾国藩以史文和史识作为衡量史家和史著的标准之一，是不无道理的。

关于读史的方法，曾国藩认为：“读书之法，看、读、写、作，四者每日不可缺一。”⑤ 读史书贵在持之以恒。在致胞弟的信函中，曾国藩说：“四弟年已渐长，须每日看史书十叶，无论能得科名与否。”⑥ 在致妹夫的信函中，曾国藩劝告其对外甥“每日须讲《史鉴》三页，无论能听悟与否，讲之有常，自有进益”⑦。曾国藩认为，读史须“或间作史论或作咏史诗、惟有所作，则心自易入，史亦易熟，否则难记也”。道光十五年(1835)，曾国藩就作有咏史诗五首，以明心志。对于古代主要史学典籍，曾国藩撰写了大量的读史札记和史论文章，他认为“读史之法，莫妙于设身处地。每看一处，如我便与当时之人酬酢笑语于其间。不必人人皆能记

① 《曾国藩全集·读书录》(一五)，第138—140页。
② 同上，第210页。
③ 同上，第132—136页。
④ 章学诚著，叶瑛校注：《文史通义校注·史德》，中华书局1985年版，第219页。
⑤ 《曾国藩全集·家书之一》(二〇)，第362页。
⑥ 同上，第65页。
⑦ 《复朱咏春》，《曾国藩全集·书信之二》(二三)，第332页。

也，但记一人，则恍如接其人；不必事事皆能记也，但记一事，则恍如亲其事”①。读者只有将自己置于历史的情境，才能唤起其应有的历史角色感。如何才能做到正确地评价历史人物和历史事件？设身处地，不失为一种比较合乎实际的读史方法。

“‘史意’是探讨历史撰述中的思想。”② 曾国藩认为“经以穷理，史以考事”。其刻《何君殉难碑记》，“缀以铭词，俾来者有考焉”。其撰写《修治金陵城垣缺口碑记》，旨在使“来者勿忘”③。他认为，“盖自西汉以至于今，识字之儒约有三途：曰义理之学，曰考据之学，曰词章之学。各执一途，互相诋毁。兄之私意，以为义理之学最大”。“吾以为欲读经史，但当研究义理，则心一而不纷。”④ 曾国藩所言“义理”，就是指维护封建道统和治统的程朱理学。在致九弟国荃的信函中，曾国藩说：“学问之道，能读经史者为根柢，如两《通》、两《衍义》及本朝两《通》，皆萃六经诸史之精，该内圣外王之要。若能熟此六书，或熟其一二，即为有本有末之学。”⑤ 无怪乎曾国藩总结说：“英年读书，温经为上，读史次之，时文又次之。六经义精词约，非潜心玩味，本难领其旨趣。”⑥ 在他看来，读史要以义理为指导，史学的价值和意义就在于维护义理，内圣外王。作为朝廷的臣子，曾国藩以维护既存的伦常和礼制作为史学的最高准则，亦是不难理解的。

二　曾国藩的历史观

生活于嘉道至咸、同间的曾国藩，经历了鸦片战争、太平天国起义和洋务运动，亲眼目睹了清廷饱受内忧外患的冲击和同治中兴的新气象。他提出“顺性命之理论”，认为自然界奇偶互生，阴阳互动，“天道五十年一

---

① 《谕纪泽纪鸿》，《曾国藩全集·家书之二》（二一），第438页。
② 瞿林东：《中国古代史学批评纵横》，中华书局1994年版，第23页。
③ 《曾国藩全集·诗文》（一四），第495页。
④ 《曾国藩全集·书信之一》（二二），第49页。
⑤ 《曾国藩全集·家书之一》（二〇），第350页。
⑥ 《曾国藩全集·书信之八》（二九），第220页。

变”，否定善恶必有报应的天命思想和佛教所宣扬的因果论。面对千年未有之变局，一方面，他认为富贵功名皆由命定，“七分天意”，要顺天命；另一方面，他又认为“凡将相无种，圣贤豪杰亦无种”，“三分人谋”，需自立自强。曾国藩的历史观及他对人生无常的理解，折射出晚清社会及其价值观念的急剧变动。

曾国藩认为自然界与人类社会遵循着同样的规律，这就是奇偶互生和阴阳互动：“天地之气，阳至矣，则退而生阴；阴至矣，则进而生阳。一损一益，自然之理也。”① “天地之数以奇而生，以偶而成。一则生两，两则还归于一。一奇一偶，互为其用，是以无息焉。”“天地絪缊，万物化醇；男女构精，万物化生。此两而致于一之说也。一者阳之变，两者阴之化。故曰：一奇一偶者，天地之用也。”② 道光十八年（1838），曾国藩在朝考策论中写就《顺性命之理论》一文，系统地阐发了对于自然、社会和人性的理解，他说：“盖自乾坤奠定以来，立天之道曰阴曰阳，静专动直之妙，皆性命所弥纶。立地之道曰柔与刚，静翕动辟之机，悉性命所默运。”对于个体而言，他认为“性即寓于肢体之中”“而命实宰乎赋畀之始”。以此为立论基础，曾国藩将程朱理学宣扬的人伦道德和纲纪也视为一种“性”与“命”：“以身之所接言，则有君、臣、父、子，即有仁、敬、孝、慈。其必以仁、敬、孝、慈为则者，性也；其所纲乎五伦者，命也。此其中有理焉，亦期于顺焉而已矣。”③ 道光二十五年（1845），在《答刘蓉》的信札中，他再次强调：“盖天下之道，非两不立，是以立天之道，曰阴曰阳，立地之道，曰柔与刚，立人之道，曰仁与义，乾坤毁则无以见《易》，仁义不明则亦无所谓道者。”④ 同治元年（1862）十月初十日，他在日记中写道：“四点入内室，阅王而农所注张子《正蒙》，于尽性知命之旨，略有所会。盖尽其所可知者，于己，性也；听其不可知者，于天，命也。”曾国藩尊崇程朱理学，恪守儒家所宣扬的纲纪和伦理道德，并将之上升到“性”与“命”的哲学高度，认为“自唐虞三代以来，历

---

① 《曾国藩全集·诗文》（一四），第143页。

② 同上，第236页。

③ 同上，第134—135页。

④ 《曾国藩全集·书信之一》（二二），第16页。

世圣人，扶持名教，敦叙人伦，君臣父子，上下尊卑，秩然如冠履之不可倒置”①。针对太平天国的“非孔”，曾国藩说：“逆匪崇天主之教，弃孔氏之经，但知有天，无所谓君也；但知有天，无所谓父也。”② 在《讨粤匪檄》一文中，他更是言辞激烈地指出：“李自成至曲阜，不犯圣庙；张献忠至梓潼，亦祭文昌。粤匪焚郴州之学宫，毁宣圣之木主，十哲两庑，狼藉满地。”“举中国数千年礼仪人伦、诗书典则，一旦扫地荡尽。此岂独我大清之变，乃开辟以来名教之奇变，我孔子、孟子之所痛哭于九原！凡读书识字者，又乌可袖手安坐，不思一为之所也！”③ 由此可见，曾国藩的“顺性命之理论”既是他的哲学观和社会价值观，也是他的历史观和人生价值观。

曾国藩以儒家积极入世的精神参悟其“顺性命之理论”，否定善恶必有报应的天命思想和佛教所宣扬的因果论。面对时局的急剧变动，曾国藩感叹：“天道五十年一变，国之运数从之，惟家亦然。当某隆时，不劳而坐获；及其替也，忧危拮据而无少补救，类非人所为者。昔我少时，乡里家给而人足。……自余远游以来，每归故里，气象一变，田宅易主，生计各蹙，任恤之风日薄。呜呼！此岂一乡一邑之故哉！”④ 咸丰六年（1856），他在致儿子纪鸿的信函中明确表示：“凡富贵功名，皆有命定，半由人力，半由天事。惟学作圣贤，全由自己作主，不与天命相干涉。”⑤ 咸丰九年（1859）十二月十一日深夜，他接家书数封，抚今追昔，感叹世事多变，竟至夜不能寐。于是，他在日记中写道：“因思天下事，一一责报，则必有大失所望之时。佛氏因果之说，不尽可信。有有因必有果，亦有有因而无果者。”⑥ 同治元年（1862），他在给沅、季二弟的信中写道：“从古帝王将相，无人不由自立自强做出，即为圣贤者，亦各有自立自强之道，故能独立不惧，确乎不拔。”⑦ 同治二年，他给侄儿纪瑞写信，说：“凡将相

---

① 《曾国藩全集·诗文》（一四），第140页。
② 《曾国藩全集·书信之一》（二二），第453页。
③ 《曾国藩全集·诗文》（一四），第140页。
④ 同上，第286页。
⑤ 《曾国藩全集·家书之一》（二〇），第289页。
⑥ 《曾国藩全集·日记之一》（一六），第495页。
⑦ 《曾国藩全集·家书之二》（二一），第28页。

无种，圣贤豪杰亦无种，只要人肯立志，都可以做得到的。”[①] 在读《史记》札记中，曾国藩认为司马迁早就对天人感应产生了怀疑，其“列传首伯夷，一以寓天道福善之不足据”[②]。曾国藩出身卑微，可谓布衣封侯，面对天道无常的现实和急剧变动的社会，他将后天的历练和“自立自强”视为改变人生命运和社会发展的一种力量。显然，曾国藩的这种“半由人力，半由天事”的社会发展观和人生观是具有积极意义的。同治年间，以曾国藩为代表的早期洋务派之所以能够将魏源和林则徐等人所倡导的“师夷之长技以制夷”的思想观念付诸实践，其思想源流无疑就是这种“自立自强”。

在对社会发展动力和社会风俗之形成的理解上，曾国藩认为其主要取决于“贤且智者”的引领作用。他在《原才》一文中指出：“民之生，庸弱者，戢戢皆是也。有一二贤且智者，则众人君之而受命焉，尤智者所君尤众焉。此一二人者之心向义，则众人与之赴义；一二人者之心向利，则众人与之赴利。”由此，曾国藩认为：“风俗之厚薄奚自乎？自乎一二人之心之所向而已。”“众人所趋，势之所归，虽有大力，莫之敢逆。故曰：‘挠万物者莫疾乎风。’风俗之于人之心，始乎微，而终乎不可御者也。”[③] 曾国藩所言显然具有忽视民众觉悟和力量的英雄主义倾向，与唯物史观大异其趣，其立论的基础无论出于封建臣子对皇帝权威自觉或不自觉的维护，抑或对“一二贤且智者”的渴望和自身的期许，在传统“威权”受到严重挑战的咸、同年间，处于风雨飘摇之中的清政府急需精英力量发挥振衰起敝的作用，应是不争的事实。当曾国藩和李鸿章等人以“一二贤且智者”的姿态起而卫道时，这些举足轻重的汉族地主官僚很快就打破了由八旗子弟一统天下的格局，政治气象也为之一振。

鸦片战争以来，清政府面临内忧外患的冲击，外不能御侮，内不能安民，朝廷虽式微，但皇威尚存。作为臣子的曾国藩一方面要谨遵圣意，顺性命；另一方面，身为湘军统帅和督抚大员，他必须“替天行道”，有所作为，为皇帝分忧，为家族争光。“半由天事”的天命思想与“半由人力”的自立自强，构成了曾国藩对历史和社会发展的基本认识。曾国藩的历史

① 《曾国藩全集·家书之二》（二一），第 235 页。
② 《曾国藩全集·读书录》（一五），第 130 页。
③ 《曾国藩全集·诗文》（一四），第 137—138 页。

观源于对历史经验的总结和对社会现实的思考，其所反映的矛盾心理和价值冲突，折射出晚清士大夫阶层历史观念向近代蜕变的过渡性特征。

三　曾国藩的史鉴思想

从《曾国藩全集》（31 卷本，岳麓书社 2012 年版）所收录的奏稿、批牍、诗文（含诗、赋、序、跋、记、传、杂著、寿序、墓志铭和神道碑等）、读书录、日记、家书和书信等文字看，其为人处世多受其资治、经世、修身、避祸和中庸等史鉴思想的影响。

曾国藩一生戎马，手不释卷，生平好读史书，不仅花重金购《二十四史》阅读，还将金陵书局刊刻的《史记》、前后《汉书》、《三国志》等寄予众友人，以期“嘉惠士林”。咸丰八年（1858）九月二十六日，曾国藩在《加罗忠祜片》信札中指出：“窃以先哲经世之书，莫善于司马文正公《资治通鉴》。其论古皆折衷至当，开拓心胸。如因三家分晋而论名分，因曹魏移祚而论风俗，因蜀汉而论正闰，因樊、英而论名实，皆能穷物之理，执圣之权。又好叙兵事所以得失之由，脉络分明；又好详名公巨卿所以兴家败家之故，使士大夫怵然知戒。实六经以外不刊之典也。”[①] 读史之目的要有益于资治，这是曾国藩史鉴思想的一个重要内容。

咸丰十一年（1861）初，针对湖北、山东、陕西、河南各疆臣先后陈奏朝廷，力主迁都长安，以为目下第一良策一事，曾国藩在《加复方翊元》信函中总结历史经验，大胆陈辞：“鄙意以为中兴在乎得人，不在乎得地。汉迁许都而亡，晋迁金陵而存。拓跋迁云中而兴，迁洛阳而衰。唐明皇、德宗再迁而皆振，僖宗、昭宗再迁而遂灭。宋迁临安而盛昌，金迁蔡州而沦胥。大抵有忧勤之君，贤劳之臣，迁亦可保，不迁亦可保；无其君，无其臣，迁亦可危，不迁亦可危。鄙人阅历世变，但觉除得人以外，无一事可恃也。”[②] 在《备陈民间疾苦疏》中，他指出：“外间守令或玩视民瘼，致圣主之德意不能达于民，而民间之疾苦不能诉于上。”“臣窃闻国

① 《曾国藩全集·书信之一》（二二），第 663—664 页。

② 《加复方翊元》，《曾国藩全集·书信之三》（二四），第 146 页。

贫不足患，惟民心涣散，则为患甚大。自古莫富于隋文之季，而忽致乱立，民心去也。莫贫于汉昭之初，而渐致安，能扶民也。”[①] 第二次鸦片战争爆发后，清政府完全丧失了抵抗外来侵略的能力，迁都与否已无济于事。曾国藩从历史上的多次迁都和汉初与隋末的比较中，得出中兴在于得人、在乎民心所向的历史结论。

曾国藩读史并不拘泥于古代典籍，对当时边疆史地学著作亦倍加关注。得知徐继畬的《瀛环志略》乃“谈夷务之书”，他委托郭嵩焘、郭崑焘兄弟“请代为取出，迅速寄营为感”[②]。他致信何秋涛，言：“其《朔方备乘》之表七卷、图说一卷，国藩思钞一分以启蒙昧。”“兹读凡例，益得仰窥纂述之精。”[③] 对冯桂芬所撰《校邠庐抗议》，他赞赏有加，认为该书博古通今，穷极世变，“尊论必为世所取法，盖无疑义”[④]。面对千年未有之变局，曾国藩认为：“时异势殊，古法不可施于今久矣。”[⑤] 读史的目的在于能够经世致用。

在《成败无定》一文中，曾国藩指出：“汉晁错建议削藩，厥后吴楚七国反，景帝诛错而事以成。明齐泰、黄子澄建议削藩，厥后燕王南犯，建文诛齐、黄而事以败。我朝米思翰等建议削藩，厥后吴、耿三叛并起，圣祖不诛米思翰而事以成。此三案者最相类，或诛或宥，或成或败，参差不一。士大夫处大事，决大疑，但当熟思是非，不必泥于往事之成败，以迁就一时之利害也。”[⑥] 目睹西方列强的侵略，曾国藩亦感到切肤之痛，“目前边陲未靖，外患方长”[⑦]。咸丰十年（1860）十一月卅日，他在日记中写道：“接江西总局新刻英吉利、法郎西、米利坚三国和约条款，阅之，不觉呜咽，比之五胡乱华，气象更为难堪。”[⑧] “今朝廷以中外交涉，时艰孔亟，思所以惩前毖后，未雨绸缪。”[⑨] 他认为：“欲求自强之道，总以修

---

① 《曾国藩全集·奏稿》（〇一），第 40 页。

② 《曾国藩全集·书信之三》（二四），第 422 页。

③ 同上，第 486 页。

④ 《曾国藩全集·书信之七》（二八），第 153—154 页。

⑤ 《曾国藩全集·诗文》（一四），第 393 页。

⑥ 《曾国藩全集·诗文》（一四），第 428 页。

⑦ 《病体垂危谨由梅启照代递遗折》，《曾国藩全集·奏稿》（一二），第 579 页。

⑧ 《曾国藩全集·日记之二》（一七），第 105 页。

⑨ 《曾国藩全集·奏稿》（一二），第 170 页。

政事、求贤才为急务，以学作炸炮、学造轮舟等具为下手工夫。但使彼之所长，我皆有之，顺则报德有其具，逆则报怨亦有其具。”① 曾国藩以“不必泥于往事之成败，以迁就一时之利害”的务实精神，积极倡导洋务运动，反映了鸦片战争后中国传统史学经世思想的回归。

对于如何修身和成才，曾国藩亦有独到见解。他认为：“人之气质，由于天生，本难改变，惟读书则可变化气质。”② 同治九年（1870），在致侄儿纪寿的信函中，曾国藩告诫他：“须习勤耐苦，处贫困而不忧，历患难而不惧。孟子所谓‘苦其心志，劳其筋骨，饿其体肤，困乏其身’，正所以当大任。张子所谓‘贫贱忧戚，正所以玉汝于成’。自古无终身安乐而克成伟人者，历经多少艰苦不如意之事，乃可磨练出大材来。”要“作好人，先从五伦讲起。君臣有义，父子有亲，夫妇有别，长幼有序，朋友有信。自幼小以至老耄，自乡党以至朝廷，处处求无愧于五伦，时时以实心行之”。男子汉大丈夫要有济世的胸怀，“伊尹以一夫不获为己之辜，范文正做秀才，便以天下为己任，可以为法”③。在自拟《劝诫绅士四条》中，他同样强调：“天下无现成之人才，亦无生知之卓识。大抵皆由勉强磨练而出耳。《淮南子》曰：‘功可强成，名可强立。’董子曰：‘勉强学问，则闻见博；勉强行道，则德日起。’《中庸》所谓‘人一己百，人十己千’，即勉强工夫也。”④ 曾国藩以古训要求子弟，提倡以勤苦磨砺意志，告诫晚辈每日须早起，做事须有恒，“莫问收获，但问耕耘”⑤。其修身之法和成才之道，是有积极意义的。

曾国藩认为与人共事，要善于委曲求全。在致陈湜的信函中，他坦言：“阁下英年气盛，自思锐志有为，然观古今来成大功、享全名者，非必才盖一世。大抵能下人，斯能上人；能忍人，斯能胜人。若径情一往，则所向动成荆棘，何能有济于事？”⑥ 他认为为人处事，要能屈能伸，刚柔互用，不可偏废。“天地自道，刚柔互用，不可偏废，太柔则靡，太刚则折。”所谓“刚”，就是“强矫”；所谓“柔”，就是“谦退”。他告诫胞弟

---

① 《曾国藩全集·日记之二》（一七），第 289 页。

② 《曾国藩全集·家书之二》（二一），第 19 页。

③ 《曾国藩全集·家书之二》（二一），第 517—518 页。

④ 《曾国藩全集·诗文》（一四），第 449 页。

⑤ 《曾国藩全集·诗文》（一四），第 129 页。

⑥ 《曾国藩全集·书信之八》（二九），第 445 页。

们："趋事赴公，则当强矫，争名逐利，则当谦退；开创家业，则当强矫，守成安乐，则当谦退；出与人物应接，则当强矫，入与妻孥享受，则当谦退。若一面建功立业，外享大名，一面求田问舍，内图厚实，二者皆有盈满之象，全无谦退之意，则断不能久。"①

曾国藩布衣封侯，官运亨通，深谙为官避祸之道。咸丰八年（1858）三月，他告诫九弟国荃："长傲、多言二弊，历观前世卿大夫兴衰及近日官场所以致祸福之由，未尝不视此二者为枢机，故愿与诸弟共相鉴诫。"②同治二年（1863）正月，曾国荃申请于钦篆、江督两席中辞退一席，对此，曾国藩十分赞同："疏辞两席一节，弟所说甚有道理。然处大位大权而兼享大名，自古曾有几人能善其末路者？总须设法将权位二字推让少许，减去几成，则晚节渐渐可以收场耳。"③ 基于这样的认识，曾国藩坦言："平日最好昔人'花未全开月未圆'七字，以为惜福之道，保泰之法莫精于此。"④ 曾国藩明哲保身，其为官之道虽具浓厚的中庸思想，但他所主张的为人莫傲、为官莫贪，应是前车之鉴，后事之师也。

---

① 《曾国藩全集·家书之二》（二一），第 28 页。

② 《曾国藩全集·家书之一》（二〇），第 336 页。

③ 《曾国藩全集·家书之二》（二一），第 108 页。

④ 同上，第 114 页。

论方东树《书林扬觯》之“建白”

苏州大学文学院　罗时进　史哲文

方东树作为桐城派重要人物，服膺程朱，长于思辨，嘉道时树起宋学旌麾，无论在文学抑或史学研究上，都有重要地位。其《昭昧詹言》《汉学商兑》二书论及“唐宋诗之争”与“汉宋之争”，尤为学界关注。而方东树另一部论著《书林扬觯》却长期被学界忽视，偶有论及也多粗笔带过。事实上，在一些清人眼中，《书林扬觯》与《汉学商兑》每相提并论，至钱穆在《中国近三百年学术史》中更明确揭示《书林扬觯》与《汉学商兑》的关系：“其书亦掎摭时病而发，与《商兑》为姊妹篇也。《扬觯》末载《商兑》序略，今不见于《商兑》；《商兑》末亦述及《扬觯》。两书同刊于辛卯，盖亦同时所成。惟《商兑》专务纠驳，《扬觯》则稍有建白。”① 所谓“建白”，意为提出建议或陈述主张。目前学界几无对《书林扬觯》的专门性探讨，方东树著此书究竟如何“建白”颇值得考察。

一　《汉学商兑》与《书林扬觯》的关系

《汉学商兑》约成稿于道光四年（1824）到五年（1825）间，《书林扬觯》于道光五年成稿，二书皆刊行于道光十一年（1831）。《方仪卫先生年谱》载：“四年甲申，先生年五十三岁，授经阮文达幕中，著《汉学商兑》四卷……按此书刊于辛卯，而创稿实在《粤东文集》上。……五年乙

---

① 钱穆：《中国近三百年学术史》，商务印书馆 1997 年版，第 577 页。

西，先生年五十四岁，授经阮文达幕中，按先生在文达幕中，兼阅学海堂课文，有拟作数首刻《学海堂集》中，著《书林扬觯》二卷……按此书辛卯冬刊。"[①] 显然从时间上看二者有延续性。《清史稿》载方氏"谓近世尚考据，与宋贤为水火，而其人类皆鸿名博学，贯穿百氏，遂使数十年承学之士耳目心思为之大障，乃发愤著《汉学商兑》一书，正其违谬，又著《书林扬觯》，戒学者勿轻事著述"[②]。如果说，《汉学商兑》是方东树旨在担当卫道，力驳汉学诸家以正宋学的被迫反击之作，那么《书林扬觯》更多地是在宋学思潮观照下，从著书风气着手指摘清代学风之弊，其门户之见较缓。

方东树在《书林扬觯》上卷开篇云："两粤制府阮大司马……乙酉初春，首以'学者愿著何书'策堂中学徒，余慨后世著书太易而多，殆于有孔子所谓'不知而作者'。"[③] 这里交代了此书的写作背景。道光四年(1824)，阮元所建学海堂新址落成，焦循、凌廷堪、江藩等汉学学人同在此授课，明确承继汉学家法。凌氏以"礼"替"理"，意在从根源上否定宋学；江氏著《国朝汉学师承记》，公开树起门户对立，不仅贬斥宋儒，甚至连持中立态度的学者也加以贬责，意在突出汉学正统地位。方东树其时正于阮元幕下，亲身感受到了汉学家之众势，并深表不满，在《汉学商兑》中即言："近世有为汉学考证者，著书以辟宋儒、攻朱子为本，首以言心、言性、言理为厉禁。海内名卿巨公，高才硕学，数十家递相祖述，膏唇拭舌，造作飞条，兢欲咀嚼……历观诸家之书，所以标宗旨、峻门户，上援通贤，下畲流俗，众口一舌，不出于训诂、小学、名物、制度。"[④] 凌、江之言看似颇有声势，但其并非无懈可击，梁启超、刘师培、钱穆等前贤都有反驳阐论，不赘。方东树作为当时身临其境者，感受自然更深，故在《书林扬觯》中对《汉学商兑》已提出的"数十家递相祖述"的著书泛滥之风以及当时学界的整体形势提出意见并展开讨论。因此从著书缘起看，《汉学商兑》与《书林扬觯》有一脉相承的关系。

从著述体例看，《汉学商兑》与《书林扬觯》大都为先引他人之文，

---

① 郑福照：《方仪卫先生年谱》，同治七年《仪卫轩文集》本，第6—8页。

② 赵尔巽：《清史稿》，中华书局1977年版，列传二百七十三。

③ 方东树：《书林扬觯》卷上，同治十年望三益斋刻本，第1页。

④ 方东树：《汉学商兑》，道光十一年刻本，序例第1页。

再以此为据加以评论，进而阐发自己观点，当然具体内容又有所不同。《汉学商兑》上卷主要力陈宋学地位，中卷对汉学诸人言论进行反驳，下卷对《国朝经师经义目录》逐序进行批驳，先摘录论敌原文于前，再将自己观点以按语等形式驳斥于后，如：

凌廷堪曰："为仁由己，而由人乎哉?""人""己"对称，正是郑氏"相人偶"之说。按，此耳食剿袭，更不辞矣？借如所云，"人""己"对称，"相人偶"为"仁"，则圣人此二句成何文理？举圣人极明白之言而迂晦之，使不可通，汉学家著书，睥睨程朱，其谬妄乃如此邪?①

据统计，戴震、钱大昕、阮元、汪中、焦循、江藩六人被直接点名引录、加以批驳，数量占《汉学商兑》全书大半，可见"对方东树而言，所要卫护的是程、朱'正学'，所集中火力攻击者必为对程、朱'正学'威胁最大者，而戴震一系学者，特别是扬州学者阮元、汪中、焦循等人，恰是对程、朱挑战最力者"②。而《书林扬觯》上卷多论及时人著书弊端，下卷多从著书体例进行阐述。引宋明理学诸贤语录于前，加自己观点于后，间有批驳汉学之论，而较少有点明姓名予以批判，更多的内容是对当时学界现状的针砭，如其论著书须有益于现实，可谓入理：

程子曰："圣贤之言，不得已也。盖有是言则是理明，无是言则天下之理缺焉。圣贤之言，虽欲已，得乎？然其包涵尽天下之理，亦甚约也。后人所为，动多于圣人，然有之无所补，无之靡所缺，乃无用之赘言也。既不得其要，则离真失正，反害于道矣。"愚谓著书非著义理，即表章纪事，有益于天下后世人心学术、民生政治，故为世间不可少。若著义理而偏见颠倒谬妄，反足为损。表章纪事，传诬失实，又不得首尾要害，反足滋天下后世之疑。凡若此等者，皆有损无益，不如无书。又或见闻寡陋、不知而作、道听途说，或国史已详，或他家所记已备，而我之未见，反自矜网罗放失，虽贤者识小，不害

① 《汉学商兑》卷中之上，第51页。

② 李帆：《清代理学史》中卷，广东教育出版社2007年版，第370页。

于纪远，而固已遗讥大雅，见鄙通识矣。[1]

从行文态度看，《汉学商兑》语词激烈，以致某些言论显然有失偏颇，情绪化的色彩往往使得方东树在攻讦汉学门户短见之弊端时，反而陷入因自己非理性态度而形成的门闬之中。究其原因，主要在于方东树认为当时汉学鼎盛将宋学挤压到了边缘的位置，如不奋力抗争恐有消亡之虞。以严苛态度进行呐喊，有时会比心平气和地侃侃而谈收效更佳。而《书林扬觯》作于《汉学商兑》之后，似有有意识稍加缓冲的意味，故行文上较《汉学商兑》平和，虽偶有如“有意欺罔，摭拾单词，取与己意相合”[2]之语，但与《汉学商兑》动辄“汉学诸人，其蔽在立意蔑义理，所以千条万端，卒归于谬妄不通，贻害人心学术也”[3] 等主观色彩浓厚的言辞相较，总体上态度已有所舒缓，行文较为平允持重。其中如“圣人删《诗》《书》，述作《春秋》《易传》，全为明道，教天下万世也。汉儒作传注，宋儒讲辩义理，同是意也。汉唐以来，世主取通儒传疏，列之学官，亦犹唐虞敷教之典。其余诸子百家著书偏全，深浅不侔，亦各抒己见，分以明道之散殊者也”[4] 等论，确为公允与客观，显示出更为成熟的学术态度。

从当时影响上看，《汉学商兑》付梓后，宋学声势为之一振，学界对汉学的缺陷有了更多认识，汉宋之争也渐趋辩证客观。有学者认为：“汉学衰微与汉宋调和等，与《汉学商兑》并无任何的直接关联。”[5] 此说未免有些绝对化了。方东树作为一位重要的宋学言说者与护持者，是无法忽略的，但《书林扬觯》作为对《汉学商兑》的补充，其意义与价值都长期掩覆于后者之下，尚未得到深入研究。从学术史看，《书林扬觯》虽然没有《汉学商兑》那样显著的意义，然其论及清人著书诸种弊端，实为后世了解当时学界生态、了解方东树的学术思想提供了新颖视角，这两部著作宜当合读。

需要指出的是，后世眼中的汉宋之争势同水火。其实，当时不少贤哲

---

① 《书林扬觯》卷上，第 9—10 页。

② 《书林扬觯》卷上，第 47 页。

③ 《汉学商兑》卷中之下，第 49 页。

④ 《书林扬觯》卷上，第 12 页。

⑤ 漆永祥：《方东树〈汉学商兑〉新论》，《文史哲》2013 年第 2 期，第 127—137 页。

宿儒都主张汉、宋兼采，不论是被划为汉学一派的惠栋、戴震、阮元等人，还是被划为宋学一派的朱珪、翁方纲、姚鼐等人，都强调“汉人经术，宋人理学，兼之者乃为大儒”①。翁方纲更是强调“学者正宜细究考订诂训，然后能讲义理也”②。汉、宋之学各有偏重和长短，因而皆有可取之处。正如后来学者所论：“夫汉儒经说虽有师承，然胶于言词立说，或流于执一。宋儒著书虽多臆说，但恒体验于身心，或出入老释之书。故心得之说亦间高于汉儒。是在学者之深思自得耳。”③ 而江藩、凌廷堪等人在汉、宋间分出是非，严立壁垒，甚至《汉学师承记》批评顾炎武、黄宗羲为“骑墙之见”，如此之论难免会激起论辩声浪。正是江藩大张汉学门户于先，才有方东树为正宋学之名而著《汉学商兑》攻讦于后。此后方氏又著《书林扬觯》，提出“建白”，以与《汉学商兑》互为映照，这正是我们将《书林扬觯》纳入那段学术史的出发点。

二 《书林扬觯》论著书宗旨与态度

满清入关定鼎后，一仍前朝以程朱为官学。然而理学家长期尊德性而轻事功，随着社会的发展越来越暴露出思想与学理贫乏的一面。就学界而言，自顾炎武等人因明亡而严厉指责宋学流弊，康熙后又未能涌现如熊赐履、李光地、张履祥等理学大家，汉学家对宋学赖以生发的经籍加以辨伪考订，也严重动摇了宋学的存在合理性。且时局渐平，安心考据，整理前人文献，以存续儒学正统逐渐成为主流风气，而宋学逐渐固步自封，未能在理论上有创新，势必转入低潮。

但是汉学亦非无弊，时人便讽刺汉学家“记诵虽得，探讨虽勤，而一遇事全无识见，一举念只想要钱”④。方东树在写就《汉学商兑》批评汉

① 惠栋：《九曜斋笔记》，光绪二十九年贵池刘氏刻本，卷二。

② 翁方纲：《复初斋文集》，光绪三年重校本，卷七。

③ 刘师培：《清儒得失论——刘师培论学杂稿》，中国人民大学出版社 2009 年版，第 210 页。

④ 梁章钜：《退庵随笔》，光绪元年校刊本，卷十四，第 1 页。

学、卫护宋学后，又针对当时整个学界风气与弊端，著《书林扬觯》二卷十六篇以阐发其学术理念。方东树首先强调著书须有宗旨，要有高远的理想目标：

> 学者著书，要当为日星，不可为浮云，虽能障日星、蔽太清，而须臾变灭，倏归乌有。今日之浮云，非昔日之浮云也，古今相续不绝，要各自为其须臾耳。而日星虽暂为其所蔽，终古不改，奈何世之为浮云者多也。意气之盛，有时消歇，是非公论，卒不可夺，徒自外于圣人之徒耳。①

在当时汉学学者穷尽精力考据时，并没有跳出学术门户藩篱，他们或充实汉学前贤的观点加以修补，或寻找宋学理论的弱点进行贬斥。关于学术宗旨，朱熹有言："学者须是立志。今人所以悠悠者，只是把学问不曾做一件事看，遇事则且胡乱恁地打过了。此只是志不立。"② 以此观上述方氏论著书宗旨之语，不但突出了宋学的立场，而且站在汉宋之外审视著论立说的宗旨所在，对诸派系的学者都有借鉴价值。

清代封疆大吏往往好儒通文，毕沅、孙星衍、曾燠、阮元等人幕下汇集一批文人学者，对当时的文学、学术风气产生了重要影响。然而幕臣鱼龙混杂，著书太多也便必然会产生良莠不齐的现象。方东树肯定学人应当著书，但是指出著书并非易事：

> 大帙重编，古人多父子宿业，故能讨论精核。其次则必其人有天授异才，而又毕生勤力精专，笃嗜不厌，如康成之注《六经》、杜元凯之治《左氏春秋》、温公之著《通鉴》，然后一书出，始能江河万古，日月常新，与天地不敝。今之学者，根柢浅薄，用心尚粗粗，无所欲语，而强欲著书。苟为难能，又迫以岁月速化，取家人筐箧中物，剿袭抄辑，踳驳舛漏。或矜尚新奇，支离穿凿，或吹久讹之焰，承谬种之传。既成，索一巨子序而名之，遂居之不疑，负其意气，内

---

① 《书林扬觯》卷上，第11页。

② 黎靖德：《朱子语类》卷八，中华书局1986年版，第134页。

以傲其父兄，外以骄于一世。①

他强调著书是需要耗费时间精力的大事，往往学者以一生精力才写成一部后世不可不读之书，但学识尚浅之人轻易著书，便成一弊，这实际上是对朱熹"学者轻于著书，只是气识浅薄，所谓'圣虽学作兮，所贵者资，便嬛姣丽兮，去道远而'"② 的申发。方东树还以近乎笑骂的语气道出当时著书之易，草草写完一书便求名人为其作序，"内以傲其父兄，外以骄于一世"。宋学讲究以自身体悟出发，读书、著书皆要坚守心性，然而后人无所欲语却又随意著书，此为一弊。

那么，时人为何轻易著书？方东树引顾炎武《日知录》语云："后人书愈多而愈舛漏，愈速而愈不传，所以然者，其视成书太易，而急于求名故也。"③ 此为方东树抨击时人的又一个弊端，即为争名炫学而著书。他在《书林扬觯》中引朱熹语慨叹后人矜名：

朱子曰："平生自治无用，只欲修葺小文字以待后世，庶有小补于天地之间。"又曰："翻动册子，便觉前人阙略兵败，欲以告人而无可告者，又不免辄起著述之念。"按，此言真道尽人心中情事，知此意者渺矣。盖君子立言，其不得已也，如是岂如后人苟以矜名而已哉！又观朱子晚年与李季章诸人书论修礼经，拳拳之意何其沉痛也！④

为求名利而著书，确为流弊，正如朱熹所论："学者只是不为己，故日间此心安顿在义理上时少，安顿在闲事上时多，于义理却生，于闲事却熟。"⑤ 方东树借之抨击汉学家："今人多好为四书解说者，先存一驳朱注之心，以得一新奇为喜；多好为经说者，先存一博综之心，以多得一证据为喜。疏浅固蔽，不暇深思。此只是浅薄争名，非真欲明道也。"⑥ 其时汉学家如毛奇龄等"对于宋儒猛烈攻击，有《大学知本图》《中庸说》《论

① 《书林扬觯》卷上，第 18 页。
② 《朱子语类》卷十一，第 194 页。
③ 《书林扬觯》卷上，第 15 页。
④ 《书林扬觯》卷上，第 7 页。
⑤ 《朱子语类》卷八，第 139 页。
⑥ 《书林扬觯》卷上，第 15 页。

语稽求篇》等，但常有轻薄嫚骂语，不是学者态度。还有一部《四书改错》，骂朱子骂得最利害，后来听见清圣祖要把朱子升祀大成殿，赶紧把版毁了”[①]。当然，宋学家亦并非绝对没有矜名之人。此种陋习，盖不分汉、宋，实为当时整个学界之通弊。故方东树在《书林扬觯》说：

> 凡著书，若非不能已于言，而徒欲搏名，无一是者，虽择题而为之，终外强中干。如考订经义最为大题者，然非精诣，卓有独见，则亦陈陈相因，剿说贩稗而已。讲论义理，亦为大题，然呆衍宋儒语录，多拾前人绪余，不出里塾拘墟之见，则亦老生学究腐谈。[②]

他在这里将汉宋合论，也印证了方东树作《书林扬觯》与《汉学商兑》相异，秉持较为客观之态度。不管何派何人，只要急于搏名，必然轻易著书。在方东树看来，著书贵在有宗旨，不贵量多，《隋志》记载梁简文帝著书八十五卷，梁元帝著书五十二卷，沈约著书一百多卷，虽多而亦不传。但凡传世久远者，必以其精，而非以其多：

> 廉希宪论《孟子》，只取王霸、义利、性善三言。尧舜之道，孝悌而已。孟子以仁义知礼乐之实，皆归之于此，所谓实者，信是也。穷理致知，反躬实践，不出孝悌忠信。如扬雄识奇字，马融、蔡邕负旷世才，而皆不识节义，字虽多，亦奚以为?[③]

方氏又引清初宋学名儒张履祥之言：“张杨园曰：‘濂溪明道著书不多，未尝有亏欠处。若以资后学之阶梯，则守其一言，通其一书，定以上达而无难，亦无俟读其全书也。’”[④] 朱熹在论《大学》时也说：“当初只怕人晓不得，故说许多。今人看，反晓不得。此一书之间，要紧只在‘格物’两字，认得这里看，则许多说自是闲了。初看须用这本子，认得要害处，本子自无可用。某说十句在里面，看得了，只做一句说了方好。某或

---

① 梁启超：《中国近三百年学术史》，商务印书馆 2011 年版，第 209 页。

② 《书林扬觯》卷上，第 25—26 页。

③ 《书林扬觯》卷上，第 21 页。

④ 《书林扬觯》卷上，第 23 页。

问中已说多了，却不说到这般处。”① 方东树告诫学人谨慎著书，以精要为尚。

著述欲精而传世，必须切于世用：“典章名物固是实学，若施于实用，不切事情。如王制、禄田、考工、车制等不知何用，则不如空谈义理犹切身心也。”② 方东树在这里针对名物考证展开批评，汉学家一味稽古考据，虽是实学，但对现实并无实际用处，此论实为宋学张目。故《书林扬觯》曰：

> 实事求是，莫如程朱，以其理信，而足可推行，不误于民之兴行，然则虽虚理而乃实事矣。今之为汉学者，言言有本，字字有考，乃至音诂佐证，数十百条，确凿无疑。反之己身本心，推之家国事物之理，毫无益处，徒使人荡惑狂狙失守而不得其所主，然则虽实事求是，而乃虚之至者也。③

这里指出程朱虽被称为空谈义理，但其发乎内心，修身明道的理性精神正是实务。面对清中叶的思想转型与西洋诸强的叩门，思想与学术变化都在所难免，而汉学虽“言言有本，字字有考”，却拘泥本物。在方氏看来，宋学与其相比“实事求是”，则切于思辨求新之势。

三 《书林扬觯》论语录著书与说部著书

汉宋之争，在对待具体著书形式的态度上即表现出对语录著书这一独特著述形式的褒贬。进入清代后，汉学家批评宋学语录著书“阳儒阴释”，正是批判其借佛经语录著论形式来发展宋学，进而否定宋学的正统性。在《书林扬觯》中，方东树也描述当时学界对宋学的指摘：“宋儒以来以语录

① 《朱子语类》卷十四，第254页。
② 《书林扬觯》卷上，第25页。
③ 《书林扬觯》卷上，第25页。

著书，因于释氏，俚而不文，世争讥之。”① 明末阳明后学所谓“悟道”的语录类著作，渐染“狂禅”之风。程朱宋学则未必，宋儒论道，多有语录传世，而从儒学正脉追根溯源，则可直至仲尼，从《论语》而推之，宋儒也正是以圣人之道而标榜。因此方东树引出观点：

> 程朱语录本非自著，乃门人弟子一时记其师之言，记者失真，固不能无病，《论语》之书即是如此，特圣人出言有章，一时记者又皆贤哲之徒，时又近古，此所以足为经也。要之，不可谓非语录也。②

他指出，宋学语录著作并非学者自著，他人记录不可避免会有纰漏，进而说明《论语》也是以同样方式记载流传。而《论语》之所以能够成为经典，原因有二。一是孔门弟子贤哲通达，记录流传舛误更少，程颐即云：“传经为难。如圣人之后才百年，传之已差。圣人之学，若非子思、孟子，则几乎息矣。”③ 二是该书历经久远时间的磨砺，自然足以为经，反过来也说明宋儒语录著书被“世争讥之”的原因，并不在于宋儒乃至宋学本身，而是传录失当。

同时方东树在《书林扬觯》中对汉学一派所讥的程朱语录类著作过于俚俗，也表明观点。首先，他说：“夫苟其言不足取，虽法子云、王通，适见其可厌；苟其言真有用，语录何害乎？”④ 如若内容精当，语言上的俚俗亦无妨碍。其次，他进一步说：“著书本以明道垂教，诚使有益于圣人之道，有益于天下人心学术，不犹愈于矜一己之名，而独为君子乎？”⑤ 所谓得鱼忘筌，著书本为传道解惑，有益天下，语言上的浅近显然更容易被接受。如若一味强调语言古雅典奥，则舍本逐末。再次，方东树针对所谓语录易作进行辨析，他指出：“若其语之浅深高下，精粗纯驳，或剿袭肤剩，或实有心得，有真儒出，一见即判。终不可剽窃伪为，则亦岂易作乎？”⑥ 所谓语录著书容易不过是形式上而言，内容上要达到精深绝非易

---

① 《书林扬觯》卷下，第 18 页。
② 《书林扬觯》卷下，第 19 页。
③ 程颐、程颢著，王孝鱼点校：《二程集》，中华书局 1981 年版，第 176 页。
④ 《书林扬觯》卷下，第 19 页。
⑤ 《书林扬觯》卷下，第 19—20 页。
⑥ 《书林扬觯》卷下，第 20 页。

事。“苟信于辞，则或有害于义，曾不若无书之为愈也。”[①] 因此从语录推至著书，其重点在于明道，而不在于过度注重语言；在于内里，而不在于外在。与程朱一脉相承，方东树在《书林扬觯》附论文人时有：“张文潜诲人作文，以理为主，曰：‘学文之端急于明理。无见于理，而欲以言语句读为奇，反覆咀嚼，卒亦无用，文之陋也。’”[②] 亦是同理。

唐宋以至明清，说部著书呈纷繁之态，肇近代小说初端，或采世态炎凉，或助谈笑欢娱，或语奇人异俗，蔚为大观，但鱼龙混杂，不可不明辨之。故方东树在《书林扬觯》中又论说部著书，一则认为说部“有关系重大羽翼经史者，有记事可资见闻者，有议论可采者，有没紧要无用而可厌者，有大悖有害义理学术者，有污蔑乱道、游谈无根、足乱是非者，须分别观之”[③]。需要区别说部书籍的高下，可见其力主儒家正统。二则他认为“盖说部书为子部杂家，或为史氏所采，即是著书立言之义，固不可苟”[④]。这是从历史真实性出发，强调说部内容须可信，并在后文举例牛僧孺《周秦行纪》、顾炎武《日知录》等对史实补充确有裨益。

然而方东树在论说部著书时又说：“著书为文，好承用古字句，此最为陋恶。”[⑤] 内容真实可信与袭用古字古句并不可画上等号，然而将此与论语录著书联系起来便不难发现，这里实际上是将论争对象借说部指向汉学：

> 近世汉学考证家好引杂说以证经，辄言其时去古未远，或其人相及，其地相近，执此以为确据，而不知事之有无当断之以理，不在年代之近远，人地之亲疏。世固有子孙言其父祖，弟子言其先师，错谬失实者多矣，安在时地人相近而即可信乎？[⑥]

他指出进行考据应当以理判明正误，而不是听信“其时去古未远，或其人相及，其地相近”，何况如前文所述，弟子记录先师文字难免误漏，

---

① 《二程集》，第 1204 页。
② 《书林扬觯》卷下，第 39 页。
③ 《书林扬觯》卷下，第 23 页。
④ 《书林扬觯》卷下，第 23 页。
⑤ 《书林扬觯》卷下，第 24 页。
⑥ 《书林扬觯》卷下，第 25 页。

而以之为据，未免谬之。所以与上文《书林扬觯》论语录著书两相比照来看，方东树论说部著书意在表明，说部对考据而言不可轻信，进而诘问汉学。我们应当注意到，方东树在《书林扬觯》中所说的“著书”，大多意为著经世致用，有益历史、社会之书，这显然还是显示了坚守宋学的经世致用思想。

在《书林扬觯》论“语录著书”“说部著书”之外，方东树还分别论及“著书争辩”“著书说经”“著书凡例”等篇目。本文由于篇幅所限，难以逐一详述，不过方氏阐论语录著书与说部著书的部分是一对具有特色的篇章，相互有一定关联，却又各自不同。如果说《书林扬觯》论语录著书是为宋学辩白，那么其后的论说部著书则是借以讽刺汉学。而方氏也坦承他强调的宋儒之学离不开考据注疏，他引刘静修语：“近世学者往往舍传注疏释便读宋儒之议论，盖不知议论之学自传注疏释中出，特更作正大光明之论耳。传注疏释之于经，十得其六七，宋儒用力之勤，铲伪得真，补其三四而备之也。故必先传注而后疏释，而后议论。”① 他又称“此论甚正”。我们确已能够看出方东树一改《汉学商兑》中极端激进的言辞态度，护持着既有的立场而具有一定的包容姿态，这也正是《书林扬觯》全书“建白”价值所在。

四 《书林扬觯》之学术史意义

在清代中叶汉学如日中天时，宋学一派几未有如方东树之奋起护卫者。姚莹赞誉方氏之功曰：“植之尝为《汉学商兑》矣，以近世汉学诸贤妄毁宋儒，且诬圣道，故力申考辨，而圣道以明。又尝为《书林扬觯》矣，以无识之人妄事著书故，详言古人不肯苟作，与夫不得已而有作之旨。是二书者，可谓精于立言矣。”② 管同也说：“所论虽专为著书而发，实则穷理格物，行己立身之道悉贯乎其中。”③ 陆继辂指出：“《汉学商兑》

① 《书林扬觯》卷下，第13页。

② 姚莹：《东溟文集·文后集》卷十，《中复堂全集》本。

③ 《书林扬觯》题辞，第1页。

所以直入诸家之胁，全在理精义确，可谓搏虎屠龙手。其著书大旨则尽于此书中。”[①] 梅曾亮于《书林扬觯》书后亦言：“方子植之之为此书，其说既盛美矣。”[②] 张际亮也说：“使人闻所不闻，见所不见，参稽博考，义据通深，其微文大义，炳于日星，可谓惜天下之宝。”[③] 此类褒扬，不胜枚举，可见方氏《汉学商兑》《书林扬觯》在弘扬宋学上的贡献和影响。直至 20 世纪 30 年代，陈垣还计划著《广书林扬觯》一书，专论著作体例与谬误[④]。此书虽未完成，仅存提纲及引用书目，与方氏之书在内容上尚有不同，但不难窥见《书林扬觯》一书影响之持久深远。

当然，批评之声亦时有之。王秉恩以为《书林扬觯》不应入《书目答问》正录[⑤]。皮锡瑞认为：“《汉学商兑》以反攻汉学，平心而论，江氏不脱门户之见，未免小疵。方氏纯以私意，肆其谩骂，诋及黄震与顾炎武名，为扬宋抑汉，实则归心禅学，与其所著《书林扬觯》皆阳儒阴释，不可为训。”[⑥] 对于皮氏的批评，学者周予同提出了反批评，他在注释《经学历史》时指出，皮氏“不能超出一切经学的派别来记述经学，而只是立在今文派的旗帜下来批评反对派”[⑦]。宋学是对儒学的更新发展，而清代汉学诸人对宋学的指斥并不具有充分的学理。方东树承认宋学“因于释氏”，但正如学者所论，“从哲学本身上来说，这种指责并无意义。……更新的儒学是儒学、佛学和道家思想（经过禅学）、道教思想的融合。从中国哲学史的观点看，这种思想融合是一种发展，因此是得而不是失”[⑧]，此言得之。

并且，如上文方东树曾引录顾炎武《日知录》语，《书林扬觯》也多次引用加以肯定，称赞其“盱衡今古，意甚高远”[⑨]，并非如皮锡瑞所言

---

① 《书林扬觯》题辞，第 1 页。

② 梅曾亮：《柏枧山房诗文集》卷五，上海古籍出版社 2012 年版。

③ 《书林扬觯》题辞，第 1 页。

④ 陈垣《广书林扬觯提纲》中列有“著书者之谬误”“传抄传刻，校书者之谬误”“文忌重复”等小标题，详见《陈垣全集》（安徽大学出版社 2009 年版）第二十二册。

⑤ 袁行云：《〈书目答问〉和范希曾的〈补正〉》，《社会科学战线》1979 年第 1 期，第 340—352 页。

⑥ 皮锡瑞：《经学历史》，周予同注释，中华书局 1981 年版，第 313—314 页。

⑦ 同上，第 11 页。

⑧ 冯友兰：《中国哲学简史》，天津社会科学院出版社 2007 年版，第 292 页。

⑨ 《书林扬觯》卷上，第 5 页。

“诋及黄震与顾炎武名”。方东树也将理学正源与后期末流区分开来，认为将末流之弊端尽归因于程朱并不恰当，在《书林扬觯》中专论“著书精博二派”时云：

> 今谈宋学者以空疏语录为宗，非真程朱；谈汉学者以曼羡支离为是，非真班固、献王。晋楚带剑，臧谷同失，窃以为两病也。昔永明禅师初习台教，后乃教乘双修，今之君子，其智殆出永明下矣。[①]

由此亦可见，《书林扬觯》所体现出的重要意义在于，方东树已颇欲调和汉宋，虽站在宋学立场上，不免有一定倾向，但放眼于清中叶的时代与学术环境，从《汉学商兑》到《书林扬觯》，其能反躬自省调整态度自应得到肯定，同时他认为训诂应与义理结合起来，互不偏废才是治学之道，也才有学术意义。

无论汉学抑或宋学，双方学人对文脉道统的继承信念，体现出独特立场和面貌。但从另一层面来说，历代帝王几乎无不意图利用学术维护统治，学术的自主性很大程度上较难实现，故而汉宋风潮的此起彼落，官方的推波助澜也在情理之中。当内忧外患逐渐显露，求新求变已是时代的必然要求，“天下贬抑宋学，不谈义理，专尚考据，其亦不得已而然耳。故清一代汉学之极盛，正士气之极衰，士气衰而国运焉能不替”[②]。无论是学界还是统治者，也无论是主观意愿还是被迫无奈，他们都希望在一定程度上革故求新，因此部分学者不免从汉学回望宋学，尝试寻找革新之道。

当然不可否认的是，无论是宋学还是汉学，在历史演进到清代中期时已呈龙钟之态。面对形势的变化，方东树试图从程朱夫子处寻求经世之道也难以解决现实问题。然而从修身明道与镜观古今等方面推而言之，时至今日，《书林扬觯》之言未尝没有其价值。方东树针砭当时学界之弊，如为争名逐利而轻易著书，或为求量多而随意为文，或长篇大论却语焉不详，或不讲明理而徒争口舌等，此类固然是方氏为正程朱而论之，然而清人确有其蔽，需要揭示。管同即直接指出《书林扬觯》虽是为著书而发，贯穿其中的理念实际上是穷理格物，行已立身之道。这说明方东树著此书

---

① 《书林扬觯》卷下，第 7 页。

② 孟森：《清史讲义》，中华书局 2006 年版，第 307 页。

不仅在于讨论著书相关问题，其中更包含独善兼济、明体达用的人生价值取向。我们不必认定宋学已是明日黄花，先哲思索、秉持的精神追求与道德准则在思想纷纭的今日亦未褪色，这也是学人值得借鉴之处。而包括前文所述方氏“学者著书，要当为日星，不可为浮云”的著书宗旨阐述，于今亦有警示作用。

要之，自“汉宋之争”渐起而至调和之势，方东树《书林扬觯》为《汉学商兑》姊妹之篇，以明学人何以著书，如何著书，集中笔力批驳时人弊处，确有其进步意义而不可忽视。在《书林扬觯》书后所录《汉学商兑》序略之末，方东树有这样一段话：

> 周栎园《书影》言：“昔有鹦武，飞集陀山，乃山中大火，鹦武遥见，入水濡羽，飞而洒之。天神言：‘尔虽有志意，何足云也？’对曰：‘尝侨居是山，不忍见耳。’天神嘉感，即为灭火。”余著此书，亦鹦武翼间水耳。①

其实两本书相互印照，方氏著《书林扬觯》亦颇有“鹦鹉翼间水”意。方氏著此二书，固知身轻言微，然而千百年来学人无不为修身明道孜孜以求。方氏尊程朱以观照当时学界，斥时人著书轻易、著书贪多、著书矜名，言著书须有宗旨、切实用、重明道，并借语录著书与说部著书而展开讨论；论汉宋，可视为宋学思潮对清中叶占统治地位的汉学势力的反拨，作为学术史上的一页人们自应关注。此外注意《书林扬觯》调和汉宋的一面，究明其“建白”之义，能够更全面考察方东树之思想走向。《书林扬觯》不应该逸出我们的学术视野，在学术史上为其保留一定之地位庶几可矣。

---

① 《书林扬觯》卷下，第47页。

骤雨旋风声满堂：陈独秀与桐城派

南京财经大学中文系　石钟扬

一　“桐城谬种”与“十八妖魔”

桐城派作为中国文学古典主义的终结，曾在中国文坛独领风骚200余年。然而在其退出历史舞台之际，却落得个“桐城谬种”的恶谥。造成这种历史变迁的原因是复杂的，然其根本原因当是以陈独秀为精神领袖的新文化运动将它作为主要进攻对象而推行白话文。

不过，“桐城谬种”说的发明人是钱玄同。胡适《文学改良刍议》在《新青年》第2卷第5号上一经发表，立即震撼文林。奋起声援者首先是陈独秀，其次是钱玄同。钱玄同每每出语惊人。他于《新青年》第2卷第6号发表致陈独秀函，说：

> 具此识力，而言改良文艺，其结果必佳良无疑。惟选学妖孽，桐城谬种，见此又不知若何咒骂。虽然，得此辈多咒骂一声，便是价值增加一分也。

这是新文化史上首先出现让桐城派人士与骈文学家痛心疾首，又是文化新人共识通用的八个字：“选学妖孽，桐城谬种。”

钱玄同很看重自己的发明，尔后在《新青年》上发表文章，则屡屡重申此说：

惟选学妖孽所尊崇之六朝文，桐城谬种所尊崇之唐宋文，则实在不必选读。（学周前秦两汉者，其人尚少。间或有之，亦尚无选学妖孽，桐城谬种之臭架子，故尚不讨厌。）①

而彼选学妖孽，桐城谬种，方欲以不通之典故，肉麻之句调，戕贼吾青年。②

玄同对于用白话说理抒情，极端赞成独秀先生之说，亦以为“其是非甚明，必不容反对者有讨论之余地，必以吾辈所主张者为绝对之是，而不容他人之匡正”。此等论调，虽若过悍，然对于迂谬不化之选学妖孽，桐城谬种，实不能不以如此严厉面目加之。③

除了那选学妖孽，桐城谬种，要利用此等文字，显其能做“骈文”、“古文”之大本领者，殆无不感现行汉字的拙劣，欲图改革，以期便用。④

有的读者批评他：“不赞成则可，谩骂则失之。”对此，钱玄同则断然拒绝：

至于“桐城派”与“选学家”，其为有害文学之毒菌，更烈于八股试帖，及淫书秽画。八股试帖，人人但以为骗“状元”“翰林”之敲门砖，从没有人当他一种学问看待；淫书秽画，则凡稍具脑筋之人，无不痛斥为不正当之玩意儿；故虽有人中毒，尚易消除。至“桐城派”与“选学家”，则无论何人，无不视为正当之文章。后者流毒已千余年，前者亦数百年；此等文章，除了谩骂，更有何术？鄙人虽不文，亦何至竟瞎了眼睛，认他为一种与我异派之文章，而用相对的论调，仅曰“不赞成”而已哉？⑤

---

① 钱玄同：《致陈独秀》，《新青年》第3卷第6号“通讯栏”。

② 钱玄同：《致胡适》，《新青年》第3卷第6号“通讯栏”。

③ 同上。

④ 钱玄同：《中国今后之文字问题》，《新青年》第4卷第4号。

⑤ 钱玄同：《附答南丰美以美学基督徒悔〈文字改革及宗教信仰〉》，《新青年》第4卷第6号。

五四运动之后，钱玄同退为宁静的学者，但他反对桐城派和“选学”的立场，却一直未变。1934 年他所作自嘲诗有云：“推翻桐选驱邪鬼，打倒纲伦斩毒蛇。”①

钱玄同之前早有学者批评过桐城派。桐城派前期的且不说，乾隆时代钱大昕就认为王若霖所谓“以古文为时文，以时文为古文”，“深中望溪之病”②。鸦片战争以后，更有甚者。冯桂芬、蒋湘南对桐城派三祖（方苞、刘大櫆、姚鼐）之文从“义法”至其渊源进行了全面的分析，蒋湘南则用“奴、蛮、丐、吏、魔、醉、梦、喘”③ 八个字勾画桐城派，极尽嘲讽之能事。而桐城人陈澹然（字剑潭）以“目不敢邪视，耳不敢乱听，规行矩步，动辄恐人议其后”的寡妇形容桐城派，称之为“寡妇之文”④。

比钱玄同稍后的傅斯年赞同“桐城谬种”说，他说：

> 今世流行文派，得失可略得言。桐城家者，最不足观，循其义法，无适而可。言理则但见其庸讷而不畅微旨也，达情则但见其陈死而不移人情也，纪事则故意颠倒天然之次序以为波澜，匿其实相，造作虚辞，曰：不如是不足以动人也。故析理之文，桐城家不能为，则饰之曰：文学家固有异夫理学也。疏证家之文，桐城家不能为，则饰之曰：文章家固有异夫朴学也。抒感之文，桐城家不能为，则饰之曰：古文家固有异夫骈体也。举文学范围内事皆不能为，而忝颜曰：文学家。其所谓文学之价值可想而知。故学人一经瓣香桐城，富于思想者，思力不可见；博于学问者，学问无由彰；长于情感者，情感无所用；精于条理者，条理不能常。由桐城家之言，则奇思不可为训，学问反足为累。不崇思力，而性灵终必泯灭。不尚学问，而智识日益空疏。托辞曰：庸言之谨。实则戕贼性灵以为文章耳。桐城嫡派无论矣，若其别支，则恽子居异才，曾涤生宏才，所成就者如此其微，固由于桎梏拘束，莫由自拔。钱玄同先生以为“谬种”，盖非过情之言也。世有为桐城派辩者，谓桐城义法，去泰去甚。明季末流文弊，一

---

① 转引周作人《过去的工作·饼斋尺牍》。

② 钱大昕：《潜研堂文集》卷三十一《跋方望溪文》，清道光刻本。

③ 蒋湘南：《七经楼文钞》卷三《与田叔子论古文书》，清道光刻本。

④ 转引章士钊《论近代诗家绝句·陈剑潭》附汪辟疆注，《江海学刊》1985 年第 4 期。

括而去之。余则应之曰：桐城遵循矩，自非张狂纷乱者所可诃责，然吾不知桐城之矩，果何矩也？其主荡荡平平之矩，后人当遵之弗畔；若其为桎梏心虑戕贼性情之矩，岂不宜首先斩除乎？①

傅斯年之论，自然是受钱玄同的影响而有精彩发挥，而钱玄同对其前辈学者之种种论述当也有所吸收与发挥。

然而真正为包括钱玄同在内的新青年派定调而批桐城派的，却是陈独秀。胡适在《文学改良刍议》中已率先向“下规姚、曾，上师韩、欧”的桐城派、“摹仿古人心理”的江西派以及选学派等当时统治中国文坛三大权威的流派发难。但是作为《新青年》主编的陈独秀的简短按语，将胡适的锋芒磨得更尖更锐，他明确肯定“白话文学将为中国文学之正宗”，白话文学作家“施耐庵、曹雪芹价值，远在归有光、姚鼐之上”②，高扬起“神圣施、曹，土芥归、方”的思潮。接着在《文学革命论》中，陈独秀则点名抨击当时之三大流派：

今日吾国文学，悉承前代之弊。所谓桐城派者，八家与八股之混合体也。所谓骈体文者，思绮堂与随园之四六也。所谓江西派者，山谷之偶像也。

其中对桐城派，他批评得尤为严厉。他把桐城派之三祖方、刘、姚和桐城派所尊奉的文章宗师——明代的“唐宋派”领袖归有光，以及明代的前后七子，统称为文坛“十八妖魔”。他说：

此十八妖魔辈，尊古蔑今，咬文嚼字，称霸文坛，反使盖代文豪若马东篱、若施耐庵、若曹雪芹诸人之姓名，几不为国人所识。若夫七子之诗，刻意模古，直谓之抄袭可也。归、方、刘、姚之文，或希荣慕誉，或无病而呻，满纸之乎者也矣焉哉。每有长篇大作，摇头摆尾，说来说去，不知道说些甚么。③

---

① 傅斯年：《文学革新申议》，《新青年》第4卷第1号。

② 《新青年》第2卷第5号，1917年1月1日。

③ 陈独秀：《文学革命论》，《新青年》第2卷第6号，1917年2月1日。

作为安徽人的陈独秀如此愤慨地批评、抨击桐城派，似乎有点大义灭亲的味道，以至胡适晚年回忆起这段佳话时，还说：

> 那时陈独秀和我都以为文学革命高潮起自元代而为明清两代的“十八妖魔”所阻挠了。
>
> “十八妖魔”是那些人呢？他们是领导明代文风的“前七子”和“后七子”。另外四人则是明代的古文大家归有光，以及清代的方苞、刘大櫆和姚鼐。这四位中的后三人（方、刘、姚），皆是陈独秀和我的安徽同乡。现在我们安徽又出了个陈独秀，居然把这三位乡前辈，也打入反文学革命的“十八妖魔”之列。独秀把中古以后直到现在所有的仿古作品，一概唾弃；而对那些俗文学里的小说、故事、戏曲等作家则大加赞赏。①

这就是说，陈独秀之论为整个新文化运动对桐城派的评判定下了基调，其他种种论说皆由此而发。所以胡适说：“陈独秀竟然把大批古文宗师一棒打成‘十八妖魔’。钱玄同也提出了流传一时的名句‘选学妖孽’和‘桐城谬种’。”② 这里实际上也为陈、钱之论排了个先后。言下之意，钱玄同之“桐城谬种”云云，虽哄传一时，其实定调的还是陈独秀“十八妖魔”说。

二　重估一切价值与“一点人味儿”

“桐城谬种”云云，如今看来不无偏颇。甚至在五四运动之后不久，陈独秀们对此也有所认识。如胡适在名文《五十年来中国之文学》中说：

> 平心而论，古文学之中，自然要算“古文”（自韩愈至曾国藩以

① 唐德刚：《胡适口述自传》，江苏文艺出版社 1995 年版。

② 同上。

下的古文）是最正当最有用的文体。骈文的弊病不消说了。那些瞧不起唐宋八大家以下的古文的人，妄想回到周秦汉魏，越做越不通，越古越没有用，只替文学界添了一些似通非通的假古董。唐宋八大家的古文和桐城派的古文的长处只是他们甘心做通顺清淡的文章，不妄想做假古董。学桐城古文的人，大多数还可以做到一个“通”字。①

周作人对桐城派“义法”多有深刻批评，但他在《中国新文学的源流》中说：

和明代前后七子的假古董相比，我以为桐城派倒有可取处的。至少他们的文章比较那些假古董为通顺，有几篇还带些文学意味。而且平淡简单，含蓄而有余味，在这些地方，桐城派的文章，有时比唐宋八大家的还好。虽是如此，我们对他们的思想所谓“义法”，却始终是不能赞成，而他们文章统系也终和八股最相近。②

周作人甚至还认为桐城派与新文化运动亦不无渊源关系：

到吴汝纶、严复、林纾诸人起来，一方面介绍西洋文学，一方面介绍科学思想，于是经曾国藩放大范围后的桐城派，慢慢便与新要兴起的文学接近起来了。后来参加新文学运动的，如胡适之、陈独秀、梁任公诸人，都受过他们的影响很大。所以我们可以说，今次文学运动的开端，实际还是被桐城派中的人物引起来的。③

只是其中有的跟不上时代潮流，“所以在新文学运动正式作起时，又都退缩回去而变为反动势力者”，如严复、林纾；而陈独秀、胡适之则属反戈一击，猛烈抨击桐城派，成为新文学潮流的先驱与领导者。钱玄同也曾回顾他在旧营垒中的情景，“就是从一九〇四到一九一四（民国四年）这十一年间，虽然自以为比一九〇三年以前荒谬程度略略减少，却又曾经

① 《胡适学术文集·新文学运动》，中华书局 1993 年版，第 100 页。

② 周作人：《中国新文学的源流》，海南出版社 1994 年版，第 55 页。

③ 同上，第 55 页。

提倡保存国粹，写过黄帝纪元，孔子纪元，主张穿斜领古衣，做过写古体字的怪文章，并且点过半部《文选》，在中学校里讲过什么桐城义法”①，是受辛亥革命失败的刺激，使他“忧心如焚，不敢不本吾良知，昌言道德文章之当改革”②。

陈独秀虽视桐城派为文坛妖魔，但在现实生活中他与桐城派后期某些作家也有较深的交往。1912 年初，陈任安徽都督府秘书长时，在安徽大学堂的旧址上重办安徽高等学堂，开始自任校长，旋即请马其昶为校长，自任教务主任。1917 年 1 月陈入京任北京大学文科学长，成为新派学者之精神领袖。桐城派旅京作家亦颇看重这位来自家乡的文化新秀。五四时期，陈独秀被捕，桐城派古文家马其昶、姚永朴、姚永概等也为营救他而奔走说项，以至胡适后来致信陈独秀还说：“我记得民国八年你被拘在警察厅的时候，署名营救你的人中有桐城派古文家马通伯与姚叔节。我记得那晚在桃李园请客的时候，我心中感觉一种高兴，我觉得这个黑暗社会里还有一线光明：在那反对白话文学最激烈的空气里，居然有几个古文老辈肯出名保你，这个社会还勉强够得上一个‘人的社会’，还有一点人味儿。”③

然而，五四时代毕竟是个“重估一切价值”的时代。陈独秀等人之“桐城谬种”说，实际上涉及他们对整个传统文化的看法。他们对传统文化中已不适应现代中国社会的部分，主张坚决扬弃。如对孔子学说，陈独秀说：“本志诋孔，以为宗法社会之道德，不适于现代生活，未尝过此以立论。”舒芜曾梳理新文学运动反对旧文学的范畴。他说所谓旧文学，有广狭二义。广义的指明代以来的拟古主义文学，如陈独秀《文学革命论》宣布明前后七子加归有光、方苞、刘大櫆、姚鼐为“十八妖魔”。狭义的则是陈独秀在同文中说：“今日吾国文学，悉承前代之弊：所谓桐城派者，八家与八股之混合体也。所谓骈体文者，思绮堂与随园之四六也。所谓江西派者，山谷之偶像也。”④ 傅斯年《文学革新申议》则举出“乡愿之桐城，淫哇之南社，死灰之闽派”⑤，较陈独秀所举少一选体，增一南社。胡

① 钱玄同附答陈大齐《保护眼珠与换回人眼》，《新青年》第 5 卷第 6 号。

② 钱玄同：《论应用之文亟宜改良》，《新青年》第 3 卷第 5 号。

③ 胡适：《致陈独秀》，《胡适来往书信选》，中华书局 1979 年版。

④ 陈独秀：《文学革命论》，《新青年》第 2 卷第 6 号，1917 年 2 月 1 日。

⑤ 傅斯年：《文学革新申议》，《新青年》第 4 卷第 1 号。

适《建设的文学革命论》又增举两种，即梦窗的词和《聊斋志异》派的小说。后来傅斯年《白话文学与心理的改革》又举出一种从梁启超的“新民体”蜕化下来的“浮飘飘的油汪汪的报纸文章”。周作人《日本近三十年小说之发达》，把当时中国流行的旧体小说分为三种：一是从《儒林外史》《官场现形记》堕落下来的黑幕派，其代表作是《留东外史》；一是从《红楼梦》堕落下来的鸳鸯蝴蝶派，其代表作是《玉梨魂》；一是从《聊斋志异》堕落下来的随笔小说，因其刻板地每篇总从“某生者”开头，被人讥为“某生者体”。

综上所述，新青年派直接反对的旧文学有九种：1. 桐城派散文，2. 选体骈文，3. 江西派诗（闽派诗），4. 梦窗派词，5. 鸳鸯蝴蝶派小说，6. 黑幕派小说，7.“某生者体”随笔小说，8. 南社诗，9. 从“新民体”蜕化下来的报纸文章[①]。

其中最主要的当是桐城派散文（古文）和选体骈文，故有“桐城谬种，选学妖孽”之称。

至于末代桐城派之光景，胡适在《五十年来之中国文学》中也有精到的分析。他把晚清散文发展状况归结为桐城派想适应时代，有所变化而终失败的历史：梁启超以桐城派文章来谈“时务”，作为现实的政治文化评论；严复以桐城文章翻译西洋学术论著；林纾以桐城派文章翻译西洋小说……虽各有一定成就，而终无大成，甚至完全失败。由此证明桐城派已经无法适应新时代的需要，整个旧文学应该被新文学所代替，不是旧文学中哪一派如何改良的问题。

三 林纾的进攻与新青年派的反攻

问题是五四时代的桐城派远不只是不适应社会现实，而是演化为新文化运动的重要对立面。

五四时代反对新文化运动的势力颇为强大，玄珠《四面八方的反对白话》提供了一些难得的史料：

① 舒芜：《“文白之争”温故录》，《新文学史料》第3辑，人民文学出版社1979年版。

河南省长李倬章出巡到南阳，在省立第五中学内演说。中间有一段妙论道："自古以来，只有北方人统治南方人，决没有南方人统治北方人；北大校长蔡元培与南方孙文最为接近，知南方力量不足以抗北，乃不惜用苦肉计，提倡新文化，改用白话文，借以破坏北方历来之优美天性与兼并思想。其实白话文简直是胡闹。他们说《红楼梦》《水浒》是好文章，试问不会做文言的人，能不能做这样一类的文字?"

蔡成勋（江西督理）用一百元做奖赏，奖赏南昌中等以上学校的学生做文言文，题目是《游西湖记》。

东三省奉直省长令教育厅，全省小学以上禁用白话文。

上海私立（!）澄衷中学的校长曹某，举行策问式的国文会考，令他的附属小学读经，做文痛诋白话文。

上海宝山路北四川路一带的电线柱上贴满"尚古夜校，专教古书"的招贴。

上海广东的广肇公学本来教过白话文的，现在也禁用白话文，专教文言文了。

合观以上的消息，我们就知道国文教授是走上了怎样反动的路了！最妙的是洛吴的走狗李倬章，贩卖烟土的蔡成勋，也来替文言文仗腰，这真和王怀庆呈请整饬学风，同样的可笑，大足为反对"新文化"者壮胆呵!①

这是发表在1924年6月的《文学周报》上的一则短文，写的是1917年陈独秀、胡适等提倡白话文之后的第七个年头的事。此时，胡适已宣布"替古文发丧举哀了"，教育部已颁令"一律改用国语"，鲁迅的白话小说、胡适的白话诗、周作人的小品散文等作品的尝试成功已打破那"美文不能用白话"的迷信，而反对白话文的复古势力仍如此这般地从四面八方反扑过来，由此更可推想五四当年新、旧斗争是何等激烈。

作为旧派势力桐城派作家表现得甚为突出，而桐城派的闽籍作家林纾

① 郑振铎编：《中国新文学大系 · 文学论争集》，上海良友图书印刷公司1935年版，第135页。

则又表现得尤为典型与奇特。至于林纾与桐城派的关系，钱基博在《现代中国文学史》中有精当的阐述：

> 初纾论文持唐宋，故亦未尝薄魏晋。及入大学，桐城马其昶、姚永概继之；其昶尤吴汝纶高第弟子，号为绍述桐城家言者，咸与纾欢好。而纾亦以得桐城学者之盼睐为幸，遂为桐城张目，而持韩、柳、欧、苏之说益力！既而民国兴，章炳麟实为革命先觉，又能识别古书真伪，不如桐城学者之以空文号天下！于是章氏之学兴，而林纾之说熸，纾、其昶、永概咸去大学，而章氏之徒代之。纾甚愤。

这里说的是，从清末的京师大学堂到民初的北京大学，桐城派（唐宋文派）与魏晋文派相争而败北，林纾与马其昶等同命相怜，互有诗文相慰。林纾既以桐城古文相标榜，他有《韩柳文研究法》《春觉斋论文》等为桐城派文论作挽歌式总结，有《古文辞类选本》《林氏选评名家文集》等多种丛书推行桐城派古文，并身体力行写作古文，以古文翻译西洋小说，从而酝酿着对新文化运动的疯狂反扑。

1917 年初，胡适的《文学改良刍议》、陈独秀的《文学革命论》刚发表，林纾就发表了《论古文之不当废》来反对，他说："知腊丁之不可废，则马班韩柳亦自有其不宜废者。吾识其理，乃不能道其所以然，此则嗜古者之癖也。"① 胡适当时就在《寄陈独秀》中对之反唇相讥："林先生为古文大家，而其论'古文之不当废'，'乃不能道其所以然'，则古文之当废也，不亦既明且显耶?"胡适还抓住林文中一不通的句子，指出："此则学古文而不知古文'所以然'之弊也。"②

此后，《新青年》同人为文则时而以林纾为靶子，动不动射他一两箭。最典型的是 1918 年 3 月，《新青年》第 4 卷第 3 号上钱玄同、刘半农扮演的"双簧戏"。前面由钱玄同化名王敬轩以书信的形式发表一大通反对白话文学的谬论，刘半农《复王敬轩书》则以更长篇幅对之予以痛快淋漓地批驳。之所以要演这出"双簧"，郑振铎在《文学论争集·序言》里解释说："从他们打起'文学革命'的大旗以来，始终不曾遇到过一个有力的

---

① 见 1917 年 2 月 8 日上海《民国日报》。

② 《胡适文存》卷一。

敌人们。他们‘目桐城为谬种，选学为妖孽’。而所谓‘桐城、选学’也者却始终置之不理。因之，有许多见解他们便不能发挥尽致。旧文人们的反抗言论既然竟是寂寂无闻，他们便好像是尽在空中挥拳，不能不有寂寞之感……所以王敬轩的那一封信，便是要把旧文人们的许多见解归纳在一起，而给以痛痛快快的致命一击的。”说“文学革命”兴起之初“不曾遇到过一个有力的敌人”，则未见得；问题是“桐城、选学”也者却始终置之不理，让《新青年》同人们“好像是尽在空中挥拳”，倒是对手之伎俩或不屑出阵，迫使他们演此“双簧”，主动出击。林纾既愿充当那“置之不理”群体的代言人，刘半农的复信自然会择林氏言论尤其是林译小说，大大地嘲弄一番。

到了白话文运动初步取得胜利时，又是林纾按捺不住，站出来充当反派的总发言人。他先是发表了一篇《论古文白话之相消长》，说“古文者白话之根柢，无古文安有白话”，“不读《史记》而作《水浒》，能状出尔许神情邪”，以退求进，貌似公允，实则为夺回失去的地盘。再就是在1919年3月，他发表了致北京大学校长蔡元培的公开信，历数当时新文化运动中枢北大之罪：一是“覆孔孟，铲伦常”，一是“尽废古书，行用土语为文字”，也就是批判孔学和提倡白话两件事。其中心论点，一如上文，即：“非读破万卷，不能为古文，亦并不能为白话。”

发表林纾此信的《公言报》，在1919年3月18日之同版上附有长篇记事《请看北京学界思潮变迁之近状》：“国立北京大学自蔡孑民任校长后，气象为之一变，尤以文科为甚。文科学长陈独秀氏以新派首领自居，平昔主张新文学甚力，教员中与陈氏沆瀣一气者有胡适、钱玄同、刘半农、沈尹默等，学生闻风兴起，服膺师说，张大其辞者，亦不乏人。”这位记者所记者为林纾发信之背景，并点明林纾公开信锋芒所指者主要是以陈独秀为首的新派学者，他毫不遮掩地说：“唯陈胡等对于新文学之提倡，不第旧文学一笔抹杀，而且绝对的菲弃旧道德，毁斥伦常，诋排孔孟，并且主张废国语而以法兰西文学为国语之议，其卤莽灭裂，实亦太过。顷林琴南氏有致蔡孑民一书，洋洋千言，于学界前途深致悲悯，兹将原书刊布于下，读者可以知道近日学风变迁之剧烈矣。”

既是如此背景，作为新文化运动之“大护法”蔡元培，对林纾的挑战自不能坐视不问。蔡氏也以公开信方式回击了林纾，他说：“北京大学教员中，善作白话者，为胡适之、钱玄同、周启孟诸君。公何以证知为非博极群书，非能作古文，而仅以白话文藏拙者?”然后历数胡适《中国哲学史大纲》对古文有深刻了解，钱玄同的文字学讲义和学术文通论都是古雅的古文，周作人（启孟）的《域外小说集》文笔古奥，非浅学者所能为。这足以堵住林纾对新派学者菲薄之口。不仅如此，蔡氏在信中还披露了他著名的办学方针：一是对于学说，仿世界各大学通例，循“思想自由”原则，取兼容并包主义，与林所提出之“圆通广大”四字颇不相背也。无论有何种学派，苟其言之有理，持之有故，尚不适臬然淘汰之命运者，虽彼此相反，而悉听其自由发展。二是对教员，以学诣为主，在校讲授以无背于第一种之主张为限。其在校外之言动悉听自由，北大从不过问，亦不能代为负责任。特别指出，如北大“革新一派，即偶有过激之战，苟与校课无涉，亦何必强以其责任归之于学校耶”。蔡氏于信中还针对林氏罗织他人罪名的恶劣行径，反诘道：“公曾译有《茶花女》《迦茵小传》《红礁画桨录》等小说，而亦曾在各校讲授古文及伦理学，使有人诋公为以此等小说体裁讲文学，以狎妓、奸通争有夫之妇讲伦理者，宁值一笑欤?”[①] 蔡氏之反驳虽较温和，但以其地位与影响，对陈独秀等新派学者无疑是极大的支持与鼓舞。

林与陈、蔡之交战，尝有一议论：“清室举人”（林）上书“清室进士”（蔡）攻击“清室秀才”（陈），温文尔雅，扫地以尽，亦不失为一则文坛佳话。只不过此时陈、蔡皆已弃清室如敝屣，唯林纾一人念念不忘其为“清室举人”。

四　“荆生”大闹陶然亭

如果林纾只是在学理上反对以陈独秀为领袖的新文化运动，怎么顽固、怎么疯狂都无可厚非。因为人各有志，在学术争端上各方都应允许对方心怀异趣，然后，在自由竞争中寻找各自的归宿。

---

① 蔡元培：《答林君琴南函》，作于1919年3月18日，载同年3月21日《北京大学日刊》第338号，3月18日及4月1日《公言报》，《新潮》杂志第1卷第4期，1919年4月1日。

问题是新派人物虽也有咄咄逼人之势，而林纾在论辩中，没走几步就跨出了红线，严重地违背了学术争论的游戏规则。

林纾在争端中理屈词穷，就写小说含沙射影骂人。1919 年 2 月 4 日起，上海《新申报》以“蠡叟丛谈”为名替林纾辟了一个专栏，按日发表短篇小说。也许他觉得以这种“不严格”的文体教训一下对手较为合适，于是便有了这月 17 日、18 日两日连载的小说《荆生》。

其中写了三个书生：皖人田其美，影射陈独秀；浙人金心异，影射钱玄同；新归自美洲的狄莫能哲学，便是隐指胡适①。“三人称莫逆”，聚于北京陶然亭畔，饮酒歌呼，放言高论，掊孔孟，毁伦常，攻击古文。议论正热闹时，忽闻一声巨响，板壁倾裂，杯碗均碎。隔壁走来一个携带 18 斤重铜锏名荆生的“伟丈夫”——

> 足超过破壁，指三人曰：“汝适何言……尔乃敢以禽兽之言，乱吾清听！”田生尚欲抗辩，伟丈夫骈二指按其首，脑痛如被锥刺。更以足践狄莫，狄腰痛欲断。金生短视，丈夫取其眼镜掷之，则怕死如猬，泥首不已。丈夫笑曰：“尔之发狂似李贽，直人间之怪物。今日吾当以香水沐吾手足，不应触尔背天反常禽兽之躯干。尔可鼠窜下山，勿污吾锏。……留尔以俟鬼诛。”

完全是用骂詈来发泄仇恨。周作人说，林纾“用意既极为恶劣，文词亦多草率不通，如说金心异‘畏死如猬’，畏死并不是刺猬的特性，想见写的时候是气愤极了，所以这样的乱涂”。胡适则说：“这种话很可以把当时的卫道先生们的心理和盘托出。这篇小说的末尾有林纾的附论，说：‘如此混浊世界，亦但有田生狄生足以自豪耳！安有荆生？’这话说的很可怜。当日古文家很盼望有人出来作荆生，但荆生究竟不可多得。”②

林纾的另一篇小说为《妖梦》③，写一名叫郑思康的陕西人（按，郑思康即思念东汉经学家郑玄康成之意），梦见一髯人邀他游阴曹地府，“并告

---

① 参阅周策纵：《五四运动：现代中国的思想革命》，江苏人民出版社 1996 年版，第 84 页脚注。

② 胡适：《五十年来中国之文学》，海南出版社 1994 年版，第 106 页。

③ 《妖梦》，1919 年 3 月 18 日至 22 日上海《新申报》“蠡叟丛谈”第 44—46 页。

诉阴曹大有异事”“凡不逞之徒，生而可恶，死亦不改，仍聚党徒，张其顽焰”。他们来到一城市，见一所白话学堂，门前大书一联云：

白话通神，红楼梦、水浒，真不可思议；
古文讨厌，欧阳修、韩愈，是甚么东西。

校中有三个“鬼中之杰出者”：校长元绪，明显影射蔡元培；教务长田恒，影射陈独秀；副教务长秦二世，则是指胡适。其人进入学堂，见第二门上额大书“毙孔堂”，也有一联：

禽兽真自由，要这伦常何用；
仁义太坏事，须从根本打消。

康怒极，谓髯曰：“世言有阎罗，阎罗又安在？”髯曰：“阳间无政府，阴间那得有阎罗。”已而田恒、秦二世二人左右元绪出见。田、秦二人毁伦常，赞扬白话文，元绪对他们的言论“点首称赏不已”。康“气如结，兴辞而出”，髯亦同行。

此文对“鬼中三杰”，咒骂得比《荆生》更粗鲁，更刻薄无聊。如说“田恒二目如猫头鹰，长喙如狗；秦二世似欧西之种，深目而高鼻”，极尽丑化之能事。文末旋即请出能啖食月亮的“罗罗阿修罗王”直扑白话学堂，“攫人而食，食已大下，积粪如邱，臭不可近”。

林纾在小说之首说：“夫吉莫吉于人人皆知伦常，凶莫凶于士大夫甘为禽兽。此《妖梦》之所以作也。”文末又附“蠡叟”曰：“吾恨郑生梦不实，若果有啖月之罗罗王，吾将请其将此辈先尝一脔也。”足见其对陈独秀等人是何等仇视，简直是要“食肉寝皮”了。至此，林纾已丧失起码的理智与风度，更无什么“人格”可言。

有趣的是，近年有人著文，将林纾的顽固说成“执着”，将他的疯狂说成“热情”，并振振有词地说：“固执也须有固执的理由和固执的胆量，理由权且撇到一边，这胆量当然不是容易养成也不是可以假装的。除此之外，还须贯彻其固执的初衷，像生根铸铁般的始终不变，这样的人岂容易找得吗？”[①] 因此，其人格的魅力就“很可钦佩”，甚至令人“倾倒”。这真不知是来自何方的逻辑。

先不说别的，林氏以小说咒人的档次就非常低劣。如其称蔡元培为元绪公，何谓元绪？周作人在《知堂回想录·蔡孑民（三）》中说：“元绪公，即是说的蔡孑民，因为《论语》注有‘蔡，大龟也’的话，所以比他为乌龟，这元绪公尤其是刻薄的骂人话。”[②] 梁柱在《一代宗师铸名校》中有注云：“元绪为龟的别名。林纾取《论语》注中有‘蔡，大龟也’的话，用来影射蔡元培。林纾此举，行为卑劣，为人不齿。时有人称其是‘拖鼻涕的野小孩在人家大门上画乌龟’[③]的行径。”足见其人格之卑污，实无可称道处。

五　师生携手，首战告败

在与陈独秀辈人的争论中，林纾之人格卑污还表现在与张厚载携手造谣、中伤对手上。张厚载当时就学于北京大学法科政治系，兼任上海《神州日报》记者。其人崇拜旧文化，尤其酷爱旧戏，经常在报上写些剧评文章。他对新文化运动特别是陈独秀等人对旧戏的批评不满，曾与他们展开论争。这个张厚载又名张缪子，是林纾在五城学堂时的老学生[④]，被认为是林纾在北大的内应。在新旧斗争中，他坚定地站在林纾一边。林纾的小说《荆生》《妖梦》，都是经由他的手转寄上海《新申报》发表的。他还里应外合，散布谣言，向林纾及《神州日报》提供经过歪曲的材料，为旧派势力攻击北京大学推波助澜。

1919 年 2 月，张厚载两次在《神州日报》上发表《半谷通讯》，造谣说陈独秀、胡适、钱玄同、刘半农、陶孟和等人，以思想过激，受政府干

---

① 冯奇编著：《林纾评传·作品选》大言林之“人格的魅力与历史的悲剧”，引文见第 41—42 页，中国文史出版社 1998 年版。

② 周作人：《知堂回想录》，敦煌文艺出版社 1998 年版，第 226 页。

③ 《每周评论》1919 年 3 月 30 日刊读者来信。

④ 周作人：《知堂回想录》，第 237 页。

预而辞职，并闻陈独秀“已往天津，态度亦颇消极”云云。3月初，张氏又在《神州日报》发表通讯：

> 北京大学文科学长陈独秀近有辞职之说，日前记者往访该校长蔡孑民先生，询以此事。蔡校长对于陈学长辞职，并无否认之表示。……则记者前函报告，信而有征矣。

他竟把谣言造到蔡元培头上去了。此项谣言流传甚广，各报竞相转载，并大肆加以渲染。上海有的报纸还就此事发了专电，给北京大学施加压力。

这就走得太远了，当然遭到陈独秀的痛斥。他说：“张厚载因为旧戏问题，和《新青年》反对，这事尽可以从容辩论，对于本校新闻，还要闭着眼睛说梦话，做那‘无聊的通讯’（这是张厚载对胡适君谢罪信里的话，见十日《北京大学日刊》），岂不失了新闻记者的资格吗？若说是有心传播，更要发生人格问题了！”① 陈独秀在给胡适信中指明，张某所为是与乃师林纾“背地里勾结起来蠕动罢了”②。他在给臧玉海的信中还说：“现在青年思想底大害，不是这班顽固的老辈，乃是有点新思想而不彻底的少壮学者呵！”③ 据此，他就决不忽视与张厚载的斗争。

由此不仅可见陈独秀疾恶如仇的人格力量，更可看出当时新、旧派之争是何等激烈，以致双方一不小心，就会跨出学术之门，酿成其他色彩的斗争。新文化运动本就不仅仅是个文化运动，运动中各派力量都会密切注视着文化之外的种种动静，文化论争中时有某些非学术的操作手段，也就在所难免了。

在陈独秀反击林纾、张厚载的同时，蔡元培也致函《神州日报》，对张文所言种种一一作了“否认之表示”。同时的《每周评论》还刊发了《评林蝟庐最近所撰〈荆生〉短篇小说》，有似刘半农《复王敬轩》的战术，逐段点评《荆生》，极言其文章不通。这些都是1919年3月18日的事。而此时，林纾的《妖梦》正寄往《新申报》发排，刊于19日至23日

---

① 陈独秀：《关于北京大学的谣言》，《每周评论》第13号，1919年3月16日。

② 陈独秀：《致胡适》（未刊稿），转自周天度《蔡元培传》，人民出版社1984年版，第156页。

③ 水如编：《陈独秀书信集》，新华出版社1987年版，第246页。

的“蠡叟丛谈”。凑巧的是，此时林纾收到蔡元培来函，云：赵体孟想出版“明遗老刘应秋先生遗著”，求蔡“介绍任公太炎又林琴南诸先生为品题”。林纾面对蔡的雅量似觉以《妖梦》相咒不妥，一面让张厚载追回《妖梦》，一面赶写复函，正面进言“尤有望于公者”，“愿公留意以守常为是”。但《妖梦》覆水难收，结果一面《致蔡鹤卿书》在北京发表，一面《妖梦》小说第二日在上海连载。时间的紧凑，更显得林纾行为之恶劣与人格之卑污。从中牵线的张厚载又自作多情去信向蔡元培解释：

> （林纾）近更有《妖梦》一篇攻击陈胡两先生，并有牵涉先生之处。稿发后而林先生来函谓先生已乞彼为刘应秋先生作序，《妖梦》当可勿登。但稿已寄至上海，殊难终止，不日即可登出。倘有渎犯先生之语，务乞先生归罪于生，先生大度包容，对于林先生游戏笔墨，当亦不甚介意也。

这种此地无银三百两的解释，更显得林纾的行为不地道。蔡元培“大度包容”并不是无原则的宽大无边。此次，他颇为“介意”地教训张生：

> 缪子兄鉴：得书，知林琴南君攻击本校教员之小说，均由兄转寄《新申报》。在兄与林君有师生之谊，宜爱护林君。兄为本校学生，宜爱护本学校。林君作此等小说，意在毁坏本校名誉，兄徇林君之意而发布之，于兄爱护母校之心，安乎？否乎？仆生平不喜作谩骂语，轻薄语，以为受者无伤，而施者实为（无）德。林君詈仆，仆将哀矜之不暇，而又何憾焉？惟兄反诸爱护本师之心，安乎？否乎？往者不可追，望以后注意！此复并候学祺。蔡元培白。

蔡、张两信再加蔡元培《答林君琴南函》，一并刊之于 3 月 21 日之《北京大学日刊》。24 日《公言报》又有《林琴南再答蔡鹤卿书》，一面为此前“孟浪进言”“传闻失实”道歉，一面强辩说他的小说“专以抨击人之有禽兽行者，与大学讲师无涉，公不必怀疑”。再来一次此地无银三百两的表演。类似的表演，他还重复了多次。一是当《每周评论》编辑部把点评《荆生》那一期送上门时，林纾有信云：

大主笔先生：足下承示批斥荆生小说一段，甚佳。唯示我不如示之社会，社会见之胜我自见。……至蠡叟小说，外间闻颇风行，弟仍继续出版，宗旨不变，想仰烦斧削之日长矣。

此信刊于3月30日第15期《每周评论》，“记者”附识也不客气：“文理不通的地方，总要改改才好。前回批改大作的人，不是本报记者，乃是社外投稿，占去本报篇幅不少，实在台静农所藏陈独秀手迹可惜。请你以后下笔留情，免得有人‘斧削’，祸延本报。记者正经事体很多，实在无暇‘斧削’。”二是《每周评论》4月13日第19期大幅度扩版专载“特别附录”《对于新旧思潮的舆论》，总汇了国内批林言论，连一向支持他的《公言报》也声明自脱干系。林纾又急忙发表《致包世杰先生书》：

承君自神州报中指摘仆之短处……切责老朽之不慎于论说，中有过激骂詈之言，仆知过矣……敝国伦常及孔子之道乃必力争。当敬听尊谕，以和平出之，不复谩骂。①

此函，别的报刊也转载过。

林纾可以一封避重就轻的“罪己函”搪塞一番，屡播是非的张厚载就不那么轻松了。3月31日《北京大学日刊》登出一则“本校布告”：

学生张厚载屡次通信于京沪各报，传播无根据之谣言，损坏本校名誉，依大学规程第六章第四十六条第一项，令其退学。此布。

而此时，距张毕业仅差三个月。张被除名回江苏青浦老家之前，曾去拜会林纾。林以《赠张生厚载序》相慰，希望他“临窗读孔孟之书”，“无所戚戚于其中也”②。

① 林纾：《致包世杰先生书》，《新申报》，1919年4月5日。

② 林纾：《赠张生厚载序》，《公言报》1919年4月12日。

六　林纾心中的“伟丈夫”有何作为

林纾人格之卑污，更表现为欲借仗军阀政府权势来镇压新文化运动。

先是林纾在小说《荆生》中，让“伟丈夫荆生”痛打田其美、金心异、狄莫——亦即陈独秀、钱玄同、胡适。林纾心中的荆生为何人？那就是段祺瑞军阀政府安福系干将徐树铮。

当年《荆生》小说发表没几天，北京就谣言四起，有说陈、胡等人已被政府驱逐出校的，也有说徐树铮要将大炮架在景山上准备轰击北京大学的①。这两者之间有何联系呢？1919年3月2日《每周评论》第11期有署名“独应”（陈独秀）的《旧党的罪恶》写道：“若利用政府权势，来压迫异己的新思潮，这乃是古今中外旧思想家的罪恶，这也就是他们历来失败的根源。至于够不上利用政府来压迫异己，只好造谣吓人，那更是卑劣无耻了。”这是新青年派的最初反应，比较含糊。一周后的第12期《每周评论》全文转载了《荆生》，并加按语指出，“甚至于有人想借用武人政治威权来禁压这种鼓吹。前几天上海《新申报》上登出一篇古文家林纾的梦想小说就是代表这种武力压制的政策的”，则已点题。但其中仍指“荆生”为“著者自己”。而同期“选论”栏目中转载5日《晨报》上守常（李大钊）的《新旧思潮之激战》一文，则是另一种说法：“想抱着那位伟丈夫的大腿，拿强暴的势力压倒你们反对的人；或是作篇鬼话妄想的小说快快口，造段谣宽宽心，那真是极无聊的举动。须知中国今日如果有真正觉醒的青年，断不怕你们那伟丈夫的摧残，你们的伟丈夫也断不能摧残这些青年的精神。”此处的“伟丈夫”则成了北洋政府的代名词，以后荆生被认为是安福系的徐树铮，大概就源于此。

事后，仍不断有人提起这桩公案。刘半农曾追忆说：“卫道的林纾先生却要于作文之外，借助于实力——就是他的‘荆生将军’，而我们称为小徐的徐树铮。这样，文字之狱的黑影就渐渐的向我们头上压迫而来。我

---

① 参阅沈卫威《无地自由——胡适传》，上海文艺出版社1994年版，第60页。

们就无时无日不在栗栗危惧之中过活。”[①] 1925年徐树铮被冯玉祥手下的军人仇杀于廊坊，刘半农发表了题为《悼快绝一世的徐树铮将军》的文章，幸灾乐祸地说：“噩耗传来，知道七年前曾与我们小有周旋的荆生将军，竟不幸而为仇家暗杀。”[②]

在1935年上海良友图书印刷公司出版的《中国新文学大系》中，有两篇的导论都提及“荆生”事件。一是胡适说：“我们若在满清时代，主张打倒古文，采用白话文，只需一位御史的弹本就可以封报馆捉拿人了。但这全是政治势力，和‘产业发达人口集中’无干。当我们在民国时代提倡白话的时候，林纾的几篇文章并不曾使我们烟消灰灭。然而徐树铮和安福部的政治势力却一样能封报馆捉人……幸而帝制推倒以后顽固的势力已不能集中作威福了，白话文运动虽然时时受点障害，究竟还不到‘烟消灰灭’的地步。”一是郑振铎说：“当时安福系当权执政。谣言异常的多。时常有人散布着政治势力来干涉北京大学的话，并不时的有陈、胡被驱逐出京之说。也许那谣言竟有实现的可能，如不是五四运动的发生。林纾的热烈的反攻《新青年》同人们乃是一九一九年二三月间的事。而过了几月，便是五四运动发生的时候，安福系不久便坍了台，自然更没有力量来对于新文学运动实施压迫了。”

这两篇导言透露林纾欲借武力弹压新文化运动，而“荆生”徐树铮实未将林的愿望付诸实施。对其理由，两者说法似乎略有不同。胡适说不是徐树铮的安福系不想“封报馆捉拿人”，而是客观上他们四分五裂，无暇顾及文化上的事情。郑振铎说，军阀政府本想干涉陈、胡们，只是五四运动爆发，才无力干涉。其实将两说合并，才是徐树铮未实际大肆压制新文化运动的充分理由，只是胡适说的是当时的事，郑振铎说的是稍后的事。

到20世纪60年代，另一个五四人物周作人写回忆录，则兼取胡、郑之说法：“段祺瑞派下有一个徐树铮，是他手下顶得力的人，不幸又是能写几句文章，自居于桐城派的人，他办着一个成达中学，拉拢好些文人学士，其中有一个自称清室举人的林纾，以保卫圣道自居，想借了这武力，给北大以打击；又联络校内的人做内线，于是便兴风作浪起来了。最初他

---

① 刘半农：《初期白话诗稿·序目》，收《半农杂文二集》，上海良友图书印刷公司1935年版。

② 《语丝》周刊，第61期，1926年1月11日。

在上海《新申报》上发表《蠡叟丛谈》，是《谐铎》一流的短篇，以小说的形式，对于北大的《新青年》的人物加以辱骂与攻击……林琴南的小说并不只是谩骂，还包含着恶意的恐吓，想假外来的力量，摧毁异己的思想；而且文人笔下辄含杀机，动不动便云宜正两观之诛，或曰寝皮食肉。这些小说也不是例外……虽然这只是推测的话，但是不久渐见诸事实，即是报章上正式的发表干涉；成为林蔡斗争的公案，幸而军阀还比文人高明，他们忙于自己的政治争夺，不想就干涉文化，所以幸得苟安无事，而这场风波也成为一场笔墨官司而完结了。”这与胡适的说法相近。《知堂回想录》的另一处又说：“报纸上也有反响，上海研究系的《时事新报》开始攻击，北京安福系的《公言报》更加猛攻，由林琴南出头，写公开信给蔡孑民说学校里提倡非孝，要求斥逐陈胡诸人。蔡答信说，《新青年》并未非孝，即使有些主张，也是私人的意见，只要在大学里不来宣传，也无法干涉。林纾恼羞成怒，大有借当时实力徐树铮的势力来压迫之势，在这时期五四风潮勃发。政府忙于应付大事，学校的新旧冲突总算幸而免了。”① 这又与郑说相近。其实在周作人看来，也只有将两说相融才较全面，因而将两说引入回忆录而并不觉得有什么矛盾。

倒是陈独秀独具只眼，他在《林纾的留声机器》中一针见血地指出：“林纾本是想借重武力压倒新派的人，那晓得他的伟丈夫不替他作主。”② 如果徐树铮真的想这么做的话，“封报馆捉拿人”是军阀政府对付知识分子的拿手好戏，即使有干扰也不难实施。傅斯年曾说：“在五四前若干时，北京的空气，已为北大师生的作品动荡得很了。北洋政府很觉得不安，对蔡先生大施压力与恫吓，至于侦探之跟随，是极小的事了。”③ 陈独秀于五四后不久也曾说：“安福俱乐部当权时，即无日不思与北大反对，蔡先生之精神力用之于对付反对者三分之二，用之于整理校务者仅三分之一耳。”④ 此次，这位“荆生”却不替那林老先生“作主”。多少年后，徐树铮之子在《民国徐又铮先生树铮年谱》1919 年条末附有林纾旧作《荆生》并有说明：“民国八年，接着五四运动之后是蓬勃的新思想的发展，和当

---

① 分别见周作人：《知堂回想录》中《蔡孑民（三）》和《北大感旧录（十一）》。

② 陈独秀：《林纾的留声机器》，《每周评论》第 15 号，1919 年 3 月 20 日。

③ 傅斯年：《我所景仰的蔡先生之风格》，重庆《中央日报》1940 年 3 月 24 日。

④ 陈独秀：《在欢送蔡元培出国宴会上致词》，《时报》1920 年 11 月 24 日。

时主张守旧的人物，形成了鲜明的壁垒。林琴南先生是守旧派的中心人物，而先生（按，指徐树铮）当时在思想上是接近守旧派的。所以，林先生很希望先生能运用政治上的力量来打击新思潮人物。他当时有题名《荆生》的一篇小说，就是暗示他这个意思。……小说的用意虽然很明白，先生却并没有甚么反应。"[①] 至于"荆生"为何不替林纾"做主"？陈思和则有独到的分析。

陈思和在《徐树铮与新文化运动》一文中[②]，以陶菊隐《北洋军阀史话》为依据，具体罗列了徐树铮从 1917 年到 1919 年三年间的紧张活动，包括筹划国会，操纵选举，发动战争，拉拢曹锟，引入奉军，以及出使日本与当时的外蒙，都是关乎皖系军阀及他自己命运的大事。徐以其文武全才，呼风唤雨，几度使段祺瑞内阁转危为安，表现极为非凡。但到 1919 年上半年，国际风云突变，英美派开始与日本争夺在华利益，段、徐亲日派渐渐失势；国内的南北和会与学生爱国运动也都对徐不利，再加上徐世昌与段祺瑞的矛盾日益尖锐……此时的徐树铮怎么可能听从一个腐儒的暗示去干涉新文化运动，激化与新派知识分子的矛盾呢？再则，军阀、政治家之间的短兵相接，往往是国家之灾，文化之幸——文化在王纲解纽、专制崩坏之际找到了生存发展的特殊空间。五四新文化运动，亦如春秋战国的诸子百家，魏晋南北朝的佛学入华，在军阀混战中发展兴盛起来。

陈思和还进而论及，徐树铮是个有学问的军阀，能诗善文，才气横溢。他以徐的两篇文章《致柯凤孙王晋卿马通伯书》《上段执政书》为依据，认为徐有过人的才气和目力，他能认识到"为长治久安计，练百万雄兵，不如尊圣兴学，信仰斯文义节之士"，因而能以在野之身思索立国大法——即如何用"国学"传统为基础来构建国家意识形态；同时认识到世风日下之际，唯有知识分子一向以守道应世为第一职业，舍之不足以立国。由此，徐正在不自觉地行使袁世凯以降无一当权者所能做的事情。亦由此，徐 1915 年创办正志中学（按，或即周作人所谓"成达中学""立达中学"），把当时最负盛名的桐城派文人都收罗进去，尊为导师。他与林纾也建交于斯。

---

① 徐道麟编：《民国徐又铮先生树铮年谱》，台湾商务印书馆 1981 年版，第 123—127 页。

② 陈思和：《徐树铮与新文化运动》，《中国现代文学研究丛刊》，1996 年第 3 期。

林纾与徐树铮相识于民国初年，那时林已近花甲，徐则才三十出头，徐在《致马通伯书》中称："毋辛壬之际，始与畏庐老人交，猥许为性地廉厚，屈恒以道义相磋磨。"徐对林则执弟子礼。在办正志中学期间，林、徐的诗词唱和频繁。徐单身去关外引奉军克冯玉祥，林特地画了幅《匹马度关图》送他。可见他们之交往非同寻常。更可见，林以小说《荆生》暗示徐，让他一举击崩新派人物，是有其特殊背景的。

问题是，以林、徐之关系，林有所谋，本可以与徐直说，但他似觉得不好如此，于是以小说家言暗示一番。徐对此似也不难看出，但他从其大局出发，"并没有甚么反应"。两相比较，文化新人对林之所作所为，则更投以愤慨与鄙视。

就在林纾发表《荆生》后不久，陈独秀就发表文章，指出：林纾"所崇拜所希望的那位伟丈夫荆生，正是孔夫子不愿会见的阳货一流人物"；林纾所为恰表现"中国人有'依靠权势''暗地造谣'两种恶根性。对待反对派，决不拿出自己的知识本领来正正堂堂的争辩，总喜欢用'依靠权势''暗地造谣'两种武器"；并"请林先生拿出良心来仔细思量"[①]。周作人在回忆录中则说："北洋派的争斗，如果只是几个军阀的争权夺利，那就是所谓狗咬狗的把戏，还没有多大的害处，假如这里边夹杂着一两个文人，便容易牵涉到文化教育上来，事情就不是那么简单了。"[②] 刘半农甚至说，有林纾《荆生》的暗示，文字之狱的黑暗渐渐压迫而来，"然而我们终于没有尝到牢狱滋味——至少也可以说我们中并没有任何人在明白宣布的提倡白话诗文的罪名之下遭到逮捕——这就不得不有慨于北洋军阀的宽宏大度，实远在读圣贤书，深明忠恕之道的林琴南先生之上"[③]。

林纾在 1919 年初反对新文化运动之表现如此不堪，难怪陈独秀说：

> 林老先生自命为古言语家，其实从前吴挚甫先生就说他只能译小说，不能做古文；现在桐城派古文正宗马先生也看不起他这种野狐禅的古文家；至于选派文学家更不消说了。[④]

---

① 陈独秀：《关于北京大学的谣言》。

② 周作人：《知堂回想录》中《蔡孑民（三）》。

③ 刘半农：《初期白话诗稿·序目》。

④ 陈独秀附臧玉海《林纾与育德中学》按语，《新青年》第 7 卷第 3 号通讯栏。

可见陈独秀对林纾的态度与对马其昶、姚氏兄弟等正宗桐城派不同，他真正瞧不起的是借桐城派自重而行为不端的林纾。由此，我想，陈独秀们或许是因林纾而呼末世桐城派为谬种，或简直是视林纾为桐城派中之谬种。

七　1919 年 3 月 26 日：北大之夜

当然，这里说的是作为新文化运动反对派的林纾，而非其全人。论及其全人，林纾还是有许多他人无可替代的历史功绩的。

1924 年 10 月 9 日，林纾逝世。12 月 1 日，周作人在《语丝》第 3 期上发表《林琴南和罗振玉》，借林的成绩批评当时之译界。次年 3 月 30 日《语丝》上有刘半农《自巴黎致启明的信》，认同周说，以致“后悔当初之过于唐突前辈了”。直到钱玄同出来，发表《写在半农给启明的信底后面》，要半农“别长前辈底志气，灭自己底威风才好”，周作人才又写了篇《再说林琴南》，立论重点转到“世人对于林琴南称扬的太过分”，称“所以我不能因为他是先辈而特别客气”——对前说略作了些矫正。

对林纾重评较高的当数胡适。他先是在 1922 年 3 月的名文《五十年来中国之文学》中称，“严复是介绍西洋近世思想的第一人，林纾是介绍西洋近世文学的第一人”：

> 平心而论，林纾用古文做翻译小说的试验，总算是很有成绩的了。古文不曾做过长篇的小说，林纾居然用古文译了一百多种长篇小说，还使许多学他的人也用古文译了许多长篇小说。古文里很少滑稽的风味，林纾居然用古文译了欧文与迭更司的作品。古文不长于写情，林纾居然用古文译了《茶花女》与《迦茵小传》等书。古文的应用，自司马迁以来，从没有这种大的成绩。

从古文的艺术表现功能着眼，胡适盛赞林纾所译小仲马的《茶花女》，认为“《茶花女》的成绩，遂替古文开辟一个新殖民地”，比严复所云

“可怜一卷《茶花女》，断尽支那荡子肠”，有过之而无不及。与原作相比，胡适也认为：

林译的小说往往有他自己的风味；他对于原书的诙谐风趣，往往有一种深刻的领会，故他对于这种地方，往往更用气力，更见精彩。他的大缺陷在于不能读原文；但他究竟是一个有点文学天才的人，故他若有了好助手，他了解原书的文学趣味往往比现在许多粗能读原文的人高的多。即使林译的“这种成绩终归于失败”，胡适也认为“这实在不是林纾一般人的错处，乃是古文本身的毛病”。

再是1924年12月，他在《林琴南先生的白话诗》中追叙当年维新运动中“苦口苦心地做改革”的一班新人物群里有林琴南的身影，他当日作的白话诗《闽中新乐府》，就是维新思潮的产物。胡适说：

林先生的新乐府不但可以表示他的文学观念的变迁，并且可以使我们知道，五六年前的反动领袖在三十年前也曾做过社会改革的事业。我们这一辈的少年人只认得守旧的林琴南，而不知道当日的维新党林琴南；只听得林琴南老年反对白话文学，而不知道林琴南壮年时曾做很通俗的白话诗——这算不得公平的舆论。

这则表现了五四文化新人极其宽广的文化胸怀，这真是林纾“生前梦想不到的事”。

如果说胡适等的宽宏大量尚在事后，那么陈独秀特有的豪爽则表现在当时。1919年4月13日《每周评论》第17期发表陈氏署名“只眼”的一则《林琴南很可佩服》，其中写道：

林琴南写信给各报馆，承认自己骂人的错误，像这样勇于改过，倒很可佩服。但是他那热心卫道宗圣明伦和拥护古文的理由，必须要解释得十分详细明白，大家才能够相信咧！除了由老革命党人的丰富经验中升腾出对对手的警戒之外，还是表现了难得的宽容。

遗憾的是，陈独秀们的宽容，赢得的并不是对手的反省与休战。在林纾致信《每周评论》“仰烦斧削”之际，陈独秀就敏感地捕捉到林氏之新动向，并发表《林纾的留声机器》予以揭露：

> 林纾本来想借重武力压制新派的人，那晓得他的伟丈夫不替他做主；他恼羞成怒，听说他又去运动他同乡的国会议员，在国会里提出弹劾案，来弹劾教育总长和北京大学校长。无论那国的万能国会，也没有干涉国民信仰言论自由的道理。我想稍有常识的议员，都不见得肯做林纾的留声机要？

陈独秀显然高估了国会议员。谁知就在陈文发表的同时，就有参议员张元奇赴教育部要求取缔《新青年》《新潮》等刊物，否则“将由新国会提出弹劾教育总长案”，并弹劾蔡元培，“而尤集矢于”陈独秀。

陈独秀为减轻北大与蔡元培的压力，于《新青年》第6卷第2号发表《编辑部启事》，声明：“《新青年》编辑部和做文章的人，虽然有几个在学校做教员，但是这个杂志完全是私人的组织。我们的议论完全归我们自己负责，和北京大学毫不相干。”[①] 陈独秀之引火烧身，非但没有减轻北大所受压力，反而激化了新旧矛盾斗争。何况校内外的旧势人物，早就想将陈独秀驱逐出京。

起初，蔡元培不为外议所动，声称“北京大学一切的事，都在我蔡元培一人身上，与这些人毫不相干”，甚至要“将两年来办学之情形和革职的理由撰写成英、法、德文，通告世界各国”，以制服当局之“无道”[②]。但未久，旧势力在攻击陈独秀覆孔孟、铲伦常的同时，抓住其所谓“私德不检”处大做文章，“一时争传其事”，闹得满城风雨，使局面异常复杂化。

1919年3月26日晚，蔡元培约几位新文化运动“关系诸君”在汤尔和家中商议北大事宜。会上“蔡先生颇不愿于那时去独秀”。但汤尔和“议论风生”，“力言其（按，指独秀）私德太坏”，“如何可作大学师表”。这时“蔡先生还是进德会的提倡者，故颇为尊（按，指汤）议所动”。沈尹默也附和“汤议”。当初（1917年）是汤尔和与沈尹默向蔡推荐，蔡

---

① 傅斯年：《我所景仰的蔡先生之风格》。

② 周作人：《知堂回想录》中《蔡孑民（三）》。

“三顾茅庐”般请陈来任北大文科学长的，现在又是这个汤尔和力主北大当去陈。出于校内外之舆论压力，蔡元培将原计划暑假后实行的学制调整、撤销文理科界限等改革方案，提前到4月8日实施；免去陈独秀的文科学长职务，但仍聘为教授，给假一年备课，于下学年开一门宋史新课①。经五四风潮与被捕事件，陈独秀已在北京待不住，1920年初由李大钊掩护南下上海。从此，这位为旧派势力最痛恨的北大文科学长陈独秀，就彻底离开了北京大学。

陈独秀的去职，终于坐实了林纾弟子张厚载当初的谣言。而且陈的去职与张的被除名几乎是同时发生的。于是4月16日《新申报》有署名“HK生”（疑即是那“张生”）的幸灾乐祸的文字《北京特约通信——新旧思潮冲突之余波》：

> 近大学文科学长陈独秀已去职，法科学生张厚载已退学，兹事遂有风平浪静之观，新旧冲突于此可告一结束……新派中为新旧冲突牺牲一陈独秀，新派中自不能平，蔡校长为调剂双方意气起见，乃不得不令法科学生张厚载退学。其实张对于新旧向无成见，对于新文学亦极赞成，徒以京沪报纸上发生种种嫌疑之关系，而新派对于议员对于林琴南皆无可奈何，则革除一学生以为对等之牺牲，亦聊且快意之举。张自预科升至本科已七八年，去毕业才二三月，今罹此厄，一般社会多惋惜不置，林琴南亦赠一序文，中颇有慰解之意，对于大学方面亦绝无丝毫激烈之论调……新旧冲突之风潮至此已形和缓，至其顿形和缓之原因，仍为对等牺牲之效果云。

以首领与走卒的相仆为“对等牺牲”，本具荒诞色彩，更何况“HK生”之叙述有明显的感情倾斜，足见林纾等对其小有牺牲，仍“多惋惜不置”。

遗憾的是，新青年派中人物也有人始终认为陈独秀“私德不检”是其革职被逐的起因。如周作人在回忆录中还说，陈仲甫“是北京大学的文科

---

① 4月10日，蔡元培主持教授会议宣布这一决定，陈独秀在京但未参加会议。参见汤尔和日记（1919年4月11日）：“五时后回寓……途中遇陈仲甫，面目灰败，自北而南，以怒目势，亦可哂也。”

学长，也是在改革时期的重要角色。但是仲甫的行为不大检点，有时涉足于花柳场中，这在旧派的教员是常有的，人家认为当然的事。可是在新派便不同了，报上时常揭发，载陈老二抓伤妓女等事，这在高调进德会的蔡孑民，实在是很伤脑筋的事”①。

3月26日晚的会议，胡适没有参加，会上提出“对胡适加以约制”。但事后唯有胡适对此事之评判最精当。1924年胡适借阅了汤尔和当年的日记，了解当时情况，然后几次有信致汤尔和谈及此事。

> 三月廿六夜之会上，蔡先生颇不愿于那时去独秀，先生力言其私德太坏，彼时蔡先生还是进德会的提倡者，故颇为尊议所动，我当时所诧怪者，当时小报所记，道路所传，都是无稽之谈，而学界领袖乃视为事实，视为铁证，岂不可怪？嫖妓是独秀与浮筠都干的事，而“挖伤某妓之下体”是谁见来？及今思之，岂值一噱？当外人借私行为攻击独秀，明明是攻击北大的新思潮的几个领袖的一种手段，而先生们亦不能把私行为与公行为分开，适堕奸人术中了。
>
> 当时我颇疑心尹默等几个反复小人造成一个攻击独秀的局面，而先生不察，就做了他们的“发言人”了。

胡适念念不忘3月26日夜的会议对北大和新文化运动的影响。他说：“独秀终须去北大，也许是事实。但若无三月廿六夜的事，独秀尽管仍须因五月十一夜的事被捕，至少蔡、汤两公不会使我感觉他们因‘头巾见解’和‘小报流言’而放逐一个有主张的‘不羁之才’了。”胡适甚至认为这对中国的前途都产生了意想不到的影响：

> 此夜之会，先生（按，指汤尔和）记之甚略，然独秀因此离去北大，以后中国共产党的创立及后来国中思想之左倾，《新青年》的分化，北大自由主义者的变弱，皆起于此夜之会。

何以见得？胡适进而分析说：“独秀在北大，颇受我与孟和（英美派）的影响，故不致十分左倾。独秀离开北大之后，渐渐脱离自由主义者的立

① 周作人：《知堂回想录》中《北大感旧录（十一）》。

场，就更左倾了。”因此，胡适断言：“此夜之会，虽有尹默、夷初在后面捣鬼，然孑民先生最敬重先生，是夜先生之议论风生，不但决定北大的命运，实开后来十年的政治与思想分野。此会之重要，也许不是这十六年的历史所能论定。”① 此虽过分夸大偶然因素对人物与社会的影响，却不无一定道理。至少其对陈独秀及驱陈事件的本质的认识，较当时之文化新人中（除陈独秀之外的）其他任何人都透彻、准确。

八 “只要对于白话来加以谋害者，都应该灭亡”

如果说胡适是事隔六年后有如许透彻的议论，那么陈独秀早在1919年初就揭示乃至预示到包括反对以林纾为代表的“桐城谬种”的斗争的实质。这就是《新青年》第6卷第1号所发表《本志罪案之答辩书》：

> 他们所非难本志的，无非是破坏孔教，破坏礼法，破坏国粹，破坏贞节，破坏旧伦理（忠孝节），破坏旧艺术（中国戏），破坏宗教（鬼神），破坏旧文学，破坏旧政治（特权人治），这几条罪案。
>
> 这几条罪案，本社同人当然直认不讳。但是追本溯源，本志同人本来无罪，只因为拥护那德克拉西（Democracy）和赛因斯（Science）两位先生，才犯下了这几条滔天的大罪。要拥护德先生，便不得不反对孔教，礼法，贞节，旧伦理，旧政治；要拥护那赛先生，便不得不反对旧艺术，旧宗教；要拥护德先生又要拥护赛先生，便不得不反对国粹和旧文学。
>
> 西洋人因为拥护德、赛两先生，闹了多少事，流了多少血，德、赛两先生才渐渐从黑暗中把他们救出，引到光明世界。我们现在认定只有这两位先生，可以救治中国政治上道德上学术上思想上一切的黑暗。若因为拥护这两位先生，一切政府的压迫，社会的攻击笑骂，就是断头流血，都不推辞。

---

① 胡适之言皆见《胡适来往书信选》（中），中华书局1979年版，第281—294页。

由此可见，陈独秀等反对以林纾为代表的“桐城谬种”，是新文化运动的重要组成部分。

若干年后，鲁迅从另一角度以另一种文字谈论起那场斗争，说：

> 我总要上下四方寻求，得到一种最黑、最黑、最黑的咒文，先来诅咒一切反对白话，妨害白话者。即使人死了真有灵魂，因这最恶的心，应该堕入地狱，也将决不改悔，总要先来诅咒一切反对白话，妨害白话者。
>
> 自从所谓“文学革命”以来，供给孩子的书籍，和欧、美、日本的一比较，虽然很可怜，但总算有图有说，只要能读下去，就可以懂得的了。可是一班别有心肠的人们，便竭力来阻遏它，要使孩子的世界中没有一丝乐趣。北京现在常用“马虎子”这一句话来恐吓孩子们。或者说，那就是《开河记》上所载的，给隋炀帝开河，蒸死小儿的麻叔谋；正确地写起来，须是“麻胡子”。……但无论他是甚么人，他的吃小孩究竟也还有限，不过尽他的一生。妨害白话者的流毒却甚于洪水猛兽，非常广大，能使全中国化成一个麻胡，凡有孩子都死在他肚子里。
>
> 只要对于白话来加以谋害者，都应该灭亡！
>
> 这些话，绅士们自然难免要掩住耳朵……但这些我都不管，因为我幸而没有爬上“象牙之塔”去，正无须怎样小心，倘若无意中竟已撞上了，那就即刻跌下来罢。然而在跌下来的中途，当还未到地之前，还要说一遍：——
>
> 只要对于白话来加以谋害者，都应该灭亡！

虽然诅咒未必真的能使“反对白话，妨害白话者”灭亡，但从中也能测定当初文白之争的性质与形势是何等严峻。

好在陈独秀等文化新人能以“科学”与“民主”为灵魂，有所向披靡的闯劲，有断头流血、在所不辞的决心，他们与林纾等人的斗争虽屡经挫折，犹能奋然向前。

正如郑振铎所分析的那样：“林纾的热烈的反攻《新青年》同人们乃是一九一九年二三月间的事。而过了几月，便是五四运动发生的时候，安福系不久便坍了台，自然更没有力量来对于新文学运动实施压迫了……五四运动是跟着外交的失败而来的学生的爱国运动，而其实也便是这几年来革新运动所蕴积的火山的一个总爆发。这一块石片抛在静水里，立刻便波及全国……白话文运动的势力在这一年里突飞的发展着。反对者的口完全沉寂下去了。‘有人估计，这一年之中，至少出了四百种白话报’（胡适《五十年来之中国文学》），文学研究会在这一年的冬天成立于北京。《小说月报》也在这时候改由沈雁冰编辑，完全把内容改革了过来，成为新文学运动中最重要的一个机关杂志，新文学运动在这个时候方才和一般的革新运动分离了开来，而自有其更精深的进展与活跃。”①

九　历史的启迪

综上所述，陈独秀们是为推行新文化运动而批判桐城派的，或者说桐城派之末流因为阻碍了新文化运动的发展才遭到陈独秀们的严厉批判。

桐城派作为一个与清王朝相始终的文学流派，是有其自身的起承转合的历史过程的。诚如梁启超《清代学术概论》所云："平心论之‘桐城’开派诸人，本狷洁自好，当‘汉学’全盛时而奋然与抗，亦可谓有勇。不能以其末流之堕落而归罪于作始。"② 即使其末流也未必都堕落了，都成"谬种"了，无论是"姚门弟子"还是"曾门弟子"中都有才识超卓之士；即使被视为"桐城谬种"的典型代表，本来性格偏执、晚年更为变态的林纾，其于西洋文学的翻译传播上亦功不可没。

然而，"‘五四’新文学运动之提倡者，大言‘选学妖孽，桐城谬种’。此在当时，为语体新文学之‘骅骝开道路’，不有扫荡廓清，安有创新，其势不得不尔也"③。因而，今天应当充分理解陈独秀们当年的现实处境，他们顽强斗争中的某些矫枉过正之言，实在是被对手激迫出来的。其出发点与归宿在于救"今日吾国文学"之蔽，推行白话文，传播科学与

① 郑振铎：《中国新文学大系・文学论争集导言》。

② 梁启超：《清代学术概论》，东方出版社 1996 年版，第 62 页。

③ 钱仲联：《〈桐城派研究〉序》，周中明《桐城派研究》卷首，辽宁大学出版社 1999 年版。

民主。

因而，我们既不能因陈独秀们有某些过激之言，而影响对桐城派文学理论与创作中的精华进行科学的分析与评价，更不能因为要科学地总结桐城派的文化遗产，以陈独秀等某些过激之言为由，否定他们当年与“桐城谬种”进行斗争的合理性，而应在更高水平上批判地继承先驱者们有血有肉的精神遗产。诚如舒芜所云：“更高的水平不等于远离历史的具体性，所谓批判地继承绝不是把血抽干。我们应该比前人更为开阔地把握那个历史的具体性，应该以我们的更热更新的血肉去充实前人的活生生的文化斗争，这才是我们应取的态度。”① 正是本乎此，本文才不厌其烦地勾勒当年文化斗争的典型情节，力图还原其历史的具体性，让后人去寻访蕴藏其中的历史启迪。

---

① 舒芜：《“桐城谬种”问题之回顾》，《读书》，1989年第11、12期。

客路山川：早期桐城派作家的行记和游记

厦门大学中文系　师雅惠

离家远游，似乎是中国古代文人一种普遍的生活方式。离家的目的有多种，或为谋生，或为仕宦，或为访友、问学，或为寻幽探胜。家园虽好，但在大多数时候，它并不能给士子提供足够的生存保障，以及精神远举的助推力。在这种情况下，远游便成为士人生命中不可少之事。龚鹏程在《游的精神文化史论》中认为，中国传统社会，是“由安居业农者和不安居不业农者所共同组成”的居与游互动的社会[①]，按照这一思路，“士”可以说是这个社会中最具有“游”之精神的阶层。山川的奇奥与行路的艰险扩展了士人的生命体验，也为他们的文学创作提供了灵感和素材。本文即试图对以戴名世、方苞为代表的桐城派前期作家的行记与游记作一探讨。这两种类型的文体不仅体现了桐城文章“雅洁”的风貌，而且反映出康熙“盛世”年间普通文人的种种心态，对我们了解桐城派早期历史颇有助益。

一　从“优游”到“漂泊”：晚明到清初文人出游心态的变化

晚明是继魏晋之后文人旅游的又一个高峰期。晚明文人，特别是东南

---

① 龚鹏程：《游的精神文化史论》，河北教育出版社 2001 年版，第 53 页。

地区文人，有好游的风气[①]。在万历以后涌现出的大量游记作品及与“游”相关的表述中，附着在“游”这一活动上的家国责任被剥离，许多文人为游而游，游作为一种艺术化的生活方式，其本身价值得到了充分的发掘和空前的重视。如万历前期人王士性，借到各地任职的机会，遍游除福建之外的两京十二省，自言：“余此委蜕于大冶乎何惜？遇佳山川则游……吾视天地间一切造化之变，人情物理，悲喜顺逆之遭，无不于吾游寄焉。当其意得，形骸可忘，吾我尽丧，吾亦不知何者为玩物，吾亦不知何者为采真。”[②] 远游对于他来说，既有观察民情世风的经世意义，如其记录各地山川、物产、民风的《广志绎》，即在平生游历见闻基础上写成；又有远避俗世、安顿心灵的审美价值，他曾对友人说自己是“红尘衣袖，青山肾肠，匪殉鸡肋、止逐羶臭者也”[③]，认为山水可使人摆脱名缰利锁的牵绊，达到心灵的超脱境界。又如公安派袁氏兄弟，亦皆醉心于山水，推崇“游”的生活，袁宏道认为“溺于山水”与“溺于酒”“溺于书”“溺于禅”一样，都是一种通人达士的生存方式，其中乐趣，非溺于妻子、溺于富贵的世俗人所能理解[④]。他曾表达过与王士性类似的“与其死于床笫，孰若死于一片冷石”[⑤] 的态度，去世前不久，还意欲“于青溪、紫盖间结室以老”[⑥]。袁宏道的弟弟袁中道，在万历三十六年后即过着半游半居家的生活，以舟为家，时常在荆州、岳州一带漫游。中道对游之方法、游之价值多有论述。其《游居杮录》开篇，认为远游有涤荡俗肠、静心读书以及访问师友以切磋学问三种益处，常为学者所称引。稍晚于袁氏兄弟的竟陵派文人亦好游，钟惺认为“山水者，有待而名胜者也”[⑦]，山水须借助事、诗、文，才能成为名胜，而诗、文显然是文人的能事。如此，文人便

① 魏向东：《晚明旅游地理研究（1567—1644）——以江南地区为中心》，天津古籍出版社 2011 年版，第 43 页。

② 王士性：《五岳游草·广志绎》卷首《五岳游草自序》，中华书局 2006 年标点本，第 24—25 页。

③ 王士性：《王士性地理书三种·王恒叔近稿·尺牍·与长卿》，上海古籍出版社 1993 年标点本，第 592 页。

④ 袁宏道：《袁宏道集笺校》卷五十一《游苏门山百泉记》，上海古籍出版社 2008 年版，第 1484 页。

⑤ 《袁宏道集笺校》卷三十七《开先寺至黄岩寺观瀑记》，第 1145 页。

⑥ 袁中道：《珂雪斋集·游居杮录》卷五，上海古籍出版社 1989 年版，第 1207 页。

⑦ 钟惺：《隐秀轩集》卷十六《蜀中名胜记序》，上海古籍出版社 1992 年版，第 243 页。

不再是被动地接受山水陶冶的角色，而是具有搜剔、凸显山水精神之能力的价值创造者。王思任也认为天地生人，原有令其发现山水的用意，若守着儿女闺阁而不敢远游，便是辜负了此种用意："不几负天地之生，而羞山川之好耶?"① 其在《姚永言游笥序》通过模拟文人与山灵的对话，不无得意地表示，文人虽需实地"昵就"山水，但另一方面，可以虚摄山水之魂魄于笔下："我一见子，即挟子而行，当刳子之貌，摘子之神，夺子之趣，贩鬻于好事卧游之辈。"② 游览成为文人体现自身才华的活动。

"游"的艺术化、日常生活化，对文学创作的影响，除了游记、山水记数量的大幅增加外③，还表现为游记写法的开拓与创新。首先是细节的丰富与层次感的增加。许多文人强调"游"要深入细致，节奏要舒缓，心态要专一投入："不论迟速远近，庶几遇好山水，好友朋，可以久淹其间，极登涉盘桓之趣。"④ 在登临中讲究穷搜遍讨，并且伴以各种富有文化内涵的举动，如访碑、赏字画、题壁、构建亭台、聚会清谈等。因此这一时期的游记，较之唐宋时期的同体裁文章，篇幅更长，对山水的描写更为细致，对游者的情感和社会化活动的记述也更多。最典型者如袁中道的日记体游记《游居杮录》，全文共十三卷，十余万言，记述了作者从万历三十六年十月到万历四十六年十一月十年间的"游居"生活，既写山水，也写山水中人，恍若一幅水边林下的文人行乐长卷。其次是对山水精神的体会、捕捉。这一时期的文人，在描写山水时，往往不满足于对山水外在形貌的描绘，而是力求写出山水的精神意趣，如竟陵派的游记，常被认为造语尖新。林纾《春觉斋论文》中即批评谭元春游记中多"矜情作态""张皇"之处⑤。但从另一个角度看，这些刻意"陌生化"、故作矜张的句式，正是作者追摹山水内在气质的一种尝试。以《春觉斋论文》所摘句为例，《游南岳记》说"香炉、狮子、南台诸峰，皆莫能自立"⑥，峰峦险峻，给人以岌岌若倒之感，"莫能自立"，则把这种危险感、压迫感写成是山峰固

---

① 王思任：《王季重集·杂序·游唤序》，浙江古籍出版社 2012 年版，第 21 页。

② 《王季重集·杂序·姚永言游笥序》，第 66 页。

③ 周振鹤：《从明人文集看晚明旅游风气及其与地理学的关系》，《复旦学报（社会科学版）》2005 年第 1 期。

④ 《珂雪斋集·游居杮录》卷一，第 1105 页。

⑤ 林纾：《春觉斋论文》，人民文学出版社 1959 年版，第 100—101 页。

⑥ 谭元春：《谭元春集》卷二十《游南岳记》，上海古籍出版社 1998 年版，第 553 页。

有的气质。又如《再游乌龙潭记》写风雨雷电中的乌龙潭，“苍茫历乱，已尽为潭所有，亦或即为潭所生”①，乌龙潭被作者视为有生命的物事，奇幻的雷电与波光，不过是它生命力的表达。又如谭元春《游玄岳记》“琼台峰落落有天地间意”②“桃花开我立处，松古于门外”③“两重山接魂弄色于喧霁之中”④；钟惺《中岩记》“诸峰映带，时让时争，时违时应，时拒时迎”⑤；《岱记》“壑穷，亭之，声光相乱，水木莫敢任”⑥等等，皆意在凸显景物本身意趣。再次是重视记录人与自然的精神交流。与唐宋游记相较，晚明文人不仅在游记中记录自己在一时一地的感受，而且还在抽象层面上对人与山水相往来的方式进行总结、思考。如谭元春《游玄岳记》曾讨论各感官在游览中的作用与缺憾：“心在水声者常失足，视在水声者常失听，心、视、听俱在水声者常失山。”⑦王思任在《观泰山记》中提出“观”之法，认为泰山“不可以游赏，而可以观。善观者，观其气而已矣”⑧。晚明游记中，还有一种常见的与自然沟通的方式，即视山水为文章，用评点文章的思路去体味山水。如谭元春《游玄岳记》：“觉山壑升降中，数千万条皆有厝置条理……每至将有结构处，尤警人思。”⑨又如王思任《游唤·天台》末段对天台山水的点评：“吾游天台，盖操一日之文衡矣……略用放榜例，品题甲乙。”⑩以下用科场文章之常见评语如“胎骨清高、气象华贵”“正正堂堂”“能品”“神品”“旷世逸才”等，分别高下，共取十五处景致入榜。江山可助文思，而文人也最擅发现山水之美。优游于山水中的晚明文人，与山水可谓互为知己。

甲申、乙酉间的家国丧乱，击碎了文人们山水清音的幻梦。山川依旧，人事已改，顺治年间及康熙初年，许多文人的离家出游，不再是一种

---

① 谭元春：《谭元春集》卷二十，《再游乌龙潭记》，第558页。

② 同上，《游玄岳记》，第550页。

③ 同上，第550页。

④ 同上，第547页。

⑤ 同上，《中岩记》，第325页。

⑥ 同上，《岱记》，第337页。

⑦ 《谭元春集》卷二十《游玄岳记》，第551页。

⑧ 《王季重集·历游记·观泰山记》，第163页。

⑨ 《谭元春集》卷二十《游玄岳记》，第547页。

⑩ 《王季重集·游唤·天台》，第124页。

轻松愉悦、修心体道的审美活动，而是承载着家国责任的悲壮、无奈之举。著名的例子如江苏昆山人顾炎武，自顺治二年清兵渡江后，即年年出游江浙一带；顺治十四年后，又渡江北游，足迹遍及山东、河南、山西、陕西、北直隶、京师；直至康熙二十一年在山西曲沃去世，终身未返故乡。顾炎武的北游，最直接的原因是避仇。顺治七年，顾氏即遭怨家构陷；顺治十四年，终因与叶方恒的田地纠纷，力不胜讼，决定远行避之。而更深层的原因，则是“身负沉痛，思大揭其亲之志于天下”①。顾炎武的母亲在顺治二年昆山、常熟城破后绝食而死，遗命顾炎武勿事二姓。顾氏北游，遍历关塞，考察形势，结交豪杰，实有谋求恢复的政治抱负。关于此，当时及后世学者多有论述，此处不再展开。值得注意的是，对顾氏而言，“游”还是一种表达“不合作”态度的方式，特别是在清廷统治日渐稳定之后，顾氏“游”的象征意味愈发明显。顾氏自言“频年足迹所至，无三月之淹……一年之中，半宿旅店”②，虽在山东、山西、陕西，均有固定的居所、田庄，却从不在一地作长时间停留。其原因，可从顾氏晚年写给弟子潘耒的一封信中窥得一二，此信中说：“此时情事，不得不以逆旅为家，而燕中亦逆旅之一……若块处关中，必为当局所招致而受其笼络，又岂能全其志哉！”③ 以逆旅为家，庶几可以避免与官府的交接，以及因盛名而带来的种种不必要的应酬，从而保持清白的节操。王弘撰评价顾炎武“不合于时，以游为隐”④，即是此意。又如广东番禺人屈大均，早年曾从陈邦彦起义抗清，后赴永历朝廷任职。归乡后，他于顺治十五年北上，出山海关，游历今东北地区，又流连于山东、江浙一带，所至之处，遍交豪杰，乃有所为而游。顺治十六年郑成功入长江，屈氏参与联络事。长江之役失败后，又于康熙四年出游陕西、山西，三年后方返回故里。此次西北之游，据后世学者考证，亦有联络同志、布置反清力量之意⑤。又如江苏

① 全祖望：《全祖望集汇校集注·鲒埼亭集内编》卷十二《亭林先生神道表》，上海古籍出版社 2000 年版，第 232 页。

② 顾炎武：《顾亭林诗文集·亭林文集》卷六《与潘次耕》，中华书局 1959 年版，第 140 页。

③ 同上，卷四《与潘次耕》，第 79 页。

④ 王弘：《山志》，转引自黄珅等编《顾炎武年谱（外七种）》，上海古籍出版社 2012 年版，第 206 页。

⑤ 邬庆时：《屈大均年谱》，广东人民出版社 2006 年版，第 109、125 页。

沛县人阎尔梅，甲申后坚持抗清，往来山东、河南，联络义军；顺治九年事发，被逮下狱，后变姓名脱逃，历游楚、蜀、秦、晋等地；康熙元年返沛，次年再次出游，直至康熙十二年才回乡定居。又如江西宁都人魏禧，明亡之后不入城市，以遗民自居，四十岁以后，多次出游江淮、吴越，结交天下隐逸之士。邓之诚认为顾炎武、阎尔梅、魏禧的出游，“各不相谋，皆有所待”①，都具有遗民间秘密联络的用意，不为无见。又如山西阳曲人傅山，曾于顺治十六年南游，到过南京、海州（今连云港）。傅氏此次出游，一般认为是与郑成功长江之役有关。此后傅氏又曾出游河南、山东、关中。以上这一类出游，具有鲜明的功利目的，体现在游记创作中，即内容上重视经世志向的抒写与语言的平实直接。如为多种游记文学史所提到的顾炎武《五台山记》，作者站在儒家立场上发声，前半段考证五台山各峰之地理位置，后半段考证五台山佛寺历史，其目的在于解构五台山“佛国”的神圣感，兼述治理佛教之法。全文是典型的举例加论证的论文写法，重在意见的清晰表达，几乎不见对自然景物的摹写。又如屈大均的长篇游记《宗周游记》《自代东入京记》《自代北入京记》，对路途中的关塞、近代战事遗迹，着墨尤多，文风亦平实自然，不复有晚明游记中那种新奇、夸张的笔法。此外，亡国的创痛与坚守道义的悲慨，使得这一类遗民文人的纪游文字拥有与前人不同的视角和情感深度，如屈大均《恭谒孝陵记》，遗民史学家谈迁的《思陵记》《游西山记》，均对明代帝王遗迹、遗事进行了深情记述，这在晚明游记中是很少见到的。

康熙年间，随着清廷统治的稳定，以及遗老们的日渐凋零，文人的出游目的、出游心态又有所变化。谋生、求利禄，成为尚未入仕的下层文人出游的主要目的。除例行的赶考之外，许多文人还应聘成为各级官员的幕僚，由此展开他们的行旅生涯②。这一类出游，较之遗民们充满政治意味的游历，少了几分庄严，但同样是一种功利性极强的、非审美的行为。伤行役之苦与抒怀乡之情，这两种古来行役诗赋的主题，在这一类游者的笔下再次成为主调。如康熙五年，浙江秀水人朱彝尊在山西左布政使王显祚幕下所作的《游晋祠记》，即主要抒写由北方秀丽山水后引发的对江南故园的忆念：“故乡山水之胜，若或睹之，盖予之为客久矣……所谓山水之

① 邓之诚：《清诗纪事初编》，上海古籍出版社2012年版，第90页。
② 尚小明：《学人游幕与清代学术》，社会科学文献出版社1999年版，第15—18页。

胜者，适足以增其忧愁怫郁、悲愤无聊之思已焉。”① 又如本文所要论述的桐城派前期作家戴名世、方苞，在中进士之前皆有过外出教馆及北上游学的经历。感叹世路艰险，抒发怀才不遇之感，表达归乡的愿望，成为他们这一时期关于行旅的记述中反复出现的内容。这种漂泊、彷徨的心态，甚至延续到了他们入仕之后的创作中。

二　寒士的旅途：戴名世的行记

戴名世生长于桐城，但一生中大部分时间，都在外为衣食奔波。他自康熙十二年始，即长年在桐城附近庐江、舒城等地教馆；康熙二十五年考取拔贡，此年冬北上入都；在国子监肄业后，先做过八旗官学的教习，又曾入山东学政任塾、浙江学政姜橚幕；其间数次南北往返，直至康熙四十八年才中进士，授编修，过上了较为安定的生活。可惜好景不长，一年多后，他即因文字得祸，成为《南山集》案的主犯，在康熙五十一年受刑下世。戴名世自言一生“遍历江淮、徐泗、燕赵、齐鲁、闽越之境，凡数万里，每行辄有日纪”②。这些日记后多散失，今所存者只有记录康熙三十四年六月到七月从南京到北京行程的《乙亥北行日纪》，康熙四十五年四月至五月从北京到苏州行程的《丙戌南还日纪》，以及记述康熙三十九年、康熙四十年两次应浙江学政之聘，随其视学浙江各地之旅程的《庚辰浙行日纪》《辛巳浙行日纪》。

李德辉在《论中国古行记的基本特征》《论汉唐两宋行记的渊源流变》等文中认为，行记与游记均为纪游的文体，但两者又有区别。游记偏静态，主要记述一时一地的游踪，而行记是对时空跨度较大、有较明确目的的“行游”见闻的记述③。按这一理解，戴名世的诸篇《日纪》，均可归

---

① 朱彝尊：《曝书亭全集·曝书亭集》卷六十七《游晋祠记》，吉林文史出版社 2009 年版，第 660 页。

② 戴名世：《戴名世集》卷十一《北行日纪序》，中华书局 1986 年版，第 291 页。

③ 李德辉：《论中国古行记的基本特征》，《宁夏大学学报（人文社会科学版）》2003 年第 5 期；《论汉唐两宋行记的渊源流变》，《中华文史论丛》2010 年第 3 期。

入“行记”一体。这数篇文字，在符合行记一般规制，即按日记载途程、宿处的同时，又具有戴氏个人的特色。

首先是内容上的厚今薄古与重人轻物。此数篇《日纪》，主要着墨于现实见闻，虽也有对名胜、古迹的记录，但通常是一笔带过，不做进一步的考索、辩证。在记述见闻时，又侧重社会性内容，纯粹的景物描写较少。《日纪》所述现实见闻，主要有两类，一是出行的种种困苦。特别是《乙亥北行日纪》与《丙戌南还日纪》，为我们提供了康熙年间普通士子出行的真实详细的资料。戴名世一生中曾四次北上入京，又三次南返，《乙亥北行日纪》与《丙戌南还日纪》分别记述的是第二次入京和第三次南还之旅。与仕宦者出游可借助驿传资源、有专人接待不同，戴名世这两次长途旅行时，身份都是没有官职的寒士，旅费、仆役、舟车皆须自己备办，因此对行路的艰辛深有体会。这些艰难包括以下几个方面。（一）气候的迫人。长途旅行，以春季为宜，即顾炎武所言：“夏暑秋潦冬寒，并不利于行路。”[①] 而普通人出于旅费、现实事务等考虑，并不能一定赶在春季出门，戴名世两次旅行，便都不在春季。而冬夏行路，各有不便，《北行日纪序》中对此有一总述：“其行以暑也，鸡未鸣即起，及早凉行数十里。日渐当午，则热气薰蒸，喘息皆欲绝……陆行当严寒，手足皆僵如痿痺，冰结于髭须，冷气彻骨。抵暮，以厚直买束薪烧之，良久乃得暖气，肌肤渐生，寝才安，而圉人已趣之起矣。”[②] 暑天行路，往往会碰到雷雨，如《乙亥北行日纪》六月十四日：“乃于三更起行，行四五里，见西北云起，少倾，布满空中，雷电交作，大雨如注，仓卒披雨具，然衣已沾湿。行至总铺，雨愈甚，遍叩逆旅主人门皆不应，圉人于昏黑中寻得一草棚，相与暂避其下。雨止则天已明矣。”[③] 暑热天气还容易致病，如《乙亥北行日纪》记六月十六日，即“患腹胀，不能食”，十七日“热甚，既抵逆旅，饮水数升”，致使晚上“腹胀愈甚，不能成寐”[④]。（二）异乡风俗的难以适应。南北气候、生活习惯、人情等的不同，是江南士子到北方后首先要面对的问题。气候上，令戴名世感受最深的是北方的多尘沙：“车马所践

① 《顾亭林诗文集·蒋山傭残稿》卷三《与原一公肃两甥》，第 214 页。

② 《戴名世集》卷十一《北行日纪序》，第 292 页。

③ 《戴名世集》卷十一《乙亥北行日纪》，第 295 页。

④ 同上，第 295—296 页。

踏，尘土扬起扑面，目不能开，日晡，小饮，食于旅店，食中皆杂尘土，不能择也。”[①] 生活习惯上，南人住宿与北人不同：“西北方无床，以土为炕，壁虱之所聚处，嘬人肌肤，遂成疮疣。”[②] 且南人不惯骑乘，因此在行陆路时便显得狼狈：“虽持辔甚谨，犹时时遭颠仆，行淖中尤危险，往往泥涂被体，衣被尽湿。”[③] 地理环境的陌生，令戴名世对北方土人也无甚好感，《日纪》中不仅数次记录北人的游手好闲、不事生产，不如江南力田民风之美，而且就是客店供应，北人也比南人要苛刻：“逆旅主人与执鞭者表里为奸，每于常直外多索钱……此在北方为甚，一勺之浆，一杯之酒，非数倍其价，不可得也。”[④]（三）仆役欺主、店家欺客，且二者往往互相勾结牟利。如《乙亥北行日纪》记六月十六日宿店经历：“屋舍湫隘，墙壁崩颓，门户皆不具。圉人与逆旅主人有故，固欲宿此，余不可，主人曰：‘此不过一宿耳，何必求安。’余然之。”勉强居住一夜，第二天上路时，主人又“苛索钱不已”[⑤]。舟行则要与船家周旋，《北行日纪序》言：“舟子尤多桀黠，时时劳之以酒食乃喜。”[⑥]（四）关津之勒索。《北行日纪序》记载水路关卡，不仅数量多，而且关吏凶恶：“衣被皆开视，势如虎狼。舟中人皆震恐，虽无丝毫之匿，亦必稍稍赂之乃去。”[⑦]《乙亥北行日纪》七月初二日记载京师卢沟桥及彰义门榷使亦是如此：“执途人横索金钱，稍不称意，虽襆被俱欲取其税……途人恐濡滞，甘出金钱以给之，惟徒行者得免。”[⑧] 这种额外的勒索，似乎已成常例，无人管束。（五）盗贼出没。康熙一朝号称盛世，然而据戴名世所记，当日道路并不宁静：“西北有响马贼，御人于途，怀重赀者恒惴惴不保性命。东南则多窃盗，乘夜为暴，亦或杀人。”[⑨]《丙戌南还日纪》中即详细记录了遭遇“老爪”之事。“老爪”是当时一类强盗的名号，“大抵皆畿南河北人为之。佯具行李

① 《戴名世集》卷十一《北行日纪序》，第 292 页。
② 同上。
③ 同上。
④ 同上。
⑤ 《戴名世集》卷十一《乙亥北行日纪》，第 295 页。
⑥ 《戴名世集》卷十一《北行日纪序》，第 292 页。
⑦ 同上。
⑧ 《戴名世集》卷十一《乙亥北行日纪》，第 297 页。
⑨ 《戴名世集》卷十一《北行日纪序》，第 292 页。

为商贾，或为仕宦状，与行道者同行且同宿，渐亲密，辄诱人于鸡未鸣时起行，其党已于前途二三里许掘坎待之。至其地，则皆缢杀而埋之，不留一人，劫其装去，毫无踪迹”①。戴名世四月十五日出都时，即觉车夫有异状，十八日宿定州清风店，发觉车夫、店家言语，颇多矛盾，且车夫又于此地带二人来，于是留心防备。二十二日宿邢台，天未三更，门外便有人约车夫在前相会，车夫随即催促上路，戴名世坚卧不起。二十八日，车夫放弃大路而走小路，戴名世“密语二仆，此可虞也，各执利器备之”。但因前日多雨，道路泥泞，欲速反而迂回，得一日无事。此夜车夫辞去，“余乃免于警备”②。这将近半月防范“老爪”的经历，跌宕起伏，读来令人心惊。总之，天气恶劣、人情鬼蜮，使得远行真成畏途。

描述行路艰险外，诸篇《日纪》还记载了不少各地民生细节，并借此发表了作者关于社会治理的意见。戴名世熟于明季史事，对明朝的覆亡原因有深入了解，因此在观察外部世界时，也带有史学家通观全局的眼光，善于体会眼前细事与天下形势的关系。如《乙亥北行日纪》七月初一日，在描述任丘至京师的北方平原洪水泛滥，道路为之阻断的情形后，回忆起前明天启间左光斗任屯田御史时兴修北方水利的善政，两相对照，对现时水利的荒败深表痛心。又如《丙戌南还日纪》四月十六日，描述路途中所见的游手好闲的男子，“道旁往往有游手枕块而卧，至市集处，卧者尤多，风起，车马所践尘蔽体，皆寐不醒”。戴名世认为“天下有事，起为盗贼，死填沟壑者，皆是物也”③。《乙亥北行日纪》七月初二日，在记述京师榷关者的横行后，提出此种压榨行人、横行霸道的行为并非小事，治国者不可轻忽：“不知天下之故皆起于不足介意者也。”④ 这些都体现出戴名世作为儒家信徒的经世志趣。

诸篇《日纪》中，亦有对自然景物的描写，如《乙亥北行日纪》六月十四日记述云气：“仰观云气甚佳，或如人，或如狮象，或如山，如怪石，如树，倏忽万状。余尝谓看云宜夕阳，宜雨后，不知日出时看云亦佳也。”又记荷池：“薄暮独步城外，是时隍中荷花盛开，凉风微动，香气袭人，

---

① 《戴名世集》卷十一《丙戌南还日纪》，第 304 页。

② 同上，第 303—306 页。

③ 同上，第 304 页。

④ 《戴名世集》卷十一《乙亥北行日纪》，第 297 页。

徘徊久之，乃抵逆旅主人宿。”① 均清新隽永。但这类描写在全部《日纪》中所占篇幅并不多。大多数时候，戴名世关注的都是社会性的内容，即使是面对自然景观，也往往先考虑其社会功用。以对树木的描写为例，戴名世好讲种树之术，《日纪》中亦有多处关于树木的记载，如《丙戌南还日纪》四月二十四日：“过磁州，柳荫夹道，数十里不绝。盖北人不好种植，而南人官于北者多种柳，取其易生也。”② 五月初六日：“（周家口）道中见居人颇勤于地利，夹道植桃，凡数十里不绝，实且熟，累累然垂树上，弥望无际。”③《庚辰浙行日纪》述菱湖之景：“菱满湖中，人家约数千，岸上皆桑树。盖东南蚕桑之盛莫过于湖州，而此地烟水茫茫，兼收菱芡之利，其风景甚可乐也。”④ 在这几例中，树木均未被视为单纯的自然景观，而是具有实际功用的事物。这种重“人”而轻“物”的视角，可以说是戴名世经世志趣的另一种表现。

在叙述风格上，与六朝、两宋行记的重考辨、较为客观平实不同，戴名世《日纪》一个鲜明的特点是抒情色彩浓厚，注重抒写作者由客观见闻而引发的主观感受。如《乙亥北行日纪》六月十日记过一农家，戴名世见其家男女主人各供其职，“儿女啼笑，鸡犬鸣吠”，于是联想到自己卖文为生、四处漂泊的辛苦，“顾而慕之，以为此一家之中，有万物得所之意，自恨不如远甚”⑤。同篇六月十一日，记过滁州朱龙桥，为明末卢象升、祖宽等人与李自成交战处，戴名世到此，不由得意气勃发，“慨然有驰驱当世之志”⑥。但六月十七、十八日，当他因腹胀连日寝食不安时，便又觉得心灰意懒：“忆余于己巳六月，与无锡刘言洁自济南入燕，言洁体肥畏热，而羡余之能耐劳苦寒暑。距今仅六年，而余行役颇觉委顿，蹉跎荏苒，精力向衰，安能复驰驱当世？抚髀扼腕，不禁喟焉而三叹。”⑦ 又如《庚辰浙行日纪》五月十八日，戴名世记载自己因暑热，在路边树荫下小憩，因此想到自己“年近五旬，而无数亩之田可以托其身，经岁佣书客游，闭门著

① 《戴名世集》卷十一《乙亥北行日纪》，第 295 页。
② 《戴名世集》卷十一《丙戌南还日纪》，第 305 页。
③ 同上，第 307 页。
④ 《戴名世集》卷十一《庚辰浙行日记》，第 298 页。
⑤ 《戴名世集》卷十一《乙亥北行日纪》，第 294 页。
⑥ 同上，第 295 页。
⑦ 同上，第 296 页。

书之志将恐不得遂，为之慨然泣”[①]。戴名世对自己的学问文章有颇高期许，却一直蹉跎于科场，不能一展抱负，因此常有悲怨无奈之感。远行途中的颠沛不适，更加重了这一感受。北宋词人柳永曾有“归云一去无踪迹，何处是前期”[②] 之句，戴名世则用散文的形式，表达了这一“羁旅”伤怀的主题。

三　俗世参照下的山水：戴名世、方苞的游记

在魏晋以来的文学传统中，“山水”往往具有与“俗世”相对的文化品格。山水被认为是超脱于世俗功利的所在，可以引发游居于其中者超旷的生命感受。唐宋山水游记中，对这种由山水引发的审美的、渊静的体道境界多有描绘，如《永州八记》之《钴鉧潭西小丘记》：“枕席而卧，则清泠之状与目谋，潜潜之声与耳谋，悠然而虚者与神谋，渊然而静者与心谋。”[③]《至小丘西小石潭记》：“坐潭上，四面竹树环合，寂寥无人，凄神寒骨，悄怆幽邃。”[④] 又如苏轼《赤壁赋》：“逝者如斯，而未尝往也；盈亏者如彼，而卒莫消长也。将其自变者观之，则天地曾不能以一瞬；自其不变者观之，则物与我皆无尽也。”[⑤] 均可说是继承了魏晋时期借山水自然体悟玄理、以山水对抗现实人生的思维方式。晚明山水游记中，对人与自然精神互动的描写更为丰富，但随着这一时期“游”的日常生活化以及“游”本身价值被肯定，在许多游记作者那里，“山水”与“俗世”的界限并不明显，甚至山水即是人间。他们在描摹山水时，也更多是要表达一种高雅美妙的生活态度，而不刻意凸显“山水”与“俗世”的对立。戴名世、方苞的游记，在“山水”与“俗世”问题的处理上，更接近传统的做

---

① 《戴名世集》卷十一《庚辰浙行日纪》，第 297 页。

② 柳永：《少年游·长安古道》，《柳永集》，岳麓书社 2003 年版，第 10 页。

③ 柳宗元：《柳河东集》卷二十九《钴鉧潭西小丘记》，上海古籍出版社 2008 年版，第 472—473 页。

④ 《柳河东集》卷二十九《至小丘西小石潭记》，第 473 页。

⑤ 苏轼：《苏轼文集》卷一《赤壁赋》，中华书局 1986 年版，第 6 页。

法，即回到“山水—俗世”的框架中，“俗世”再次成为他们观赏山水时的潜在参照系。这可以说是戴、方游记与晚明山水小品最大的差别。

戴、方游记以“俗世”为参照的一个较明显的表现，是在叙写景物的同时，表达对俗世的厌弃，以及对归隐山水的渴慕。如戴名世《河墅记》。河墅为戴名世师潘江在桐城龙眠山中的别业，戴名世在记述别业周围环境后，不无欣羡地表示：“此羁穷之人，遁世举远之士，所以优游而自乐者也。”文末又说：“小子怀遁世之思久矣，方浮沉世俗之中，未克遂意，过先生之墅而有慕焉。”① 据戴廷杰《戴名世年谱》，此文作于康熙二十一年戴氏三十岁时。戴氏于康熙十八年补县学生，此时在舒城教馆为生。如果说此文中戴氏的“怀遁世之思”还是书生的故作姿态，那么康熙四十年所作《雁荡记》，则反映了作者历经世事后较为真实的心境。《雁荡记》末段，在描述自己望见雁荡诸峰，“怀抱顿仙”的感受后，沉痛地写道：“呜呼，余怀遁世之思久矣，辗转未遂，至是垂暮无成，万念歇绝。他日人见有衣草衣，履芒鞋，拾橡煨芋而老于此间者，必余也夫，必余也夫！”② 此时戴氏正作为浙江学政姜橚的幕客，随姜氏在浙江各地视学，年华渐逝，老大无成，山水便成为他心目中躲避无奈人间的理想处所。较之戴名世爱好山水，方苞与山水的接触似乎不多，但他同样表现出对山水清气的敏锐感知。如康熙三十三年他在涿州教馆时与友人信：“所居左山右城，岗峦盘纡，草树蓊翳，四望无居人；鸟鸣风生，飒然如坐万山之中，平生所乐，不意于羁旅得之。”③ 康熙五十七年所作《游潭柘记》：“林泉清淑之气，旷然与人心相得。”④ 雍正二年所作《再至浮山记》追忆少时读书浮山的感受：“每天气澄清，步山下，岩影倒入方池；及月初出，坐华严寺门庑，望最高峰之出木末者，心融神释，莫可名状。”⑤ 然而因生活所迫，更因不能放下入世、经世的愿望，方苞感到山水对他来说，终究只是一个遥远、虚幻的栖息地。在《游潭柘记》末段，方苞即表达了这种在山水与俗世之间矛盾不已的心情：“昔庄周自述所学，谓与天地精神往来。余困于

---

① 《戴名世集》卷十《河墅记》，第 280 页。

② 《戴名世集》卷十《雁荡记》，第 276 页。

③ 《方苞集》集外文卷五《与刘言洁书》，上海古籍出版社 1983 年版，第 668 页。

④ 《方苞集》卷十四《游潭柘记》，第 422 页。

⑤ 《方苞集》卷十四《再至浮山记》，第 423 页。

尘劳，忽睹兹山之与吾神者善也，殆恍然于周所云者。余生山水之乡，昔之日，谁为羁绁者？乃自牵于俗，以桎梏其身心，而负此时物，悔岂可追耶？……余老矣，自顾数奇，岂敢复妄意于此？……"[①] 写作此文之前五年，方苞蒙皇恩免治《南山集》牵连之罪，此时以白衣供职蒙养斋。俗世虽可憎，但身为罪人，劫后余生，又受知遇，自应尽心王事，不宜再"妄意"于山水。这种矛盾、无奈的心情，是"山水之思"的另一种表现，在盛世的士人群体中，或许更为普遍、更具代表性。

"俗世"参照的第二个表现，是对"义理"表达的重视。以"俗世"为背景来看待山水，山水便不再是单纯的自然景物，而是能够触发游人思考的媒介。唐宋古文家的山水游记，多发议论，一方面是因为古文运动的义理学背景，古文家一般具有"文以明道"的自觉追求，另一方面也与他们观察自然时的俗世参照有关。之后的晚明山水小品，专注于自然本身的审美价值，对"义理"采取回避甚至厌弃的态度。戴、方则有意向唐宋古文学习，致力于"义理"的回归。二人游记中，由自然景观及所附着事件而联想到的人世之"义"，主要包括以下几个方面：

（一）物理循环、兴亡如梦。如戴名世《西园记》，先记明孝陵及其旁坟墓、碑碣的颓败，再将明魏国公徐达之西园的易主与园中六朝松的独存两相对照，借此表达"凡治乱兴亡之故，盖有难言者"[②] 的感想。又其《兔儿山记》，先描述兔儿山现时的破败，又想象其在前朝每逢重阳，则皇帝驾临，置酒设宴的盛况，感叹其"异时虽公卿莫能至，而今则游人羁客皆得以游览徘徊而无所忌"的命运沉浮，最后得出结论："盖物理之循环往复有固然者。"[③] 自然山水是人世沧桑的见证，如唐人诗所咏："人事有代谢，往来成古今。江山多胜迹，我辈复登临。"[④] 戴氏这两篇文字所要表达的，亦是一种在永恒山水面前涌起的关于人世历史的虚无感。

（二）人世多变、聚散难期。如方苞《游丰台记》，在记述一次朋友间的欢会后，笔锋一转，感叹此游之难得："诸君子仕隐游学各异趋，而次第

---

① 《方苞集》卷十四《游潭柘记》，第422—423页。

② 《戴名世集》卷十《西园记》，第267页。

③ 《戴名世集》卷十《兔儿山记》，第268页。

④ 孟浩然：《孟浩然诗集笺注》卷上《与诸子登砚山》，上海古籍出版社2000年版，第19页。

来会于此，多者数年，少亦历岁移时，岂非事之难期而可幸者乎？……计明年花时滞留于此者，惟余独耳。岂惟余之衰疾羁孤，此乐难再；即诸君子踪迹乖分，栖托异向，虽山川景物什百于斯，而耆艾故人，天涯群聚、欢然握手如兹游者，恐亦未可多遘也。"[①] 此文作于康熙五十七年。此前一年，方苞曾作《四君子传》，历数平生知交，已凋零十分之七，而包括自己在内的幸存者，又皆困穷。因此，风景不殊、良友难逢之叹，也包含着作者对自身处境的无奈和哀伤。又其作于雍正元年的《封氏园观古松记》，在记述一日聚会中种种突发状况后，方苞亦感叹说："以一日之游，而天时人事不可期必如此，况人之生，遭遇万变，能各得其意之所祁向邪？"[②] "天时人事不可期必如此"，从这一表述中，我们可以看到晚年方苞的内心中，除抗心希古、锐意求道之外，还有消极甚至惶恐不安的另一面。

（三）"不遇"与"养晦"。柳宗元《永州八记》之《钴鉧潭西小丘记》结尾"贺兹丘之遭"一段，以山水的显晦来比拟人的处境，清初人林云铭评此段是"借题感慨，全说在自己身上……读者当于言外求之"[③]。戴、方山水游记中，亦有数篇抒发类似感想者。如戴名世《游浮山记》，感叹浮山风景奇丽，却因远离城市，不为人知："以远且僻而其奇终不得售焉，其售者又止如此，岂非其地使然哉！"[④] 又其《石门冲记》，亦对此一段山水"在于荒山僻壤，亘数千百年来无有识其奇者"[⑤] 的遭遇表示惋惜。据《戴名世年谱》，这两篇文章分别作于康熙二十年、康熙二十一年，戴名世困处江北乡间之时。因此戴氏要借山水之不遇，抒发自身才华不为世所知的抑郁之感。同样是面对幽僻山水，方苞的体会却与戴名世相反，如其雍正二年所作《再至浮山记》中，方苞赞叹无名山水"能常保其清淑之气，而无游者猝至之患"[⑥]；又乾隆八年所作《游雁荡记》中，亦对雁荡山"所处僻远，富贵有力者无因而至，即至亦不能久留、搆架鸠工以自标

---

① 《方苞集》卷十四《游丰台记》，第421—422页。

② 同上，《封氏园观古松记》，第429页。

③ 柳宗元《钴鉧潭西小丘记》林云铭评语，转引自姚鼐纂，吴孟复、蒋立甫主编：《古文辞类纂评注》，安徽教育出版社2004年版，下册，第1652页。

④ 《戴名世集》卷十《游浮山记》，第265页。

⑤ 同上，《石门冲记》，第266页。

⑥ 《方苞集》卷十四《再至浮山记》，第424页。

揭，所以终不辱于愚僧俗士之剥凿也”[①] 的自完之道表示欣赏。这种见解，与方苞经历文字狱后，深感盛名之危险、“养晦”之可贵的心态有关。可见随着作者心境的不同，山水之“义”也在改变。晚清人有“以我观物，故物皆着我之色彩”[②] 之说，戴、方此类游记，亦可谓是“有我”之作。

（四）圣贤学问之道。方苞《记寻大龙湫瀑布》，由对风景的搜求，联想到士人求学之路：“嗟乎！先王之道之榛芜久矣，众皆以远迹为难，而不知苟有识道者为之先，实近且易也。孔、孟、程、朱皆困于众厮舆，而时君不寤，岂不惜哉？夫舆者之诳即暴于过客，不能谴呵而创惩之也，而怀怒蓄怨至此；况小人毒正，侧目于君子之道以为不利于其私者哉？此严光、管宁之俦，所以匿迹销声而不敢以身试也。”[③] 舆夫畏远，不愿入山之深处，还对指路的老僧表示不满。这正类似于小人千方百计阻挠君子，令其不得接近先王之道。又方苞《游雁荡记》末段，对儒家山水“比德”说进行发挥，认为雁荡“岩深壁削”，能使游者“严恭静正之心不觉其自动”，进而领会“圣贤成己成物之道”[④]。借登山临水来谈治学，宋代游记中多有先例，如苏轼《石钟山记》、王安石《游褒禅山记》。方苞在学问上倾慕宋儒，文辞上亦以唐宋文为榜样，此类论述学问之道的游记，正是宋人的嫡传。

对人世之“义”的看重，还使得戴、方大多数游记，在章法和语言上都呈现出简洁、含蓄的特点。晚明人山水游记，多长篇，或成系列，以细致描摹、穷形尽相为能事。戴、方游记则因重点不在山水本身，故很少作长卷式的描绘，而是多截取片段之景，余者点到即止，或留一虚幻语，不作实写。如戴名世《唐西浦记》，记述西山唐西浦之梅溪，而以“常寻其去径，去径复隘如来径，数里不能穷”[⑤]作结。《游西山记》只写龙湫、来青轩二处，其余则以“进而深焉，其幽窅奇怪不知当何如也”[⑥] 一句带过。《游浮山记》更是只记了一个舟中远望浮山的印象，一段“过而未能游”

---

① 《方苞集》卷十四《游雁荡记》，第 428 页。

② 王国维：《人间词话》第 3 条，况周颐、王国维《蕙风词话 · 人间词话》，人民文学出版社 1960 年版，第 191 页。

③ 《方苞集》卷十四《记寻大龙湫瀑布》，第 426 页。

④ 同上，《游雁荡记》，第 428 页。

⑤ 《戴名世集》卷十《唐西浦记》，第 265 页。

⑥ 同上，《游西山记》，第 269 页。

的遗憾，欲以“先为记之如此”的方式，表明自己终将优游于此的决心①。方苞《游丰台记》《记寻大龙湫瀑布》，亦是断片而非全景。这种材料处理方法，类似于山水画中的“留白”，给读者以余韵不尽之感。此外，戴、方游记中，山水的描摹与义理的抒发常常结合在一起，甚至山水描写只是义理抒发的缘由。这便避免了“为山水而山水”、缺乏主观情感之弊，使文章具有“物色尽而情有余”的特点。清初古文体系下的批评家看重游记的“寓意”，如何焯认为柳宗元《始得西山宴游记》“中多寓言，不惟写物之工”②。林云铭认为“叙山川之胜与见闻之奇，且得尽所游之乐”，是游记的常调，但若只如此写，“有何意味”；只有在观物基础上“发出一番大议论”，文章才称得上精彩③。戴、方则在创作上呼应了评点家们的倡议。在此意义上可以说，重“义理”、讲“言外之意”，已是新的文学时代的大势所趋。

结　语

本文对戴名世、方苞等桐城派早期作家行记、游记创作的探讨，有助于我们进一步理解以下几个问题：

一、桐城文章是不是“颂圣”的文学？在已有的桐城派研究中，有一个普遍的看法，即桐城派的兴起是“助流政教”，“不仅顺应了清王朝封建政权的需要，而且也顺应了当时时代安定发展的需要”④。戴名世的“道、法、辞”，方苞的“义法”说，均被认为是古文领域内对朝廷厘正文体、倡导“清真雅正”之文的回应。实际上，戴名世、方苞的大多数作品，反

① 《戴名世集》卷十《游浮山记》，第265—266页。

② 柳宗元《始得西山宴游记》何焯评语，转引自姚鼐纂，吴孟复、蒋立甫主编《古文辞类纂评注》，第1647页。

③ 王安石《游褒禅山记》林云铭评语，转引自姚鼐纂，吴孟复、蒋立甫主编《古文辞类纂评注》，第1790页。

④ 张光亚：《桐城派的主要特点及其历史借鉴》，安徽省社会科学院文学研究所、安庆师范学院中文系、淮北煤炭师范学院中文系编《桐城派研究论文选》，黄山书社1986年版，第9页。

映的是寒士、穷士的心态，是“春鸟秋虫自作声”[①]，而非雍容大雅的盛世和平之音。桐城文章向“清真雅正”靠拢，是在《南山集》案之后，很大程度上是一种被迫的选择。

二、桐城文章的“义”与儒家之道的关系。“义法”是方苞文论的核心，然而何为“义”？在方苞的理论叙述中，儒家义理是“义”最重要的部分：“若古文则本经术而依于事物之理，非中有所得不可以为伪。”[②] 方苞对古文作者的“经术”修养要求颇高，认为唐宋八家中，柳、欧、苏氏父子于儒家经典皆未能通达，因此其文章在“义”的方面都有欠缺[③]。但从方苞自身游记创作来看，“义”所包涵的内容又十分广泛，涉及人情物理的方方面面，并非纯粹的“儒家之道”。我们认为，这种文意上对儒家义理的溢出，正是桐城文章的生命力所在；桐城“义法”，并不仅仅是前人“文以明道”说的翻版，更是一种对文学、文章本身结构的阐释。

三、桐城文章的传承统绪。一般认为，桐城文章远尊《史记》，近承唐宋八家与明归有光。戴名世、方苞均评选过唐宋八家文，从本文论述中可以看出，他们的游记创作，在辞、义并重的基本理念和具体章法上，也都有意向八家学习。重“义”的理念，在戴、方之后的桐城派代表作家如刘大櫆、姚鼐那里得到继承。刘、姚游记，亦有较多的主观情感在内，不少篇目中抒写了由山水引发的人事之思，如刘大櫆《游大慧寺记》中对士人独立人格的提倡，《游万柳堂记》中对富贵浮云的感悟，《游晋祠记》《游三游洞记》中对自身生命微贱的哀伤，姚鼐《观披雪瀑记》中对世事无定、人事难期的慨叹，《游双溪记》中对自身处境的怨望，等等。虽然上述作者的创作中，也有一些只简述地名、方位，有意向秦汉文如《山经》《禹贡》等学习的“高古”之作，如戴名世《雁荡记》的前半部分、刘大櫆《游浮山记》，但八家文仍是他们摹仿的主要对象，人间情思与自然风景的结合，以“情”统“物”，依然可以说是桐城派游记的特色。

---

① 黄景仁：《两当轩集》卷一《杂感》，上海古籍出版社 1983 年版，第 16 页。

② 《方苞集》卷六《答申谦居书》，第 164 页。

③ 同上，第 164—165 页。

明清桐城士人的德行研究[①]

——以《桐城耆旧传》为基本文献素材

桐城师范高等专科学校桐城派学术研究中心　陶家韵

马其昶所著《桐城耆旧传》荟萃桐城明清之旧闻，撰述先贤之事迹，重视道德评判，肯定了明清两代地方士人在重大历史变革中所表现出的高尚气节。徐希军的《马其昶〈桐城耆旧传〉的史学价值》（《史学研究》2012 年第 2 期）和许结的《从〈桐旧集〉到〈耆旧传〉》（《文献季刊》2011 年第 3 期）分别从史学和文献学角度论述此书的价值。本文将《桐城耆旧传》与明清桐城士人以德行为线索串联起来，以窥马氏著述的深层次期盼。

一　明清士人气节形成的思想渊源

所谓气节是指人的志气和节操。在儒家思想中，气节是衡量士人的德行标准和为人处世的道德原则。孟子的“浩然之气”是儒家气节观的基础，实际上就是“气节”，或者说后来的气节是由此演变而成的。

秦汉时期，士人重气节成为当时社会风气的重要特点。先秦原始的气节观因统治者的提倡、选官制度的推动而得到了扩展。司马迁所理解的气节就包括忠、孝、勇、礼等多层内涵，刘向则以“仁”“义”作为气节的

① 本文为全国教育科学“十二五”规划 2013 年度重点课题（DEA1302432）的阶段性成果。

核心内容，陶渊明不为五斗米而折腰则折射出魏晋士人淡泊名利的气节观。

经历了长期的分裂和动乱，如何建立稳定的社会秩序，便成为唐宋时期人们最为关心的问题。反映到政治上，统治者开始有意识地加强忠节思想的建设，王伯玙编的《励忠节钞》以及武则天御撰的《臣轨》就表明了唐代“移孝就忠”气节观的转变。宋代重文抑武，集权思想高度强化，皇权意识进一步突出，忠节观逐渐演变成“愚忠”。这种愚忠经过思想家的论证，最终在理学形成的基础上，完成了对忠节观的重构。

明清时期，理学思想发展至极致，三纲五常，“存天理，灭人欲”成为人性的最高境界。宋代的愚忠观也因之上升到“理“的高度，二程以为“忠以事君，完始终大节”①，尽忠爱国是合乎天理的。它否定了先秦时期士人们的个体意识，强调士人对国家和君主的绝对忠诚，要求士人身体力行，将个人荣辱与国家命运、民族兴亡紧密联系起来。顾炎武的“天下兴亡，匹夫有责”的口号，便是明清士人在新的历史时期对儒家气节观的继承和创新。面对国家之兴亡，士人应当有所为，有所不为，这已然成为诸多明清士人在国家和民族利益面前坚守气节的思想渊源和动力。

二　《桐城耆旧传》对明清桐城士人气节的彰显

明末清初，满族替代汉族入主中原。晚清，西方列强接踵而至，民族和国家的变故构成了明清士人守节的外在原因，而理学思想影响的内在因素使明清守节之士的人数大大超过了历朝历代。同样，明清的桐城，出现了像方以智、戴名世等一批深受理学影响的先贤，以及后来崇奉理学的桐城派，他们皆对桐城士人的德行产生了巨大影响。这在《桐城耆旧传》中随处可见：或战死沙场以报国为已任，或舍生取义以个人名节为要务，或刚正直谏以尽君臣之道为旨归。

第一类是战死沙场的忠君之士。崇祯十一年（1638），清兵围困济南，守将张秉文率领不足两千吏卒分门拒守十昼夜，然因援兵或拥兵自重，或

① 程颐，程颢：《二程集》，中华书局 2004 年版，第 1005 页。

观望逡巡，迟迟不来救援。张秉文自知必败，乃遗书家人：“身为大臣，当死封疆。”[①] 后战死城中。张秉文为明将，亦与清兵作战，然正是其战死沙场的决心使得身为清人的马其昶并不避讳，将其事迹收录其中。此外，马氏还记载江宁主簿阮之钿誓死抗争张献忠之事。明朝兵部尚书熊文灿等人一意招降张献忠，阮之钿极力上疏反对，无果，卧病在床，在自家的墙壁上写下了张献忠早晚必反等几句话。不久，张献忠果然谋反，抢劫粮仓，释放囚犯，破城门而入。《桐城耆旧传》记载阮之钿誓死不屈的细节：“公闻变，仰药未绝。献忠遣使索印，公坚持不予，遂杀之。纵火焚公署，骸骨为烬。”[②] 可谓震撼。

《桐城耆旧传》中不仅记载了像张秉文、阮之钿这样的重臣的气节，也记载了像夏统春这样一个小县令的大气节，而且描写最为惨烈。此段文字亦载于《明史》，马氏文字与其基本相同。

> 阅五日贼（作者注：张献忠部）至，公（作者注：夏统春）出拒战，不胜；城陷，复巷战。力竭被执，贼欲屈之，公指贼渠骂曰：“吾职虽小官也，肯从贼反乎？”贼怒，断其右手，即左手指贼而骂；贼又断之，复骂，则断其舌；瞋目视之，则更剜其目。且死，犹以头触贼，僵起扑地者数，贼遂支解之。[③]

夏统春虽为小吏，面对生与死的选择，他决意坚守忠君之道，宁死报国，可谓铮铮铁骨。

第二类是舍生取义的殉节之士。明朝灭亡，清朝定鼎，面对异族的入侵，众多明代遗臣心存一臣不事二主之道义，誓死殉节以明其志。胡懋功“焚舟赴水死”[④]，左沅州“触石，脑裂以死”[⑤]；周日耀“绝粒七日，呕血数升死”[⑥]；方承萱闻怀宗殉社稷，慨然曰：“职有大小，忠无崇卑，古不

---

① 马其昶撰，毛伯舟点注：《桐城耆旧传》，黄山书社 1990 年版，第 189 页。

② 同上，第 192 页。

③ 同上，第 193 页。

④ 同上，第 199 页。

⑤ 同上，第 199 页。

⑥ 同上，第 201 页。

云乎，‘主辱臣死？’”[①] 遂绝食而死。虽均为明臣，然马氏皆录之，且曰：“大哉！皇清之褒忠，不以异代歧视也。”[②] 事实上，《桐城耆旧传》亦记载诸多清之殉节之士，正如马氏所云：“世言我朝节义逊前代，非也！东南乱起，士大夫（以）身殉者不可胜记。”[③] 此处东南乱起即指太平天国起义之事，由于学界对此争议颇多，在此亦不再举例说明。

第三类是以道事君的直谏之士。桐城历史上有许多著名的言臣，他们恪守君臣之道，敢言敢谏，甚至不惜生命以死谏捍卫臣子之本分。马氏评价嘉靖朝御史余珊：“公性刚劲，讥弹不避权要。”[④] 马氏还在文中摘录其在嘉靖四年，应招上疏所陈“十渐”，言辞犀利，大胆抨击了朝廷的黑暗，矛头直指当朝皇帝。在记录桐城历史上第一位翰林、著名直臣齐之鸾时，马氏引用《明史》所载其直谏事迹，最后直言：“甚哉！武宗之荒惑，可谓大无道之世矣！其国祚幸不即倾者何与？岂不以犯颜敢谏之臣未绝，犹足以维系之与？”[⑤] 将直臣的作用上升到影响国家兴亡之高度，可见马氏敬重之情。《桐城耆旧传》记载的明朝谏臣中，最著名的当属左忠毅公左光斗，马氏在文中开始即言：“天启初，与给事中杨公涟，俱以清直敢言负重望。两人公忠一体，有所举劾，必咨而后行，权贵人皆凛凛畏之。”[⑥] 这样的一名谏臣，最终因敢言得罪宦官魏忠贤含冤下狱。马其昶在文中引用戴名世所著《左忠毅公传》之文，详细记叙了学生史可法在狱中见左忠毅公之事，体现了其作为一名谏臣应有的气节：

> （史可法）见公肢体已裂，抱而泣，乃饭公。公呼而字之曰：“道邻！宜厚自爱，异日望子为国柱石。今子殉硁硁之小节，而撄奸人之锋，我死，子必随之，是再戮我也！”[⑦]

此处虽与方苞著名的《左忠毅公逸事》所记之细节有所不同，但是左

---

① 《桐城耆旧传》，第201页。
② 同上，第200页。
③ 同上，第415页。
④ 同上，第35页。
⑤ 同上，第46页。
⑥ 同上，第158页。
⑦ 同上，第161页。

忠毅公那种“苟以国家生死已，岂因祸福趋避之”的气节在二文中是一致的，读之令人涕然。

在马氏眼里，气节不以异代有别，不因大小有殊。在他看来，“士遭乱世，遐陬穷巷之中，仓卒捐其躯命者，可胜道哉？彼其孤忠幽愤，蹈死若饴，虽无所知名，岂不浩然常存乎？”① 乱世之中，相比那些因贪生而远走避祸之士，马其昶更加欣赏为气节蹈死若饴之士。马氏接着指出“今取其言行可载者具于篇，非谓其人之止于此也”②，则暗示了所著《桐城耆旧传》不是仅仅为了“令异世承学、治国闻者有考焉”③ 的史学之用。

三 《桐城耆旧传》彰显德行的原因

马其昶历时二十余年著成《桐城耆旧传》，彰显了明清桐城士人的德行气节，而这些载记的背后，事实上还包含作者更深层次的期盼。

1. 树忠君报国之大节

马其昶在光绪三十三年所作的《桐城耆旧传·自序二》中曰“计初草创，至今逾岁廿”④。据此推算，《桐城耆旧传》最初成稿于光绪十二年(1886)，此后又经历两次修订，终成于光绪三十四年（1908）。此时的朝廷，经历了两次鸦片战争、中日甲午战争等，内忧外患，统治摇摇欲坠。在此危难之际，大多数士人未能忠君报国以成大节，而是明哲保身、贪生避祸。事实上，晚清腐败已蔓延到社会的各个层面，即使是承担着保家卫国重责的军队也不例外。军队腐败，官兵必然贪生怕死，甲午战争的失败与各个战争中诸多将领临阵脱逃不无关系。

曾是两江总督的牛鉴，以一手“台阁体”的好字和生花妙文成了道光

① 《桐城耆旧传》，第 203 页。

② 同上，第 203 页。

③ 同上，第 2 页。

④ 同上，第 5 页。

的“帝师”，然而就是这样一位学富五车、理明今古的重臣，本应报效君主恩德，却在与英军交战时临阵脱逃，致使重要的海防之地吴淞口失陷，英军一路攻陷宝山、上海、镇江等战略重地，而最终清廷被逼签订了中国近代史上第一个丧权辱国的条约《南京条约》。面对国家危难之时，众多文臣武将亦如牛鉴一样既缺忠君之心，也无报国之志，或战场上临阵脱逃，或成为西方列强侵略的帮凶。《桐城耆旧传》忠君报国之事迹无疑为世人在国难之时的选择树立了可供借鉴的道德榜样。

2. 立修身致世之小节

晚清社会，不仅国家动荡，社会风气也日下。马氏指责世人：“置人伦道德于不顾，则是举天下唯利是趋，强凌弱，众暴寡。”（《宣统二年上皇帝疏》）[①] 人们以追求利益为唯一目的，恃强凌弱，不顾道德廉耻，自然也谈不上气节德行。然而更令马氏愤愤不平的是饱读圣贤书的士人也是心怀利禄，廉耻尽失。“夫士方从学之始，父师之所期冀，朝夕之所肄业，虽日诵习圣人之言，而皆怀利禄之见，殚气尽力以事无用之域，不得则穷老以死，得之则精力已衰。出而任天下国家之事，则又争骛利禄以取偿其初志之所欲得，而多方巧饰于其外。”（《答族兄质甫书》）[②] 人心陷溺、麻木不仁，唯利是图，士人贪婪无耻，道德腐化，毫无气节可言。特别是到了晚清，士人更是沉醉于花天酒地，不思进取。光绪年间，饮宴征逐之风从京师兴起，上行下效，各级官员往往多忙于宴饮，正常的公务反而无暇顾及。于是“京师各部院有公事至简者，堂司各官，惟日一到署，小坐而已”[③]。在家中、宴席上办公成了一种习惯。当户部尚书阎敬铭为整顿吏风，实行上堂点名，竟有官员斥责此举有辱士人身份，上书抗议，点名之事也就不了了之。这位上书抗议官员后来大言不惭地说道：“我辈无事坐食，实国家之一蠹。”

在封建社会，士人集知识、文化、官僚角色于一身，在社会发展中始终占据着重要地位。儒家为士人制定修身、齐家、治国、平天下的道德目

---

① 马其昶：《抱润轩文集》卷八，民国十二年（1923）刊本。

② 《抱润轩文集》卷九。

③ 徐珂：《清稗类钞》（第 4 册），中华书局 1986 年版，第 1605 页。

标，推动了无数舍生取义、固穷守志的士人出现。然而，晚清以来，随着封建统治阶级日趋腐朽，士大夫这种可贵的传统价值观也日渐沦落。儒家所主张的修身致世的思想在晚清士人身上已经荡然无存。《桐城耆旧传》对明清桐城士人德行有力彰显正是对当时人心浑浊、世道鄙陋、物欲横流的社会风气的一种控诉。作者希望在这样一个人心陷溺的社会还有一些为士人修身致世做出的道德榜样。正如马其昶的门人解释为何马氏晚年关注《庄子》一书时所言："然深识之士，又往往谓今不荡涤人心之秽浊，徒变法无意。"[①] 变法是标，荡涤人心、重构士人修身致世的道德情怀才是挽救国之衰败的根本所在。

3. 正纲常风俗之衰败

马其昶不仅揭示了陷溺的人心，还指出了原因。他以为："昔者，战国之季，邪说横作，非尧、舜，薄汤、武。秦至无道，烧书坑儒，其恶之如此，乃不旋踵而亡。汉兴，五经复出，不可得而灭绝也。然秦虽无道，特恶人之是古今，其于纲常大义犹未显绝。今之论者抑又甚焉，视三纲为桎梏，等六经为弁髦，大乱之道其必在此矣。夫上之化下，如风之行草，转移甚捷，今欲厚风俗，正人伦，亦在上之人端其趋向而已。"（《宣统二年上皇帝疏》）[②] 古今朝代兴衰无不与纲常大义有关，今之问题的症结就在于人心风俗背离纲常大义。当务之急当需厚风俗，正人伦，重新拾起儒家之经典，发挥儒家思想教化之功，只有这样才能正纲常大义之衰败，矫正社会风气，挽救国之危局。

马其昶受理学影响深刻，阐道翼教、文以载道的理学经世观深入其心，他说道："盖圣人之道，大者内足以轨度其志体，外足以经世而育物。"[③]（《读艺文志》）他认为圣贤之道有轨度、经世之功，通过阐释圣贤之经典，宣扬经典之教义，完全可以对人心世俗的变化产生不可忽视的影响。事实上这也确实能收到一定的实效，刘声木在《苌楚斋随笔》中就指出："以声木考证所及，当时言桐城文学者，如邵懿辰、伊乐尧、朱琦、

---

① 马其昶撰，马茂元编次：《定本庄子故》，黄山书社 1989 年版，第 3 页。

② 《抱润轩文集》卷八。

③ 《抱润轩文集》卷二。

吴嘉宾、吴昌筹、马树华、马三俊、冯培元、戴熙、吴廷香、孔继鍱、陈寿熊、唐治、张勋等，均大节凛然，足与日月争光。良由平日喜言宋学，义理深入乎心髓，坚固而不可拔如此，宋学何负于人心风俗哉！"[①] 刘声木对梅曾亮及诸多桐城学者大节凛然的揭示，实际上是肯定了宋学即理学对人心风俗的积极影响。同样，马其昶也相信"文儒学士议论之向背，足以移易世风民情"（《南山集序》）[②]。于是一介儒生马其昶试图通过《桐城耆旧传》对蕴含理学思想的德行的彰显来正纲常风俗之衰败，以求归于正道，挽救国之危难。

面对病入膏肓的晚清政府，《桐城耆旧传》中彰显的道德力量是渺小的，但正是有了像马其昶这样末代文人的道德坚守，才成就了这样一种文化奇观：考诸历史，明清两代的桐城士人，无论是在怎样的历史变革中，始终无一人变节，我想这也是对马氏所做努力的最好回报。

明清时期的桐城，虽以文章闻名于世，但桐城士人在历史发展进程中所表现出的高尚的德行也应当引起我们关注。有学者这样评价明清时的桐城士人："大多具有高尚的品德和节操"[③]。马其昶有感于"师友之渊源渐被沦而日薄，士或问其先德，噤不能言"[④] 的窘境，广征载籍，会萃旧闻，述邑先正遗事，撰成《桐城耆旧传》一书。在书中，马氏以史家的眼光，彰显了明清桐城士人之德行。这种彰显，实际上包含了作者树忠君报国之大节、立修身致世之小节、正纲常风俗之衰败的多重期望。

① 刘声木撰，刘笃龄点校：《苌楚斋随笔》卷七，中华书局 1998 年版，第 153 页。

② 《抱润轩文集》卷四。

③ 方宁胜：《桐城科举》，安徽美术出版社 2011 年版，第 9 页。

④ 《桐城耆旧传》，第 1 页。

桐城派的现代转型

中国社会科学院文学研究所　王达敏

清代道咸之际，中国与西方相遇，被迫卷入肇端于西欧的全球现代化运动，成为这场运动的东方回响和重要组成部分。经历现代化的百年激荡，中国的政治制度、物质生活和精神世界，或先后，或同时，发生了由表及里的嬗变。由于中国原有文明的渊茂，这一嬗变无法一蹴而就，迄今仍在途中。紧随整个国家现代化的步伐，桐城派或被动、或主动地开始了现代转型。由于桐城派思想、艺术的繁复和精微，其转型不免一波三折。尽管如此，转型毕竟已经开始，并在各个层面跌宕起伏地展开了。

一　导乎先路

从清代咸同开始到新中国建政初期，在乾旋坤转的现代化运动中，桐城派从学问领域跨入实际政治运作，参与引领并推动中国走向现代世界。这期间，两位重量级政治家曾国藩、徐世昌主持风会，对于桐城派的现代转型和国家的进步具有里程碑意义。

曾国藩私淑并终生服膺姚鼐，又与梅曾亮长期切磋学问。他的出现，把桐城派推向峰巅，以至于胡适说："姚鼐、曾国藩的古文差不多统一了十九世纪晚期的中国散文。"① 首先，曾国藩以其在军、政、学三界的崇高

① 胡适：《中国新文学大系建设理论集导言》，《中国新文学大系导言集》，天津人民出版社 2009 年版，第 2 页。

地位，把桐城派带向政治和文坛中心。在与太平天国战争中，曾国藩以捍卫礼教相号召，吸引大量抱道君子来归。当时曾幕人才几半天下，曾氏又待“堂属略同师弟”[①]，因此，幕中从事学术文事者多以其学问祈向为转移。曾氏俯首桐城，幕宾也多心向桐城。后来，曾幕移动到哪里，曾门弟子游走到哪里，就把桐城派的种子播向哪里。当曾氏晚年总督直隶时，经过他和弟子张裕钊、吴汝纶的拓荒，朴野少文的冀南之地形成了一个规模巨大、绵延百年、文风雄奇、志在经世的莲池学者群体。其次，曾国藩作为洋务新政的领袖，在朝野懵昧之时，倡导学习西方科学技术，发展军工产业，选派幼童留学。在中外冲突之时，他以其对国内外大势的深刻洞见，一反桐城派前辈邓廷祯、姚莹曾经的主战姿态，而力持和局。曾氏的洋务理论和实践推动中国从农业社会向工业社会转变，也为桐城派带来了宽阔的国际视野，为桐城派向现代的转型提供了契机[②]。

在曾国藩洋务理论和实践的陶铸下，其身旁走出了一群富有远见卓识、尊奉桐城之学的中国第一代外交家兼政治家。最著名者有郭嵩焘、黎庶昌和薛福成。他们突破了数千年历史中形成的华夏中心观，走向盘古开天地以来华族闻见所不及的高度文明世界。郭嵩焘意识到西洋立国自有本末，其末在工商，其本则在政教修明、以法治国。薛福成意识到中国与强大的西方相遇，已经无法闭关独治，必须变古就今。他推崇西洋器物技艺，更推崇君民共主的君主立宪制度。黎庶昌为西欧的议会民主、政党政治和军事力量所震撼，深感忧患。郭、黎、薛是优秀的外交家，也是一流的桐城派古文家。他们描写异域的大量作品，为桐城派、也为中国文学史，带来了新的思想情感、新的风情、新的词汇和新的艺术魅力。

清民之际，莲池群贤传承祖师曾国藩倡导的经世致用精神，投身实际政治。他们多半留学日本，熟悉东洋、西洋的现代政治，渴望中国从专制向民主过渡，实行宪政。清廷在退出历史舞台前夜，为预备立宪，成立资政院。莲池学子籍忠寅、刘春霖当选资政院议员。他们在资政院常会上张扬立宪精神，支持速开国会，反对封疆大吏越权，弹劾军机大臣，抵制皇

---

① 曾国藩：《题金陵督署官厅》，见《曾国藩全集·诗文》，岳麓书社 2011 年版，第 100 页。

② 王达敏：《曾国藩总督直隶与莲池新风的开启》，见《安徽大学学报》2014 年第 6 期，第 61—70 页。

权胡为。1911 年 6 月 4 日，他们又积极组织宪友会，为国家从官僚政治向政党政治转型尽力[①]。进入民国，籍忠寅、常堉璋、王振尧、谷钟秀、李景濂、张继、李广濂、邓毓怡、王树枏等当选国会议员。他们中，籍忠寅、常堉璋等是改良派，张继、谷钟秀是革命党。无论改良或革命，他们在国会内外都忠于职守，为中国实现真正宪政而勤奋工作。1914 年 1 月，谷钟秀在上海主办《正谊》杂志，锤击袁世凯欲帝制自为，撰《中华民国宪法草案释义》，捍卫宪政理想[②]。邓毓怡热心参与制订宪法，1922 年发起宪法学会，手译欧战后各国宪法，终因生逢乱世，壮志不酬，忧愤而亡[③]。此外，张继曾任参议院议长和国民政府委员，刘若曾任直隶省长，王瑚任江苏省长，傅增湘任教育总长，谷钟秀任农商总长，吴笈孙任总统府秘书长，何其巩任北平市长。他们悉皆民国政局中的要角，曾为中国的现代化事业付出大量心血。

徐世昌是继曾国藩之后把桐城派推向另一座峰巅的政治家。他曾任军机大臣、东三省总督、体仁阁大学士；袁氏当国时，任国务卿；1918—1922 年出任中华民国总统。他与盟兄弟袁世凯一文一武，左右清季民初政局近二十年。他与桐城派渊源甚深。其外祖刘敦元籍贯桐城，为刘开族父行，与姚氏为亲故。刘氏俪体文经过河南巡抚桂良揄扬，为道光帝所知；其诗文全稿藏于桐城姚氏。徐世昌数次刊布外祖诗文集，曾请吴汝纶赐序。吴序揭示了徐氏与桐城文脉的关联[④]。贺涛、柯劭忞为吴汝纶弟子，徐世昌的同年。徐氏 1917 年初曾说："丙戌同年多文人。贺松坡，余从之学文；柯凤荪，余从之学诗。"[⑤] 徐世昌与曾国藩一样，对国内外大势有卓越洞察，很早就觉悟到，中国只有改革才能挺立于世界。他是中国早期现

---

① 侯宜杰：《刘春霖》《籍忠寅》，见《逝去的风流——清末立宪精英传稿》，北京师范大学出版社 2013 年版，第 333—341 页、第 350—354 页。

② 《正谊》第 1 卷第 1 号，1914 年 1 月 15 日。

③ 籍忠寅：《邓君家传》，见《困斋文集》卷四，壬申（1932）冬日籍氏家藏，第 10—14 页。

④ 徐世昌：《先太宜人行述》，见《退耕堂文存》，天津徐氏开雕，第 9 页；《敬跋先外祖悦云山房集》，见《退耕堂题跋》卷一，第 12—13 页。吴汝纶：《刘笠生诗序》，见吴汝纶著，施培毅、徐寿凯校点：《吴汝纶全集》（一），黄山书社 2002 年版，第 200 页。

⑤ 贺葆真：《贺葆真日记》（三）1917 年 2 月 1 日，见李德龙、俞冰主编：《历代日记丛钞》第 133 册，学苑出版社 2006 年版，第 17 页。

代化的著名推手，在主政东三省时建树尤多。他凭着对新旧文化的湛深造诣和对共和政治的深刻理解，宽容而文明地面对新文化运动的兴起和五四运动的展开。他的宏通之识和在中国现代化中所起的先导作用使他誉满中外，1921 年巴黎大学授予他博士学位。徐世昌为桐城派做了大量工作。他重建桐城文统，以明清八家归有光、方苞、姚鼐、梅曾亮、曾国藩、张裕钊、吴汝纶、贺涛上绍唐宋八家之绪。他再造桐城道统，把弘扬实学的颜李学派引入桐城派中，以分程朱理学之席。他主纂《大清畿辅先哲传》，将北方的区域意识植入莲池学者群体之中。他具有比曾国藩更为深广的现代视野，把桐城派带向新的境界。必须道及的是，徐世昌于 1920 年 1 月颁令，命国民学校一、二年级的教材改用语体。这一决策是对时代新潮的顺应，是新文化运动的重大成果，也是对包括桐城派在内的古典学术釜底抽薪。

二　文学蜕变

与西方相遇之后，桐城派的文学观念和文学创作发生蜕变。桐城诸老的原创在文论；经过桐城后学从西学视角所作的创造性阐释，这些文论成为现代美学的组成部分。桐城诸老忌古文中掺入小说；其后学则不惟引小说因素入古文，而且开手翻译小说、创作小说。桐城诸老忌古文沾染语录中语言的鄙俚俗白；其后学则自觉破此清规，甚至在前贤古文中寻觅引车卖浆者语，以与新文学对接。桐城望族在桐城派兴起后多守程朱之道、韩欧之文。在西潮汹涌的时代，这些望族开新而不忘守本，但鲁谼方氏激进的后辈则积极投身新文学运动，一去而决绝地不再回返。

在桐城派文论的现代转型中，朱光潜贡献最大。朱氏籍贯桐城，在桐城中学受到桐城派的严格训练；留学欧洲时，对西方美学有精深研究，后来成为新文学阵营中杰出的理论家。他对桐城派文论的现代阐释，是从中西汇通角度转化传统精神资源的范例。桐城派首重的文以载道，受到周作人等新文学家诟病。朱光潜则以为，中国文学与西洋文学的大不同处，是其骨子里重实用、道德，文以载道之说“把文学和现实人生的关系结得非常紧密”“在中国文学中道德的严肃和艺术的严肃并不截分为二事”，这是中国文学的特点，不容一笔抹煞[①]。桐城派重视声音节奏在欣赏和创作中的价值，提出了因声求气说。朱光潜对此说作了新的发挥。他以为，声音与意义本不能强分，古文对声音节奏很讲究，白话文同样离不开声音节奏，只是比起古文来，白话文的声音节奏较为“不拘形式，纯任自然”罢了[②]。姚鼐论述文章风格时，提出阳刚阴柔说。朱光潜以为，姚鼐之说在西方美学中同样存在。姚鼐所说的阳刚之美、阴柔之美，在西方分别被称为雄伟、秀美。他引申西哲之论曰，“‘秀美’所生的情感始终是愉快”“外物的‘雄伟’适足激起自己焕发振作”[③]。姚鼐论述文章最高境界时，提出了神妙说。他推尊一种不可言说的与天道合一的超越、神秘、疏淡、含蓄的艺术境界。朱光潜继承包括姚鼐在内的前贤之说，提出“艺术的作用不在陈述而在暗示”“含蓄不尽，意味才显得闳深婉约，读者才可以自由驰骋想象，举一反三”[④]。朱光潜在中西美学比较中，对桐城派的文学思想进行了融会贯通的解说。他的解说彰显了桐城派文论的普适性和现代价值，也使其不露痕迹地渗入新文学的理论系统之中。

在创作中，桐城派最忌小说因素掺入古文中。方苞在论述义法的雅洁原则时，对吴越间遗老的用笔放恣，“或杂小说”，极表不满[⑤]。此论经姚鼐强调后，成为桐城派家法。与西方文学相遇后，桐城派一部分学者自觉扬弃这项禁忌，不仅在古文中引入小说因素，而且大量翻译西方小说，直至亲自动手写起小说来。在翻译方面，林纾是“介绍西洋近世文学的第一人”[⑥]。他用古文翻译的一百八十余部作品是中国文学史上的丰碑，给文坛打开了通往西洋文学之门，并向读者展示，西方不仅有别样的器物和制度，也有可以与司马迁并驾齐驱的深邃、精美之作。他以辉煌的业绩改变了包括桐城派在内的中国学者千百年来视小说为小道的观念。在小说创作

---

① 朱光潜：《文艺心理学》，安徽教育出版社 1996 年版，第 100 页。

② 朱光潜：《谈文学・散文的声音节奏》，见《朱光潜美学文集》（二），上海文艺出版社 1982 年版，第 301—307 页。

③ 朱光潜：《文艺心理学》，第 225 页。

④ 朱光潜：《谈文学・情与辞》，见《朱光潜美学文集》（二），第 355 页。

⑤ 沈廷芳：《书方望溪先生传后》，见《隐拙斋文钞》卷四，乾隆庚午年（1750）刻本，第 7 页。

⑥ 胡适：《五十年来中国之文学》，见《胡适文存》（二），黄山书社 1996 年版，第 193 页。

方面，吴闿生的弟子潘伯鹰成就最为卓著，其作品在民国时代甚获好评。关于小说，潘氏以为："摹画世情，抒心意，为体深博，奇而法，庄而肆，造极幽远，感人尤至者，莫善于小说。"[①] 小说在他眼中已非闲书，而是高雅艺术。这就难怪他在撰作时那么苦心经营、一丝不苟。潘伯鹰的代表作《人海微澜》1927 年起在《大公报》连载，两年始毕；1929 年出版单行本，翌年即告再版。这部风靡京津之作写尽新旧交替、礼坏乐崩时代北京城的社会乱象和众生百态，得到吴宓等名家激赏。吴氏推潘伯鹰为"今日中国作小说者第一人"[②]，且向陈寅恪等力荐，并将《人海微澜》列入清华大学和西南联合大学学生的必读书目[③]。潘伯鹰的小说创作得到同门诸子支持。《凫公小说集》出版时，其中《隐刑》剪辑之册残缺甚多，谢国祯在北平图书馆从报刊上为之抄补，齐燕铭为封面作画，贺培新为封面题字[④]。《人海微澜》付梓时，吴兆璜以文、贺培新以诗序之。此外，1902 年至 1903 年，吴汝纶的弟子邓毓怡、籍忠寅成立了小说改良会，拟对小说进行改良[⑤]。上述事实表明，突破桐城先正设置的忌小说的界限，已成为新时期桐城派部分学者的共识。桐城诸老忌小说，与小说同样不登大雅之堂的戏曲自然也在禁忌之列。但民国时代，吴闿生的弟子周明泰、张江裁、王芷章和齐燕铭均是戏曲研究名家，齐氏还主创了饮誉红区的京剧《逼上梁山》和《三打祝家庄》。

---

① 潘伯鹰：《著者赘言》，末署"民国十八年三月慧因室记，凫公"。见《人海微澜》卷首，大公报馆，1929 年 8 月第 1 版。按：凫公是潘伯鹰笔名。

② 吴宓：《吴宓诗话》，商务印书馆 2005 年版，第 218 页。

③ 刘淑玲：《〈人海微澜〉与新人文主义》，《中国现代文学研究丛刊》2012 年第 7 期，第 70—85 页。

④ 潘伯鹰：《著者赘言》，末署"民国十九年五月慧因室记，凫公"。见《人海微澜》卷首，《北平世界日报》，1930 年 7 月北平印刷。按：《人海微澜》1927 年至 1928 年连载于《大公报》。1929 年 8 月由天津大公报馆出版。1930 年 7 月，该书作为《凫公小说集》第一种，由《北平世界日报》代印，发行 2000 册。北平版增加序文两篇，分别是吕碧城撰《高阳台・为凫公先生题人海微澜》，徐英撰《题凫公人海微澜》；同时，潘伯鹰撰《著者赘言》也比大公报馆版增写了《凫公小说集》印行经过的说明文字；本文所引内容即为作者新增。

⑤ 周兴陆：《"小说改良会"考探》，《第二届清代文学国际学术讨论会论文集》，安徽大学文学院，2015 年 8 月，第 756—767 页。

方苞在论述义法的雅洁原则时说："古文中不可入语录中语。"[①] 语录语的特点就是鄙俚俗白，于雅洁有碍，因而被桐城诸老悬为厉禁。清季民初，这一戒律也被桐城派诸家突破。光绪三十年（1904）陈独秀在安庆创办《安徽俗话报》，负责纂辑小说、诗词稿件的吴汝澄和李光炯均为吴汝纶的弟子，负责纂辑教育稿件的房秩五是吴汝纶创办的桐城学堂五乡学长之一。该报以开启民智为旨归，在思想上提倡科学、男女平等、实业救国、现代教育，在文学上提倡白话写作、戏曲变革，在语言上使用鄙俚俗白。在新文化运动前后，就连桐城派的嫡传姚永朴也开始试写白话文了。为教育家中小儿，姚氏撰写了一部简明中国通史《白话史》。此书用新史学的章节体写成，语言是纯正白话[②]。姚氏在理论上并不反对使用鄙俚俗白。1935年春，他对弟子吴孟复说："'奋臂拨眦'，几何不为引车卖浆者语耶？昔在京中，林琴南与陈独秀争，吾固不直琴南也。若吾子言，桐城固白话文学之先驱矣。"[③] 姚氏以方苞的《左忠毅公逸事》为证，说明桐城派本来就不排斥引车卖浆者之语。其说自然并非事实，但也具体而微地显示，桐城派面对新文学的紧逼，如何调整自己以适应新的时代。

进入清季民国，在桐城派诸世家中，鲁谼方氏从桐城之学转向新文学最为彻底，也最有成就。鲁谼方氏自方泽始，人文蔚起。方泽以姚范、刘大櫆为友，以姚鼐为弟子。方泽孙方绩、曾孙方东树皆从姚鼐问学。方宗诚师事族兄方东树，又入曾国藩幕府。方宗诚之子方守彝、方守敦视曾国藩为神圣，身际西潮横决之世，谨守中体西用之旨。在方守彝、方守敦培养下，其子孙辈二十余人龙腾虎跃，皆成新时代的弄潮儿。其中，方守敦子方孝岳、女方令孺、孙方玮德和舒芜，方守彝外孙宗白华，从桐城派起步，朝新文学迈进，最终成为新文学中的名家。方孝岳在上海圣约翰大学毕业后，任教于北京大学预科，后留学日本。对于新文化运动中的文白之辨，他1917年4月在《新青年》发表《我之改良文学观》，以为"白话文学为将来文学正宗"，但今日应"姑缓其行"，只做"极通俗易解之文字"

① 沈廷芳：《书方望溪先生传后》，见《隐拙斋文钞》卷四，乾隆庚午年（1750）刻本，第7页。

② 姚永朴：《白话史》，钞本，安徽省图书馆藏。笔者在安徽省图书馆阅览此书和其他古籍时，得到石梅、张秀玉和周亚寒三位女士帮助，谨致谢忱！

③ 吴孟复：《书姚仲实先生〈文学研究法〉后》，见《吴孟复安徽文献研究丛稿》，黄山书社2006年版，第51页。

即可[1]。此后，方孝岳用西洋方法整理国故，对桐城派作了独到研究。方令孺、方玮德姑侄是闻一多、徐志摩为首的新月派中人物，其学养虽以桐城派为根底，其诗文面貌则焕然一新。宗白华生于方家大院，与桐城之学的关系千丝万缕，五四后则以《流云》小诗和兼通中西美学而著称于世。舒芜童年、少年时代浸润于桐城派氛围之中，受鲁迅、周作人影响后，对家学反戈痛击，死而后已。其文之骨有桐城之影，其文之表则与桐城若不相干了[2]。

三　传播方式的更新

桐城派早先主要通过政治、书院、家门之内互为师友和刊刻自家著作等渠道进行传播。与西方文学相遇后，桐城派除了旧有流布渠道外，更通过出报纸、办刊物、建立出版机构、结社等现代方式进行传播。传播手段的改变是桐城诸家趋新的表现，也推动了桐城派向现代转型。

桐城诸家对报纸等新媒体非常敏感。他们在读报中睁眼看世界和中国；在报端发表见解以经世济民，并播扬自家的文学观念和审美趣味。吴汝纶是桐城派中办报的先行者。在庚子乱局中，他对朝野因茫昧而祸国的惨剧有切肤之痛，起意办报以启愚蒙。在避难深州、兵火仓皇中，他即致信弟子常堉璋，对诸如集股、购置印刷机、组织机构、安排人事等办报事宜作切实指导。总理朝政的庆亲王奕劻唯恐私报讥刺时政，而谕批从缓，使吴汝纶的办报计划胎死腹中[3]。时隔四十余载，桐城派学者再次与报纸结缘。抗战结束后，国民党中宣部派时任华北宣传专员的卜青茂恢复《天津民国日报》。卜氏是贺涛之孙贺翊新、贺培新好友，但他和部下毫无办报经验，贺培新当仁不让地将自己那些受过现代教育的友朋、门生三十余

---

① 方孝岳：《我之改良文学观》，见《新青年》第三卷第二号，1917 年 4 月。

② 方宁胜：《桐城文学世家的现代转型》，见胡睿主编：《桐城派研究论文集》，中国文联出版社 2006 年版，第 83—105 页。

③ 舒芜：《先行者》，见《文汇报》2004 年 2 月 5 日第 12 版《笔会》，也见《大公报》2004 年 2 月 17 日第 4 版。按：此文是舒芜先生为李经国先生纂《观雪斋所藏清代名人书简》所作序，由李先生见示，谨致谢忱。

人推荐到报社工作，任该报笔政。贺氏弟子俞大酉任总主笔，主持撰写数百篇社论，倡导民主、宪政、法治、女权、新闻自由和学术自由等。贺氏弟子刘叶秋任副刊主编，编发数百版文艺作品。就形式而论，这些作品有旧文学，也有新文学。就内容而论，这些作品所表现的思想悉与战后时代风尚合拍，同时引领着新的时代风尚。据初步统计，有不下四十五位桐城派的学者为《天津民国日报》撰稿，成就显著者有：吴闿生、阎志廉、谷钟秀、尚秉和、傅增湘、邢赞亭、冒广生、贺葆真、张继、贺翊新、贺培新、贺又新、陈如翼、傅筑夫、陈保之、陈诵洛、陈病树、吴君琇、吴防、潘伯鹰、曾克耑、俞大酉、刘叶秋、张厚载、齐纪图、高凖、孙贯文、朱光潜、刘国正等。王树枏、柯劭忞彼时已经下世，其遗作经整理也在副刊刊出。《天津民国日报》非常畅销，在最好的时候，每日发行量达七万份之多。其读者遍布全国，尤其覆盖东北、华北地区。这是桐城派退出文坛前的最后辉煌。经过新文化派持久的批判，在新文学逐渐占领文坛高地的情势下，桐城派尚能组织起这样一支整齐的队伍，爆发出如此巨大的能量，显示出经过新学洗礼后的古典传统焕发出的惊人活力。

清民易代之际，桐城派学者主持过《经济丛编》和《青鹤》等刊物。《经济丛编》半月刊以吴汝纶为精神导师，由廉泉、常堉璋董其事，邓毓怡负责编纂，光绪二十八年（1902）2月15日在京创刊，自三十年（1904）3月29日出版的第42期、第43期合刊起，取名《北京杂志》，不久停办。该刊宗旨为经世济物，以牖民智。“经济”取《中庸》“经纶天下”、《论语》“博施济众”之义。陈灨一主编的《青鹤》半月刊创办于1932年11月15日，1937年7月30日停刊，共出版114期。该刊意在新旧相参，发挥中国灿若光华之古学，以与世界思想潮流相融贯。江西新城陈氏自陈用光师事姚鼐后，一门数代浸润于桐城之学。陈灨一继起于清民易代之际，虽不为桐城所囿，却也不悖家学。在《青鹤》特约作者中，桐城派名家有王树枏、冒广生、柯劭忞、袁思亮、傅增湘、叶玉麟等①。

清民易代之际，桐城派学者主持的出版社主要有华北译书局、京师国群铸一社。光绪二十八年（1902），吴汝纶办报受挫，命弟子常堉璋、邓毓怡等苦心经办华北译书局。清季开办译书局成风，华北译书局的成就与

① 魏泉：《1930年代桐城派的存在与转型》，见《安徽大学学报》2013年第6期，第60—68页。

湖北译书局（1894）、京师大学堂译书局（1902）等相比虽有不逮，但因其主办者为重要学者，该局也颇受关注。除发行《经济丛编》外，书局将吴汝纶到日本考察教育时数十家当地报刊有关载文汇为一编，取名《东游日报译编》出版。这部作品集中反映了吴汝纶为中国之崛起而不辞劳苦地考察日本现代教育的热诚，塑造了桐城派大师笃信新学、挺立时代潮头的苍劲形象，既为桐城派赢得盛誉，也推动了当时正在进行中的教育变革。京师国群铸一社由吴汝纶弟子高步瀛主持，其业务主要有两项：一是设立通俗演讲社向公众发表演说，二是出版书籍。通俗演讲社以“扶共和宪政稳健进行”为宗旨，其成员贾恩绂、梁建章、韩德铭、步其诰等均为高步瀛就读莲池书院时的学侣。高步瀛撰《共和浅说》、韩德铭撰《民政心说》即为当时的演讲词。京师国群铸一社所出书籍的作者也多属莲池群体成员①。此外，由吴汝纶侄婿兼弟子廉泉参与创办的上海文明书局（1902）和北京分局不仅出版桐城先正的著作，也印刷了吴汝纶纂《吴京卿节本天演论》、严复译《群学肄言》、吴闿生译《万国通史》《改正世界地理学》等著作。这些作品既传播了新学，也彰显着桐城派学者思想的新锐和为重塑中华文明所做的努力。

民国建立后，吴闿生主盟的大型社团“文学社”在京师文坛影响颇大。在内忧外患、新文化运动方兴未艾之时，文学社成员竭力融新知于旧学，以再造文明。文学社由吴闿生及其弟子组成。吴氏最早的弟子是辛亥革命元老张继。张氏父亲张以南是张裕钊、吴汝纶的得意门生。年十六，他遵父命拜吴闿生为师，时吴氏年才十九②。但吴氏真正抗颜为师，则在新文化运动兴起之后。至1920年底，吴氏门人贾应璞、张庆开等集同学六十二人，次其名字、年岁、乡里，为《文学社题名录》，以张继冠首。“文学社”之名由吴氏所赐。1924年夏、1936年底，在贺培新主持下，《文学社题名录》又经二刻、三刻，分别增入吴门弟子六十二人、一百四十人。数十年间，《文学社题名录》共录吴门弟子二百六十四人，知名当时与后世者有：张继、李葆光、周明泰、李濂堂、柯昌泗、于省吾、贺翊新、贺培新、齐燕铭、吴兆璜、潘伯鹰、谢国祯、徐鸿玑、李鸿翱、曾克耑、何

① 许曾会：《清季民国桐城派史学研究》，博士学位论文，2014年夏在北京师范大学通过答辩，导师汪高鑫教授，第38—39页。

② 吴闿生：《记张溥泉》，见《天津民国日报》1948年3月11日第6版。

其巩、陆宗达、贺又新、王芷章、张江裁、李钜、陈汝翼、王汝棠、王维庭、吴君琇、吴防等①。这些吴门弟子或为革命家，或为抗日志士，或为学者，或为小说家、戏曲家，等等，多非传统意义上的桐城文士。他们在大转折年代，以其所学，散发出光芒和热力。

四 从闺阁到社会

清代安徽女性文学昌盛，桐城才媛的成绩尤为斐然可观②。这些才媛多生于诗礼之家，嫁于簪缨之族，有父兄陶铸，有姐妹共笔砚，有夫君伴吟，才情因得施展。但综而观之，她们虽各有精彩，也间有不让须眉之作，但因受礼教闺范限制，心灵难得自由；诗词常撰于绣余、织余、灶余，视野难得开阔，因此其作品往往题材狭窄，风格单调，也缺乏现实关照③。进入清季民国，属于桐城一脉的才媛，除了籍贯桐城者外，也有隶籍外省者出入其间。杰出者有桐城姚倚云（1864—1944）、吴芝瑛（1867—1934）、方令孺（1897—1976）、吴君琇（1911—1997），天津俞大酉（1908—1966）等。这些女性作家生活于大转折时代，栉欧风，沐美雨，产生了较强的女权意识。她们离开闺阁，服务社会，甚至劳心国事。这一切殊非桐城前代才媛所能梦见。

这些桐城派女性作家皆生活于衣被新学的旧家。姚倚云为桐城麻溪姚氏嫡脉，其父姚濬昌为姚莹之子，颇得曾国藩赏识。兄弟姚永朴、姚永概

---

① 《文学社题名录》，1920年12月第1版，1924年夏第2版，1936年12月第3版。

② 单士厘撰《清闺秀艺文略》收录女性作家两千三百一十人，安徽达一百一十九人之多，紧随江苏、浙江之后，位居第三。光铁夫撰《安徽名媛诗词征略》收录安徽清代女作家近四百人，桐城达九十三人之多，位居各县之冠。见胡适：《三百年中的女作家——〈清闺秀艺文略〉序》，《胡适文存》（一），黄山书社1996年版，第530—536页；光铁夫：《安徽名媛诗词征略》，黄山书社1986年版。

③ 祖晓敏：《清代桐城女性文学创作的文化内涵》，硕士学位论文，2006年夏在安徽大学通过答辩，导师为周致远教授。吕菲：《清代桐城女性诗词初探》，见《安庆师范学院学报》，2008年第11期。温世亮：《清代桐城麻溪姚氏闺阁诗歌繁兴的文化因素》，见《地方文化研究》，2013年第6期。聂倩：《桐城方氏家族女性诗歌研究》，硕士学位论文，2014年夏在曲阜师范大学通过答辩，导师为李冬红副教授。

曾在北京大学内外经受新文化运动考验。夫君南通范当世习闻吴汝纶绪论，“颇主用泰西新学”[①]。侄儿姚焕、姚昂，继子范罕、范况曾负笈东洋[②]。吴芝瑛为吴汝纶侄女，夫君无锡廉泉倾心维新，支持革命；清末在上海参与开办文明书局，编印新式学堂教科书、西学译著等；民初东渡日本[③]。方令孺之父方守敦曾随吴汝纶考察日本学制，喜读《大公报》社评。其兄弟诸侄多是新文化运动后成长起来的新人[④]。吴君琇之父吴闿生为吴汝纶独子，曾游学日本。夫君金孔章留学法国，获巴黎大学法学博士学位[⑤]。俞大酉世父俞明震为晚清显宦、诗人，父亲俞明谦曾负笈东瀛[⑥]。五位女性作家的家风兼容新旧。家风之旧，使她们如清代桐城才媛一样，古典学养深厚；家风之新，使她们能够超越清代桐城才媛，开辟新的人生道路。这种融汇新旧的家庭是过渡时代的产物。家庭与时代把她们造就成为具有古典风韵的新女性。

这些桐城派女性作家走出家庭后，很热心教育事业，为国造就人才甚众。姚倚云光绪三十一年（1905）三月发表公开演说，为办学筹募经费；同年十二月起受张謇之聘，担任通州公立女子学校校长。1919年后担任安徽女子职业学校校长达六年之久。1925年回任通州女校讲席。吴芝瑛捐出父亲遗产，光绪三十二年（1906）在家乡创办鞠隐小学堂。方令孺留美归国后，长期任青岛大学、复旦大学教授。吴君琇、俞大酉也转徙于各地中学、大学任教。

这些桐城派女性作家或关心国事，时发惊心之鸣；或在民族存亡关头，奋起救亡御侮，并以柔翰抒发国仇家恨。袁世凯当国后醉心帝制，吴芝瑛不避斧钺，上书力阻。她说：“帝制至于今日，已为我国四万万同胞

---

① 马其昶：《范伯子文集序》，见《抱润轩文集》卷五，癸亥（1923）刊于京师，第9页。

② 徐丽丽：《姚倚云年谱》，见《清末民初才媛姚倚云研究·附录》，硕士学位论文，2014年夏在苏州大学通过答辩，导师为马卫中教授，第113页、第118页。

③ 王宏：《廉泉年谱初稿》，见《近代中国》第二十辑，上海社会科学院出版社2010年版，第382—427页。

④ 子仪：《新月才女方令孺》，青岛出版社，2014年版。

⑤ 金之庆：《金孔章吴君琇大事年表》，见金孔章、吴君琇：《琴瑟集》，香港天马图书有限公司2002年版，第339页。

⑥ 俞大酉：《花朝雨后放歌呈孔才师用觚庵世父均》《先考行述》，见《涵苍室诗文》，稿本，国家图书馆藏。

之公敌。公竟冒不韪，甘为众矢之的，是公自遭其毙也。以满清二百余年之基，其潜势不为不厚，当武昌义旗一起，而天下如洛钟响应，清室卒为之墟。此无他，民气固也。公今以新创之业，遽欲抗五千年来蓬勃将起之民气，是犹以鸡卵而敌泰山，其成败利钝，不待龟卜而知其必败也”①。其胆识深得并世名流汪精卫、章太炎、吴稚晖称誉。抗战军兴后，俞大酉时任北平中国大学讲师，秘密加入国民党，与日伪周旋，被捕入狱。方令孺在安庆访问伤兵，支持子侄辈汇入抗日洪流。年近八旬的姚倚云避地马塘、潮桥，吴君琇流离四川，均有大量诗作抒写家国飘零、九州锋镝引起的孤愤。姚倚云以诗激励后生：“齐家治国男儿志，还我河山属少年。”②

在桐城派女性作家中，吴芝瑛具有强烈的女权意识，俞大酉则把经济独立视为妇女解放的保证。吴芝瑛随夫定居北京不久，就组织妇人谈话会，讨论男女平权等问题。光绪三十二年（1906），她筹款赞助秋瑾创办以倡导妇女解放为宗旨的《中国女报》。1912 年，民国肇造，她作为女界代表之一，致书南京临时政府，要求在宪法正文中写明男女一律平等，均有选举权和被选举权。时隔数日，她又与神州女界共和协济社同人一起上书孙中山，请其支持创立女子法政学校和《女子共和时报》，并在国会设立女界旁听席位③。俞大酉在做《天津民国日报》总主笔时，曾在 1946 年和 1947 年三八节领衔写过两篇主旨相近的社评。她以为：“真的妇女解放，决不仅在妇女参政、谋与男子同权，而在争取经济独立……惟有经济独立的人，才有自由平等之可言。”同时，新的女性应以献身精神，负起建国责任，“参与国家各部门工作，然后才能开拓自己的自由之路”④。俞大酉强调经济独立对于女性解放的意义，比吴芝瑛的争取男女平权更进了一层。

在桐城派女性作家中，吴芝瑛支持民主革命，俞大酉则对民主和宪政作过深入论述。辛亥革命前，吴芝瑛是民主革命的支持者。她与秋瑾相结

---

① 《吴芝瑛》，见《兴华周刊》第 31 卷，第 28 期，第 22 页。

② 姚倚云：《己卯潮桥商校暑假三年级学生倩曾孙临乞诗赋此贻之》，见《沧海归来集·消愁吟上》，范当世著，马亚中、陈国安校点：《范伯子诗文集》附录，上海古籍出版社 2003 年版，第 802 页。

③ 周爱武：《近代女子参政的呐喊者——吴芝瑛》，见《安徽史学》1992 年第 2 期，第 76 页。

④ 俞大酉等：《纪念国际妇女节》，见《天津民国日报》1946 年 3 月 8 日第 1 版社论。

金兰后，毅然筹款帮助秋瑾东渡留学。秋瑾成为革命家后，吴始终支持其事业。秋瑾就义后，她撰写大量诗文，颂扬其功绩，并与好友徐自华一起，冒死义葬烈士，挑战清廷威权。辛亥革命后，吴芝瑛走到上海街头，发表演讲，呼吁年轻人为国从军，撰《从军乐》六章鼓动之，且斥巨资以助军饷[①]。俞大酉在抗战胜利后主持发表社评认为：民主政治的“第一个最明显的象征，就是人民的言论自由”[②]。1946 年底，制宪国民大会召开前后，她以为：“国家者乃全体国民的国家，非任何党派任何阶级的国家，所以全民的意志和利益高于一切，先于一切。因此，这次所制订的新宪法必须建筑在全民的意志和利益上面，以全体国民的要求为根据为依归，不能为了迁就某一党派和阶级的偏见而置全体人民的意志于不顾，以致留下未来国家的大患。”[③] 她又说：“现在只有实施宪政，才能使中国富强康乐。”[④]

五 终结与不灭

桐城派为什么会发生现代转型？

桐城派的现代转型当然由发端于西欧的全球现代化运动所催发。没有这一不可遏阻的惊涛骇浪的冲击，中国将依然是过去的中国，桐城派也将依然是过去的桐城派。未与西方发生实质性接触前，中国也常处变易之中。但这变易在中国内部发生，如珠走玉盘而不飞离玉盘一样。但与西方发生实质性接触后，数千年华夏中心的大梦顿时惊破，中国带着精神巨创展开了惊心动魄的现代化运动。桐城派的现代转型也由此启动。

---

① 周婧程：《吴芝瑛对民主革命的贡献——以相助秋瑾为例》，见《齐齐哈尔大学学报》2012 年第 3 期，第 12—15 页。

② 俞大酉等：《民主政治与言论自由》，见《天津民国日报》1946 年 9 月 21 日第 1 版社论。

③ 俞大酉等：《中国人民所希望的新宪法》，见《天津民国日报》1946 年 11 月 15 日第 1 版社论。

④ 俞大酉等：《对于宪法应有的认识》，见《天津民国日报》1947 年 1 月 31 日第 1 版社论。

桐城派的现代转型是桐城诸家持守“变”的观念的结果。姚鼐在开宗立派时就提出“天地之运，久则必变”[①]；“为文章者，有所法而后能，有所变而后大”[②]。在姚鼐之前，其师刘大櫆即已提出“天地之气化，万变不穷”[③]，“世异则事变，时去则道殊”[④]。在姚鼐之后，其弟子梅曾亮明确提出：为文者应“通时合变，不随俗为陈言”[⑤]；“文章之事，莫大乎因时”[⑥]。稍后曾门弟子薛福成更提出“通变方能持久，因时所以制宜”[⑦]；“今古之事百变，应之者无有穷时”[⑧]。有关“变”的观念虽为《易经》等经典所固有，但它并非传统思想的主流。传统思想的主流是天不变，道亦不变。桐城诸家从古典资源中提炼出一个“变”字，将其转化为一种思想，转化为一种信念，转化为派内家法，而一代代传承下来。当桐城诸家将“变”的观念与其持守的经世致用精神结合起来迎接西方挑战时，其现代转型便已不可避免。后来，桐城诸家又将“变”的观念与进化观念对接，形成了更富理据的、线性的、向前发展的世界观。当这一世界观成为思想和行动的指南时，桐城派便朝着现代化的纵深方向挺进了。

桐城派的现代转型造成了怎样的结果呢？

桐城派发生现代转型的直接结果，就是导致了它自身的终结。桐城诸家热情拥抱西方。西方的民主宪政、法治制度、人权、自由、平等的价值理念，西方完备的教育制度、精好的器物、博大的学术和文学艺术，以及优异的风土人情，桐城诸家惊叹之，赞美之，介绍之，学习之，并用以改

---

① 姚鼐：《赠钱献之序》，见姚鼐著、刘季高校点：《惜抱轩诗文集》，上海古籍出版社1992年版，第110页。

② 姚鼐：《刘海峰先生八十寿序》，见姚鼐著、刘季高校点：《惜抱轩诗文集》，第114页。

③ 刘大櫆：《息争》，见刘大櫆著、吴孟复校点：《刘大櫆集》，上海古籍出版社1990年版，第16页。

④ 刘大櫆：《答周君书》，见刘大櫆著、吴孟复校点：《刘大櫆集》，第122页。

⑤ 梅曾亮：《复上汪尚书书》，见梅曾亮著，胡晓明、彭国忠校点：《柏枧山房诗文集》，上海古籍出版2005年版，第30页。

⑥ 梅曾亮：《答朱丹木书》，见梅曾亮著、胡晓明、彭国忠校点：《柏枧山房诗文集》，第38页。

⑦ 薛福成：《强邻环伺谨陈愚计疏》，见《出使奏疏》卷下，无锡薛氏传经楼重刻本，光绪二十年（1894）10月，第26页。

⑧ 薛福成：《出使四国日记自序》，见《出使四国日记》，中国社会科学文献出版社2007年版，第9页。

造自己，也改造着中国。为了救亡和启蒙，当桐城诸家分别成为洋务派、立宪派、革命派的时候，以西学为圭臬的时候，甚至用白话文创作的时候，桐城先正所尊奉的孔孟程朱之道、秦汉唐宋之文已经无处安放。可以说，当西潮涌来那一日起，当中国踏上现代化之路那一日起，当桐城派开始转型那一日起，桐城派式微的命运就已经注定。桐城诸家在吸收西方文化之时，有的不忘民族本位，有的起而卫道，但均改变不了其最终命运。学界普遍以为，桐城派受五四新文化运动打击而陷入绝境。其实，新文化派在相当长的一个时段中力量极为有限。鲁迅在《呐喊自序》中曾说，新文化派当时“不特没有人来赞同，并且也还没有人来反对”①。而钱玄同、刘半农演出的双簧更道尽了新文化派的寂寞。几声“桐城谬种”“十八妖魔”的诅咒，绝难打倒桐城派。最终打倒桐城派的，是桐城派自己，是桐城派在面对西方时所进行的现代转型。1949 年后，当仍处在转型中的桐城派遭遇“要同传统的观念实行最彻底的决裂”的政治氛围时，其彻底走入历史的结局已经无可挽回。

桐城派虽因现代转型而走向终结，但它为新文学开启端绪的历史功勋不可磨灭。对于桐城派作为新文学开端的地位，一些新文学家有着清醒认识。例如，周作人批判桐城派比胡适、陈独秀、钱玄同、傅斯年还要持久与深刻，但他在 20 世纪 30 年代初反思桐城派与新文学的关系时就认为：“到吴汝纶、严复、林纾诸人起来，一方面介绍西洋文学，一方面介绍科学思想。于是，经曾国藩放大范围后的桐城派，慢慢便与新要兴起的文学接近起来了。后来参加新文学运动的，如胡适之、陈独秀、梁任公诸人都受过他们的影响很大。所以我们可以说，今次文学运动的开端，实际还是被桐城派中的人物引起来的。”② 按周作人的说法，桐城派所介绍的西洋文学、科学思想对新文学的领袖们具有决定性影响。这一结论正与历史实际相符。陈独秀、胡适、鲁迅等以新旧划分时代和文学，崇新而贬旧，并且相信新会战胜旧。这一思路是他们倡导、推动新文化运动的理论基础。背后支配这一思路的，就是进化史观。而进化论的译介、传播，恰是严复和吴汝纶的功绩。因此，把桐城派视为新文学的开端，有坚实的事实依据。

桐城派虽因现代转型而走向终结，但在走向终结过程中，桐城诸家对

① 鲁迅：《呐喊自序》，见《鲁迅全集》（一），人民文学出版社 1981 年版，第 419 页。
② 周作人：《中国新文学的源流》，华东师范大学出版社 1995 年版，第 48 页。

于桐城派，对于桐城派的古典传统仍然怀有敬意和深情。他们以为，在现代化进程中，虽说古典传统中一部分内容已不周于用，或在舍弃之列，但古圣先贤的精神则是民族之根，不可毁弃。而古圣先贤的精神就隐藏在精美的文学中。因此，欲得古圣先贤的微言奥义，必以文学为津筏。吴汝纶说："因思《古文辞类纂》一书，二千年高文略具于此，以为六经后之第一书。此后必应改习西学。中国浩如烟海之书行当废去，独留此书，可令周孔遗文绵延不绝。"① 他又说："欲求研究国故，必须从文学入手。因中国数千年之陈籍，都是文言。古今多少英豪俊杰，他们著作书籍，莫不极意讲求文章之精美，所有精心结撰的微言奥义，大抵埋藏于隐奥之间，隐约于言辞之表。苟非精通文学，何能了其奥义。所以欲通国故，非先了解文学不可。"② 贺涛"以文章为诸学之机缄""诏学者必以文词为入学之门，亦以此要其归"。他"虽极推服西国大儒学说，而以吾国文词为学术之本源"③，相信古圣先贤的精神有绵延的价值，相信通过文学能进入古圣先贤的精神堂奥，因此文学不可不研读。这是桐城诸家在桐城派终结前对古典传统的最后守望。中国的现代化还在进行中，桐城诸家对于古典传统的敬意和深情，对于民族之根的固守，对于达此根本的学问门径的亲切指引，迄今仍闪耀着智慧之光。

中国与西方相遇之初，面对神州三千年未有之奇变，桐城诸家属于中国最先觉醒的一群。他们秉承数代一脉相承的"变"的观念和经世致用的观念，与时俱进，勇敢地踏上从古典向现代转型之路，也参与引领并推动中国告别中世纪、走向现代世界。他们发起洋务运动，提倡宪政，译介包括进化论在内的西方科技和文艺；他们突破老辈藩篱，在文学创作和文学传播方式上进行全新探索；他们中的女性作家也以出身旧家的新人姿态登上文坛。这一切，与桐城派原有的精微理论和深邃艺术相浑融，构成浩大而富有魅力的存在。这一存在，是中国现代化历史进程的重要组成部分，是桐城派对中华民族的卓越贡献，也是其不朽之所在。

---

① 吴汝纶：《答严几道》，见吴汝纶著，施培毅、徐寿凯校点：《吴汝纶全集》（三），黄山书社 2002 年版，第 231 页。

② 吴闿生：《莲池讲学院开学演词》，见《莲池讲学院讲义》，保定协生印书局印。

③ 贺葆真：《先刑部公行述》，见贺培新纂：《贺氏文献录》，国家图书馆地方志家谱文献中心编：《清代民国名人家谱选刊续编》第十四册《吴强贺氏家谱》附，北京燕山出版社 2009 年版，第 248—251 页。

陈灨一《怀远录》的文史书写与家国情怀

华东师范大学中文系　魏泉

一

2002年，为了写关于《青鹤》的论文，我曾费九牛二虎之力寻找《青鹤》主编陈灨一的生平资料和各种著作。最后见于论文的介绍如下：

> 陈灨一（1892—1953），一作甘簃，字藻青，号颖川生，别署睇向斋主人、听天由命生、旁观客等，晚号半翁。江西新城人。陈灨一“五岁，受四子书。十四岁，毕十三经”。十四岁应县试，居第一。早年因与民初中枢显宦杨士琦有表亲之谊，得其援引，曾入袁世凯幕中办文案。后又在张学良幕中参与机要多年。1927年，入京师礼制馆。1928年离开政界，在京津以教书写作为生。“九一八”事变后，到上海创办《青鹤》杂志，历时五年。抗战期间居北平。1948年移居台湾。抗战时期及在台时，都于卖文外，兼以算命贴补家用。1953年去世。除主编《青鹤》杂志外，著述尚有《新语林》《睇向斋随笔》《睇向斋闻见录》《睇向斋秘录》《辛亥和议之秘史》《怀远录》《甘簃诗文集》《历史人物观》等。

其中，他的生卒年——生于清光绪十八年壬辰八月十七日（1892年10月7日），一九五三年四月卒于台湾，是在1976年出版于纽约的《中国著作家辞典续编》（上）查到的。而他的著述，除见于《青鹤》的论评文章及掌故笔记外，能够找到的只有台湾文海出版社的“近代中国史料丛刊”正编之第730种《甘簃诗文集》和续编之第239种《睇向斋秘录》，以及上海书店1997年版收入“民国史料笔记丛刊”的薄薄一册《新语林》。2001年，中共中央党校出版社的“近世文史随笔选粹丛书”收录了从《青鹤》所刊随笔中选出的《甘簃随笔》，姜纬堂先生在序言中称陈氏随笔的选集，“或不无发掘性质”。因其人其文，久已不为世人所知了，所以我在2001年初读《青鹤》时，颇惊讶于在20世纪30年代的上海，竟然还有这样以文言为载体的旧文人刊物，竟然还有规模如此可观的旧文人圈子。此后十年中，虽有关于《青鹤》的一点研究心得发表[①]，笔者总觉围绕《青鹤》及其主编陈灨一的家世背景，尚有很多值得发掘的问题与史料。

承山东大学李开军君相告，本人曾见上海图书馆藏有陈灨一的未刊手稿。我亟往视之，如获至宝，得见传说中的《怀远录》（草稿及誊抄稿）、《历史人物观》（未完稿）及《文人小志》（未完稿）、《先母行述》等。其中，最值得一提的是《怀远录》这部文体奇特的作品。

上海图书馆所藏陈灨一手稿，卷册最多的为《怀远录》八册（草稿）和《甘簃文稿》十二册。而所谓《甘簃文稿》者，其中十一册是《怀远录》的誊录稿（不完整），一册是抄录陈灨一和亲友关于《睇向斋授经图》的题记和题图之文。《怀远录》是作为江西世族“新城陈氏”后人的陈灨一所编集的一部与其家族历史有关的清人文集读记，共十二卷（初为十一卷，第十二卷为补遗卷），二百二十六篇。前有傅岳棻和傅增湘的序、陈灨一的自序及赘言。陈灨一自序作于1937年，赘言为发凡起例，当是此书之起始，傅增湘序于书成之后的1943年，据此可知此书作于1937—1943年沦陷时期的北平。

该书是以“读记”的形式，从清代著名文人别集中，将与“新城陈氏”前人有关的文字择要摘抄记录下来。其中多为陈氏家族前人所作墓志、行状、记传、序跋及与陈氏家族中人往来唱和的诗文、书信等等。每

① 参见拙著《〈青鹤〉研究——三十年代上海旧式文人的生存和创作空间》，《中国现代文学研究丛刊》2002年第1期；《1930年代桐城派的存在与转型——以〈青鹤〉为中心的考察》，《安徽大学学报》2013年第5期。

一篇“读记”中，也有陈灨一本人对文集作者生平的考证与评述。这些材料围绕文集作者与“新城陈氏”家族成员的交往，多层次、多侧面地勾勒出“新城陈氏”家族在清代的崛起及传承，反复致意于“新城陈氏”家族在古文、书法、政事、理学等方面的家学渊源，凸显其与清代学术文化传承之间的联系。这种独特的形式，另辟蹊径地为我们梳理出有清一代“家学”与“国学”之间一条非常独特的线索和脉络。而且，其意义尚不止于此。在《怀远录》中，陈灨一对于“新城陈氏”之家学的追怀重塑，从文史写作的角度，“洵史家之支流，私乘之巨观”①，由此可知《怀远录》堪称一部“家族的文学史”。

本文从《怀远录》的发掘入手，结合陈灨一创刊《青鹤》等生平事迹以及同人围绕《睇向斋授经图》所题诗文，以“新城陈氏”与清代学术文化为个案，探讨“家学”与“国学”的关系，并由此关注作为“新城陈氏”后人的陈灨一，身处家国沦亡之际所感受到的传承的重担与影响的焦虑，以及他在特定背景下的文史书写方式所提供的文学史写作的另类可能。

二

我们常说“家学渊源”，所谓“家学”的“家”并非单纯意义上的以血缘关系而组成的“家庭”，而是从“世家”而来。“家学”是以“家族姓氏”和地域为特征的世系绵延而又人文昌盛的一种特殊文化现象。这种现象既特殊，也普遍。能成为“家学”的家族姓氏，在一时一地并不多见，但在上千年的历史长河中，那些被载入史册的“家学”在渊源传承上又显现出内在的共性。钱穆先生在其《略论魏晋南北朝学术文化与当时门第之关系》一文中，对此有很好的表述：

> 当时门第传统共同理想，一则希望其能具孝友之内行，一则希望

① 沈钧：《甘簃文集剩稿后记》，《甘簃文集剩稿》，文海出版社“近代中国史料丛刊”正编第730种，第187页。

其能有经籍文史学业之修养。此两种希望，并合成当时共同之家教。其前一项之表现，则成为家风。后一项之表现，则成为家学。[①]

刘梦溪先生认为，陈寅恪先生对中国学术思想史有一个重要假设，即认为汉以后的学校制度废弛，学术中心逐渐由官学转移到家族。但“家族复限于地域”，所以他提出：“魏、晋、南北朝之学术、宗教皆与家族、地域两点不可分离。”[②] 而家族所起的作用在于：“士族之特点既在其门风之优美，不同于凡庶，而优美之门风实基于学业之因袭。”因此可以说，魏晋南北朝以后，如果没有家学传统，就没有学术思想的建立[③]。此说可与钱穆先生的观点相参证。而此处所论及“家学”之于“国学”的重要性，也适用于考察20世纪上半叶，当中国传统学术文化面临西学冲击与“新文化运动”挑战，并经历战乱频仍、政权更替与国土沦陷，于乱世之中，“世家之学”的传承，如何在“家学”的承传与追怀中，为“国学”保留了一脉之延。

江西“新城陈氏”起于清乾嘉之间，“累世皆跻显要，且以能文章，工书法名于天下”[④]。陈灨一的二世祖陈道，乾隆戊辰（1808）进士，“以理学行谊为名儒，世称凝斋先生”[⑤]。民国《江西通志》记载：“清进士陈道，子守中、守誉，乾隆年间同举乡试，孙观、用光、椿冠，曾孙希祖、希曾、兰祥，乾嘉道年间，一门七进士，九乡榜，为邑之冠，称望族。”其叔高祖陈用光于古文辞师其舅氏鲁士骥（絜非），复师于桐城姚鼐，为高第弟子。曾祖一辈陈希曾、陈希祖都是进士出身，科名显赫，官至工部侍郎和御史，在乾隆年间以书法名海内。叔祖辈陈孚恩历任六部侍郎、五部尚书，官至军机处章京，书法于嘉道之际也是与祁寯藻、赵光、许乃普齐名的四大书家。还有陈溥（广敷）、陈学受（懿叔）二公，著述尤多，

---

① 钱穆：《中国学术思想史论丛》第3册，159页，转引自徐雁平《清代世家与文学传承》，生活·读书·新知三联书店2012年版，第2页。

② 陈寅恪：《隋唐制度渊源略论稿》，三联书店2001年版，第20页。

③ 参见刘梦溪在2013年陈寅恪研究国际学术研讨会开幕式上的讲话。此前许多学者也在不同的场合或文章中，以不同的方式提到过这一点。

④ 黄鼎元：《新语林叙》，《新语林》，上海书店1997年版，第158页。

⑤ 《清军机大臣吏部尚书先六伯祖子鹤公家传》，《甘簃文集剩稿》，第84页。

被曾国藩称为“二陈”。新城陈氏之为名门望族，人称“王、谢不能专美于前”①。其科甲簪缨之外，古文、书法、理学、行谊，俱有传承。

作为“新城陈氏”的后人，陈灨一早年即曾以能传其家学得到陈三立的揄扬。胡先骕在《甘簃文集叙言》中回忆道：

> 曩登匡庐，得见义宁陈先生于散原精舍。语及吾乡晚近文士，散原喟然曰：“当清嘉道间，翁覃溪学士三使豫章，而有古文在新城之言。盖新城自陈凝斋先生以朴学大昌于世，厥后鲁絜非进士及凝斋之孙石士宗伯，皆能传其学。宗伯师其舅氏絜非，复为惜抱高第弟子。当其盛时，海内言桐城者，必并举新城。湘乡曾侯所谀之二陈广敷懿叔，又俱凝斋之曾元孙也。晚得灨一，则其曾元孙镜之先生之冢孙也。为文雄俊渊永，非墨守桐城一家所能囿。而于其先世之流风余韵，犹有存者焉。此凝斋垂裕后昆之效也。”②

陈三立将陈灨一古文造诣的成就直接归因于其渊源家学，其“当其盛时，海内言桐城者，必并举新城”一语，言之凿凿，将“新城陈氏”在清代文学史上的地位标举得很高。正是“新城陈氏”之“积累深厚，凝斋先生以进士起家，绻怀不仕，而慕义彊仁，益植本根。子孙曾元，并致贵显。……一门文儒科第之盛，为海内名家称首。奕世济美，绵历乾嘉道咸四朝，凡与联缟纻、共坛坫者，率皆当时闳硕。世际承平，相与雍容酬酢于骥虞熙皞之中”③，才使得陈灨一在遍览清人文集时，能“就诸贤之笔述”，而“睹先世之德泽”，并“获向往于当时文物之盛，交游之广”④。因此，在《怀远录自序》中，陈灨一述其写作缘起：

> 清代人文称盛。当康乾嘉道间，一时魁伟奇杰之士迭出，而祸福起伏，穷达离合之迹，皆可于其人之诗文中见之。盖海宇承平，在上者有和平风雅之德，在下者无憔悴愁苦之音，诸公之言论风采，固跃

① 黄鼎元：《新语林叙》，《新语林》，第158页。

② 胡先骕：《甘簃文集叙言》，《甘簃诗文集》之《甘簃文集剩稿》卷一。

③ 傅岳棻：《怀远录序》，《怀远录》稿本，上海图书馆藏，古籍部519179。

④ 陈灨一：《怀远录自序》，《甘簃文稿》稿本，上海图书馆藏，古籍部519179。

然纸上。其于瀞一先世为文字道义之交，而以诗词文章著名者大抵莫不有其集。平日稍稍读书，目之所接，约数百余种。择于先世关系密切者，摘要写而存之，曰读某某集记，总称曰《怀远录》，以代韦弦。

余尝谓四部之备，故可使人研求学问。而集之一门，既悉其生当何世，品德才学何似，与所交游者何如，人更见其人之宿重于世，而后之人罕异辞者，未尝不基于其所蕴蓄。盖其人可重，其词乃益可珍也。余生也晚，不逮睹先世之德泽，今仅就诸贤之笔述，乃获向往于当时文物之盛，交游之广。而余于事业学问俱无所成，每念先世贻谋子孙之旨，诚不胜惭疚。虽然，多识前言往行，足为论世知人之鉴，读书穷理之箴。余既悚然滋惧，且以示我后，庶几知所警惕也。[①]

该书体例范围及编选宗旨，详见于“赘言”：

尝欲作家乘，吾生也晚，所知无多，恐不足以状其真，徒增过失，乃将平日所录存前贤之诗词文章而为之记。事迹灿然具在，固毋竢余之笔述，翻信而有征……

所录集部诸公，于瀞一之先世，或共掌文衡，或并居枢府，或比肩院部，或同寅台省，或久交游，或为僚佐，或属师生，或结姻娅，翰墨因缘，于斯为盛。因考其著作刊印之年，察其成绩之量，述其学问之迹，举其经历之略，辩其行辈之序，复抒所见闻而加以印证。

……

余所采前贤诸集，其人要皆一时杰出，博通经史百家之言者，如卢抱经（文弨——笔者注，下同）、王述庵（昶）、钱竹汀（大昕）、翁覃溪（方纲）、邵南江（晋涵）、张皋文（惠言）、孙渊如（星衍）、沈子敦（垚）、俞理初（正燮）、魏默深（源），能文章者如朱梅崖（仕琇）、姚惜抱（鼐）、鲁絜非（仕骥）、恽子居（敬）、王惕甫（芑孙）、秦小岘（瀛）、梅伯言（曾亮）、管异之（同）、吴仲伦（德旋）、朱伯韩（琦），工诗词者如蒋藏园（士铨）、袁随园（枚）、张船山（问陶）、洪北江（亮吉）、法梧门（式善）、曾宾谷（燠）、吴山尊（鼒）、程春海（恩泽）、吴谷人（吴锡麒）、吴兰雪（嵩梁），

---

① 《怀远录自序》，《甘簃文稿》稿本。.

善书法者如刘石庵（镛）、梁山舟（同书）、伊墨卿（秉绶）、王梦楼、祁观斋（寯藻）、包安吴（世臣）、何猨叟（绍基）、翁瓶庐（同龢），精缋者如戴鹿床（熙）、汤雨生（贻汾）、吴荷屋（荣光）、姚鹰青（元之）、马秋乐（履泰）、杨叠云（殿邦）、郭频伽（麐）、王子卿（泽）。各人显晦不同，艺事亦不仅专擅一门，而取其最所长者言之，乃为之记。倘议论未公允，或传闻失实，甚有事涉荒诞者，此在说部尤多，概摒不录。①

由此可知，此书形式上不是家乘谱牒之类，而是一种读书笔记。而所读与所录，全与“新城陈氏”先人有关，却又是一种特殊意义上的家族记忆。正如陈瀚一所说，《怀远录》所采文集之作者，都是有清一代杰出的学者、文学家、艺术家、诗人。观其十二卷所收录的两百多部文人别集，给人的感觉几乎能够覆盖清代诗文学术的相当大一部分，但是选择取舍端以家族为线索。

比如《怀远录》第一集从朱仕琇《梅崖居士集》读记开始，因朱仕琇与陈道为会试同年，曾应陈道之请为其父母——“新城陈氏”始迁祖陈世爵夫妇撰写墓表，并为陈道《凝斋遗集》作序。《怀远录》之《读梅崖居士集记》其文如下：

梅崖居士集都三十八卷，外集二卷，附《南巡颂》《惜阴赋》《怀旧赋》《纪知异物》各一篇，乾隆戊寅付梓。建宁朱梅崖先生仕琇所著也。先生于乾隆戊辰成进士，散馆授山西夏县知县，改福宁府教授。集中载先始迁祖立轩公与原配鲁太夫人合葬墓表。公生凝斋公，为第二世太高王父。恕堂府君兄弟五人，皆凝斋公之子，公之孙也。先生于凝斋公为会试同年，遗集及墓表乃出先生手。表文不录，录序文大略云：“凝斋少从广昌黄崧甫学古文，因好治宋以来论道者之书，论学以广思集益为要。于前贤之言意无专主，惟择善者从之。此与公谷左氏同立学官，五经兼用，汉宋注者皆为，与过而废，宁过而存。旁求无方之至，意可谓笃信圣人，善躬自厚，不争不党之君子矣。崧甫文峭岸，凝斋易以平直，雍容质实，尤得载道之体。”其为《立轩

① 《怀远录赘言》，《甘簃文稿》稿本。

公与鲁太夫人墓表》云："公讳世爵，字浣修，号立轩，世居江西之新城。尝泣谓子道曰：'吾家世士也，吾以困失业，幸天地之灵，家道稍丰，每望继先志而大之者非尔耶？尔其勉之。'道偶涉家事，公辄怒曰：'此尔所当为耶？'道卒成进士。尝曰：'人能勤则无邪思，俭则不妄求，非徒治生宜之。'夫人鲁氏柔嘉淑明，尝有窃公物者而觉，公将白治之，夫人曰：'物未必复得也，而益仇怨，焉用之？'遇道尤严，曰：'吾惟一子，非有它属望也。'道以夫人年老不之官，夫人以为宜。既孙守诚官金衢岩道，则趣道往曰：'守诚年少，虑其易事而病下也。'仕琇与道为兄弟交，成进士又同年。道在京师，人怪其处饶家而自奉朴菲，而早夜刻苦力学，过于寒士，不知其本家教者乃如此。进士为当世名人，而诸嗣君方分官内外贵显。盖公夫妇之德在人者，子孙宜享之，而其身且受国家追荣加锡之典于累世者，此传所称。以道受命，其福祉非自外至也。"

瀛一自少喜读先生之文章，以为冲淡简要，功力独深。其同学雷翠庭先生鋐之言曰："梅崖发解成进士，入史馆，当是时，天下之人无不知有梅崖者，名公卿咸刮目焉，梅崖落落自如。既而改为县令，其落落如故，复改教授以归。其文章不为炳炳烺烺，以动人视听，其变化离奇，皆以淳古冲淡出文章之。其所自得，盖在文字之外。"知梅崖之浅深，则其人之浅深可知也。①

此书体例大致如此。以新城陈氏家族先辈为线索，读其师友文集，考证其生平，撮录其相关诗文，并加以评骘或补充。这种方式在"家学"传承中诚为"别调"，以其怀远继绝，绍述先人行迹，不出自后代子孙之手口，而以文史之研考勾沉家族先辈的事迹与言行。傅岳棻在为此书所作序言中，称赞陈瀛一的别出新意："夫祖宗之德业纯深，子孙为之阐扬，是固宜矣，然犹或惧人之疑其有私。若出自名儒硕彦之手，而又皆先世亲交挚谊，各本其心悦诚服之忱以相推重，而非寻常谬悠之称誉可比，则其信而有征，愈足以流传而不朽。汇而存之，以视古人祖德之咏，家风之集，述先之赋，与夫史汉自序之传，不犹愈乎？"② 在此之前，程恩泽为其父之

① 陈瀛一：《怀远录》稿本第一集，《甘簃文稿》。

② 傅岳棻：《怀远录序》，《甘簃文稿》稿本。

《安玩堂藏稿》作序，也曾撮取父亲友朋弟子之品评而不置己评，就是觉得“后人之称述不如世贤之公论也”。陈瀫一著此书可谓推广了此意，将其扩大到对整个家族的追述和对各种文字交往形式的搜求。

第二篇鲁仕骥《山木居士集》读记，则与陈氏与鲁氏的联姻及清代古文辞的传承有关。此篇述新城陈氏之古文传承甚详：新城之有古文辞，其源发于凝斋公（陈道），公传于鲁仕骥。鲁后师从朱仕琇，复师姚鼐。姚与之反复言阳刚阴柔之美，以阴柔属仕骥，认为与曾巩为近。鲁仕骥传于陈用光及鲁元复、吴际蟠。咸同之际曾国藩赞誉之“二陈”——懿叔、广敷二公，传于黄长森、杨希闵、杨平可、蘅皋府君（陈瀫一祖父）。陈瀫一师从杨平可，可谓一脉相传。鲁仕骥为陈用光舅氏，陈用光复师从姚鼐，故新城古文辞又得桐城之传，而言桐城者必并及新城。《山木居士集》附其尊人《晚含山人遗集》以及从弟宾之文钞，是由陈用光为其出资刊刻于道光年间。

在接下来的各篇读记中，我们能看到沈德潜为陈道所撰墓表、朱珪为陈道原配杨太夫人所撰墓志铭。“乾隆三大家”之一的蒋士铨始与陈道论交，后识恕堂公兄弟五人，且久居新城，复与陈氏世通婚姻。江西新建裘曰修与陈道长子陈守诚为至交，并为其作传。而二人之相识，由其姐夫夏之翰介绍。新建夏氏亦为江西望族，夏之翰之后，有夏修恕、夏廷桢、夏廷榘、夏廷楫、夏献馨等先后入翰林，为达官。夏氏与陈氏世通婚姻，夏氏后人夏敬观与陈瀫一为文字知交，三十年代陈氏在上海创办《青鹤》时亦颇多襄助。

《读惜抱轩全集记》是此书中篇幅最长者。姚鼐与新城陈氏四世论交，乾隆二十三年（1758）曾与陈道相见于洪都，后与陈道之子蓟庄、约堂俱有交游。陈道之孙陈用光为姚鼐高徒，姚鼐与陈用光书信往还频繁，为陈氏题图、为寿序、作墓志，二人互相唱和诗文不能胜数。陈氏在新城曾聚书万卷，筑楼贮之，其《陈氏藏书楼记》即为姚鼐手笔。陈用光的另一位老师翁方纲为之书以勒石。姚鼐身后家人不善治生，家道中落，陈用光曾出巨资为姚鼐置祭田，并将其书信刊刻为《姚惜抱先生尺牍》两册。这些先辈交往的细节往事，与其诗文、书信、序跋、传状、碑志对读，弥觉其思远，其情长。而桐城、新城于古文之承传关系，亦尽在不言中。

陈用光在嘉道之际入“宣南诗社”，曾与诗社中人刘嗣绾、吴嵩梁、梁章钜、李彦章一同拜在翁方纲门下，为“苏斋”诗弟子。陈瀫一在《读复初斋诗文集记》中，录其《跋新城陈氏家训卷》。此家训卷为二世祖陈道训诫子孙之文，陈灨一录家训于次，并追忆道："吾家向例，每岁春冬之间，集长幼于家庙，举行祭祀。执事者各司其事。既礼毕，宣读家训。至是已俟于他室之妇稚，亦鱼贯入大堂，男女分左右立，俯首静听，习以为常。灨一幼时曾躬与其间，今斯境不可复睹，而家国盛衰起伏之迹，当于是觇焉。"①

《怀远录》以"新城陈氏"家学传承为主线，笔墨所及，角度各异。家风家学，家规家训，前辈风范，嘉言懿行，掌故轶事，片言只语，皆视若珍璧，而家族兴衰也寓于其间。新城陈氏与新城鲁氏、安徽泗洲杨氏、桐城方氏、桐城姚氏、寿阳祁氏、新建夏氏等家族都世通婚姻。世家之联姻，既是人事方面的纽带，也是家学之间的融合，母教之泽更是润物无声。如朱珪为凝斋公原配杨太夫人所作墓志铭，记其七十寿辰时子女欲为庆寿，而太夫人不乐靡费，遂以庆寿之资举义仓，至其八十寿辰亦如是。

《怀远录》录姚鼐为陈用光之父约堂公所作六十寿序云："甚矣！陈氏之多才也。盖天固相其家而兴之，而亦其累世仁德笃行之蓄有以致之矣。"

《怀远录》中之《读西征集记》，原著者为桐城方维甸，即为陈灨一外高祖，因灨一祖母方太夫人来自桐城。读记中灨一记其祖母训诫之语云："陈氏今已衰，予母家更凋落。始吾太高祖屏垢公官京曹，被友戴名世之狱，高祖沃园公亦遭牵连，获罪戍边，同殁塞外。迨遇赦，而已勿及顾。后人益日昌盛，则天道自存，报施不爽。盖曾祖问亭公鉴于祖若父之非罪远徙，乃徒步万里，侍亲戍所，历尽险阻艰难，厥后公与祖父南耦公俱为枢相，且与叔祖范九公先后总督畿疆，一家之盛衰祸福，犹一国之兴替存亡。惟大丈夫当立志向学，以求上进，不问生当何时，未宜片刻偷懒，以言富贵成败，实有天命存焉。汝宜志之。"② 灨一考证：屏垢公为方登峄；沃园公为方式济，有《述本堂集》；问亭公为方观承，卒谥恪敏；南耦公即方维甸；范九公为方受畴，官至直隶总督。

山西寿阳祁氏亦为山右巨族，自祁韵士起家翰林，其子祁寯藻、孙祁世长复居翰苑，跻显要。祖孙父子兄弟叔侄四人，俱入清华之选，蒙赐谥者三，为清代所仅见。祁寯藻官至体仁阁大学士、太子太保，世称"三代

① 陈灨一：《读复初斋诗文集记》，《怀远录》第一集，《甘簃文稿》稿本。
② 陈灨一：《怀远录》第二集，《甘簃文稿》稿本。

帝师”“四朝文臣”，陈衍以其为“道咸年间以高位主持诗教者”，开《近代诗钞》之首。祁寯藻治学主张调和汉宋，书法也为清末承上启下之大家。祁寯藻娶陈用光之女，曾孙祁师曾与陈瀣一为中表亲，师曾之文史著作亦仅见于《青鹤》。

综观《怀远录》十二集，自清代康熙年间至清末，所录诸公之与清代学术文化关系密切者，远不止陈瀣一“赘言”中所举。大致来说，于乾隆年间的理学、乾嘉道咸同光间的古文、嘉道之际的书法、以及咸同间的政事，都有“新城陈氏”家族的深深印迹。尽管，以陈瀣一一人之力，尚有一些相关文集未能寓目，“如孙文定公家淦之《诗文遗集》、刘清愨公吴龙之《平田遗稿》、秦文恭公蕙田之《味经寓类稿》、张讱斋侍郎廷瑑之《守经室诗集》、潘立夫京卿安礼之《东山草堂集》、夏醴谷检讨之《蓉之半舫斋诗文集》、钱幼安尚书维城之《茶山文钞》、张无咎明府尹之《石冠堂集》、陈鲁斋太瘦士璠之《梦碧轩诗文集》、帅璞山太史家相之《卓山诗集》、储梅夫府丞麟趾之《双树轩诗稿》、杨二思侍读述曾之《南圃文稿》、李文园学士中简之《嘉树轩集》、钟云皋阁学兰枝之《芬斋诗稿》，皆求之而不可得”①。但就搜求所至，已是洋洋大观，为傅增湘叹为“是诚予所仅见也。……所记二百余篇，其间诸伟大人物之诗歌文词笔札，洵足以窥其鉴微洞远之识，悦心尽情之言，规划周审之迹，雍容暇逸之状而怀想其流风余韵，令人慨慕兴起而不能自已者也”②。这也使得《怀远录》这个独特文本，在家族纪事之外，别具一种文史意义。其编选抄录，谨严有法度，既信而有征，又兼收掌故细闻，杂以作者之考证、感受、见闻，融古文、诗作、题图、笔记等于一炉，线索清晰，文采斐然，可读性很强。它虽是对家族客观史实的追溯，却因血缘所系，含有强烈的情感寄托，堪称一部以家族视角为线索的清代文学史。

---

① 陈瀣一：《怀远录赘言》，《怀远录》第一集，《甘簃文稿》稿本。

② 傅增湘：《怀远录序》，《怀远录》第一集，《甘簃文稿》稿本。

三

生活在20世纪三四十年代中国的陈灨一，既以传承家学，守先待后为己任，则不能不意识到在经历了二百年的声光炳耀之后，极盛难继。故其追怀家族往事，对于家族盛衰的迹象也就格外敏感。《怀远录》之作，处处可见传承的重担与影响的焦虑。

“新城陈氏”家族，从乾嘉历道咸同光以迄清末民初，以科第仕宦、文章书法、政事理学显扬于世，绵历二百余载，其家道之兴衰几与国运之兴衰起伏相倚扶。《怀远录》抄录陈康祺《郎潜二笔》卷六云：“自北宋范文正公以来，士大夫多仿为义庄，本朝崇尚风义，凡以义田义产敬宗壮族上闻者，岁不下十百家，以康祺所闻，其一家父子兄弟赓续推衍立法之善及其后遗泽之长，莫如江右新城陈氏。陈据高赀已百年，自赠光禄大夫凝斋先生道始立义田二千石，其诸子金衢岩道守诚、陈州府知府守诒、内阁中书守中、江苏按察使守训、内阁中书守誉，先后增益学田、祭田、小宗义田至七千石。嘉庆二十九年详具文簿牒于县府行省以达于部，得旨旌奖。时光禄之孙仓场侍郎观、礼部侍郎用光、曾孙工部侍郎希曾均在朝列，具折入谢，睿皇帝召见垂询焉。而希曾兄浙江道御史希祖、用光侄翰林兰祥及其他封胡羯末官、曹郎盐司，取甲乙科者，期功房从中，多至数十人，可谓极盛。余素不谈报施之说，而《易》言福善，《书》载降祥，其理则皎然可信，如陈氏者，非其明证乎？”①

陈康祺所言新城陈氏因置义田义仓得圣旨旌奖的嘉庆道光年间，可谓陈氏极盛之时。时官于朝者屡出为学使，主持乡会试，甚至曾经在同一年，陈用光典试河南，陈希祖典试江南，陈希曾典试山东，因一门三使节而传为美谈。“当逊清乾嘉道鼎盛之秋，诸公叠长文衡，廷试礼闱而外，凡典试京兆、江南、山东、河南、云南、贵州，督学山西、江苏、福建、浙江、四川、陕西者，不一其人。当时天下，号称十八省，几占其大半，可谓盛矣。梅伯言郎中曾亮、管异之孝廉同以文名于时，俱惜抱弟子。钟

---

① 《读郎潜随笔记》，《怀远录》第十一集，《甘簃文稿》稿本。

溪公（陈希曾）得伯言，深以为快。异之乃石士公所取士，更引以自意，斯真文字因缘。而所得人才之多，要可于是以见其余也。”[①] 道光年间，除陈用光叔侄三人同朝为官外，还有女婿祁寯藻也贵为帝师。道光五年，陈希曾之子陈孚恩以拔贡授吏部主事后，也是官运亨通，至道光二十七年已官至刑部右侍郎，并得到道光帝钦赐“清正良臣”匾额。在陈氏家族的历史上，陈孚恩的荣辱起伏是家族盛衰的一个转折点。

在《读李文忠公全集记》中，陈瀚一抄录了李鸿章为陈孚恩上疏请恤的奏折，在这一篇读记中，对陈孚恩的生平事迹、功过际遇俱有评说。陈孚恩为陈瀚一六伯祖，家学渊源，书法著名于时，早年于仕途也是一帆风顺。当其于道光二十九年（1849）做到吏部尚书职位时，与其同在枢垣的其他六人，是穆彰阿、潘世恩、祁寯藻、赛尚阿、季芝昌、何汝霖。此时的陈孚恩深得道光帝的眷宠和穆彰阿的赏识，于潘世恩为年家子，于祁寯藻为内侄。道光帝去世时，为受诏恭启圣嘱的十个顾命大臣之一。咸丰帝即位后，陈孚恩因与载垣等在皇帝面前争论，被斥为“乖谬”，降三级留用，遂有退意。咸丰元年（1851）五月，其获准辞去军机大臣、刑部尚书之职，回籍侍亲；在籍时奉诏帮办团练，抵御粤匪，有功于地方。后再出，其于咸丰十年（1860）兼署户部、刑部、工部尚书，得咸丰帝信任重用。同治年间，慈禧与肃顺为首的顾命八大臣激烈争斗，最后以肃顺一党的失败告终。陈孚恩受肃顺案牵连，落职放逐，远戍伊犁。在新疆，陈孚恩以筹饷有功蒙官复原职，留伊犁帮办军务。在回疆叛乱中，率全家守城，城破，一家五口同时殉难。李鸿章在直隶总督任内，上疏“仰恳天恩，俯念该故员临危受命，力赎前愆。准将已故吏部尚书陈孚恩任内一切处分，悉予开复，加恩予谥，仍饬部照例议恤”，于其同时殉难之家人，亦请从优旌恤，以慰忠魂。但是，慈禧的回复是，陈某毋庸给予恤典，其余诸人交部从优旌恤。陈瀚一读到李鸿章疏请饰终之典的上疏，称“殊令为子孙者涕泗交流也”。而慈禧对李鸿章上疏的驳回，让陈瀚一忍不住感慨道：“呜呼！甚矣哉！西后之固执也。”陈孚恩去世后六十多年，家族议修谱牒。陈孚恩的子孙认为《清史稿》所载陈孚恩传“语多不实，复有失检之辞，虑无以昭示来兹也”，故请陈瀚一为陈孚恩做家传。陈瀚一为撰长文，详述其生平行迹，辩其言行，为先辈鸣不平：“公为人城府深峻，

---

① 傅增湘：《怀远录序》，《怀远录》第一集，《甘簃文稿》稿本。

平日颇慎交游，虽于群从父兄子弟间，遇事不稍假借，而奔走利禄者，往往莫得关说，世以是议公难以情动，公不以为意也。既两入政府，声华震天下，素所往还者，惟祁文端公寯藻、张尚书祥河、徐编修宝善、郭侍郎嵩焘、何太史绍基而已。”并附赞语于其后，认为端肃之狱，冤狱也。援引李鸿章、王闿运、李慈铭等对此事的评述，认为此事之是非已大白于世。而作为家族后代，“尝览《清史稿》列传，其于公也，史官任意轻诋，竟而摭拾说部以为词，而为识者所骇笑。它日全稿之订定，固有待于时，而纰漏之处，似不能为执笔者恕也。用附数语于末，以示吾子孙之欲知公生前政事勋业者，有所考镜焉”[①]。在这里，家修谱牒与国史列传的评价出现了分歧，这很耐人寻味。家族的衰落源于国势的衰微与西太后的弄权，这是陈灨一回望家族运势与晚清政局时的认识。

在《读越缦堂诗文集记》中，陈灨一录其为挚友陈德夫所撰墓志铭，引其言“时君家犹盛，群从父兄行为卿贰、监司、牧守者八九人，而天下已骎骎多故”，谓“是盖指道咸绝续之交而言，以视嘉庆间亦稍稍衰矣。……自六伯祖子鹤公于同治元初以肃案遭放逐，当时从堂三十人，什九出仕，虽罪所不及，而已先后挂冠归隐。先王父退尤速，几以国家盛衰为起伏。故终清之世，虽科举仕宦犹不绝，顾未尝无今昔之感叹也”[②]。傅增湘《怀远录序》也提到陈孚恩的政坛浮沉对“新城陈氏”整个家族的影响：“故终清之世，虽犹科第仕宦不绝，而为之子弟者，莫由继承先世之绪，大有为于时，斯其关键也。”[③]

由陈孚恩一案，陈灨一敏感于家族的衰落，而对世俗名位的显晦，陈灨一又有非常矛盾纠结的心态，这在他的《读柏枧山房集记》中有所呼应。梅曾亮中举，出于陈希曾门下，梅曾亮的父亲梅冲则与陈用光为乡试同年友，陈用光视梅曾亮为年家子，陈学受（懿叔）在京于梅曾亮周围的古文圈子，与梅曾亮交好。陈灨一考证梅曾亮的生平与“新城陈氏”的渊源，特录其《陈石士先生授经图记》一文。此文对于陈用光以高位传承姚鼐古文的作用多有推崇，谓汉儒之经学师承：“其学之显晦，一视其徒众

① 陈灨一：《清军机大臣吏部尚书先六伯祖子鹤公家传》，《甘簃文集剩稿》，第84—102页。

② 陈灨一：《读越缦堂诗文集记》，《甘簃文稿》稿本。

③ 傅增湘：《怀远录序》，《怀远录》第一集，《甘簃文稿》稿本。

之多寡与爵位之高卑。而苟其学之不足传，与传之不得其人，虽当时为诸儒所宗，而遗篇断简不可见于后世者，往往有之。……桐城姚姬传先生，以名节、经术、文章高出一世。门下士通显者如钱南园侍御、孔抪约编修，皆不幸早逝。而抱遗经，守师说，自废于荒江穷巷之中者，又不为人所从信。惟今侍讲学士陈公，方受知于圣主，而以文章诏天下之后进，守乎师之说，如规矩绳墨之不可逾。及乙酉科，持节校士于两江，两江人士莫不访求姚先生之传书轶说，家置户习，以冀有冥冥之合于公，而先生之学，遂愈彰于时。盖学之足传，而传之又得其人，虽一二人而有足及乎千万人之势，亦其理然也。……嗟夫！曾亮固所谓自废于荒江穷巷之中而不为人所从信者，于是图，其能无概于先生哉?"[①] 就古文之造诣言，梅曾亮出陈用光之上，当无疑义。但以世俗的影响力而言，陈用光屡掌文衡，门生弟子遍天下，引领一时为文风气，又为梅曾亮所不及。当陈灨一撰写《怀远录》之时，他所面临的尴尬与困境正与梅曾亮相同，故在抄录之后，继以感慨："以余所观惜抱高第弟子，诸公文章之美，盖无逾于先生者，而先生乃谓自废于荒江穷巷中不为人所从信，虽一时愤郁之语，而世俗之见大抵如是。欧阳文忠公作《泷冈阡表》起句云：非敢缓也，盖有待也。所谓缓者、待者，意欲俟一旦仕达时，而其言始重于世。故欧公此文作于既显之后，而表末署所官全衔，可概见矣。先生此言深有合于欧公之旨，然则位望之于人，甚矣哉！是亦不过为俗人言也。"[②]

钱锺书在沦陷时期的上海写作《谈艺录》，称其"虽赏析之作，而实忧患之书也"，于此"海水群飞，淞滨鱼烂"之时，"消愁抒愤，述往思来""苟六义之未亡，或六丁所勿取；麓藏阁置，以待贞元"[③]。此与陈灨一隐居于日据时期的北平，撰写《怀远录》可谓同一情怀。《甘簃文稿》十二册，其中十一册为《怀远录》誊抄稿，一册为抄录友朋为《睇向斋授经图》所题记赞序跋（题图诗多已见于《青鹤》各期所载，不见于此卷手稿中），可见这一组题图文字在陈灨一心目中，与《怀远录》所记清代名家文字，对其家学传承而言，意义同样重要。这一册手稿所录，有陈灨

① 梅曾亮:《陈石士先生授经图记》,《柏枧山房诗文集》，上海古籍出版社 2005 年版，第 235 页。

② 《读柏枧山房诗文集记》,《怀远录》第三集,《甘簃文稿》稿本。

③ 钱锺书:《谈艺录序》,《谈艺录》（补定本），中华书局 1984 年版。

一、叶玉麟、余其遂、杨声昭的《睇向斋授经图记》，有钱基博的《睇向斋授经图赞》，黄孝平所作序，陈三立作叙言，孙宣作跋语。陈灨一本人的图记，阐述家学与此图缘起：

新城距城廿里有地曰中田，饶山水之胜。清康熙间，赠光禄立轩公始家焉，遂为中田陈氏。历九世，皆聚族而居，邸第衡宇相望。太高祖恕堂公尝备兵金衢岩，归而筑巨厦，曰监司第。左偏列屋三楹，奇树、怪石、百卉靡不具，自高祖至吾父朝议府君胥居焉，而府君读书所曰睇向斋。

灨一甫五岁，受四子书，十四岁，毕十三经。虽奥赜未喻，而劬劳可念也。府君绩学工书，尝据案濡墨，命侍立牵纸，且诏曰："善书者如衣黼黻，人皆将目存之。毋忽也。文章亦然。"灨一唯唯。

府君所为诗文，稿成辄弃去。舅氏鲁培元，山木先生之曾孙也，往往取而藏诸箧，久亦散佚。时灨一年稚无知，未录存，晚益不可得。顾犹忆平昔诰诫之语，曰："古之学者，求能尽为人之道而已。穷达显晦，非志所存。今人大抵谋功利之心为亟，非余所冀于尔也。尔能如余终日不费吟讽者，真吾儿也。"因感泣不敢忘。

府君即世，学游海外，习科目未遑，群籍束高阁，而府君所厚期者，年逾四十无所成。追思府君声容，已不可复睹，灨一寥落且日甚。

世方大乱，吾赣被匪累年，中田亦不免。先世经营，悉为灰烬，田园荒芜，所谓故家遗泽，澌灭殆尽。而吾身乃亲见之，其惊悚为何如耶？虽然，世族盛衰无常。冀绵历久远者，则孝友之风，诗礼之遗，有以相承于不堕，盖本根实，枝叶靡不茂。丁兹浩劫，平日赖以蔽风雨寒暑者，一旦荡然，其他尚堪问乎？岂先世潜德之报，至斯而尽耶？抑苍苍者故示此以警惕其后耶？念髫龄寝瞆不离之宇舍，几不知涕泗之何从。乃乞汤定之、夏剑丞、黄公渚三君子，各为一图以记哀思，然戚戚之怀何能已也。①

叶玉麟之作，提到陈灨一的家世渊源——"异时新城陈氏多通显，名

① 陈灨一：《甘簃文稿》手稿本，上海图书馆藏。此文也见于《青鹤》第二卷第九期。

臣文苑，奕世挺生”。对陈灨一之父，叶记补充了其生平事迹：“叔彝公魁磊任达，尝有运量汝寓之志，文学尤过绝人。与泗洲杨文敬公中表，文敬奇其气，官直督，招之不往。因嬉笑曰：安知余不督抚若？所为文日益高而试终不售。会乡闱，与某近号舍。其人疾作，公曰：可将余文去。榜发中式，而公名落。遂不复应举。”灨一绘图纪念其父与其已荡然无存的少年读书处，也让叶玉麟“闻而悲之”，想起自己小时候与弟弟读书于光化县廨，“府君亲教之”。“且童稚识解最清，所读之书与所亲炙之人与地，欢愉啼笑，至老不忘，往往形诸梦寐，余与甘簃皆然也”。今授经读书之所，虽于现实中已荡然无存，却因《睇向斋授经图》之绘而可永存于后人记忆之中，“睇向斋自是不亡矣”。而对世俗之穷达显晦，叶玉麟所表达的君子之志，无疑也是陈灨一的心声：“余因叹天能困踣豪俊，使磊落者堙塞毕生。不能终阏其后昆，使不发扬先德于来世。此修学志道之君子所由特立，高行遁世无闷也欤！”①

在众人所作的《睇向斋授经图》记赞、诗跋中，好几个人都自称与陈灨一有“同悲”，杨声昭同题之记亦称：“余之少也，实亲受教于先君。迄今书几灯檠，恍如寤寐。先世有庐于南山下，亦阨于火，所遭与甘簃同。览甘簃之图，而使余之感怆一与之俱深也。”② 因其家世背景都有许多相似之处，所以能够体会陈灨一作此图的心情：“盖将举怡厥之情，罔极之痛。一家文献之传，百世负荷之重。举凡中心之烦冤郁结不能自释者胥寓之于图。”③ “岂徒山川之美，文史之娱，承平风物之足以系人长思哉！”④

陈灨一做此图时，正值其在上海发起主办“思于国学稍存一线生机”的国学杂志《青鹤》⑤。题图之人，几乎都是此时为《青鹤》供稿赞助的同人。载于《青鹤》者，除手稿所抄录者外，还有子言（陈诗）、冒鹤亭、伯臧（程学恂）、董卿（吴用威）、瑟庵（钟广生）、曼青（秦更年）、亮

---

① 叶玉麟：《睇向斋授经图记》，《青鹤》第二卷第九期。

② 杨声昭：《睇向斋授经图记》，《青鹤》第二卷第十一期。

③ 同上。

④ 钱基博：《睇向斋授经图赞》，《青鹤》第二卷第十五期。

⑤ 参见拙作《〈青鹤〉研究——三十年代上海旧式文人的生存和创作空间》，《中国现代文学研究丛刊》2002 年第 1 期，此文并收入陈平原、山口守编：《大众传媒与现代文学》，新世界出版社 2003 年版，及吴盛青、高嘉谦主编：《抒情传统与维新时代》，上海文艺出版社 2012 年版。

吉（戴正诚）、静恂（岑静勋）、肖蝓（林霜杰）、秋岳（黄濬）、文甫、讱庵（林子有）、众异（梁鸿志）、释勘（李宣倜）、石遗（陈衍）、遐庵（叶公绰）、呹庵（夏敬观）、云史（杨圻）、石如、蔚如（夏仁虎）、祁敬怡（祁师曾）、瓶斋（谭延闿）、袛庵（杨熊祥）、竹庄（蒋维乔）、紫䵷（陈学敎）、拔可（李宣龚）、公孟（黄孝绰）、楚卿（胡楚卿）、括庵、藏园（傅增湘）等人的题图诗[①]。

在这组“题图诗文”中，“家学”的传承与“国学”的忧思构成了核心主题。昔日读书传经之所“睇向斋”荡然无存，对“新城陈氏”后人而言，是一个令人痛惜的事实，所谓故家遗泽，澌灭殆尽。同时，这也更是一个文化衰颓的象征，失此依托，孝友之风，诗礼之遗，如何才能绵历久远，相承于不堕？叶玉麟图记说：“甘簃之不忘睇向斋，岂第重其屋庐哉？”[②] 绘图咏存，正因“先人之敝庐不可保，先人之遗志未敢泯也”[③]。意在以题图诗卷这种形式，将“学问以直躬，勿为阿世；文章以娱志，勿为梯荣”[④] 的家风家训，铭于座右，传之久远。

四

陈灨一幼承家学，“性好弄翰”[⑤]，早岁即以古文书法得到陈三立的揄扬。但其一生频遭变故，也饱经忧患。童年也许是他一生中最幸福的时光，世家大族聚族而居，母亲鲁氏乃同邑簪缨世族之女。陈灨一幼得家学浸润，十四岁毕十三经，取乡试第一。家族的藏书楼也是父亲读书之所（即睇向斋），虽经太平天国之乱后，藏书已荡尽，但是“上下堆积家藏所刻书籍之木板，累累然高与人齐”[⑥]。陈灨一是家中长子，并“以长子嗣长

---

① 参见《青鹤》第二卷第九期、第十一期至第二十三期、第三卷第一期、第四期、第二十二期、第二十三期、第四卷第三期、第五卷第十一期。

② 叶玉麟：《睇向斋授经图记》，《青鹤》第二卷第九期。

③ 钱基博：《睇向斋授经图赞》，《青鹤》第二卷第十五期。

④ 同上。

⑤ 陈灨一《先母行述》，手稿本，上海图书馆藏。

⑥《读惜抱轩全集记》，《怀远录》第一集，《甘簃文稿》稿本。

房，例为承重孙”[1]。其嗣父曾统军八闽，阵亡于洪杨之役，嗣母投水殉节死。长房长孙的家族地位，应是他一生念念于传承家学的重要因素。而乱世之中，他又目睹了这个曾经煊赫的家族的衰落。

1909年甫满18岁，陈灨一遭丧父之痛，后得到父亲的至交、表伯杨士燮的照拂，曾出国留学，但未学成。后得时为中枢显宦的表叔杨士琦援引，入袁世凯幕帮办文案。杨氏兄弟几人与清末民初的官场政治有很深纠葛，特别是杨士琦，清末各种笔记掌故、奇闻异事都涉及杨氏，于其是非功过，评价分歧很大。陈灨一借此经历也多闻清末民初之政界内幕，曾费时三年多撰《新语林》一书，在民国时期的掌故笔记之作中，洵为上乘。

二杨相继过世后，20世纪20年代，陈灨一于天津、上海、北平等地做过大学教授、报馆撰述、书局编纂等职，以论说之文有誉于时，复因文字因缘入张学良幕府，并于1927年曾入京师礼制馆。1925年，其母过世，所撰《先母行述》，可见其家传古文造诣。其文“缕述母氏懿行及其恩勤教育劬劳状，与夫遭时多故骨肉流离之苦”，人谓“非有至性者，不能为此锥心刻骨之文也”，其“记述之文，已骎骎入古”[2]。

父母俱逝，父辈凋零，于陈灨一这样的世家之子而言，不仅是人事上、情感上的创痛，也有冥冥之中感受到的运数之劫和文化上的忧惧。作为家族长孙的陈灨一，婚后十多年中，前后生五子，俱夭折。故乡在20世纪30年代初被匪，家族绵延二百年的藏书读书之所，焚毁殆尽，这一切都让他有“岂先世潜德之报，至斯而尽耶”的惊悚与忧惧。

新城陈氏家族也有精于算命的先辈，所谓“子平术”，陈灨一对此也有研究，且在沦陷时期的北平和晚年在台北，家境最为拮据的时候，都曾以为人算命补贴家用。据陈灨一称，杨士燮雅擅相术，往往奇中。“尝叩公以人间祸福，公默然久之。固请，徐徐曰：‘子当目睹，予不及见也。’”[3] 这种惘惘的威胁，既来自家族势力的衰歇、前辈凋零与世乱方殷，也因新文化运动之后白话文学对陈氏世代相传之古文传统的否定。愈是乱世，作为家学承传者，他愈有一种清醒的责任感和时不我待的危机感。这种责任感由家学而及于国学，当是1932年，年届不惑的陈灨一在上

---

① 《先母行述》，手稿本。

② 沈钥：《甘簃文集剩稿跋》，《甘簃文集剩稿》，第153页。

③ 陈灨一：《杨公士燮家传》，《甘簃文集剩稿》，第111页。

海创刊《青鹤》的初衷。

《青鹤》之名，出于《拾遗记》的记述："幽州之墟，羽山之北，有善鸣之禽名青鹤。世语曰：青鹤鸣，时太平。"① 陈灨一希望这份刊物能如"青鹤之善鸣"，以"唤醒并世士大夫之迷梦"，并表示创办者"期待太平之心"。陈灨一认为："国而亡者，学之不讲耳。一人不学，能亡其身；大众不学，能亡其国。世界文化之渊宏，宜莫吾国。若治乱盛衰之迹，当于学术观之也。"② "以书生居海上，日与演进中之近代化相接，则或色然以喜，或惸焉以忧。意有所蓄积于中，往往形诸言语，而思有所述作，以存故实，明是非，存久远。"③ 刊物的内容取向，"颇思于吾国固有之声名文物，稍稍发挥；而于世界思想潮流，亦复融会贯通"。所以陈灨一称"本志之作，新旧相参"④。在《本志出世之微旨》中，陈灨一强调"吾不反对新文化"，但"新文化非漫无限度。如欧美科学之精进，足资吾国效治者，国人宜广为搜集，译其意义，尽量灌输，获益宁有止境？若仅述通常之议论，肤浅之文字，即认为新文化之天经地义，虽略识知无之士，未解句读之人，或一时盲从，而曷克垂诸久远？以是思一旦倾覆数千年来之学术，举孝悌忠信，礼义廉耻一扫而尽，吾殊未见其可也"⑤。

《青鹤》"月出二期"，历时五年，共出版了 114 期，发表、连载了大量乾嘉道咸同光以来有名的学者文人的遗稿和未刊稿，如陈道的《集思堂外集》、陈用光的《太乙舟诗词钞》、孙诒让的《经微室遗文》《籀庼题跋》、孙锵鸣的《止庵题跋》、祁寯藻的《䅎䜣亭遗文》《使陇日记》《涵碧轩杂文存草》《枢廷载笔》《园易园直庐书札》、陈三立《散原精舍文存》、王闿运《湘绮楼集外诗录》、马其昶《抱润轩集外文稿》、林旭《晚翠轩未刊稿》、杨圻《江山万古楼诗钞》、陈毅《郇庐文钞》、王乃徵《病山遗稿》、易顺鼎《潇鸣社诗钟录存》、俞樾《曲园词》、丁晏《柘唐遗文》、杨无恙《蜻蜓洲诗录》等；诗词曲话有陈衍《石遗室诗话续编》、陈锐《褎碧斋诗词话》、陈诗《尊瓠室诗话》、陈融《颙园诗话》、夏敬观

① 甘簃：《青鹤之命名》，《青鹤》第一卷第一期，1932 年 11 月 15 日出版。
② 陈灨一：《本志出世之微旨》，《青鹤》第一卷第一期。
③ 汤斐予：《青鹤别叙》，《青鹤》第一卷第一期。
④ 陈灨一：《本志出世之微旨》，《青鹤》第一卷第一期。
⑤ 陈灨一：《本志出世之微旨》，《青鹤》第一卷第一期。

《忍古楼诗话》《忍古楼词话》、张元济《丛书跋语》《百衲本廿四史跋语》、秦更年《婴暗书跋》、刘翰怡《嘉业堂藏书提要》、黄孝纾《嘉业堂藏书纪略》、章士钊《孤桐随笔》等。这其中，不难看到若干清代世家的影子，新城陈氏之外，还有如义宁陈氏、瑞安孙氏、寿阳祁氏、新建夏氏、常熟杨氏……故在时贤汤涤眼中，《青鹤》之创办，“主要成分将为国学谋硕果之存”①。《青鹤》于“文化衰颓”之“今日”，人弃我取，“抱残守阙”，虽“宿学尚有应声”，而“新进不无怨语”。陈灨一之所以能于“举世不为之秋，异说昌披之会，思于国学稍存一线生机”②，可以说源于其所笃守的文化理念——“国家之兴亡，系于学术之显晦”③。

抗战期间，陈灨一隐居北平，虽然愈益穷困寥落，却在乱世中找到了安身立命的所在，即以文史著述传承家学。《怀远录》及《文人小志》《历史人物观》等，俱作于此数年中。但是，在1948年匆忙奔台时，陈灨一大部分手稿未及携出。其晚年在台，念念不忘的是，一生心血，尽在著述。他临终之前，将自己手订之诗稿与文集之残篇剩稿，尽托于好友吴兴沈钥，冀得当为授梓。

沈钥跋其文集，称赞其议论之文、记述之文及史传之文，俱臻古文高境。其为“子鹤公家传、杨公士燮士琦及杨云史先生诸家传，鸿篇巨制，卓然可传。所载诸公生平大节及事迹关国家治乱政事得失者，皆矜慎笃核。而叙次之剪裁，文辞之详略，亦严谨一衷于法度。至其文之汪洋恣肆，婉达曲畅，盖深有得于史迁；而风神宕逸，气韵纡徐，则又直入欧阳文忠之室。嗟乎！为文造诣若斯，始足以言著述矣”④。但是，拙于生计的沈钥“岁久犹无以践宿诺”，徒负奈何。

1967年，在陈灨一离世十四年后，百端拮据的沈钥念自己“衰龄已逾八十，若再因循耽误，深恐负我亡友，贻憾无穷”，毅然尽售其一生最珍爱的金石收藏，为亡友刊印诗文集，勉印千部，“专备赠送甘簃生平友好、亲戚故旧、各公私立图书馆、藏书楼、各大学、学院、专校图书室、各文

---

① 汤斐予：《青鹤别序叙》，《青鹤》第一卷第一期。

② 陈赣一：《青鹤又一年》，《青鹤》第二卷第一期。

③ 陈灨一：《随感·青鹤第四卷第一声》，《青鹤》第四卷第一期。

④ 沈钥：《甘簃文集剩稿跋》。

化事业机构、团体之用，私人藏书家亦与焉”①。

《甘簃诗文集》中有陈灨一手书目录一卷，列其历年所作文稿，共有234篇，而沈钥为其刊布的《甘簃文集剩稿》，所收仅得三十七篇。今上海图书馆所藏《甘簃文稿》及其他手稿，除《怀远录》外，尚有《先母行述》、《历史人物观》（不全）、《文人小传》（不全）等，虽仍非全璧，但历劫尚存，墨迹如新，读来令人不胜唏嘘感怀。此真可谓清代古文传统之一脉之延，家学与国学，在20世纪的动荡岁月中共其兴衰起伏，守先待后，而不随时俯仰，“凡所述作，一本古人立言之旨，而务求其至当。举世风气之所趋，与夫晚季文学之嬗变，胥不足以移之”②。今时移世易，久已不为人所知的《青鹤》和它的创办者重新回到世人的视野中，其呕心沥血、寄情怀远之作也得以重见天日，流风余韵，犹有存焉，在在印证了陈三立所言：“此凝斋垂裕后昆之效也。”

① 沈钥：《甘簃诗文集付印后记》，《甘簃文集剩稿》，第190页。

② 沈钥：《甘簃文集剩稿跋》。

西洋形象的重构与晚清古文的新变

——黎庶昌《西洋杂志》“舆地之学”的文学书写

安徽师范大学文学院　吴微

“曾门四弟子”中，黎庶昌显得较为特别，这不仅因为他“外甚朴讷，不事矜饰”①，三度出使西洋、东洋，却沉抑下僚，郁郁不得志，命运多舛；更在于其“人奇遇奇，故文特有奇气”②。黎庶昌著述逾十种，就文学创作而言，《拙尊园丛稿》六卷和《西洋杂志》最为人所称道。同门吴汝纶在读毕其所寄《拙尊园丛稿》后去信赞曰：“今得全集，则佳篇至多，其体势博大，动中自然，在曾门中，已能自树一帜，非廉卿（笔者注：张裕钊字廉卿）所能掩蔽。某尤服余编内外，以为尊著极盛之诣，非他家所有。”③ 吴汝纶所称誉的“余编”诸篇，大半乃“涉洋事与人者”，其文其道风貌迥异于它卷。很遗憾，黎氏未将《西洋杂志》付诸共赏。否则，其生动有趣的西洋风土人情，让熟谙西学的吴汝纶“奇文共欣赏”，必定“老眼无花”，拍案叫绝了。

一　“关键词”的文学书写

能够作为清朝第一批出使西洋的外交官，黎庶昌得力于郭嵩焘的知人

---

① 曾国藩：《曾国藩全集·奏稿》，《黎庶昌请留江苏候补片》，岳麓书社1985年版。

② 黎庶昌：《拙尊园丛稿·罗文彬跋》，光绪二十一年（1895）金陵刻本。

③ 吴汝纶：《吴汝纶全集》（三）《尺牍·答黎莼斋》，黄山书社2002年版，第100页。

之明；当然，这与曾国藩生前的褒扬和推许不无关系。光绪二年（1876），黎庶昌以参赞身份随郭嵩焘出使英法，后再任驻德国、西班牙国参赞，又游历了比利时、瑞士、葡萄牙、奥地利、意大利诸国，对西欧社会的政治文化、风土民情有着细致而深入的观察，《西洋杂志》就是其在西欧六年的记述。全书共八卷：其中卷一至卷六为“杂记”，共七十六篇，主要介绍欧洲各国的政治、经济、军事、文化、民俗等内容；卷七为“游记”，共七篇游记，是其游览德、法、比利时、瑞士等国的记游；卷八为“书信与地理考略”，共七篇，收录了黎庶昌在使欧期间寄给李勉林、沈葆桢、曾纪泽三人的尺牍五封，以及关于中亚和西伯利亚的地理考略两篇。综览全书，十四多万字，以写实为主，叙述文字简明平实，陈言务去，勾勒物态人情准确传神，风度温润。其一反晚清时尚的慷慨激昂、议论风生，也不同于郭嵩焘、薛福成的从大处立言，而代之以从容淡定的亲见、亲闻、亲感。由于实录可信，西洋风土人情又借由人文地理知识的叙述呈现出来，因此，《西洋杂志》给晚清国人书写了一种全新的西洋异域形象。

当然，作为晚清士大夫阶层的黎庶昌，长期浸润于孔孟之道、经史百家，其审视异域的文化眼光和文化想象不可能不受本土文化的制约，其观察西洋的聚焦虽然属于黎庶昌个体行为，但很大程度上投射了晚清士大夫（主要是精英阶层）的探求目光，思之所思，急之所急；无疑，也传递了本土集体意识的深层心理渴望。因此，《西洋杂志》的文学书写，并非“杂”乱无章，而是点面结合，“杂”而不乱。由于《西洋杂志》特别的叙写风格，传统的文学研究方式难展功效；因此，转换方法，借助比较文化形象学研究中的“关键词”角度，分析、梳理《西洋杂志》系列的关键词之点面书写，可以把握黎庶昌输入西洋人文地理知识、更新晚清知识谱系的“手眼”，并由此而明了晚清桐城古文之新变。

根据笔者的分析统计，《西洋杂志》的“关键词”就宏观层面而言，至少有十六个：社交礼仪、君主生活、官员进退、议院与议政、军事、运河（航运）、奖学、机械制造、教育、街景、艺术、游乐、宗教、钱币、天文与地理、巴黎博览会等。就微观层面而言，则有七十余个。如游乐类，则可分解为戏曲、灯会、轻气球、赛船、赛马、斗牛、溜冰、马戏、赌博、诗人百年纪念会等十余个。限于篇幅，本文拟从宏观着眼，解读若干“关键词”，窥其一隅，寻绎其文学书写。

1. 礼仪。中国号称“礼仪之邦”，尤其是以“天朝”自居的清朝，更是视“薹尔夷邦”为蛮夷无道、缺乏礼乐教化之处，因此必须“严夷夏之大防”。只是在西洋船坚炮利的逼迫下，“在长时间的躲闪、推宕、敷衍、争执之后，清帝国当局终于无可奈何地同意，各国公使可以‘觐见’皇帝而不行跪拜礼”[①]，也终于无可奈何地同意派出郭嵩焘作为清朝首任使节出使西洋。因此，西洋诸国是否为文明开化之邦，成为黎庶昌这些使臣们“睁眼看世界”的首要之聚焦点。《西洋杂志》开卷书写“曾侯呈国书”“英君主接见各国公使”，其文字“言说”之底蕴即在此。有马车队迎驾，有礼兵列队宫门外候驾，有“奏乐迎宾”；总统则“立待”接见，并“免冠鞠躬”还礼。总统答词还特意表白“贵使臣之父曾国藩，本总统亦素所钦佩”。既温情脉脉，又凸显深厚教养。显然，曾侯呈递国书是在极有尊严、极合礼仪的仪式中完成的（参见卷一）。其他诸如“英君主接见各国公使”等也都温文尔雅，礼节周到。外交礼仪如此，社交礼仪也同样文明。“茶会”“舞会”“宴会”，乃著者“散点透视”所在。茶会有请帖约请，公使茶会亦可兼请国王、王后与王太子。宴会坐次尊卑有序，“上坐每多让客妇之尊者”。著者特意详记了其亲自教授德国王后冲泡绿茶的一件趣事，反映了西洋君臣之间并非壁垒森严，而是彬彬有礼，社交礼仪尊尚尊重与平等。绝少评论的黎氏，终于忍不住在西班牙国王宴会后叹曰：“今日之宴，岂《诗》所谓‘嘉肴脾腒，善戏谑兮’者欤?”对于舞会，作者则更以细致的笔墨作了介绍：

> 跳舞者，其源起于男女相配合。西洋之俗，男女婚嫁，虽亦有父母之命，而其许嫁许娶，则须出于本人之所自择。
>
> 宫廷举行者，只三两次。官绅殷富家为最多。女服极其艳丽，或袒露胸背，男亦衣履整洁。其法于入门时授以格纸，人各一片，双叠之长可三四寸，如小书形，上系丝绳，缀铅笔于其端。凡男子欲跳舞者，先于熟识之妇女，一一请其可否。若人许之，则记起姓名次序。若无素识者，主人或为之进引。依次而舞，多者至一二十次。每次毕，相与点头为礼而退，皆有音乐节奏之。（卷二）

---

① 朱维铮：《求索真文明·使臣的实录与非实录》，上海古籍出版社1996年版，第138页。

男女婚嫁，出于自择；男女交往，更非授受不亲；虽然袒露胸背，却优雅有礼。然而，“男女授受不亲”乃程朱理学之男女“大礼”，在中土尤为国人所“严防死守”。因而，舞会这一极具西方文化色彩的活动，使出使西洋的晚清外交官的目光无一例外地为之吸引，其日记、游记、笔录中都有类似记录。或笔底生花，赞美之情溢于言表；或好奇不屑，以为可骇可怕之极。如1890年随薛福成出使英、法、意、比的驻英参赞黄遵宪在观看了一场高规格的伦敦交谊舞会后，以七言古风记录了其舞会胜景：

> 褰裳携手双双至，仙之人兮纷如麻。绣衣曳地过七尺，白羽覆髻腾三叉。襜褕乍解双臂袒，旁缀缨络中宝珈。细腰亭亭媚杨柳，窄靴簇簇团莲华。①

比较而言，黄遵宪诗句文字铺张，意态直露。而前述黎庶昌男女交往的“礼仪”文字书写却是温和、简淡的，是纯粹的客观纪实，但其所择取的典型情节深意具焉，能够使国人的诸多疑惑，在客观的叙述中释之冰然。就文法而言，这显然是“不妄加毁誉于人”的“桐城笔法”，乃不言之言；即所谓“不著一字，尽得风流”。作为晚清桐城古文大家，黎庶昌的文学书写看似平淡客观，其实其文字功力相当深厚，取舍相当老道。因而，由此厚积薄发所形成的文化冲击更具震撼力。

2. 街景。最能象征一个社会物质文明和精神文明交融的莫过于其街景。晚清士大夫深谙此道。郭嵩焘《使西纪程》就有其首见伦敦都市夜景而叹为观止的记述文字，也是郭氏获谴罪证之一。黎庶昌则避开空发议论，从地理知识入手，详实描述了巴黎香榭丽舍街的街景：王宫、凯旋门、繁茂树木掩映下的咖啡馆、油画馆、马戏馆，铺设细致平整的路面，入夜“灯火历历在目……又杂以马车往来之灯，如贯珠，如游龙”。在细致的描述后，文末用“以论者推为地球上街道第一，殆非诬也”，轻轻作结。在细述了巴黎下水道之宏大精巧后又带出一笔：“伦敦城内之地底火轮车（笔者注：即地铁），与巴黎之水沟，可称两绝。”（卷五）而在卷七之七篇游记中，更是移步换形地描述了西欧诸国的街道胜景，或蜻蜓点

① 转引自夏晓虹：《晚清上海片影·上海道台跳舞会记》，上海古籍出版社2009年版，第76页。夏先生于此有全面、深入的阐述，可参阅。

水，或次第叙进，各不相同。如叙瑞士之街景，则选择钟表店、乐器店而“言说”：

> 入店一观，所有陈设之物，如盛水瓶、坐椅、榻脚凳……无一而非八音琴者。又有翠鸟数枚，引钥开其机关，即飞鸣上下，声音宛然，极其精巧。星使（笔者注：指郭嵩焘）购置数器而归。

如此点面相合，或大处扫描，或细处考察；或数笔点染，或一一铺陈。若将一处处街头小景连缀起来，读完全书，西欧诸国的街景就能够了然于胸，西欧的文明与富裕由此便可清晰感知。这是古文习见的“以小见大”的写作方法，尤为桐城派所惯用。桐城文章善以一二细节描摹人物、状物绘形，黎庶昌“不经意”的书写，还是显示了其古文高手的雄厚笔力。

3. 游乐。关注风土人情，是《西洋杂志》的特色所在，故黎庶昌对西洋普通民众之生活情态描写情有独钟。此书于此也最见风采。“巴黎灯会”，官民同悬四十万盏彩灯，燃放烟火，普天同庆，长夜而游，“极耳目之大观矣”。“轻气球”，力能受二十吨，“可客五十人”，升至五百米高空，因而引得作者一试再试，惊羡之情，溢于言表。而针对赛船、赛马、斗牛、溜冰、马戏、赌博等异域风情，作者采取了“繁复”的描写手法，即层叠描绘，次第叙述，全方位、多角度地加以表述。如“赛船”的观者如堵，动桨如飞；“赛马”的毂击肩摩，衣裙相蹑；“斗牛”的举国若狂、人马两亡。同样，“马戏”技巧、空中飞人、“国人趋之若骛耳”的赌票局等场面和情状的描写莫不如此。现以溜冰为例，梳理黎庶昌《西洋杂志》，以何种引人入胜之章法来叙写西洋人文地理风俗之特别。先叙“溜冰之戏，西洋风俗大同”。次叙冰鞋制作方法和式样。再次叙冬日溜冰之处所、之景况，“开池之日，君主必躬自为之，以示倡导”。接叙平日溜冰处所、环境、音乐、门票，“有一人独溜者，有数人合溜者；有勇而捷出在前者，有怯而蹇不成步、须人扶持者；有溜而成熟，一足往来飘飘若仙者；跌而卧者，憩而扶阑者，两足作骑马状蹬而溜者，亦有装束女子数人结队而溜者。种种情况，不一而足，观者率如堵墙”。由此引出“余”之问答，最后又点出俄罗斯、瑞典、挪威等国之“御风而行”之溜（滑）雪。不惜笔墨、不厌其烦，曲尽其状、深得其妙。这种“只中人以下多为之”的溜冰之戏，在作者眼中，是“不过借此娱戏，劳动筋骨”的健康游乐，值得向国人细细道来。只是这种“繁复”的古文写作方法，并非桐城家法，而是吸收了汉赋和骈文的长处，显示了桐城派文人面对新的表现内容圆通的为文之道。

上文只是解说了《西洋杂志》的三个“关键词”，而其他“关键词”的书写同样精彩和实在。这些“关键词”所构成的语义场和“词汇”网络，借由黎庶昌择取国人喜闻乐见和急于获知的“情”和“事”加以框定，并以多种文学书写的方法和绘影绘声的深湛文字功力表现出来，营构了一个文明、富裕的鲜活西洋形象。“形象是一种语言”，能够由系列的“词语”描述；但同时“形象是一个文化事实”①，文明富裕的西洋形象源自于黎庶昌本人的深刻洞察力和过人识见，也潜隐了晚清士大夫观察比照的文化欲念与想象。因而，其文学书写的“真实”与“生动”，不仅使这种全新的西洋形象得以定格和广为传播，也获得了国人，尤其士大夫阶层的普遍认同；从而与其他同期同类著述一起，成功地解构了明清以来存在于国人意识深处的“夷狄”形象，颠覆了传统的思想观念。“睁眼看世界”也因此落到实处。钟叔河谓“中国本身拥有力量”②，由此而观，确非虚言。

二　“不规规一格”的述学文体

《西洋杂志》较之晚清其他域外游记最大的不同，即在于著述的是西洋风俗与地理。就晚清由“舆地之学”蜕变而成的地理学科而言，《西洋杂志》的内容属于人文地理学。钟叔河等校点者将其副题标为“光绪初年在西班牙英法等国所见之风土民俗”，虽然有违“修旧如旧”之原则，但很能标示其风貌特征和知识谱系归属。黎庶昌“雅不欲以文士自期”，淡

---

① ［法］达尼埃尔·亨利·巴柔：《形象》，孟华主编：《比较文学形象学》，北京大学出版社2001年版。

② 钟叔河：《走向世界》，中华书局1985年版，第497页。

薄于文人之文，转而磨砺于经济之学①，着意经营此类“经济之舆”文章。《西洋杂志》因而成为晚清地理学构建初期的一部重要著述。前述吴汝纶对其文集的敏锐感知正说明了这一问题。

既然如此，《西洋杂志》述学文体的“别有意味”，就值得重视。

其一，就文体而言，《西洋杂志》一大特色是“杂”。不仅有游记、叙记、杂记、尺牍、典志、“译录”，还摭录了郭嵩焘、刘锡鸿、李凤苞、陈兰彬、曾纪泽、罗丰禄、钱德培等人的日记、书信和随笔，五花八门，可谓杂矣。但这种“文备众体”，作为一种写作方式和策略，相对于“从一而终”的“正襟危坐”，更能够取众所长，自由地“发言”和“论说”。比如黎氏“发明”的“译录”，就很直观地将有关西洋君主诏令、西洋报纸新闻、西洋“外部”函告等呈现在读者面前，毋庸论辩，其义自现。而将郭、刘、李等人的记述收录其中，其实是与自家之记录相质证、相补充，取“英雄所见略同”之意，增强其文字的可信度。其匠心独运，轻易间难以体察。现今流行的几种点校本将此悉数删去，虽旧貌换新颜，但其间隐藏的独特晚清人文信息荡然无存，不能不令人扼腕而叹。谓其“杂”，还在于《西洋杂志》不少部分文体杂糅。如《谈天汇志》一札，先“叙记”了著者参观天文观象台的种种情形，再“典志”有关星体的详细情况，并不时叙及自己利用望远镜“窥测”的诸多星象。一札之中，几种文体夹杂、交融、互渗，既使行文新鲜活泼，避免了枯燥和板滞，也打破了古文藩篱。文体之间的穿插、渗透所形成的新的述学文体，带来了古文的新变。特色实在是“亮色”，谓其“别开生面”，颇为允当②。

其二，就文字表述而言，《西洋杂志》较之纯粹的古文显得“浅”。作为桐城古文高手，黎庶昌的文章被时人评为“远祖桐城，近宗湘乡”。所作之纯粹古文谨严有序，雅洁古奥，“颇得坚强之气”③。吴汝纶称誉其文集并非溢美之词。《西洋杂志》中的若干篇章和段落，也写得古色古香。如诸多评论家所津津乐道的“斗牛之戏”“巴黎油画院”等，确为桐城古文当行本色之作。七篇游记中也不乏雅洁精致的古文段落。但就整体而言，《西洋杂志》语言平易浅近，虽然不脱“古文”之“范”，尺度却大

① 《拙尊园丛稿·青萍斋遗稿序》，光绪二十一年（1895）金陵刻本。

② 郭预衡：《中国散文史》（下），上海古籍出版社 2000 年版，第 588 页。

③ 参见《拙尊园丛稿》罗文彬跋，薛福成序。光绪二十一年（1895）金陵刻本。

为放宽。由于表述对象为西洋景，其不可避免有着大量的外来词语。如“总统”“民主”“日食”“月食”“电气”“马力”“溜冰”等等。这些外来语的加入，使古文语言已经不可能一如既往地“纯洁”，“放大”在所难免。同时，表述纷繁新奇的西洋风土民俗，浅近的古文易于操作，也便于阅读。例如“法国议政院”一段：

院不甚巨，绅士集者可二百余人。刚贝达据案中央台上坐，旁置一铃铛。有一绅连次立台下发议，刚贝达不欲其议，数数摇铃止之。其人弗听，下而复上，众皆丑语诋呵。又一绅，君党也，发一议，令众举手，以观从违。举右手者不过十人，余者皆民党，辄拍掌讪笑之，当其议论之际，众绅上下来往，人声嘈杂，几如交斗，一堂毫无肃静之意，此民政之效也。

再看《拙尊园丛稿·与莫芷升书》一文中所记叙的类似文字：

凡事皆由上下议院商定，国主签押而行之，君民一体，颇与三代大同。然其国人显分朋党，此伸彼诎，绝似汉唐末流，而于政令，要为无损。

前者是“放大”了的古文，明白如话，生动有趣；后者是纯粹的古雅古文，义正辞严，却索然寡味。就文字表现力和感染力来看，前者远远超过了后者。由此看来，古文的浅化与语言的嬗变是一种文化需求，是在一个很自然的文学场中静悄悄地发生和转换的，并没有多少障碍。日后《西洋杂志》的广为流传也印证了这一述学文字的成功和价值。

其三，就文章风度和气质而言，《西洋杂志》是重“趣”而弃“韵”的。桐城古文的风貌特征最紧要和最核心的是讲求“神韵”。所谓格律声色、神理气味，就是要使古文写得气韵生动、神形兼备。而《西洋杂志》的大多数篇章不讲究“义法”，更无意于涵蕴儒家精光，因而也就远离“神韵”；代之而起的是诸多充满“奇趣”的趣人趣事。如“游记第四”一段文字：

是夜至马纳哥。马纳哥以赌为国，法富人不郎氏建赌庭于山巅，壮丽无比。闻每岁赌项出入约十四五兆，纳八十万佛郎于邦君。远方游人来此赴赌者，取保而后入。予与眉叔升其庭，阍者问：“欲与赌乎?”答曰：“非也，行客过此，欲进内一观耳。”阍者以告总办，授两绿票，遂入至赌场。厅长十余丈，现设长桌三，环坐数层，冬日则增桌至七。桌上皆画斜格，中设圆转盘，盘中有球，每次由赌官转盘，视球之所落，以定胜负。金钱之声，铿锵盈耳，堆积者动以万计，胜者用象牙长柄小爪爬之，真可谓见所未见。

显然，这是一个好奇之人随手起落、信笔实录的行旅趣见。翻检全书，此类趣见趣闻不时出现，诸如“斗牛”“赛马”“海滨浴场”“复活节仪式”等等。全书因此充满了“奇趣”，再加上浅近的文字，桐城文章的确发生了某些质的变化。这反映了文学本身在新学兴起过程中的主动迎合，古文所具有的审美与实用的双重功能，在新的文化环境中发生着变革。一方面，审美与实用分而治之，实用的文字成为新学的主要载体，文学的工具性功能大大增强。另一方面，雅俗的渗透与交融，又使古文汲取了养分，以古文之笔法书写“风趣”和“诙谐”逐渐成为时尚，俞曲园善写笑话新雅，林琴南以古文译小说都顺应了时代审美好尚。黎庶昌“不规规于一格”的述学文体于此可谓桐城文章晚期的“变风变雅”，对晚清文学的转型是一次成功的尝试。

当然，《西洋杂志》述学文体的“别开生面”，不仅仅是其古文书写发生的新变，更重要的在于其知识性、思想性和趣味性的巧妙结合。触摸那个时代的历史，不能不对其相关的叙录发出会心的苦笑。如：

自入比境后，其国人民勤于耕作，畦垄纵横相值如棋局，种树界之，青黄间杂，弥望成林。享诺法以东，南北有山，绵亘不断，往往有树林长数十里，火轮车道出入其间，如画图然，亦奇观也。（“游记之一”）

此篇写于丁丑（1877）年，在此前后，火车与铁路被视为破坏风水的“洪水猛兽”，正在受到百般阻挠而不能落户中国大地。但同样“勤于耕作”的比利时国“火车道出入其间”，而且风景如画。这种地理考察和风物描写，其实寄寓着作者深沉的国运喟叹，包孕着拳拳爱国之心，并非纯粹的西洋人文地理知识介绍。如果仔细推敲，《西洋杂志》择取的很多“见闻”，都深意具焉。如“巴黎倭必纳戏馆”一段：

> 巴黎大会时，予素识之英国密思卢碧者，其父富绅也，有儒者气象，携其女来游巴黎，予邀至倭必纳观剧，不意适得伯理玺天德坐厢，兼请联春卿、马眉叔、陈敬如陪叙。刘和伯适自伯尔灵至，亦与焉。数君皆善谈说，父女尽欢，殊以为荣。卢碧归后，即寄其照相以为谢。

如此男女交往，平等互敬，在西洋习以为常；但在授受不亲的晚清，仍然是伤风败俗，甚至是“惊世骇俗”之“艳遇”。黎氏此录，看似闲笔，其实颇具颠覆性之思想力量。学界定评《西洋杂志》为“一卷西洋风俗图”，当然贴合允当，但需要进一步申明的是，此书的所见所闻并非散漫无边的“漫录”，而是“常事不书”，于“关键”处落笔，处处以本土社会文化为背景，进行比照和观察，因此其所营构的西洋形象对晚清国人有很大的思想颠覆作用。由此看来，作者以“杂”“浅”“趣”来放大古文、书写西洋形象，使其述学文体在传播西洋人文地理知识的同时，具有了深刻的思想史写作的意义。

虽然《西洋杂志》在晚清不是第一，更不是唯一的一部域外游记，但是就其述学文体以及由此而营构成的西洋形象而言，它无疑是首屈一指的，因而有意与无意间，极大地促进了晚清人文地理学的新建。只是时过境迁，其文学价值掩盖了其地理贡献和思想意义，这才落寞于历史深处。

阳湖派之张惠言与桐城派之王灼

安庆师范大学皖江文化中心、文学院　汪长林　查园园

对于阳湖派与桐城派之间的关系，研究者往往会将重点放在张惠言身上，通过研究他的学术渊源，以确定桐城派对其古文思想的影响程度。但是研究者往往不能忽略一个事实，就是王灼先以刘大櫆之说授张惠言，后张惠言专攻古文。然而众多研究者对于二人之间的交游往往一笔带过，更多的是谈及刘大櫆文学主张与张惠言之间的关系。例如曹虹的《阳湖文派研究》的第七章第一节即以“张惠言与刘大櫆”为标题，其中简略地叙及了王灼与张惠言，并且认为王灼对于张惠言的影响有限。对二人交游涉及较多的有二。一是谢忱的《张惠言先生年谱》，这篇论文在整理张惠言的生平之时，叙及了张惠言与王灼的结识与交游。二是周茂仲的扬州大学硕士学位论文《张惠言学术渊源研究》，认为张惠言的古文成就除了其自身的努力之外还得益于良师益友，其中也简要叙及了张惠言与王灼的交游，并认为王灼对张惠言产生了深远的影响。

一　桐城派与阳湖派之关系

《清国史·文苑传》卷五四《陆继辂传》指出：“天下推为阳湖派，与桐城相抗。”① 近代以来，学界大凡讨论到阳湖派，总是离不开阳湖与桐城两派之间的关系问题，视个人对阳湖派别有建树之程度的不同估计而意

① 清国史馆：《清国史》，中华书局影印嘉业堂抄本 1993 年版，第 13410 页。

见纷纭。大要可分为两类意见，一是强调两派相承的一面，即视阳湖派为桐城派的旁枝。如徐珂在《阳湖文派》中云：

桐城、阳湖，名为两派，其实一源。武进钱伯埛受业于刘大櫆，归而以其师说，诵于友人张惠言、恽敬。二子者，遂弃其声韵骈俪之学而学古文，号曰“阳湖派”。惠言精研经传，其学从流而溯源。敬泛滥百家，其学由博以返约。致力不同，而文之澄然而清，秩然有序，质之古人，如一辙也。继之者有无锡秦瀛、阳湖陆继辂、宜兴吴德旋，德旋又受业于姚鼐。①

恽敬从事古文，乃与王灼、张惠言的交游也有着直接的关系，恽敬曾自述道：

敬生于下里，以禄食趋走下吏，不获与世之大人君子相处，而得其源流之所以然。同州诸前达，多习校录，严考证，成专家，为赋咏者，或率意自恣。而大江南北，以文名天下者，几于昌狂无理，排溺一世之人，其势力至今未已。敬为之动者数矣。所幸少乐疏旷，未尝捉笔，求若辈所谓文之工者而浸渍之，其道不亲，其事不习，故心不为所陷，而渐有以知其非。后与同州张皋文、吴仲伦，桐城王悔生游，始知姚姬传之学出于刘海峰，刘海峰之学出于方望溪。②

通过以上材料可知，桐城派作家与阳湖派作家之间并无十分明显的界线，两派作家之间常有师友渊源，王灼与张惠言、恽敬，刘大櫆与钱鲁斯均有不同程度的交往。尤其是乾隆后期，各方士子均赴京师参加礼部试，因为张惠言、恽敬的关系，王灼得与常州学子们切磋古文。正是这些渊源使得后来的阳湖派文家并不是非常计较与桐城派之间的差异。

桐城派与阳湖派除了师友渊源关系外，都以古文为正统，以秦汉至唐宋的古文为尊。张惠言在《文稿自序》中说：

---

① 徐珂：《清稗类钞（文学类）》，中华书局1968年版，第3887页。

② 恽敬：《大云山房文稿初集》，《四部丛刊》本，商务印书馆1989年版，第49页。

已而思古之以文传者，虽于圣人有合有否，要就其所得，莫不足以立身行义，施天下致一切之治。荀卿、贾谊、董仲舒、扬雄以儒；老聃、庄周、管夷吾以术；司马迁、班固以事；韩愈、李翱、欧阳修、曾巩以学；柳宗元、苏洵、辙、王安石，虽不逮，犹各有所执持，操其一以应于世而不穷，故其言必曰“道”。道成而所得之深浅醇杂见乎其文，无其道而有其文者，则未有也。故乃退而考之于经，求天地阴阳消息于《易》虞氏，求古先圣王礼乐制度与《礼》郑氏，庶窥微言奥义，以究本原。①

恽敬亦在《上曹俪生侍郎书》中谈及了他的古文观：

及求三人之文观之，又未足以餍其心之所欲云者。由是由本朝推之于明，推之于宋、唐，推之于汉于秦，断断焉析其正变，区其长短，然后知望溪之所以不满者，盖自厚趋薄，自坚趋瑕，自大趋小；而其体之正，不特遵岩、震川以下未之有变，即海峰、姬传亦非破坏典型、沉酣淫被者，不可谓传之尽失也。若是，则所谓为支、为敝、为体下，皆其薄、其瑕、其小为之。如能尽其才与学以从事焉，则支者如山之立，敝者如水之去腐，体下者如负青天之高，于是积之而为厚焉，敛之而为坚焉，充之而为大焉，且不患其传之尽失也。然所谓才与学者何哉？曾子固曰：“明必足以周万事之理，道必足以适天下之用，智必足以通难知之意，文必足以发难显之情。”②

对此，部分研究者视桐城派与阳湖派同出一源。清末桐城派传人、曾出任清史馆总纂的马其昶就认为，桐城派与阳湖派皆“祢宋宗唐祖汉而一本于经，安有彼此地域之殊异哉”③。张舜徽亦有类似看法：“桐城、阳湖之文，皆导源于方氏，以上求之唐、宋诸家之矩矱。初未尝各为畦畛，于

① 张惠言著，黄立新点校：《茗柯文编》，上海古籍出版社1984年版，第118页。

② 恽敬：《大云山房文稿初集》，第49页。

③ 中国近代文学大系总编辑委员会编纂：《中国近代文学大系·散文集四》，上海书店1997年版，第89页。

宗派之说，不甚谓然也。”[①]

另外一种观点则是强调两派不同的一面，倾向于视阳湖派为摆脱桐城派影响的独立文派。从张惠言和恽敬的言论也可以看出，二人由桐城入古文之后，并没有仅仅停留在桐城派文法上，而是有其自树立之处。

其一是取法六经、《史记》、《汉书》，兼宗诸子百家的文学视野，相对于桐城古文家的“以孔、孟、韩、欧、程、朱以来之道统自任”[②] 而言，有一定区别。桐城派虽然标举义理、考证、辞章，但是大抵不出宋儒范畴，这一点也常为汉学家所诟病。相比较之下，阳湖派作家尤其是恽敬的古文，其于创作取材的路径主张根柢儒术而兼宗百家，其文有纵肆之气，与桐城古文的风格有别。

其二是在文字处理上，阳湖派主张骈散兼用，而桐城派对骈体并不推崇。由于常州地区的文化特色，阳湖派中除了恽敬的骈体创作略少外，其余多可称骈文家，张惠言更是擅长大赋、骚体赋、小赋。

其三是阳湖派主张要以学济文，而桐城派于此显得有诸多不足。为此，历来论者或以为桐城派古文有空疏不学之嫌，如刘师培在《论近世文学之变迁》中就说：

> 望溪方氏，摹仿欧、曾，明于呼应顿挫之法，以空议相演，又叙事贵简，或本末不具，合事实而就空文，桐城文士多宗之，海内人士亦震其名，至谓天下文章莫大乎桐城。厥后桐城古文传于阳湖、金陵，又数传至湘、赣、西粤。然以空疏者为之则枯木朽荄，索然寡味，仅得其转折波澜。[③]

这也就是说桐城派所标举的“义理、考证、辞章”，在浅薄者那里往往徒有其表，尤其是桐城派在作文方法上虽有诸多理论，但其末流每为所束，很容易有不学之弊。

综合以上可知，在桐城派的启发下，阳湖诸子结合常州地区的学术特色，从文学创作的取径、文学创作的思路和创作策略等三个方面，于桐城

---

① 张舜徽：《清人文集别录》，中华书局 1963 年版，第 357 页。

② 梁启超著，朱维铮导读：《清代学术概论》，上海古籍出版社 1988 年版，第 67 页。

③ 刘师培：《论近世文学之变迁》，中国青年出版社 1999 年版，第 19 页。

家法之外成功开辟出了一条新的路径。不过，阳湖派从一开始就不是作为桐城派的对立面出现的，阳湖派的领袖张惠言、恽敬等就不断地在古文中提及他们从事古文与桐城派的渊源关系。阳湖派对于“桐城”家法的突破，本质上就是对桐城派文学理论弊端的修正和发展，后来对于桐城派的批评其实就是两派相互借鉴和融合的过程。在阳湖派的批评下，桐城派内部也进行了发展和修正。比如，姚鼐的门徒刘开主张遍览《山海经》《洪范传》之类光怪陆离的书以助学业，同时他本人也长于骈文创作。

二　张惠言与王灼之交游

关于两派关系的论争从来都离不开阳湖派的起源，而阳湖派的起源与王灼、张惠言的交游也是息息相关的。

张惠言在乾隆四十九年（1784）馆于歙县岩镇金家，受金榜之兄金云隗的赏识，来歙县教授金氏子弟。次年，王灼亦来歙县设馆，因为金榜曾师从刘大櫆，与王灼为同门师兄弟，所以王灼与张惠言之交便顺理成章。

两人定交后，或谈论诗文，唱酬应和，或结伴出游，遍访歙县山水，交往甚密。张惠言就曾描述二人游玩先春园的趣事：

> 乾隆乙巳，余客岩镇，时园荒无人，尝以岁除之日，与桐城王悔生披篱而入，对语竟日。朔风怒号，树木叫啸，败叶荒草，堆积庭下。时有行客窥门而视，相与怪骇，不知吾两人为何如人也。[①]

此时距两人相识不到一年，但是二人志趣相投，相谈甚欢，无怪乎日后感情深厚，成为人生挚友。

乾隆五十一年（1786），二人“皆去岩镇”[②]，为参加乡试做准备。八月，两人皆中举。因为安徽与江苏同试一闱，所以二人为同榜举人。王灼

① 张惠言著，黄立新点校：《茗柯文编·鄂不草堂图记》，第74页。

② 同上

就曾在文中记其乾隆丙午年中举一事[①]。

乾隆五十二年（1787），二人前往京城，一道参加了礼部会试。结果张惠言考中中正榜，王灼却不幸落选。所谓中正榜，就是从当年会试落第者之中，挑选出合乎要求者，任命为内阁中书或国子监学等职。但不知为何，本年的中正榜竟全部作废，即《张皋文墓志铭》中所谓“以特奏通榜，皆报罢”[②]。随后张惠言参加了京师景山宫官学教习的考试，被录取，开始了他一生中长达八年的教习生涯。

乾隆五十三年（1788）六月，王灼与张惠言在歙同游歙西徐氏园。八月同游黄山，二人均有作品记游，张惠言作《游黄山赋》与《黄山赋》，王灼作《黄山记游》。《张惠言先生年谱》认为：“是年，张惠言作《游黄山赋》及《黄山赋》，按此二赋列《茗柯文初稿》之首，先生自订自录，初编为戊申到甲寅之文，按年代顺序排列，故知其为本年所作。《游黄山赋序》中所述与王灼同探黄山之事在乾隆五十年，二赋当为追忆之作。”[③]不过，张惠言与王灼同游黄山之事应是在乾隆五十三年，王灼《黄山记游》中云“乾隆五十有三年，岁在戊申，秋八月既望，毗陵张子皋闻，期为黄山之游……”[④] 王灼在另外一篇《送赵汸如还荆溪序》又言：

> 余识汸如在戊申之三月，先是张子皋闻与余游甚昵，皋闻家武进，于汸如为同乡，先后来馆于歙，汸如因介皋闻以交于余，自是旬月中必数相见，见则皋闻必先在……复与皋闻拟以八月四日为黄山之游，糗粮裘具篮舆多已备。[⑤]

张惠言作《黄山赋》以记同游黄山，王灼读罢，大为赞赏，认为张惠言的才力堪比“古作者”[⑥]，故而劝其从事古文，并将从刘大櫆处所学的桐

---

① 王灼：《悔生文集》卷四《吴古罍六十寿序》，《清代诗文集汇编》第431册，上海古籍出版社2011年版，第483页。有“又十年丙午，今尚书朱公，主试江南，所取多雄才硕士，君复与焉，予亦倖厕其间”语。

② 《大云山房文稿初集》，第88页。

③ 谢忱：《张惠言先生年谱》，《常州工业技术学院学报》，1998年第1期，第43页。

④ 王灼：《悔生文集》卷五，第491页。

⑤ 同上，第478页。

⑥ 马其昶著，毛伯舟点注：《桐城耆旧传》，黄山书社1990年版，第325页。

城古文法，告之张惠言。后张惠言每每论文，都要提及此事，如其《文稿自序》中所述：

余少学为时文，穷日夜力，屏他务，为之十余年，乃往往知其利病。其后好《文选》辞赋，为之又如为时文者三四年。余友王悔生，见余《黄山赋》而善之，劝余为古文，语余以所受其师刘海峰者，为之一二年，稍稍得规矩。①

可见，王灼与张惠言专攻古文之事关系密切。然而，还有一种说法，即前文徐珂所叙，张惠言、恽敬是从钱鲁斯处得刘大櫆之说，而后开阳湖派。张惠言曾在《送钱鲁斯序》中说：

余年十六七岁，时方治科举业。间以其暇学鲁斯为书，书不工；又学鲁斯为诗，诗又不工。然鲁斯尝诲之。越十余年，余学为古辞赋。乾隆戊申，自歙州归，过鲁斯而示之，鲁斯大喜，顾而谓余："吾尝受古文法于桐城刘海峰先生，顾未暇以为，子倘为之乎？"余愧谢未能。已而余游京师，思鲁斯言，乃尽屏置曩时所习诗赋若书不为，而为古文，三年乃稍稍得之。②

可见，钱鲁斯并非是真正把张惠言领进古文道路的人，张惠言甚至自称"受法于王悔生"③。

乾隆五十五年（1790），张惠言与王灼同在京师。二人同恽敬在刘户部家，恽敬向众人指出"都人竞相传诵"的"翠羽红珠之语"④ 即是王灼所作。同年秋，王灼出都。

乾隆五十八年（1793），王灼复至京都，吴德旋由恽敬介绍，与张惠言、王灼等交游，共治古文。王灼《答吴仲伦书》中有言："武进张子皋文，尝以吾乡古文之传，其绪未绝，屡问其义法于仆，今足下与皋文游，

---

① 张惠言著，黄立新点校：《茗柯文编》，第 117 页。

② 同上，第 69 页。

③ 同上，第 178 页.

④ 《悔生文集》卷二，第 459 页。

而肆力于此。”①

嘉庆二年（1797）十月，王灼至歙县，恰巧张惠言于此时馆于江承之家。至此，二人距上次在歙县的程氏园纵谈豪饮已有十年，王灼尤为感慨：

> 昔我去歙浦，荒园雪霏霏。今我复来思，园树阴十围……谁谓此暂寄，欢甚真如归。云何难久留，又将整骖騑。再至知何时，欲语泪沾衣。明发登前途，迢迢隔音徽。②

诗叙及昔往欢快时光的追忆，人生变迁的无常。张惠言亦感慨道：“余与悔生十年之间，南奔北走，适草堂之成，而复此，人生盛衰聚散，大都如此。”③

《张惠言先生年谱》认为有关载记此事的《鄂不草堂图记》为嘉庆元年所作，而王灼在诗集中曰：“予不至歙十年矣。丁巳年十月行役复至此，金理函舍人馆予别墅中，凡七日。时皋闻、翰风昆季亦在歙，日与纵谈豪饮，相得欢甚，将行作此志别。”④ 是年为嘉庆二年。同时，按照《鄂不草堂图记》中所记，张惠言于乾隆乙巳年与王灼相识，第二年均去京师，“十年余复至”，据此推测，二人重聚可能是嘉庆元年或者二年，文章后面的“草堂于金氏，为嘉庆元年”⑤ 只是交代了园子易主的时间而非此文所作时间。但是文中的“是岁十月，适王悔生至，信宿草堂乃去”⑥，与王灼所作可互为印证。因此，此事应在嘉庆二年。

通过以上可知，王灼和张惠言在乾隆后十年南北奔走中，常在京师相聚，共同切磋古文。由于感情亲厚，二人纵然分隔两地，也要通过诗文传达对彼此的思念：

---

① 《悔生诗钞》卷二，第463页。
② 《悔生诗钞》卷一，第538页。
③ 《茗柯文编》，第75页。
④ 《悔生诗钞》卷一，第537—538页。
⑤ 《茗柯文编》，第75页。
⑥ 同上，第74页。

鸿雁西北来，尺书寄我旁。书言竟何如，欵欵一何长。缄书八月前，塞上久风霜。此心不遐遗，万里何所妨。共保金石躯，无牵儿女肠。①

此诗为王灼回复张惠言所作，从中可感受到二人惺惺相惜的知己感。

嘉庆四年（1799），二人皆在京，准备参加会试。会试后，王灼被选授东流教谕，张惠言中殿试二甲进士，选授实录馆纂修官。同年，张惠言归乡葬母，以行状请铭于王灼。王灼按状作《张孺人墓志铭》。照此说来，张惠言大抵很认同王灼的古文。

嘉庆七年，张惠言过世。王灼对此一直未能释怀。在好友过世的十余年后，他偶然从箧笥中翻出张惠言送与的玉印，“摩挲顾视”良久，想起二人“臭味”相投，在“纵谈豪饮”中度过的惬意时光，以及赴京求仕的坎坷经历。此时物是人非，独剩自己和这枚玉印，王灼不禁“泣然久之”②。

三　王灼对张惠言的思想影响

张惠言在与王灼的交游中接触到桐城派古文，二人也常常在一起切磋学问。桐城派作为一个古文派别，标榜学习韩愈、欧阳修的文章和文学理论。在与王灼商讨古文的过程中，张惠言意识到，古文能够流传于世，是因为载有“应世不穷”之道。正如张惠言所说：“余之知学于道，自为古文始。”在他看来，道的醇杂与否，可以通过文章体现出来，所以“无道而能文”是不存在的。于是，张惠言开始“退而考之于经”，在《易》中求“天地、阴阳消息”，在《礼》中求“古先圣王礼乐制度”，因为这些都是能够“致天下之用”③ 的大道。

相对于桐城派而言，张惠言所谓的“道”主要是宋儒的义理。张惠言

① 《悔生诗钞》卷一《古诗一首答皋闻》，第 536 页。

② 《悔生文集》卷八《青田石铭》，第 521 页。

③ 《茗柯文编》，第 118 页。

自幼受常州学风的浸润，后又转益多师，这种开放的求学态度，使得张惠言不会拘泥于门户之见。张惠言在深入学习桐城派的文法之后，沿着桐城派前人开辟的文道观一路追溯，提出“无其道而有其文者，未之有也”①。这种以文明道正是许多古文家所主张的，故而，张惠言追溯本原，从《易》中寻求文道，取法六经、《史》、《汉》，兼取诸子百家，从经术中寻求文道的统一。

对于文道统一这一目标，张惠言在《书刘海峰文集后》中说道：

> 海峰之文，有学《庄子》《史记》为之者，弗至也。学欧阳、王介甫为之，时至焉。学归熙甫，辄至焉。名取远，迹取迩，其效然耶？后有作者，终不得为庄周、司马之为耶？明甫之言曰：“海峰治经，功半于望溪，其文必倍胜于望溪。”然则海峰为之而不至焉者，果系于世之远迩耶？②

张惠言对刘海峰文章的评价看似不高，对王灼所说的“海峰治经，功半于望溪”抱着不肯定的态度。在他看来，经术与文章并非成反比，他对方苞的学、文皆通有着肯定之意。张惠言本身就精于汉学，在深入学习了桐城派的古文后，他走上考据与古文结合的道路，即“以经术为古文”③，可以说是较好地结合了常州学术与桐城古文。

桐城派在方、刘之时，门派不甚严格。作为方苞门人的刘大櫆，其文章风格与方苞的创作有着很大的不同，主要是由于刘大櫆的文章相对于方苞而言，更重文藻。而张惠言在《书刘海峰文集后》中也曾质疑：“明甫又言‘海峰为古文即成，乃著籍为望溪弟子’。呜呼，两人故为先后哉？”④从这里可见，张惠言对刘大櫆师承方苞是有所质疑的。刘大櫆在桐城派的作家中以才高气肆为特色，这一点为张惠言所接受，刘大櫆的《论文偶记》标举过“文贵华”“文贵奇”之说，强调作家的个人才性，致其文章较少道学气，而颇具文采。张惠言早年在骈文上用过不少的功夫，这或许

---

① 《茗柯文编 · 文稿自序》，第 117 页。

② 同上，第 178 页。

③ 《茗柯文编 · 赠毛洋溟序》，第 68 页。

④ 同上，第 178 页。

就是他愿意学习刘大櫆文法的原因之一。张惠言一方面入桐城派文法，另一方面又走出自己的文学之路，可谓是能入能出。

在张惠言身上体现出桐城派方、刘两大家的关系，即取方苞的“文道”并重，而不拘泥于程朱理学，取刘大櫆的才高而贯穿经术，也就是说以经学的立场付诸以辞赋美文的穿凿，使得其散文往往气势与文采兼具。即使是说经的文字，张惠言也能写得很有文采。从某种意义上说，这是古文创作与经术研究相互融合、相互促进的结果，亦是以阳湖、武进为代表的常州学术和桐城文法相融合的结果，这种结果开创了一种以学济文、以文明道的互动的全新思想。

张惠言的这种思想后来也成为了阳湖派的代表思想，阳湖派对于桐城派的指正也在客观上推进了桐城派理论的发展。以张惠言为代表的阳湖派承桐城派古文法，而自有其树立之处。这中间的王灼可以说起着重要的桥梁作用，这种作用不应被后世遗忘。

林纾《古文辞类纂选本》及其文章学思想[①]

西北大学文学院　杨新平

林纾是近代具有重要影响的文学家，其“古文殿军”的称誉与桐城派紧密相关。林纾虽不太赞成文学宗派之说，但他曾得桐城派宗师吴汝纶赏识，又与马其昶、姚永朴、姚永概等桐城弟子交契，故自觉地厕身桐城，以继承和发扬古文事业自期。在为桐城派摇旗呐喊的过程中，林纾继承了桐城派重视编纂文章选本的传统，先后编选了《中学国文读本》《左庄孟骚精华录》《浅深递进国文读本》《古文辞类纂选本》等。《古文辞类纂选本》是对姚鼐《古文辞类纂》“慎择其尤，加以详评”[②] 而成，于姚选中精择185篇，又酌增韩愈《答胡直均书》《送齐皞下第序》2篇，凡187篇。是选仍依姚选按文体分类编排，每类文体前均有概说，并对每篇选文详加评点，涵摄文体、文法、文境等诸多文章学思想。学界有关《古文辞类纂选本》的研究较少，仅在林纾及其文学研究中略有涉及，如张俊才《林纾评传》[③]、张胜璋《论林纾的文体观》[④]；或在选本研究中偶有提及，如陈尔杰《“古文”怎样成为“国文”——以民初中学教科书为中心的考察》[⑤] 等，全面、细致的个案研究尚未展开。因之，本文联系《古文辞类纂选本》编选的时代背景，结合选文与评点，对是选的编选宗旨及文章学思想予以系统分析。

---

① 原文刊载于《安庆师范学院学报》2015年第6期，此次收录略有删改。

② 林纾：《林纾选评古文辞类纂》卷首，浙江古籍出版社1986年版，第3页。

③ 张俊才：《林纾评传》，中华书局2007年版。

④ 张胜璋：《论林纾的文体观》，《中南大学学报》2008年第2期。

⑤ 陈尔杰：《“古文”怎样成为“国文”——以民初中学教科书为中心的考察》，《中国现代文学研究丛刊》，2012年第2期。

一　清季民初文章之争与力延古文一线之传

桐城派发展至清季民初，虽然传习者仍大有人在，但桐城古文的正宗地位已受到多方冲击而发生了动摇，桐城文士也愈发强烈地感受到了来自文坛的压力。为了挽救古文于颠坠，他们通过编纂选本的方式来延续古文传统，林纾亦不例外。《古文辞类纂选本》于 1918 至 1921 年间陆续出版，林纾在序言中谈及桐城派当时面临的文坛状况云：

> 前清之末，作者属谁？彼割裂古子，填写古字，用以骇众，且持“古文宜从小学入手”之论，然则王西庄、钱竹汀诸老，宜奉为古文之祖矣！而又谓读书宜多，夫读书固宜多，而刘贡父讥欧九为不读书，试问学古文者，宜宗欧耶？抑宗刘耶？此等鼠目寸光，亦足啸引徒类，谬称盟主，仆尚何暇而与之争！然此辈尚非废书不观者，所苦英俊之士，为报馆文字所误，而时时复搀入东人之新名词。……而近人复倡为马、班革命之说，夫马、班之学，又焉可及！不能学马、班者，正与革命无异。且浮妄不学者，尚不知马、班为谁，又何必革？①

林纾此处提到了当时对桐城派古文造成有力冲击的两股文坛新势力：

一是梁启超所倡导的“文界革命”和“新文体”。梁启超于 1899 年在《夏威夷游记》中提出了“文界革命”的口号。他在散文领域倡导一种平易畅达的“报章体”文学，并称之为“新文体”。“新文体”以浅近通俗的文风兴起文坛，这类文章不避俚言俗语以及外国语法，对桐城派雅洁、纡徐之文产生了巨大冲击，直接动摇了桐城古文的正宗地位。吴汝纶在世时就已心生忧虑，《与薛南溟》云：“如梁启超等欲改经史为白话，是谓化雅为俗，中文何由通哉！”②《答严几道》又云：“世人乃欲编造俚文，以

① 林纾：《林纾选评古文辞类纂》卷首，第 1—3 页。

② 吴汝纶：《吴汝纶全集》，第 3 册，黄山书社 2002 年版，第 369 页。

便初学，此废弃中学之渐，某所私忧而大恐者也。”① 林纾所谓“为报馆文字所误，而时时复搀入东人之新名词”者，其矛头所指也是“新文体”；而所谓“近人复倡马、班革命之说”云云，则是批判梁氏倡导的文界革命对文坛的影响。

二是以章太炎为代表的魏晋派。所谓“割裂古子，填写古字，用以骇众”“啸引徒类，谬称盟主”云云，即是针对魏晋派而发。章太炎精于小学，为文好用僻字，但失之古奥艰涩，艺术上反不如桐城派古文畅达；然其文颇富桀骜不驯的战斗精神，为桐城古文所不及，在清季民初动乱纷争的时代背景下，社会的确更需要这种富于战斗性的文章。面对魏晋派的崛起和冲击，坚守桐城派阵地的林纾与之展开了论战。钱基博称当时“大抵崇魏晋者，称太炎为大师，而取唐宋，则推林纾为宗盟”②。章太炎曾率先发难，1910 年作《与人论文书》，论及近世文学云：“并世所见，王闿运能尽雅，其次吴汝纶以下，有桐城马其昶为能尽俗（萧穆犹未能尽俗），下流所仰，乃在严复、林纾之徒。复辞虽饬，气体比于制举，若将所谓曳行作姿者也。纾视复又弥下，辞无涓选，精采杂污，而更浸润唐人小说之风。夫欲物其体势，视若蔽尘，笑若龋齿，行若曲肩，自以为妍，而只益其丑也。”③ 章氏对桐城文家评价甚低，以“俗”目其文；于林纾更是极尽排诋，讥其古文有小说习气，以“丑”为“妍”。然而面对丑诋，林纾亦不甘示弱，时出不逊之言予以回击。1913 年京师大学堂学生毕业之际，林纾作《送大学文科毕业诸学士序》有云：

> 呜呼！古文之敝久矣。大老之自信而不惑者，立格树表，俾学者望表赴格，而求合其度，往往病拘挛而痿于盛年。其尚恢富者，则又矜多务博，舍意境，废义法，其去古乃愈远。夫所贵撷经籍之腴，乃所以佐吾文，非专恃多书，即谓之入古，炫俗眼而噤读者之口也。而今之狂谬巨子，趣怪走奇，填砌传记，如缩板搯土，务取其沓而夥者

① 《吴汝纶全集》，第 3 册，第 235 页。

② 钱基博：《现代中国文学史》，上海书店 2004 年版，第 124 页。

③ 章炳麟：《章太炎全集·太炎文录初编》卷二，上海人民出版社 2014 年版，第 171 页。

以为能，则宜乎讲意境、守义法者之益不见直也。[①]

林纾目章太炎为“狂谬巨子”，并慨叹世风日坠，俗士竞袭于魏晋派之说，所作矜奇务博，舍意境而废义法，进而对魏晋派的流弊进行针砭，认为“撷经籍之腴”是为“佐吾文”，而非卖弄学问，堆砌古语古字，以炫人眼目。在这次论争中，由于魏晋派势力进入京师大学堂，最终林纾与姚永概于1913年末愤然辞去京师大学堂讲席。林纾在姚永概南归后，曾致书姚氏，再次痛诋魏晋派云：“敝在庸妄巨子，剽袭汉人余唾，以挦扯为能，以饤饾为富，补缀以古子之断句，涂垩以《说文》之奇字，意境、义法概置弗讲。”[②] 批驳魏晋派古文专以堆砌僻字奇句为能，为文讲究用典，并以此自炫，而实则内无真才，文亦无意境与义法可言，如“伧人”衣残破之官服，不解者或被其所惑。

由此来看，林纾在编辑此选时桐城古文已受到“新文体”和魏晋派的连续冲击，其文坛地位亦今非昔比。此时奉古文为至尊的林纾与姚永朴、姚永概、马其昶等桐城派嫡传弟子彼此投契，以期形成坚不可摧的壁垒，力延古文一线，维系古文命脉。而林纾的使命感尤强，他在送别京师大学堂学生时说：“世变方滋，文字固无济于实用。苟天心厌乱，终有清平之一日，则诸君力延古文之一线，使不至于颠坠，未始非吾华之幸也。”[③] 正是这种力图保存国粹、延续传统的历史使命感，促使他开始操持选政，大量编选古文选本，《古文辞类纂选本》是其中颇具代表性的一种。而逮至是选于1918年出版之时，桐城派所面对的已不是报章体和魏晋派的冲击，“而是‘五四’新文化运动中兴起的白话文运动和文学革命运动”[④]。在新文学勃兴之际，为了力延古文之一线，林纾在编纂选本之外，还曾于1917年“集合同志，为古文讲演之会”[⑤]，讲读《左传》《庄子》及汉魏唐宋古文名篇，足见其维系文统之用心。

---

① 林纾：《畏庐续集》，《民国丛书》本，第4编第94册，上海书店1992年版，第20页。

② 林纾：《畏庐续集》，第16页。

③ 林纾：《畏庐续集》，第20页。

④ 张俊才：《林纾评传》，第201页。

⑤ 《林纾选评古文辞类纂》卷首，第2页。

二　文体论：从文体明辨到选文定篇

林纾对于文体问题颇为重视，认为“文须有体裁”“读文先看体裁”①，即强调辨体的重要性。《古文辞类纂选本》依姚选体例按文体分类选文，又对各类文体进行更为细致的辨析。林纾将姚鼐所分论辨、序跋、奏议、书说、赠序、诏令、传状、碑志、杂记、箴铭、颂赞、辞赋、哀祭等十三类文体，归并改易为论说、序跋、章表、书说、赠序、诏策、传状、箴铭、杂记、辞赋、哀祭等十一类。从类目来看，他略去了姚选中的“颂赞”一类，又因“碑志”与“箴铭”两类性质相近而合并为“箴铭”；同时将论辨、奏议、诏令三类更名为论说、章表、诏策，其易名所据为刘勰《文心雕龙》。而林纾在1916年完成的《春觉斋论文》中亦论及十五种文体：骚、赋、颂赞、箴铭、诔碑、哀吊、史传、论说、诏策、檄移、章表、书说、赠序、杂记、序跋。其中后四种出自《古文辞类纂》，其余皆出自《文心雕龙》。由此可见，林纾的文体论是在继承《文心雕龙》和《古文辞类纂》文体学思想的基础上，撷精取宏而又辨析补充，从而形成自家面目的。

林纾《古文辞类纂选本》对每类文体皆详加解说，有些解说是将《春觉斋论文》“流别论”部分所论移入，有些则进行了补充训释。综观其文体辨析，他时常引用刘勰之语，行文体例亦多仿自《文心雕龙》“原始以表末，释名以章义，选文以定篇，敷理以举统”② 的文体论纲领，对每类文体必考其源流、释其名义、举其名篇、叙其法则。

1. 考镜源流

考镜文体源流是古代文体学家的基本作法，林纾也承继了这一传统，但他在整合刘、姚之论的基础上，亦能自出新见。如同是论祭祀死者的诔

① 林纾：《文微》，《历代文话》本，复旦大学出版社2007年版，第6529、6535页。

② 范文澜：《文心雕龙注》卷十，人民文学出版社1958年版，第727页。

文，刘勰《文心雕龙·诔碑》云：“周世盛德，有铭诔之文。大夫之材，临丧能诔。诔者，累也，累其德行，旌之不朽也。夏商已前，其详靡闻。周虽有诔，未被于士。”[①] 林纾《古文辞类纂选本》哀祭类云：“诔，累也，累其德行，旌之不朽也。诔之最古者，凡两见于《左传》：一为晋庄公之诔县贲父，一为鲁哀公之诔孔子。节短音长，后人一变其体，加之以叙。”[②] 可见他们论文体都有追本溯源的意识。刘勰指出诔文最早出现于周朝，是累列死者德行、加以表彰而使之不朽的文体。林纾之论虽直接袭用了刘勰关于诔体的界定，但对刘勰之论也有补充，他明确将《左传》中的两篇诔文作为此体之渊源所自，并指出后世诔文“加之以叙”的流变，推源溯流意识更为鲜明。至于文体的兴衰流变，林纾之论亦往往能补刘、姚之不足。如姚鼐论“说”体云：“战国说士，说其时主，当委质为臣，则入之奏议；其已去国，或说异国之君，则入此编。”[③] 仅言及战国游说之体，而对于说体在后世发展的评述付诸阙如。林纾则详论其流变云：“刘勰曰：‘凡说之枢要，必使时利而义贞。进有契于成务，退无阻于荣身。’此为说士言也。学人训经释雅，亦皆有说，皆主发明至理而言，名曰经说。近人阐明学理，亦曰学说。独昌黎之《马说》，子厚之《捕蛇者说》，则出以寓言。此说之变体也。”[④] 林纾认为“说”体如刘、姚所言，最初是游说之士向人主进言的说辞，后世游说之事息，然“说”体却并未消亡，学人发明至理为主的“经说”与阐明学理为主的“学说”，都是“说”体衍变的结果。至于韩愈《马说》和柳宗元《捕蛇者说》之类，引譬设喻，因事而发，且以寓言出之，则为“说”之变体。这对于刘、姚之论无疑是重要的补充和发明。

2. 训释名义

对于文体的释名，林纾颇多征引《文心雕龙》之语，然亦能时出己见。如释“论”体曰：

---

① 《文心雕龙注》卷三，第 212 页。

② 《林纾选评古文辞类纂》卷十，第 493 页。

③ 吴孟复、蒋立甫：《古文辞类纂评注》卷首，安徽教育出版社 2004 年版，第 16 页。

④ 《林纾选评古文辞类纂》卷一，第 2 页。

论者，伦也。伦理无爽，则圣意不坠。此言称《论语》者也。……论之为体，包括弥广。议政、议战、议刑，可以抒己所见，陈其得失利病。虽名为议，实论体也。释经文，辨家法，争同异，虽名为传注之体，亦在在可出以议论。至于正史传后，原有赞评之格，述赞非论，仍寓褒贬。既名为评，亦正取其评论得失，仍论体也，不过名称略异而已。且唐宋人之赠序送序中语，何者非论？特语稍敛抑。而文集诗集之序，虽近记事，而一涉诗文利弊，议论复因而发。欧公至于记山水厅壁之文，亦在在加以凭吊。凭吊古昔，何能无言？有言即论。故曰：论之为体广也。①

他先引刘勰之说，指出《论语》言说道理条理井然，使古圣先贤之微言大义得以彰显而不至于失坠，故“论”之称名起于《论语》之论说有序，亦即刘勰所谓“盖群论立名，始于兹矣”②。其所论“议”“传注”“赞评”诸语，亦是就刘勰之言推阐而详析之。值得注意的是，林纾将赠序、集序、杂记中的议论之语，亦纳诸“论”体之内，这种将作为表现手法的议论视为“论”的作法，虽有消解“论”体之嫌，但也应该看到林纾之论注意到了文体间的交叉互渗现象，是对文体发展事实的总结，这对于人们全面认识文体思想的发展也具有一定的贡献。

3. 标举名篇

文体名称既已辨明，写作的初步法式就已确立，但初学者在掌握最终的文体规范之前，还需了解各体文章的典型作品以资借鉴。因此，林纾又对各体文章史中气体各异、面目差殊的代表性作家作品予以品评，彰其价值，定其优劣。如其评汉代以后“书”体重要作家作品云：

至于汉世，则词气纷纭纵恣，观史迁之《报任安》，足以见矣。……此书悲慨淋漓，荡然不复防检，极力为李陵号冤，漫无讳忌。

① 《林纾选评古文辞类纂》卷一，第 1 页。

② 《文心雕龙注》卷四，第 326 页。

……杨子幼（恽）之《报孙会宗》，意似湛于农亩，然过自标举，所谓‘酒酣耳热，仰天击缶，而呼呜呜’者，皆盛气语，凡身世不与相类者，竞摹其作，适足增其枵响而已。扬子云之《报刘歆》，则侈述作之事，措词简贵高厉，颇脱《法言》艰深之习，亦以刘歆绩学，雄之报书不敢草草，故凌纸怪发，字字生棱。叔夜《绝交》，较杨子幼为直率，盖子幼功名中人，退而治田，尚挟怨望；嵇康山野之性，不嗜膴仕，故摅怀而出，语至隽妙。以上四书，皆人人传诵者。读者领其气，味其趣，各就性之所近，当生悟境。①

此处论及司马迁《报任安书》、杨恽《报孙会宗书》、扬雄《答刘歆书》、嵇康《与山巨源绝交书》四篇书作，其评论结合作家身世，突出了作家作品的个性特征。如司马迁之“悲慨淋漓”、杨恽之“过自标举”、扬雄之“措词简贵高厉”、嵇康之“直率”及“山野之性”，皆切合事实，较刘勰所论更为详赡，足可启迪后学。

林纾还注意品评作家作品的优劣高下，为后学别择开方便法门。如释“论”时认为写作论体作品，当于“所见之确，所蕴之深”后，吐辞属篇，才能析理入微，臻于圆通之境。以故，他认为“惟贾谊之《过秦》，陆机之《辨亡》，则直有感而作矣”②，是“论”体优异之作。以《过秦论上》为例，贾谊通过分析秦朝兴亡的过程，论述秦之速亡在于以暴力取天下，而复以暴力治天下。林纾认为此文的画龙点睛之笔是末尾“仁义不施，攻守势异”一语③，然作者援引史实，层层铺垫，至文末才推出此论点，非有真确之见，则无法获致此境。至于败笔之作，林纾则痛加贬抑，即使是他十分推崇的韩愈，也称其《颜子不贰过论》为“应试之文，味同嚼蜡”，至如苏洵父子之论则“逞聪明，执偏见，遂开后人攻击古人之窍窦”，而“至船山《通鉴》《宋论》一出，古人体无完肤矣”④。对逞才使气、有失公允之论，林纾颇表不满。

---

① 《林纾选评古文辞类纂》卷四，第112—113页。
② 《林纾选评古文辞类纂》卷一，第1页。
③ 《林纾选评古文辞类纂》卷一，第5页。
④ 《林纾选评古文辞类纂》卷一，第2页。

4. 指示法则

各体文章写作都有共同遵循的法则，刘勰《文心雕龙》在每篇文体论最后都有“敷理以举统”部分，以简括之语指陈各体文章的体制特色和规格要求，常称之为“纲领之要”“大体”“大要”等。林纾亦继承了这一体例，于各体文章均概括其体制规范，如论“传状”体云：“记事之作，务取简明，凡局势之前后，宜有部署；有前后错叙而眼目转清，有平铺直叙而文势反窒；则熟取《史》《汉》读之，自得制局之法。”① 对于传体写作的要则进行了细致归纳，所谓记事“简明”、“前后错叙”、“平铺直叙”等，既是具体文法，又是普适原则。这相较于刘勰论史传文学时所谓“寻繁领杂之术，务信弃奇之要，明白头讫之序，品酌事例之条，晓其大纲，则众理可贯”② 者，更为具体、明确。又如“序跋”体，明代文体学家吴讷、徐师曾均分为两体，姚鼐出于简化文体的考虑而合称“序跋”。林纾是选虽仍沿袭姚选之例，但在文体解说中又将其分作两门：“序古书，序府县志，序诗文集，序政书，序奏议、族谱、年谱，序人唱和之诗，则归入序之一门；辨某子，读某书，书某文后，及传后论，题某人卷后，则归入跋之一门。”③ 最后总结序、跋的写作原则云：“综言之，序贵精实，跋贵严洁，去其赘言，出以至理，要在平日沉酣于经史，折衷以圣贤之言，则吐词无不名贵也。”④ 这里规定了序、跋的语体风格为“精实”和“严洁”，即要求做到去赘存简；同时序、跋中往往要发抒议论，以“善叙事理为上”⑤。因此，林纾要求作序跋者平时需加强沉酣经史的修养工夫，只有“平时窥涉博览，运以精思”⑥，方能言出为训，切理餍心；否则，必言不及理，不能切中要旨。这些指示原则之语颇为精到，既是对文体规则的总结，也是个人创作心得的凝聚。

---

① 《林纾选评古文辞类纂》卷七，第 273 页。
② 《文心雕龙注》卷四，第 287 页。
③ 《林纾选评古文辞类纂》卷二，第 44 页。
④ 《林纾选评古文辞类纂》卷二，第 45 页。
⑤ 吴讷著，于北山校点：《文章辨体序说》，人民文学出版社 1959 年版，第 42 页。
⑥ 《林纾选评古文辞类纂》卷二，第 44 页。

三　文法文境论："法"的"点醒"与"美"的品鉴

林纾《古文辞类纂选本》于选文后均有详评，自称"每篇之上，所点醒处，均古人之脉络筋节；或断或续，或伏或应，一经指示，读者豁然"①。林纾在完成此选之前，已经出版了《韩柳文研究法》《春觉斋论文》这样的论文著作，在选文评点中常常运用前此二书的理论观点对各体文章的文法、文境等进行细致剖析。如《春觉斋论文》有"应知八则"，论文章之意境、识度、气势、声调、筋脉、风趣、情韵、神味，又有"用笔八则"，论用起笔、伏笔、顿笔、顶笔、插笔、省笔、绕笔、收笔。这些理论法则多被运用于此选的评点之中，且多有独到之见。

1. 论笔法与字法

（1）笔法论

先说起笔。林纾认为文章起笔最忌千篇一律，所谓"自相犯"也，他主张起笔要"若机轴之变换"②，具有独创性。因此，他对引人入胜的奇特起笔评价尤高，如评司马迁《六国表序》云："此文妙在一开口便吸起全局，其中纳入六国，在不经意中。"③ 此文以无道而得天下为主旨，其发端云："太史公读《秦记》，至犬戎败幽王，周东徙洛邑，秦襄公始封为诸侯，作西畤，用事上帝，僭端见矣。"起首即已确定讽秦主题，主题既定，则通篇议论缘此而发，无枝蔓之词，此即所谓"一开口便吸起全局"。又如评韩愈《答崔立之书》亦云：

---

① 《林纾选评古文辞类纂》卷首，第3页。

② 林纾：《春觉斋论文》，《历代文话》本，复旦大学出版社2007年版，第6413页。

③ 《林纾选评古文辞类纂》卷二，第48页。

一入手，全局已在握。“见险不能止”，即四举而后有成，亦未即得仕，宜止而不止也。“动不得时”，则指有司好恶出于其心，别有取士之程度也。“困不知变，以至辱于再三”者，即二试吏部，一即得之，又黜于中书也。背驰者，不能与斗筲之人决得失于一夫之目也。愤懑之气，一冲口已见笔端。①

韩愈三试吏部不售，崔立之来书劝慰，韩作此书报之。其起笔便将胸中一股郁勃愤激之气尽情吐弃，句句真气撼人，有雄劲非常之势。林纾十分肯定此种能提振全篇的起笔。

次说伏笔。林纾论伏笔云：“行文之伏笔，则备后来之必应者也。”“伏笔即伏脉，猝观之实不见有行迹。”② 他认为有伏笔必有照应，且伏笔以不露痕迹为佳。他在评点中对伏笔亦多有品评，如韩愈《送齐皞下第序》旨在为齐皞落第鸣不平，因齐皞为宰相齐映之弟，屡次应举，然有司为避嫌而不予录取，韩文指责有司不能行“公无私”之古道，并举“今”字与“古”字对言，从而为下文剖析当世徇私之习作一埋伏；又以“知命不惑”四字，暗伏期望齐皞能复古之意。林纾称此文“用连环滚笔，倒卷珠帘而上，处处埋伏，处处照管，一副精神，真不知从何处来也”③，如此行文，自然“通篇关合照应，无一处疏懈，所以为佳”④。林纾又说“欧阳文多伏流，不易窥察”⑤，正是善用伏笔的结果。如评欧阳修《送徐无党南归序》云：“公一生以政事自命，似视文章为余事，故将‘言’字稍稍放松，为后文伏脉。复提‘言’字引起‘德’字，言有德者尚不必有功，况于言哉？将三项梯接而下，便捷极矣。”⑥ 人之立功与立言，皆以立德为本，欧阳修虑及弟子志满于“言”，故勉之以“德”。如此预设埋伏，妥贴照应，不见伏应之迹，行文便似天衣而无缝。

复说锁笔。林纾认为行文至紧要处，宜适时作一关锁、提顿，使文章

---

① 《林纾选评古文辞类纂》卷五，第 149—150 页。
② 《春觉斋论文》，第 6414—6415 页。
③ 《林纾选评古文辞类纂》卷六，第 226 页。
④ 林纾：《韩柳文研究法》，《历代文话》本，复旦大学出版社 2007 年版，第 6457 页。
⑤ 《文微》，第 6552 页。
⑥ 《林纾选评古文辞类纂》卷六，第 231 页。

收放自如，此即所谓文章“行气止息处”①。运用锁笔者，或逐段分锁，或全篇总锁，具有“控勒”行文的作用。如评欧阳修《释惟俨文集序》云：

> 篇中“曼卿之兼爱，惟俨之介，所趣虽异，而交合无所间”，此四语是足“无所择”及“非贤不交”之意，亦是锁笔。其下遂放胆叙惟俨之议论，而议论均合用世之意，全不类桑门吐属。②

石曼卿与释惟俨友善，两人又同与欧阳修交契，欧文以石曼卿作陪衬，意在刻画释惟俨这一耿介嫉恶、心怀天下的沙门形象。文中“曼卿之兼爱”四句，以曼卿之“兼爱”反衬惟俨之“非贤不交”的耿介性情，这一“锁笔”起到了绾合前意、蓄起后势的作用，故“其下遂放胆叙惟俨之议论”，充分展示其性格特征。

再说绕笔。何谓绕笔？林纾释云：“绕笔似复，实则非复。复者，重言以声明之谓；绕笔则于本意中抉深一层，乍观但覆述已过之言，乃不知实有抽换之笔，明明前半意旨，然已别开生面矣。”③ 谓绕笔表面似重复之言，实则其含意已“抉深一层”，别创意趣，而非复“前半意旨”。如韩愈《答刘正夫书》中“夫文岂异于是乎”及“夫古君子之文岂异于是乎”两句即属绕笔，语似而意殊，故林纾称“句似复而非复，上句泛言立喻也，下句指实教人也”④。又如评柳宗元《零陵郡复乳穴记》云：“文极旋绕之能，用‘怪’‘祥’二字辘轳而出，侧落‘祥’字，与篇首‘祥’字相应。拗折之笔，移步换形，耐人寻味不尽。”⑤ 此文以“怪”“祥”二字旋绕而出，而尤以“祥”字反复缠绕，乍看文意似存繁乱之嫌，实则有百炼钢化为绕指柔之美。要之，善用旋绕之笔，可使文势潆洄纡曲，神味毕出，给人无穷余思。

最后说收笔。行文至尾，如何收束，也是文章成败的关键。林纾《文微》云：“古人文之善者，其妙处多在结穴，故往往能使通篇精神震动。”⑥

---

① 《春觉斋论文》，第 6416 页。

② 《林纾选评古文辞类纂》卷二，第 66 页。

③ 《春觉斋论文》，第 6423 页。

④ 《林纾选评古文辞类纂》卷五，第 156 页。

⑤ 《林纾选评古文辞类纂》卷九，第 406 页。

⑥ 《文微》，第 6539 页。

因此，他对文章收笔亦多有品评。如韩愈《赠崔复州序》是为即将上任刺史的崔氏所作赠序，但其意旨在规讽其上司山南东道节度使于頔，于氏当时以横征暴敛闻名，韩愈曾于《送许郢州序》中予以规讽，此文则易讽为颂，其结尾云："愈尝辱于公之知，而旧游于崔君，庆复人之将蒙其休泽也，于是乎言。"林纾评云："收处叙己与于公有交，则送崔之序，又似推荐，又似赠别，妙不可言。"① 韩愈收处于颂扬中实仍寓规讽，故"妙不可言"，是善作收笔者。

（2）字法论

林纾评文对炼字之法颇为留意，尤其关注古人文章千锤百炼的字眼所在。如评柳宗元《封建论》："凡读长篇文字，须一眼挈其纲领。此篇纲领在一个'势'字。"② 评曾巩《赠黎安二生序》："此文重在'心''外'二字，信古志道，心也；合世同俗，外也。"③ 又评苏轼《倡勇敢（训军旅之三）》："此篇着眼在一'倡'字、'私'字。'倡'者何？倡其气也；'私'者何？表异将才，加之以私恩，使为己用也。一切起伏照应，全用此二字为关轴。"④ 林纾所标举之字都是作者集中运思之关键所在，为全篇之"眼目"，足见其批评眼光之敏锐。

林纾还于评点中论及用字之"奇"，如评韩愈《曹成王碑》云：

> 其中用剜、鞣、铍、掀、掇、筴、跐等字，稍涉奇诡，实则奇处不在能用僻字也。如"委己于学"之"委"字，未尝奇也，然不言亲学，言"委己于学"，则奇矣。"耻一不通"之"一"字，即语所谓"一事不通，儒者之耻"，无奇也，乃联"耻一"二字，则奇矣。行刺史事，非真除也，既拜衡州，则真除矣，乃用一"真"字，与"行"字相应，亦无奇处，而必曰"迁真于衡"，斯奇矣。"声"与"势"，常用之字，非奇也，乃"声"下用一"生"字，"势"下用一"长"字，便足夺目，斯则不奇之奇。……诸如此类，皆力摹子云，却不走

---

① 《林纾选评古文辞类纂》卷六，第 217 页。
② 《林纾选评古文辞类纂》卷一，第 29 页。
③ 《林纾选评古文辞类纂》卷六，第 233 页。
④ 《林纾选评古文辞类纂》卷三，第 110 页。

入樊宗师一路。须知文之能奇，偏用常用之字，能出人意表，百思莫到，法在泽古深，而济以烹炼之力，始能石破天惊。[①]

林纾指出用字之奇，在于使常用之字而能出人意表，若罗列、堆砌生僻艰涩之字，则只给人以耳目之炫，并非真有奇肆之气。林氏此处所论，显然是针对章太炎等魏晋派惯用僻字险语而发。其《慎宜轩文集序》云：“惟《曹成王碑》，好用奇字，乃转不见其奇。彼妄庸之谬种，若独得此秘，用之以欺人，吾亦但见其黔黑凶狞而已，不知其所言之为文也。”[②] 痛诋魏晋派的嗜奇求僻倾向。

2. 论意境、风趣、情韵、神味

首先，主意境。林纾认为：“意境者，文之母也，一切奇正之格，皆出于是间。不讲意境，是自塞其途，终身无进道之日矣。”[③] 视营造意境为作文的首要问题，故其评文亦以是否有意境为准则，如评柳宗元《愚溪诗序》云：

子厚舍去溪上境物，用简笔贯串而下，数行之中，将“八愚”完结清楚。即由“愚”字生出意境，借溪之不适于用，以喻己之愚，寓牢骚于物象之中。其曰“咸以愚辱”者，悯其无辜也；其曰“虽辱而愚之可”，则引与同调也。以不可凑合之物，居然凑合之，不惟笔妙，亦属心灵。[④]

柳文以“愚”字营构文境，先以“余以愚触罪”标己之愚，复以“愚”名溪，接着引出愚丘、愚泉、愚沟、愚池、愚堂、愚亭、愚岛，引物以为同调，“寓牢骚于物象之中”，意境超妙，有境生象外之致。林纾指出要于古文中创造意境，须于临文之先开阔胸襟，积理储学，如此触笔构

① 《林纾选评古文辞类纂》卷八，第316—317页。

② 林纾：《畏庐三集》，《民国丛书》本，上海书店1992年版，第4编第94册，第5页。

③ 《春觉斋论文》，第6367页。

④ 《林纾选评古文辞类纂》卷二，第56页。

境，便“有海阔天空气象，有清风明月胸襟”①。

其次，寓风趣。所谓风趣是指文以滑稽为趣，或于庄重之中间出谐谑之类而言。林纾指出：“凡文之有风趣者，不专主滑稽言也。以滑稽为风趣，则东方曼倩之《答客难》、扬子云之《解嘲》、班孟坚之《答宾戏》诸作，可以永奉为文章圭臬矣。”②《古文辞类纂选本》选入了东方朔和扬雄之作，评《答客难》云：“通篇主意，言隐志晦，满腹牢骚，不肯直捷说出。语似安分，然言外皆含讥刺。如子云《解嘲》、韩愈《进学解》类，皆本此意。”③东方朔因不能见用于时，故假客难之语，聊以自慰，通篇以“时”字贯串，谓遇“时”则成，不遇“时”则难有所成。牢骚满腹而不直接宣泄，讥刺之意见于言外。林纾认为如此正言若反而寓讽刺者，即属有风趣之文。而以“风趣”评文，则见于评韩愈《送温处士赴河阳军序》：“一变而为滑稽，谑而不虐，在在皆寓风趣。一起便突兀。‘无留良’及‘无马’，皆为‘空’字作注脚。接上东都为士大夫之冀北，风趣横生，森耸已极。”④韩愈此文旨在称道乌公的贤明得士和温造的得遇知己，然行文却以伯乐过冀北而马群遂空比喻石生、温生皆为乌公罗致幕下，使东都人才匮乏，语含抱怨，于戏谑之中涉笔成趣，颇耐品味，故林纾称其“风趣横生”。

再次，重情韵。文章之作本于性情，为文若从真性情中流出，则必将韵味绵长而动人，这是古来文章家的共识。林纾亦认为“文章为性情之华”“无情万无文”⑤。又云：“凡情之深者，流韵始远”；“欲使韵致动人，非本之真情，万无能动之理”⑥。因此，他评文时对富于情韵之文颇为赏识，如评欧阳修《泷冈阡表》云：

> 此至文也。……盖不能以文字目之，当以一团血性说话目之。……凡大家之文，自性情中流出者，不用文法剪裁，而自然成为文法；以手腕随性情而行，所以特立千古，如此篇是也。⑦

---

① 《春觉斋论文》，第 6366 页。

② 《春觉斋论文》，第 6375 页。

③ 《林纾选评古文辞类纂》卷十，第 473 页。

④ 《林纾选评古文辞类纂》卷六，第 215 页。

⑤ 《文微》，第 6529 页。

⑥ 《春觉斋论文》，第 6378—6379 页。

⑦ 《林纾选评古文辞类纂》卷八，第 351—352 页。

欧公此文褒崇先祖，道尽仁人孝子之心，语语入情，林纾称其“自性情中流出”，韵致动人，千古如见。表现真性情为文章写作不易之法门，而此性情也必如欧阳修那样“再三苦虑，磨剔吐弃”[①]，乃为有得。又如评归有光《周弦斋寿序》云：“熙甫文长于述旧，以能举琐细之事为长……故叙家庭细琐之事，颇款款有情致。”[②] 对归氏表现日常生活琐事的性情之文尤为叹赏。可见“情韵”确是林纾衡文的重要标尺。

复次，崇神味。林纾认为“论文而及于神味，文之能事毕矣”，并释神味云：“神者，精神贯彻处永无漫灭之谓；味者，事理精确处耐人咀嚼之谓。”[③] 可知其所谓神味指作品中贯注首尾的生气及耐人寻绎的无穷韵味。文章能得神味者自属不易，故林纾对富有神味之作不吝其誉词。如评欧阳修《河南府司录张君墓表》云：“欧文之多神韵，盖得一追字诀。追者，追怀前事也。公于名山水中，写生体物之笔固不如柳州之刻肖，然抚今追昔，俯仰沉吟，有令人涵咏不能自已者。”[④] 认为欧文多神韵，是因其文多著空灵悬想之笔，能于抚今追昔中凝聚无限思虑与感慨，有咀嚼不尽之韵味。又如评归有光《项脊轩记》曰：“文语家常琐事，最不能工，唯读《史记》《汉书》，用其缠绵精切语，行之以己意，则神味始见。……震川此文，亦得《汉书》之力，改其面目，不期而类欧。”[⑤] 归有光因得力于《汉书》之“缠绵精切语”，又出以真情，故感人至深，余味邈邈，得神味之旨。文章如何才能达至神味之境？林纾认为韩愈《答李翊书》“无望其速成”数语为“得所以求神味之真相矣”[⑥]，意即必先读诗书、行仁义、广阅历，融通万事万理，然后形诸文字，方能创造言尽而意无尽之神味。

要之，《古文辞类纂选本》是林纾在清季民初桐城派式微之际编选的重要选本，是选简化文体类别，辨析文章体式，对刘勰、姚鼐文体论进行整合与理论提升，同时结合选文评点对文章作法与文章美论进行精微阐释，进一步丰富了桐城派文章学理论。

---

① 《春觉斋论文》，第 6379 页。

② 《林纾选评古文辞类纂》卷六，第 247 页。

③ 《春觉斋论文》，第 6380 页。

④ 《林纾选评古文辞类纂》卷八，第 345 页。

⑤ 《林纾选评古文辞类纂》卷九，第 440—441 页。

⑥ 《春觉斋论文》，第 6381 页。

论张英对桐城派的贡献[①]

池州学院文学与传媒学院　章建文

张英（1637—1708），字敦复，号梦敦、乐圃、圃翁、澡青等，江南桐城人，官至文华殿大学士兼礼部尚书，著有《文端集》《书经衷论》《易经衷论》《聪训斋语》等。康熙十二年到二十一年（1673—1682）张英任日讲起居注官、南书房侍从，后被康熙任命为太子与皇子之师和三科庶吉士的馆师。张英是康熙身边的重臣，是官至一品的桐城籍文学家、教育家，学界对他的研究多从家庭、家族的角度立论，主要集中在家训、家书与家庭教育方面，几乎没有人将他纳入桐城派作家之中进行研究，即使是对桐城派早期作家进行的追溯性研究，至今也少有论及张英[②]。为了更

---

① 基金项目：国家社科基金“桐城派视域下张英父子研究”（14BZW076）。

② 关于张英家训、家书与家庭教育方面的研究，主要成果有郭长华《张英家训思想初论》、徐嘉《张英家训思想》、杨琳《桐城张氏父子家训中为官之道思想探析》、董佳贝《公私兼美——清代前期桐城张氏家书研究》、李浩《桐城张氏家族教育传统试探》，主要论述张英家训思想的内容、家教与家风的特点、张英家族兴盛的原因等。关于张英与桐城派关系的研究，目前研究成果很少。拙作《家训语境下张英的文学观——论〈聪训斋语〉的文学思想》认为，张英“作为一代名臣和桐城名宦，是时代与桐城效仿的榜样，《聪训斋语》无疑起到呈现与引领了时代与地域的风尚的作用”（《宁夏社会科学》，2012年第3期）。江小角、杨怀志在《张英全书·前言》中则明确指出张英“实开桐城派文风之先河”（安徽大学出版社，2013），可惜也只提出了观点，没有展开具体分析。后来，拙作《张英与潘江交游述论》［《安庆师范学院学报（社会科学版）》，2016年第2期］和《张英以“裕”论文的内涵与意义》（《古代文学理论研究》，第40辑，2015）两篇文章分别从桐城名人交往与桐城派审美理想演变的视角比较具体地分析了张英对桐城派的贡献，但没有详尽地揭示张英对桐城派的贡献，还有尚待研究的空间，如对张英是不是桐城派作家或者是不是桐城派的开创者、桐城派从地域流派向全国性流派发展过程中张英的作用等问题还没有作具体、细致的分析，学界至今还没有专文论析。为此，本文即以此为切入点展开具体、深入的论析。

好地展开本论题，有必要从文学的角度对桐城派作为一个古文流派是如何产生的及其产生的标志等问题先作简要交待。

一个文学流派的形成，首先应以一定数量具有相同或相近文学风格的作家为前提；其次，文学主张的提出（或对文学创作的理论归纳）、作品集的出版发行，是文学流派形成的重要标志。据此，我们来看张英告假在籍期间（1682—1685）为同里何永绍、李雅《龙眠古文初集》所作的序：

> 桐邑居大江之北，其地介吴楚；其县治倚龙眠山麓，岭岫绵亘，百泉奔汇；其山之秀异特出者，则又有二龙、浮渡、白云诸峰，雄奇崒嵂，峙于境内。平湖百里，潆洄曲折而与之俱：其地灵之结聚，风气之蟠郁，洵江南之奥区也。生斯地者，类多光伟磊落之士，数百年间，名公卿大夫，学人才人，肩背相望。官于朝者，皆能区明风烈，建立事功。或以直谏名，或以经济显，或以文学为时所推重，卓然有所表见，而不同于流俗。
>
> 予初入仕版时，每于岩廊宁会之间，得接见海内耆儒宿老，必召而进之曰："而桐士也，端重严恪，不近纷华，不迩势利，虽历显仕，登津要，常欿然若韦素者，此桐城诸先正家学也。新进之士，于众中觇其气度，多不问而知其为桐之人。"予志斯语久矣。十余年来，兢兢无敢失坠。间尝窃叹寓内士大夫家，或一再传而止，吾里多阀阅，先后相望，或十数世，或数百年，蝉联不替，此皆由先达敦硕庞裕之气有以留之，而享之者或未之知也。
>
> 吾闻先正训子弟读书法，以六经为根源，以诸史为津梁，以先秦两汉之文为堂奥，以八家为门户，崇尚实学，周通博达，能不为制举业所缚束。涵濡既久，能振笔为古文词者，代有传人。朝堂之文昌明剀直，性理之文深醇奥衍，传记之文条理详赡，酬答赋赠之文温文尔雅。盖由先达之人往往安静恬裕，不汲汲于奔竞进取之途，不汶汶于声华靡丽之物，且幼而知所学习，故其为文皆有根据，不等于朝华而夕落也。
>
> 鸣呼！"惟桑与梓，必恭敬止"，奉先人之杯棬而口泽存焉，敬小物也，况经国之业，不朽之事，是乌可以不传乎哉！[①]

① 张英：《张英全书》上册，安徽大学出版社 2013 年版，第 298—299 页。

《龙眠古文初集》也称《龙眠古文一集》，成于三藩之乱平定之后政治稳定与天子右文的康熙年间，是第一部桐城古文选集（“龙眠”为桐城别称），收录了桐城明代至清初93位作者335篇古文作品。该集的编纂不仅是桐城地域文学意识自觉的表现，也是新时代背景下对桐城地域文学的彰显和对桐城文学特色的凝练。而张英在以礼部侍郎身份告假在籍期间写下的这篇序文，不仅指出桐城文学“肩背相望”“代有传人”的盛况，而且还分析了成因，特别是引用耆儒宿老之言，拈出“桐城诸先正家学”，并对桐城古文共同的思想倾向、美学观念、艺术原则和文学风格等进行了较为全面的归纳，凸显桐城之人之文的独特风貌和桐城古文传统。这不仅是对集中所选作家作品特色的归纳，也是对活跃于当时桐城文坛的方孝标、姚文燮、潘江、钱澄之、何永绍、李雅等作家作品特色的归纳（他们的作品没有收入选集中），更是对桐城文学发展的期待。因此，我认为，这第一部桐城古文选集的刊行与康熙宠臣所写的一篇较为全面地总结桐城古文思想的纲领性序文，无疑对当时桐城文学的发展起着非常重要的聚合、指引与规范作用，加上以张英、方孝标、姚文燮、潘江、钱澄之、何永绍、李雅等为代表的、活跃于文坛的古文创作群体及其突出的创作业绩，“桐城派”已隐然出现，由此，《龙眠古文初集》与张英的序文无疑是桐城派开宗立派的重要标志。后来桐城派领袖人物如方苞、刘大櫆、姚鼐正是继承、丰富、深化与发展了张英这篇序文的文学思想。

当然，除了一篇序文进行理论总结外，作为桐城人的张英也“兢兢无敢失坠”先正家学，以其较为突出的创作实绩实践并丰富了他的这一序文思想。首先我们看他的时文，商衍鎏将张英置于清代时文发展史中给予定位与评价，认为张英是一时之杰：“论清制义……顺、康时之刘子壮、熊伯龙、李光地、韩菼为四大家……继起者推方舟、方苞，为文古雅拔俗，根柢深厚。而王广心、李来泰、陆灿、戚藩、张玉书、马世骏、颜光敏、方婺如、张英、尤侗、张照、何焯、任兰枝、储在文等，或熔经铸史，或气盛言宜，亦一时之杰也。”① 张英三兄张杰《家弟敦复制义序》则认为张英时文源自家学：“桐人士咸以家学渊源有自焉，迨我大人之训余兄弟也，

① 商衍鎏：《清代科举考试述录及有关著作》，百花文艺出版社2004年版，第255—256页。

较王父为倍切……今弟以高第释褐……使非克绍家学，岂易得此声于龙眠、鹿起间哉？弟勉矣！”[①] 再看他的古文。《四库提要》评其文曰：“其散体诸文称心而出，不事粉饰，虽未能直追古人，而原本经术，词旨温厚，亦无忝于作者焉。”[②] 康熙曾说：“我左右动得笔的，是徐乾学、陈廷敬、李光地、张英、叶方蔼这几个人。”[③] 特别是方宗诚的《桐城文录》，收录了张英、张廷玉文一卷，显然编者看到了他们在桐城派发展中的地位。

然而，张英不仅是桐城派的开创者之一，更是桐城派文学思想最重要的传播者。“容台、宫尹、词曹为国家礼乐文章之府，府君以一人绾三绶”[④]（《敦复府君行述》），掌国家礼乐文章之府以及与康熙帝极为亲密的关系，不仅使他在三十余年在朝任职中将自己所具有的桐城派思想带进国家上层建筑与意识形态，而且还为国家培养了一大批执行文化政策的高级官员，将桐城派的思想渗透到国家行政执行系统，形成有利于桐城派发展的文化政策和科举衡文标准。后来桐城派文人之所以能活跃于书院很难说不是受惠于这样的政策导向、话语环境和政府资源。因此，我认为这才是张英对桐城派的最大贡献。为此，我拟从教师的视域来梳理张英作为帝王之师、庶常之师和儿孙之师的相关史料，将张英在桐城派发展过程中所起的作用具体化，使人们对他所作的贡献有一清晰的认识。

一　帝王之师：经筵讲官与日讲官

经筵，每岁春秋两举。日讲每岁分两个时段进行，春季到夏至为一时段，秋季至冬至为一时段，一般每日辰时开讲，需一两个时辰。康熙朝先是隔日进讲，后每日进讲，两个时段的起讫时间也变化不一。据《圣祖实

① 钱肃润：《文瀫初编》，《四库禁毁书丛刊》，北京出版社 1997 年影印本，集部第 173 册，第 272 页。

② 张英：《张英全书》下册，第 3 页。

③ 李光地：《榕村语录·榕村续语录》，中华书局 1995 年版，第 744 页。

④ 张英：《张英全书》下册，第 483 页。

录》记载，康熙朝于康熙十年（1671）二月二十七日首开经筵，十年四月初十日初行日讲[①]。张英于二十六年（1687）十一月、三十八年（1699）十一月先后两次被任命为经筵讲官。康熙十二年（1673）四月十六日，张英扈从康熙幸南苑，于十八日与傅达礼、史鹤龄进讲《论语》"宰予昼寝"一章、"子曰吾未见刚者"一章，七月被任命为日讲起居官。据《康熙起居注》统计，康熙十六年（1677）十二月十七日张英入值南书房之前，先后有熊赐履、史大成、孙在丰、傅达礼、杜臻、史鹤龄、张英、李仙根、喇沙里、徐元文、陈廷敬、叶方蔼12位讲官进讲，每次有2至4人进讲。在康熙十年（1671）四月至十六年（1677）十二月这六年多的时间里共举行了363次日讲，张英进讲168次，只少于孙在丰（261次）和喇沙里（247次）。然而张英任南书房侍从后，因赐居内城，康熙召见方便，次数更多，无论冬夏，辰入戌出，侍值时间更长，这是他臣所不能及的。据笔者统计，《南书房记注》记录了康熙561日活动情况（现在能见到的《南书房记注》只记载了康熙十六年十二月十七日至十九年这三年多康熙的活动），明确记录康熙召见张英的次数至少有581次（包括请安与扈从，有时一日多次），而这三年多里在弘德殿所举的日讲（十九年四月以后在懋勤殿举日讲）只有221次（张英任南书房侍从后不再在日讲时进讲）[②]。康熙在南书房读书听讲之余，也与张英谈论诗文技艺，探讨治国之道，有疑问与不解，张英等人则从旁解答。

从进讲的内容来看，康熙十年（1671）四月至十六年（1677）十二月这六年多的日讲主要讲四书，只讲了几次《通鉴纲目》，张英主要讲了《论语》《中庸》《孟子》和《通鉴纲目》中的一些章节，讲《孟子》的时间最长。据康熙十六年十二月二十七日到十九年的《南书房记注》，张英与康熙探讨的主要是《通鉴纲目》《书经》和《易经》，并于康熙十九年（1680）四月初六日恭进《易经参解》，二十一年（1682）正月恭进《书经衷论》。值得注意的是，张英《书经衷论》于经学话语中较为系统地论述了自己的文学思想。同时，康熙从康熙十七年（1678）四月开始阅读古文，"四月初一日……上阅古文一卷，因阅至《论守令》篇""四月初二日……上阅古文一卷，至《论慎刑》篇""六月十四日己时……上阅汉诏

---

① 《清实录》第4册，中华书局1985年版，第474、480页。

② 《张英全书》下册，第343—467页。

十六篇……未时……上阅古文九篇”“六月十五日申时……上阅古文十篇”①。张英还建议康熙帝读古文除了要观其“所记之事”，还要观“论断其事之是非”和“文字之古雅”：“康熙十七年十二月十三日，上召臣英至懋勤殿，上阅《通鉴纲目·前编·周纪》二十三条阅毕，上曰：‘《左》《史》中，如黄帝鼎湖乘龙及周穆王宴于瑶池之事，皆非正史所传，虽文章中尝采用之，不过资其华藻以新耳目，其实不足信也。’臣英对曰：‘诚如圣谕。臣愚窃以为读史有三：一则观其所纪之事，次则观古人论断其事之事（注：应为“是”）非，三则观其文字之古雅，其不必留意者稍略之，则纲举而目张矣。’”② 由此可知，张英在为康熙讲经论史之时融入了文学的内容。与其他讲官相比，张英更注重对康熙进行文学教育。

从经筵日讲的效果看，经筵每年只举两次，不如日讲之效。日讲对于康熙成为治世之明君所起的作用无疑是巨大的，康熙曾多次对张英等日讲之裨益进行了高度肯定。康熙十六年九月庚辰，“上御懋勤殿，谕讲官喇沙里、陈廷敬、张英曰：‘尔等每日进讲，启导朕心，甚有裨益。嗣后天气渐寒，特赐尔等貂皮各五十张，表里缎各二匹。’”③ 又如康熙十九年四月曾谕吏部：“朕万机之暇，留心经史，虽逊志时敏，夙夜孜孜，而研究阐发，良资讲幄之功。日讲起居注各官俱以学行优长简备顾问，讲解明晰，奉职勤劳，所纂讲义典确精详，深裨治理。侍读学士张英供奉内廷，日侍左右，恪恭匪懈，勤慎可嘉；高士奇、杜讷学问淹通，居职勤慎，供奉有年，应授为翰林官。尔部俱一并从优议叙具奏。”④ 又如康熙二十六年五月戊子，康熙“谕曰：‘朕政事之暇，惟好读书，始与熊赐履讲论经史，有疑必问，乐此不疲。继而张英、陈廷敬等以次进讲，大有裨益。’”⑤

从时间来看，张英从康熙十二年至二十一年（1673—1682）担任日讲官与南书房侍从期间，正是康熙 20 至 29 岁这段求知欲最为旺盛的时期，也是他思想形成的关键期。从康熙对张英的宠幸和评价，可以看出张英对他的影响是深远的，正如张廷玉所说：“惟圣祖仁皇帝在位六十一年，功

① 《张英全书》下册，第 358—393 页。

② 同上，第 389—390 页。

③ 《清实录》第四册，第 881 页。

④ 玄烨：《康熙御制文集》，景印《文渊阁四库全书》，台湾商务印书馆 1986 年版，第 1298 册，第 115 页。

⑤ 《清实录》第五册，第 397 页。

德比隆尧舜，实初政辑熙典学之功基之。先公在帝左右历三十载，启心沃心，既久且密，虽天下不见施为之迹，而辅仁导义，以裕万世无疆之休者，勋业为至钜也。”[①] 康熙与学问优长的张英交流古文学习心得，相互切磋，文学观念亦多受其影响。如《南书房记注》记载：“四月初一日……上阅古文一卷，因阅至《论守令》篇，上曰：‘廉吏之风，何近代之难也？’臣英奏曰：‘廉生于俭，人于居处服饰，事事侈靡，用之无节，则取之安能有道？虽欲廉而势有所不能……’”[②] 康熙二十四年（1685）御选《古文渊鉴》以“书契以后，作者代兴，简册充盈，体制不一，约而论之，靡不根柢于群圣、权舆于六籍……择其辞义精纯，可以鼓吹六经者”和“即间有瑰丽之篇，要皆归于古雅”为选文标准[③]，这与张英所说的“以六经为根源”和“观文字之古雅”是一致的；从《古文渊鉴》的评语中也可以看出他们在文学思想上存在惊人的相似之处。如以“裕”评文，张英认为“裕”不仅有宽足、从容之义，还表现为自然、流畅、圆浑的风貌，也是简而无尽、简而义深、简而有余的形态。这是张英顺应时代的要求与台阁之需要，在归纳桐城文学的基础上提出的文学批评范畴[④]。康熙在《古文渊鉴》中也使用了“裕”来评文：“叙述洁己之士，文亦简裕。”（评范晔《逸民传论》）[⑤] “意宽裕而言典切。”（评苏东坡《李承之知青州》）[⑥] 这与张英“裕”的内涵是一致的。康熙还使用了与“裕”相近的“春容”“赡”等词评文：“振宕中却寓春容之概，自是欧阳本色。”（评欧阳修《唐书艺文志传》）[⑦] “辨而裁，雅而赡，渊然经术之气，不徒以侃正见长。”（评刘向《条灾异封事》）[⑧] 这里的“春容”有从容之意，“赡”有宽足之意，这既符合“雅”的要求，也与张英对“裕”的倡导

---

① 张开枚等：《张氏宗谱》卷三十一《张英传》，民国二十二年铅印本。

② 《张英全书》下册，第 358 页。

③ 玄烨、徐乾学等：《御选古文渊鉴》，景印《文渊阁四库全书》，台湾商务印书馆 1986 年版，第 1417 册，第 2 页。

④ 章建文：《张英以“裕”论文的内涵与意义》，《古代文学理论研究》，第四十辑，2015 年第 1 期。

⑤ 玄烨、徐乾学等：《御选古文渊鉴》，第 1417 册，第 526 页。

⑥ 同上，第 1418 册，第 384 页。

⑦ 同上，第 1418 册，第 272 页。

⑧ 同上，第 1417 册，第 289 页。

一致。

总之，张英在康熙十二年至二十一年（1673—1682）担任日讲官与南书房侍从期间，不仅应讲筵等需要修正了自己的文学思想，而且通过康熙将自己的文学思想融入了国家意识形态。另一方面，张英得康熙信任而长期执掌文章礼乐之府，使得他自觉不自觉地将自己的文学思想（包括经其修正的桐城文学思想）渗透到行政决策及实施之中。这些都对桐城派文学的发展壮大起了重要的促进作用。

二　庶常之师：教习三科庶吉士

庶常馆是明清时期朝廷办的高级职前培训学校，有一整套选拔、授业、考核和授职等制度。中国第一历史档案馆顺治时期所定《庶吉士进学规条》（残本）载："一、圣贤之道具在六经。旧例诸士入官后，本经之外别治一经，必须熟读背诵。与同经者讲究，务求实有心得。俟一经既明，乃再治一经，期以三年，五经皆遍。外在古文、唐诗，悉听馆师掣签背诵；次则博观史传，考究古今得失，其他邪僻冗杂之书无益身心者，切勿入目……一、汉书诸士每月作课四篇，文二、诗二。满书诸士半之，愿全作者听。务令馆师当面看作，即日交卷，呈馆师批改……一、翰林院以文章为职，古文、诗赋俱当举前代大家。务须典雅醇正，勿为险怪纤巧。"①庶常馆有学制，有老师，有教学目的，有较具体的教学内容，有课业，有考试，而且散馆考试以成绩优劣授职，实际上是一个体制比较完备的朝廷办的学校，但与地方的官办书院与学校主要目的是科举应试不同，严格意义上说，庶常馆是高级职前培训学校。庶常馆的学生将来是清政府政策的执行者，他们所受的教育无疑对他们理解政策与执行政策产生深远的影响。所以庶常馆教师的选配、教学内容安排、课业与考试要求、授职情况无疑引起了我们的关注。

张英先后于康熙二十五年（1686）、三十年（1691）、三十三年

① 参见邸永君《清代翰林院制度》，社会科学文献出版社2007年版，第104—105页。

(1694）担任乙丑（1686）、辛未（1691）、甲戌（1694）三科庶吉士教习①。张英作为馆师，在教习过程中，将自己对国家政策的理解和自己的文学、文化思想（包括经其修正的桐城文学思想）融入到课程安排、讲义内容、课业批改、考试评级之中，是顺理成章的事。这从张英热衷于宣传桐城文学可以想见，如仇兆鳌《赤嵌集序》说："桐城孙使君湘南，以才能丞是郡……曩者馆师桐城张相国尝言其地人文之盛，称能诗者，每首屈指使君，余向往久之。"② 又如张英《南汀诗集序》说："予官京师，南汀寄诗一册。予寝处其间数阅月，出而与泽州陈说岩先生、新城王阮亭先生相商榷。说岩持归，细加评定，亦深以余言为然，共加激赏，因作诗寄南汀。阮亭亦称许不置。"③ 因此，这三科庶吉士不仅对张英的文学思想非常熟悉，同时通过张英或多或少地了解桐城文学的状态、具体内容与特点。再进一步说，因张英在讲筵过程中形成了较为系统的文学思想，此文学思想又与康熙文学思想相近，这三科庶吉士在出任学使、执掌文衡之时，自觉不自觉地借鉴张英的比较成熟的文学标准（包括桐城文学标准）来衡文也就再自然不过的了。如杨名时《典试陕西条约》说："一、所取。文无定格，因题取裁，要其大指不外乎本理以命意，本意以敷词（《易》所谓"言有物"，《论语》所谓"辞达而已矣"），出之有伦有序（《论语》所谓

① 康熙二十四年五月庚申，选进士张希良、宁世簪、沈辰垣、仇兆鳌、宋大业、徐元正、汪灏、谢陈常、宋衡、高曜、汪薇、陈迁鹤、李懋、俞长城、樊泽达、王之枢、吴垣、鲁瑗、李朝鼎、刘坤、梅之珩、张明先、刘涵、孙勷等35人为庶吉士。见《清实录》第五册，北京：中华书局，1985年，第270页。五月乙酉，命常书、徐乾学教习庶吉士（第273页）。一甲进士陆肯堂、陈元龙、黄梦麟与是科庶吉士一同受教。二十五年四月已亥，命张英教习庶吉士（第324页）。二十六年正月壬寅，命翰林院掌院学士李光地教习庶吉士（第382页）。三十年六月乙卯，进士杨中讷、张瑗、惠周惕、王奕清、潘从律、胡润、戴绂、江球、杨名时、王传、冉觐祖、王者臣、阎锡爵、阿金、姜承、李象元、张翔凤、喀尔喀、文志鲸、刘琰等33人改为庶吉士，并修撰戴有祺，编修吴昺、黄叔琳分别满汉书教习。六月辛未，钦命库勒纳、张英教习庶吉士。见《清实录》第五册，第680、681页。三十三年四月庚辰，进士王倓、汪灏、龚铎、熊苇、陈璋、张逸少、周道新、丛澍、杨颙、陈恂、岳度、陈允恭、傅森、张德桂、周起渭、吴隆元、海宝、觉罗满保、吴甫生、高其倬、朱轼、法海、殷元福等39人改为庶吉士。四月壬辰，以常书、张英教习庶吉士。见《清实录》第五册，第780、781页。一甲进士胡任舆、顾图河、顾悦履也与是科庶吉士一同受教。

② 南开大学古籍与文化研究所：《清文海》，国家图书馆出版社2010年版，第23册，第320页。

③ 《张英全书》上册，第315页。

“言中伦”，《易》所谓“言有序”），无蒙杂躁乱之病而已……得于心，应于手，全在闲静从容与圣贤之神理相浃洽，多士其务尽心焉。”① “有伦有序”不仅与张英《御制文集恭跋》中“条理畅达，得《礼》之序”是一致的②，也与桐城方苞所倡义法的内涵是一致的；“无蒙杂躁乱之病”“闲静从容”的要求又与张英所倡导的“裕”是一致的。因此，我认为，杨名时在衡文时所取的标准借鉴了桐城文学的评价标准。况且张英于康熙二十九年（1690）七月初一日至十月二十四日、康熙三十一年（1692）十月二十三日至康熙四十年（1701）十月两任礼部尚书，礼部有题派乡试考官的职权，吏部开列请旨简用学政要移咨礼部，那么，张英在礼部任内自然会选派与自己思想相近的考官，也会向吏部建议简用与自己思想相近的学政，他还于“各省学使者出都时，尤以鉴拔真才、表扬节孝、培士气、正文体为拳拳”（《敦复府君行述》）③。

张英所教庶吉士担任学政一览表（表一）

任命时间 / 地区	康熙三十六年	康熙四十年	康熙四十一年	康熙四十四年	康熙四十五年	康熙四十六年	康熙四十七年	康熙四十八年	康熙四十九年	康熙五十年	康熙五十一年	康熙五十二年	康熙五十三年	康熙五十四年	雍正元年
顺天			杨名时	梅之珩				戴绂	周起渭		陈璋			张逸少	
山西		汪灏						高其倬							
山东			顾悦履				黄叔琳				陈恂		王传		
河南			张瑗												

① 杨名时：《杨氏文集》，《清代诗文集汇编》，上海古籍出版社 2010 年版，第 207 册，第 684—685 页。

② 《张英全书》上册，第 338 页。

③ 《张英全书》下册，第 483 页。

续表

任命时间 / 地区	康熙三十六年	康熙四十年	康熙四十一年	康熙四十四年	康熙四十五年	康熙四十六年	康熙四十七年	康熙四十八年	康熙四十九年	康熙五十年	康熙五十一年	康熙五十二年	康熙五十三年	康熙五十四年	雍正元年
陕西								朱轼		潘从律					
四川				宋衡		王奕清									
江南								杨中讷			胡润				法海
江西			刘琰	杨颙											
湖广				顾图河	吴昺										
浙江	张希良		文志鲸					吴垣				汪漋			
福建	汪薇														
广东				樊泽达				张明先							
广西				阎锡爵							龚铎		从澍		
云南		王之枢										海宝			
贵州								孙勷							

注：1. 本表依据中华书局 1985 年版《清实录》编制。

2. 康熙五十六年汪漋浙江学政任满，为时任闽浙总督满保和浙江巡府朱轼题奏留任（三人均为张英门生），获准又任一届三年。

张英所教庶吉士担任乡试考官一览表（表二）

考区 \ 时间	康熙二十六年	康熙二十九年	康熙三十二年	康熙三十五年	康熙三十八年	康熙四十一年	康熙四十四年	康熙四十七年	康熙五十年	康熙五十一年	康熙五十二年	康熙五十三年	康熙五十六年	雍正元年	雍正二年
顺天				**张希良**		**徐元梦**			江球		**文志鲸**			朱轼	
山西			鲁瑗		**文志鲸**	岳度					陈允恭				
山东			李朝鼎		李象元	**满保**		徐元正						王传	
河南			高曜	杨中讷	**喀尔喀**	**傅森**				梅之珩			海宝		
陕西			汪灏		陈元龙 **海宝**	吴甫生		顾悦履				杨名时			
四川				张瑗		高其倬						王奕清	**满保**		
江南				**黄云眉**			王之枢					梅之珩		黄叔琳	吴隆元
江西	陆肯堂		宋大业			**陈允恭**			周道新	胡作梅		熊苇			
湖广									张德桂						
浙江		张希良			**满保**		周起渭		胡作梅	汪漋		吴垣			
福建			孙勷	王者臣	阿金										
广东			谢陈常	樊泽达		王倓 **张翔凤**									
广西			李懋	吴昺	姜承爀							文志鲸			

续表

考区＼时间	康熙二十六年	康熙二十九年	康熙三十二年	康熙三十五年	康熙三十八年	康熙四十一年	康熙四十四年	康熙四十七年	康熙五十年	康熙五十一年	康熙五十二年	康熙五十三年	康熙五十六年	雍正元年	雍正二年
云南				宋衡		阎锡爵 **黄云眉**									
贵州			宁世簪		王奕清										

注：1. 本表依据中华书局1985年版《清实录》编制。

2. 表中凡副考官其姓名字体均为黑体。

3. 康熙五十一年底与五十二年初任命的是恩科乡试考官。

4. 胡作梅虽是壬戌科庶吉士，但甲子十二月散馆时未授职，《清实录》未说明原因，而是与乙丑科一同散馆考试后授职，应为张英的门生。

1. “学政之职，在于督察师儒，考校庠序，而康、雍时有兼观风整俗使者”①。首先，学政有保荐与考核学校教官之责。《钦定礼部则例》卷五十六《教官事例》规定：“甄别保荐教职由督、抚会同学政先行酌商联衔具题。”书院师长也由学政参与延请，义学、社学的教职也要报学政查核：“书院师长由督、抚、学臣以礼相延。”（《钦定礼部则例》卷八十二《书院》）“一、顺天暨各省府州县俱设义学，顺天由府尹慎选文行兼优之士延为馆师……每年仍将师生姓名册报学政以凭查核。一、直省府州县，大乡巨堡各置社学一区，择生员中学优行端者充补社师，免其差役，由地方官随地量给廪饩，仍报学政查核。”（《钦定礼部则例》卷八十二《义学社学》）② 又据《钦定学政全书》卷二十三《考核教官》之规定：“康熙三十九年议准：学臣有考试教官之例，责令学臣实力奉行。”③ 其次，学政不仅要主持录取童生入学的院试，还要主持岁、科两考。据《沈归愚自订年

---

① 商衍鎏：《清代科举考试述录及有关著作》，第7页。

② 萨迎阿等：《钦定礼部则例》，嘉庆二十五年刊本。

③ 素尔讷等：《钦定学政全书》，《续修四库全书》，上海古籍出版社2002年版，史部，第828册，第644—645页。

谱》记载：雍正八年“桐城张公药斋，讳廷璐，于五月按苏，月课、岁试予名俱第一，进见时蒙许文行并高”①。雍正十一年“四月，学使张公月课。八月，岁试，予名俱第一。评月课卷云：‘虬枝铁干，苍翠摩空，盘盘元气生云烟，千年烟髓化灵珀。此物此志也。’评岁试卷：‘古搓架险，体质苍坚，不屑与落蕊漂萍争妍斗媚。’”② 学政不仅主持岁、科等考试，还亲自参与评卷。由此，从教职的录用与考核到童生的入学考试、乡试资格考试等均要学政主持或报学政查核，可见，学政掌管地方士子科举应试之路，担负地方文坛振兴与整肃之任，是地方文坛兴衰的主要责任人。

据表一所列，全国十五个考区都有张英的门生担任过学政，而且会试中式率高的主要考区顺天、浙江、江南至少有三任学政是张英的门生。而这些会试中式者首先要经学政的层层选拔，这必然会使他们调整自己已有的文学思想，以迎合学政的衡文标准。所以，在某种程度上可以说，张英通过他的门生将自己的文学主张扩展到了全国，传播到了基层。同时学政又延请与自己文学思想相近的饱学之士任书院掌教，如雍正二、三年张英门生、江南学政法海就延请同门乙丑科庶吉士宋衡（江南庐江人）为钟山书院掌教③。这无疑为桐城派文人活跃于书院提供了良好的政策环境与人际环境，推动了桐城派的发展壮大。

2. 据表二，当时乡试考区都有张英的门生担任过考官，覆盖面较广，而且占考官总人数的比率也较高，特别是康熙中期这一比率非常高。这些考官作为清政府政策的执行者，对于科举政策的理解，不仅源于皇帝的训饬，也源于庶常馆的学习，因此会或多或少地受到馆师张英的影响。从这个意义上说，他们熟悉、认同桐城文学思想并在衡文时作为参考，甚或表现出偏好，也就再自然不过了。由此，张英文学思想的影响无疑会不断扩大。值得注意的是，康熙三十二年张英门生担任乡试考官的考区中式举人，经过康熙三十三年会试和殿试的选拔，就有一部分人又考中了进士，并有数人被选为庶吉士。如黄叔琳分校是科礼闱所得陈豫朋、法海、海

---

① 北京图书馆出版社古籍影印编辑室：《乾嘉名儒年谱》，北京图书馆出版社 2006 年版，第一册，第 298—299 页。

② 同上，第 303 页。

③ 汤椿年：《钟山书院志》，赵所生、薛正兴《中国历代书院志》，江苏教育出版社 1995 年版，第七册，第 536—542 页。

宝[1]，后又被选为庶吉士，由他们乡试、会试时考官的馆师张英来教习。康熙三十五年乡试中张英门生担任乡试考官的八省中式举人，在康熙三十六年又由他们乡试考官的馆师张英任会试正考官对他们进行选拔，有相当一部分人考中进士，其中又有数人选为庶吉士。

3. 张英所教的三科庶常中，有朱轼、陈元龙、徐元正、高其倬、满保、杨名时等高官大僚，有仇兆鳌、冉觐祖、沈辰垣、梅之珩等学者，也不乏以文名世之人，如惠周惕、俞长城、孙勷等。然而引起我们注意的是，惠周惕、俞长城、孙勷三人与桐城派思想和风格非常接近。如：

张舜徽评惠周惕时说：

> 读所为论文十则，知其为文取径唐、宋，效法韩、欧，得诸汪琬之指为最深。然周惕博闻强记，于群经皆难成诵，故根柢深厚，取之左右逢原。[2]

方苞编《钦定四书文》收俞长城文两篇，评其《以善养人二句》曰：

> 一养字中具有天德，王道须此。恺恻沉挚，正大光明，乃见王者气象。[3]

李慈铭评俞长城古文时说：

> 阅俞长城宁世《可议堂古文》。宁世以制义名，古文殊未窥堂奥，然如《读说命》……《王祥非孝子论》诸篇，议论尽有佳者。文笔务以简峭取致，乃其制义长技，然亦痛快可喜，较之芜冗者固胜矣。[4]

桐城方正玭评孙勷文章时说：

---

① 北京图书馆出版社古籍影印编辑室：《乾嘉名儒年谱》第一册，第 148 页。

② 张舜徽：《清人文集别录》，中华书局 1963 年版，第 121 页。

③ 方苞：《钦定四书文》，景印《文渊阁四库全书》，台湾商务印书馆 1986 年版，第 1451 册，第 902—903 页。

④ 李慈铭：《越缦堂读书记》，上海书店 2000 年版，第 1154 页。

莪山先生于文章波流泛滥之时，慨然以起衰式靡为己任，若昌黎之于唐，庐陵之于宋，而其传之于世，无不奉一莪山先生之文也者。（《鹤侣斋诗序》）①

宋弼评孙勷文章时也说：

（孙勷）序、记、碑、铭尤简古，尝为方侍郎苞序。所著书，侍郎语弼曰："孙先生文深得曾、王遗轨，君辈好收拾，勿令散逸也。"（《朝议大夫通政使司右参议莪山孙公遗事》）②

而孙勷不但于康熙三十二年（1693）任福建乡试正考官，还于康熙四十八年（1709）任贵州学政。这为传播他的文学思想提供了良好的行政平台，他的文章自然也就成了士子学习与模仿的一种范文了。

三　儿孙之师：两代十人入翰林院

张英有四个儿子进入翰林院，为一时之盛事。为了方便论述，下文对他们逐一作简单的介绍。

长子张廷瓒（1655—1702），字卣臣，号随斋。康熙十七年中举，十八年中进士，改庶吉士。二十年授翰林院检讨。二十四年分校礼闱。三十四年以翰林院侍读学士充日讲起注居官。三十八年以翰林院侍讲学士为山东乡试正考官。三十九年迁詹事府少詹事。现有《传恭堂诗集》存世。

次子张廷玉（1672—1755），字衡臣，号砚斋。康熙三十五年中举，三十九年中进士，改庶吉士。四十二年授翰林院检讨。四十五年二月奉旨为会试同考官。五十一年二月奉特旨为会试同考官。五十四年二月奉特旨为会试同考官。六十年四月奉命充殿试读卷官。六十一年授礼部尚书。雍

① 孙勷：《鹤侣斋文稿》，《四库全书存目丛书》，齐鲁书社1997年版，集部第254册，第458页。

② 同上，第479页。

正元年四月为顺天乡试副考官；九月奉旨为会试正考官，又奉旨转户部尚书；十月奉旨为殿试读卷官。二年八月奉旨为会试正考官；十月奉旨为殿试读卷官。四年授文渊阁大学士，仍兼理户部尚书事务。五年四月，奉旨为殿试读卷官；十月，奉旨为文华殿大学士。六年三月奉旨为保和殿大学士，九月奉旨兼管吏部尚书事。八年四月奉旨充殿试读卷官。十三年八月二十三日，奉遗命，庄亲王、果亲王、鄂尔泰与张廷玉辅政，配享太庙。乾隆元年二月，榜后奉命与方苞会同四主考检阅落卷；七月，奉命阅看博学鸿词卷。二年三月奉旨为会试正考官；六月内阁奏请考试各省荐举续到之博学鸿词二十四人，奉旨与孙嘉淦阅卷。七年四月奉旨充殿试读卷官。现有《澄怀园文存》《载赓集》《澄怀园诗选》等诗文集存世。

三子张廷璐（1675—1745），字宝臣，号药斋。康熙五十二年中举，五十七年殿试一甲第二名，授翰林院编修。雍正元年正月，为福建乡试正考官；九月，奉旨为会试同考官，提督河南学政。五年三月，充会试同考官；四月，充殿试读卷官。七年十月，提督江苏学政。十年六月，为浙江乡试正考官。十一年六月，升为礼部右侍郎，仍留江苏学政任。乾隆六年六月，为江西乡试正考官。现有《咏花轩诗集》存世。

五子张廷瑑（1681—1764），字桓臣，号思斋。康熙五十二年中举，雍正元年中进士，蒙恩拔擢翰林院庶吉士。三年四月，授翰林院编修。四年，充顺天乡试同考官。八年二月，钦点会试同考官。十三年十月，补授工部右侍郎。乾隆元年二月，钦点会试副考官。五年十一月，奉命提督江苏学政。九年五月转补内阁学士，六月奉命主试江西。现有《张思斋示孙编》存世。

张英一门中入翰林院者还有他的侄子与孙子辈六人：张廷珩、张若涵、张若霭、张若潭、张若需、张若澄。一门之内，两代之中，有10人由进士而入翰林院，除了张英、张廷玉父子在朝廷几十年的苦心经营，有良好的人际环境等因素外，良好的家教也是一个非常重要的原因。张英非常重视家教，除了以家书和诗文来教育自己的儿孙，他还专门撰写了两部系统的家训：《聪训斋语》和《恒产琐言》。这两部家训融入了他几十年为人为官之经验。特别是七年三科庶吉士的教习，失职的责罚[①]，使他对如何教和教什么等问题有着更深入和全面的思考，逐渐形成了和谐发展与持续发展的教育思想。时人反复将张氏一门的辉煌与其家学联系起来，黄㘰祝贺张廷瓒中举时就说："家学渊源，文章山斗，于今望重枞阳。江东珂里，千古擅词场。深羡子房遇主，更阶前、丹桂蜚香，想当日，梦中鸑鷟，弱冠已呈祥。"（《满庭芳·贺张卣臣秋捷》）[②] 徐以升在祝张廷玉六十大寿时也说："中朝馆局归宗匠，天下文章在掌纶。家学相仍传秘省，音华先后焕麒麟。"（《寄祝座主桐城公六十寿》）[③] 康熙五十七年四月殿试，张廷璐被拔置一甲第二名，张廷玉谢恩时，康熙谕曰："汝兄弟皆能如此，不愧家风矣。"[④] 甚至张廷玉的门生汪由敦也以《聪训斋语》教育自己的儿子："承霈、承澍两儿当南归就学，思有以训之。因检桐城张文端公《聪训斋语》，摘其切要者节录如右，晨夕展诵，足当耳提。如以法书视之，非予意矣。"（《跋手录〈聪训斋语〉》）[⑤] 由此也可想见其家训对桐城士子之影响。

张英一门科举的鼎盛及张英四个儿子的任职情况，主要在以下三个方面产生了广泛而深远的影响：

1. 张英一门以其科举之实绩，成了科举入仕的经典样榜，推动了桐城自明末以来又一次科举的兴盛，更重要的是在朝廷、在全国也产生了重要的影响。乾隆六年（1741）左都御史刘统勋劾张、姚二姓疏就从侧面反映了这一影响："大学士张廷玉历事三朝，遭逢极盛，然而晚节当慎，责备恒多。窃闻舆论，动云'张姚二姓，占却半部缙绅'。查张氏登仕版者，

---

① 康熙三十三年三月甲寅，康熙"谕大学士等：'……今考试庶吉士，观其所学甚劣，较曩时庶吉士迥然不及。此皆傅继祖等教习怠弛，不专心致志所致也，傅继祖等交吏部严察具奏。'寻议复，傅继祖、张英教习不严，均应革职。得旨，傅继祖降三级调用，张英降三级留用"。见《清实录》第五册，第776页。

② 南京大学中国语言文学系《全清词》编纂研究室：《全清词》，中华书局2002年版，第7452页。

③ 徐以升：《南陔堂诗集》，《四库全书存目丛书》，齐鲁书社1997年版，集部第273册，第629页。

④ 《张廷玉年谱》，第14页。

⑤ 汪由敦：《松泉集》，景印《文渊阁四库全书》，台湾商务印书馆1986年版，第1328册，第880页。

有张廷璐等十九人。”[①] 这些人进入朝廷，逐渐改变了台阁文学生态，桐城文学思想也随之融入了当时台阁文学的主流。同时这一现象不仅说明桐城文化与政府的文化政策的高度融合，也从一个侧面反映了张英在康熙朝担任帝王与庶常之师时，对于传播桐城文化所做的努力，为后来桐城文士由科举入仕而进入朝廷奠定了良好的基础。

2. 张氏兄弟多掌衡文选才之任，而且深得皇帝的信任。张廷玉雍正元年、二年与张英门生朱轼同为会试主考，衡文之标准应有较高的一致性。而且张廷玉十六次衡文，选拔了上百的优秀人才，任职于朝廷各个部门，无形中形成了以张廷玉为首的一股政治势力，这样，张廷玉的思想包括文学思想就很容易得到贯彻落实。而张廷玉兄弟也多被派任学政与乡试考官。乾隆五年十一月，乾隆欲仍留用已三任江苏学政的张廷璐，张廷玉以廷璐当时患病辞。“上曰：‘张廷瑑可用也。’玉再辞。上曰：‘廷瑑为人谨饬，兼能阅文，必称任使。’”[②] 张廷璐兄弟四任江苏学政，几任东南乡试考官，“虔布圣人敦本训，定教醇谨变吴风”（《送六弟视学江苏》）[③]，对江苏文化乃至东南地区文化建设做出重大贡献。桐城方以智之孙陈正璆《张药斋宗伯典试过桐还朝》对张廷璐进行全面而中肯的评价：“东南文命际昌期，多士冰衡赖总持。三典棘闱名座主（浙江、福建、江西），十年纱帐大宗师（三命督学江苏）。蛟龙但觉风云会，桃李都忘雨露滋。容易仰酬天眷切，臣心如水鬓如丝。”[④] 张氏兄弟拥有良好的政治资源，更容易贯彻落实自己的思想，取得理想的成绩。然而引起我注意的是，张氏兄弟衡文之标准也源自家训或桐城文学思想，如张廷瓒“己卯秋典山东乡试，余诫之曰：‘词臣无多任事，所恃以报国家育人才者，惟在典试耳。汝其慎慎勉之。’……山左士人无论售与不售，皆极口赞服，至勒石以纪之。抡文亦典重醇雅，多积学英俊之士，此则海内士大夫共为许可者也。先是，乙丑分校礼闱，所取皆名士。此平生自信不少宽假，亦余之家训也”

---

① 李元度：《国朝先正事略》，岳麓书社 1991 年版，第 468 页。

② 《张廷玉年谱》，第 76 页。

③ 张廷玉：《澄怀园载赓集》，《清代诗文集汇编》，上海古籍出版社 2010 年版，第 229 册，第 123 页。

④ 陈正璆：《五峰集》，《四库禁毁书丛刊》，北京出版社 1997 年版，集部第 167 册，第 226 页。

(张英《廷瓒行略》)[①] 张廷玉、张廷瑑选录会试、乡试之文的标准“根极理要”，“归于雅驯”也与桐城派文学主张完全一致：“事既竣，例得选其文之雅者镂板以献……所取之文必以根极理要、体会神旨、沉浸经术者为宗，其余推陈出新，不拘一格，咸归大雅，而肤庸险僻皆所勿录。”(《丁巳恩科会试录序》)[②]“择其文尤雅驯者二十篇镂版以献……今观多士之文，说理精纯，敷陈剀切，皆自道其胸中实得，绝无浮曼之词，固知沐浴于教化者亦已久，而可信其言行之不相违。”(《乾隆甲子科江西乡试录序》)[③] 特别是乾隆三年，兵部侍郎舒赫德上书言八股取士“实不足得人”，奏请废八股，张廷玉代表礼部议复时曰：“时艺所论皆孔孟之余绪，精微之奥旨，未有深明书理而得称为佳文者。今徒见世之腐烂抄袭以为无用，不知明之大家，如王鏊、唐顺之、归有光、胡友信等以及国初诸名人，皆寝食梦寐于经书之中，冥搜幽讨，殚知毕精，殆于圣贤之义理，心领神会，融液贯通，然后参之经史子集以发其光华，范之规矩准绳以密其法律，而后乃称为文。”(《议复制科取士疏》)[④] 张廷玉不仅对明代唐宋派给予了充分的肯定，也使桐城文学思想植入国家的上层建筑与意识形态中，随着科举政策的继续推行而得以巩固与发展。

3. 作为《明史》《皇清文颖》《圣祖实录》《三礼》等总裁官，张廷玉虽“平生不以文名，而国家政典所关，非公固莫与属。终明之史，纂修数十年矣，至公受命总裁，始有成书，颁之学宫……至其《文存》一编，上焉宣德纪恩，以匡赞庙谟，开太平无疆之业；下焉抒情述事，以扶翼贤杰，风师济盈庭之美。沨沨乎盛代之元音，斯文之正轨也”(李鸿章《澄怀园文存序》)[⑤]。其奉敕编纂的《皇清文颖》对科举和文坛的影响是深远的，京师大学堂还将其列为阅读书目之一。据《清实录》，雍正十三年(1735)正月甲午，命鄂尔泰、张廷玉、徐本为文颖馆总裁官，魏廷珍、张照、邵基、杨超曾、方苞、励宗万为副总裁官，在陈廷敬《皇清文颖》

---

① 《张英全书》上册，第 444 页。

② 张廷玉：《澄怀园文存》，《清代诗文集汇编》，上海古籍出版社 2010 年版，第 229 册，第 417 页。

③ 张廷瑑：《张思斋示孙编》，《四库未收书辑刊》，北京出版社 2000 年版，第 9 辑第 21 册，第 740 页。

④ 《澄怀园文存》，第 356—357 页。

⑤ 《澄怀园文存》，第 271 页。

稿的基础上遴选与增补[1]。乾隆六年三月丙寅，命梁诗正、汪由敦任充《皇清文颖》馆副总裁[2]。乾隆十二年编成，张廷玉、汪由敦和梁诗正衔名总裁官，收大臣文五十卷452篇，其中选录张英父子及其门生以及与桐城派有关的作家之文至少有90篇，占全部文章的19.9%[3]，可以看作桐城之文的一次集中展现。可见，此时张廷玉已成为张英之后在朝廷传播桐城文学的主力。他比张英有更多的行政资源，因而他为桐城文学的发展创造了更为有利的条件，极大地推动了桐城文学的新发展。

余　论

张英不仅担任康熙皇帝的日讲官，也曾教太子、皇子读书。康熙六十一年（1722）十一月戊戌，雍正“赠故大学士谥文端张英为太子太傅……以从前内廷行走年久，端谨恪勤，亦曾教诸皇子读书”[4]。雍正即位伊始，即赠张英太子太傅，尊崇之意不言而喻。特别是听说张廷玉为张英之子，倍感喜慰：康熙六十一年十一月，雍正谕张廷玉曰：“朕在藩邸时，不欲与廷臣相接，是以未识汝面。曩者奉皇考命，会同大学士办理公事。汝以学士趋跄其间，朕见汝气度端凝，应对明晰，心甚器重之。询之旁人，知为吾张师傅之子。朕心喜曰：‘吾师有子矣！’后闻汝官刑部、吏部皆有令名，更为喜慰。今见汝居心忠赤，办事敬诚，益知为天祖所笃生，皇考所教养，成兹伟器，以辅翊朕躬者也，汝其勉之。”[5] 由此可见，张英对雍正

① 《清实录》，第八册，第868页。

② 同上，第十册，第984页。

③ 《皇清文颖》收录张英文23篇、张廷瓒文4篇、张廷玉文10篇、张廷璐文4篇、张廷瑑文1篇，共42篇。在张英门生中收朱轼5篇、陈元龙3篇、徐元正2篇、陈迁鹤2篇、陆肯堂1篇、宋大业1篇、杨名时1篇、王之枢1篇、黄叔琳1篇、刘涵1篇、汪颢1篇、鲁瑗1篇，共20篇。在张廷玉门生中选录汪由敦8篇、于振4篇、沈廷芳2篇，张廷璐门生刘纶4篇。此外，被刘声木《桐城文学渊源考》列入桐城派先驱的汪琬也选了10篇。合计90篇。

④ 《清实录》，第七册，第36页。

⑤ 《张廷玉年谱》，第19页。

产生了很大的影响，这为张廷玉的仕途发展提供了有利的条件。

此外，张英于康熙三十六年（1697）奉命为会试正考官，是丁丑科150名进士的座主，与这150名进士有师生之谊。

通过相关史料的梳理可知，张英通过自己的教育活动传播了桐城文学思想，并借自己的身份与地位扩大了传播的范围，使桐城文学思想在翰林院、朝廷播种、生根、开花、结果，并扩展到全国。也许正是衡文者的衡文导向和上行下效等因素直接推动了桐城派的发展与壮大，才有后来姚鼐借程吏部、周编修之口所说的“天下文章，其出于桐城乎”之盛况。从这些来看，张英对桐城派的发展是功不可没的。当然，本文的分析不仅是要论述张英对桐城派的贡献，也希望借此探寻张英所形成的师承体系，以推动学界对桐城派的进一步研究。

古典文化的传承研究

白居易研究回顾与前瞻

中国社会科学院文学研究所　陈才智

“野火烧不尽，春风吹又生。”写下这伟大诗句的，是一位妇孺皆知、有世界影响的伟大诗人。他不仅在当时文坛的地位很高——“唐诗人生素享名之盛，无如白香山”①，对后代影响也很大；不仅对中国文学有突出贡献，在世界文坛上也享有很高声誉。他的诗风平易流畅，开创了影响深远的诗歌流派，即学界相沿而称的“元白诗派”。拙著《元白诗派研究》曾从流派角度探讨白居易文学集团及其诗歌创作，在回答“元白诗派”何以可称为诗派的基础上，探讨元白诗派的组成人员、形成过程、文学特征和发展状况。本文则旨在回顾20世纪以来白居易研究的历史，并在此基础之上前瞻未来的发展②。

---

① 胡震亨：《唐音癸签》卷二十五，周本淳校点本，上海古籍出版社1981年版，第270页。

② 总结百年来的白居易研究，前已有谢佩芬《近四十年来台湾地区白居易研究概况》，《中国唐代学会会刊》第3期（1992年10月），罗联添校阅，被译为日文，收入《白居易研究讲座》第五卷（勉诚社，1994年9月）；蹇长春《八十年来中国白居易研究述略》，《西北师范大学学报》1993年第3期；谢思炜、郭勉愈《近年来中国白居易研究概况》，日本《白居易研究年报》创刊号（2000年），第127—141页；尚永亮《白居易百年研究述论》（《中州学刊》2006年第3期，又收入《白居易诗歌国际研讨会论文选》（河南文艺出版社2009年版）；《中唐元和诗歌传播接受史的文化学考察》，武汉大学出版社2010年版）；王永波《当代元稹白居易研究著作叙录》，《唐代文学研究年鉴2005》，广西师范大学出版社2005年版。其中《50年白居易研究著作述评》，又载《周口师范学院学报》2005年第3期。本文重点就以上未备之处加以论述。

一

20世纪初叶，最早发表在期刊上与白居易有关者，多是一些仿用白居易诗体诗韵的诗歌，如署名曲水山房的《拟白乐天新乐府》[①]，署名一旅的《拟白乐天乐府囚归狱（美虞令之德政也）》[②]，杨梦梅拟香山《新乐府》的《紫毫笔（诫失职也）》和《涧底松（哀寒隽也）》[③]，康毓英的《菊花（仿白居易六言律体）》[④]，也有像署名天虚我生的《戏拟检察厅公诉白居易文》[⑤]这样的滑稽文。还有像江纫兰《斥白居易立言之谬》[⑥]这样驳斥《长恨歌》"不重生男重生女"者，虽可称妇女解放之先驱，然只是政论性札记，并非真正的研究论文；唯一可以称道的是，因为发表在《妇女时报》上，它开启了现代白居易研究在题材上的一个别致的类别，即白居易的妇女文学和妇女观问题研究，引发了此后胡寄尘的札记《白居易之妇女观》[⑦]、张友鹤《白香山诗中的妇女问题》[⑧]、徐景贤《白乐天的妇女文

---

① 曲水山房：《文苑：拟白乐天新乐府》，《之罘报》第6期，1905年，第41—44页。

② 一旅：《拟白乐天乐府囚归狱（美虞令之德政也）》，《振华五日大事记》第4期，1907年，第58—59页。

③ 杨梦梅：《近世诗丛：拟白香山新乐府：紫毫笔（诫失职也）》，《近世诗丛：拟白香山新乐府：涧底松（哀寒隽也）》，《庄谐杂志：附刊》第2卷第1—10期，1909年。

④ 康毓英：《词林：菊花（仿白居易六言律体）》，《通问报：耶稣教家庭新闻》第531期，1912年。

⑤ 天虚我生：《戏拟检察厅公诉白居易文》，《游戏杂志》第3期，1914年，第16—17页。

⑥ 江纫兰：《斥白居易立言之谬》，《妇女时报》第8期，1912年，第16—17页。

⑦ 胡寄尘：《披沙录：白居易之妇女观》，《俭德储蓄会会刊》第4卷第3期，1923年，第80—81页。

⑧ 张友鹤：《白香山诗中的妇女问题》，《妇女杂志（上海）》第13卷第8期，1927年，第5—7页。

学：从白乐天谈到唐代妇女问题》[1]、杨荣国《与妇女共鸣的白居易》[2]、李蕴华《白乐天的妇女文学》[3]、彭兆良《白乐天诗中反映的妇女思想》[4]、秦桂祥《白香山诗中关于非战思想及妇女问题之探讨》[5]、星子《白乐天的妇女思想》[6]、齐公远《白居易的妇女观》[7]、曼云《白居易与妇女问题》[8]、芝熏《白居易诗中妇女问题的研究》[9] 等文章。值得一提的是，1917年2月1日，陈独秀在《新青年》第2卷第6号发表《文学革命论》，将"革命"引进文学，否定桐城谬种、选学妖孽，对中国文学史重要流派、作家进行评判，其中提到元白，称元白应运而出，是南北朝贵族古典文学向宋元国民通俗文学过渡的中枢。这，可以视为后来胡适《白话文学史》对白居易"高大上"定位的先声。

关于白居易的真正现代意义上的研究性论文，以期刊而论，开风气之先的第一篇，是1921年署名"四郎"所发表的《白居易底"新乐府"》[10]。尽管发表在偏于文艺性质的报刊《晨星》上[11]，但已经明确置于"研究"一栏，以别于"叙述""诗歌""杂感"等其他栏目，应该说已经颇具现代论文的样貌。此前，梁启超1920年撰有《晚清两大家诗钞题辞》[12]，认为白香山是"专描写社会实状"一派的代表，但并非专论白居易之文。四郎当即潘漠华（1902—1934），宣平（今浙江武义）人，诗人，

---

① 徐景贤：《白乐天的妇女文学：从白乐天谈到唐代妇女问题》，《妇女杂志》第16卷第3期，1930年3月，第39—55页。

② 杨荣国：《与妇女共鸣的白居易》，《青春周刊》第3卷—第3期，1934年，第5—7页。

③ 李蕴华：《白乐天的妇女文学》，《青年文化》第1卷第5—6期合刊，1935年4月。

④ 彭兆良：《白乐天诗中反映的妇女思想》，《玲珑》第5卷第35期，1935年。

⑤ 秦桂祥：《白香山诗中关于非战思想及妇女问题之探讨》，《国专月刊》（无锡国专）第1卷第5期，1935年7月。

⑥ 星子：《白乐天的妇女思想》，《黄钟》第9卷第6期，1936年，第31—32页。

⑦ 齐公远《白居易的妇女观》，《甘肃妇女》1943年第2期。

⑧ 曼云：《白居易与妇女问题》，《妇女世界》第50期，1944年，第11页。

⑨ 芝熏：《白居易诗中妇女问题的研究》，《妇女世界》第56期，1945年，第29—30页。

⑩ 四郎：《白居易底"新乐府"》，《晨星》创刊号，1921年11月25日，第3—4版。

⑪ 《晨星》由宣平旅杭学会编辑，通讯处：浙一师校潘详。潘详是四郎（潘漠华，学名潘训）的二哥。

⑫ 《饮冰室文集》卷四十三，上海中华书局1936年。

曾任中共天津市委宣传部长，后被捕牺牲。著有《漠华的诗》等[①]。该文篇幅不长，首先点出白居易是中国屈指可数的真正的几位诗人之一，然后评述《新乐府》，重点分析《新丰折臂翁》《缚戎人》《卖炭翁》《红线毯》《上阳白发人》《李夫人》《井底引银瓶》这几首诗。结尾总结说，白居易用热烈的仁爱之心，对于人间所现出的罪恶（这些罪恶使人们受了痛苦），很微细地攒入他们每一个的细胞里，用普通的辞句——既没有什么神秘的气味，也没有什么虚伪的态度——恳挚地写出他们的悲哀来。这是很恰切的评论。

两年后，1923 年 1 月 1 日至 23 日，甘蛰仙撰写了《白香山的文艺》[②]，于 1923 年 2 月 12 日至 3 月 23 日，连载于《晨报副刊》，分 31 次，平均每次至少一个版面，全部大约 15 万字，不仅篇幅大大增加，俨然一部专著的规制，学术性也更强了。甘蛰仙（1892 年前—?）[③]，又名甘大文（一说字

---

① 据周家珍编著《20 世纪中华人物名字号辞典》（法律出版社 2000 年版），潘漠华原名潘恺尧，学名潘训，化名潘模和，别名潘言川，笔名四郎、漠华、田言、老潘、尧、华天、企、企明、许华天、何炳奇、言川、言训、若迦（与别人合集署名）、季、季训、季民、季明、炳奇、洵、悔也、模和、潘四、潘洵等。据浙江省人物志编纂委员会编、魏桥主编《浙江省人物志》（浙江人民出版社 2005 年版，第 804—805 页），其小学毕业考入县师范讲习所，在小学任教后复入浙江省立第一师范，与柔石、魏金枝、冯雪峰等参加朱自清、叶圣陶指导的青年文学团体晨光社。后又与冯雪峰、应修人、汪静之结成湖畔诗社，先后出版《湖畔》《春的歌集》，两书收入其新诗 68 首。又创作农村题材短篇小说，有 9 篇收入《雨点集》。1924 年考入北京大学文科，1926 年在校加入中国共产党。同年南下参加北伐军。1927 年 7 月，离开军队至杭州，在中共浙江省委工作。9 月被捕，得老师许宝驹营救出狱，回宣平。次年赴上海。后赴开封、沧州、北平等地以教书为掩护，从事党的秘密工作。1930 年至上海参加中国左翼作家联盟成立大会，并代表中国自由大同盟致词。1932 年冬，任中共天津市委宣传部长。1933 年 12 月被捕，屡受酷刑而不屈，三次发动绝食斗争。1934 年 12 月 24 日被折磨逝于狱中。1958 年，人民文学出版社出版《应修人潘漠华选集》。

② 见《晨报副刊 · 第 4 册 · 1923 年 1—6 月》（人民出版社 1981 年影印本，新华书店内部发行，全 15 册）。

③ 朱羲胄《林氏弟子表》云：“（甘蛰仙）少先生四十余岁。”（《民国丛书》第 94 册，上海书店，1989 年 6 月）先生指林纾（1852—1924），甘蛰仙当生于 1892 年之前。参见刘中文《甘蛰仙及其对陶学的贡献》，《九江学院学报》2014 年 2 期；《20 世纪早期陶学名著——〈中国之托尔斯泰〉评议》，《中国韵文学刊》2014 年第 2 期。

蛰仙），大竹人（今属四川达州）[①]。其《白香山的文艺》共计四章，第一章“白香山在文艺史上的位置”，作者认为，白居易在他那个时代，是代表时代的文艺作家，白居易文艺的表现形式有两个特点，一是诗体的活用，二是诗句语料的通俗。第二章“对于白氏文艺见解的批评”，一方面绍述白香山诗文中有关文艺上的见解，另一方面对这些见解予以批评。第三章“对于白氏文艺作品的考证”，首先从纵的角度，考察白香山的人生经历；然后从横的角度，即对他与元稹等同代诗友的交往唱和加以评述。同时结合政治、社会、家庭、地理等外缘因素，探讨形成白香山文艺作品风格的原因。第四章“对于白氏文艺作品的赏会”，分为九个小节，前八节是具体的析观，分别析观白香山描写社会、自然等各类诗歌作品，最后一节“人生观念的根本回照”为综观，其中总结说，从艺术独立派和耽美派文学的角度看，白香山的文艺价值被评价得稍低，但在人生派文学中，白香山确为有唐之绝代英物。以上这些评论，可以与后来胡适的《元稹白居易的文学主张》相互参看，很有可能收到其老师胡适的影响。该文在发表的第二年，1924 年，即与梁启超《情圣杜甫》并列，成为中学语文诗歌评论教学的参考讲义[②]。其影响可见一斑。

---

① 甘蛰仙是民国学界的奇才，著有《庄子研究历程考略》《鲍明远的纯文艺》《人生观与知识论》《文学与人生》《最近四年中国思想界之倾向与今后革新之机运》等文。林纾《答甘大文书》充分肯定其古文造诣。据周作人《知堂回想录》，甘蛰仙本来在中国大学读书，因听了胡适的讲演，乃转到北大哲学系，成为胡适的嫡系弟子。章衣萍谈到整理国故，曾经将甘蛰仙与梁启超、胡适并提。（见章衣萍《春愁》，收入陈引驰编《灵魂的伤痕》，北方联合出版传媒股份有限公司 2009 年版，第 16 页）1922 年至 1924 年期间，他同梁启超、胡适、李大钊等，以《晨报副刊》为主要平台，发表数十篇学术论文。代表作有《江文通的文艺》《周秦女子文学思潮》《章实斋的文学概论》《郑渔仲之史学》《董仲舒之名学》《戴东原之名学史观》《宋明哲学家的人格活动》《冯少墟之哲学》《唯美的人格主义》《康德在唯心论史上之地位》等。其学术研究视阈宽阔，融汇中西、贯通古今。《晨报副刊》1922 年 8 月 1 日至 11 日（8 日未刊）就曾连续刊载甘蛰仙的《中国之托尔斯泰》，共十二章，约 33000 字，从哲学、美学、诗学、宗教、史学、政治学、文化学、社会学等各个角度对陶渊明和托尔斯泰予以比较研究，篇幅宏大，堪称巨制，是现代陶渊明研究史上的重要论著，因连载时间较长，“读者看了都又头痛又佩服”（周作人《知堂回想录》）。参见中国革命博物馆整理，荣孟源审校《近代历史资料专刊·吴虞日记》上册，四川人民出版社 1984 年版，第 637 页；李继华《新版〈李大钊全集〉疏证》，社会科学文献出版社 2011 年版，第 386—387 页。

② 见廖世承等编：《施行新学制后之东大附中》，中华书局 1924 年版，第 106 页。

1926年1月，畲贤勋发表在《金陵光》杂志第15卷第1期的《白香山诗研究》，也是值得推介的论文。文中指出，香山诗可谓今日白话诗之鼻祖，盖其诗在各家中最称浅易，且其取材与社会现实，故益觉动人。此后，诏年《诗人白居易的两个特征》论述白居易诗的两个特征，一是纯自然的描写，二是社会问题的取材。陶愚川《诗人白居易析论》分析并评论白居易的性格和思想，云："白居易不是一个普通的诗人，他有伟大的抱负和热烈的心肠。他做诗的目的是很纯正的，他要在诗中充分的暴露出当时政治的黑暗和人民的苦痛。"文章还指出："惟有人们所不爱的讽谕诗，却正是他的'诗的灵魂'。"作者希望有人出来像白居易一样对20世纪二三十年代诗坛上的那些"吟风月"之诗进行总攻击。近代《琵琶行》研究的第一篇专文，是1931年戴仁文在《澄衷半年刊》发表的《读白居易〈琵琶行〉》，从"苍茫万古的事实"和"作者如神的文笔"两个方面谈论读白居易《琵琶行》的感想和心得，对《琵琶行》处理景、情、声的高超艺术大加赞叹。张正夫《读了白居易的〈新丰折臂翁〉〈杜陵叟〉以后》、吴绍泰《读白居易〈新丰折臂翁〉诗》、王槐林《读〈长恨歌〉后》等，也是读后感性质的文章，评论多于分析，今天看来影响都不是很大。

二

影响较大的白居易研究，应始于胡适。1927年，胡适在北京文化学社出版《国语文学史》，称"白居易是有意做白话诗的""是一个平民诗人"①。更为系统的论述是《元稹白居易的文学主张》，初刊载于《新月》

① 《国语文学史》原是胡适1921—1922年在教育部主办的第三、四届国语讲习所和南开大学讲课时所编的讲义，1927年由北京文化学社正式出版。此处引文见《胡适学术文集·中国文学史》上册，中华书局1998年版，第43页。此前，梁启超1920年撰有《晚清两大家诗钞题辞》，认为白香山与杜工部是中国旧诗"专描写社会实状"一派的代表（另一派是陶渊明、王摩诘、李太白、孟襄阳等，专玩味天然之美）。"白香山诗，不是说'老妪能解'吗？天下古今的老妪，个个能解，天下古今的诗人，却没有几个能做，说是他的理想有特别高超处吗？其实并不见得。只是字句之间，说不出来的精严调协，令人读起来，自然得一种愉快的感受。"见《饮冰室文集》卷四十三，中华书局1936年版。

第一卷第二期（1928年4月10日），后收入其《白话文学史》，成为第十六章的内容。后人的研究，对胡适的观点或有所参考，或有所深入，或有所扩展。胡适在开创新一代中国文学史写作风格的同时，开创了元白研究的新思路。尤其值得一提的是，在中国文学批评史上，胡适是较早借鉴现代西方文艺思想来研究中国古代文学的，也是最早将元白这一派诗人的创作称为"文学革新运动"的。后来众多中国文学史著作中所谓"新乐府运动"的名称，直接地受到了胡适的影响。

20世纪30年代末到50年代初，岑仲勉、陈寅恪两位学者的卓越成果，代表了白居易实证研究方面的高水准。1947年，岑仲勉发表《论白氏长庆集源流并评东洋本白集》等七篇有关白居易文集的考证文章，共十八万多字，对白集流传的版本、白居易诗文的真伪进行了详细、精博、系统的研究和考证，解决了白居易研究在文本方面的不少关键性问题。而陈寅恪的《元白诗笺证稿》，因为论及具体作品，所以在文学研究界的影响更大、更广、更深。该著结合中唐时代的社会政治、科举制度、佛道文化、生活习俗、民间歌谣和古文运动等各种因素，来研究元白的诗歌创作，将元白对照并举，逐一加以详细的考释、分析、笺证，发覆其典故本事、写作背景，在字词语句背后寻绎其文化内涵；先考并世材料之异，复合古今情意之同；对白居易作品与事实不符之处多有辨正。尽管在个别细节、个别结论上，或有时而可商，或后出乃转精，但其用思之绵密、学识之博深、见解之独到，却堪称超拔，罕有其匹；而且无论在"诗史互证"的文化分析方法上，还是在"比较分析"的发覆与论证上，其思路都具有典范意义，沾溉至今。

除实证研究外，学界在白居易研究的文学评论方面亦颇有进益，尽管这些评论大都并非白居易研究专论。例如闻一多在《贾岛》一文开篇中，论及元和、长庆间诗坛动态中三个较有力的新趋势：韩孟、姚贾之外，"那边元稹、张籍、王建等，在白居易的改良社会的大纛下，用律动的乐府调子，对社会泣诉着他们那各阶层中病态的小悲剧"。文章还说，"白居易等为讲故事而做乐府"；白居易是带着"那样悲伤"的眼光在观察时代①。这些出自诗人的对诗的评价，自然别有会心。

① 闻一多：《贾岛》，载昆明《中央日报·文艺》第18期。除此之外，郑临川述评《闻一多论古典文学》（重庆出版社1984年版）第122—123、156页亦涉及对白居易的评价。

1948年，钱锺书的《谈艺录》出版。其中论及元稹、白居易的笔墨很多，剖断精当而富有启迪。像第五十则，论述白居易一派之形成：

韩之于孟，欧之于梅，工同曲异……白傅、元相，风格相近，而才力相悬，白之尊元，与斯异例。《诚斋集》卷十《读元白长庆二集》诗曰："读过元诗与白诗，一生少傅重微之。再三不晓渠何意，半是交情半是私。"盖文人苦独唱之岑寂，乐同声之应和，以资标榜而得陪衬，故中材下驷，亦许其齐名忝窃。白傅重微之，适所以自增重耳。黄公（贺裳）谓"诗文之累，不由于谤而由于谀"，其理深长可思。余则欲更进一解曰：诗文之累学者，不由于其劣处，而由于其佳处。《管子·枢言》篇尝谓"人之自失也，以其所长者也"，最是妙语。盖在己则窃憙擅场，遂为之不厌，由自负而至于自袭，乃成印板文字；其在于人，佳则动心，动则仿造，仿造则立宗派，宗派则有窠臼，窠臼则变滥恶，是则不似，似即不是，以彼神奇，成兹臭腐，尊之适以贱之，祖之翻以祧之，为之转以败之。

第五十九则，批评白诗才情之外的弊病：

香山才情，照映古今，然词沓意尽，调俗气靡，于诗家远微深厚之境，有间未达。其写怀学渊明之闲适，则一高玄，（按香山《题浔阳楼》称渊明曰："文思高玄。"）一琐直，形而见绌矣。其写实比少陵之真质，则一沉挚，一铺张，况而自下矣。故余尝谓：香山作诗，欲使老妪都解，而每似老妪作诗，欲使香山都解；盖使老妪解，必语意浅易，而老妪使解，必词气烦絮。浅易可也，烦絮不可也。（按《复堂日记补录》光绪二年八月二十二日云"阅乐天诗，老妪解，我不解"；则语尤峻矣。）西人好之，当是乐其浅近易解，凡近易译，足以自便耳。

第二十五则，分析张籍与韩、白两派之离合：

张文昌《祭退之》诗云"公文为时帅，我亦微有声；而后之学者，或号为韩张"；是退之与文昌亦齐名矣。然张之才力，去韩远甚；

东坡《韩庙碑》曰“汗流籍湜走且僵”，千古不易之论。其风格亦与韩殊勿类，集中且共元白唱酬为多。惟《城南》五古似韩公雅整之作，《祭退之》长篇尤一变平日轻清之体，朴硬近韩面目，押韵亦略师韩公《此日足可惜》。其诗自以乐府为冠，世拟之白乐天、王建，则似未当。文昌含蓄婉挚，长于感慨，兴之意为多；而白、王轻快本色，写实叙事，体则近乎赋也。近体唯七绝尚可节取，七律甚似香山。按其多与元白此喁彼于，盖虽出韩之门墙，实近白之坛坫。①

在近现代古典文学研究方式方法的新旧递嬗中，文学史著作这样崭新的形式也多有关于白居易的研究成果。例如郑宾于《中国文学流变史》、曾毅《中国文学史》、胡云翼《中国文学史》、顾实《中国文学史纲》、赵景深《中国文学小史》、郑振铎《插图本中国文学史》、刘大杰《中国文学发展史》、林庚《中国文学史》、陈钟凡《中国韵文通论》、李维《诗史》、胡朴安和胡怀琛《唐代文学》、陆侃如和冯沅君《中国诗史》、费有容《唐诗研究》、胡云翼《唐诗研究》、吴经熊《唐诗四季》、苏雪林《唐诗概论》、杨启高《唐代诗学》、陈子展《唐代文学史》等，不少是与专题研究结合在一起，其中论及元稹、白居易，多能各有所得，并非像“文革”以后许多陈陈相因、教材性质的文学史著那样乏善可陈。如曾毅《中国文学史》说，白诗尚坦夷，言人所欲言，能沁人心脾，耐人吟讽，如水之荡荡，或伤于平浅，然其抗垒前贤，特开生面，于文学上皆可大书特书。顾实《中国文学史纲》指出：“盖当时之诗，竞拟魏汉，甚者至肖诗之雅颂，强自鸣高而自炫学博。白居易独以入耳为主宰；显为一种反动。洵具有慧眼卓见也。今观《长恨歌》《琵琶行》，皆无注脚即可明白。宜乎彼诗在当时大行于世，上自王公，下至野老村妪，莫不玩诵之。故白居易者，纯粹平民诗人也。”赵景深《中国文学小史》亦云：“因为他反对艺术的艺术，所以他用白话做诗，因为他主张人生的艺术，所以有许多诗为社会鸣不平。”

1949 年以前，在白居易集的文本整理方面，诗文全集有《四部丛刊》初编中所收《白氏长庆集》，系日本元和四年（1618）那波道圆翻刻朝鲜

① 分别见钱锺书《谈艺录》补订本，中华书局 1984 年第 1 版，第 171、195、93—94 页。

刻本《白氏文集》之影印本，《万有文库·国学基本丛书》中所收《白香山集》，乃《四部丛刊》本《白氏长庆集》之铅印本；诗歌全集有《四部备要》中所收《白香山诗集》，乃清汪立名（西亭）编订《白香山诗集》之排印本。诗歌选集有沈伯经选注的《音注白乐天诗》、傅东华选注的《白居易诗》、高剑华选注的《白居易诗选》、杜芝泉标点的《（新式标点）白香山诗后集》、中华书局据沈德潜（归愚）选本音注的《白乐天·柳柳州·韦苏州诗》和王学正编选的《白居易诗选》。

生平事迹研究方面，有周庆熙《白乐天评传及其年表》、郭虚中《白居易评传》、戴传安《白发诗人白乐天》、施学习（鸠堂）《白香山关系年谱》。周庆熙的《白乐天评传及其年表》是20世纪最早的白居易评传，但此文对白居易一生行事、思想和诗文创作的评述还显得粗浅，文后所附年表极为简略，对乐天生平事迹亦无甚发明。稍后出版的郭虚中《白居易评传》，是作者用不到四个月时间写就的一部具有介绍性质的小册子，也比较简略，只有87页。除“导言”外，分为“白居易的一家”“白居易的生平”“白居易的思想及人物性格”“白居易的作品”四个部分。尽管作者自己也感到“浅薄”“浅陋”，但毕竟是近代以来第一部略具框架的白居易评传。

三

20世纪50年代以后，白居易在中国被推为伟大的现实主义诗人，成为与李白、杜甫齐名的唐代最为著名的三大诗人之一，真正应验了白氏“身后文章合有名”的预言，白居易研究也随之一度形成热潮。

在白居易集的文本方面，有文学古籍刊行社1955年据宋绍兴刊本影印的《白氏长庆集》，附敦煌卷子本白氏诗集残一卷（用北京图书馆所摄唐钞本影印），书末据日本翻宋本（当即那波道圆本）补了不少阙字；中华书局1958年据光绪十九年（1893）武进费念慈（1855—1905）影刻宋本《新雕校正大字白氏讽谏》影印的《白氏讽谏》。整理本先后有顾学颉（1913—1999）校点的《白居易集》、朱金城（1921—2011）的《白居易集笺校》、喻岳衡点校的《古典名著普及文库·白居易集》、刘明杰点校的

《白居易全集》、丁如明和聂世英校点的《白居易全集》及《增订注释全唐诗》中的白居易诗。其中，顾学颉校点的《白居易集》，以宋绍兴刻七十一卷本《白氏长庆集》为底本，参校宋、明、清的一些主要刊本，改正了原本明显的错误和脱漏，并将前人已经拾补的连同新发现的佚诗佚文编为外集两卷。此虽远非各本之汇校汇勘，却是1949年以后第一个经过整理的白居易全集，给当时的研究者带来了极大的方便。而朱金城1955年开始撰写的《白居易集笺校》，以明万历三十四年（1606）马元调刊本《白氏长庆集》为底本，参校宋绍兴本、日本那波道圆本、清汪立名一隅草堂本等各种白集刊本11种，及唐、宋两代重要总集和选本7种，罗列异同，近乎集校，同时尽力吸收已有的学术成果，因而具有较高的学术价值。笺证部分以笺释人名为主，兼及历史事件、人物交游、地理名物、典章制度、词语典故；在广泛吸收陈寅恪、岑仲勉等前辈学者相关成果的基础上，努力发掘新材料，纠正了不少前人和时人的失误。总之，《白居易集笺校》在笺证和校勘两方面均有丰硕的成果，堪称是20世纪白集整理的集大成之作。

谢思炜《白居易诗集校注》和《白居易文集校注》以1955年文学古籍刊行社影印宋绍兴刻本《白氏文集》七十一卷（简称绍兴本）为底本，是白居易集的全新整理本。它广泛吸收海内外研究成果，以国内近20种珍、善本及日本16种珍稀刻、写本参校，同时对照相关总集，是国内迄今文字校勘上参照最为广泛、权威的校本；于史实、典事、语源、词义均有揭橥，对理解、研究白诗白文及相关语言现象很有帮助；对作品所涉及的各种问题，诸如地理、人事、制度朝章、官职服饰、农桑商贸、日用百工、房舍建筑、四时习俗、婚丧礼仪、歌舞伎艺乃至象戏博弈之类，都通过钩稽史料，提供尽可能详实的说明，或对前人考释成果有所补充修正。无论文字校订，还是文本注释，皆后来居上，代表着国内白居易文本研究的最高水准，是近年来白居易集校勘与注释的集大成之作。

诗文选集方面，20世纪五六十年代三部各有特色的白诗选集先后问世。其中苏仲翔《元白诗选》是较早的一部，比较简略。霍松林《白居易诗选译》的特色主要在白居易诗的今译上，作者选择白诗100多篇，用现代汉语做了诗体翻译。其中不少篇什能保持原作的诗意，重视文词的藻饰，在古诗今译方面进行了有益的探索。列入“中国古典文学读本丛书”的顾肇仓和周汝昌的《白居易诗选》则在注释和编年上都做了不少扎实的工作，学术性较强，书后还附有《白居易年谱》（简编），是当时影响较大的选注本。

20世纪80年代以来，又陆续出版不少白居易诗文选注本。如王汝弼《白居易选集》、李希南和郭炳兴《白居易诗译释》、龚克昌和彭重光《白居易诗文选注》、梁鉴江《白居易诗选》、朱金城和朱易安《白居易诗集导读》、郑永晓《白居易诗歌赏析》、褚斌杰主编《白居易诗歌赏析集》、吴大奎和马秀娟《元稹白居易诗选译》、徐子宏《白居易诗精华》、王一娟和傅绍良《白居易元稹韩愈柳宗元诗歌精选200首》、邹言《白居易诗词：插图本》、时宜之《白居易诗歌精选》、施蓉和苏建科《白居易诗精选精注》、王培源等《中国诗苑英华·白居易卷》、姚大勇等《唐名家诗选赏·白居易卷》、谢思炜《中国古代十大诗人精品全集·白居易卷》和《白居易诗选》、赵立和马连湘《白居易诗选注》、郭杰《元白诗传》、汪启明《唐宋名家选集·白居易诗选》、姜洪伟《中国古典文学精品屋·白居易》、张少康主编《古诗名家诵读本·白居易》、周勋初和严杰《白居易选集》、萧瑞峰和彭万隆《刘禹锡白居易作品选评》、孙安邦和孙蓓《中国家庭基本藏书·名家选集卷·白居易集》、孙明君《唐诗名家诵读·白居易诗》、陈才智《中国古典诗词精品赏读·白居易》、霍松林编选《历代名家精选集·白居易集》等。台湾地区则出版有许凯如《白居易诗选译》、李瑞腾《一曲琵琶说到今：白居易诗赏析》、陈香《白居易的新乐府》、张健《大唐诗魔白居易诗选》等。

年谱及生平事迹考证方面，有王拾遗《白居易生平事迹考略》和《白居易生活系年》、苏仲翔《元白简谱》、顾肇仓《白居易年谱（简编）》、朱金城《白居易年谱》、白书斋续谱和顾学颉编注《白居易家谱》，台湾地区则有罗联添《白香山年谱考辨》和《白乐天年谱》。其中，王拾遗《白居易生活系年》是问世较早的著作。该书以系年的形式考订了白居易生平、行事、思想、交游等各个方面的情况，每年白居易事迹下均列出论据若干，但因资料来源不广，故发明不多。书后附《白居易简要年表》，分“纪年”“时事”“出处”“主要诗文”等4个栏目，使人对白居易一生行事和诗文创作一目了然。朱金城《白居易年谱》是作者多年笺校白居易集积累的成果，征引广博，论证缜密，对白居易的生平事迹、作品系年、人事交游及相关史实进行考订，有不少自己的新见解，是目前公认最为完备详实的白居易年谱。《白居易家谱》原名《乐天后裔白氏家谱》，是1980

年7月在河南洛阳白家发现的，记载了从白居易到现代共五十余代的情况。谱中记载各代的婚配、子嗣、昭穆次序，井然不乱，为研究白居易的后裔情况提供了宝贵的资料。但其中有关白居易卒日（八月十四日）的记载，未见于他书，不知何据。书中还编入顾学颉撰写的《白居易行实系年》。

传记方面，先后出版了王进珊《人民诗人白居易》，苏仲翔《白居易传论》，范宁《白居易》，万曼《白居易传》，王拾遗《白居易》和《白居易传》，张炯《白居易诗传》，褚斌杰《白居易评传》和《白居易》，陈友琴《白居易》，刘维崇《白居易评传》，丘燮友《白居易》，刘太棟《白居易》，陈翔《大诗人白居易》，子谔、一飞和吉庠《白居易的故事》，汪禔义《白居易传》，王遂今《白居易与杭州》，胡济涛和施星火《江州司马传奇》，黄绵珠《白居易：平易旷达的社会诗人》，陈敏杰和羊达之《白居易》，梁容若《文学二十家传·白居易》，花房英树《白居易》，王能杰《白香山之性情与生活》，肖文苑《白居易》，潘秦泉《白居易传》，居新宇和王宪章《白居易》，李芍《白居易》，刘剑锋《白居易风雨之旅》，刘维治和焦淑清《白居易传》，吴伟斌《文章已满行人耳：白居易全传》，杨志贤《白居易：中唐·现实主义诗人（772—846）》，蹇长春《白居易评传》，张先德《白居易》等。其中，学术性较强的是蹇长春《白居易评传》。

研究著作和论文集方面，先后有王拾遗《白居易研究》和《老妪都解白居易》，施鸠堂《白居易研究》，张静晔《白居易新乐府研究》，陈立伟《白居易研究》，刘兰《白居易与音乐》，杨宗莹《白居易研究》，丸山清子《〈源氏物语〉与〈白氏文集〉》，廖美云《白居易新乐府研究》和《元白新乐府研究》，朱金城《白居易研究》，梁厚建《白乐天陆放翁两家较析》，彭安湘《白居易研究新探》，左忠诚主编《白居易研究》，金文男《诗情与友情：元稹·白居易》，四川省忠县政协委员会编印《白居易与忠州》，秦泥《唐代三大诗人：李白、杜甫、白居易的诗歌与生平》，马宝莲《白居易律赋研究》，马歌东编译《日本白居易研究论文选》，李中编著《白居易在渭南故里》，谢思炜《白居易集综论》，刘维治《元白研究》，马铭浩《唐代社会与元白文学集团关系之研究》，王元明《白居易新论》，陈焕祥编著《论说白居易》，张弘《迷路心回因向佛：白居易与佛禅》，杨树民、刘百宽、姜继业、陈西军《白居易与下邽故里》，中西进《〈源氏物语〉与白乐天》，王相民《白居易研究》，张荣庆和张海娜《贤达诗人白居易与〈白氏长庆集〉七二个慧知》，张再林《唐宋士风与词风研究：以白居易、苏轼为中心》，蹇长春《白居易论稿》，白高来和白振修《白居易与洛阳》，莫砺锋《莫砺锋评说白居易：品味一代文豪白居易的别样人生》，肖伟韬《白居易研究的反思与批判》《白居易生存哲学本体研究》和《白居易诗歌创作考论》，隽雪艳《文化的重写：日本古典中的白居易形象》，靳亚洲编著《白居易与新乐府》，毛妍君《白居易闲适诗研究》，赵建梅《晚年白居易与洛下文人群研究》，林巧玲《白居易碑志文研究》等。

其中，谢思炜《白居易集综论》是最为出色、值得推重的一部研究专著。针对专篇的单行本则有杨国娟《白居易长恨歌与琵琶行的研究》、周天《长恨歌笺说稿》、贾恩洪《破绎〈长恨歌〉之谜》、靳极苍《〈长恨歌〉及同题材诗详解》、周相录《〈长恨歌〉研究》、张中宇《白居易〈长恨歌〉研究》、王万岭《〈长恨歌〉考论》、付兴林与倪超《〈长恨歌〉及李杨题材唐诗研究》等。

而中国大陆、港台地区和新加坡有关的博士和硕士学位论文至少已有254篇。此外，陈友琴《温故集》和《长短集》、顾学颉《顾学颉文学论集》、罗联添《唐代文学论集》、裴斐《看不透的人生：裴斐学术论文集》亦收有各自在白居易研究领域的系列论文。值得参考的相关著作还有张修蓉《中唐乐府诗研究》、黄浴沂《唐代新乐府诗人及其代表作品》、尚永亮《元和五大诗人与贬谪文学考论》、曾广开《元和诗论》、钟优民《新乐府诗派研究》、孟二冬《中唐诗歌的开拓与新变》、查屏球《唐学与唐诗：中晚唐诗风的一种文化考察》、胡可先《中唐政治与文学：以永贞革新为研究中心》、唐晓敏《中唐文学思想研究》、贾晋华《唐代集会总集与诗人群研究》、刘宁《唐宋之际诗歌演变研究：以元白之元和体的创作影响为中心》、刘航《中唐诗歌嬗变的民俗观照》、马自力《中唐文人之社会角色与文学活动》等。

资料整理方面，有陈友琴《白居易诗评述汇编》，尽管远未收罗无遗，但筚路蓝缕，不仅为当时白居易研究的进一步深入提供了必要的资料，而且方便后学之功也未可埋没。此外还有台湾地区朱传誉主编的《白居易传记资料》，将各种白居易传记资料复印汇订为 21 册；栾贵明、田奕、陈抗、林沧编著的《全唐诗索引 · 白居易卷》，以中华书局排印本《全唐诗》1960 年 4 月第 1 版、《全唐诗外编》1982 年 7 月第 1 版为底本，逐字立目，标明所在诗句（或异文、标题、序言、注文）的册、卷、页、行。其他书目类文献有北京图书馆1953年编印的《白居易作品及有关参考书目》，北京图书馆群众工作组1957年编印的《谈谈白居易和他的〈长恨歌〉：馆藏白居易作品及其有关参考书目》，张基美和马真冰编《解放后关于白居易研究的资料索引》，苏仲翔《白居易诗文集版本目录》（《白居易传论》附）。

据蹇长春《八十年来中国白居易研究述略》，从20世纪20年代初到1991年底，“国内已发表的白居易研究著作（包括对其诗文作校释的全集和选本）40余部”。据尚永亮《白居易百年研究述论》，1900—2002年，中国大陆地区共产生专著52部。而据拙编《白居易研究书目·汉文》统计，1900—2002年，国内出版的各类有关白居易的书籍有207部；若延至2012年，则至少有289部。

至于研究论文方面，据蹇长春《八十年来中国白居易研究述略》，从20世纪20年代初到1991年底，国内已发表白居易研究方面的论文900余篇；据尚永亮《白居易百年研究述论》，1900—2002年间，中国大陆地区共产生研究论文1334篇。而根据拙编《白居易研究期刊文章·大陆》统计，1907—2002年间，国内发表的各类白居易评论性文章2193篇。若延至2012年，则至少有3438篇。通过这些文章的撰写和发表，学术界在白居易的先祖世系、家族家世、生平交游、人生观及思想转变、政治倾向与佛道之关系、新乐府的理论与实践、《长恨歌》的主题等方面进行了相当深入的研究，就新乐府运动是否存在、《长恨歌》的主题还产生过广泛的争鸣，至今未能达成共识。

笔者所撰《白居易研究档案》，意在总结20世纪白居易研究的成绩，就上述存在争议的论题加以综述和评骘。全书分为两个部分：专书和论文评介、论著目录。前者求精，依照出版或发表时间为序；后者求全，在论著性质、语种国别分类的基础上依时间为序，并附列文献资料的来源，希望可以帮助大家拓宽和加深对20世纪白居易研究状况的了解和认识。

可以说，在唐代文学研究领域中，白居易研究一向占有举足轻重的地位。各种成果的发表数量，近年以来保持着高速增长的惯性，虽有碱砆混玉之虞，但无可争议的是，研究范围确实进一步得到拓宽，论述对象确实更加细致入微，不少论著确实有突破性进展，资料整理为进一步拓展打下基础。由此而论，或将目光上溯以寻渊源，或将视野下延后世以探流变，接受与传播研究渐次铺开，从空间角度出发的诗迹研究方兴未艾。作家作品、文体流派等传统纯文学意义上的白居易研究固然日渐深入，新兴的角度也在逐渐拓宽，不少选题拓展至文化学、思想史、历史学、社会学、考古学、文物学、地理学、建筑学、园林学、养生学、心理学等，学科界限日渐模糊，但问题认识愈发清晰。

四

尽管学术界在白居易研究方面已取得相当可观的实绩，成果业已涵盖白居易的生平研究，如世系、家族、交游、恋情、婚姻、贬谪等；白居易思想研究，如儒释道思想、人生观、政治观等；白居易文论研究，包括文学观、美学观等；白居易诗歌创作研究，如诗歌成就总评和风格总论、艺术渊源和影响、分类和题材研究等；白居易散文创作研究；白居易词作研究；白居易作品集的整理和版本研究。但毋庸讳言，在这一领域中仍有不少空白点和有待深入之处。如白居易研究方面，主要集中在《长恨歌》《琵琶行》《新乐府》等作品和《与元九书》等所体现的诗歌理论方面，而占更大比例的其他内容的诗作，以及新乐府诗论之外的其他文学思想尚未受到足够的重视。此外，大陆学者的研究受1949年以后主流文艺思潮的影响，更侧重于诸如人民性等研究角度①，方法和理论不免单一，范围和领域还不够广阔；缺乏对白居易诗歌创作全面系统的梳理、分析和挖掘；在艺术研究方面，概括性的描述较多，具体化的剖析尚少。

尤其应当指出的是，与日本学术界相比，国内白居易研究中的很多领域都已经落后。由于白居易与日本文化史深久的渊源，白居易研究在日本堪称显学。下定雅弘《战后日本的白居易研究》曾给予全面而翔实的梳理。此外，根据《中国文学研究文献要览1945—1977（战后编）》统计，1945年8月至1977年12月，日本白居易研究文献的数量（209篇）仅略

---

① 王拾遗《白居易研究》、范宁《白居易》等20世纪60年代的著作，大都以“人民性”为主要出发点来评判白居易的思想与创作。参见黄药眠《论文学中的人民性》，《文史哲》1953年第6期，第34页。

少于杜甫（241篇），而几乎为李白的两倍（106篇）；其间发表过白居易研究专著及论文的学者近二百人[①]。而据丸山茂编《白居易相关图书目录（日文）》统计，自1896年至1994年，日本已出版与白居易相关之图书达107部之多（如果不包括修订或再版，则为78种），加上此后出版的《白居易研究讲座》第五至第七卷，则至少有110部[②]。其中研究著作近20部。而丸山茂《白居易相关图书目录（中文）》统计，1930—1992年中国大陆和台湾地区有关白居易的出版物合计才65种[③]。

日本的白居易研究者，各以其不同的特点，在研究中做出了贡献。例如，堤留吉（1896—?）著有《白乐天：生活与文学》（敬文社，1947）、《白居易的文学理论与文学主张》（敬文社，1961）及《白乐天研究》（春秋社，1969），是日本战后白居易研究的早期开拓者；近藤春雄（1914—1994）以《长恨歌》《琵琶行》研究闻名，著有《长恨歌、琵琶行研究》（明治书院，1981）、《白氏文集与国文学新乐府·秦中吟的研究》（明治书院，1990）、《长恨歌与杨贵妃》（明治书院，1993）、《白乐天与其诗》（武藤野书院，1994）；太田次男（1919—　）著有《讽谕诗人白乐天》（集英社，1983），还曾与小林芳规（1929—　）合著有《神田本白氏文集的研究》（勉诚社，1982），是白氏文集版本研究方面的专家，代表作《以旧钞本为中心的白氏文集文本研究》（勉诚社，1997）是其有关白集文本研究的论文结集；神鹰德治（1947—　）也是版本研究方面的专家，对《新乐府》和《策林》的版本研究颇有创获。此外，金子彦二郎（1889—

---

① 《中国文学研究文献要览1945—1977（战后编）》，石川梅次郎监修，吉田诚夫、高野由纪夫、樱田芳树编集，东京：日外アリシエーツ株式会社发行，纪伊国屋书店发卖，1979年，“20世纪文献要览大系”之九。据马歌东《日本汉诗溯源比较研究》（中国社会科学出版社2004年版）第250页统计。

② 李丹、尚永亮《白居易百年研究述论》云：“据初步统计，仅‘二战’后50年时间，日本有关白居易研究的论著已达730余篇（部）。注：参见《20世纪文献要览大系·中国文学研究文献要览1945—1977（战后编）》（东京：日外アリシエーツ株式会社1979年）、《白居易研究讲座》第七卷《日本における白居易の研究》（东京：勉诚社1998年）等有关文献索引。”

③ 丸山茂《白居易相关图书目录（中文）》尚有遗漏，详见拙编《元白研究档案》。

1958）对平安时代文学与白氏文集的比较研究①，平野显照（1928— ）对白居易及其作品与佛教关系的研究②，前川幸雄（1937— ）对元白唱和诗的研究③，埋田重夫（1957— ）对白居易作品中各种具体的语言特色的研究④，宇都宫睦男对白氏文集训点的研究⑤，布目潮沨（1919—）、大野仁对白居易《百道判》的研究⑥，静永健（1964— ）对白居易讽谕诗的研究⑦，也各有千秋。其他白居易研究领域的重要学者还有小松英生（1933— ）、西村富美子（1934— ）、高木重俊（1944— ）、波户冈旭（1945— ）、松本肇（1946— ）、下定雅弘（1947— ）、川合康三（1948— ）、新间一美（1949— ）、丸山茂（1949— ）、远藤宽一（1949— ）、赤井益久（1950— ）、芳村弘道（1954— ）、泽崎久和

---

① 金子彦二郎《平安时代文学与白氏文集：句题和歌・千载佳句研究编》，培风馆，1943 年；艺林舍，1977 年增补再版。《平安时代文学与白氏文集：道真文学研究编》，讲谈社，1948 年。《平安时代文学与白氏文集：道真文学研究编》第一册，艺林舍 1977 年增补再版；《平安时代文学与白氏文集：道真文学研究编》第二册，艺林舍 1978 年初版。

② 平野显照《唐代文学与佛教研究》第一章即为“白居易与唐代文学”，朋友书店，1978 年。张桐生译本《唐代的文学与佛教》（台北：业强出版社 1987 年版）。又，《白居易的文学与佛教经典》，收入《森三树三郎博士颂寿纪念东洋学论集》，1979 年版，第 587—606 页。

③ 前川幸雄《智慧的技巧的文学：关于元白唱和诗的诸种形式》，收入中国古典研究会编《中国文学的世界》第五集，日本笠间书院，昭和五十六年（1981 年）5 月；马歌东摘译，《陕西师范大学学报》1986 年第 4 期，又收入马歌东编译《日本白居易研究论文选》，三秦出版社 1995 年版。

④ 埋田重夫《关于白居易与韩愈的联句诗：探讨其在形成史中的地位》，《中国诗文论丛》1983 年 2 月；《白居易与身体表现：联系诗人与诗境的东西》，早稻田大学《中国文学研究》第 20 期（1994）；《白居易与姿势描写：视点下降所意味的》，《中国文学研究》第 21 期（1995），李寅生译文，题为《从视点的角度释白居易诗歌中身体姿势描写的含义》，《钦州师范高等专科学校学报》2000 年第 1 期；《从视力障碍的角度释白居易诗歌中眼疾描写的含义》（李寅生译），《钦州师范高等专科学校学报》2001 年第 1 期；《白居易白发诗歌表现考》，收入（日）增野弘幸等著，李寅生译《日本学者论中国古典文学：村山吉广教授古稀纪念集》，巴蜀书社 2005 年版。

⑤ 宇都宫睦男：《白氏文集训点的研究》，溪水社 1984 年版。

⑥ 布目潮沨、大野仁：《白居易百道判释义》（一）至（八），《大阪大学研究集录・人工社会科学》第 28 卷第 80 期至第 31 卷第 83 期；《摄南大学学术 B：人文・社会篇》第 2 卷第 84 期至第 5 卷第 87 期。

⑦ 静永健：《白居易“讽谕诗”研究》，勉诚社 2000 年版。

（1955—　）、丹羽博之（1955—　）、诸田龙美（1965—　）等。

老辈学者中，平冈武夫（1909—1995）和花房英树（1915—1998）尤为引人注目。他们以多年孜孜不倦的努力和卓异的成就，成为日本白居易研究领域当之无愧的专家。平冈武夫的白居易研究成就是多方面的，其中关于《白氏文集》的成立和版本，以及白居易家世生平的研究尤为突出。其成果已结集为《白居易：生涯と岁时记》。花房英树的代表作《白氏文集の批判的研究》和《白居易研究》，更是白居易研究的扛鼎之著。

20世纪90年代，日本的白居易研究出现高潮，其标志就是：日本勉诚社自1993年至1998年，陆续出版了太田次男、神鹰德治、川合康三、下定雅弘、丸山茂等编集的皇皇七卷本《白居易研究讲座》。其作者以日本学者为主，涵盖中国、韩国和美国，可以视为白居易研究领域的一个国际舞台。它分为“白居易的文学与人生”“日本对白居易的接受（韵文篇）”“日本对白居易的接受（散文篇）”“围绕白诗接受的有关问题”“白氏文集的本文”“日本的白居易研究”等六个专题，收录中国大陆和港台地区以及日本在上述专题之下的研究论文或研究概述近百篇，是白居易研究集大成之作，同时堪称古代作家个案研究的史无前例的创举。其中收录太田次男《白居易文学如何产生》、兴膳宏《白居易的文学观：以〈与元九书〉为中心》、成田静香《白居易之诗的分类与变体》、入矢义高《白居易的口语表现》、松浦友久《白居易的节奏：诗型及其个性》、中纯子《白居易与词：洛阳履道里的江南再现》、宫泽正顺《白居易对三教之态度》、蜂屋邦夫《白居易与老庄思想：兼论道教》、孙昌武撰（副岛一郎译）《白居易与佛教：禅与净土》、吉川忠夫《白居易的仕与隐》、布目潮沨《白居易之官历》、泽崎久和《白居易之日常生活》、砺波护《白居易生长的时代》、金在乘《白居易与元稹》、斋藤茂《白居易与刘禹锡》、丸山茂《白居易周边的人们：作为交游录的〈白氏文集〉》、周建国撰（橘英范译）《白居易与中晚唐的党争》、涩谷誉一郎《白居易的周边与传奇：从说话的观点来看传奇》、静永健《白居易的讽谕诗》、埋田重夫《白居易的闲适诗》、川合康三《言语的过剩：唐代文学中的白居易》等等，涵盖了时代、交游、思想、传记、生活、文学观、诗体分类等白居易研究的主要范围。

从2000年起，勉诚社又开始出版《白居易研究年报》，以日本为主的白居易研究者以之为阵地，发表了许多扎实的研究论文。2014年，蒋寅主编《日本唐代文学研究十家》（中华书局，2014 年 1 月版）汇集了日本研究唐代文学的中坚学者的代表性论著，其中下定雅弘《中唐文学研究论集》、丸山茂《唐代文化与诗人之心》、赤井益久《中唐文人之文艺及其世界》、芳村弘道《唐代的诗人研究》、斋藤茂《文字觑天巧：中晚唐诗新论》、户崎哲彦《唐代岭南文学与石刻考》，关于白居易的研究占有相当比重，例如户崎哲彦《白居易〈七老会诗〉中所见卢贞考辨》一文，即颇多新见，足可与陈冠明《唐诗人卢贞考辨》（《安徽师大学报》1991 年第 4 期），金景芝、王玲玲《唐代范阳诗人卢真与卢贞考辨》（《兰台世界》2011 年第 8 期）相互补充。韩国在白居易研究领域，也有不容忽视的成绩。据统计，1925 年至 1999 年，韩国出版的白居易研究单行本 5 种，论文 59 种（其中包括 13 篇硕士论文和 2 篇博士论文），代表学者有金在乘（1937—　）、俞炳礼（1954—　）、金卿东（1960—　）等。

白居易也是西方国家最为熟悉的唐代诗人。在欧洲，白居易与大艺术家贝多芬齐名。《英译文学百科全书》（*Encyclopedia of Literature Translation into English*）对几乎所有英译中国文学作品加以统计，在“中国文学译介”这个独立的单元中，中国历代作家作品里，唐代诗人占了一半，依目录排次有：白居易、杜甫、韩愈、寒山、李白、李商隐、王维。也就是说，在英译唐代诗人作品的数量上，白居易名列前茅。白居易诗歌英译的第一人是英国汉学家翟理斯（Herbert A. Giles）①，他在 1883 年自费印刷、1884 年公开出版的《古文选珍》里选译了白居易的 10 首诗。最早介绍和评价白居易的西方学者也是翟理斯。在两卷本《古文选珍》中，每个诗人均有简介，其中《古文选珍》散文卷的介绍是：“白居易（772—846）：中国最伟大的诗人之一，一生丰富多彩的政治家。升至高位后他突然被贬谪，放逐到偏远之地，从此开始厌倦政治生涯。结香山九老会，与诗酒为伍。后来他被召回，官至兵部尚书。”诗歌卷则介绍说：“白居易，中国最伟大、最多产的诗人之一，一位仕途上有过正常起伏的成功的政治家。孩

---

① 一译翟理思（1845—1935），出身书香门第，22 岁来华，在华生活 24 年，先后任英国驻华使馆翻译和汕头、厦门、宁波、上海等地英国领事馆官员；返英后，1891—1932 年，继威妥玛之后，任剑桥大学第二任汉学教授。

提时代很早熟，17 岁就得到最高学历。”其《中国文学史》[①]，1897 年作为戈斯（Edmund W. Gosse）主编的《世界文学简史丛书》（*Short Histories of the Literature of the World*）第 10 种在伦敦出版，是世界上第一部具有现代意义的、以西方语言写成的中国文学通史。其中这样评述《琵琶行》：“（《琵琶行》）讲诉一位可怜的琵琶女的悲伤故事。这首诗被后来的评论者林西仲（Lin His-chung）给予非常高的评价。林西仲谓，此诗辞情并美，如此令人叹服，其技艺之超绝，已令读者深造三昧（samadhi）。”林西仲，即林云铭（1628—1697），字西仲，号损斋，福建闽县人。顺治十五年进士。有《庄子因》《古文析义》《楚词灯》《韩文起》《挹奎楼选稿》等。上述有关《琵琶行》评述，笔者寡学，未知见于何处。

此后，汉学大家亚瑟·韦利（Arthur Waley，1889—1966）英译 200 多首白居易诗歌，因其流畅优美和著名的“跳跃韵”而成为英美文学的经典之作。1920 年，他发表《琵琶行》译注[②]，认为翟理斯《中国文学史》只翻译《琵琶行》的诗文而没有翻译原序很不恰当，他认为序言是理解诗文的关键，所以在此文中翻译了诗作的原序。在译文中，翟理斯将诗中的“客”理解为白居易自己，而韦利根据序言及两《唐书》的记载，认为诗中“客”并不是白居易，而是“主人”。韦利的理解无疑是正确的，也表明了他在对诗歌本身及其背景的了解和把握上的精确程度。翟理斯则随即给予回应[③]。而亚瑟·韦利则又作了反回应[④]。作为西方白居易诗歌翻译和

---

① *A History of Chinese Literature.* London：1897. 单行本：London：William Heinemann，1900. NewYork：1909. New York & London：D. Appleton & Co.，1901；1923；1928. NewYork：Grove Press，1958；1973. 共 448 页；Frederick Ungar Publishing Co，1967. 共 510 页。关于翟理斯《中国文学史》的初版时间，郭廷礼《19 世纪末 20 世纪初东西洋〈中国文学史〉的撰写》（载《中华读书报》2001 年 9 月 26 日）认为是 1897 年，同时指出，陈伯海《中国文学史学史编写刍议》所云 1900 年（笔者按，陈伯海撰、河北人民出版社 2003 年版《中国文学史学史》导言，更正为 1901 年），黄鸣奋《英语世界中国古典文学之传播》（学林出版社 1997 年版，第 54 页）所云 1901 年，都不准确。但笔者见到的此书 1973 年版最末的第八章“满族统治时期”，标明却是“A. D. 1644—1900”，不知是否为再版时所作之修订。

② *Notes on the* “*Lute-girl's Song*”. New China Review. 2（Dec. 1920），pp. 591—597.

③ *Mr. Waley and* “*The Lute grils Song*”. H. A. Giles. New China Review 3（August 1921），pp. 281—288.

④ *Notes on the* “*Lute-girls Song*”, *response to Herber A. Giles criticism of this piece.* The New China Review，3（1921），pp. 376—377.

研究专家，亚瑟·韦利还撰有《白居易的生平与时代》（*The Life and Times of Po Chü-i*，772—846 *A. D.*），不仅是西方最著名的白居易研究著作，也是一部有影响力的西方汉学研究经典著作。但他对《琵琶行》并不大欣赏。他这样解释："在我看来，这首诗并不能使读者深深沉浸在琵琶女或者白居易本人的情感世界中。出于尊重，《琵琶行》和另一首长篇叙事诗（指《长恨歌》）相似，必定也会被称赞为达到了技巧和优美的极致。但是，这首诗中包含了能够保障它在中国流行和成功的所有因素——秋天、月色、被冷落的妻子、被流放的天才。以此为基础写出的那些剧本，甚至都比这首诗本身更好。"这不免令人难以接受。约翰·弗莱彻（John Gould Fletcher）就曾这样评价："韦利放弃了对《长恨歌》和《琵琶行》的翻译，并说这是因为作者白居易并不重视它们。白居易在晚年这样想也许是真的，但事实是这两首诗是他写的，而这两首诗更是中文或其他任何语言所写的最好的诗歌。"①《白居易的生平与时代》的贡献与得失，可参见拙撰《一部有影响力的西方汉学经典——评亚瑟·韦利〈白居易的生活与时代〉》②。

1971年至1978年，美国汉学家霍华德·列维（Howard S. Levy，1923—）又陆续出版有四卷本《英译白居易诗歌》，其中后两册与诗人威尔斯（Henry W. Wells，1895—1978）合译。总之，目前来看，白居易诗歌英译总数是中国诗人里最多的，影响也自然最大。有关研究，可参见北京外国语大学莫丽芸的博士论文《英美汉学中的白居易研究》。翻译首先是一个对原文进行理解的过程，而后才是一个文字转化的过程，为了提高译者的原文理解水平，可以引入一些方法和模式来引导译者对原文的解构。借由跨文化角度的审视，白居易诗歌的深层内涵得到挖掘。通过对不同译本的比较，可见出原文的理解程度，对译文质量起着决定性的影响。

---

① John Gould Fletcher. *Perfume of Cathay*: *Chinese Poems by Arthur Waley*. Poetry, Vol. 13, No. 5 (Feb., 1919), pp. 273—281.

② 收入《海外中国古典文学研究》，社会科学文献出版社2016年版。

五

总结20世纪白居易研究的历史，介绍国内外白居易研究的现状，无疑是为了前瞻今后前进的方向。未来的研究，我认为需要留意以下两个方面。第一，白居易诗迹研究。诗迹指诗人留下的历史遗迹。广义上涵盖物质性遗迹和非物质性遗迹，狭义上仅指前者，包括与诗人相关的遗迹遗址、故居旧宅、坟茔墓地、祠堂庙祀、墓碑墓葬、楼阁亭榭、堂舍石窟、石刻壁画，及各种纪念性塑像、雕塑、场馆、建筑物等不可移动或难以移动的名胜遗迹。除此之外，还应包括其本人之藏书、器物、手稿、书法、碑帖、绘画、出土文物，及相关的工艺品、文人画、连环画、版画、年画、版刻、插图、邮票、图书、文档、图片、照片、录音、视频、数字化多媒体等可移动的文献与文物遗迹。

“诗迹”一词，至晚在唐代已经出现。孔颖达（574—648）《毛诗正义序》云：“诗理之先，同夫开辟；诗迹所用，随运而移。上皇道质，故讽谕之情寡；中古政繁，亦讴歌之理切。”言古今《诗》迹之所用，或讽谕或讴歌，应当根据不同的时运政情变化而转移。宋庆历中，罗道成游岳题诗云：“白骡代步若奔云，闲人所至留诗迹。欲知名姓问源流，请看郴阳山下石。”[①] 元人赵孟頫有《题温雪峰诗迹》[②]，“诗迹”之涵义已随时转移为诗歌之遗迹。不少宋代地志方志更开设独立部类收录各地之诗迹[③]。地不自美，借诗而显；迹难自胜，因诗而彰。山川名胜，因为诗歌吟咏而魅力倍增。假设在中国广大的风土中没有形成各种各样的此类诗迹，那么，

---

① 陈葆光：《三洞群仙录》卷四，明正统道藏本。

② 赵孟頫：《松雪斋文集》卷五，四部丛刊景元本。

③ 地方志如《吴郡志》（范成大）、《乾道四明图经》（张津等）、《（宝祐）重修琴川志》（孙应时、鲍廉）、《嘉泰会稽志》（施宿等）、《（嘉定）剡录》（高似孙）、《开庆四明续志》（梅应发等）、《景定建康志》（周应合）、《咸淳临安志》（潜说友）、《（咸淳）重修毗陵志》（史能之）等。总志如《舆地纪胜》（王象之）专列有“诗”一栏，大量收录咏颂各地的诗歌，并注重与诗歌鉴赏创作相关的舆地胜迹，“江南西路·江州”部分录有琵琶亭诗七篇；《方舆胜览》（祝穆等）则专列有“题咏”一栏。

对于古今中外爱好中国诗歌的读者来说，其风土的魅力也许会减少一半。正因为有诗人对历史或风土抒发情感，地名才具有诗歌的强烈唤起力并永远闪耀。

宋元明清以降，关于各地山川名胜、文人遗迹诗歌吟咏的记载和品评，一向不绝于缕，在各种山志、县志、府志、镇志等方志中比较集中。北宋陈舜俞（1026—1076）《庐山记》已经关注作诗地点，其中卷二详录白公草堂之迁变及周围环境、胜迹等。至南宋陆游《入蜀记》、范成大《吴船录》等游记，寻访诗迹已成旅行重要主题，其中也述及白公草堂。《入蜀记》并引白诗“白狗到黄牛，滩如竹节稠”写峡州，引“浔阳欲到思无穷，庾亮楼南湓口东”，论庾楼附会承误之久；《吴船录》则述及与白居易相关的忠州四贤阁、荔枝楼，江州琵琶亭、思白堂，及江州吕胜己隶书《琵琶行》刻石。据拙编《白居易资料新编》，以琵琶亭为题之诗词，共计203题234首，还有许多未在题目中出现但主题亦为咏琵琶亭者，合计232题266首，涉及作者166人①。可见，除仿拟扩续与唱和之外，《琵琶行》主题沿承主要体现在蔚为大宗的琵琶亭诗。

而所谓诗迹研究则兴起于20世纪80年代末的日本。松浦友久教授及其学生寺尾刚、松尾幸忠均有相关论作。2010年，植木久行开始主持编纂《中国诗迹大辞典》②。国内学者相关研究近年来也日渐增多，仅2014年，即有焦尤杰《白居易和新郑》《白居易洛诗纪年表现与探因》《白居易“忠州情感”述论》，彭静静《论忠州之移与白居易思想及诗歌创作转变之关系》，王定璋《小宅·大宅·凶宅——从白居易诗看白居易的住宅观》，孙丽娟《洛阳东都履道坊白居易第宅庭园研究》，徐畅《盩厔县尉白居易的长安城乡生活体验》，周治杰《“野火春风古原情”白居易的符离情缘及其〈赋得古原草送别〉》，卢秀峰《“失意”与“诗意”的交融——白居易的江州生活与诗歌创作》等，均是从诗迹或者说环境地域角度出发的研究，成为2014年白居易研究的一个重要趋向。

尤其值得一提的是，近年来白居易终老之地——洛阳与白居易的相关

---

① 拙撰《白乐天流寓江州的流响——以琵琶亭诗为中心》（收入《区域文化与文学研究集刊》第3辑，中国社会科学出版社2015年版）曾估算为百余首，在此订正。

② 参见植木久行：《日本中国“诗迹”研究简介》，载《唐代文学研究年鉴（2013）》，广西师范大学出版社2013年版。

成果比较突出。以洛阳白居易研究会为核心，仅2014年，洛阳白氏家族后裔即出版3部研究论著和1部诗文选集。其中白宁北、白灵坤《走近白居易》（白山出版社2014年版）以历史事实为准绳，以澄清历史真相、还原历史面目为宗旨，深入剖析千百年来强加在白居易及其家人头上的不实之词，深刻揭示这些不实之词的来龙去脉，展示白居易丰富多彩的壮阔人生。白坤堂、白璐瑶《再读白居易》（中州古籍出版社2014版）在《解读白居易》（白坤堂、白灵坤，白山出版社2012年版）的基础上，加以提炼和完善，分两章二十二节，记述白居易的生平和创作，对网络上传播的一些亵渎之词多有辩驳。白坤堂、白振修《白居易的洛阳缘》（白山出版社2014年版），在《白居易与洛阳》（白高来、白振修编著，银河出版社2006年版）、《唐诗与洛阳》（王保双、白高来编著，白山出版社2009年版）、《白居易在洛阳》（白高来、白永彤，白山出版社2012年版）的基础上，论述白居易与洛阳的不解之缘。白高来《白居易长安诗文精粹》（中州古籍出版社2014年版）分三编，辑录白居易在长安时期创作的诗歌391首、散文50篇，集中进行解读和赏析。

近年来，白居易诗迹研究随着地域文学研究的兴起，正逐渐成为大家关注的热点，民间学者的成果日益凸显，尽管在水准上可能和学院派无法相提并论，但其作用和特色不容置疑。与某些职业性乃至作业性的论文作者相比，那些因为地域和家族因缘而投入白居易研究的民间学者，拥有一份做事业乃至是志业的心怀。发上等志，寻平处论，向宽处展，姑以此与同道者共勉。

六

第二个值得留意的，我认为应该是白居易的接受和影响研究。白居易接受史研究，从现代学术意义上讲，始于异域日本，日语称为“受容”，东京勉诚社1994年出版的《白居易研究讲座》第三、四、五卷，即日本对白居易的受容和围绕白诗受容的诸问题。若以借鉴西方接受学理论而言，白居易接受史研究则始于20世纪末，代表性文章有陈文忠《〈长恨歌〉接受史研究》（《文学遗产》1998年第4期）等。进入21世纪，尚永亮等《中唐元和诗歌传播接受史的文化学考察》（武汉大学出版社 2010 年），有专章从文化学角度考察元白诗派的传播接受史。此外，还有《白居易与宋代重“意”、“理”的诗学发展：宋人对白居易〈长恨歌〉的接受与详论》（高雄：春辉出版社 2001 年）等著作，《白文接受的迁变及白文研究的现状与价值》（付兴林，《宁夏大学学报》2006 年第 2 期）、《白居易诗歌在宋代的接受》（王翠，《怀化学院学报》2008 年第 5 期）、《论欧阳修对白居易的接受》（赵艳喜，《井冈山大学学报》2011 年第 5 期）、《日本平安时代对白居易诗歌的接受》（张安琪，《湖北成人教育学院学报》2010 年第 2 期）、《白居易的“九老会”及其文学史意义——以宋人对“九老会”的仿慕为例》（张再林，《广西社会科学》2011 年第 4 期）、《白朴杂剧对白居易诗歌的接受与发展》（傅艳华等，《陕西理工学院学报》2011 年第 2 期）等论文，但全面梳理和研究尚付阙如。

作为唐代高产作家，白居易各体兼善，取材广泛，加之精励刻苦，故作品数量之多，在唐代首屈一指，“诗笔大小凡三千八百四十首”（《白氏集后记》），今存散文 750 余篇，诗歌 2830 余首。如果数量还不能说明一切，那么，在质量上白居易也堪称大家。他不仅在当时文坛地位很高，对后代文坛影响也很大，堪称世界级文化名人。《诗人主客图》称之为“广大教化主”，可谓恰如其分。正因为白居易作品数量多、地位高，因此对中晚唐以来的后世文学影响极大。借由自己的作品，白居易已超越唐代的时空，经无数后代读者的阅读，其永恒的生命力已被证明。白居易不仅是一位伟大的诗人，还是一位文化名人。他上承陶渊明，下启苏东坡，与传统儒释道文化联系密切而广泛，是中国文人的典型代表。这样一位伟大的作家，应当也有必要拥有一部系统、全面的接受史研究，这一方面可以更全面准确地估量白居易的影响力，也将有助于深入理解中国文学和文化的精义，另一方面也有助于了解不同时代、不同审美情趣、鉴赏能力、期待视野、社会思潮以及某些意识形态上的发展和变化。而目前学界之所以尚无一部系统的白居易接受史，大概主要是因为关于这样一位众所瞩目的焦点人物，历代留存的文献资料比较丰富，给接受史研究带来一定的挑战。

相对于文本文献整理的裴然成绩，学界在白居易的外学方面，如个性范式、思想发展、诗歌理论等关键问题上，尚鲜有突破。欲寻突破，“往下接着说”（用冯友兰语），当为一重要出路。如何接着说？不妨首先了解和认识白居易对后世文人的影响。从表面上看，这是迂回，不是创新，但为了创新或突破，有必要迂回；为了前进，有必要回顾。只有较好地总结历史，才能清晰地认清未来的方向。古今相通，时异境似，历代文人对白居易其人其文的接受历史，是寻找白居易研究突破口的重要参照。

从横通角度看，接受史研究可以参考的理论资源，一方面生根自本土，一方面需要借镜于异域。从本土理论资源看，诗无达诂，比兴附会，词主寄托，意内言外，披文入情，涵咏品味，知人论世，以意逆志，言不尽意，得意忘言，断章取义，笺证训诂，夺胎换骨，点铁成金，循名责实，活参妙悟，切己体认，各以情遇，抉隐阐幽，见仁见知，实事求是，作者未必然，读者何必不然……这些传统诗学中的习见词语、经典命题，蕴含着丰富的接受美学思想。六祖慧能禅师曾云，“不是风动，不是幡动，仁者心动”，堪称接受理论的最佳写真。“风”者，知人论世之文学外部研究；“幡”者，强调文本维度的文学内部研究；“心”者，注重接受者维度的接受史研究。白香山《与元九书》曾云：“风雪花草之物，《三百篇》岂舍之乎？假风以刺威虐也，因雪以愍征役也，感华以讽兄弟也，美草以乐有子也。皆兴发于此而义归于彼。”[①] 以为诗“义”虽“在言外”、在“彼”不在“此”，然终可推论而得确解。钱锺书《谈艺录》谓，其事大类西方心析学判梦境为“显见之情事”与“幽蕴之情事”，圆梦者据显以知幽……其于当世西方显学所谓“接受美学”……亦如椎轮之于大辂焉[②]。东海西海，心理攸同，于此可见一斑。另外，自唐人孔颖达撰《毛诗正义》以来，中国典籍整理历来有集注、辑释、汇评、会笺、丛话之传统，其中蕴含着丰富的接受美学史料，亟待有志于建立中国特色之接受美学的研究者加以开掘和利用。

旧学商量加邃密，新知培养转繁荣。20 世纪 80 年代末以来，接受美学引入中国，尧斯（Hans Robert Jauss）等《接受美学与接受理论》（周宁、金元浦译，辽宁人民出版社 1987）和《审美经验与文学解释学》（顾建光等译，上海译文出版社 1997），伊瑟尔（Wolfgang Iser）《审美过程研究——阅读活动：审美响应理论》（霍桂桓等译，中国人民大学出版社 1988），汤普金斯（Jane P. Tompkins），等《读者反应批评》（刘峰等编译，文化艺术出版社 1989），刘小枫选编《接受美学译文集》（三联书店

① 钱锺书：《谈艺录》，三联书店 2010 版，第 721—724 页。

② 谢思炜：《白居易文集校注》，中华书局 2010 版，第 323 页。

1989)，斯坦利·费什（Stanley E. Fish）《读者反应批评：理论与实践》（文楚安译，中国社会科学出版社 1998）等译著，朱立元《接受美学》（上海人民出版社 1989）及《接受美学导论》（安徽教育出版社 2004）、金元浦《接受反应文论》（山东教育出版社 1998）等论著，推动了国内接受美学研究的展开，为古典文学接受史研究提供了理论借镜，许多学者开始将中国文学研究与接受美学结合。陈文忠《中国古典诗歌接受史研究》（安徽大学出版社 1998）从理论、方法层面上对古典诗歌接受史的研究作了有价值的探索，并以若干经典作品、艺术原型为个案进行尝试。其《文学美学与接受史研究》（安徽人民出版社 2008）又略有增补。尚学锋、过常宝、郭英德《中国古典文学接受史》（山东教育出版社 2000）、邓新华《中国古代接受诗学》（武汉出版社 2000）及《中国古代接受诗学史》（上海人民出版社 2012）、邬国平《中国古代接受文学与理论》（黑龙江人民出版社 2005），亦各有进境。断代方面，王玫《建安文学接受史论》（上海古籍出版社 2005）允称先声，张浩逊《唐诗接受研究》（浙江古籍出版社 2010）与张毅《唐诗接受史》（人民文学出版社 2012），则可互为补充。

作家个案方面，陆续有尚永亮《庄骚传播接受史综论》（文化艺术出版社 2000）、杨合林《陶渊明接受史稿》（湖南文艺出版社 2002）、李剑峰《陶渊明接受史（元前）》（齐鲁书社 2002）、刘中文《唐代陶渊明接受研究》（中国社会科学出版社 2006）、杨文雄《李白诗歌接受史》（台湾五南图书出版公司 2000）、王红霞《宋代李白接受史》（上海古籍出版社 2010）、蔡振念《杜诗唐宋接受史》（台湾五南图书出版公司 2002）、袁晓薇《王维诗歌接受史研究》（安徽大学出版社 2012）、谷曙光《韩愈诗歌宋元接受研究》（安徽大学出版社 2009）、查金萍《宋代韩愈文学接受研究》（安徽大学出版社 2010）、全华凌《清代以前韩愈散文接受研究》（湘潭大学出版社 2011）、杨再喜《唐宋柳宗元传播接受史研究》（中国社会科学出版社 2013）、刘学锴《李商隐诗歌接受史》（安徽大学出版社 2004）、米彦青《清代李商隐诗歌接受史稿》（中华书局 2007）、程继红《辛弃疾接受史研究》（吉林人民出版社 2001）、朱丽霞《清代辛稼轩接受史》（齐鲁书社 2005）、张静《元好问诗歌接受史》（中国社会出版社 2010）等。综观这些成果可以看出，传统的问题，加上崭新的视角，生发出耳目一新的感受。接受史研究业已成为热点，是近年来有机吸收外来理论运用于文学研究较为繁荣的领域。

白居易接受史研究，应该围绕白居易其人其诗、其文其学的独特面貌，力求全面准确展示其对后世文学影响的独特轨迹。为了系统梳理白居易对后世文学的影响，有必要全面收集和整理相关文献资料。为此，拟从文献资料的收集入手，彻查现存文献典籍，在此基础上系统整理相关文献资料。截至目前，笔者已初步编撰《白居易资料新编》500余万字，包括中晚唐至近代2700多家作者，6700多则评述材料，参考书籍3400余种。除诗话、笔记、诗文集、地志、碑刻、金石、史籍、年谱、日记等经史子集四部典籍而外，旁涉戏曲、传奇、话本、弹词、子弟书、章回小说，及释道典籍、类书杂纂等各类记载，以对白居易生平思想及诗词文赋等各类文学创作进行评述之文献为主，亦包括白居易之世系家族、行年事迹、版本源流、作品整理、真伪考辨、字义疏证、典故诠释、本事考证、鉴赏品评、背景介绍、诗意疏解、诗旨阐发等。此外，白居易同时人与其唱和酬赠，可以帮助了解白居易之交游等，亦在辑录之列。这些文献资料，有些是以白居易为主，有些是以白居易为参照，顺带提及。在相关度的处理尺度上，唐宋文献从宽，元明清文献略严。这样规模的文献搜集和整理，目前就古代作家而言，绝无仅有①。在此文献整理基础上的白居易接受史研究，必将拓宽和加深对这位“广大教化主”影响力的认知，并有益于对其文学史地位的准确定位，同时可望在接受史个案研究领域的广度和深度上有所突破。

如果说拙著《元白诗派研究》意在梳理白居易对中唐诗坛的影响的话，那么承之而下延，白居易接受史研究，无疑重在整理白居易在中唐以后的影响。通过评述、研究、接受、传播等相关文献资料的收集和排比，在此基础上，系统分析白居易其人其诗、其文其学的接受史，以期拓宽和加深对这位大作家的认识。拙编《白居易资料新编》的编纂，就是为撰写白居易接受史、传播史和研究史提供史料基础。前人有“著书不如编书”一说，剔除考量经济利益的因素，排除、规避作者责任的调侃意味，窃意也暗含这样一个价值判断：承继高于出新。在提倡创新的今日，这种倾向或许有些落伍。但退一步讲，即使是出己一说，总须交待前人成果，方不负推陈出新之意。许多同侪顶礼膜拜钱锺书，而其代表作《谈艺录》《管

① 李、杜皆不全，《苏轼资料汇编》143万字，刚刚出版的《王维资料汇编》140万字。

锥编》，就名为“录”和“编”。这里绝非强调文献重过理论，收集和整理材料毕竟只是初步工作，科学的分析和综合的研究才是最终目的；但没有文献支撑的理论，就像有些光鲜流丽的广告，让人不免有几分悬心。其理想之境，或应如有源之水、有本之花。在个人成长历程中，少影响老，童年经历影响青年、中年和老年；但在群体系列中恰恰相反，老影响少，前辈（代）影响后辈（代）。这就是传统的统绪所在。撰写文学史，无非是要勾画出历代积累、前后影响的轨迹。“后之视今，亦犹今之视昔”（《兰亭集序》），慨之深矣；而“已有的事，后必再有；已行的事，后必再行。日光之下，并无新事”（《旧约·传道书》），则说得更为斩绝，但不无启迪，亦颇堪玩味。阅读和考察前人在白居易研究领域留下的足迹，相信会对今日研究提供参考和借镜。

笔者因工作之需，自 1998 年以来即承担撰写《中国文学年鉴》唐代文学研究综述任务，持续留意新出论著，经常关注学术动态，迄今已十年有余，年年岁岁撰综述，不觉流水十年间。十年流水有承变，月华星彩反掌见。尽管相对于综述的研究对象而言，十余年只是历史长河中的微澜，但对研究者而言，堪称承旧启新的重要阶段。一方面，学者对研究对象的基本知识来源于纸本文献；另一方面，又适逢文献数字化、计算机检索乃至分析工具的飞速发展，心智与技术之间的交互作用日益频繁，数据库和网络资源日渐难舍难离。阅读和研究工具的转换，势必引发研究态势的丕变。前辈学者从前只能心领神会一些较为模糊的认知，现在借助技术的手段，可以得到相对清晰、准确的描述。

仅就白居易资料收集而言，前辈学者陈友琴（1902—1996）编撰《白居易诗评述汇编》，主要还是利用其供职的中国社会科学院文学研究所之藏书，依靠目力披阅纸本文献。尽管作为“古典文学研究资料汇编”丛书中的开创之作，有垂范后来者的榜样意义，获得国内学术界的广泛好评，在海外也深受欢迎，并有力促进了当时的白居易研究，但今天看来，排除因转述而重复者，《汇编》远未收罗无遗，因此当时即被钱锺书先生讥为“伧荒家当”①。笔者 1998 年始撰《元白诗派研究》，在得力于《白居易诗评述汇编》的同时，也发现它多有遗漏，开始留意搜辑其未备，原计划在《汇编》的基础上加以补订，但做下来，发现不仅《汇编》的讹误需要修

① 见徐季子主编《傅璇琮学术评论》扉页之原信影印件，宁波出版社 2007 年版。

订，遗漏需要补充，搜集范围需要扩大，而且作者先后次序，均需根据近五十年来的研究成果重新编排，新加资料数量巨大，已远非补订所能容纳。《汇编》29万字，拙撰《白居易资料新编》历经十余年，迄今篇幅已扩至500余万字。在此期间，古籍整理和数字化工作日新月异，《全宋诗》《全宋文》《全元文》《全元诗》《宋诗话全编》《辽金元诗话全编》《明诗话全编》《全明诗话》《民国诗话丛编》《中华大典·文学卷》等相继付梓；《四库全书存目丛书》及补编、《四库未收书辑刊》、《四库禁毁书丛刊》《故宫珍本丛刊》《续修四库全书》《中国地方志集成》《清代诗文集汇编》等陆续影印；《中华电子佛典》、《文渊阁四库全书电子版》、《四部丛刊原文及全文检索版》、《古今图书集成全文检索系统》、《国学宝典》、《汉籍全文检索系统》、《中国基本古籍库》等大型数据库以及互联网资源，又为收集相关资料提供了便利条件①。当然，电子文献远未能取代纸本文献。一方面，电子文献尚未能完全可靠可信，纸本出版物尽管亦然，但其历史更为悠久，因而略胜一筹；另一方面，上述从电子文献检索出来的结果，还需要人工加以筛选、鉴别，去除重复与无效部分。目前看来，人脑与电脑，在这段不会很短的过渡期内还需要互帮互补。

总之，有上述文献整理作为基础，白居易接受史研究可望展示其对后世影响力的全貌。至于接受史的具体研究范围，则至少应顾及以下六个

---

① 例如，可输入如下检索关键词——“居易/白居易”“乐天/白乐天”“香山/白香山/香山居士”“白公/白公居易”“白文公”“白学士”“白先生”“白监”“白氏/白老”“白傅/白少傅/白太傅”“白尚书”“白舍人”“白侍郎”“白司马/白江州/江州司马/江州白司马/浔阳司马/九江司马”“白忠州”“白二十二/白二十”“醉吟先生/醉吟”“迂叟”“诗魔”等关于名号者，“元白”“刘白”“香山会”“七老会”“九老会”“香山九老”等关于合称者，“乐天体/乐天句/白乐天体”“香山体/香山句”“元和体/元和诗体/元和体诗”“长庆体”“白派/白体”“元白体”等关于诗体者，“元轻白俗/白俗”“广大教化主”等关于诗风者，“琵琶图”“浔阳图”“九老图/会昌九老图/香山九老图/乐天九老图”“七老图”等关于绘画者，“白诗”“白词”“白文”“白赋”“长庆集/长庆诗”“九老诗/香山九老诗”“新乐府”“秦中吟”“长恨歌”“琵琶行/琵琶引/浔阳琵琶”“拟何处难忘酒/何处难忘酒”“刈麦行/观刈麦”“拟放言/放言”“金针诗格”等关于作品者，“白乐天宅”“白公祠”“乐天祠”“白居易祠”“三贤祠”“四贤阁”“白文公庙”“白傅祠”“白公草堂”“白公堂”“五老堂”“七老堂”“九老堂”“白亭”“琵琶亭/琵琶洲”“浸月亭”“唤渡亭”“冷泉亭”“白公墓/香山墓”等关于遗迹者，一一予以搜索以避免遗漏，筛选以避免误收。另外，再充分提取并统计化用或暗用乐天诗文语句、典故的各种情形。这样，尽管仍未必能毫发无遗，但较纸本目力阅读而言，着实大大减少了工作强度和遗漏的比例。

方面：

其一，文集编纂史。历代书目提要、版本序跋中有关白集的著录，可见白集流传之脉络、编纂之历史。白居易在世时，其文集前后经历十次编集整理[①]。宋代初年，白体诗蔚然成风，引领一些白集印本问世，但流传毕竟有限。故周必大《文苑英华序》云："是时印本绝少，虽韩、柳、元、白之文尚未甚传，其他如陈子昂、张说、张九龄、李翱等诸名士文集，世尤罕见。"[②] 今日有幸存世的白居易集，有南宋初的绍兴刻本，其中收诗三十七卷、文三十四卷，尽管已失原编面貌，却是存世最早的白集刊刻本，保存了不少白集原注，文字讹误也较少。

明代最早的白集刻本是正德八年（1513）华坚兰雪堂铜活字本《白氏长庆集》七十一卷。六年后的正德十四年（1519），郭勋将诗文分开编集，分别编订为《白乐天诗集》四十卷，《白乐天文集》三十六卷，惜前者早已失传。嘉靖十七年（1538），有伍忠光龙池草堂刻姑苏钱应龙重修本《白氏文集》七十一卷。万历三十一年（1603），徐守铭有宁寿堂刻本《王凤洲先生校选白乐天长庆集》二十二卷。而流传较广、影响较大的刊本，是万历三十四年（1606）云间马元调刊《白氏长庆集》七十一卷。

清康熙四十一年（1702），汪立名编有《白香山诗集》，次年由汪氏一隅草堂付梓。这部《白香山诗集》，乃诗集单行椠本，据明胡震亨编《唐音丁签》所收白居易诗，分原《白氏文集》前二十卷诗为前集，将卷二一至卷三七共十七卷诗编为后集，将原附见的应制诗、试作诗、谣吟歌篇十一首编为别集一卷；又收集逸诗八十五首编为补遗二卷，合起来共四十卷，参校众本，加以校正，附以宋陈振孙撰年谱旧本和己撰年谱等，同时采诸相关记载，笺注于各诗之下。其主要特色在于校雠文字，收集逸诗，而笺注并不太多，还偶有疏漏，但在陈振孙所编年谱基础上，对白诗编年加以细致考订，并尝试复原白集前后集分编的原貌，于白诗之编集、校勘、考证、辑佚而言，程功甚伟。

传承于日本的和刻本白集，价值较高者有两种，第一种是十七世纪江户时代的那波道圆（1595—1648）刊活字本《白氏文集》七十一卷，这个版本是以朝鲜半岛所传本为底本复刻而成的，《四部丛刊》曾据以影印，

---

① 详见拙著《元白诗派研究》（社科文献出版社 2007 年版）附编。

② 周必大：《文忠集》卷五十五，《文渊阁四库全书》本。

虽然其刊刻年代为后水尾天皇元和四年（1618），仅相当于中国明万历末年，不算早，但其所据覆宋本，则约为南宋高宗时刻本，其源出自五代东林寺本，卷帙顺序与中国通行的“前诗后笔本”有很大的不同，保存了白集原编“前集后集本”的原貌，即前集五十卷，先诗后文，皆长庆四年（824）春以前作品，是《白氏长庆集》第一次结集时的原貌；其后卷五十一至卷六十、卷六十一至卷七十，分为两个单元，均先诗后文，保存了白氏《后集》前十卷和后十卷分次编辑的面貌。但与绍兴刻本相比，那波本文本的校勘质量要略逊一筹。而且那波本有一大缺点，就是原夹行小注概行刊落，大概是由于活字排版的技术关系，而非所据原本没有注文。第二种是金泽文库旧藏本《白氏文集》，现存二十多卷，已散藏于金泽文库之外[①]。开成四年（839），白居易编定《白氏文集》六十七卷，送苏州南禅院收藏。会昌四年（844），日本僧惠萼于南禅院钞写《白氏文集》携归。各卷后往往有惠萼跋语，后转钞时亦得到保留。镰仓时期，丰原奉重主持转钞校勘《白氏文集》，始于宽喜三年（1231），完成于建长四年（1252）。据各卷后丰原奉重跋语，其转钞主要依据博士家菅原家传本，而菅原家传本又系惠萼本之转钞，所以金泽文库本虽系唐钞本之转钞本，但文献价值可与唐钞本相媲美。例如，《琵琶行》诗序，绍兴刻本之“元和十年”，金泽文库本作“元和十五年”。因此，有学者据以推断，《琵琶引》不是元和十一年白居易在江州遇到琵琶女所作，而是从贬地回到长安不久的长庆初年创作的虚构作品[②]。历代白居易文集编纂的历史，是白居易接受史研究的基础和起点。

其二，选本沉浮史。与白居易推崇的前辈诗人杜甫相比，白居易诗歌的经典化比率要低许多。这一点在历代诗歌选本中可见一斑。选本是一种古老的古典文学批评方式，与其后出现的诗话、笔记、评点、序跋等，共同承担着重要的批评职能，其影响力往往并不逊色于别集和专集。“选书者非后人选古人书，而后人自著书之道也。”[③] 层出不穷的分体分类、家族

---

① 日本勉诚社 1983 至 1984 年影印《金泽文库本白氏文集》；临川书店 2001 年影印《白氏文集》，列为“国立历史民俗博物馆藏贵重典籍丛书”文学编第 21 卷。

② 参见下定雅弘《白居易的〈琵琶引〉——名作成立的四个谱系》，《白居易研究年报》第 13 辑；中文版载于《东华汉学》第 20 期，2014 年 12 月。

③ 谭元春：《古文澜编序》，《谭元春集》卷二十二，上海古籍出版社 1998 年版，第 601 页。

地域、断代跨代选本中，作家和作品的入选率，从小里说，是关注程度的显示器；从大处讲，乃其文学史地位高低的晴雨表，对接受者的阅读趣尚有很大的导向和牵制作用——“选者之权力，能使人归”①。

唐以来的选本及评点中，选编白诗者，有唐人《又玄集》（韦庄）、《才调集》（韦縠），宋人《分门纂类唐宋时贤千家诗选》（署刘克庄）、《注解章泉涧泉二先生选唐诗》（赵蕃、韩淲选，谢枋得注）、《诗林广记》（蔡正孙）、《唐宋千家联珠诗格》（于济、蔡正孙编，徐居正增注）、《东莱集注类编观澜文集》（吕祖谦）；元人《瀛奎律髓》（方回）、《唐音》（杨士弘）；明人《唐诗品汇》（高棅）、《唐诗正声》（高棅）、《唐诗纪》（黄德水等）、《删补唐诗选脉笺释会通评林》（周珽）、《唐诗归》（钟惺、谭元春）、《唐诗解》（唐汝询）、《唐诗镜》（陆时雍）、《石仓历代诗选》（曹学佺）；清人《贯华堂选批唐才子诗》（金圣叹）、《唐诗快》（黄周星）、《雅伦》（费经虞）、《诗法醒言》（张潜）、《而庵说唐诗》（徐增）、《唐诗评选》（王夫之）、《唐诗评三种》《增订唐诗摘钞》（黄生）、《唐七律选》（毛奇龄）、《唐诗别裁集》（沈德潜）、《中晚唐诗叩弹集》（杜诏、杜庭珠）、《网师园唐诗笺》（宋宗元）、《初白庵十二家诗评》（查慎行）、《唐诗三百首》（孙洙）、《唐宋诗醇》（弘历）、《唐诗成法》（屈复）、《唐诗合解笺注》（王尧衢）、《五七言今体诗钞》（姚鼐）、《（朱选）玉台新咏》（朱存孝）、《十八家诗钞》（曾国藩）、《唐诗选》（王闿运）、《历代诗评注读本》（王文濡）、《诗境浅说》（俞陛云）等。考察其所选白诗篇目和具体评点，是研究白诗接受史的重要一端。

其三，接受效果史。白居易的科试文章，当时曾被士人当作学习仿效的程式。白诗当时广泛流传于宫廷和民间，歌伎唱他的诗，寺庙、旅舍贴有他的诗，僧侣、官人、寡妇、少女读他的诗，宫中妃嫔甚至以吟诵他的《长恨歌》而自负。相传写有白诗的帛可以当钱用。荆州市民葛清文身，在身上刻满白诗，称为白舍人行诗图，围观的人十分羡慕。四明人胡抱章作《拟白氏讽谏五十首》，行于东南；后孟蜀末杨士达亦撰五十篇，颇讽时事。不但如此，白诗还远播朝鲜、日本、越南、暹罗（泰国）。今敦煌所见抄本白居易诗及托名“白侍郎”诗作，晚唐出现、后世多有翻刻的白居易《新乐府》单行本《白氏讽谏》，日本《文德实录》、圆仁《入唐

① 钟惺：《诗归序》，《隐秀轩集》卷十一，明天启二年沈春泽刻本。

新求圣教目录》、藤原佐世《日本国见在书目》中的记录，以及现存源自平安时代抄本的多种古抄本《白氏文集》，可以印证上述说法。白居易身后，其诗仍广为流行，晚唐五代的罗隐、皮日休、陆龟蒙、聂夷中、黄滔、杜荀鹤、贯休，宋代的晁迥、王禹偁、梅尧臣、苏轼、张耒、陆游，元代的王恽，明代的宋濂、吴宽、唐寅、文徵明、袁宗道，一直到清代的吴伟业、赵执信、俞樾、黄遵宪等等，都是受到白居易影响很深的文人。白居易声名传播历久未衰，与这些重量级文学接受者的支持和推崇密不可分。

晚唐张为《诗人主客图》将中晚唐 84 位诗人分为广大教化、高古奥逸、清奇雅正、清奇僻苦、博解宏拔、瑰奇美丽六派，每派都有主有客，客分上入室、入室、升堂、及门四格。白居易为“广大教化主”，可见晚唐诗坛对白居易品第之一斑。明人江进之《雪涛小书》云：“前不照古人样，后不照来者议；意到笔随，景到意随；世间一切，都著并包囊括入我诗内。诗之境界，到白公不知开扩多少。较诸秦皇、汉武，开边启境，异事同功，名曰‘广大教化主’，所自来矣。”褒奖之至矣，而王世贞《艺苑卮言》却说：“张为称白乐天‘广大教化主’。用语流便，使事平妥，固其所长，极有冗易可厌者。少年与元稹矫靡逞搏，意在警策痛快；晚更作知足语，千篇一律。诗道未成，慎勿轻看，最能易人心手。”至清代翁方纲《石洲诗话》又反其道而称扬：“白公之为广大教化主，实其诗合赋、比、兴之全体，合风、雅、颂之全体，他家所不能奄有也。”仅就“广大教化主”而言，历代评论之褒贬即悬隔如云泥。

誉满天下，谤亦随之。再以元和体为例，其指称对象最早是元和年间“江湖间新进小生”之“自谓”，“巴蜀江楚间洎长安中少年”之“自谓”，长庆三年白居易《余思未尽加为六韵重寄微之》又用来指称元白之诗，此后在不同读者的不同视域下，指称对象愈加纷纭复杂，莫衷一是，或扩指韩愈、樊宗师、张籍、孟郊、白居易、元稹，或斥言“当时轻薄之徒”，或仅指白居易的全部诗歌。可见有不同的接受者，便会有不同的期待视野和接受取向，便会形成接受过程中的错位和变异。白居易接受史上的元和体这一个案，正如一柄双刃剑，既扩大了元白的影响，也产生了意想不到的杀伤力，使元白之清名反受其累。因此白居易自己在不以为然与矜持自恃之间，也不免显出游移与徘徊。

其四，作品模仿史。没有谁的成功可以复制，但没有哪部名作不可以模仿。模仿者越多，经典化机率越大。此以《琵琶行》的经典化过程为例。自唐宣宗“胡儿能唱琵琶篇”的御评起，《琵琶行》即进入经典化过程。后世以同题或同体方式模仿《琵琶行》之作，有陈谦（1144—1216）《续琵琶行》（今仅存两句）、白玉蟾（1153? —1243?）《琵琶行》、戴复古（1168—1250?）《琵琶行》、方回（1227—1307）《于氏琵琶行》、杨维桢（1297—1370）《李卿琵琶引》、周巽（元末明初人）《琵琶曲》、胡应麟（1551—1602）《琵琶行并序》、谈迁（1594—1658）《续琵琶行寄张深之都督并序》、吴伟业（1609—1672）《琵琶行并序》、杜濬（1611—1687）《琵琶行》、屈大均（1630—1696）《琵琶行赠蒲衣子》、李兰（1692—1736）《题琵琶亭即用香山原韵》、桑调元（1695—1771）《琵琶亭叠白韵》、曹秀先（1708—1784）《衍琵琶行有序》、陆费瑔（1784—1857）《江船琵琶曲》、吴寿平（1808 年举人）《续琵琶行》等。

其中曹秀先《衍琵琶行》，将香山《琵琶行》的每一句衍为四句，依次而下，逐句扩写，把 88 句 616 言的《琵琶行》，衍化成 352 句 2464 言的巨篇。诗云：

> 浔阳江头夜送客，吴楚中间开水驿。儿童报导司马来，名曰居易姓曰白。……夜深忽忆少年事，九枝灯下海棠睡。一刻千金不领春，痴人要堕伤心泪。……同是天涯沦落人，谩言物色尚风尘。汝嫁茶商元寂寞，我官司马剩清贫。相逢何必曾相识，萍水孤踪亦暂即。如此灯前一识君，锦字回文认谁织。……满座重闻皆掩泣，欣慨胡然遽交集。怜渠不早立身名，中流壶系判呼吸。座中泣下谁最多，乐极悲来泣当歌。怀土思乡全不耐，镜中发白影婆娑。江州司马青衫湿，半世豪雄付歌什。酒阑归散客亦行，商妇回向客船泣。①

虽若蜜中羼水，倒也敷衍细致，肌理清晰，妙合无垠，颇为壮观。其门人杨复吉《衍琵琶行跋》云：“浔阳江头，商妇琵琶。自有白傅一诗，遂成双绝；今更得地山夫子引而申之，千秋韵事，鼎足而三矣。”不吝回护其师，情有可原，但在诗史上，《衍琵琶行》实在默默无闻。历史无言，却

---

① 《昭代丛书》戊集续编；虫天子编《香艳丛书》第二集；《中国香艳全书》，团结出版社 2005 年版，第 158—161 页。

述说一切；流水不语，但淘尽尘沙。

道光二十六年（1846），湖北天门人熊莪（1776 至 1780—?）又有《琵琶行分句吟草》，更变本加厉，据《琵琶行》八十八句，逐句分咏，逐句诠发，分韵五言，如第一首《浔阳江头夜送客》（得“江”字）云：“浔阳今夜永，送客到秋江。派自波分九，灯看影照双。心随明月去，声听远钟撞。鹢舫牵离绪，骊歌按别腔。驿亭杨柳岸，溢浦木兰艭。此夕权停桨，来朝但系桩。樽将开北海，烛待剪西窗。不尽河梁意，宵吟答石泷。”全部共计排律 88 首。自叙中云：“七千四十字，同史游《急就》之章；八十有八篇，仿陆子《连珠》之体。镂金错采，敢诩龙雕；弄月吟风，难藏鸠拙。白公佳咏，真惭依样之葫芦；黄土香魂，岂类无盐之刻划。质诸同好，请共解嘲。”自谦中有自诩。后附胡德坤《琵琶行分句吟草题词》亦赞云：“八十八章花作字，令人一读一生香。”

作品模仿的形式，既有创作过程中的效仿、模拟，也有唱和，同时不限于体式体裁、艺术风格、写作技法、词语典故等的学习，有时还采用主题沿承的形式。仍以《琵琶行》为例，除仿拟扩续与唱和之外，还有《衍琵琶行》这样的扩写、《琵琶行分句吟草》这样的改作，更不限于体式、体裁上的继承。至于只是在主题上沿承《琵琶行》天涯沦落之感，或在自己的诗歌创作中，学习《琵琶行》的艺术风格、写作技法、词语典故等，则更数不胜数。

《琵琶行》主题沿承所体现的琵琶亭诗，将《琵琶行》生发出叙写故事与遗迹咏怀两大主题，并逗惹出后世诗人不同的情感接受取向，不妨比附佛教中十二缘起的第七支——受（vedanā）的三种情形，即苦受、乐受、不苦不乐舍受[①]，约略分为以下三类：

第一类，超然物外，寄托今昔之慨。这是福建人吴处厚（1053 年进士）定下的调儿，其《题九江琵琶亭》云：“夜泊浔阳宿酒楼，琵琶亭畔荻花秋。云沉鸟没事已往，月白风清江自流。”[②] 承其调者，有江西建昌人

---

① 参见泰国法身寺法胜大学依据泰国巴利藏写本校订的巴利语《长部》之《大念住经》。

② 《青箱杂记》卷八，李裕民点校本，中华书局 1985 年版，第 83 页。此诗作者或作宋敏求，又作王安国，非也。详见拙作《〈题琵琶亭〉〈送客西陵〉作者考》，《中国典籍与文化》2015 年第 1 期。

李彭《小憩琵琶亭呈环中养正》[1]，晚年定居九江的安徽宣城人周紫芝（1082—1155）《琵琶亭二绝》[2]，义乌人喻良能（1119—1190稍后）《琵琶亭》[3]，山东汶阳人周弼（1194—?）《琵琶亭》[4] 等。

第二类，微讽乐天未能忘情仕宦。始作俑者，为夏竦《江州琵琶亭》："年光过眼如车毂，职事羁人似马衔。若遇琵琶应大笑，何须涕泣满青衫！"继其基调，又有南宋江湖诗人戴复古（1168—1250?）的《琵琶亭》[5]。同样可以归入此类的，还有宋景佑进士史沆《题琵琶亭》[6] 等。宋濂（1310—1381）《题李易安所书琵琶行后》开篇基调与夏竦差不多："佳人薄命纷无数，岂独浔阳老商妇。青衫司马太多情，一曲琵琶泪如雨。"而结尾则已经比较辛辣了："生男当如鲁男子，生女当如夏侯女。千年秽迹吾欲洗，安得浔阳半江水。"[7] 更有甚者，诟詈香山，谓其犯教而败俗。其琵琶之辞，必当毁板，琵琶之亭，及庐山草堂胥拆毁而灭其迹，庶几乎风流种绝[8]，俨然要兴起一桩诗案。

还好，尚有第三类，对乐天报以同情之理解。这一基调是欧阳修（1007—1072）奠定的。宋仁宗景佑二年（1036），欧阳修以"越职言事"，被贬为夷陵（今湖北宜昌）县令，途经长江，登琵琶亭，写下两首诗，"乐天曾谪此江边，已叹天涯涕泫然。今日始知予罪大，夷陵此去更三千。"[9]"九江烟水一登临，风月清含古恨深。湿尽青衫司马泪，琵琶还似

① 《文渊阁四库全书》本《日涉园集》卷六；《全宋诗》，北京大学出版社1998年版，第24册，第15908页。李彭，字商老，建昌（今江西永修西北）人。因家有日涉园，自号日涉翁。生平与韩驹、洪刍、徐俯等人交善，名列吕本中《江西宗派图》。《两宋名贤小集》卷一一五存《玉涧小集》一卷。

② 《太仓稊米集》卷三十五，《文渊阁四库全书》本。

③ 《香山集》卷十三《琵琶亭》，《文渊阁四库全书》本。

④ 《文渊阁四库全书》本《端平诗隽》卷一；《文渊阁四库全书》本《江湖后集》卷一；《文渊阁四库全书》本《两宋名贤小集》卷二百七十七。

⑤ 《文渊阁四库全书》本《两宋名贤小集》卷二百七十三。《石屏诗集》卷一题作《琵琶行》。

⑥ 赵与旹：《宾退录》卷三引《倦游杂录》；《宋诗纪事》卷三十一。

⑦ 《四部丛刊》影印明正德刊本《宋学士集·芝园续集》卷十；《文渊阁四库全书》本《文宪集》卷三十二。

⑧ 舒梦兰（1757—1835）：《天香随笔》，见宇宙风社1936年重印本《游山日记》。

⑨ 《琵琶亭》，《四部丛刊》本《文忠集》卷五十六"外集六"；《全宋诗》第6册，第3784页。

雍门琴。”[①] “雍门琴” 用雍门子周以善琴见孟尝君的典故，借指哀伤的曲调。昔雍门子以琴见孟尝君，陈辞通意，抚心发声，孟尝君为之增欷歍唈，流涕交横，韩娥曼声，哀哭十里，老幼悲愁，垂涕相对，三日不食。还为曼声，长歌十里，长幼喜跃抃舞，难以自禁。若非真情流露，何以如此感人？大概是因为同病相怜吧，所以倍感凄凉。南宋四川进士郭明复《琵琶亭》，更进而赞许乐天左迁司马却恬然自安、放怀适意的情怀[②]。

最值得关注的，是一位适与白乐天同寿的清代九江关督——沈阳人唐英，他不仅捐俸重葺琵琶亭，自撰大量琵琶亭诗，还在琵琶亭壁间左右皆悬诗板，置笔砚，以征游人过客题咏，后辑为《辑刻琵琶亭诗》一卷，可谓风雅长留，是《琵琶行》与琵琶亭沿承历史上浓墨重彩的一笔。乾隆八年（1743）琵琶亭修成，唐英喜撰《春游琵琶新亭唱和》，序云：“琵琶亭，唐白香山遗迹也。在九江榷署之左，相距不里许。历久倾圮，间有古今题咏碑碣，半沦没于寒烟蔓草中，孤亭敧仄，旦晚莫支。予司榷江州，数至其地，不忍古迹荒落，因捐俸，新其亭，更创小楼三楹以供登眺。以冬春雨雪，未遽竣工。癸亥二月九日，始得明霁，而楼宇适成，爰偕同事诸君子，泛舟一游，凭栏远瞩，兴会勃然，率成俚语二章，诸君属和。”情绪显然已经超然于前代琵琶亭诗的悲欢，语调轻松明朗。袁枚《琵琶亭吊唐蜗寄榷使》曾感慨：“一曲琵琶白傅赏，千秋过者犹闻响。……蜗寄先生抱古欢，来持英簜守江关。……懒征商税爱征诗，满亭铺遍砑光纸。一纸诗投两手迎，敲残铜钵几多声。姓名分向牙牌记，宾主重申缟纻情。……关心别有山阳恨，不听琵琶泪亦流。”[③] 对这位“懒征商税爱征诗”的官员兼诗人加以凭吊和追慕。

除主题沿承之外，《琵琶行》对后世的影响，还涉及以下几个方面。（1）体裁之接受，其大端表现为乐府歌行体与叙事之融合。（2）题材之流播，涉及其他体裁，如明代佚名所撰《粉蝶儿·白居易琶琶行》套曲。清代子弟书《琵琶行》，弹词《浔阳琵琶》等。戏曲方面，据庄一佛《古典戏曲存目汇考》，敷演《琵琶行》题材之历史剧有宋元阙名之《琵琶亭》，

---

① 《琵琶亭上作》，《四部丛刊》本《文忠集》卷五十五。

② 《宋诗纪事》卷五十三，上海古籍出版社 1983 年版，第 1346 页。

③ 《小仓山房诗集》卷三十，周本淳标校本《小仓山房诗文集》第二册，第 842—843 页；《袁枚全集》第一册《小仓山房诗集》，第 728 页。

元杂剧《江州司马青衫泪》，明传奇《青衫记》，清杂剧《四弦秋》《琵琶行》，及清传奇《司马衫》《琵琶亭》。其中宋元阙名之《琵琶亭》，清传奇《司马衫》（清王鑨撰，今佚）、《琵琶亭》未见著录。此外，爱新觉罗·敦诚（1734—1791）有《琵琶行传奇》一折[①]，题跋不下数十家，曹雪芹诗末云："白傅诗灵应喜甚，定教蛮素鬼排场。"但存世者只有元马致远《江州司马青衫泪》，明顾大典《青衫记》，清蒋士铨《四弦秋》，及清赵式曾《琵琶行》四种。（3）后世以《琵琶行》为主题的书画及题画诗词，也是《琵琶行》接受史研究需要考虑的重要内容。已知《琵琶行》相关绘画作品大约有五十余幅。诗是有声画，画是无声诗，"诗画一律""有声画""无声诗"、"无形画""有形诗"等语汇，传递着诗画之间难以割舍的联系。作为《琵琶行》接受史研究之重要一途，形态各异的《琵琶行》书画（包括题跋），丰富了原作的内涵，扩大了其艺术表现，跨越时空，不断生发出新的魅力。书画同源，亲如姊妹。《琵琶行》走入绘画，最迟是在元代。元人张雨（1283—1350）有《浔阳琵琶图》诗，张渥（？—约1356前）绘有《琵琶仕女》图，熊梦祥（1299—1390）、郑东、宗本先（1308—1381）均有题诗，元末明初人平显、洪武间钱逊及祝允明（1460—1526）亦有《琵琶士女》诗。刘因（1249—1293）有《白乐天琵琶行图》诗，释善住（1278—1330?）有《琵琶行图》诗，叶颙（1300—1374后）有《题浔阳商妇琵琶图》诗，高启（1336—1374）则有《白傅湓浦图》《湓浦琵琶图》诗，高得旸（1352—1420）有《题浔阳琵琶图》诗，可知，《琵琶行》诗意画创作自元代初见端倪。可惜这些画今已不存。现存最早的《琵琶行》诗意画是明人郭诩的《琵琶行图》。此后乃蔚为大观，或以书配画，或以画补书，诗、书、画相得并彰。在历代书画家笔下，《琵琶行》在诗歌与音乐之外，转化为与诗画并胜的艺术形式，展现出别样的魅力。仅就书迹而言，不仅可以比勘不同书家不同版本文字流传之异同，更可加深《琵琶行》经典化问题的认知。各色书迹，或隶或楷或行或草，或洒脱或凝重，或飘逸或朴拙，各擅胜场，但均围绕《琵琶行》这一不朽之作，以己之心感受，入笔之意阐释，与不幸贬谪的诗人相共鸣，予飘泊浔阳的歌女以同情。正是这一过程，推动《琵琶行》逐渐确立其经典地位，同时促进其由经典走向大众。笔者撰有《白居易诗歌的图像

① 见其《四松堂集》卷五《鷦鷯庵笔麈》，上海古籍出版社影印本，第409页。

化传播——以明代〈琵琶行〉书迹著录与流传为中心》[①]，初开其端，而后续之深入研究，尚大有可为。

其五，作品阐释史。历代文学批评家撰写的诗话诗论、序跋笔记中，富含大量有关白居易作品的评论与考释。评论多为概括性，如李肇所谓“浅切”[②]，苏轼所谓“白俗”[③]，王若虚所谓“情致曲尽”[④]，李东阳所谓“浅俗”[⑤]，钟惺所谓“浅俚”[⑥]，周敬、施闰章、姜宸英、徐煜所谓“真率”[⑦]，许学夷所谓“流便”“率易”[⑧]，叶燮所谓“春容暇豫”[⑨]，赵翼所谓“坦易”[⑩]，潘德舆所谓“率易”[⑪]。考释内容则或针对具体作品，或围绕生平事迹。篇幅较多较为集中者，有宋晁迥《法藏碎金录》、葛立方《韵语阳秋》、阮阅《诗话总龟》、胡仔《苕溪渔隐丛话》、计有功《唐诗纪事》、洪迈《容斋随笔》、明何良俊《四友斋丛说》、胡震亨《唐音癸签》、清贺裳《载酒园诗话》、吴景旭《历代诗话》、宋俊《柳亭诗话》、赵翼《瓯北诗话》、翁方纲《石洲诗话》、潘德舆《养一斋诗话》、方东树《昭昧詹言》等。这是白居易接受史研究中所占分量最重的内容。

其六，以文学家为主体的接受影响史影响史，则当兼顾其文与其人。在这一点上，白居易接受史并不仅仅是其文学主张、诗文风格的继承，还应包括对其思想情趣、性情风仪、人格范式的接受，两者在接受史中占有几乎同等重要的位置。其中后世文人中屡见不鲜的五老会、七老会、九老

---

① 《安徽大学学报》，2015 年第 3 期。

② 李肇：《唐国史补》卷下，上海古籍出版社 1979 年版，第 57 页。

③ 苏轼：《祭柳子玉文》，孔凡礼《苏轼文集》，中华书局 1986 年版，第 1938 页。

④ 王若虚：《滹南诗话》卷一，《历代诗话续编》，中华书局 1983 年版，第 511 页。

⑤ 李庆立：《怀麓堂诗话校释》，人民文学出版社 2009 年版，第 85 页。

⑥ 钟惺、谭元春辑：《唐诗归》卷二十八，《续修四库全书》影印明刻本，第 1590 册，第 172 页。

⑦ 分别见周敬《删补唐诗选脉笺释会通评林》卷五十七，施闰章《学余堂文集》卷二十六《萧江集小引》，姜宸英《湛园集》卷一《遂初堂诗集序》，徐煜《徐晓亭麈谈笔存》。

⑧ 许学夷：《诗源辩体》卷二十八，杜维沫校点本，人民文学出版社 1987 年版，第 273 页。

⑨ 叶燮：《原诗》卷四，《清诗话》，上海古籍出版社 1978 年版，第 604 页。

⑩ 赵翼：《瓯北诗话》卷四，《清诗话续编》，上海古籍出版社 1983 年版，第 1173 页。

⑪ 潘德舆：《养一斋诗话》卷一，《清诗话续编》，上海古籍出版社 1983 年版，第 2016 页。

图、五老堂、真率会、耆英会、后耆英会，均与白居易密切相关。白居易其人与其文的历史价值，最终实现于其接受过程，创作主体与接受对象的不同，往往会使其作品风貌发生变化。白居易前期主张为政治为人生的文学观，是平民知识分子的代表；后期乐天知命，对孟子“穷则独善其身，达则兼济天下”加以实践、发挥和改造，成为后代知识分子重要的思想财富，其人格范式滋养了中国后世文人的精神家园。宋人早有“李白为天才绝，白居易为人才绝”的说法[①]。乐天型人格范式，上承陶渊明，下启苏东坡，是中国文人三大人格范式中的重要一环。白居易曾自比“异世陶元亮”（《醉中得上都亲友书以予停俸多时忧问贫乏偶乘酒兴咏而报之》）。其实陶渊明，晋代之白乐天也；苏东坡，宋朝之白居易也。明人袁宗道钦慕白居易、苏轼，其书斋取名“白苏斋”，了解其志向的弟弟袁中道称“以示尚友乐天、子瞻之意”（《白苏斋记》）。接受影响史，还应兼顾影响与接受双方，其间因果有如水洒在地上，浸湿附近的土壤是水的本性，但被浸湿的程度则需要视土壤具体情况而定。影响有的直接，有的间接；有时是单一的，有时则是多元的；有些是显见的，有些只是暗合；有的具有事实联系，有的则只有些精神心智上的共通，性之所近，貌亦相随而已。而且其间既有影响之焦虑，也有接受之快意，还有在某种环境之下的互逆或反仿。兼顾接受与被接受，并观影响与被影响，这样，故事才完整。

综上，包含以文集文献整理者为主体的文集编纂史，以历代诗文选本与评点为主体的选本沉浮史，还有以普通读者为主体的接受效果史，以文学作品为主体的作品模仿史，以文学批评家为主体的作品阐释史，以文学家为主体的接受影响史，这六个方面，大致涵盖了白居易接受史研究的范围。这样从时间线索上展开的接受史研究，与上述从空间领域展开的诗迹研究加在一起，一纵一横，正是未来白居易研究需要拓展的方向。

与运动员不同，文学家的价值往往不能立刻得到体现。成功的运动员可以在赛场上第一时间领受观众的欢呼，而大多数文学家需要默默等待，等待超越空间的传播，等待超越时间的考验，等待超越偏见的评判，或许是几百年以后，可能才会等来共鸣或印可（借用佛家语），正所谓“千秋万岁名，寂寞身后事”。白居易当然是幸运的，没有等那么久。更为难得

---

① 钱易：《南部新书》卷丙，黄寿成点校，中华书局2002年版，第32页。

的是，他拥有持续未断的众多异代知音，他们接受白居易文学遗产滋养、融会于自身创作的同时，不断提升、拓展了白居易的影响力。

当今社会，经济迅猛发展，信息化速度飞快，但生态失衡，环境污染，资源破坏，个体的孤独、焦虑、困顿等负面情绪，日益蔓延；人与人之间的隔膜、疏离、对立的张力，日益加大。因此，对闲适安宁的渴望与追求，相应更为强烈。在白居易经历了人生的宦海浮沉之后，还能以超然之志来淡然相对，其人正如其名其字，乐天知命，安闲顺世，其处变不惊的人生态度，善于自我调节的处世之道，其中所独具的诗性智慧富于启迪，令人深思；其人其诗所含蕴的知足保和的人生观念、闲静适世的志趣选择、和光同尘的哲学思想，正愈来愈显现出夺目的当代价值。我相信，白居易研究的未来，也会随之走向新的高度，正所谓“野火烧不尽，春风吹又生”！

新文化运动：胡风与鲁迅的相遇

苏州大学文学院　蔡洞峰

五四新文化运动的精神是什么？在我看来，这种精神包括六个方面，就是爱国、民主与科学，改革、开放和批判。而鲁迅一生的文学实践都体现了五四新文化精神，鲁迅传统以及五四新文化运动的主要载体《新青年》都深度介入了整个20世纪中国的现代性建构，而胡风作为鲁迅精神传人，始终捍卫鲁迅开创的五四传统，其人其事成为20世纪中国一个独特的精神现象。梳理他们之间内在的契合与传承，对我们理解和把握鲁迅五四传统，胡风精神传统以及五四传统对20世纪文学品格的建构等，都有极其深刻的现实意义。

一

作为一本同人杂志，《新青年》开创了不同的“五四传统”：以陈独秀为代表的思想革命和以胡适、鲁迅为代表的文学革命，比较而言，文学革命最有成效和影响。1918年《狂人日记》问世，标志着鲁迅从“绝望”中走出，以《新青年》为思想阵地，吹响了向封建社会宣战的号角。在胡风看来，鲁迅《狂人日记》第一次“在思想革命上，这是一道鲜血淋漓的战书。它破天荒地第一次宣布了中国数千年的历史是人吃人的历史，判决了封建社会的死刑”①，同时标志着“鲁迅文学”与“鲁迅五四”的诞生。

① 胡风：《胡风全集》第3卷，湖北人民出版社1999年版，第417页。

在这里，“鲁迅文学”以格式的特别和表现的深刻而凸显出来，显示了新文学发展的无限可能，文学革命由于鲁迅的介入而生发出别样的底色。

作为一种边缘存在，经历“十年隐默”的鲁迅在友人的力邀下，加入《新青年》。一方面，他相信希望的存在；另一方面，则受旧日“新生”梦的蛊惑。早在日本时期，鲁迅就形成了通过文艺改变精神的启蒙立场，在其早期文言论文对“精神”（《文化偏至论》）和“诗”（《摩罗诗力说》）两个契机的把握，对接了十年后五四思想革命和文学革命的风雷。以文学参与历史和干预现实，促使“鲁迅文学”的发生和“鲁迅五四”的形成。虽然起源于文学救亡的动机，但其深度指向，是国人精神的现代转型。因此，鲁迅以《新青年》阵营为契机，承接了以启蒙为核心的立人理想，并促成了《新青年》由“文化启蒙”转变为“文学启蒙”，进而最终成功实现了“文学革命”。顺着这样的启蒙思路，我们可以清楚地发现，为了建立现代民族国家，首先必须要实现人的解放，而人的解放依赖于精神的独立和自由。要达到这样的精神启蒙效果，只有通过文学来实现这一“立人”理想。

鲁迅早期在日本形成的“立人”思想是其思想的原点。“立国”的前提是“立人”：“人立而凡事举”，立人是立国的根本。而“立人”的核心是“个体精神的解放和自由”，即“尊个性而张灵明”。这种“立人”方案与五四新文化运动中提倡个性主义有着内在的相通。而对“灵明”（精神自由）的看重，则形成了鲁迅独特的启蒙观和文学观：强调人性即国民性的改造，强调文学“撄人心”功能。五四时期鲁迅提倡的文学的“为人生”，并且“改良人生”的文学观也就隐含于启蒙动机中。

鲁迅五四传统，实质上是鲁迅文学的传统。文学是语言的艺术，有必要首先梳理一下五四与文学的关系。从发生学意义上来看，五四文学运动滥觞于自晚清以降之思想运动、文学运动和白话文运动的合流。正是由这三者的历史会合与多元共生，孕育了五四新文化运动。

民族危亡时刻，民族先驱们试图寻找救亡图存的道路，促成中华民族的现代转型。经由器物、政制、革命，经过民元二次革命，以及复辟闹剧，因最终无法改变败局，而让越来越多的人开始把目光转向思想文化层面。

正是在这样的历史时代背景下，《新青年》的出现成为历史的必然。1917年“一校一刊”的结合，促成了陈独秀思想革命与胡适文学革命的联姻，使文学革命与思想革命运动合流，即由思想到语言，再由语言到文学，借此通过语言来改良思想。

在《新青年》同人中，陈独秀希望通过文学来进行思想革新，胡适借助语言进行文学革命，进而改变思想。五四那代人，都看重思想与文学这两个变革契机。十年前在日本办《新生》杂志的周树人、周作人和许寿裳三人，着意于对“精神”与“诗”的双重把握，已开始五四思想革命与文学革命两个基本命题，终因超前于时代而寂寞。因此，在加入《新青年》团体前，鲁迅有着一段长达六年（1912—1918 年）的 S 会馆的沉默。

众所周知，这六年的沉默，根源于鲁迅在弃医从文后所遭受一系列文学行动的挫折。这促使他“回到古代”“沉入国民中”①。因此，他对《新青年》的态度，并没怎么看好。据二弟周作人回忆，鲁迅早知道《新青年》，可是并不怎么看得起它。周作人初来北京时，鲁迅寄了几册《新青年》，看了以后也就“随即搁下”“态度很冷淡”，自然更无参与其间的愿望②。而他后来参加《新青年》，是在钱玄同的劝说下，并且自认为从理性上不能否认希望之“可有”。这情景后来成了鲁迅笔下著名的关于“铁屋子”对话：“假如一间铁屋子，是绝无窗户而万难破毁的，里面有许多熟睡的人们，不久都要闷死了，然而是从昏睡入死灭，并不感到就死的悲哀。现在你大嚷起来，惊起了较为清醒的几个人，使这不幸的少数者来受无可挽救的临终的苦楚，你倒以为对得起他们么？”

他又说：“然而几个人既然起来，你不能说决没有毁坏这铁屋的希望。是的，我虽然自有我的确信，然而说到希望，却是不能抹杀的，因为希望是在于将来，决不能以我之必无的证明，来折服了他之所谓可有，于是我终于答应他也做文章了，这便是最初的一篇《狂人日记》。从此以后，便一发而不可收，每写些小说模样的文章，以敷衍朋友们的嘱托，积久了就有了十余篇。”③ 故而，他又一次开启启蒙之途。

同样是沿着从思想到文学的路径，陈、胡、鲁由《新青年》走到一起，但他们对文学内涵的认识，其实未必相同。确切地说，陈、胡虽垂青

---

① 鲁迅：《〈呐喊〉自序》，《鲁迅全集》第 1 卷，人民文学出版社 2005 年版，第 440 页。

② 周作人：《鲁迅的故家》，北京十月文艺出版社 2013 年版，第 357 页。

③ 《〈呐喊〉自序》，《鲁迅全集》1 卷，第 440 页。

于文学的路径，但对这文学是什么，可能尚未遐思。《新青年》创办人陈独秀当初的意愿是通过杂志进行“思想革命”。而《新青年》的北上，促成了“一校一刊”的结合；与北大的联手，成就了《新青年》通过文学促进思想文化革新的理路；提出白话文运动，促成了“文学革命”的爆发。“凡是关心现代中国文学的人，谁都知道《新青年》是提倡‘文学改良’，后来更进一步而号召‘文学革命’的发难者。”①

胡适提倡的白话文学，以白话文取代文言文，抛弃文言的规则和形式。用白话通俗易懂的表达方式来创作小说、诗文、戏本，建设“国语的文学”。而“文学的国语”，则是运用现代思维方式，直接用白话进行创作，赋予文学作品现代美感。对此，胡适解释：“不要等到文法和字典先把‘标准国语’订好，然后才来写国语文学，应该就以国语直接写文学。等到我们有了国语的文学，我们自然就有了文学的国语了。”②

鲁迅对文学和语言的观照，重在精神层面而非工具性。他并不否认语言的工具性，认同胡适以白话文为启蒙工具，但他反对将文学革命的任务仅仅归结于“改写白话文”。即语言工具的改换，是有可能将文学革命包括语言变革的内容狭窄化与表面化、形式化的。相比陈、胡二人，鲁迅的思维方式完全是卓异的。看人看事的视角和敏锐度，远高于二人。他考虑问题时，注意到复杂的情形，并且通晓世故与人心。但鲁迅又是悲观的，如同过客一般，大家都在行进的路上，四周都是茫茫的黑夜。无论是结伴而行还是独自的跋涉，在通往明天的路上，有一种更好的方式吗？他不知道未来的中国如何，唯一能做的，就是有一分热，发一分光。如此前行，直到生命的终点。

二

鲁迅支持胡适、陈独秀的文学革命和思想革命。那用意大概是借助白话文的革新来避免使用那些陈腐的语言，并通过语言来变革国人的奴隶思

① 《鲁迅全集》第6卷，第246页。

② 胡适：《新思潮的意义》，《新青年》第7卷第1号，1919年12月1日。

维方式。在他看来，那些旧的文言是被污染过的，即我们都在使用一种奴性的语言。

> 我总要上下四方寻求，得到一种最黑、最黑、最黑的咒文，先来诅咒一切反对白话，妨害白话者。即使人死了真有灵魂，因这最恶的心，应该坠入地狱，也将绝不改悔，总要先来诅咒一切反对白话，妨害白话者。①

因此，要改变奴性语言，一是回到汉唐语境，恢复阳刚之美；二是从民间吸取营养，采四野之学来补充；三是借助域外之风，得到参照。回到汉唐时代语境只能是一个梦想，过往的路已经阻隔，只能遥祭和神往。而民间也已经不是净土。只有域外的小说还有一些鲜活的感觉，翻译过来可以激活本国的语言，为其输入一些新鲜血液。

从白话文革命中，鲁迅看到了新语言的诞生。只有创造一种新的表达，才能重塑民魂，这才是重要的。他加入《新青年》的队伍，确实也是内心的一种呼应。因此，有的学者认为："作为中国新文学传统，光是理论的倡导和观念的阐述远远不够，必须要求以下的内容：一定的文学体式的建立，相当的文学成就及其标志性影响。就后三个方面而言，鲁迅是《新青年》新文学传统的最光辉的体现者，鲁迅对《新青年》的参与、导引和实绩性的贡献及其巨大影响，是《新青年》新文学传统中最直接、最厚重和最有价值的内容。"②

鲁迅文学的原初动机，是借助文学来改变人的精神，从而实现中华民族的现代转型，这就是救亡—精神—文学的转型理路。在《新青年》中，鲁迅文学的汇入，使内蕴不清的陈、胡文学革命方案加入了深度精神内涵。鲁迅加入《新青年》是"旨归在动作，立意在反抗"。以文学启蒙大众，改变国人麻木的精神，借此改良社会，这正是鲁迅文学启蒙的动机，并且成为其一生的目标。直到晚年谈到为什么写小说，他仍然强调："说起'为什么'做小说罢，我仍抱着十多年前的'启蒙主义'，以为必需是

---

① 《二十四孝图》，《鲁迅全集》第2卷，第541页。

② 朱寿桐：鲁迅与《新青年》文学传统的创立，《暨南学报》（哲学社会科学版），2006年第2期。

‘为人生’，而且要改良这人生。”①

胡风作为鲁迅思想的真正传承者，他的思想承接了鲁迅《新青年》中的五四启蒙精神。胡风所理解的五四，除了通常的科学、民主含义外，更重要的核心是个性解放，是人的发现。因此胡风认为：“借用‘人的发现’这一个旧的说法来形容五四的历史意义，虽然是有些浮泛，但我想并不大错的。”② 胡风对五四的定位和当时主流话语的科学、民主、反封建、反帝定性，有着不同的出发点，在时代语境中显得很特别。

他理解的鲁迅是一个人本主义者和战士。对于胡风来说，坚持五四传统就是坚持鲁迅传统，而不是陈独秀、胡适的五四传统。而他理解的鲁迅是五四精神的代表，胡风认为五四精神是“不但用被知识分子发动了的人民的反抗帝国主义的意志和封建、买办的奴从帝国主义的意志相对立，而且要用‘科学’和‘民主’把亚细亚的封建残余摧毁。……这原来不应该分裂的两种精神，在伟大的先驱者鲁迅身上终于得到了统一。处女作《狂人日记》，那立意，是为了揭开社会的丑恶实际，也是为了叫出自我燃烧的战斗要求。对过去和现在，他提出了‘人吃人’的控告，对现在和未来，他发出了‘救救孩子’的呼声。在他身上，‘理想’和‘现实’的分裂找不着任何的根据。”③ 而胡风认为《新青年》胡适、陈独秀等人的五四传统“看不出能够把思想革命的痛苦的热情和战斗的渴望反映出来的，一种思想突击的尖锐性和明确性，连陈独秀的《文学革命论》，也是这样的”④。

鲁迅针对一切黑暗的势力，进行无情的、彻底的反抗，使其开创了五四以来独立精神界战士的传统。而这种鲁迅精神传统，胡风是最真切的精神传承者。在胡风所处的时代背景下，胡风将鲁迅精神传统与当时的社会现状紧密结合，将鲁迅传统落实在对国民性批判和人道主义层面上。因此，他对五四传统的理解就有了自己独特的视角：“我们承认单纯的个人解放在当时也有着革命的意义，我们也承认其他的人也多少肯定了人民解放的思想。但是，个人解放以至人民解放，如果不通过对于封建主义的肉

---

① 《二心集·我怎么做起小说来》，《鲁迅全集》第4卷，第512页。

② 《胡风全集》第2卷，第622页。

③ 《胡风全集》第2卷，第622—623页。

④ 《胡风全集》第3卷，第417页。

搏血战，能有什么真正的革命性呢？对于封建主义的仇恨和宣战，在当时的个人解放以至人民解放的思想要求上，不正是有着第一等的战斗的实践意义么？”①

胡风将五四《新青年》的思想革命传统分成两派：彻底的民主革命派和妥协的民主改良派。而他认为真正五四精神是以鲁迅为代表的彻底的民主革命派。他说：“我以为在思想革命的角度上，应该以一九一八年为起点，这一年，彻底的民主派发布了他的战书，树起了他的大旗，我们应该把《狂人日记》的发表当作标志。”他又说：“从对于封建主义的深沉的仇恨里面生长出来的势不两立的战斗决心，有没有这样的决心，是革命派和改良派的第一个区别点。”至此，胡风认为五四精神是以“立人”为基础的个性解放，是对封建势力不妥协的斗争。而鲁迅，正是这两方面精神的统一体。因此，继承鲁迅精神就是继承五四精神，两者是二而一的关系。

胡风自己承认，他是“喝五四的乳汁长大的”，因此其文艺思想的形成和成熟，是深受“五四”时期《新青年》思想影响的。用他自己的话说，他的文艺思想来源于“五四革命文艺传统”和“国际革命文艺传统”。国际方面，他在日本期间受到日本左翼思想影响，并接触到俄罗斯文学作品的浸润；而国内的影响主要来自鲁迅，具体表现为对鲁迅文艺思想的传承与契合，特别表现为《新青年》倡导的启蒙精神和反传统的战斗精神。

在充分继承“鲁迅传统”即《新青年》的启蒙思想和反封建传统的立场上，胡风在20世纪三四十年代的文艺实践中提出了以“精神奴役创伤论”“主观战斗精神论”为代表的含有五四精神的、极具启蒙精神的理论，从而使自己成为捍卫“五四”新文学传统和启蒙精神的左翼现实主义的代表，并且建构出“胡风鲁迅”：启蒙的和与落后腐朽势力的反抗。五四传统中可借鉴的遗存很多，而胡风对五四《新青年》精神关注是有限的，胡风想传承五四那些传统。他在《文学上的五四》说过，五四的历史意义在于“人的发现”“反封建”“新文学的革命性”。而这些都包涵在鲁迅精神里。这是鲁迅对五四的独特贡献，而今后中国社会的转型，应该是在这个基础上延伸的。因此，胡风对鲁迅精神的认同度，比周扬他们更强烈。在此后的岁月中，他对革命的寻找，对文学政治标准等的思考，都没有离开鲁迅这个重要的参照。

---

① 《胡风全集》第3卷，第418页。

三

必须承认，胡风对五四的理解是借助鲁迅的视角进行的。这就决定了胡风接受《新青年》思想的选择性：大体说来，胡风接受并传承《新青年》中以反传统为基础的启蒙思想。作为代表一个时代的《新青年》杂志，它的发生并不是偶然的，陈独秀创办的《新青年》是在受到当时国内外各种思潮和各种危机的交互错杂的场域影响下形成的。真正地体现了五四启蒙思想的历史深度的，是吴虞、鲁迅等人对中国家族制度和礼教的分析和批判，这种分析和批判直接触及了中国社会的专制制度和组织结构之不同于西方社会的独特性，从而也就揭示了中国社会变革之不同于西方社会变革的独特性。

五四这种“反传统主义”的启蒙思想反映在文学上，形成了以鲁迅为代表的“改造民族灵魂”的文学观以及由此而衍生的种种独特的文艺命题。胡风的“精神奴役创伤论”就是以鲁迅为中介，承接《新青年》以反传统为基础的启蒙精神。实际上，对以《新青年》为代表的五四启蒙精神的传承是从理解鲁迅的价值与意义开始的。胡风如此理解五四和鲁迅的价值与超越常人之处：

> 思想运动里面不知道有过多少的悲喜剧，有些人根本不懂中国社会，只是把风车当巨人地大闹一阵，结果是自己和幻影一同消亡；有些人想深入中国社会，理解中国社会，但过不一会就投入了旧社会底怀抱，所谓“取木乃伊的人自己也变成了木乃伊”，只有鲁迅才是深知旧社会底一切而又和旧社会打硬仗一直打到死。这就因为那些思想运动者只是概念地抓着了一些“思想”，容易记住也容易丢掉，而鲁迅却把思想变成了自己的东西。思想本身底那些概念词句几乎无影无踪，表现出来的是旧势力望风奔溃的他的战斗方法和绝对不被旧势力软化的他的战斗气魄。……鲁迅不是一个新思想底介绍者或解说者，而是用新思想做武器，向“旧垒”“反戈”的一刀一血的战士。五四运动以来，只有鲁迅一个人摇动了数千年的黑暗传统，那原因就在他

的从对于旧社会的深刻认识而来的现实主义的战斗精神里面。①

胡风对鲁迅精神的理解，使他完全服膺于鲁迅，传承了鲁迅《新青年》文章中承载的反传统思想和启蒙精神。胡风一直对“数千年的黑暗传统”造成的“精神奴役的创伤”“亚细亚的落后”“亚细亚的封建残余”保持批判和警惕。“但鲁迅，而且只有鲁迅，却使阿Q站向了历史舞台的脚灯前面。……他不能不无助无告地让阿Q用鲜血祭奠了生他的土地。鲁迅是远远地走在当时的思想界的前面。”② 正由于胡风始终继承着五四启蒙传统和鲁迅精神，在革命战争年代，当人们以战争时期的“同一性”思想为主导，而淡忘或否定五四传统的时候，胡风一直坚持五四启蒙精神，高举鲁迅倡导的“为人生”的启蒙文学传统，强调革命战争年代与运动的内在一致性：既要为民族的解放（反帝），更要为民族的进步（反封建）。那种忽视国民精神改造的运动，终究是不完整的革命，于现实的人生没有任何好处。

因此，在20世纪40年代对“大众化”及“民族形式问题”的讨论中，将“人民”“大众”作为偶像崇拜，制造一种“心造的幻影”，来麻痹或忘却了反封建的启蒙立场时，胡风凭着一个理论家的敏感，对这种现象进行义无反顾的斗争，借此捍卫五四《新青年》时代形成的启蒙精神传统：“到了五四，历史的总的冲动力的趋向开始作为思想要求被化成了血肉，因而开始了以反封建为基础内容的反帝反封建的斗争，以意识斗争为先锋的社会斗争。”“反帝反封建的斗争，没有对于解放要求的热切的感受，固然不可能，但没有对于精神奴役的创伤的痛切的感受，也同样不可能。任何一面都是以另一面为基础，但在实际的过程里面，倒反而大多数是在对于精神奴役的火一样的仇恨这个要求里面开始的。要不然，解放要求也就不成其为解放要求了。”③ 正是这种对“五四反传统主义”的继承与坚持，使胡风直到新中国成立以后，对具体情势下的封建主义的遗毒及其破坏作用都没有放松一丝一毫的警惕。

五四新文化运动对封建儒家思想中的一些腐朽思想的批判是有代表性

① 《胡风全集》第2卷，第623页。

② 《胡风全集》第2卷，第623页。

③ 《胡风全集》第3卷，第554—555页。

的，特别是以鲁迅、胡适等人对“孝道”和“节烈”观的激烈抨击。胡风深受《新青年》反传统思想影响，对封建传统的批判最为激烈，最为旗帜鲜明。胡风作为“从田间来”的诗人，对农村、农民感受最深刻。胡风的文艺评论中，对“封建意识”及其给广大农民所带来的种种“精神奴役创伤”的分析是非常精辟透彻的，深刻的缘由来自于胡风刻骨铭心的个人体验。

作为五四反传统主义桥头堡，陈独秀就直言不讳地承认《新青年》反传统思想：“他们所非难本志的，无非是破坏礼教，破坏礼法，破坏国粹，破坏贞节，破坏旧伦理（忠孝节），破坏旧艺术（中国戏），破坏旧宗教（鬼神），破坏旧文学，破坏旧政治（特权人治）。”“要拥护德先生又要拥护赛先生，便不得不反对国粹和旧文学。”①

作为五四精神的产儿，胡风传承了五四反传统思想，在 20 世纪 40 年代关于“民族形式问题”的论战中，对中国传统文学、民间文艺等大加鞭伐，甚至以忽略文艺形式的相对独立性为代价，将“民间形式”（包括“双关语、重字格”等）归为“封建主义”而予以抨击，认为“否定人生斗争甚至地上生活的佛教文学”“被封建意识的美学底格律所严格统制着的旧诗词”“在它的构成要素如音乐、舞蹈等里面被封建意识的美学要求所完全统制着的旧剧，以及其它的封建散文如章回小说，封建韵文如口头诗谣，大鼓词等”。这些“落后的文艺成份”虽然在“战争底强大的动员力量”下参加了战斗，“各自在一定的理解、一定的限度上面反映了战争底内容”，但是“它们所反映的生活内容不但在真实性上有绝大的限度，而且得接受落后意识以及落后形式底歪曲作用。所以，能够正确地反映战争底现实，通过内部的改造过程去实现对外抗战胜利的历史发展底内容的，就只有现实主义的革命传统的新文艺”②。

童年的记忆总是刻骨铭心的，与胡适、鲁迅等前辈启蒙思想家相比，甚至与茅盾、周扬、冯雪峰、何其芳等同代人相比，胡风与封建主义制度的社会基础——广大的农村社会的联系都是最为紧密的，是地道的“血肉

---

① 《新青年》第六卷第一号，1919 年 1 月 15 日。

② 《胡风全集》第 3 卷，第 597 页。

关系"[①]，"凭着实感"地对封建传统势力有切肤之痛。因此，以包括鲁迅在内的《新青年》同人对封建礼教、国民性的分析批判，对胡风来说有着强烈的共鸣与响应。在以后的岁月里，对那种没有"实感"的知识分子发出对"农民""人民"的民粹主义的偶像化赞美，他表达出了自己的愤怒和蔑视，批判那种"回到封建故园的母性礼赞，或者把眼睛从地下拉到天上的流云似的遐想"的作家和作品。

坚持五四启蒙传统，不断揭露与批判农民（人民）身上"精神奴役创伤"。所谓"精神奴役创伤"，就是人的缺点错误，文学要写出生活中真实的人，当然要写缺点。广大生活在几千年封建主义压迫下的底层民众受着物质和精神的双重压迫，精神上有着深重地被奴役的伤痕。如同阿Q，当他被人出卖，将被枪毙时，他还跪着努力地画一个签押的圆圈，还为画得不圆而伤心，这种麻木、愚昧、自卑，集中地表达出封建意识形态对农民的伤害，这个细节在文学中反映出来，就产生了震撼人心的效果。鲁迅将阿Q的缺点概括为"国民性"，胡风则将其称为"精神奴役的创伤"。进步的文艺应该像鲁迅那样，挖掘出这种创伤，使人觉醒，从而克服自身的缺点而成为"真的人"。

作为实感型文艺理论家，胡风对鲁迅的理解最具个人特色。他认为鲁迅"是第一个而且是致命地摇动了几千年的封建意识传统的巨人"。而之所以能够如此，胡风说，是因为"……人情底奸伪，礼教底桎梏，迷信底阴凉……封建社会用它底精神的冷水给这个幼儿施了洗礼，但它却没有料到，那效果不是皈依而是反叛底萌芽。从这个洗礼受到了的冻彻骨髓的颤抖，在这个幼儿底生理机构上留下了永不痊愈的伤痛；自那以来，成了愈成长就愈强烈的反抗的本能作用了"。所以，鲁迅"仇恨封建势力，他底人本主义（对被压迫者的感同身受的胸怀），是凝结着他底童年的梦想、童年的苦痛、童年的哀愁，是和他底肉体的成长一同成长，是熔化进了他底神经纤维里面的"[②]。这种评述，与其说是对鲁迅的细心体察，毋宁说是胡风本人的自况。

五四新文化运动中提出的"改造国民性"口号，在胡风的文艺思想中

---

① 范际燕：《胡风文艺思想的源脉与特色》，《华中师范大学学报》（人文社会科学版），2009年第1期。

② 《胡风全集》第2卷，第45、46页。

是有所体现的，那就是著名的“主观战斗精神论”。

他强调作家要加强自己的“人格力量”和对现实生活的“把捉力、拥抱力、突击力”等等，这实际上正是五四启蒙意识在胡风思想中的一种独特体现。所谓“主观战斗精神”，究其实质而言，就是一种战斗的人生观、一种战士的人格力量，表现在创作实践中，即作家在认识和表现现实生活时的立场和思想感情，它包含着作家对人生的强烈的爱憎态度。

在胡风看来，鲁迅就是这种精神的代表：“鲁迅的战斗还有一个大的特点，那就是把‘心’‘力’完全结合在一起。别人当战斗的时候是只能用脑子，即所谓理智，或者只能凭一股热血，但他则不然，就是在冷酷的分析里面，也燃烧着爱憎的火焰……翻开他的全部作品来，不是充溢着爱心就是喷射着怒火，就是在一行讽刺里面，也闪耀着他的嫉恶爱善的真心。”①

五四时期，包括鲁迅在内的《新青年》同人开创的启蒙主义话语和国民性的批判，是一种远未完成的现代性。中国的“现代”史，是由传统中国向现代民族国家转型的历史。作为《新青年》同人中的特异存在，鲁迅的独特性在于，将别人那里呈现为赤裸裸的概念形态的思想理论问题，转换为活生生直剖明示的问题——心灵体验、心灵判断、心灵取舍的问题，自觉用属己的心灵体验去测量。

胡风认为《狂人日记》的发表是“在思想革命上，这是一道鲜血淋漓的战书。它破天荒地第一次宣布了中国数千年的历史是人吃人的历史，判决了封建社会的死刑”。“和胡适等白话诗里面的半大脚式的爱情和友谊相比，这《狂人日记》和二十八篇杂文里面所表现的是怎样坚强的战斗思想和猛烈的战斗精神！”因此“个人解放以至人民解放，如果不通过对于封建主义的肉搏血战，能有什么真正的革命性呢？对于封建主义的仇恨和宣战，在当时的个性解放以至人民解放的思想要求上，不正是有着第一等的战斗的实践意义么？”② 在这个意义上，胡风对鲁迅及其战斗精神的记忆和阐释，呈现的是一个浓缩了深刻人生体验、饱含思想求索的痛苦的“实感”的鲁迅。

胡风从鲁迅那里发现了当代生活与鲁迅无法断裂的精神联系，从而自

---

① 《胡风全集》第 2 卷，第 502 页。

② 同上，第 417—418 页。

觉地把自我置入这一精神传统的联系中。一句话，胡风对精神“态度”、人生“实感”的强调，是通过对鲁迅的理解和阐释，升华为现实战斗精神和现代生命意识相结合的理论体系，即捍卫影响自己一生、以鲁迅为代表的现实主义战斗精神：“在中国新文学创作里面发现了真实的赤裸裸的人生和它的搏战，也是这个时期，这是指鲁迅的斗争对我的影响来说的。”“我是二十年代初进中学时就受到新文艺的影响的，而且是以鲁迅的影响为主。”①

因此，他在左翼文学运动内同各种非现实主义倾向做斗争。特别是对主观公式主义和客观主义展开批评：“我追求的中心问题是现实主义（社会主义现实主义）的原则、实践道路和发展过程。现实主义的发展是在两种似是而非的不良倾向中进行的。一种是主观公式主义（标语口号文学是它原始的形态），一种是客观主义（自然主义是它的前身）。……现实主义是在和这两种倾向作斗争发展的，也是非在和这两种倾向斗争中发展不可的。”②

鲁迅一直认为俄国革命带来了文化的变化，是与俄罗斯的人道主义文学传统息息相关，正因为此，俄罗斯才会有一次精神的起飞。五四的人道主义思想是有着深刻的社会历史基础的。实际上，自晚清以来，在国家面临现代转型过程中，不同时代的知识分子不约而同从人的精神和思想层面来实施现代转型实践，有学者将其归纳为以下几类：

1. 晚清到辛亥革命之前：国家主义的“新民”理想——梁启超等众多近代中国知识分子。

2. 鲁迅的“五四”：以个人与灵明为基础的“立人”理想——鲁迅等极少数青年知识分子。

3. “新青年”的“五四”：个人主义、人道主义与文学革命——五四时期的众多青年知识分子。

4.《新生》失败到 1917 前后：对个人与生命局限的追问和思考

① 《胡风全集》第 3 卷，第 584 页。

② 《胡风全集》第 3 卷，第 616 页。

——鲁迅等极少数知识分子。①

从这里我们可以看出，鲁迅之前和之后的知识分子大多从个人出发，追求个人的自由和独立，将其作为“立国”的前提和基础。《新青年》同人中，无论是陈独秀“以个人本位主义，易家族本位主义”，也无论是胡适的“易卜生主义”主张“个人须要充分发达自己的才性，须要充分发展自己的个性”，还是周作人提出“人的文学”审视几千年来人的资格的缺席，去“辟人荒”，都是张扬着五四“人本主义”精神，主张发扬人的自由独立精神。

作为鲁迅精神的传人，胡风自觉捍卫着五四人道主义传统。

四

将人置于中心位置，成为五四时期的一种最鲜明的思潮。胡风正是借助鲁迅对自己的影响，传承了《新青年》同人倡导的人道主义立场，并终生捍卫着人道主义五四传统。

胡风将五四归结为“人的发现”，认为新文艺的发生是现实人生的解放愿望。他将鲁迅文学的“为人生”，要“改良这人生”作为现实主义的精魂。在这个基础上，胡风在总结五四文学现实主义传统时，认为“个性的解放即为历史的要求，人生的升华又为创作的常境”，也认同“作家的献身的意志，仁爱的胸怀”等现实主义传统。而这也是五四新文化运动提倡的“人的文学”和个性解放的现实战斗精神在新的历史环境下的逻辑发展。因此胡风所理解的五四的核心是人的发现、个性解放、立人，这也是鲁迅传统的应有之义。

20世纪50年代初期，处于集体主义语境中的胡风，坚决捍卫五四传统，在诗歌和论文中继续高举人道主义的大旗，将人道主义立足在人道、人类解放内容上。这是从鲁迅的言传身教以及从马列经典中领会到的基本

---

① 李怡：《鲁迅的“五四”与“新青年”的“五四”》，《社会科学辑刊》，2007年第1期。

的人文信念。在《人道主义和现实主义的道路》中，他称：反抗黑暗人生的人道主义就有可能成为欢迎新的人生的人道主义，批判黑暗现实的现实主义就有可能成为歌颂新的现实的现实主义①。

在《学习鲁迅精神》中，他认为鲁迅精神里面“有一个本质的核心，那就是对于受压迫、受摧残、甚至精神上奴役的劳动人民的爱”②。而在“三十万言书”里，他继续宣扬人道主义立场，对人道主义作了一次激情的“绝唱”。在胡风看来，“伟大的现实主义”“现实主义的伟大作家”“伟大的人道主义者”是三位一体的关系，其代表人物从莎士比亚到高尔基、罗曼·罗兰、鲁迅。借助人道概念，胡风跨越了“现实主义”阶级和时代的鸿沟，而这却是当权者和时代语境越来越强调的，这就为胡风后来的悲剧埋下了伏笔。

让我们再把目光移回到《新青年》，它给知识界带来的影响是超越时代的。20世纪以来，受惠于它的人很多很多。和胡风同时代的七月派作家聂绀弩曾经谈到第一次接触《新青年》的情形：“《新青年》合订本最容易看。在家时，曾以胡适《尝试集》为笑料，这时觉得他的文章是标准文章，白话文中也有文言文，又不像有些新诗人把句子造得很难懂，文学改良主张也不太激烈。但是不懂鲁迅，特别是《狂人日记》，怎么仁义道德字缝里是吃人？这到很久以后才会过意来。我看鲁迅是从陈独秀推尊吴虞，吴虞又在文章里提起《狂人日记》一步一步来的。但五四文化运动的精神我是了解一些的。白话文，反礼教，男女平权，社交公开，恋爱、结婚自由，‘德先生’和‘赛先生’，这些东西像冤魂不散地跟了我一辈子。其实我后来还有了点更新的思想，但一检查，新思想里也有他们的存在。”③

同样，胡风处在专制压迫的旧中国，经历了以人的解放为宗旨的五四运动，又受鲁迅思想和精神的巨大影响。鲁迅以“立人”为起点的启蒙精神为胡风终生传承，而鲁迅对国民性的批判使胡风不可能脱离现代中国的真实处境而违心讴歌“新人”。他秉承着作家自身的实感来把握真实的人生。

---

① 《胡风全集》第3卷，第236页。

② 《胡风全集》第6卷，第32页。

③ 《聂绀弩全集》卷九，武汉出版社2004年版，第108页。

一方面由于受鲁迅的深刻影响，胡风对国民性、以及现代中国人性的真实状况有清醒认识，另一方面由于是左翼作家的身份，他又要忠实于人的乌托邦理想，忠实于政治意识形态的历史话语。这种两难的悖论，导致胡风的理论出现了内在的分裂和难以调和的矛盾。为弥合两者之间的裂隙，胡风将其两个维度推向极致，以“主观战斗精神”和“精神奴役的创伤”这两个向度的概念形成了自己理论和文学活动的张力。于是，情况就变成这样，在文学理论上，胡风强调“主观战斗精神”，强调创作中精神主体的高扬，以及作家在现实的血肉人生中真诚的参与，即胡风所说的“血肉的现实人生的搏斗”。而在实际的文艺批评中，胡风更注重对旧中国现实下的文学主人公“精神奴役创伤”的深刻剖析，如同鲁迅所批判的“国民性”一样，作家深入或结合的人民生活是千变万化的形态和复杂曲折的路径，他们的精神里随时随地都潜伏着或扩展着几千年的精神奴役的创伤。因此，“作家深入他们要不被这种感性存在的海洋所淹没，就得有和他们的生活内容搏斗的批判力量”①。在40年代的政治风云中，胡风站在五四人本主义立场，一直拒绝那些“奴从”的意识形态，目的就是实现“人的自立”的五四时代的个性解放诉求。

行文至此，对于鲁迅、胡风和五四精神代表的《新青年》之间的关系，我们可以自然得出如下结论：鲁迅与《新青年》同人只有交集而不在共同的路途上，他对中国问题进行思考时，始终不放弃“立人”的启蒙立场。但他与陈独秀、胡适的革命、改良思想有着相当的距离。在《新青年》团体中，鲁迅被描述为旗手是一种错位，他始终坚持边缘的思考和呐喊。而作为左翼文化战士的胡风，深受鲁迅思想的浸润，他传承五四《新青年》传统其实就是鲁迅的传统。并且在后来的时代语境中，他自觉不自觉地借用鲁迅的遗产，捍卫着鲁迅传统和大写的人的尊严。他赞美革命，却保留人道主义的温情；主张大众化，却不放弃表达的智慧；反对自由主义，却保持精神的独立；注重现实主义，却不放弃乌托邦的审美理想。

鲁迅和胡风都具有政治性、革命性的价值，但他们都不是政治家、革命家。他们都代表和传承着五四精神，却又超越了各自所代表的时代和阵营。因此，理解鲁迅与胡风，应该从政治伦理的语境走出。以非阶级革命的眼光看待鲁迅与胡风，或许更能够洞察他们精神深处内在的关联。因

① 《胡风全集》第3卷，189页。

此，无论是五四新文化运动，还是鲁迅、胡风这样的先驱者，我们必须在批判分析的基础上，对于他们的思想给予合乎历史逻辑的理性总结，使得他们的思想与传统的合理部分得以传承，让先驱的思想之光照亮历史中暧昧的暗区，并将这些优秀的精神资源参与到当下和未来的文化构建中。

中国古代文学研究如何选择视点与方法论

——以晚唐五代文学思想史研究为例

岭南师范学院人文学院　李珺平

一　引言

从事中国古代文学研究，尤其晚唐五代文学思想史研究，必须要有独特的视点，也必须要有独特的方法论。这是因为，在我看来，中国古代社会是一个宗法制和皇权主义结合的社会。在这个社会中，政治上有六种强大的或较为强大的势力在互相博弈：皇帝（即“朕一人”，或曰君权）、宗室（以太子为首）、外戚（以皇帝的妻、舅为首）、宦官、儒家文官体系（以宰相为首，或曰行政权）、方镇等。以上势力，除皇帝外，主要是由士以上的、有资格进入朝廷的人组成的。士以下的老百姓（即农、工、商等），或曰“民”，虽人口众多，但在宗法制和皇权主义社会中，很难构成政治势力，故可以不计[①]。这六种势力中的前三种属于皇室之内，前五种属于朝廷之内，第六种属于朝廷之外，但与朝廷密切相关。六种势力中，宗亲的势力较弱。原因在于，在位皇帝对自己的至尊地位看护甚紧，不许任何人染指，即便亲儿子也不行，染指者往往面临着杀头危险。但在某些时段，例如在位皇帝死亡前后，由于得到外戚或儒家文官体系等势力的协助，以太子为首的宗亲势力可能一下子膨胀起来。总体来看，这六种政治势力的强弱，在不同时代有不同的表现和消长方式。例如，在秦朝，皇帝的权力曾经特别强大。在两汉，尤其东汉，外戚的势力曾经特别强大。在唐代，宦官的势力、方镇的势力曾经特别强大。但不管这某种势力强大到什么程度，其他的势力都是存在的，而不是说，由于某种势力的强大，其他的势力就没有了。为什么？因为，再重复一句，中国数千年以来一直是一个宗法制和皇权主义的社会。

从秦至清，这六种政治势力的博弈都非常明显，也非常激烈。其博弈，表面上围绕皇权展开，但实质上则是围绕各自的政治特权和经济利益进行的。六种势力各有自己的代表人物，在朝廷内外，也都有代言人，他们各自也都留下了相当数量的文章或著作。六种政治势力中，由于儒家文官体系是国家行政权的代表者和实施者，手中握有政治引导权和教育权，所以这个体系的人员最多，留下的文章和著作也最多。从秦至清的古籍，或曰古代文人的典籍，主要部分之一，就由它们构成。在中国传统的图书分类法“经史子集”中，除经、史外的其他子、集，大都是他们的作品。即便经、史，基本也被他们占领了。因为，除经、史本身外，那些阐释经、史的文章或著作，无一例外也是其成果。汉以后，撰写历史的权力不再由传统的史官家庭世袭，也被转移到了儒家手中，所以，汉以后的经、

---

① 这是因为，老百姓们要么是附属于土地的，要么是附属于工场或矿山的，要么是附属于商业活动的。凡土地，凡工场或矿山，凡商业活动等，无一不是有主人的。因此，这些或农或工或商的老百姓，不过是为主人打工的“工具”。其生存方式，没有什么自由度。更重要的是，他们在政治上不但没有发言权，甚至没有代理人。因此，在和平的常态的日子里，老百姓人口虽多，在政治上是可以不计的。除非由于灾荒或其他原因，发生了大规模的起义。这时，老百姓中的一部分人——流民——可能突然之间成为了一种势力。但这种势力，也是因为有了起义的首领而获得的。又，在如上有六种政治势力的某些人物的文章（含各种文艺性散文和政治性应用文）中，有时也会出现“民”这个字眼，但那个“民”只是一个口实，是写文章者是用来说自己的事的。

史本身，也成了儒家文官体系势力挥洒自己观点的场地，由他们书写。由此，其中也就必然带上了他们对自己的理直气壮的膺扬，以及对其他政治势力或褒或贬的评价。顺便说一句，六种政治势力之中也有派别，互相之间也会争得你死我活。

六种政治势力各有自己的代表人物和代言人，这些代表人物和代言人又各有自己的文章或著作。尤其儒家文官体系，文章和著作最多。六种政治势力中不同派别也有代表人物和代言人，各自也有文章和著作。在这种情况下，若没有独特的视点与独特的方法论，今天的研究者就很可能被某些文章和著作的表象所迷惑，无形中成为某种势力或某种势力中不同派别的同情者，而使自己的研究成果变成了宣扬某一时期某种势力或某种势力中不同派别的政治观点的宣传品。晚唐五代社会比较特殊。这是一个由皇帝、宦官、儒家文官体系和方镇等四种政治势力博弈的时代。其他势力如外戚、宗室也存在，但力量较小。所以，研究晚唐五代文学思想史，我认为，就必须得注意这四种势力的强强角力，以及四种势力之内的强强角力。为了客观地观察、研究它们，我认为，必须得把研究的视点和方法论问题摆在首位。

二　如何选择视点

中国人喜欢弈棋，喜欢观弈棋。弈棋者、观弈棋者等，各自有一个视点。下面以弈棋、观弈棋者为喻，谈谈晚唐五代文学思想史研究的视点问题。

世间有奕棋者，有观奕棋者，也有观观奕棋者，还有同时俯视奕棋者与世间等种种人的较超越的和最超越的观察者。奕棋者可以为棋盘上任意一个棋子儿的存亡担忧且争得脸红颈粗，观奕棋者稍微超脱但有时也难免为棋局操心并挽袖伸手要帮奕棋者支招儿。坐在远处大树下乘凉的观观奕棋者更超脱一些，他既可理解其间争执的原因，亦可把奕棋者、观奕棋者那一帮围在一起嬉闹争执的人当作审美对象来欣赏。这时，假如有一个坐在高山之巅的人，既能俯视奕棋者和观奕棋者，也能俯视观观奕棋者，还能俯视世间，他就是同时俯视奕棋者与世间较超越的观察者。他所获得的可能就不仅是观观奕棋者的同情理解和审美享受，而且能兼对世间即社会人生有更多感悟，更多评价。此时，假如还有一个更高的坐在云端俯察天地万物并把人类作为蚂蚁或一群既聚集又川流不息的动物来看待的人，他对奕棋者、观奕棋者、观观奕棋者和坐在高山之巅那位俯视者的行为和心理的看法，会更加超脱。这就是最超越的观察者。奕棋者身在棋局之中，对棋局很难有客观评价。观奕棋者虽然身在局外，但关系过于密切，不由自主会加入奕棋者一方，也很难有客观评价。观观奕棋者虽能从远处欣赏，但难以跳出同情理解之彀。只有那分别坐在高山之巅或云端的人，对奕棋者观奕棋者和观观奕棋者的看法，才会在同情理解之外，结合自己对世间乃至天地万物的体悟，而形成更客观的见解。为什么最后两种人的看法最客观？很明显，原因在于视点（即立足点）不同。视点不同，又取决于是否有超越感，而超越感之高低，则源于距离之远近或地势之上下。

研究晚唐五代文学思想史，我认为，有一个与弈棋者、观弈棋者相类似的视点问题。此视点，不可不慎！有无视点或视点有无超越性，不仅关系到对具体某一文学观念或某一普遍思想的评价，关系到对具体的个人（某一文学家或文学理论家）的评价，关系到对与这些观念和普遍思想相纠葛的一些人事的评价，关系到对与这些人事相关的社会特征和文化特征的评价，关系到对该时代整体的文学观念及普遍思想走向的评价，当然也关系到学术研究质量的高低。

谈到视点的超越性，我认为，日本学者福泽谕吉（1835—1901）《文明论概略》开头有一段话说得很好。该书有些观点我并不同意，但不影响我赞同其做学问的视点。他说："不应根据一己的利害来论断天下事的是非，也不应因眼前的利害而贻误长远的大计。必须博闻古今的学说，广泛了解世界大事，平心静气地认清真理，排除万难，突破舆论的束缚，站在超然的地位回顾过去，放大眼光展望将来。"[①] 其中，"超然地位""平心静气"等关键词和不以"一己利害"或"眼前利害"来判断一件事是非的观点，最让我服膺。福泽谕吉的视点是——文明，简言之，即道德智慧[②]。借此视点，福泽谕吉评价了开化国家如欧美文明之优点，比较了半

① 注意，福泽谕吉之"文明"概念虽至大至广，无所不包，举凡人类社会一切物质和精神成果都被包括进去，但他最强调的是其中"道德智慧"（即纯粹理性）的重要。

② ［日］福泽谕吉：《文明论概略》，商务印书馆 1959 年版，第 7 页。

开化国家如中日等国文明的异同。尤其是对日本文明弊病之指陈与分析，对欧美文明弊病之指陈与分析，对日本向何处去所开的药方等，见解都相当惊人。我认为，这是该书成为世界名著的根本原因。对我来说，该书有两点极具启发性。首先，在福泽谕吉看来，日本文明的弊病很深，达到了不克服就要自绝于人类和世界进程的地步。其次，更可贵的是，他不把欧美文明视为极致，视为不再改变的教条。在他看来，欧美文明是人类文明发展的一个阶段，是时至19和20世纪发展得最好的一个部分，然而它不是至高无上、永世长存的。也就是说，欧美文明不是固定不变的，还要向前发展。依据人类的天性，随着人类文明的发展，再过若干年（几百年或几千年），将可能出现更高级的文明。

福泽谕吉的超然视点，中国学者很少有。首先，中国学者一般不允许人（不管是西方人还是中国人）批评中国文明。谁批评，谁就会受到极难听的咒骂，并给自己带来极沉重的心理压力。诚如鲁迅所言，即使无名肿毒，倘生在中国人身上，也便“红肿之处，艳若桃花；溃烂之时，美如乳酪”。[①] 国粹所在，妙不可言。像鲁迅这样敢批评的学者，有多少呢？其次，中国学者一般都认为中国文明是人类的最高境界，因而是永世长存的。古代学者如此，当代学者亦如此。拿古代学者来说，司马迁（前145—前87）算是“良史”之一，也是我最敬佩的史学家，但若与英国史学家汤因比（Toynbee，1889—1975）相比，其夷夏之辨和家国观念之浓烈与人类视野之不足就很明显了。这里，笔者不是不要历史常识，硬要把他从几千年前拽到今天来做不伦不类的比较，而是要让大家明白，司马迁和《史记》是有局限性的[②]。拿今人来说，杜维明亦是我曾经佩服过的学者[③]，但他近年来反复强调西方文明不行了，要由儒家思想来取代的看法，却不能不让我哑然失笑。

---

① 鲁迅：《随感录三十九》（1919），《鲁迅全集》，人民文学出版社1982年版，第318页。

② 例如，《史记》是摹仿《世本》建构的。它对作为“夷”的蚩尤、九黎、匈奴等有明显贬低，而对作为“夏”的尧舜禹汤文武等四帝三王有明显赞美，对极端忠于种族国家君主（而不是忠于真理）或孝顺父亲的忠臣孝子有过多褒赞等，见李珺平：《今人应如何看待〈史记〉》，见 http：//jpl1235xy. blog. 163. com/blog/static/83368942010070193149O/。

③ 笔者当年（1978—1982）在北师大读书时听过杜维明（时在北师大进修）的讲座。那时他还没有成名，比较谦虚，观点也没有现在这么偏激。

由上可见，如果说杜维明是奕棋者或充其量是观奕棋者的话，司马迁则是观观奕棋者，而福泽谕吉和汤因比差可算是坐在高山之巅的俯视者或坐在云端的全景式鸟瞰者。在中国近代思想家当中，也有福泽谕吉或汤因比式的人物。他就是中年以后的梁启超（1873—1929）。梁氏 31 岁（1903）游历美洲，尤其在 46 岁（1918）考察欧洲后，获得一种超然绝高的视点。他评论孔丘（前 551—前 479）《春秋》为“绝类村店所用之流水账簿”[①]，评论二十四史是“地球上空前绝后之一大相斫书”“二十四姓之家谱”[②]，评论数千年来中国古代史学家（含欧阳修《新五代史》、朱熹（1130—1200）《通鉴纲目》等）是“群蛆啄矢”等[③]，具有福泽谕吉式的尖锐。他又评论中国古代史学家之学识有四大病源（如知有朝廷不知有国家、知有英雄不知有群体、知有陈迹不知有今务、知有事实不知有理想等），则有汤因比式的明察。

他们均是人，为什么会有如此差别？我认为，主要原因即能否超然。

研究中国古代文学，尤其晚唐五代文学思想史的超然视点是什么呢？

这个视点并不神秘。在我看来，只要主体在观察和研究该对象时能够保持一定的心理距离且站在一定的高度，同时摒弃过多的功利考虑（如“一己利害”或“眼前利害”）就行了。必须说明，这个“一己利害”或“眼前利害”既指对个人名利地位或小集团或国家或政党等利益的着想，也指对民族痼疾的隐饰。为此，笔者认为，应该确立如下视点：（1）“以人为本”；（2）理性；（3）平等待人。

首先，“以人为本”既是超然视点也是一个稳固的立足点。它与“以民为本”不同。前者“人”，是指每一个“个人”（上至皇帝下至每一个人）；后者“民”则是一个集合名词。前者是既有责任也有权利的独立的生命体，后者则是虚泛的从属于邦、国、天子、父亲等的工具（即为邦作本、为国作本、为君作本、为父作本，唯独不为自己、不为个人作本）[④]。前者往往被视为平等的自在自由的一个个个体，而后者被视为“牧”（管理）的对象（如“民可使由之，不可使知之”等）。其次，“理性”是实

---

① 梁启超：《中国历史研究法》，上海文艺出版社 1999 年版，第 13 页。

② 梁启超：《梁启超文集》，燕山出版社 1997 年版，第 225 页。

③ 同上，第 225 页。

④ 李珺平：《孟轲“民贵君轻”说的盲点及其他》，《社会科学论坛》2008 年第 10 期。

现“以人为本”的一个基本原则。它是指人按照摹仿天性和认知天性来建立常识并建立知识体系的能力，亦即康德所说的纯粹理性。例如，水是向下流的，火是灼人的，人是会死的等。这些既是人按照天性而察知的基本常识，也是人的知识体系所赖以建立的基础。它们源于大自然（造物者）所赋予的人的天性，是与生俱来的。最后，“平等待人”是实现“以人为本”的另一个基本原则。它承认华夏民族是人，戎、狄、蛮、夷也是人，皇帝圣人是人，每一个个人也是人，中国人是人西方人也是人。

如上视点说起来简单，但在中国落实比较难。这是因为，中国人头脑中有根深蒂固的夷夏观念和家国观念。孔丘有“微管仲，吾其披发左衽矣”（《论语·宪问》）之说，屈原有“狐死必首丘”（《九章·哀郢》）之言。它们牢笼了中国人和中国学者几千年。前者奠定了种族认同的观念，后者奠定了种族国家（尤其内部上下秩序）认同的观念。在宗法专制和皇权主义专制时代，它们有一定的合理性。种族认同可保障一个种族的团结和兴盛，种族国家认同可保障一个种族国家的稳固与兴盛。但其背后，却潜藏着一个亲亲、尊尊原则。它既是君君、臣臣的由来，也是礼乐制度的基础。所谓“亲亲”，即以亲为亲；所谓“尊尊”，即以尊为尊；所谓“君君”，即以君为君；所谓“臣臣”，即以臣为臣。具言之，就是：（1）绝对尊重在上者（父、君）①；（2）先爱敬自己的父亲尊长和君主，后爱敬他人的父亲尊长和君主②。汉以后，上述观念成为主流意识形态，支配了中国人。凡评判上下争执时，父亲、君主永远是对的，儿子臣子永远是错的；凡评判自己父亲、君主与他人父亲、君主的争执时，自己的父亲君主永远是对的，他人的父亲、君主永远是错的；凡评判国内不同民族之纠葛时，华夏民族或汉族永远是对的，而戎、狄、蛮、夷及西方人（西夷）永远是错的……如此类推，不一而足。普通民众被塑造成这样的人，学者更甚。

---

① 这在韩愈《拘幽操》“臣罪当诛兮天王圣明”等句中有突出表现。见《韩昌黎全集》，中国书店 1992 年版，第 13 页。若有兴趣，又可参见李珺平：《韩愈的儒学转向：背景、要害及其他》，《湛江师范学院学报》2014 年 2 期。

② 这在孟轲丑诋杨朱“无君”，墨翟“无父”，“皆禽兽也”等言论中有明显表现（见《孟子·滕文公上》，焦循：《孟子正义》，《诸子集成》第 2 册，岳麓书社 1996 年版，第 297 页）。若有兴趣，又可参见《从李贽剖判孟轲谈开去》（李珺平《中国古代知识人思想个案剖判》，中国社会出版社 2011 年版，第 46—59 页）对它的分析。

不清除上述腐朽观念，中国学者将很难有超然视点，读者诸君也一样。笔者作为中国人，阐释中如果流露如上某些腐气，亦诚望读者诸君监督并指出。

三 如何选择方法论

有了相对超然的视点，还得有相应的方法论。否则，结论的客观性将被质疑。

笔者认为，应采用如下方法论：

首先，历史学（History）方法论。

晚唐五代文学思想史研究既被笔者归入广义的思想史范畴，那么历史学方法论就应被列入首要位置。与文学一样，历史学也被归为人文学科，但它与文学有很大差别。用亚里士多德（Aristotle，前384—前322）的话说，就是，它处理已经发生过的事情[①]。发生过的事情，人在描述它们时虽然不可能离开主体的建构，但它毕竟是社会生活中已经存在过的。为了了解原委，寻找它对后来的影响，总结经验教训，乃至发现可能有的规律等，首先总得还原事实、说明真相。这就得按照细节、碎片、痕迹等建立轮廓，并根据灰踪蛇线描述出大致的过程。不管怎么说，它都得小心翼翼，搜集个别事实，有一份材料说一份话，决不允许想象和虚构。文学不一样。文学虽也描述发生过的事情，但也描述正在发生的事情，以及按照可然律描述可能发生的事情。可然律，就是依据逻辑推理也许会发生的某种可能性。由此，它给主体的想象和虚构提供了驰骋的空间。换言之，文学可以脱离本事大加虚构和创造，而历史只能严格地还原。这使历史学多多少少与社会科学接近而与艺术学较远。笔者所谓的历史学方法论，就是根据已有的文本材料进行推断，而决不凭空蹈虚，乱下结论。

其次，人类学（anthropology）方法论。

人类学是研究人类本质的学科。从字源看，如上 anthropos 与 logos 合起来，也指有关人类的知识学问。它承认，人与大象、狮子、老虎等动物

① ［希腊］亚里士多德：《诗学》，商务印书馆 1996 年版，第 81 页。

一样，都有一种类本质，可以通过生物研究和文化研究两种方法逐渐逼近。体质人类学或曰人体人类学（自然人类学）以人的形态结构、遗传、生理解剖等为对象，试图从前者予以说明。文化人类学以风俗、文化史及语言等为对象，试图从后者予以说明。方法不同，目的却一样，都是探讨人作为“类”的本质。

作为具有独特方法论的人类学研究，有两点启示需要抉发：（1）人（中国古人叫作“裸虫”）是一种动物（中国古人叫作“虫”），是可以像动物那样被研究的；（2）人是一种文化动物，是被文化束缚着的。尤其第一种，特别值得重视。长期以来，由于人类文明的发达，人把自己视为“天地之精华，万物之灵长”①，认为“万物皆备于我”②。这无形中遮蔽了人源于动物或人本来就是动物的事实。人类的自大和膨胀至少有一大恶果已显示出来，就是对万物的藐视和对自然的极度破坏与剥夺。人类认为，自己是宇宙的精华，万物皆归己所用。它导致了无限制地糟蹋动植物和掠夺地球的行为。关于第二点，亦应重视。过去一般认为，文化是人类进步的产物和工具，但现在学者已经明白，它也有束缚人类精神的副作用。任何生活于某种文化中的人，都无法超脱它的影响。

如果把晚唐五代文学思想史放在人类学视野中予以处理，如下思考就非常重要。例如：A. 某些文学观念及与之相关的思想只是某个种族（如汉族）、某个时代文化的组成部分。它们既可能提领人但也可能束缚人。B. 道出这些文学观念的个人（不管是文学家也好、理论家也好）只是某个种族（如汉族）某个时代的成员，其思想资源思维方式乃至行为动机等，充其量是该种族该时代的体现。C. 某些文学观念的提出者及所借用资源的前世思想家（哪怕是“圣人”），也无法摆脱吃喝拉撒睡等行为，这

---

① ［英］莎士比亚：《哈姆莱特》，《莎士比亚全集》第9卷（朱生豪译），人民文学出版社1978年版，第49页。注意，原文 Man is the measure of all things, the cream of universe. 在我看来，前半句译为“天地的尺度”可能更好。这是因为：（1）measure 的本义是尺寸、测量等；（2）这也符合苏格拉底的原义，莎士比亚此言实际上是引用古希腊的俗语来表达个人看法。

② 《孟子·尽心上》，焦循：《孟子正义》，《诸子集成》第2册，岳麓书社1996年版，第589页。关于“万物皆备于我”背后的人类中心论和人类优越论意蕴，请参见李珺平：《论中国古代草木文化的特征及优缺点》，见《大学生GE阅读》第6册，中国传媒大学出版社2011年版，第75—87页。

就是说，无法摆脱人作为动物的最基本的本能。不管是依附于某些思想提出的文学观念也罢，或替某种思想代言的文学观念也罢，在人类学框架中，都可以被看作具有动物性的人的见解，也都可以被看作与个人某种私欲相关的见解。

采用人类学方法论，最大的好处是能造就一个客观平等看待古人的视角和平台，既不把“圣人”神化，也不把某些占据主流地位的文学思想史神化以致教条化。

再次，社会学（sociology）方法论。

社会学是通过研究人的社会关系和社会行为等来研究社会的。但由于其着力点在社会中的“人”身上，所以终极目的也是追问人（个体人或集体人）的存在及其意义。社会学虽从法国人孔德（A. Comte，1798—1857）发端，但学界一致认为，最优秀的社会学理论却是由德国人马克思（K. Marx，1818—1883）和恩格斯（F. Engels，1820—1895）建立的。这是因为，马克思、恩格斯在言及人的社会性和阶级性时从不忘记个人性和动物性，而在言及人的个人性和动物性时也从不忘记社会性和阶级性。马克思、恩格斯《德意志意识形态》认为，人类生存的第一个前提或一切历史的第一个前提，就与每一个人的“衣食住”相关①。恩格斯《反杜林论》认为：“人来源于动物界这一事实已经决定人永远不能完全摆脱兽性，所以问题永远只能在于摆脱得多些或少些，在于兽性或人性的程度上的差异。”② 这两段话分别说明了每一个人生物性生存的重要性，也说明了人源于动物而且在其脱离了蒙昧生存方式以后仍然是动物的一个分支的事实。马克思《关于费尔巴哈的提纲》说：“人的本质并不是单个人所具有的抽象物。在其现实性上，它是一切社会关系的总和。”③ 其《黑格尔法哲学批判》又说：“个人既然是国家职能和权力的承担者，那就应该按照他们的社会特质，而不应该按照他们的私人特质来考察他们。”④ 这两段话分别说明了社会性是人的重要属性之一，也说明了在解释人（尤其官员，即为政府服务的这种人）的行为动机和思想观念时，特别应联系其社会性——即

① 《马克思恩格斯选集》第1卷，人民出版社1972年版，第32页。

② 《马克思恩格斯选集》第3卷，第32页。

③ 《马克思恩格斯选集》第1卷，第18页。

④ 同上，第270页。

他在社会阶层（等级）或机构中所处的地位及所担任的角色等——来分析。

这种符合人类学且具有辩证法特征和历史唯物主义特征的社会学理论，在中国一度由于过于强调其中的阶级性和革命性而把自己逼进了死胡同。无可避讳，阶级性和革命性是从马克思、恩格斯原典中引出的。但必须承认，它也与实用主义者与极左理论家的过度阐释有关。从康德哲学看，世间任何一种理论只要是人创建的，就无法避免死角或盲点。问题只在于，能否公正看待并合理使用。由此而言，只要谨守学术规范，就可发现，马、恩如上观点不但仍具真理性，也可作为研究晚唐五代文学思想史的方法论之一。

最后，心理学（psychology）方法论。

心理学是研究人和动物心理现象发生发展和活动规律的一门科学。经过20世纪的飞速发展，其流派林立。有探讨深层心理如潜意识、内觉和直觉活动的，也有探讨浅层心理如显意识、感觉和知觉活动的；有探讨注意、记忆和想象力的，也有探讨言语与思维关系的；有从场域角度探讨个体动机形成及冲突的，也有从文化角度探讨集体（种族）人格形成及分裂的……但不管怎么说，各种流派都有一些相同点。例如，它们都把人在特殊场景中“刺激←→反应”的双向过程以及连带的心理事件作为对象，并把对这一过程和事件的科学观察和科学解释作为基本的方法论。有时，一束莫名其妙的灵感，或一缕稍纵即逝的意念，在心理学视野中都可以经由如上途径被分析并找到原因。

由于有上述特点，心理学方法论不仅对探讨文学创作成因，对打开文学家大脑黑箱等有解密释疑作用。我认为，对分析一个人文学观念或思想之萌芽、变化和发展过程及与其他普遍性思想的联系问题等，也一样。除此之外，心理学研究常用的一些具体方法，如自叙法、他叙法、格式塔（Gestalt）观察法、场域（心理场 psychological field 与物理场 physical field）分析法等等①，在我看来，也都是非常有效的。

如上方法论及与之相关的方法，笔者认为，或多或少都应该被运用或综合活用。所谓“综合”，意思是，分析一种文学观念或思想时可能会同时使用不同的方法论，比较不同文学观念或思想时也会如此。所谓“活

① 李珺平：《创作动力学》第1章，百花文艺出版社1992年版。

用”，意思是，为使叙述简便，具体分析过程可能不再反复申明此处使用此方法论、彼处使用彼方法论，而是灵活运用，巧妙穿插。

清初皖词三大家与词坛风会

安庆师范大学文学院　梅向东

近人叶恭绰谓："清初词派，承明末余波，百家腾跃。……丧乱之余，家国文物之感，蕴发无端，笑啼非假；其才思充沛者，复以分途奔放，各极所长。故清初诸家，实各具特色，不愧前茅；远胜乾嘉间之肤庸浅薄，陈陈相因者。"① 李一氓亦言："言清词而不重清初期词，则有清一代无词。"② 均言及清初词既是一代清词中兴之始。而清初开风气之盛、成词风之变者，大约莫非此三类人：一为遗民，二为贰臣，三为布衣。大可曰词在遗民、词在贰臣、词在布衣。他们共同铸就了清初词坛中兴基业。清初皖词三大家方以智、龚鼎孳、孙默，于其中居功甚伟。方以智（1611—1671），字密之，号曼公，又自号龙眠愚者等，安徽桐城人；龚鼎孳（1615—1673），字孝升，号芝麓，安徽合肥人；孙默（1613—1678），字无言，一字桴庵，号黄岳山人，安徽歙县人。他们可谓遗民词人、贰臣词人、布衣词人的代表。

刘永济主张以"风会"论词："言风会，则国运之隆替，人才之高下、体质之因革，皆与有关焉。盖风会之成，常因缘此三事，故其变也，亦非一二人偶尔所能为。"③ 风会之成，在于时也，即"国运之隆替"；在于人也，即"人才之高下"；在于体也，即"体质之因革"。风会之成，既"非一二人偶尔所能为"，也必有具大力者于其中或有意或无意的推动；风会之成，迹象莫过于一时之内词作之盛、词家之盛、词选之盛：于创作作

---

① 叶恭绰编：《广箧中词》卷一，浙江古籍出版社 1998 年版，第 608 页。

② 李一氓：《一氓题跋》，三联书店 1981 年版，第 192 页。

③ 刘永济：《词论》，上海古籍出版社 1981 年版，第 49 页。

词风高，体质因革，于作者群英荟萃，社集雅会，于传播选政之操，汇编刊刻，传承推波。三者桴鼓相应，相摩相荡，显为盛事者，即为风会。在清初词坛风会中，方以智、龚鼎孳、孙默无论是在创作，在词事活动，还是选政之操方面，都实引领风气之先，献替殊多。

一

历来论清文学者，必先及遗民作家，不仅因为清初是元初之后又一个遗民文化突出的历史时期，也因清初遗民文学成就之高。虽然清初遗民词似不能与遗民诗文比美，但它对于一代清词的意义，丝毫不逊于后者之于清代诗文。这表现为：它不仅是清初词坛风会不可或缺的一部分，而且是潜在地影响清初词风嬗变的一个重要方面；它不仅是遗民词的典范，而且是一代清词之佳作。清初代表性遗民词家有方以智、王夫之、屈大均、金堡等，其中方以智堪为翘楚。严迪昌称其“不仅为清初遗民词的精华，也是有清一代安徽词人足称冠冕的名家”[①]。吴孟复甚至说：“方以智的词不仅胜于清初以词名家的朱彝尊、陈其年诸人；就某种意义来说，且当超过宋末的玉田、碧山、草窗、竹山诸大家。”[②] 如果说前者是将方词置于清初遗民词和清代安徽词的范围称赏，后者就是将其放到整个清词乃至整个词史背景上加以推重。

方以智词何能为“清初遗民词的精华”？何以有胜于清词名家朱彝尊、陈维崧，以至超过宋末张炎、王沂孙、周密、蒋捷诸大家？当有三个原由：一是方以智有非忠于一姓而忠于生民的遗民情怀，这使得其词不仅有家国沦丧之痛，更以黎民苍生为重。在天崩地裂的剧烈震荡中，面对异族政权与朱明王朝，方以智陷入了政治信念的坍塌与维护传统文化的悲剧性冲突。其一方面义无反顾慷慨赴死：“旧泪洒横桥，那更吹箫？一声断处血难消。夜半子规啼不尽，只见花飘。”（《浪淘沙·示陈涉江》）“泪珠

① 严迪昌：《清词史》，江苏古籍出版社2001年版，第112页。

② 吴孟复：《半炉麸炭，一瓢泉水，吞却鄱阳——从方以智几首词谈起》，《安徽教育学院学报》1988年第1期。

儿，从今止；眼珠儿，从今洗。见青山半卷，碧云千里。”（《满江红·梧州旅舍作》）余英时言：“密之一生，大节凛然。早年怀血疏为父鸣冤，孝名满布于中朝；中岁避党祸流窜南荒，姓字见重于乡曲。及乎国亡不复，则去而逃禅。……虽顾亭林之坚卓，王船山之苦隐，又何以过之？”①尽管明朝带给方以智的是“怀血疏为父鸣冤”，是“流窜南荒”，是南明阮大铖之流的陷害，但这些终未异其心志，根源即在于维护华夏文化的丹心不变。另一方面方以智对南明朝廷又进行了无情批判：“烂破乾坤，知消受新诗不起。正热闹，黄金世界，红妆傀儡。兰蕙熏残罗绮骨，笙歌饯送沙场鬼。被一声、霹雳碎人间，春心死。”（《满江红·梧州旅舍作》）“锦绣园林，芙蓉筵席，从来狼藉东风。”（《满庭芳》）明朝的覆灭，根本上是因为自身的腐朽，尤其是南明所为，更是让方以智有“春心死”的绝望。因此，方以智在清初，既非如张炎等遗民是南宋朝廷的绝对忠诚者，即忠于一姓者，也非如顾炎武、黄宗羲、王夫之等可以忍辱负重、明哲保身、安于治学。其遗民情怀，已由忠诚于一姓，上升为忠诚于华夏，而这，当是方以智词堪为“精华”并超过张炎等人之所在。

二是方以智之发抒，非仅在于一时一地一人一事，而在于全体宇宙人生，这使得其词不仅是个人化的情感，也不为一般伦理政教意绪所限，而是富含揭橥宇宙人生真相的思蕴。方以智是罕有的大思想家、学问家，正所谓器大声必闳，志高意必远；他往往是哲人之眼、文人之心、词人之手，思想胸襟、性情气度自然要超出如张炎等人，更为朱彝尊、陈维崧所不及。从方氏词中常常可见，由一时一地之景情而纵横开阖于苍茫时空中，从个人化的情感顿然升华到宇宙人生之感悟，如：“几万重、楼阁一时开，团瓢里。”（《满江红·梧州旅舍作》）“惊心处，半生冰冷，只在一声中。”（《满庭芳》）“千年古意，分付诗翁，在两崖间，三弄外，一声中。”（《行香子·三叠泉》）“半炉麸炭，一瓢泉水，吞却鄱阳。”（《青杏儿》）正是“观古今于须臾，抚四海于一瞬”。如《忆秦娥》这首小词：“花似雪，东风夜扫苏堤月。苏堤月，香销南国，几回圆缺。钱塘江上潮声歇，江边杨柳谁攀折。谁攀折，西陵渡口，古今离别。”从身世之哀、家国之痛而升腾至古今之叹，即如夏承焘言：“此词过片以后，乃从东坡《八声甘州·寄参寥子》‘问钱塘江上，西兴浦口，几度斜晖？不用

① 余英时：《方以智晚节考》，三联书店2004年版，第3页。

思量今古，俯仰昔人非’脱胎，并反用其意，遂变清旷而为悲凉。家国之恨，身世之哀如此，虽欲不悲，又何可得？”①

三是方以智非为词而作，而是气之所充，蓄之所发，自不能不尔也。南宋范开评辛弃疾词：“公一世之豪，以气节自负，以功业自许，方将敛藏其用以事清旷，果何意于歌词哉！直陶写之具耳。故其词之为体，如张乐洞庭之野，无首无尾，不主故常；又如春云浮空，卷舒起灭，随所变态，无非可观。”② 刘克庄谓稼轩“大声鞺鞳，小声铿锜，横绝六合，扫空万古”③；刘辰翁则云：“及稼轩横竖烂漫，乃如禅宗棒喝，头头皆是；又如悲笳万鼓，平生不平事并卮酒，但觉宾主酣畅，读不暇顾。”④ 三者所言，移以评方以智，亦为贴切。方以智非是如宋末张炎及清初朱、陈等以词人自居，而是“一世之豪”，以词为“陶写之具”，不拘于形式，无心于字句考究，满心肆口，“随所变态”“横竖烂漫”，而无不语新，情挚意深。且举其一首《青杏儿》：“遍地酒杯香，知多少、带累柴桑。剩得古来双袖在，锦袍白眼，青衫红泪，攒杀眉梁。开口断人肠，只消这、一字难当。渔夫千年无处着，半炉麸炭，一瓢泉水，吞却鄱阳。”一面是划然啸空的激奋之音，分明见家国之痛，幻灭之怨，压抑之悲，放废之愤；一面是看破人生的悲怆心绪，郁勃奇崛，凄清苍凉；再是直抵宇宙人生真相的深切感悟，堪比马祖“待汝一口吸尽西江水”。比之辛弃疾，方以智词固然相差很远，但比起自古那些号为学稼轩者，却分明声气最近稼轩。

由于遗民往往隐逸于深林壑畔，披缁于青灯古佛，行迹不显，声名未彰，交游难广，因而词作当时难以广传流播，既不能堂而皇之登入词坛，又往往生前身后即遭禁毁，如金堡、王夫之、屈大均均是如此；方以智就更是这样，一生著述繁多，但因世变文网，多难刊世；顺治七年（1650）逃禅以后，尤其是晚年的诗词文，流失更多，其《浮山词》已难寻见。然而，惟其如此，当我们回溯清初词，恰恰从方以智与其他遗民词中最能见

---

① 夏承焘、张璋编选：《金元明清词选》上册，吴无闻注释，人民文学出版社 1983 年版，第 324 页。

② 范开：《稼轩词序》，施蛰存编《词籍序跋萃编》，中国社会科学出版社 1994 年版，第 199 页。

③ 刘克庄：《辛稼轩集序》，施蛰存编《词籍序跋萃编》，中国社会科学出版社 1994 年版，第 200 页。

④ 刘辰翁：《辛稼轩词集》，施蛰存编《词籍序跋萃编》，第 201 页。

出自然风会之尚：毋用理论主张，无人刻意推扬，无有宴游社集，更无门户依傍，只因遭际相同，心迹相似，酿成共同的心声、相近的词风；各自为阵，各抒机杼，却声气相通，这便是长歌当哭、悲慨苍凉的“稼轩之风”。它作为一种“缺席的在场”，其实正是一代清词最初的自然选择、丧乱之余的时代征验，也是遗民词人自我生命的真实抒写。既是词之自然风会，则便必要由隐而显，遗民词人固可声名不彰，但国运之隆替、明清易代之感受，唯词足以发抒之，这却非遗民词人偶尔所为，它必会由遗民词所郁勃而又隐而未彰的自然风会，显而为清初词坛的风云际会，这便形成后来以阳羡词派为旗帜的稼轩风。而今论清词之稼轩风者，往往从词派史的角度系之于阳羡，其实，从自然风会来说，清初遗民词已是导夫先路。方以智词既为“清初遗民词的精华”，则其作为清初词自然风会的典范，引领于后来词坛风气之意义昭然若揭。

二

清初实际总持词坛、倡宗风而又影响深广者，当为贰臣。顾贞观于康熙四十三年（1704）即云：“国初辇毂诸公，尊前酒边，借长短句以吐其胸中……香严、倦圃，领袖一时。唯时戴笠故交，担簦才子，并与宴游之席，各传酬和之篇，而吴越操觚家闻风竞起，选者作者，妍媸杂陈。”① 香严即为龚鼎孳，本为明臣，李自成进京，被俘而降，清兵再破京城，再降清廷，实为双料贰臣。历来对于贰臣在清词中兴中的作用，或言之不公，或讳莫如深，这从乾隆时列《贰臣传》以后尤为如此，至今犹然。谢章铤曾道出原由：“蒋子宣曰：‘吴梅村、龚芝麓、曹秋岳、梁苍岩诸人词，俱名家，然取冠本朝，殊乖教忠之道。一概置而不录，于体为宜。’其说甚正，然谈艺非讲学比也。诸公在国初实开宗风，不独提倡之功不可忘，而

① 顾贞观：《栩园词弃稿序》，赵秀亭、冯统一笺校《饮水词笺校》附录，中华书局2005年版，第509页。

流派之考更不可没。”① 今时严迪昌著《清词史》，虽对吴梅村、龚鼎孳、曹溶、梁清标等贰臣的贡献述之颇详，但显然，严先生也未能做到如谢章铤所谓“谈艺非讲学比”，也无法不顾忌“殊乖教忠之道”而将清词复兴之首功记于贰臣，其中尤其是对龚词之评更是如此。

龚鼎孳对于清初词坛的首功在于扶助奖掖士流才俊。龚氏以好客爱才著称一时，庇护援救过诸多遗民文士，其中不少即为词人。尤可称道者是龚氏提携后学陈维崧、朱彝尊、顾贞观，对此向为论者称及，兹不赘述。正是龚鼎孳对诸多词人的扶持，为清词的复兴和发展起到了至关重要的作用，不仅保存了创作队伍，更积蓄了未来的力量。他所庇护的遗民词人诸如纪映钟、尤侗、梁清标、邓汉仪等，均是清初词坛生力军；尤其受其恩惠的陈维崧、朱彝尊、顾贞观三人，更是代表了清初词风的演进方向：陈维崧主豪放，开创了阳羡词派；朱彝尊尚醇雅，开创了浙西词派；顾贞观主性情，与纳兰性德一起形成饮水词派。

不惟扶持词人，还在于提倡之功。龚鼎孳职志京师，“唯时戴笠故交，担簦才子，并与宴游之席，各传酬和之篇”，而这正是推演清初词坛风会的重要征验。京师是天下文士聚散交流中枢、词坛中心，龚氏好客爱才，胜流所归，迎来送往中，宴游雅会是为常事。虽然已难见顺治间和康熙初年京师唱和盛会的记载，但京师作为中心辐射的地位，龚氏频频主持宴游酬和，对于形成词坛风会的重要意义，却是不言而喻和不可替代的。检龚氏《定山堂诗余》203 首，大多为宴饮酬酢之篇，有大约 143 首是和韵之作；从作于早期的《绮忏》词中，即可见存有如《满庭芳·韦公祠海棠花下与诸子社集作》《风流子·社集天庆寺送春》《南柯子·端午节前一日社集和遂初韵》等。这些社集今虽难考，但可以肯定它们都发生在康熙二年（1663）以前。而在这之后，更是有由龚氏主导而影响词坛深远的京师三次唱和活动：第一次是康熙七年（1668）陈维崧进京，而有以龚、陈唱和为中心的宴饮酬和；第二次是康熙九年（1670）赠柳敬亭唱和；第三次是康熙十年（1671）著名的秋水轩唱和。这三次唱和，规模一次比一次大，影响一次比一次广，充分显示龚鼎孳作为辇毂首座、词坛职志的号召力和影响力。这三次均为调寄《沁园春》和《贺新郎》的唱和，彰显的自然是

① 谢章铤：《赌棋山庄词话》卷八，唐圭璋编《词话丛编》，中华书局 1986 年版，第 3428 页。

苍劲激越的词风，既是清初京师词坛走向活跃的征验，更是“‘稼轩风’从京师推向南北词坛”[①] 的演示。

龚鼎孳于清初词坛“领袖一时”，却不是光靠的好客爱才、扶持词人和提倡之功，还以创作上的殊多献替，极大地影响词风嬗变。彭孙遹曰：“长调之难于小词者，难于语气贯串，不冗不复，徘徊婉转，自然成文，今人作词，中小调独多，长调寥寥不概见，当由兴寄所成之，非专诣耳。唯龚中丞芊眠温丽，无美不臻，直夺宋人之席。”[②] 邹祗谟曰：“清真、乐章，以短调行长调，故滔滔莽莽处，如唐初四杰，作七古嫌其不能尽变。至姜、史、高、吴，而融篇炼句琢字之法，无一不备。今惟合肥兼擅其胜。”[③] 王士禛曰：“云间数公论诗拘格律，崇神韵。然拘于方幅，泥于时代，不免为识者所少。其于词，亦不欲涉南宋一笔。佳处在此，短处亦坐此。合肥乃备极才情，变化不测。”[④] 彭氏谓龚词“无美不臻”，邹氏谓“惟合肥兼擅其胜”，王氏谓“备极才情，变化不测”，均推龚氏在清初词坛俨有集大成之势、变风气之功，即变小令而为长调，由取唐五代而为两宋，尤其是南宋。王、邹、彭三人皆为清初词场名宿，他们对龚词的推重，是由研寻龚词中来，而非为恭维，他们应是清代最早认识到龚词之于清初词风嬗变者，即：突越云间词派的专小令、崇唐五代，变而为工长调而重南宋。

彭、邹、王等人之评，当在康熙初年及之前。也就是说，这是他们所见龚氏早年至康熙初年词的结果。然而，正是龚氏晚年词作，却有着再次扭转词风的重大意义，即对稼轩风的鼓荡推扬。吴梅曾有这样一个基本判断：“小令学周秦，长调学苏辛，清初词家通例也。”[⑤] 王士禛等只由龚氏前期词见其长调取法于南宋的姜、史、高、吴，而未能由龚氏晚期词而见其倾心于苏辛。今存《定山堂诗余》四卷，第三卷词前记有“此卷以下皆癸卯后香严斋存稿”[⑥]，癸卯为康熙二年（1663），则第三、四两卷为龚鼎

---

① 严迪昌：《清词史》，第 125 页。

② 彭孙遹：《金粟词话》，唐圭璋编《词话丛编》，中华书局 1986 年版，第 725 页。

③ 邹祗谟：《远志斋词衷》，唐圭璋编《词话丛编》，第 651 页。

④ 王士禛：《花草蒙拾》，唐圭璋编《词话丛编》，第 685 页。

⑤ 吴梅：《词学通论》，中华书局 2010 年版，第 149 页。

⑥ 南京大学中国语言文学系《全清词》编纂研究室编：《全清词 · 顺康卷》第二册，中华书局 2002 年版，第 1135 页。

孳在这之后至康熙十二年（1673）去世的十年间作。与前期作品相比，显然晚期词苍劲激楚者居多，这从选调上即可直观，其中《贺新郎》23首、《沁园春》7首，另多有《满江红》《念奴娇》等调，这些词调多“例以入声韵为准，取入声之逼侧，以尽情发泄壮烈之怀抱”①。尤其是那一连叠“剪”字韵23首《贺新郎》，最是龚氏平生复杂心态的井喷，也当是其时文人心理的映现，在清初词坛十分著称，可谓将“稼轩风”从京师推向南北词坛的重要标志。

总之，龚鼎孳的创作，变云间词派的专小令而为擅长调，由宗唐五代而为重南宋，学苏辛，而扬稼轩风；这些对于清初词风演进有着重要影响。龚氏之后，清词形成了席卷词坛的浙西和阳羡两大词派，一宗南宋，主醇雅，一学稼轩，主豪宕。无论是从两派宗主朱彝尊、陈维崧本人，还是从两派之宗风，都能看到其与龚鼎孳的密切关系，都能从龚词那里找到端倪。

三

一代清词中兴，若论布衣之功，当首推孙默。其所居功者，乃选政之操。焦循有云：“布衣之士，穷经好古，嗣续先儒，阐彰圣道，竭一生之精力，以所独得者聚而成书，使诗书六艺有其传，后学之思，有所启发，则百世之文也。”② 焦循所谓，乃典范的布衣精神。孙默所为，虽称不上是阐彰孔孟之道，但他“竭一生之精力，以所独得者聚而成书”，同样是布衣精神的体现。其所成之书，可称得上是清词史上的“百世之文”。

顾贞观云：“渔洋之数载广陵，实为斯道总持。”③ 王士禛顺治十七年（1660）至康熙四年（1665）间在扬州任上，形成了在京师之外的广陵词

① 龙榆生：《填词与选调》，《龙榆生词学论文集》，上海古籍出版社1997年版，第185页。

② 焦循：《与王钦莱论文书》，王云五主编《丛书集成》初编《凋菰集》，商务印书馆1937年版，第233页。

③ 顾贞观：《栩园词弃稿序》，赵秀亭、冯统一笺校《饮水词笺校》附录，中华书局2005年版，第509页。

坛热点；其社集和选政之操，乃是“清词嬗变的一个契机”①，甚至是清初词勃然中兴的契机②。而孙默正是王士禛总持扬州时的核心成员。李斗《扬州画舫录》载有围绕王士禛而一起修禊或过从甚密的“时往来者”29人③，孙默即位列其中。孙默与王士禛还不只是一般的“时往来者”，因为正是在王士禛和邹祗谟编纂《倚声初集》的稍后，孙默搜集汇刻《国朝名家诗余》的。前者刊于顺治末康熙初，后者于康熙三年（1664）首批刻成邹祗谟、彭孙遹、王士禛三家词；前者选自明万历至清顺康词作，是清初第一部词选总集，后者则是汇刻清初各家词集，是清代第一部大型当代词总集。虽无直接证据证明这两次选政是王士禛总持下的一个系统工程，但后者受到前者的直接影响，有意赓续前者，却是非常明显的。

可以说，孙默创造了清初词坛以至清词史上一个奇迹：以一介布衣、一己之力汇刻《国朝名家诗余》。据考，孙默居扬有三十年左右④，半生流寓广陵，非是徽商，不为财富，非为仕宦，不求功名，非是遗老，不为逃躲。相反，不屑于乡人大估之富贵，而是仰慕通人大儒、寒人畸士；历尽艰辛，心力交瘁，为的是聚而成书，而以为终身乐事⑤。邓汉仪述及其搜罗编纂之艰辛：“顾人各一编，咸矜秘帐，流通都市，裒集为艰。黄山孙子无言以穷巷布衣，留心雅事，每有佳制，务极搜罗，如饥渴之于饮食，甚至舟车裹粮糗，不惮冒犯霜露，跋涉山川以求之。故此十六家之词，皆其浮家泛宅，殚力疲思而后得之者。”⑥ 孙默卒后，王士禛曾作《祭孙无言文》，称其“大抵忘机而任真，尚名义而鄙荣利，弃妻子如脱屣，而于文章朋友之嗜，不啻饥渴之于饮食”⑦，可谓孙默一生的写照。

《四库全书总目》称《国朝名家诗余》：“一时倚声佳制，实略备于

---

① 严迪昌：《清词史》，第56页。

② 参见蒋寅：《王渔洋与清词之发轫》，《文学遗产》，1996年第2期。

③ 李斗：《扬州画舫录》卷十，汪北平、涂雨公点校，中华书局1960年版，第228页。

④ 参见张宏生：《清词探微》，上海古籍出版社2008年版，第233页。

⑤ 参见汪懋麟：《孙处士墓志铭》，《百尺梧桐阁文集》卷五，《四库存目丛书》，齐鲁书社1996年影印本，集部，第241册，第765页。

⑥ 孙默：《十五家词》，《文渊阁四库全书》，台湾商务印书馆1986年版，第1494册，第4—5页。

⑦ 王士禛：《王士禛全集》，齐鲁书社2007年标点本，第1698页。

此，存之可以见国初诸人文采风流之盛。”[①] 康熙十六年（1677）汪懋麟序梁清标《棠村词》云：“本朝词学，近复益胜，实始于武进邹进士程村《倚声集》一选。同时休宁孙子无言复有《三家诗余》之选，由是广为六家，又十家，今且十六家，势不百家不已，岂不与毛氏争雄长乎！”[②] 汪序将孙默《国朝名家诗余》与王士禛、邹祇谟《倚声初集》一起，视为开启清词中兴的标志。姜实节《梦香词序》甚至这样说：“往者黄山孙无言选诸名家词，一时如顾庵、西樵、程村、其年、阮亭、荔裳诸君子皆竞起为词，于是《南溪》《炊闻》《丽农》《乌丝》《衍波》《二乡亭》诸刻，不下数十种，名满人间。亦既家传户诵，提辛扳李，含柳吐秦矣。”[③] 姜序将引发一时词坛兴盛之功，归于孙默。事实上汪、姜二人的称誉各有侧重，前者重在孙默汇编传承之功，后者则重在其鞭策推进之功。如今，回溯清词史，更能见到孙默“对清词的建设和发展起着极为重大的作用”[④]。

孙默如何遍访求索，细节多不可考，但可想而知，他既非通人名士，又非商贾大儒，仅一贫穷布衣，却能搜罗名家文采风流，唯一所凭，当是执着与诚意。这一点，从其康熙三年（1664）的另一盛举或见一斑，这年孙默以归黄山故里为由，遍求名家，索要赠诗，竟得当时名宿相送多达“数千首”[⑤]。执着与诚意，便是对访求对象的鞭策。索求词集的过程，必会敦促、激励各个词家的创作，因而有姜实节所言一时诸名家“皆竞起为词”。同时因为要刊布于世，不免就起到了督促讲求艺术质量之效，如朱一是在《梅里词自序》中云：“天都孙无言既集成数家，亟掫予作不令终自秘。老妇面傅粉唇朱，一旦入姜姬之群，呜呼！其丑也！”[⑥] 朱氏的相形见绌之虑，有着对艺术质量的自我反省。事实上，朱词最终并未刊出，但从现存留松阁刻本《梅村词》卷首，可见孙默列有一份刊入《国朝名家诗余》的 56 人名单，其中即有朱一是。孙默既预先即知会索要朱氏之词，

① 永瑢等：《四库全书总目》卷一九九《十五家词》提要，中华书局 1965 年版，第 1826 页。

② 孙默：《国朝名家诗余》，康熙留松阁刻本。

③ 姜实节：《梦香词序》，孙克强、杨传庆、裴喆编著《清人词话》，南开大学出版社 2012 年版，上册，第 585 页。

④ 严迪昌：《清词史》，第 79 页。

⑤ 汪懋麟：《孙处士墓志铭》，《百尺梧桐阁文集》卷五，第 765 页。

⑥ 朱一是：《梅里词自序》，孙克强、杨传庆、裴喆编著《清人词话》第 51 页。

而后者却未提供，当是出于对艺术质量的顾虑。

无疑，孙默以汇刻《国朝名家诗余》为载体，促成了一场词坛风会，有力地推动了清初词坛的中兴，这不仅在于对创作的推动，还体现在作品选评的词事活动上。尤其是从后者，更能看出孙默以一布衣而号令天下的号召力和影响力。孙默虽是凭一己之力去搜罗汇编，但对于各家词集词作的选录和圈点，却邀托的是当时名宿；不仅如此，而且扩大相邀范围参与对作品的评议，受请者几乎覆盖清初所有名家。选录和圈点者计有王士禛、曹尔堪、宋琬、彭孙遹、尤侗、董以宁、纪映钟、邓汉仪、汪懋麟、杜濬、邹祇谟、陈维崧、陈玉璂、王士禄、宗元鼎、严沆、丁澎、龚百药、程康庄、宋实颖、马骏、乔莱等22人；对于每一位词人词集，选录圈点者少则2人，多则达8人，如对陈维崧《乌丝词》的选录圈点就有邹祇谟、王士禛、王士禄、程康庄、宋琬、曹尔堪、董以宁、宋实颖等。参与评点的大家则更多，如对陆求可《月湄词》的评点者，竟多达53人，其中就包括吴伟业、龚鼎孳、曹溶、梁清标、李渔、王士禛、曹尔堪、宋琬、毛先舒、彭孙遹、尤侗、陈维崧、朱彝尊、孙枝蔚等清初最著名的词家。一位词人的词作可谓牵动了整个词坛，如此声势，不啻为饕餮盛筵。孙默此举在清词史上绝无仅有，精心策划组织如此的选评活动，其重大意义不在于结果而在于过程，正是它摇撼、激活了整个清初词坛。在选录圈点和评点中，各家相互交流切磋，不同的选择相互交错，不同的词学观相互碰撞、相互兼容，是为孙默所主导的词学风会。

方以智、龚鼎孳、孙默同为皖人，同处明末清初，年齿相仿，共同经历了鼎革易代的巨变动荡，虽各自的人生选择和命运不同，却同为皖词大家，都对清词中兴做出了重大贡献。无论是创作、选政还是词事活动，他们都曾引领清初词坛风会。有清一代，安徽文化大放异彩，献替殊多，学术之域如皖学，商贾之途如徽商，文学之事如桐城派等，都如日中天；而皖词向为忽略，却同样涵养深厚，造诣非浅。方以智、龚鼎孳、孙默引其绪，之后代有人出：浙西与常州两个最大派别，均汲泽于皖不浅。皖词名家汪森力助朱彝尊搜罗编纂《词综》，大倡浙派宗风，奠定一代基业；常派创始人张惠言更是受益于歙县金家，其“开山采铜”之《词选》源于坐馆金家课业，金氏弟子金应珪以著名的词学“三弊”说大助常派；清中叶的凌廷堪，精研音律，不主一格，别擅胜场，堪为“学人词的代表”[①]；清末徐乃昌辑刊《小檀栾室汇刻百家闺秀词》，汇有清一代女性词而流传于世，功在词史。

① 严迪昌：《清词史》，第455页。

“疽发背而死”与中国史学传统

安徽师范大学文学院　潘务正

死是人生中的大事，古代史家通常在历史人物之死的描写中展现其品节。因病而亡是司空见惯的死法，不过为了叙事的简洁，史书未必均交代其死因。然有一种情况比较特殊，即史传中出现众多“疽发背而死”的记载，此始于《史记》，众所周知，范增就是因此而逝。自此之后，史书提到人物之死时频繁出现这一病因，几乎无代无之。试以二十四史及《清史稿》为例，除去重复者，情况如下：

书名	发病者	书名	发病者
史记	范增、周丘	旧唐书	张守珪、李洧、韩简
后汉书	朱穆、盖勋、刘焉、刘表	新唐书	孟浩然、薛存庆
三国志	曹休	旧五代史	阎宝、龙敏、和凝、胡进思
晋书	庾翼	宋史	韩令坤、张澹、何继筠、卞衮、明镐、唐介、王雱、种谔、宗泽、刘羲叟、张嵲、周克明、符惟忠、曾觌、留从效
宋书	刘禹、庾悦、姚绍	金史	田琢、移剌瑗
魏书	南安王桢、崔亮	辽史	萧陶隗
南史	萧明	明史	徐达、朱恩鐕、何申、李鋐、王鸿儒、杨一清、毛伯温、仇鸾、张慎言、张宗琏①
北史	王勇、王士隆	清史稿	庄元辰、姚启圣、朱善张、张曜

① 万斯同《明史》（清抄本）中尚有胡海、章玉等因此病而死，分别见卷一六六、二〇七。本文所用二十四史及《清史稿》为中华书局通行本，为避免繁琐，不另出注。

"疽发背而死"受古代史家的青睐是显而易见的，文献记载中当同一人物有不同死法时，史家往往乐意采用这种结局。如唐代韩简，据《实录》记载，他是"为部下所杀"[①]。然《旧唐书》卷一八一本传云："为（诸葛）爽军逆击，败之。简单骑奔回，忧愤，疽发背而卒"；《新唐书》卷二一〇本传亦同。史家明知韩简还有另一种死法，却仍择定其为疽发背而死。又如宗泽，其死也有不同记载。南宋叶適仅云其"忿郁死"[②]，明王祎亦或云"遽属疾"，或云"以故忧愤成疾"[③]，而不提所患何疾。但南宋王柏《宗忠简公传》云"疽发病甚……薨"[④]，《靖康小雅》更是明确记载其"疽发背而薨"[⑤]，元初官修《宋史》承之。是否疽发背而死并未在很大程度上影响宗泽的光辉形象，但史家似乎更"偏爱"其因此致命。

作为一个反复出现的叙事元素，这仅为实录？还是别有意味？因其始于《史记》，并大量出现在史书及传记类文献中，故本文以史传为中心，兼及其他史料，对这一问题试加探讨。

一 致命之因

史书中最早明确记载因疽而死的是晋国中军元帅荀偃。《左传·襄公十九年》载其"瘅疽生疡于头"而丧生，可见此病很早就给史家留下深刻的印象。古人通常以另一种类似的病症"痈"来解释"疽"，《说文解字》第七下云："疽，痈也。"同卷又云："痈，肿也。"[⑥] 疽是在痈的基础上发展而来的，段玉裁据《后汉书·刘焉传》注、玄应《一切经音义》云："疽，久痈也。"并解释道："痈久而溃，沮洳然也。"释"痈"云："瘤，

---

① 司马光：《通鉴考异》，《资治通鉴》卷二五五，中华书局1984年版，第8288页。

② 叶适：《故知广州敷文阁待制薛公墓志铭》，《水心先生文集》卷二二，《四部丛刊》第203册，上海书店1989年据商务印书馆1926年版重印，第7页。

③ 王祎：《义乌宋先达小传·宗泽》，《王忠文集》卷二一，影印文渊阁《四库全书》第1226册，第434页。

④ 王柏：《鲁斋集》卷一四，《续金华丛书》本，第9页。

⑤ 李心传：《建炎以来系年要录》卷一五引，中华书局1956年版，第321页。

⑥ 许慎：《说文解字》，中华书局1963年版，第155页。

肿也；痤，小肿也，则非谓痈也……气壅否结裹而溃也。”[①] 文字学家认为痈是人身上比较大的肿块，久痈引起溃烂即为疽。

不过古代医家的看法则不同。隋巢元方《诸病源候总论》云：“五脏不调则致疽，疽者肿结皮，强如牛领之皮；六腑不和则致痈，痈者肿结薄以泽是也。……腑脏不调和而腠理开，受于风寒，折于血则结聚成肿，深则为疽，浅乃为痈。”[②] 中医认为疽痈为脏腑不调所致，五脏不调易生疽，六腑不调易生痈。脏腑不调，感染风寒，血气凝聚成肿块，肿块深且皮厚者为疽，浅且皮薄有泽者为痈。痈因其比较肤浅，危害性不大。与之相比疽则危害性极大，发病后难以治愈，死亡率高。宋李迅《集验背疽方·察疽发有内外之别》云：“初发疽时，不拘小大，身体无热，自觉倦怠，生疽处亦不热。数日之间，渐渐开大，不肿不高，不疼不痛，低陷而坏烂。破后，肉紫黑色，此为内发。有此证者，未发见之先，藏府已先溃烂，百人百不救，虽有神仙药，亦付之无可奈何。”[③] 疽发病时，脏器已溃烂，根本无法医治。故《诸病源候总论》云：“疽重于痈，发者多死。”[④]

据南北朝龚庆宣《刘涓子鬼遗方》所载，疽可以发在身上的任何部位，然疽发于背部以外区域，虽死亡率亦较高，但还有医治的可能。史料记载中亦不乏此例，如唐李齐疽发于首（《旧唐书·李质传》），宋遗民赵元清（《宋遗民录》卷五）、明李震疽发于脑（《皇明大政记》卷一五），均未丧命。疽发于背亦有好转者，如清代江南歙县孝子汪龙“疽发背”“越数旬始瘥”（《清史稿·孝义传二》）；不过从总体来看，治愈的可能极小，像汪龙这样不治而愈只是一种美好的祝愿而已。

疽发背在古代几乎是一种绝症，宋洪适《跋痈疽方》云：“疽发背，三尺童子亦知为膏肓之疾。”[⑤] 元谢应芳《赠钱隐居序》亦云：“夫疽发于

---

① 段玉裁：《说文解字注》卷一四，上海古籍出版社 1988 年版，第 350 页。

② 巢元方：《巢氏诸病源候总论》卷四〇“发背候”，影印文渊阁《四库全书》第 734 册，第 840 页。

③ 李迅：《集验背疽方》之“察疽发有内外之别”条，影印文渊阁《四库全书》第 743 册，第 435—436 页。

④ 巢元方：《巢氏诸病源候总论》卷三三“疽发背候”，第 785 页。

⑤ 洪适：《盘舟文集》卷六三，《四部丛刊》第 193 册，第 5 页。

背者，危疾也。”[①] 究其因由，在于背部于人体的重要性。中医认为背是五脏穴位所在，《明堂针灸书》云：“人五脏之系，咸附于背。”[②] 即五脏对应的穴位，均在人体背部，这个穴位又称“俞（腧）”。《类经》注云：“五藏居于腹中，其脉气俱出于背之足太阳经，是为五藏之腧。”[③] 中医理论中，后背属阳，阳脉均循行经过，尤其是背正中的督脉，与两边对称的太阳膀胱经，五脏俞即分布其上，疽往往发于背部这些穴位，《诸病源候总论》卷三三“疽发背候”云：“疽发背者，多发于诸脏俞也。”五脏俞反映对应五脏正气的盛衰，疽发于此说明所属脏器已发生病变，正气虚极，无力抗邪，故属于恶候[④]。

疽发于背，堵塞经络的通畅，引起溃烂。《诸病源候总论》卷三三“疽发背候”云：“五脏不调则发疽，五脏俞皆在背，其血气经络于身。腑脏不调，腠理虚者，经脉为寒所客。寒折于血，血壅不通，故乃结成疽。其发脏俞也，热气施于血，则肉血败腐为脓也。”[⑤] 《仙授理伤续断秘方》亦云：“痈疽发背，筋肉坏烂。”[⑥] 发病时因溃烂而产生剧烈疼痛，患者苦不堪言：“痈疽发背，溃后疼痛不止。”[⑦] 疽发背不但难以治疗，且死时极为痛苦，死相亦较凄惨，古代视之为恶疾，不言而喻。

正因疽发背在古代属“膏肓之疾”，故众多历史人物因此而死就不难理解。

“疽发背”的诱因很多，古代医学家对此作了探讨，李迅《集验背疽方》归结为五个方面：“天行一，瘦弱气滞二，怒气三，肾气虚四，饮法

---

① 谢应芳：《龟巢稿》卷一四，《四部丛刊》三编第 69 册，上海书店 1986 年据商务印书馆 1936 年版重印，第 32 页。

② 司马光：《资治通鉴》卷一九三引，第 6083 页。

③ 张介宾：《类经》卷七《五脏背腧十一》，影印文渊阁《四库全书》第 776 册，第 137 页。

④ 疽发背的病理研究，亦可参看易俊杰：《范增大怒归故里途中疽发背而亡》（《祝您健康》2006 年第 9 期）。笔者在撰写这部分时，得到中医专家的指点，在此敬表谢意！

⑤ 巢元方：《巢氏诸病源候总论》卷三三“疽发背候”，第 785 页。

⑥ 蔺道人：《仙授理伤续断秘方》，明洪武刻本，第 7 页。

⑦ 朱橚：《普济方》卷三一四《膏药门》，影印文渊阁《四库全书》第 757 册，第 240 页。

酒、食炙煿物、服丹药热毒五。"[1] 元杨清叟《仙传外科集验方》亦云其源有五："一天行时气；二七情内郁；三体虚外感；四身热搏于风冷；五食炙煿、饮法酒、服丹石等热毒。"[2] 也就是说，天气、情绪、体质及饮食等均可诱发此病。

在五种病因中，史传记载最多的是因极度愤怒、悲伤、惊恐即"七情内郁"引起的疽发背[3]。情感郁积会伤及五脏，《黄帝内经》云："怒伤肝，喜伤心，思伤脾，悲伤肺，恐伤肾，皆志意为病。"[4] 情绪波动导致五脏不调，引起疽发背。范增就因此致病而死，《史记》涉及此事有两处，一是《项羽本纪》："项王乃疑范增与汉有私，稍夺之权。范增大怒，曰：'天下事大定矣，君王自为之。愿赐骸骨归卒伍。'项王许之。行未至彭城，疽发背而死。"一是《陈丞相世家》："亚父闻项王疑之，乃怒曰：'天下事大定矣，君王自为之！愿请骸骨归！'归未至彭城，疽发背而死。"二者所记内容相同，稍异者在于范增辞归时的情绪，一则曰"大怒"，一则曰"怒"。就发病的可能性来说，前者更为确切，因为此病"非愤极不成"[5]，只有愤怒到极点才易患是病。范增一心为项羽谋划，而项羽遭刘邦离间之计，竟然怀疑他，不但不用其言，反而稍夺其权；他辞归时项羽亦未作丝毫挽留。范增预感到多年来苦心经营的大业将彻底失败，其愤怒、悲痛、绝望可想而知。因此郁气内积，五脏失调，疽发背而亡。

与此类似，史传中描写人物疽发背时的心理状态不一而足，如盖勋的"不得意"，庾悦的"不得志"，王勇的"惭恚"致病，王士隆、韩简的"忧愤"发病，阎宝的"惭愤成疾"，唐介的与王安石争而"不胜愤"，曾

① 李迅：《集验背疽方》之"背疽其源有五"条，影印文渊阁《四库全书》第743册，第435页。

② 杨清叟：《仙传外科集验方》卷一《叙论·疽发背品第一》，明正统《道藏》本，第2页。

③ 苏轼《论商鞅》云："世之服寒食散疽背呕血者相踵矣。"（《苏轼文集》卷五，中华书局1986年版，第156页。）但史书记载的服食丹药致疽发背而死者仅有唐宣宗、李先主，《新唐书》卷一八三《毕諴传》载，"（太医李玄伯）治丹剂以进，帝（宣宗）饵之，疽生于背"而崩。《资治通鉴》卷二八三《后晋纪四》载："唐主（李昪）谓璟曰：'吾饵金石，始欲益寿，乃更伤生。汝宜戒之！'是夕殂。"

④ 吴昆：《黄帝内经·素问吴注》卷三《五脏别论篇第十一》，明万历刻本，第22页。

⑤ 董其昌：《徐豫庵隐君暨配王孺人合葬墓志铭》，《容台集·文集》卷八，明崇祯三年（1630）董庭刻本，第34页。

觌的奸情败露而“忧恚”，宗泽的“忧愤成疾”，张宗琏的“心积不平”，庄元辰的国亡后“朝夕野哭”等。有些史料虽未明确描写人物发病前的心理状态，但由记载亦可推而知之。如张守珪，《旧唐书》卷一〇三本传云：“（开元）二十七年，仙童事露伏法。守珪以旧功减罪，左迁括州刺史。到官无几，疽发背而卒。”张时任辅国大将军、右羽林大将军兼御史大夫，因部下诈称诏命冒进败绩，为自保，他“隐其败状，而妄奏克获之功”。事泄左迁，必定产生愤懑之情，以致疽发背而卒。再如辽萧陶隗，《辽史》卷九〇本传云：“阿思阴与萧阿忽带诬奏贼掠漠南牧马及居民畜产，陶隗不急追捕，罪当死，诏免官。久之，起为塌母城节度使。”史载萧陶隗乃极易暴怒之人：“陶隗负气，怒则须髯辄张。每有大议，必毅然决之。虽上有难色，未尝遽已。见权贵无少屈。”因此，受到奸臣诬陷，意定久久不平。故虽重新启用，但仍尚未赴任就“疽发背卒”。又《明史》卷二〇九《杨继盛传》云：“（仇）鸾奸大露，疽发背死。”仇鸾因外结俺答、割死人首以冒军功等罪行被揭穿，其病显是忧惧所致。

由上可知，历史人物由于某种重大的变故，产生了或愤怒、或悲伤、或忧惧、或惊恐等情绪，五脏失调发生病变，以疽的形式呈现于背部，并因此丧生。在历史风云的变幻中，很多人物死于此病不足为奇。然史家不厌其烦地提及此种病因，往往并非仅为“实录”，而是别有深意。“疽发背而死”不仅是个医学问题，更是一个史学命题。

二　忧患意识

忧患意识为古代士人的精神传统①，也是中国史学的优良传统。自孔子见“世衰道微，邪说暴行有作，臣弑其君者有之，子弑其父者有之”，

① 徐复观在《中国人性论史（先秦篇）》中认为“忧患意识”乃是由某种责任感而来的“要以己力突破困难而尚未突破时的心理状态”（上海三联出版社 2001 年版，第 19 页）；庞朴反驳此种观点，认为“忧患意识”是“一种居安思危的理性精神”（收入《蓟门散思》，上海文艺出版社 1996 年版，第 331 页）。本文取前者的观点。

于是惧而“作《春秋》”[①]，至龚自珍阐扬的“良史之忧”[②]，均一脉相承强调此种意识。官修史书也本此意，新的王朝执政伊始，即着手编纂前代史书，体现出正如《诗经·大雅·荡》所云“殷鉴不远，在夏后之世”的以史为鉴之意。中国古代史学的发达，与这一意识有关。

史家的忧患意识通过史传中人物命运遭际而得以呈现。古代忧患之士常常与疾病相伴，《诗经·小雅》中就有很多此类抒情主人公形象，如《采薇》云：“王事靡盬，不遑启处，忧心孔疚，我行不来。”《杕杜》云：“匪载匪来，忧心孔疚。”毛传云：“疚，病。”《正月》云：“哀我小心，癙忧以痒。”“念我独兮，忧心殷殷”。毛传云：“癙、痒皆病也。”郑笺云：“国家将有危亡，故念我独忧王此政兮，忧心殷殷然痛也。”《小弁》云：“心之忧矣，疢如疾首。”郑笺云：“疢，犹病也。”[③] 忧伤国事而致病，其忧可谓深矣。疾病与忧患之士结下了不解之缘，孟子云：“人之有德慧术知者，恒存乎疢疾。独孤臣孽子，其操心也危，其虑患也深，故达。”朱熹解释道：“孤臣，远臣；孽子，庶子，皆不得于君亲，而常有疢疾者也。”[④] 德慧术知之士预见到国家的危机，欲有所为又无法施展抱负，忧愤成疾。且疾病的轻重，又与忧患的程度成正比，疽发背这种致命的恶疾最能揭示历史人物深沉的忧患意识。此种描写，肇其端者为司马迁“发愤”而成的《史记》。在描写范增结局时，太史公特别加上“疽发背而死”一句，看似无心之举，实则有意为之。

关于范增其人的评价，历史上争论较多，持批评态度的以苏轼为代表。苏轼虽也赞赏范增为“人杰”，但更主要的是指责他未能早在项羽杀卿子冠军宋义时离开，而是“欲依项羽以成功”，最终落得疽背而死，真乃“陋矣”[⑤]。此种观点影响甚大，明方凤《读范增传》云：“陈平间计羽

---

① 《孟子注疏》卷六下《滕文公下》，《十三经注疏》本，上海古籍出版社 1997 年版，第 2714 页。

② 龚自珍：《乙丙之际著议第九》，《龚自珍全集》第一辑，上海古籍出版社 1975 年版，第 7 页。

③ 郑玄笺，孔颖达等正义《毛诗正义》卷九、卷一二，《十三经注疏》本，第 413、417、442、443、452 页。

④ 朱熹《孟子章句集注》卷一三《尽心上》，《四书五经》上卷，北京古籍出版社 1996 年版，第 229 页。

⑤ 苏轼：《论项羽范增》，《苏轼文集》卷五，中华书局 1986 年版，第 162—163 页。

疑增，疽发彭城亦可矜。弑帝江中便归去，不教遗恨死填膺。”[①] 与苏轼观点相近。在探究范增病因时，有人认为仅是出于“愤激”的个性，明朱国桢云：“范亚父之为人，苏老泉评之当矣。中间如张良献玉斗，拔剑撞而碎之，曰‘唉！孺子不足与计事’，是何等气质！言不用，归至彭城，疽发背死，是何等涵养！看来是愤激用壮之徒，止能望气，不足与成功。”[②] 全是批评、嘲讽之语。他们站在义帝为正统的立场看待范增，与司马迁之意未必相符。

李陵之祸给太史公造成的创伤时常流露在《史记》的描写中[③]。太史公从国家利益出发为李陵辩解，却遭受耻辱刑宪，真乃“信而见疑，忠而被谤”者也，其满腔悲愤倾注在有相似经历的屈原身上。范增在某种程度上与屈原、司马迁遭遇相同。其以七十高龄投奔项梁，此后处处为项氏谋划：立牧羊奴为帝，以张义旗；牧羊奴成为项氏心腹之患后，可能在他指使下将其弑于江中；刘邦的威胁更让他为本集团担忧，设鸿门宴拟将其剪除。计划流产后，他一再感叹项氏必为刘氏所灭，自己与同僚必定为其所俘。尽管如此，他仍尽心尽力帮助项羽，企图避免失败的结局。范增“奇计”结果并不尽如人意，但可以看出他的耿耿忠心。让他未曾料到的是，刘邦的离间之计竟轻易就让项羽怀疑他，“于是一腔为项热血，洒落无地，而乞骸骨，疽发背死矣”[④]。范增之死，正在于他“信而见疑，忠而被谤”所产生的极度悲愤。从《史记》描写倾向看，司马迁对项羽的英雄气概持赞赏的态度，而“项以范增存亡”[⑤]，因此忠于项氏的亚父也是其颂扬的对象。“疽发背而死”不但揭示范增的无限悲愤与彻底绝望，也寄予着太史公的深切同情及“悲世之意”[⑥]。史心史法，都在这寥寥数字中得以展现。

---

① 方凤：《改亭续稿》卷五《读杂书》，《续修四库全书》第1338册，第470页。

② 朱国桢：《涌幢小品》卷一四“亚父用壮”条，中华书局1959年版，第297页。

③ 钱锺书《管锥编》（三联书店，2001年，第416页）对此举例云：元盛如梓《庶斋老学丛谈》卷一云：“武帝用法深刻，臣下当诛，得以货免；迁遭李陵之祸，家贫无财自赎，交游莫救，卒陷腐刑。其‘进奸雄’者，叹无朱家之伦，不能脱己于祸；其‘羞贫贱’者，自伤贫不能免刑，故曰：‘千金之子，不死于市’。”钱锺书先生认为所论二事“殊可节取”；又证之以张耒《司马迁论》谓《伯夷传》寓被刑之怨、《晏子传》寄无援之慨等。

④ 徐允禄：《范增》，《思勉斋集》卷一一，清顺治年间刻本，第24页。

⑤ 《资治通鉴》卷三三，第1062页。

⑥ 刘熙载：《艺概·文概》，《刘熙载文集》，江苏古籍出版社2000年版，第64页。

明姚舜牧《范增》云：

> 唉！竖子不足谋，岂俟今日哉！入关以来，若此所为，便当知其不足谋矣。知不足谋而但欲杀沛公以取天下，及后楚受反间，始请乞骸骨，疽发背而死，此唉老子之所为痴也！①

范增明知不可为而为之，“痴”中正可看出他的忠心，后世文学作品也将其视为忠义之士的典范。佚名《英烈传》引瞿佑诗云：“虎斗龙争既不能，鸡鸣狗盗亦无闻。陈平韩信皆归汉，只欠彭城老范增。”并在诗后按云：“是时张士诚据浙西富饶之地，招贤养士，凡人有不得志于元朝者，争趋附之，美官丰禄，富贵赫然。及城破，无一人死难者，武夫健将，唯束手卖降而已。”②很显然此中范增作为忠义之士得到赞扬。范增至死忠诚的品质，既为义士钦佩，也为史家激赏。

自此之后，史家继承《史记》以“疽发背而死”描写人物精神品格的传统。范增之后，因此而逝的著名人物是南宋爱国将领宗泽，史家以此病将其一生心事和盘托出。《宋史》卷三六〇本传云：

> 泽前后请上还京二十余奏，每为（黄）潜善等所抑，忧愤成疾，疽发于背。诸将入问疾，泽矍然曰：“吾以二帝蒙尘，积愤至此。汝等能歼敌，则我死无恨。”众皆流涕曰：“敢不尽力！”诸将出，泽叹曰：“‘出师未捷身先死，长使英雄泪满襟。’”翌日，风雨昼晦，泽无一语及家事，但连呼“过河”者三而薨。

疽发背的描写，强化了宗泽的忧患意识、爱国之情，不仅感染了时人，千载之下读之，犹令人感慨不已！

正如屈原的典范作用使得沉水自杀成为后世爱国者的死亡方式一样，范增、宗泽疽发背而死也成为史家笔下乱世或末世仁人志士比较普遍的结局。明遗民万斯同《明史》卷一八七云：“何申、宋和、郭节，俱不知何许人，俱官中书。申使蜀，至峡口，闻变，恸哭呕血，疽发背死。”所谓

---

① 姚舜牧：《来恩堂草》卷一一，明刻本，第 8 页。

② 佚名：《英烈传》卷五，明刻本，第 21 页。

“闻变”即时为燕王的朱棣发动的旨在夺取皇位的靖难之变。同书卷三五八云，张慎言“流寓芜湖、宣城间。国亡后，疽发于背，戒勿药，卒”，二人事迹相同，均为忧愤时事而患上是病，并以此殒命。清道咸时史学家徐鼒著《小腆纪传》及《小腆纪年附考》，取“孔子之作《春秋》以讨乱贼，所以明君臣之义，正人心而维世运”之意[1]，记载了数位南明官员因悴心国事或国亡忧愤导致疽发背而死的事迹，除《附考》中的张慎言外，《纪传》中记载了四位：

（吕）大器知其（王祥）无能为，太息谓李乾德曰：“杨展志大而疏，袁、武忍而好杀，祥尤庸懦不足仗，蜀事尚可为乎?”一日，于石柱司夜遁，走黔之独山州，郁郁疽发背。明年，卒于都匀。（卷三〇）

（孙）嘉绩急还会稽，则监国（鲁王）已航海去，乃入舟山以观变。时已疽发于背，疾笃，谓子延龄曰：“倘闻王所在，宜急从之。”语毕而卒。(卷四〇)

大兵东下，（庄元辰）乃狂走深山中，朝夕野哭。……丁亥，疽发背，戒勿药，曰：“吾死已晚，然及今死，犹可。”(卷四一)

邵之詹，余姚人。钱塘破，悲愤，疽发背死。(卷四一)[2]

据《小腆纪年附考自叙》载，是书编纂参考前人有关史料近百种，兼及地方志与诗文集。可知在这些文献中，张慎言、吕大器、孙嘉绩、庄元辰及邵之詹均为此病而死。易代之际，他们悲伤、忧愤之下，最易患上此病。史家描写他们以此而逝，富含深意。明遗民桐城人方文于明亡后最初两年内两次生疽，一次发于右肩，一次发于右乳，所幸不在背部，不久治愈。在《疽叹》一诗结尾他感叹道：“嗟乎！苍天扼我何太酷，半世饥寒与忧辱。人间好事一星无，贫病二字更相属。吾生贫病曷足悲，伤心四海大运移。牢骚愤懑结胸臆，两年疽发身几危。”[3] 不是一己的贫病饥寒，而是易代的悲愤填结胸臆诱发此病，这一病理也适用于以上诸人。

---

① 徐鼒：《小腆纪年附考·自叙》，《小腆纪年附考》卷首，中华书局 1957 年。

② 徐鼒：《小腆纪传》，中华书局 1958 年版，第 304、384、409、411 页。

③ 方文：《嵞山集》卷三，上海古籍出版社 1979 年影印本，第 134—135 页。

可以看出，在注重死节的明清易代之际[①]，“疽发背而死”已被符号化，具有象征意义，成为遗民隐晦传达心曲的一种死法。在明遗民彭士望的记载中，方以智也是因此而逝。其《首山濯楼记》载方氏晚节云“卒以疽发于背，血肉崩溃，言笑从容，触暑载驰，终焉致命”[②]；《与谢约斋书》亦云“木公病背发，卒于万安”[③]。但余英时经过缜密考证，否定此观点，认为方氏乃沉水自杀，殉国而亡。不过余先生所论亦有可商榷之处。《首山濯楼记》又云：“即五云一步地，犹得与庐陵古道相望颜色，日夕闻惶恐滩声，洒涤志气。”冒怀辛认为此指出方与文（天祥）志节相似，未必即说明其死难由于自裁，余先生反驳说如果方以智死于病，“则其死断不能出于自觉之抉择，与文山将绝无相似之处”。方以智若死于疽发背，是否就不能与文天祥之气节相媲美？如前所论，明清之际“疽发背而死”是载籍中遗民的一种比较普遍的死亡方式，与屈原自沉汨罗江、文天祥英勇就义有异曲同工之妙。疾病虽非自觉的选择，然绝不是完全被动的天灾人祸。余先生认为“惶恐滩声”等语透露方以智死难的真相，“此易代之际，遗民以隐语传心曲之特有方式”[④]，其实作家描写遗民疽发背而死也体现出类似的用心。彭士望如此选择，正在于以这种特别的方式传达他和方以智的心曲，体现他们的民族气节、忧患意识。

三　天道观念

古人将疾病视为上天降罪的征兆，血肉溃烂、疼痛不止的恶疾“疽发背”因此与天道产生联系。古代巫史文化形态决定早期史官带有神秘的宗教色彩，“明天道”成为其职分所在。正如《国语·周语》记单襄公之语云：“吾非瞽史，焉知天道”韦昭注云：“瞽史，大师……诏吉凶；史，大

---

① 关于这方面的论述，可以参看何冠彪：《生与死：明季士大夫的抉择》（台北联经出版事业公司 1997 年版）及赵园：《明清之际士大夫研究》（北京大学出版社 1999 年版）中的相关论述。

② 彭士望：《耻躬堂诗文钞》卷八，清咸丰二年（1852）刻本，第 12 页。

③ 《耻躬堂诗文钞》卷二，第 23 页。

④ 余英时：《方以智晚节考》，北京三联书店 2004 年版，第 172—176 页。

史，掌抱天时，与大师同车，皆知天道也。”[①] 虽后世史官转向史事的记录或撰述，但此传统却延续下来，当《诗》《礼》等“已多详于人事，而天人相应之理略焉”之际，《春秋》仍“兼记天变”，此乃“三代以来记载之古法，非孔子所创也”[②]，即此可知该传统的沿承。究其所明之“天道”，大致包括两个方面，一是天文知识。刘知幾云：“自古太史之职，虽以著述为宗，而兼掌历象、日月、阴阳、管数。”[③] 二是推知祸福。龚自珍云：“言凶，言祥，言天道，或验，或否，群史之世言也。”[④] 史官掌观望星象与占卜吉凶，所以司马迁才抱怨说“文史星历，近乎卜祝之间”。《史记·天官书》及后世史书《天文志》兼就天文知识与占卜吉凶立意；继承《春秋》频繁记载日食、地震等灾异，《汉书》及后世史书《五行志》则偏重吉凶的推演，均是“明天道”的史职体现。

随着学术文化的演进，史官所明天道之内涵中宗教神秘色彩减弱，人文理性意味增加，这首先体现在对天道的怀疑上。《史记·伯夷列传》云：“或曰：‘天道无亲，常与善人。’若伯夷、叔齐，可谓善人者非邪？积仁絜行如此而饿死！且七十子之徒，仲尼独荐颜渊为好学。然回也屡空，糟糠不厌，而卒蚤夭。天之报施善人，其何如哉？”伯夷、叔齐“积仁絜行”而饿死，颜回“好学”却在贫困中早逝，天道不公之甚。忠心耿耿的范增、宗泽等人，在史家眼中无疑属“善人”之列，却身患“筋肉坏烂”“疼痛不止”的恶疾悲惨死去。善人而获厄运，史家如此处理彰显了对天道的质疑。

其次是以天道垂诫后世。在怀疑的同时，古代史家往往又流露出对天道的崇信，如《史记·陈丞相世家》中，“本好黄帝、老子之术”的陈平即云：“我多阴谋，是道家之所禁。吾世即废，亦已矣，终不能复起，以吾多阴祸也。”尽管其曾孙陈掌为卫青子婿，然终不得续封陈氏，太史公令陈平之言若合符契，以应天道。他如项羽所言“天亡我”（《项羽本纪》），申包胥之言“天定亦能破人”（《伍子胥列传》）等，对天道的信

① 徐元诰撰，王树民、沈长云点校：《国语集解》卷三，中华书局2002年版，第83页。

② 赵翼：《廿二史札记》卷二“汉儒言灾异”条，中华书局1984年版，第38—39页。

③ 刘知幾著，浦起龙通释，王煦华整理：《史通通释》卷一一《外篇·史官建制》，上海古籍出版社2009年版，第284页。

④ 龚自珍：《乙丙之际塾议第十七》，《龚自珍全集》第一辑，第8页。

赖，与前所言怀疑的态度似相矛盾，钱锺书解释说："疑无天者，犹每私冀其或有，而信有天者，则常窃怨其若无。"[①] 实则这种对天道的肯定体现出人文理性精神，意在以天道的应验达到警世之撰述目的，正如赵翼所云，《春秋》"大书特书不一书"日食、地震等灾异，"如果与人无涉，则圣人亦何事多费此笔墨"[②]；刘知幾亦云，《汉书·五行志》之撰，"本欲明吉凶，释休咎，惩恶劝善，以戒将来"[③]。如果说范增之死显示了史家对天道的怀疑，那么《史记》通过另一人物周丘之死，体现出以天道警示人间的意图。

周丘亦死于疽发背。《史记·吴王濞列传》云："（周丘）闻吴王败走，自度无与共成功。即引兵归下邳。未至，疽发背死。"日人泷川资言说"范增……'行未至彭城，疽发背死'，与此相似"[④]，实则二者有着根本性的区别。范增是太史公歌颂的对象，周丘乃其集矢的标靶。《史记》突出周丘本为下邳"亡命之徒"，七国之乱时应吴反，以"能者封侯"为号召发动昆弟，一夜募得兵马三万，攻破城阳中尉军。势头正盛之时，闻吴王濞败走，知大势已去，"疽发背死"。惟恐天下不乱的周丘在维护大汉统一王朝的司马迁眼中，无疑是一位被贬斥的人物，其患恶疾痛苦死去，彰显出天道的公正。这与《汉书·五行志》所载梁孝王欲求为景帝之嗣而刺杀袁盎，事发后"发疾暴死"极为相似，秉承了《尚书·汤诰》"天道福善祸淫"及《易·文言》"积善之家，必有余庆；积不善之家，必有余殃"之意。太史公以此达到"惩恶"之目的，正受其时研治《春秋》的大儒董仲舒天人感应思想的影响，只不过这层含义甚为隐晦。

《史记》之后，史家常以"天诛""天谴"之类用语将"疽发背而死"隐含的天道观明确表达出来。沈约《宋书·自序》云其祖上沈林子对刘裕说："姚绍气盖关右，而力以势屈，外兵屡败，衰亡协兆，但恐凶命先尽，不得以衅齐斧耳。"不久姚绍就疽发背死。刘裕赐书沈林子云："（姚绍）忽死，可谓天诛。"沈氏先祖根据秦将姚绍所为断定其不得善终，就是以

---

① 钱锺书：《管锥编》，第 498 页。

② 赵翼：《廿二史札记》卷二"汉儒言灾异"条，第 40 页。

③ 刘知幾著，浦起龙通释：《史通通释》卷一九《外篇·汉书五行志错误》，第 517—518 页。

④ 泷川资言：《史记会注考证》卷一〇六，新世界出版社 2011 年影印版，第 4416 页。

天道观为基础；《魏书》卷一九下云："（南安王）桢又以旱祈雨于群神。邺城有石虎庙，人奉祀之。桢告虎神像云：'三日不雨，当加鞭罚。'请雨不验，遂鞭像一百。是月疽发背，薨。"此中寓含着元桢乃触犯神灵而暴死之意。可见视"疽发背而死"为"天诛"乃南北朝时期比较普遍的观念，且与佛教的因果报应之说相合。史家将此写入史书中，寓含劝惩之意。又，《旧五代史》卷一三三载，钱倧"性明敏严毅"，以礼法绳下，引起大将胡进思不满，于是胡发动兵变将其幽禁。此后不久，胡就"疽发背而卒"，越人拍手称快，视此为"阴灵之诛逆"。《续资治通鉴长编》卷三一三载，王韶所奏多诬，"杀蕃部老弱不可胜数"，纵容部下滥杀无辜；所以当他死时，史家李焘写道："至病疽发背，洞见五脏，亦其报也。"[①] 疽发背溃烂得能看清五脏，真是惨不忍睹。在史家看来，此乃造恶多端的报应。史传中那些冷静地以疽发背结束反面人物一生的写法，即使史家没有点明乃遭受天谴，其实也寓含这一意旨。

唐代以后，佛教典籍中亦出现以背疮或肤烂彰显天道思想或果报观念的记载。唐怀信《释门自镜录》卷下载一僧徒杀蚯蚓无数，"未久僧忽身痒成疮，皮肉尽烂而死"；又载蜀僧仁秀杀虫无数，"遂患背疮，数日而卒"[②]。元普度《辨远祖成道事》云惠琳著《白黑论》诋毁佛教，"即感恶疾肤肉糜烂而死"[③]，这些都与史传中疽发背而死类似。民间亦普遍地将疽发背视作恶毒的诅咒，明清时期，这一观念更为盛行。明人戴冠《濯缨亭笔记》载，眉州知县沈福抓获贼妇七人，行刑时残忍地"用大杖击其首而毙"，不久，沈福就"疽发背死"。作者论曰："轻视人命，淫刑以逞，其死也，谓非天道乎！"[④] 谢肇淛评《魏书》中南安王元桢之死为"黩神之报也"[⑤]。受史学传统的影响，"疽发背而死"发展成为一种诅咒的方式。大概就是在这样的背景下，时人敷衍出努尔哈赤疽发背而死的说法。

---

① 李焘《续资治通鉴长编》卷三一三，中华书局1990年版，第7592页。

② 《大正新修大藏经》第51册，大正一切经刊行会，1924年，第823页。

③ 普度：《庐山莲宗宝鉴》卷四，《乾隆大藏经》第147册，中国书店2009年版，第71页。

④ 戴冠：《濯缨亭笔记》卷四，《续修四库全书》第1170册，第455页。

⑤ 谢肇淛：《五杂组》卷一，上海书店2001年版，第14页。

努尔哈赤病疽而死[1]，最早见于袁崇焕的奏疏。他上奏朝廷说："四乡络绎皆云，奴酋耻宁远之败，遂蓄愠患疽死。"[2] 袁氏所言，乃"四乡络绎皆云"之语，显然并不可靠。明御史汪若极亦云，宁远战役之后，"奴焰大挫，一旦疽发，而伏天诛矣"[3]。将其疽发而死归为"天诛"，实乃诅咒之语。此后这一说法在中朝两国都流传开来，并演变成"疽发背而死"。晚明史家沈国元《两朝从信录》云："本年（天启六年）八月初十日，老奴酋疽发背死。"[4] 清初遗民彭孙贻《山中闻见录》云："建州国汗疽发于背殂。"[5] 朝鲜史料亦载："丙寅五月（按：应为八月），建州虏酋奴儿赤，疽发背死。"[6] 这明显是一种诅咒，观其指称努尔哈赤为"老奴酋""建州虏酋"等语可知。因其带兵入侵，成为中朝两国最严重的边患，民间与朝廷对其极为痛恨，故而以"疽发背"诅咒其死。所以，这种说法含有较强烈的感情色彩，极有可能为虚构，不能作为真正的死因。从中可以看出，"疽发背而死"已演变为咒语式的病症，天道观念不但影响了史书的叙事，也塑造了民俗信仰。

四　叙事传统

美国学者苏珊·桑塔格认为，文学作品中疾病通常被"当做修辞手法或隐喻加以使用"[7]。这一理论同样适用于本文的论题。中国古代史学崇尚含蓄的叙事传统，"疽发背而死"为史家青睐，就在于这种疾病中包含了

---

① 关于努尔哈赤死因的考察，可参看李鸿彬：《努尔哈赤之死》，《社会科学战线》1980 年第 2 期。

② 《明实录·熹宗实录》卷七六天启六年九月戊戌，台北"中央研究院"历史语言研究所校印本，1962 年，第 3690 页。

③ 《明实录·熹宗实录》卷七七天启六年十月戊申，第 3705 页。

④ 沈国元：《两朝从信录》卷三一，《续修四库全书》第 356 册，第 734 页。

⑤ 彭孙贻：《山中闻见录》，潘喆、李鸿彬、孙方明编《清入关前史料选辑》第三辑，中国人民大学出版社 1991 年版，第 53 页。

⑥ ［朝鲜］李肯翊：《燃藜室纪述》卷二七，潘喆、李鸿彬、孙方明编《清入关前史料选辑》第一辑，中国人民大学出版社 1984 年版，第 437 页。

⑦ 苏珊·桑塔格著，程巍译：《疾病的隐喻》，上海译文出版社 2003 年版，第 5 页。

他们所需要的丰富意蕴。

史传本应强调所载事件的明确性，而中国古代史学却特别推崇叙事的隐晦，这种传统由来已久。《左传·成公十四年》引君子之言曰："《春秋》之称，微而显，志而晦，婉而成章，尽而不污，惩恶而劝善。"所谓"志而晦"，即"记载史实而意义幽深"；所谓"婉而成章"，即"表达婉转屈曲，但顺理成章"[①]，形成杜预所云"言高则旨远，辞约则义微"的旨趣[②]。刘知幾《史通》对此进一步发挥，明确提出史传叙事"用晦"的特点："略小存大，举重明轻，一言而巨细咸该，片语而洪纤靡漏，此皆用晦之道也。……言近而旨远，辞浅而意深，虽发语已殚，而含义未尽。"清浦起龙于此阐释云："简者词约事丰，晦者神余象表。词约者犹有词在，神余者唯以神行，几几无言可说矣。"[③] 近人姚永朴论史学亦推崇"史文之有弦外音"[④]，均注重以简洁的语言传达丰富的意蕴，这与"含不尽之意见于言外""不着一字，尽得风流"之类的诗学观基本相同，可见用晦是古代诗学也是史学的传统。史与诗相通，言之者众，范文澜所云《史记》是"体史而义诗，贵能言志"[⑤]，若这还是重在内容的话，那么章学诚所云《骚》与《史》"皆深于《诗》者也""故曰必通六义比兴之旨，而后可以讲春王正月之书"[⑥]，则指向二者崇尚味外之旨的共同追求。

刘知幾在《史通》中举例说明何谓"用晦"。如《尚书·周书》以"前徒倒戈""血流漂杵"写"纣虐、民愤"；《左传》以"三军之士皆如挟纩"写士卒之"感悦"；《史记》以"汉兵败绩，睢水为之不流"写"败形"；《汉书》以"翟公之门，可张雀罗"写"凉态"[⑦]；等等。钱锺书觉得这些仅是"字句含蓄之工"[⑧]，并没有太丰富的言外之意。倒是《左传》云"中军、下军争舟，舟中之指可掬"，《史通·模拟》将其作为

---

① 杨伯峻：《春秋左传注》，中华书局 1981 年版，第 870 页。

② 杜预：《春秋左传正义》卷首，《十三经注疏》第 1709 页。

③ 刘知幾著，浦起龙通释：《史通通释》卷二二《叙事》，第 161—163 页。

④ 姚永朴：《姚永朴文史讲义·史学研究法》，凤凰出版社 2008 年版，第 156 页。

⑤ 范文澜：《文心雕龙注》，人民文学出版社 1958 年版，第 304 页。

⑥ 章学诚著，叶瑛校注：《文史通义校注》卷三《史德》，中华书局 1994 年版，第 222 页。

⑦ 刘知幾著，浦起龙通释：《史通通释》卷二二《叙事》，第 161—162 页。

⑧ 钱锺书：《管锥编》，第 271 页。

"文略理昭"的例子评云："不言'攀舟乱，以刃断指'，而但曰'舟指可掬'"；钱先生认为此较前举"挟纩"诸例为切，但仍感不足的是"言外虽有事而无多"[①]。刘氏所举不惬人意，在于这些例子都是以具体描写传达比较明确且单一的含义，与他所追求的"旨远""意深"及"含义未尽"诸妙处并不相符。如果要找一个比较恰当的用晦之例，笔者认为"疽发背而死"甚为适合。

首先，就"疽发背而死"表达的历史人物精神状态来说，这一叙事元素具有强烈的情感色彩。如前所论，此病"非愤极不成"，历史人物正是经历了情感郁积才诱发此恶疾，并因之丧生。从这个层面来说，"疽发背而死"强调的不是死的结果，而是死前的精神状态。它一方面是对"大怒""愤恚""忧愤"等抽象情感的具象化描写；另一方面，即使史传描写中没有这些词汇，但在具体的语境中，这一病症仍能不动声色地传达人物的心理状态，淋漓尽致地展现其极度悲愤、惊惧等情感，并以其死将此种情感推演到极致。这些都符合崇尚言外之意的古代史学叙事传统。

其次，就"疽发背而死"体现的史家著述态度来说，这一叙事元素寓含着褒贬倾向。近现代史学要求以客观之笔忠实记录历史上发生的事件，"以史为目的而不以为手段"[②]；然传统史学则更多地以史为手段，史著的编纂，往往出于一定的意图，"孔子成《春秋》而乱臣贼子惧"，所以如此，就在于人们认为此书意在"惩恶而扬善"，故有"一字之褒，宠逾华衮之赠；片言之贬，辱过市朝之挞"之说[③]。但如果此类态度过于明显，则又有失史书的特性而接近文学作品，不免遭到史学家的批判。郑樵的观点较有代表性，他说："史册以详文该事，善恶已章，无待美刺。读萧、曹之行事，岂不知其忠良？见莽、卓之所为，岂不知其凶逆？"[④] 因而古代史学家强调在历史事件记录中不动声色地褒贬，正如刘熙载所云："叙事不合参入断语。太史公寓主意于客位，允称微妙。"[⑤] 着眼点正在史意的隐微。"疽发背而死"就叙事手法而言无疑是客观记录，然在不同的语境中，

① 钱锺书：《管锥编》，第 299 页。

② 梁启超：《中国历史研究法》，华东师范大学出版社 1995 年版，第 46 页。

③ 范宁：《穀梁传序》，《十三经注疏》第 2359 页。

④ 郑樵：《通志总序》，《通志》卷首，中华书局 1987 年版，第 2 页。

⑤ 刘熙载：《艺概》卷一，《刘熙载文集》，第 64 页。

褒贬之意分明：当“善人”不幸染上是病，则显然是褒扬其忧心国事、忠而忘身的品质，如范增、王士隆、阎宝、唐介、王雱、宗泽、何申、张慎言、张宗琏、庄元辰等即是；当“恶人”患上是病，则显然借此贬斥其祸国殃民的卑劣行径，并能想象到其经受血肉溃烂、极度疼痛的折磨而死，不免大快人心，如周丘、庾悦、王勇、张守珪、韩简、曾觌、杨一清、仇鸾等即是。客观病情的记录中寓含着史家的褒贬倾向，符合史传的叙事传统。

第三，就“疽发背而死”的叙事效果来说，这一叙事元素呈现出浓厚的悲剧意蕴。恶人患上恶疾，实属罪有应得；而善人患上恶疾，则体现了命运的不幸。弟子伯牛身患恶疾，孔子探视时说：“命矣夫！斯人也而有斯疾也！斯人也而有斯疾也！”邢昺疏云：“此善人也，而有此恶疾也，是孔子痛惜之也。再言之者，痛惜之甚。”① 一般认为伯牛所患为癞，病发时腥秽触鼻，且有传染性，所以被视为恶疾。伯牛这样的“善”人却患上癞这样的“恶”疾，孔子的再三感叹，衬托出其殉道者式的悲剧意蕴。“疽发背而死”亦是如此。范增、宗泽等为国事忧心忡忡，然时局无法左右，他们或被猜疑，或被排挤，想有一番作为又无法施展怀抱；他们不是战死在两军对垒的疆场，也不是鞠躬尽瘁于官衙内，而是凄凉地亡于路途中或病榻上。他们死前不但情感上经受着极度悲愤的折磨，肉体上还要遭受着血肉崩溃的痛楚；他们不是体面地离开人世，而是以“一种很丢人的死（法）”死去②。“疽发背而死”赋予他们浓厚的悲剧意蕴。正因如此，他们的病逝往往产生强烈的感染力。宗泽“疽发背而死”就曾令人无限感动，他临终前嘱托诸将恢复故国，咏杜诗以表心事，不及家事而连呼“过河”者三，正可见其疽发背的原因。故其病逝时“都人号恸，朝野相吊出涕”，甚至连上天都被感动，以致“风雨晦冥异常”③，这些描写渲染出浓重的悲剧气氛。彭士望《首山濯楼记》状方以智“疽发背而死”时云：“此盖天欲天下后世人知其如此而生，如此而僧，如此而死，为之流连涕洟，悲吟思慕，互相淬厉。”④ 对此余英时反驳道：“倘密之果系‘疽发背

① 何晏集解、邢昺疏：《论语注疏》卷六，《十三经注疏》第 2478 页。

② 李国文：《疽发背而死》，《中华散文》2006 年第 10 期。

③ 王柏：《宗忠简公传》，《鲁斋集》卷一四，第 9 页。

④ 《耻躬堂诗文钞》卷八，第 12 页。

死’于舟中，躬庵是语岂非不词之甚乎？仅仅病死舟中何足使人‘流连涕洟，悲吟思慕’，更何能使人‘互相淬厉’乎？而所谓‘如此而死’者，必其事惨烈悲壮、惊心动魄，然后始有使‘天下后世人知之’之价值。此又岂‘疽发背死’所堪当者乎？”① 余先生有此疑问，在于不明这一符号所蕴含的意味。方以智因亡国的极度忧愤而致病，并痛苦地死去，爱国之情、忧患意识、悲剧意蕴体现无遗，由此不难理解他去世时众情感奋的场景。“疽发背而死”的描写因此就具有了“一言而巨细咸该，片语而洪纤靡漏”“虽发语已殚，而含义未尽”的叙事效果，从而赢得崇尚意味深远之叙事效果的史家广泛青睐。

当然，“疽发背而死”在史书中反复出现，也与古人崇尚模拟的传统相关，特别是《史记》以之叙事树立的典范作用。而史家之所以竞相仿效，还是在于这一叙事元素能够以简洁的笔法含蓄地传达丰富、深远的意旨，符合中国史学传统。由“疽发背而死”的丰富意蕴与叙事策略也可更深刻地领会古代文史互融的传统。这一叙事元素虽是个微小的符号，却具有多重研究价值。

① 余英时：《方以智晚节考》，第 175 页。

论方以智家族之家学传承与望族之生成

安庆师范大学文学院　宋豪飞

中国历史上巨姓大族极为重视家族之绵延兴盛，而维持家族簪缨不绝、巩固家族声誉的重要方式则须借助家族文化传承，家学则在其中起到关键的作用。陈寅恪曾说："所谓士族者，其初并不专用其先代之高官厚禄为其唯一之表征，而实以家学及礼法等标异于其他诸姓。""夫士族之特点既在其门风之优美，不同于凡庶，而优美之门风实基于学业之因袭。"[①]即明确道出家学之于士族门第的显著特征。曹月堂在谈中国的文化世家时，也认为名门望族文化世家"强调的不是政治权势，而是文化的传承，即所谓家学渊源"[②]，亦洞中肯綮。显然，家学不仅是望族门第的显著"表征"，也是望族生成的最为根本之要素。

桐城桂林方氏自始迁祖方德益于宋末元初由贵池池口移居桐城凤仪坊，家族渐至隆望，支繁裔众，英才辈出，为明清仕宦与学术颇为显赫之文化世家。他们不单以科举仕宦显达于世，而且在学术思想、文学艺术、自然科学等诸多方面皆有所成就。探究其家族发展兴盛的轨迹，家学传承至为关键。方氏家学内容较为丰富，其中易学与理学为世所称道，尤其方学渐与方大镇、方孔炤、方以智祖孙四代家传《易》学，开创了精深的"桐城方氏易学学派"。在理学思想上，方氏数代皆宣扬心学性善之旨，崇实黜虚、经世致用，冀图补救时弊，《康熙桐城县志》及《道光续修桐城县志》皆将其列入"理学"传中。另外，方以智还在哲学、自然科学、医学、文学、考据学等方面皆有造诣，他"坐集千古之智"，博学多才，被

---

① 陈寅恪：《唐代政治史述论稿》，上海古籍出版社 1982 年版，第 71—72 页。

② 曹月堂：《中国文化世家》（江淮卷），湖北教育出版社 2004 年版，第 3 页。

视作中国17世纪百科全书式的大学者，其学术对后世影响较大。本文探讨方氏家学之传承，意在剖析方氏家族延续不息的内在动因、家族文化积淀与望族生成的必然关联，为当下之家族研究提供一个解读的范例。

一　方氏家族之易学传承

桐城桂林方氏自明代以降，家族代有科名仕宦、道德文章称名于世者，为江南著姓望族。对方氏家族影响重大的人物，首推第十一世方学渐（1540—1615）。他是桐城方氏家学的开创者、方氏易学学派的先驱，而且是桐城学风的倡导者，对方氏家族门才兴盛及桐邑重文尚学的良好社会风气的形成有重要的影响。

方氏易学，方学渐首开其端，子孙承继家学，历四代著述并丰富完善，最终形成桐城方氏易学学派。方氏易学属于易学哲学史上的象数学派，在易学哲学史上据有重要地位。方学渐研习《易》经，著有《易蠡》十卷，已佚。子方大镇潜心于《易》，晚年完成了《易意》与《野同录》，亦失传。孙方孔炤一生仕途坎坷，几次触怒权奸险遭不测，但始终读书不辍，老而弥笃，致力于经学研究，易学成就尤为卓著，著有《周易时论合编》传世。方以智著有《易余》（上、下二卷，安徽博物院藏有精抄本）、《学易纲综》（已佚）、《易筹》（已佚）等，关于《周易图像几表》或以为方以智所著[①]，但彭迎喜对《周易时论合编》之版本及著作权有极为详细的考订，认为《周易时论合编》（《周易图像几表》乃其中一部分）是方以智与其父方孔炤的合著之作，言之确凿，结论令人信服。《周易时论合编》不但是方孔炤、方以智父子合作的产物，是研究二人易学思想的重要材料，而且书中大量转引方学渐《易蠡》、方大镇《易意》《野同录》部分文字，因此我们也可以说该书“不失为方氏四世《易》学研究成果的总汇”[②]，也是研究方氏四世家传《易》学的重要文献。

《周易时论合编》不但收录了祖、父家传之易学文献，而且对汉代以

① 任道斌：《方以智茅元仪著述知见录》，书目文献出版社1985年版，第39页。

② 彭迎喜：《方以智与〈周易时论合编〉考》，中山大学出版社2007年版，第207页。

来著名易学家的学说皆有涉及，可谓一部集大成之作。李世洽为序云：“潜夫方先生缵承家学，著为《时论》，绍闻则祖明善而祢廷尉，集说则循康节而遵考亭，而又精探扬、京、王、郑、周、程、张、蔡之奥，以汇及近代名儒钜公、穷经博物诸君子不下十百余家，综合全豹，征几析义，纲举目摘，亡虑数十万言，亦何灿然，其明备也。”[①]（李世洽《周易时论》序）以方孔炤与方以智父子合著《周易时论合编》为标志，代表着晚明时期对汉宋以来象数之学发展成果的总结[②]。该书也理当被视作方氏家学传承之作。由今存刻本各卷前均题写“皖桐方孔炤潜夫授编，孙中德、中通、中履、中泰编录”可知，方氏易学自此已传承五世。方孔炤《时论》自识：“谨因杨本，推广诸家，俟人引触会通，神而明之，命儿侄辈编录，题曰《几表》，谓费隐交轮之几，难以指示，不得不于时位旁罗之象数，表其端耳。”方以智《时论》后跋：“《合编》未竟，遗命谆谆，时当病废，墓庐碌趚，命儿子德、通、履合前后稿而编录之，自泯薪火而已。”[③]虽是方孔炤命儿孙辈辑录，方以智大加整理，润色文字；其实，参与编录的过程即是家学传承的过程。

方学渐以儒学自守，极力排斥佛道，宣扬心学性善之说，因而他的易学思想主要继承了宋人研《易》之义理学传统，将易学与“圣人之道”联系起来，注重阐发理学家的性命之学、性善之旨，构成其研习易学之重要内容。《东游记》记其论《易》的一段对话：“问《易》，方子曰：‘易道莫大乎乾，乾者圣人之道也；易学莫善于复，复者，圣门之学也。’”[④]（方学渐《东游记》）他认为《易》的全部精要，即在于《易》之乾卦和复卦。他进而阐释，乾卦体现了圣人“刚健中正，纯粹以精”的“圣德”；复卦则代表的是人之本心，“惟复曰心、曰仁”“善端来复，乃见性真”，亦即人的本心具有“仁”“性真”之天地之心。在晚明儒教衰微、佛禅盛行的时局下，他崇实黜虚，冀图振兴儒学，补救时弊以匡复世道人心。因此其阐释易学糅合理学亦是自然之理。他晚年构筑桐川会馆，收徒授教，

---

① 方孔炤：《周易时论合编》，《四库全书存目丛书》经部 21 册，齐鲁书社 1997 年版，第 128 页。

② 朱伯崑：《易学哲学史》（第三卷），华夏出版社 1995 年版，第 336 页。

③ 《周易时论合编》，第 140 页。

④ 方昌翰：《桐城方氏七代遗书》，清光绪十四年刻本。

专力儒学，在他的影响下，桐城易学迅速兴起。方孔炤曾说："王虚舟、曹白笥、钱尔卓皆事先祖。虚舟晚穷河洛，白笥、尔卓善析名理。家羽南氏，采兼山之近道者，启蒙之学彰彰矣。"[①] 方学渐开创了方氏易学学派，后嗣代相承传，但并不墨守成说，而是不断丰富和发展。

方大镇研《易》，将《易》学推衍运用于日常生活、人生际遇变化之中，甚至"以《易》之天然秩序会通社会伦理秩序，认为'《易》为天下人不知天然秩序而作'，故他注重用卦爻之变来解释人事变化和社会兴乱，突出《周易》的实用性"[②]。他利用《周易》的卦变来阐释儒家伦理秩序和社会理想。《周易时论合编·系辞上》引方大镇《野同录》语："不知上古之仰见俯察，六合七尺，四时百物，莫非精入深几之书，圣人继起表之，以前民用。"他即认为研究《周易》的卦象要精研义理，应以天地万物为书，最终目的是为"民用"，方能有利于国计民生。这是对其父"崇实"思想的阐发。方孔炤继而将象数思想引入方氏易学体系内，提出"虚空皆象数""先天在后天中""太极即在有极无极中"等理论，还借鉴、吸收前人和时辈的河图洛书，深研图象，以各种图式解说易理。

方以智充分继承并发展了其父"虚空皆象数"的理论，如他说："一有天地，无非象数也。大无外，细无间，以此为征，不者洸洋矣。"[③]（《周易时论合编·后跋》）此说即来自其父所言："非胶辞训之名字，则溺洸洋之巧言，告之曰：虚空皆象数也。"（《时论合编合编·凡例》）其子方中通就指出："老父会通之曰：虚空皆象数，象数即虚空。"（《周易时论合编·跋》）他还大力阐扬其父"不落有无的太极观""太极者，犹言太无也，太无者，言不落有无也"[④]，对其父提出的"公因反因"说极其推崇，认为是"真发千古所未发"[⑤]，并吸纳到自己的哲学体系中。

彭战果认为，"真正能独立系统的代表方以智易学思想的著作显然只有《易余》"，并且他认为，"《易余》是方以智易学思想的集中体现，一方面他以'余'概念为核心，阐发了对易学本质的理解，另一方面他又试

---

① 《周易时论合编》，第140页。

② 李波：《明代桐城方氏学派易学研究》，《周易研究》，2011年第5期。

③ 《周易时论合编》，第139页。

④ 方以智著、庞朴注释：《东西均注释》，中华书局2001年版，第47页。

⑤ 方以智著，张永义、邢益海校点：《药地炮庄》，华夏出版社2011年版，第148页。

图以易学为方法，展开其会通三教的工作”[①]。此说亦无不可，但我们还是要接受这样的事实：方以智的易学思想渊源有自，方氏家传易学为其根源。正是在家学传承的基础上，方以智融通儒、释、道三教，皆统归于《易》，方以智最终将方氏易学再次推向一个新的高度。更为重要的是，方以智的哲学和自然科学等方面的理论有一个基本的出发点，都是建立在以河洛象数之学为中心的基础上。其子方中通述其为学之大要云：“固有性命之学，有象数之学，有考究之学，有经济之学，有三才物理之学，有五行医卜之学，有声音之学，有六书之学。老父穷尽一切，而一征之于河、洛。”[②]（《哀述》）言之确然。

方氏易学有着深厚的家学传统，但同时他与家族内外相关学者相互切磋交流，相互熏陶滋养，绝非封闭自守。比如方以智在易学发展史上的贡献，除了家学承续之外，还受到其师王宣（著有《风姬易溯》和《孔易衍》）、其外祖吴应宾（著有《学易斋集》）、其祖父之弟方鲲（著有《易荡》）等学者易学思想的影响，从而使得方氏易学学派在易学哲学发展史上据一席之地，影响极大。

二　方氏家族之理学传承

桐城桂林方氏家族“累叶敦儒，濯于忠节”（方昌翰《桐城方氏七代遗书序》），“绵延数百年而未艾”（方昌瀚《刻方氏七代遗书缘起》），是一个典型的理学世家。自方学渐倡明理学，恪守心学，主讲性善之旨，经世之道，其理学不但为子孙后嗣所承继，而且对桐城理学影响极大，并流播东南之地。朱彝尊评价他：“方氏门才之盛，甲于皖口，明善先生实浚其源。东南学者，推为帜志焉。”[③] 方学渐早年师事耿定向，属于王门后学中的左派，故黄宗羲于《明儒学案》中将他归入“泰州学案”。他认为“心外无性，心外无天”，倡导“性至善”说，其思想虽启途于王门，但他

① 彭战果：《〈易余〉与方以智的易学观》，《周易研究》，2011 年第 4 期。

② 余英时：《方以智晚节考》（增订版），三联书店 2004 年版，第 264 页。

③ 朱彝尊：《静志居诗话》，人民文学出版社 1990 年版，第 425 页。

却抨击王门后学崇虚耽无的倾向，反对王学末流的空谈，崇尚实学，坚持“虚实合一”的立场。方学渐“少而嗜学，长而弥敦，老而不懈。一言一动，一切归而证诸心”[①]，所著《心学宗》四卷专明心学，他于自序中写道：“闻诸孟子，仁，人心也；闻诸陆子，心即理也；闻诸王阳明，至善心之本体。一圣三贤，可谓善言心也矣。”[②] 他以心学调和理学，坚持“揭性善以明宗，究良知而归实”（《方明善先生行状》），力图以倡明性善来挽救晚明社会日渐衰颓的道德人心，其意显然可知。

方学渐立身行事尊奉“性善”，所建堂屋取名“至善堂”，晚年构筑桐川会馆，颜其堂曰“崇实”。其于馆内每天与友人和门徒讲授性善、良知之旨，讨论有关儒学问题，这些讲学内容都反映在《心学宗》《性善绎》《桐川语》等著作中。清大学士张英称赞道：“明善先生以布衣振风教，食其泽者代有传人。至于砥砺名节，讲贯文学，子弟孝友仁睦，流风余韵，皆先生之穀诒也。”[③]

方大镇早传父学，一生提倡理学，步入仕途后便行“性善说”于事功，平反冤狱，捐钱助农，深受百姓爱戴。万历末、天启初年，当东林党人秉政时，邹元标、冯恭简于京城建“首善书院”，请他到书院讲“性善之学”，其“论学以性善为宗，论治必本君德”[④]。阉党得势后，方大镇绝意仕途，归隐故乡，于枞阳白鹿山庄方学渐祠旁立“荷薪馆”，与门人讲学不辍，并以著述自娱。“荷薪”典出《左传·昭公七年》：“其父析薪，其子弗克负荷。”其意在表明自己将承续家学，发扬先父之道德文章。《四库全书总目》评价道：“大镇追述父训，及与同社诸人问答之语，诠次成帙，名曰《荷薪》。盖亦不忘继述之意。其大旨在辟良知之说，于儒释分别，辨论极详。”（《四库全书总目提要》卷九十六子部六〇·儒家类存目二）

方大镇自小受其父理学之传授，以性善为宗，“每言性善，征诸仁义，仁义根于无为而为之心，此为至善，此为良知，此为穷理居敬，作《论》

---

① 黄宗羲：《明儒学案》，中华书局 1986 年版，第 838 页。

② 方学渐：《心学宗》，光绪辛巳十月桐城方氏重刻本。

③ 徐璈：《桐旧集》，咸丰元年（1851 年）刻本。

④ 马其昶：《桐城耆旧传》，黄山书社 1990 年版，第 123 页。

六篇，力排异学”[①]。（陈理生《方大理传》）他认为性善体现为“仁义”，“仁义”的本源出自“无为而为之心”，由此即是“至善”“良知”；非但如此，他还强调从体用关系上来理解“性至善”，融合了诸家理论，“以善为体，以有无为用，由体达用，而有亦善，无亦善，天地万物皆归于善矣”。他又说：“良体良用是谓至善。”[②]（方大镇《宁澹语》）继承并发扬光大“性命”之学，将“善”的概念推衍至天地万物所具有的本性，此说比其父有了一定的进步。

方孔炤学识渊博，用力经训，颇重事功，其孙方中发说：“公少好读书，老而弥笃。每临大事、决大疑，辄引《春秋》为断；而时行时止，神明无方，则一体乎《易》。虽于五经皆有论述，惟《易》与《春秋》，尤矜独得焉。”[③]（方中发《环中堂诗集序》）方孔炤发挥了其父有无一贯的思想，提出了无我备物之说，如曰：“以我视我，一我而已矣，以物视物，一物而已矣。无我无物而后备万物，无我无物而后育万物。”[④]（方中通《〈心学宗续编〉引》）他还发展了实学精神，重视物理。“言义理，言经济，言文章，言律历，言性命，言物理，各各专科，然物理在一切中，而《易》以象数端几格通之，即性命、生死、鬼神，祇一大物理也。舍心无物，舍物无心，其冒耳。苟不明两间实际，则物既惑我，而析物扫物者又惑我，何能不恶赜动而弥纶条理耶？物格而随物佑神，知至而以知还物，尚何言哉？又何不可就物言物哉？”[⑤]（方以智《物理小识·总论》）

方氏理学传承至方以智，则是在继承家传心学的基础上又有所发展。一方面他也接受心即天即性，尽心即可见性之说，但同时与方氏哲学的最高范畴“太极”的概念对应融合。“太极者，先天地万物，后天地万物，终之始之，而实泯天地万物，不分先后、终始者也；生两而四、八，盖一时具足者也。自古及今，无时不存，无处不有，即天也，即性也，即命也，即心也。”（《东西均·三征》）[⑥]“但肯尽心，自然见性。”（《东西均

① 方昌翰：《桐城方氏七代遗书》，清光绪十四年刻本。

② 同上。

③ 方于穀：《桐城方氏诗辑》（卷三），清道光元年饲经堂刻本。

④ 方中通：《心学宗续编》，四库全书存目丛书，齐鲁书社 1995 年版。

⑤ 方以智：《物理小识》，王云五主编《万有文库》本，商务印书馆 1937 年版，第 10 页。

⑥ 《东西均注释》，第 47 页。

·公符》）[1]另一方面，对于家传“性善”论，他认为：“无善恶可言者，善至矣。……性与善非二也，犹乎理也：于穆不已，无声无臭，未发之中，称之为善可也；无者善之长，曰明善，曰止至善，皆性也。善之浑然即无，无之粹然即善。”[2]（《东西均·公符》）即将“性”“善”二者融合为一体，“善”的本质存在于“无”。对方氏家传“性善”用于事功，通经致用的思想显然又有所发挥，进而抽象化表述出来。

至方以智逃禅之后，学术思想有所改变，力主会通儒、释、道三教，“以为易理通乎佛氏，又通乎老庄，每语人曰教无所谓三也，一而三，三而一者也。譬之大宅然，虽有堂奥楼阁之区分，其实一宅也”[3]（施闰章《寿序无可大师六十序》）。当然，方以智对三教并非全盘接受，而是有所批评，指出各自利弊，提出补救之法，于此基础上然后会通三教。至于他的哲学、科学思想、实学精神等，又代表着清代以前中国思想史发展的一个新的高度。

方氏理学思想的形成和发展，有着极其复杂的社会根源。明代中期以来，儒、释、道三教合一思想甚嚣尘上，儒、佛同异之辨成了当时学者争辩的大问题。另外，随着王阳明心学的兴起，其社会影响渐渐超过了程朱理学，心学和理学也展开了尖锐的斗争。在此时代背景下，受学于王门左派的方学渐却依旧固守儒家之道，“先生独砥柱于其中，非仲尼之言不言，非仲尼之行不行，非仲尼之道，不以自淑而淑人”[4]。他崇实黜虚，讲求性善之旨，并且吸收程朱的格物致知说。其后方大镇、方孔炤和方以智前期的理学代相承传，都继承和发扬这一传统，经世致用，冀图匡救时弊，以实学反对佛道两家和道学中的空虚之学。

---

① 《东西均注释》，第106页。

② 同上，第99页。

③ 施闰章：《学余堂文集》，四库全书本。

④ 武新立：《明清稀见史籍叙录》，江苏古籍出版社2000年版，第170页。

三　方以智对其子之学术传承

谢国桢曾提及方以智父子云："启蒙的学术思想家和物理学家桐城方以智和他的儿子方中通、方中履以及他的学生杨宣等，对于天文地理、算术、物理等项都做出了卓越的贡献，在明末清初时期，成为桐城方氏主要的学派。"① 因此他将桐城方氏列名于"明末清初学派中的主流"之一家。方以智的学术思想对其三子皆产生了深刻的影响。

方以智长子方中德工于经史，继承了其父史学的特点，将古今数千年之事加以类比，著成《古事比》五十二卷。另著有《遂上居稿》十卷、《经学撮钞》《继善录》《心学宗续编》《易爻拟论》《性理指归》等行世，其他未刻者尚有九十六种。

方以智次子方中通为清初著名数学家、天文学家，著述颇丰，成就较大。他自幼喜读书，尤好天文、历算，精算术、音韵六艺之学。其于顺治十八年（1661）完成了《数度衍》二十四卷附录一卷（现传本卷首三卷正文二十三卷共二十六卷）此书被称为当时数学上的百科全书，"这是方以智《通雅》算数部分的补编"②；在这部著作中，"曾讲到对数，成为中国论对数的第一人"③。方中通写作本书花费平生大量心血，曾言"半生《数度衍》，不肯自言苦"（《陪诗》卷四）、"自笑十年忘寝食，宁夸两手画方圆"（《陪诗》卷三）。另外，他还著有《音韵切衍》二卷、《律衍》、《篆隶辨从》二卷、《易经深浅说》，又阐明四世理学，著《心学宗续编》四卷、《陪翁集》七卷续四卷等。晚年从游受学之士日众，著《继善录》，生平崇实学，敦实行。康熙五十七年皖抚李成龙特上表旌为"理学"。次子方正珠，字浦还，幼承家学，精于律数。康熙三十一年（1692）曾以明经召对，问律数之学，示以中和乐诸法器，奏对称旨，并进献其父所著《数

① 谢国桢：《明末清初的学风》，人民出版社1982年版，第16页。

② 严敦杰：《方中通〈数度衍〉评述》，《安徽史学》，1960年第1期。

③ 李则纲：《安徽历史述要》（下册），安徽省地方志编纂委员会1982年版，第606—607页。

度衍》及自著《乘除新法》，为康熙称赏，一时从学者奉为准绳。

三子方中履主要继承了其父博物的一面，学问渊博，对经学、天文、象数、地理、制度等都有所涉猎，所著《古今释疑》十八卷，皆考证之文，曾自称："吾所著惟《古今释疑》一书，讨论经史、礼乐、法度，以及历象、算法、声韵、医药无不备，颇自谓无谬于道。"① 该书熔铸旧说，不同弇陋，为后学津梁。《四库全书总目提要》评之曰："此书皆考证之文。一卷至三卷皆论经籍，四卷至九卷皆论礼制，十卷论氏族姓名，十一卷论乐，十二、十三卷论天文推步，十四卷论地理，十五卷论医药，十六至十八卷论小学、算术，各标题而为之说。中履名父之子，学有渊源，故持论皆不弇陋。"大学士张英把此书进呈康熙御览，与方以智所著《通雅》并传，乾隆间载入《四库全书》。另著有《切字释疑》一卷、《理学正训》《学道编》等。

方以智三子皆能秉承父学，且有学行，三子皆不仕清朝，无意于科举仕途，淡泊自守，勤于著述，以文章、气节称名于世，有其父之操守。三人术业专攻，各有所长，与其父方以智学术风格一脉相承；中德用力于治史；中通精通算术、象数、物理、音韵、六书之学；中履继承其父博物的一面，对经学、天文、地理、制度都有所涉猎。

若考究方氏家学传承的心理动因，则方中德之言可谓发自肺腑："家有四世之薪而弗克荷，茫然欲著书立说以求传于世，岂非妄庸人所有事乎？虽然，不敢以此自解，而释肩于先绪恐坠之日也"②　（《古事比自序》）。正是自觉传承家学的责任担当，促使族人勤学著述，使得家学流传久远。方中通继高祖方学渐辑《心学宗》传世而刊刻《心学宗续编》，言其刊刻之由正是源于"惟是家学相传自明善先生至先君文忠先生四世理学"，作为方氏子孙应当承续家学，进而踵事增华，"四世皆有书行世，今兹举其概，使学者便于披读，附于《心学宗》之后，曰《心学宗续编》"（方中通《心学宗续编序》）③。同时他进一步发挥道："明德者，内圣也；亲民者，外王也。合外内之道也，故以经济藏于理学，由理学发为经济，方是尧、舜、禹、汤、文周、孔孟之学。"（《心学宗续编》）将理学和

---

① 《桐城耆旧传》，第 262 页。

② 方中德著、徐学林校点：《古事比》，黄山书社 1998 年版。

③ 方中通：《心学宗续编》，《四库全书存目丛书》本，齐鲁书社 1995 年版。

"经济"融为一体，都视作圣人之学，实际上把理学同晚明兴起的实学思想结合起来，有其进步意义。方中通诗文创作也深得其父的亲授，诗文集取名《陪集》，台湾著名作家高阳认为亦有深意："方中通诗文集，称为《陪集》，表示诗文皆得自父授，不足以自成一家，为《浮山集》（方以智诗文集）陪衬而已。"① 马其昶由衷赞叹道："方氏自先生曾祖明善先生为纯儒，其后廷尉、中丞笃守前矩，至先生乃一变为宏通赅博。其三子——中德、中通、中履并传父业。于是方氏复以淹雅之学世其家矣。"② 方氏家族数代之学术传承渊源有自，累世递修，且方氏子孙传承家学，在继承的基础上又有所阐扬，不断发展，积淀深厚，形成特色鲜明的家族文化，门第借此兴盛，实乃必然。

结　语

家族制度对中国社会历史文化形成与发展极具意义。刘广明在《宗法中国》一书中说："中国早期文明对家族制度优礼有加……家族制度在早期文明中的支配地位，使得中国的文化精神，中国的社会结构，中国的历史进程获得了极大的特殊性。由此可以说，阐述这种特殊性本身，即是在追溯中国文化之源，清理中国社会之基，把握中国历史之脉。"③ 这种宗法社会在长期发展演进过程中，逐步形成并蕴含着一套家族观念，浸透着深厚的宗法文化传统，诸如祖先崇拜、宗法观念、宗族认同、家族意识等等，对家族的影响根深蒂固。从文化的精神品格来说——历史上那些强宗大族的出现，固然有其出于巩固政治和经济地位的需要，但更重视家族的延续久长，因而更具文化学的意义。重视家族传承、家学家风流布，这是家族繁衍发达最为宝贵的内在品性。

家学，顾名思义，是指一个家族数代相传之学，属于私学教育的一种特殊形式，但有别于儿童启蒙教学的家塾教育。其源头最早可以追溯到西

① 高阳：《明末四公子》，华夏出版社 2004 年版，第 48 页。

② 《桐城耆旧传》，第 209 页。

③ 刘广明：《宗法中国》，三联书店 1993 年版，第 3 页。

周时期，当时学在官府，贵族官员掌握文化知识，随官职世袭，代代相传，形成家学。而今日所称“家学”之内涵，当指以血缘家庭为单位的全部文化、技能及价值体系，是一个较为宽泛的概念。但由于我国自古传统观念上更为重视经史而轻视自然科技知识，尤其唐宋以来士人以儒学应科举求得安身立命走仕途经济，所以家学的价值取向非常明显，高门大族也就专以文学经术而簪缨门第，亦是情理中事。

桂林方氏家族作为江南望族，门庭显赫为世瞩目，而探求家族闻达的内在机理，则其家学传承至关重要。钱穆先生在讨论中古世族门第时曾说：“（其）所希望于门第中人，上自贤父兄，下至佳子弟，不外两大要目：一则希望其能有孝友之内行，一则希望其能有经史文史学业之修养。此两种希望，合并成为当时共同之家教。其前一项表现，则成为家风；后一项表现，则成为家学。”[①] 由方学渐始开其端，至方大镇、方孔炤、方以智父子数代人学业相继，薪火相传，家风家学代代相延，成就了方氏家族名门声望。

桐城桂林方氏易学学派以象数之学闻名，在易学研究史上据有一席之地；方氏心学思想、性善理论及其践行，于桐城理学之勃兴、于桐城学风之昌盛居功至大，今学界于此已有共识。方氏家族于桐城文化之发展繁荣贡献显著。明清时期方氏家学与桐城地域文化的昌明繁荣竟至如此密切而又深厚，则为世所鲜见。方氏家族为今人研究家族发展与家学传承，以及家族文化与地域文化关联互动提供了一个典型的范例。学术需要传承，文化需要发展。关于中国历史上家族发展与家学传承问题是一个颇具价值、值得不断深入研究的课题，它不但涉及社会学、历史学、教育学、文化学等多领域、跨学科的综合探讨，而且对当下社会和谐发展与文化进步也或将提供诸多启迪。

---

① 钱穆：《中国学术思想史论丛（三）》，三联书店 2009 年版，第 178—179 页。

发现民间：论桐城歌中女性话语及情感美学特征①

桐城师范高等专科学校桐城派学术研究中心　陶运宗

明清两代是桐城文化的兴盛时期，古文、理学成为桐城文化的核心，具有重要的文学史、地方史价值。按照姚鼐、方宗诚等桐城派学者建构的桐城文化史发展谱系，自明中叶，何唐居乡讲学开始，方学渐著《心学宗》，桐城理学兴盛，到明末清初，方以智集其大成，桐城成为全国重要的理学之乡。到清代学风转变，方苞、刘大櫆、姚鼐等以古文相号召，形成了浩大的桐城古文派，但桐城派学术根本在于“学行程朱”“文在韩欧”的理学传统。姚鼐认为自明代以来，桐城文化经历了“释氏衰歇”而“儒士兴”的过程，方东树、方宗诚等学者延续这种历史叙事模式。这成为主流的桐城地方史叙事模式，张扬了桐城士大夫文化传统，但也造成对桐城地域上一直活跃着的桐城歌等民间文学的遮蔽，虽有少数文人参与了民间文学的创作，如方文《竹枝词》、姚兴泉《龙眠杂忆》，但雅、俗两种文化区隔明显。从文化生态学来看，文化发展是由于文化生态系统中复杂变量发展变化导致的，在与地域环境相适应中形成特殊文化及其类型、模式。桐城作为我国明清时期的重要文化区，形成了独特的文化生产与传播模式。桐城歌文献的发掘与整理，为我们展现了桐城文化的多元性内涵。本文从文化生态视野出发，选择桐城女性歌谣文本为切入点，考察桐城歌中的女性形象与情感美学特征，揭示其自由活泼的情本文化本质，还原被正统文化压抑之下的女性话语及其现代性意义。

① 本论文为桐城师专校级课题“桐城派旅游文化研究”阶段性研究成果。

一　桐城歌与“情本”世界的呈现

桐城地处长江中下游，历史上属吴、楚必争之地，受吴、楚文化影响最大。从汉代至南北朝时期，沿长江中下游流域形成了一条民歌文化带，其中长江中游的西曲，长江下游的吴歌最具代表性，以乐府民歌最为著名。汉代，著名乐府歌谣《孔雀东南飞》等经典民歌产生于桐城周边（《孔雀东南飞》文化遗产地属于怀宁、潜山二县，皆与桐城交界，属于桐城文化圈）。而湖北、江西、安徽的采茶调、山歌、徽调等最终孕育出黄梅戏、徽剧等戏曲。桐城歌与黄梅戏发展有着重要联系，桐城歌《苦媳妇自叹》整体移入黄梅戏，成为其经典剧目[①]。在艺术影响上，黄梅戏艺术大师严凤英出生桐城，由学唱桐城歌而进入黄梅戏艺术表演领域，桐城歌是其艺术创造的重要底色。

桐城歌又称桐城时兴歌，是明代中晚期兴起于桐城地方的一种曲调，后流传于吴语地区。明代《万历野获编·时尚小令》里的一段话说到“桐城歌”：“嘉、隆间，乃兴《闹五更》《寄生草》《罗江怨》《哭皇天》《乾荷叶》《粉红莲》《桐城歌》《银纽丝》之属，自两淮以至江南……不问南北，不问男女，不问老幼良贱，人人习之，亦人人喜听之。以至刊布成帙，举世传诵，沁人心脾。”[②] 相应的历史记录，还有明代顾启元在《客座赘语》卷九《俚语》：“里弄童孺妇媪之所喜闻者，旧惟有《傍妆台》《驻云飞》《耍孩儿》……后又有《桐城歌》《挂枝儿》《乾荷叶》《打枣竿》等。”[③] 可见桐城歌在明代已传唱于世，风靡一时。目前桐城歌因其巨量的文献存在（目前保存近万首歌谣文本），独特的艺术形式以及活态传承面貌（根据桐城歌调查，我们发现不少桐城歌歌唱者仍然进行着口头创作，桐城歌传承人和传承区域已得到政府认定和保护），成为为数不多的国家级民歌类非物质文化遗产之一，是研究地方文化的珍贵文献。

---

① 叶濒：《桐城歌》，黄山书社 2012 年版，第 87 页。

② 沈德符：《万历野获编》卷二十五，中华书局 1959 年版，第 256 页。

③ 顾起元：《客座赘语》，上海古籍出版社 2012 年版，第 465 页。

七言五句式歌体形式是桐城歌最突出的艺术特征。这种句式近于元人的小令，读来琅琅上口，桐城歌在创作、流播、刊布的过程中体式几经衍变，至明万历时基本定型，如《私情佳味·其一》[①]：

自古山歌四句成，
如今五句正时兴。
看来好似红纳袄，
一番拆洗一番新，
兴，
多少心思在尾声。

这种五句式民歌成为桐城歌的主要形式。又《桐家处处有歌仙》记载："五句山歌五句连，五句歌儿连成片，湘鄂浙赣歌千首，没我五句歌儿妍，桐家处处有歌仙。"[②] 我们可知，一方面，五句式成为桐城歌的显性特色；另一方面还可以判断桐城歌演唱腔调是广泛吸收鄂、赣等长江流域民歌曲调，结合桐城方言而形成了自身艺术特色。

桐城歌的发展与传播离不开文人雅士的文献整理和参与创作。明代中叶以后，心学思潮流行，文化重心向下，文人积极参与民间创作，俗文化随之兴起，民歌尤为兴盛。明代社会政治转向也推动了民歌的兴起，"京师自宣德顾佐疏后，严禁官妓，缙绅无以为娱，于是小唱盛行"[③]。士大夫追捧民歌小调，民歌成为继宋词、元曲后的"我明一绝"。文人对桐城歌的贡献主要在于：一是文人对桐城歌文献的整理，《明代杂曲集》收录桐城歌 25 首，《风月词珍》收录"时兴桐城山歌" 54 首，著名学者冯梦龙辑录《山歌》中收录"桐城时兴歌" 24 首；二是文人参与民歌创作，其中清代文人姚兴泉创作大量桐城歌，结集为《龙眠杂忆》。文人的桐城歌创作和整理提升了桐城歌的文化品味，也推动了桐城歌的广泛传播。

桐城歌中情歌数量最多，以男女爱情为内容的民歌在桐城民间广为流行。桐城歌的类型主要有劳动歌、生活歌、仪式歌、时政歌、情歌、儿歌

---

① 叶濒：《桐城歌》，第 4 页。

② 同上，第 31 页。

③ 沈德符：《万历野获编》卷二十五，第 659 页。

等。在茶歌、渔歌、樵歌等带有地方劳动特色民歌和仪式歌之外，情歌是桐城歌中最具生机和活力的部分。明代冯梦龙《山歌》收录的24首桐城歌俱为情歌题材。清代姚兴泉在《龙眠杂忆》中记叙桐城歌："余儿时曾耳熟之，大率皆男女托兴之词，然语意含蓄，乐而不淫，颇近风人之旨。"①

桐城歌记录了爱情生活的全过程。桐城歌里完整记录了充满赞美的求爱歌，如《几样的大姐几样的花》②：

河里撑船河里划，嗷声大姐来喝茶。
端条板凳拦门坐，几样的大姐几样的花。
正月梅花朵朵开，二月杏花开出来。
三月桃花红似火，四月蔷薇靠墙开。
五月栀子见里黄，六月荷花满之塘。
七月菱角飘水面，八月桂花满院香。
九月菊花家家有，十月芙蓉赛牡丹。
十一腊月无花开，大雪霏霏飘下来。

考察求爱对象的盘歌，以歌为媒，在对歌中，爱情了激发恋人们的机智，充满谐趣。如《先要考你人》③：

我却先要考你人，
我把八字报你听，
你说出头尾合合婚，
我是铁树开花那年的，
桃树开花那月的人，
月亮团圆那个日，
白果开花那时生。

---

① 叶濒：《桐城歌》，第25页。
② 同上，第45页。
③ 同上，第158页。

小郎一听喜冲冲，
你的八字正合我的婚，
铁树开花甲子年，
桃树开花三月人，
月两团圆十五日，
白果开花子时生。

还有两情相悦，海誓山盟的热恋歌，如《送郎》二首[①]：

送郎送到五里墩，
再送五里当一程。
本待送郎三十里，
鞋弓袜小窘难行，
断肠人送断肠人。

郎上孤舟妾倚楼，
东风吹水送行舟。
老天若有留郎意，
一夜西风水倒流，
五拜拈香三叩头。

写别后的相思歌，用双关语含蓄表达无尽的相思情意，如《素帕》[②]：

不写情词不写诗，
一方素帕寄心知。
心知接了颠倒看，
横也丝来竖也丝，
这般心思有谁知？

---

① 叶濑：《桐城歌》，第12页。
② 同上，第10页。

更有写男耕女织生活的甜情蜜意，如《送饭》对歌[1]：

太阳当顶顶当着中，
小大姐送饭上山岭，
上山打破莲花碗，
下山刮破紫罗裙，
紫罗裙，
小哥哥这碗午饭吃不成。

心肝上姐姐是郎的人，
说什么午饭吃不成，
花碗打破之郎来买，
罗裙刮破郎换新，
郎换新，
下回送饭千万要小心。

桐城歌中保留了丰富的情本文化内涵，这对我们全面认识明清时期的桐城地域文化结构提供了重要参考。明清时期，桐城处于江南文化圈边缘，是典型的乡土文化形态。在乡土社会，爱情具有破坏力和不稳定的特点，在主流的意识形态中也是歌颂妇德而隔绝私人感情的，很多族规家训对男女爱情是严厉压制的。正如费孝通指出的，就乡村家庭结构比较而言，西方家庭是以夫妇为主轴的家庭关系模式，中国传统家庭中父子是主轴，是属于事业型家庭，夫妇间的爱情是回避的，夫妇结合是为了完成家族事业[2]。而桐城歌的大量发掘，展示了真实而丰富的民间女性情感活力，这种矛盾性是研究桐城派和地方史者应注意到的。

① 叶濒：《桐城歌》，第 74 页。

② 费孝通：《乡土中国》，北京大学出版社 1998 年版，第 46 页。

二　桐城歌里的女性欲望与表达

桐城是明清理学重镇，自方学渐开创方氏理学，代代相传，涌现出大量的理学修养深厚的人物，如不畏强权的左光斗、忠孝两全的方以智、肃穆雍和的张英，构成了理学传家的地域文化传统。同样，在桐城派文学传统中，古文家发挥文以载道之旨，私人的正常情感、人性常常被漠视、有意隐蔽或抹杀，不合道义者不入文，女性情感被男权文化规训和书写，常常是扭曲的。在以理学为根柢的桐城派文学中，虽然也有着对众多贞女、烈女、节女的书写，但女性是沉默的，女性的感觉世界是无从得知的，有的只是德性高尚、无私情的贤女子形象。

相反，桐城歌记录了在正史中节妇、贞女之外的真实声音，保留了被正统文学有意回避却隐性存在的女性情感世界和人性诉求，揭示了民间多元文化形态，其充沛的审美活力、情本文化精神充满着颠覆正统文化压抑下的文化力量。

桐城歌文本最难能可贵之处，在于其保留了女性追求情感自由和人性解放的精神与理想。

1. 对女性守节文化的叛逆。爱情与自由联系在一起，残酷的伦理和制度安排，常常是牺牲了人的本真情感，守节是对女性进行道德剪裁和残酷压制。按照传统伦理，丈夫去世，妻子要守寡三年，才能获得政府鼓励，树立牌坊以表彰贞洁。对此，正史或古文中很少见到女性的反抗之声。在桐城歌中，女性的对于守节态度反抗鲜明而强烈。在《我不要这空名头》中，“公怪婆婆老糊涂，无儿媳妇定要留，待等三年大孝满，三岔路口竖牌楼，竖牌楼，万古标名在后头”。而媳妇的反抗是“媳妇闻言双泪流，狠心公公太固执，你为儿子争荣誉，我的光阴付东流，付东流，我不要这空名头”①。

2. 对非正常婚姻的反抗。明清时期童养媳是常见的婚姻制度，桐城俗称“压子转”，旧俗中夫妻未有男孩就抱回一个女孩回家压子，如果生了

① 叶濒：《桐城歌》，第 61 页。

男孩，便把养女配给男孩为妻。这种夫妻年龄相差巨大，对女性而言是非人道的婚姻。这种现象并非桐城独有，但桐城歌中记录了大量童养媳反抗的民歌。《十八岁大姐周岁郎》云：“石榴花开长又长，十八岁大姐周岁郎，日日把屎把尿服侍好，还要天天晚上抱上床，睡到半夜要奶喝，不痛不痒给一掌，我是你压子转的妻子，不是生你养你的老娘，若不是碍在公婆面，一脚把你踢下床。”① 以石榴花比喻少女的青春正艳，而妻子处在抚养丈夫的尴尬境地，看似诙谐的语调，实际是悲凉的人生。这种非正常婚姻反抗之音举不胜举，《心中好似扎把刀》云：“抬头望天天不高，低头看草草又焦，回头望郎郎不长。”② 爱情如野草般枯焦，人性被无情摧残。在《日出东山月落西》中发出了诅咒般的声音：“窗外明月照床前，双脚勾郎郎自眠。可恨爹娘配婚小，活人睡在死人边。”还有《只求丈夫早死早嫁人》：“小奴今年十八岁，丈夫只有几月零，何时丈夫长成人?”③ 被掩盖之下的历史中，女性的情感与生命是无关紧要的，正统文学讲究妇德，把真实的情感需求视为诲淫诲盗，视而不见，但这些民歌保留了她们的反抗之音。

3. 女性歌者对生命自主的真挚追求。桐城歌展现了一个不同于古文书写的女性世界，男女之间的感情是自由奔放的，没有道德的过度压制，只有人性的自然表现。《撩个心中如意人》：“十七十八花一支，再不撩郎到几时。郎不撩姐是痴汉，姐不撩郎枉为人，枉为人，撩个心中如意人。”④ 大胆而自由地发出个人追求情感自由的声音。又如：

我和小郎情意投，
哪怕爷娘不甘休。
打也受来骂也受，
宁死不把小郎丢。
拉到公堂有妹讲，
扯到官府有妹求。

① 叶濒：《桐城歌》，第 79 页。
② 同上，第 79 页。
③ 同上，第 82 页。
④ 同上，第 135 页。

任你官家再发怒
出门还要手拉手！

更有对爱情的美好想象和憧憬：

荷花爱藕藕爱莲，
花儿香来藕儿甜。
荷花爱藕丝缕缕，
藕爱荷花朵朵鲜。
朵朵鲜，
人意相投共枕眠。

桐城歌中保留了女性歌谣文本，是研究女性文化的活化石。女性的痴情泼辣、不事造作、热情奔放，完全没有传统礼教规训下的隐忍与沉默，代之以女性对爱情的美好憧憬与大胆追求。

三　桐城歌女性话语的性灵与义理矛盾

桐城歌展现了民间文化的勃勃生机，女性的声音在民歌文本中得以保存，但爱情的性灵自由始终与社会规训交织在一起，情爱话语最终指向的是对义理之道的服从，或是借用义理之道以获得爱情的合法性。

1. 桐城歌展示了女性的真实的情感，展现了女性本真性生命美学，以歌撩情，备受文化压抑的女性在民歌中得以直率、自然的情感表达。爱情是永恒的主题，桐城歌展现了爱情的自由美，爱情的自由形式在正统诗文中被消解，却在桐城歌中得以保存和流传。

昨日无事姐家行，
顶头撞见姐父亲。
低着头儿唱个诺，
姐在旁边笑嘤嘤。

哥呀，
笑你不敢叫丈人。

小小桃子此处生，
里红外白爱煞人。
桃子就是姐的肉，
核子就是姐的心。
姐啊，
你心里还有一个仁。[①]

在男女对唱的情歌中，男女之间的调笑与诙谐，洋溢着自由的爱情美意，那种男女授受不亲、男尊女卑等观念根本不存在于歌谣中。更值得注意的是在新文化运动推翻了古文道德传统之后，这种民间的情感模式至今也没有改变，读来依然觉得亲切动人。

桐城歌充分展现了爱情的坚贞美，对爱情理想的向往与祈盼。此类题材是女性民歌的重要组成部分，充分表现对爱情永恒与忠诚的祈望。如《天平》[②]：

郎做天平姐做针，
一头砝码一头银。
情哥你也不必间敲打，
我也知得重与轻，
只要针心对针心。

如运用比喻和象征以传情的《塔》[③]：

一座宝塔七层尖，
年深月久造得全。

---

① 叶濒：《桐城歌》，第17页。
② 同上，第11页。
③ 同上，第11页。

我两个相交如造塔，
一砖不砌枉徒然，
人要工夫又要专。

也有对玩弄爱情、背叛爱情的痛斥，如《笔》①：

卷心笔儿是兔毫，
翰墨场上走一遭。
早知你心容易黑，
不如当初淡相交，
世间好物不坚牢。

桐城歌展现了女性生命之音，女性的生命呐喊与活力得以显现，突破了文化权力的束缚，突破了男性话语专制，蕴藏着丰富的女性话语与智慧。

2. 爱情不会绝对自由，性灵美学与义理规范之间的矛盾性成为桐城歌中另一种话语结构。这体现在大量爱情劝教的歌谣之中。在前现代文化语境里，男女的爱情自由没有受到社会认可，爱情话语空间是很狭窄的。女性对爱情的担忧是自由爱情的另外一面，恋爱私语并未成为社会的主流，而从爱情自由向伦理的靠拢，成为女性歌谣的最终精神归宿。以长篇桐城歌经典情歌《菖蒲与艾的传说》《十里亭》为例，两首大型桐城歌文本其中隐藏着深刻的情感美学与义理规范的冲突问题。

《菖蒲与艾的传说》说的是因一场爱情戏谑而造成的爱情悲剧。罗家小姐资助藕郎去参加科举，多少年后，藕郎做了官回乡探望罗家小姐。在路上他偶遇多年未见而正在采桑的罗小姐，为试探罗家小姐是否还对自己忠贞不渝，对罗家小姐进行了一番戏谑与调戏："你在路上怎说那言桩，我试妻子可有心待我郎。"接着藕郎用允诺黄金、白银娶罗家小姐回家做继房的恶作剧。而第二天当藕郎换上官服去罗家准备相认时，罗家小姐已自尽身亡，藕郎悔恨投水而死，二人死后"郎变菖蒲姐变艾，年年端阳都

① 叶濒：《桐城歌》，第10页。

成双”[①]。菖蒲与艾草的爱情传说在桐城地区家喻户晓，从表面看，这部大型桐城歌中表明情感是神圣的，容不得亵渎，故事结构模仿传统杂剧《秋胡戏妻》，但桐城歌加入了爱情必须合乎礼义的义理。

《十里亭》是另一首广泛传唱和影响的经典桐城歌，从其广泛影响力可以窥见桐城歌的情感模式与桐城民间深层文化心理。《十里亭》写到男女自由恋爱后，女子十里送别男子离去，然后女性规劝男性勿“败坏家风”，要孝敬父母，要“银钱少花费”，要“闲事少去管”，要“莫要贪玩耍”、“少单身走夜路”“勿在花街走”“交友心换心”“把住自己要本分”，最后是“小郎不做儿戏人”[②]。民歌反映了从自由爱情到守卫爱情的转变，在没有自由爱情的社会文化环境里，如何保有自由爱情的果实，只能是走向义理规劝。在这里，爱情的美学与义理道德结合起来了。

在《孟姜女送寒衣》《小郎是我意中人》《十二月想郎》《送郎》等众多女性歌谣中，我们能看到难能可贵的女性反叛精神，同时更多是女性对自身软弱力量的吟唱，在吟唱中祈盼男性能对爱情的忠贞和坚持。所以，这种交织着性灵自由与义理规训矛盾成为桐城歌女性话语的矛盾结构。

四　桐城歌的地域文化意义

明清时期，理学作为主流意识形态，情欲价值被贬低，克己复礼、修身明道是对士大夫的精神生活规范，但过度的理学要求也导致社会文化的虚伪化，一面是崇高的理学要求，一面是社会物欲横流，陷入深刻的文化矛盾之中。五四时期对礼教吃人、对情感压抑的批判的思潮使民歌、民间文学的文化启蒙价值凸显出来。胡适引进西方文学理论，将国风、乐府民歌、白话小说作为文学正宗（《白话文学史》），极大解放中国人的文学观念。郑振铎《中国俗文学史》写到了明代民歌。五四时期的“整理民歌运动”重新发现民间，被当作启蒙运动的最有力手段，民间文化被认为是获取民族新生命力的源泉，是恢复了的人性本质的必由之路，一直到20世纪

① 叶濒：《桐城歌》，第48页。

② 同上，第173页。

40年代的“文艺大众化”运动，乃至新中国成立后的一系列民歌整理运动，文化改造思路前后一脉相承，创造了新型的文化，这是我们观察桐城歌历史价值的文化视野。在这其中，除了游国恩《中国文学史》论述到了桐城歌的内容与艺术价值，对桐城歌的文化启蒙意义的阐述还远远不够。

我们认为在民歌艺术上，桐城歌有着独特的民间审美价值和启蒙意义。桐城歌女性歌谣记录了民间女子的本真状态，在桐城歌的女性歌谣中，情与理、身体与灵魂、欲望与伦理之间保持着张力，散发着人性的光辉。更深一层看，桐城歌展现了民间异常丰富的爱情美学，对情感的珍视和歌咏，在理学压抑情感的边缘空间，呈现了一片生意盎然，闪耀着人性光辉和生命灵动的民间审美创造和意象世界。桐城歌文献中的女性声音最为强烈而多彩，我们甚至可以相信，桐城派诗文提供给后人的只是一种儒学意识形态幻象，是不全面的，桐城歌所展现的情感美学对正统文化历史观念能起到消融和纠偏的作用。透过桐城歌我们感受到在理学化的桐城派诗文背后，还存在一片充满勃勃生机和无限活力的情文化空间，桐城歌将开启人们全新的民间文化想象空间。

最后，在文化生态意义上，我们认为桐城歌是建构桐城地域文化的新维度。桐城文化与徽州文化被称为明清时期安徽地域文化双峰，桐城科举人数之多不逊于江南城市，桐城士大夫文化深深塑造着桐城地域文化精神，其中以桐城理学、桐城派古文为典范，在桐城派作家的诗文中，呈现的是一片修身养性之后的肃穆之气和雅洁品格，感情的灵动与张扬是不允许的，道德美学压制了情感美学。即使在桐城派中涌现了一些女性作家，其也是使用男性的话语模式进行写作，被包融在男性的话语之中而面目不清。在新文化运动后，桐城派遭到无情批判，桐城歌则逐渐被发掘和重视。二者在桐城地域上共生，但在现代文化发展中呈现出此消彼涨的不同命运，由此可以观察中国文化从古典到现代的文化变迁轨迹，这在其他地域文化发展过程中是难得一见的奇观。桐城歌的被发掘，对桐城派研究以及桐城地域文化研究都有重要意义，使我们认识了桐城地域文化的新维度。正如文化生态研究者指出，桐城文化生态是明清典型的文化生态研究对象，从文化生态角度思考桐城文化有重要学术意义①。桐城文化生态应是活态的，桐城派是以明清理学、古文学为代表的雅文化传统，桐城歌代

① 施旭升：《桐城派文化生态建构刍议》，《中国文学研究》，2015年第3期。

表着情本主义为中心的具有民间活态特征的俗文化传统。如何看待同一片地域、同一历史时期，存在着雅俗两种不同文化系统，需要开阔的视野和多样的研究方法。今天桐城歌的文献得以整理，桐城歌得以继续传唱，我们要站在今天的开放文化视角，破除地方史叙事对桐城歌的遮蔽，破除对桐城文化的单面性认知，从而全面认识桐城文化多元文化生态价值，这会是桐城文化研究的新视点。

论方以智的文章学[1]

安徽师范大学文学院　武道房

方以智是明清之际堪与顾炎武、黄宗羲、王夫之并驾齐驱的杰出学者和思想家。由于他参加反清活动，其著述在清代被列为禁书，难以流传，影响了后人对他学术的整体认知。其学术思想，有“坐集千古之智”的集大成气魄。自20世纪以来，这一点已渐为学界所认知。他的文学思想，也有继往哲、开新局的特点。整体上说，目下学界对他的文学思想研究尚属起步阶段，尤其是他的文章学，研究者更是不多。本文试图探寻方以智文章学的理论架构，并评述其意义。

一　道不自见，见于文

方以智道不自见，见于文的思想，是针对理学家作文害道、重道轻文而言的。程朱理学认为理在气先，形而上者谓之道，形而下者谓之器，不免将理与气、道与器打为两橛，同时将道与文歧为两端。虽然他们也讲文以载道，但多以文为无足轻重，而视求道为学之根本。故周敦颐说：“不知务道德而第以文辞为能者，艺焉而已。”[2]因此理学家虽也作古文，但多不以文辞为意，粗俚率易，成为理学家文章的通病。

---

① 本文是教育部规划基金项目（10YJA751090）“明末清初桐城方氏家族与文学”的阶段性成果。

② 周敦颐：《周子通书·文辞》，上海古籍出版社2000年版，第39页。

方以智在哲学上主张道在器中，理在气中，理寓象数；反对离器求道，离气求理，离象数而求太极。因此识见，就道、艺关系而言，他认为，离开了艺，也就无所谓道，道寓于艺之中。他的《文章薪火》云：

潜草曰："性道犹春也，文章犹花也，砍其枝，断其干，而根死矣。并掘其根，以求核中之仁，而仁安在哉?"言扫除者，权夺也，欲人之读真书耳，非必惩咽废食也。固陋托以夸毗，而弦诵反自废耶？夫核仁入土，而上芽生枝，下芽生根，其仁不可得矣。一树之根株、花叶，皆全仁也。圣人知之，故老任斯文，删述大集，与万世共熏性与天道，岂忧其断乎？既知全树全仁矣，不必避树而求仁也明甚；既知全树全仁矣，培根也，护干也，除蠹也，收实也，条理灌输、日用不离也，明甚。以冬炼夏，乃贯四时，则无寒无暑之在寒暑中也，明甚。无妄大畜，一多相贯，两间森罗，无非点画，俯仰远近，皆备于我矣。文明以止，用光得薪，雷雨出云，有开必先，羲文周孔，不能违时，酬酢佑神，此最上之神于文章者乎？道统且置，姑就文章论文章。①

这段话大意是说，性道好比是春意，春意是抽象的，这个抽象的春意，要通过树的花、枝、叶、树干才得以显现。离开了干、枝、叶、花，春意和生机（仁）就无所附丽了。圣人正因此理，所以才以"斯文在兹"的担当感整理六经，企图以"文"传达影响万世之"性与天道"。"文"怎能说不重要呢？讲求文章之做法，就好比对一棵树进行培根、护干、除蠹、收实，这些工作做好了，才能收获生机，换言之，才能显现性与天道。所以那些鄙视文法、悬空求道的人，无疑是在"砍其枝，断其干，而根死矣。并掘其根，以求核中之仁"，这样是永远无法求仁见道的。

关于道与艺的关系，方以智《东西均》亦有深刻的论述：

心有天游，乘物以游心，志道而终游艺者，天载于地，火丽于薪，以物观物，即以道观道也。火固烈于薪，欲绝物以存心，犹绝薪而举火也。乌乎可？圣人知之：欲禁制之，先鼓舞之，劳其生而养

① 方以智：《文章薪火》，《昭代丛书》本。

之，因以费其智巧，节宣其气而隐其情，使乐受其声施，而渐渍于不识不知之则。四民首士，四教首文，天下风气必随诵读之士所转。革之以因，逆之以顺，直现南秘北之礼地，以穆其无南北之智天。通圆中，秉正中，而措其时中，是以寓罕于雅，无行不与，但系好学之铎，而道不容声矣。①

心（思维、情意）本身是抽象的，必须与物发生关系，才能显现出心的内容。孔子之所以提出“志于道而游于艺”，是因为，道必须通过艺才得以显现，这就好比火要通过薪才能产生一样，只有通过以物观物，才能以道观道。如果不通过薪而取火，不通过物而观道，那是不可能的事。因此，圣人寓罕言（性道）于雅言（《诗》《书》《礼》《易》《春秋》），通过整理文献，以寓天道性命，文怎么能说不重要呢？圣人制礼作乐，意图在于使人节宣志气、诗乐鼓舞，从而阻遏邪欲，淳化风俗。因此，孔子讲“文行忠信”，首重“文”，所以学文与作文（游于艺），是求道、见道之必须。

一切传统文化遗产，在方以智看来，都是性道载体之一。他说：

三知终于知言，此格人我、格内外、格古今之大用也。不能知言，又安能自达其所言乎？有专言德行者，专言经济者，专言文章者，专言技艺者，专言权势者，专言兵符者，专言法纪者，专训诂者，专记事者，专寓喻者，统而言之，无非道也，无非性命也。②

“三知”一说出自《论语·尧曰》：“不知命，无以为君子也。不知礼，无以立也。不知言，无以知人也。”在方以智看来，“三知”以知言为终，通过知言以格人我、格内外、格古今，可见“言”或曰“文”非常重要。就“文”而言，专言德行、文章、技艺、权谋、军事、法制、训诂等等学科，其中都有道在，有性命在，道与性命要通过这些“文”才得以显现。方以智总结世间一切的学问，大要不出于质测、宰理、通几。质测属于自然科学，比如象数、律历、声音、医药等等；宰理属于社会科学，专言治教；通几用今天的话来说是哲学，“所以为物之至理也，皆以通而通

① 方以智著，庞朴注释：《东西均》，中华书局2001年版，第172页。

② 方以智：《文章薪火》。

其质者也"[①]。百家之说，各有其用，但都是道器不离，从大处来说，道通为一。作为人，性命之学，即寓于百家之学，并无离开具体物事的道或性命。

方以智道不自见、见于文的思想至少有两方面的意义。一是突出了"学"的重要性，二是突出了著述的价值。就"学"而言，晚明由于受王学末流的影响，学人喜言良知，倡言顿悟，糟粕六经，造成了空疏不学的风气。如王阳明弟子王畿说："夫良知与知识，差若毫厘，究实千里。……良知者，本心之明，不由学虑而得，先天之学也。知识则不能自信其心，未免假于多学亿中之助而已，入于后天矣。"[②] 又说："唐虞之朝，所读何书？鱼兔苟获，筌蹄可忘。于此参得透，放得下，得其不可传之秘，六经亦糟粕耳。"[③] 这样的思想，本来在王阳明那里，就已有萌芽，经过后学推阐，"满街都是圣人"，不学也可以成贤入圣，于是明末学人出现束书不观，游谈无根的风气。正是鉴于此种弊病，方以智说："君子不器，能器其器，岂毁器以矜道哉?"[④] 君子以器为器，不毁器以道自矜。道由文显，没有文，也就无所谓道。方以智意在使学者重新回到知识之路，重视传统文化的学习，同时纠正道学家作文害道、重道轻艺之偏见。这样的思想应该说是有时代意义的。

二　竴本于经，练要于史，修辞于汉，析理于宋，文从古法，追求雅正的古文思想

方以智的古文思想，有七子的痕迹，崇尚秦汉文。他有《文论》一文[⑤]，推崇六经为文，认为六经"其言皆至德要道，不可以文辞称，然文至矣"。《春秋》三传、《国语》以及先秦诸子文各有胜处。至汉代，司马

---

① 方以智：《文章薪火》。

② 王畿著，吴震编校：《王畿集》，凤凰出版社 2007 年版，第 130 页。

③ 《王畿集》，第 429 页。

④ 方以智：《读书通引》，《浮山集》文集后编卷一，清康熙此藏轩刻本。

⑤ 方以智《文论》，《浮山集》文集前编卷一稽古堂初集，清康熙此藏轩刻本。

迁之《史记》、班固之《汉书》，就文而言，“高古绝伦，下此自不逮矣”。这些评论，几近于七子派“文自西京以下俱不足观”的论调。他评论汉、六朝、唐、宋文章云：

> 武帝好儒雅，选言弘奥，制策典则，多尔雅之文。即赐侍臣严助、吾丘等书，又何雄厚也。故汉儒雅踵生，贾、晁、董相、邹、枚、长卿以迄更生父子、子云之伦，格王正事，罔非经义，摹据温文，各烂如也。当是时，史有儒林，未列文苑，鸿采大篇，独斑斑见之《汉书》中。故汉之无文苑也，非无文也。夫人而能为文也，《后汉书》实始传文苑，竞新滥而文益衰，然所载书议尚为可观。陵迟至于六朝，属文家一以连类比辞，其文靡靡；唐承其弊，习俳识陋，丽猥不振，独有诗。然苏李之遗、建安之气，殆尽不可复，惟其律及七言古绝句为得致耳。元和而后，渐以靡薾，施及有宋，终以不返。由此观之，韩修武之一芟前习，陈理崭然，岂不亦伟与？柳州、庐陵继以益恣，苏氏父子多以危言，劘上古争臣难之，其策论可谓善指事意，至称其直轶秦汉，恐燕郢也。后此时也，吾乌能禁之，而又乌用昂之哉！其时儒者多明圣人之指微矣，然于出词气颇不雅驯，安见不可以秦汉之法达其辞也？①

这段话说西汉文根柢经义，多弘奥尔雅之文，东汉文则竞新滥而文益衰，六朝文则是丽靡不振。至唐代韩愈、柳宗元，宋代欧阳修、苏轼父子出，古文运动兴起，才一芟六朝文靡丽之习。但若说唐宋文能超过秦汉文，这是郢书燕说，不可能的事。方以智这些评论近似于七子派的观点，但又有不同。七子派主张文自西京以下俱不足观，但方以智肯定唐宋儒者“明圣人之指微矣”。也就是说自韩愈以来的新儒学运动，特别是宋代理学，对于发明圣人之义理是有贡献的，只是因为他们好作语录体文章，以故“出辞颇不雅训”。方以智的看法是，以秦汉的文风传达唐宋儒者的义理，这是各取其长的正确途径。方氏此论与后来桐城派以唐宋八家之笔法传达理学之旨只有一间之隔了。

方以智在文论上之所以近于七子派，乃是有鉴于明末文坛之弊。晚明

① 方以智《文论》，《浮山集》文集前编卷一稽古堂初集，清康熙此藏轩刻本。

受王阳明心学的影响，士子多有空疏不学的风气，反映在文坛上，便是公安、竟陵派的崛起。公安派反对七子的拟古倾向，主张自然抒情的文风，但也有蔑弃文学遗产、俚俗卑陋之病。方以智自幼在其祖父的训导下，“诵经阅史，不呫哔制举义。年十五，十三经略能背讽，班、史之书略能粗举。长益博览百家，然性好为诗歌，悼挽钟谭，追复骚雅，殊自任也”①。这里虽然主要说诗，其实文亦如此。他从青年时便有纠正公安、竟陵俚俗之志，意图使文章重新走向雅正之途。他在《文论》中说：

世之学者，业欲治一经得富贵，安得广猎事此？其所为名高，号能属文家，又甚苦，原本经传，博学强识，虑发其聪明，小有才能，持诡辨以逢世，亦取其易为者为耳，何必《左》《国》《史》《汉》，训辞深厚，令人诘屈哉？既以如是，则不类者必且诋之，非恐其胜之也，见穴之也。是故荐绅役簿书，乐其便近而称焉。流俗之士，欲以其求田宅，逐什一，乘坚策肥，愿有司之心，为文顾不望风而靡乎？其贤者急于合时，不遑洽闻，亦甚喜夫一日而至者也。相以易晓，忘其鄙倍，束发时诵一制举义，长而苟协平反，观一二近代集为诗古文辞，即以向所为制义者充之耳。它能省逸书小记，缀其奇字，则洞心駴耳矣。

已悔之道无由至，则又有辞曰世渐使然，不已较与生今反古，有识者所讥，诗必则《三百》，《三百》而前谁为者？文即则六经，其如六经而前何？丈夫贵自我作古耳。楚越之谚，兜离之语，皆可并典坟、齐风雅焉。藉第令有志古道，然不可卒致，其所为鄙倍者，天下又且称之不衰，欲其舍所学，就不可卒致之门，是犹以鞭狎狸也。猖披之恶可胜叹哉！以是求修武以后诸家，亦已万一矣，何言秦汉，何言六经邪？②

这段文字是对当时文坛风气的批评。明末文坛，受王学末流及公安派影响，以空疏不学为高，作粗率俚俗之文。不仅自己不肯学习《左传》《国语》《史记》《汉书》训辞深厚之文，而且见到秦汉风格的文章，则群

① 方以智：《又寄尔公书》，《浮山集》文集前编卷八岭外稿中，清康熙此藏轩刻本。

② 方以智：《文论》。

起而攻之，以致出现望风而靡的文坛风气。士人因浅率文风得之甚易，而且可以赶时髦而“乘坚策肥，慁有司之心”，于是群趋于此途，忘其鄙倍，以至于急功近利，大雅不复。“诗必则《三百》，《三百》而前谁为者？文即则六经，其如六经而前何？丈夫贵自我作古耳。”这些话语是典型的公安派口气。方以智批评公安派以土言俗语混同风雅，而此类粗俗鄙倍，“天下又称之不衰”。这种风气影响于文坛，必然造成文气不振，文运益衰。以此观点学文，即求韩修武（愈）之后的文家也不可得，更别说出现如六经、秦汉文那样的宏篇巨制了。

对于明代古文，方以智批评道：

> 夫然能为涉猎，如以辞而已者，已美矣。国家文治甚昌，虽端以经义录士，而古学加修，盖令深于义理之文，且以观博约之致。王体国法经世之略，苟若是者，固已儒也，岂谓以今之鄙倍然哉！高皇帝时，佐命之臣宋文宪、刘文成以文著，他如高、刘、黄、王诸公，皆风调谐美，邦之彦也。至孝皇之世，李北地、何信阳愍学者之不达其意而师诗，乃稍稍为秦汉之说。迄于嘉隆，济南、江东拔茅而前，而归、唐又以平衍达之。虽曰经学尚淹，可叹才难矣。此数家者，皆能概见，有不称亦所不免，石渠、白虎故事，卒鲜所尚。潜谷本清，其所著书，于言经无异，然叙述编史，缘饰国家之事，为独近雅。诸言道者，又出词鄙倍，糟粕典籍，置之不论矣。呜呼，世无仲尼，遂无所折中与！治世之文，古以厚，其指远；乱世之文，靡以薄，其义倍。绍明世，继《春秋》，本《诗》《书》《礼》《乐》，以昭治世之文，意在斯乎，学士可不勉诸！①

这段话肯定明初宋濂、刘基等原本经术、风调谐美之文。又评说前后七子倡导秦汉文，文风奥衍；而归有光、唐顺之力主唐宋八家文，以平易达之。方以智认为，这些人总体经学尚为淹博，可谓出色的文人。但就整个时代而言，“石渠、白虎故事，卒鲜所尚”，意谓经学风气在明代并不浓厚，如邓元锡（潜谷）那样原本经术、出词近雅的文人实为少见。那些“言道者”，即理学家，其文章鄙俚不文，而且空谈心性，轻视读书，就文

① 方以智：《文论》。

而言，可以置之勿论。方以智理想中的文，乃所谓“绍明世，继《春秋》，本《诗》《书》《礼》《乐》，以昭治世之文，意在斯乎”，亦即原本经术、厚重旨远的治世之文。

那么写作这种厚重旨远的治世之文，应如何入手呢？方以智说：

> 士自念欲通天人，观古今，以其余为词赋，莫若多诵法古昔。然百家浮称，未可一揆，要其至德要道，统乎六经，扩而十三经；文辞尔雅，叙事达义，则《左》《国》《史》《汉》大家毕矣。学者务为省览，谁差采之，以订杂注之粃缪，剪章句之芜秽，祛辞义之回穴，正众流之乖析，一远鄙倍，返诸大雅，以绎先王之则，明当世之务，岂不庶几儒者哉！既曰壮夫不为，破碎大道，吾不信也。故吾尝曰：竱本于经，练要于史，修辞于汉，析理于宋，文从古法，诗从正始，而好学在乎定志，词达在乎辨雅。雅辨也，虽仲尼亦引之升堂矣。顾就将何如耳，文固未可一二为时人论也。①

学者的最高境界是“通天人，观古今，以其余为词赋”。“至德要道”应在六经乃至十三经中寻求；文辞表达，则应学习《左传》《国语》《史记》《汉书》，方可谓能事毕矣。能明圣王意旨，又能以雅正之文表现之，还能明当世之务，有应世才能，集功、德、言于一体。在方以智看来，这才是真正的儒者。汉代扬雄曾将辞赋视为雕虫小技，壮夫不为，方以智不赞成这种偏激之论。认为文学是儒者应有之能事。他理想中的文是“竱本于经，练要于史，修辞于汉，析理于宋，文从古法，诗从正始，而好学在乎定志，词达在乎辨雅。”。

要而言之，方以智的古文思想，既有七子的痕迹，尊秦汉文，追求雅正，同时又主张不废宋儒义理之长。旨趣宗经，练要于史，修辞取汉，义理取宋，反对公安、竟陵之糟粕经书、俚俗不文，追求一种雅正的风格。这种文学追求，与后来桐城派学习唐宋八家、《史》《汉》之文法，以表现宋儒义理的“义法”说是非常接近的。因此可以说，方以智是桐城派的前驱。

---

① 方以智：《文论》。

三　方以智论先秦、西汉文章

先秦、西汉文章是明代前后七子所推崇的古文典范。方以智自青年时代起与陈子龙交游，他们在文学观念上都接近七子的立场。但作为思想家的方以智对秦汉文的看法颇为通达，他不满七子派学秦汉文字模句剽，主张将秦汉文章读活，而且要能学其妙处。后人对秦汉文有不少论说和批评，所有合理的论说，方以智都注意采纳。他所谓“坐集千古之智”不仅适用于论道，同样也适用于论文、论诗。

例如，方以智评价《周易·系辞》之文：“程子曰：‘《系辞》之文，化工生物。’虚舟曰：‘灵光冲旋，倏忽异常。’更生曰：‘圣人赞易，如赵叟跋禊帖，一条又一条，随曲生澜，不知重沓。’”①《系辞》相传为孔子所作。上述“化工生物”，是指奇文出自然。“灵光冲旋，倏忽异常”是指灵气神思，变化莫测。“随曲生澜，不知重沓”是指富于变化，不繁复。这些评价，方以智认为，都说得很准确。方以智还评价《尚书》中的典、谟，文风“训体约厚”，“《春秋》乃以事还事之笔，不可增损”。《礼记》《论语》“则通方时义之雅言也”。评价《左传》巧炼，“未免隽伤”。这些概括，都很精准。

方以智评价先秦诸子书，亦注意从“文”的角度分析之。他说：

> 老子、杨墨皆近孔子前后。自老子正言若反，而惠施交易之，其历物也，大其小、小其大，长其短、短其长，虚其实、实其虚而已。公孙龙遂为隐射距钩之机，皆杨墨之流也。庄荡于无何有之乡，而乐在冥应善用之，因物还物，天载两忘，是有见乎无首者；不善用之，比之无首矣。其词近于为我，其机则破相宗也。杨子执其随，墨子丰其蔀，告子艮其限，别墨之謑髁纵脱，倍谲不仵，则浚恒振恒者也。其见偏至，其文亦偏至。管子在老子之前，其内业篇与老子合，其治近功，故名法之家。祖之因而附益之，申商韩皆是也。商韩文最决

① 方以智：《文章薪火》。

绝，如其法然，荀子主礼法，文故明当。关尹子后起者也，其论道器颇平。鹖冠亢仓，搜剔铦锋，甚则为阴符。奇其事为《山海经》《穆天子传》，守其业而浸广之，《灵枢》《素问》也。①

《老子》一书正言若反。名家鼻祖惠施看待事物，能大其小，小其大，长其短，短其长，虚其实，实其虚。这固然是哲学，何尝不可用来论文？庄子荡于无何有之乡，其机在于破相宗，实谓不执边见。不执边见，用于论文，何尝不是如此？杨子、墨子、告子、别墨，其见偏至，说出了一面之理；其文亦偏至，有独到之处。法家文章有决绝之气，如其严酷之法令。关尹子之文持平道器，鹖冠子之文搜剔铦锋。《山海经》《穆天子传》则记奇异，文风亦奇诡。

方以智对《史记》《汉书》的文法亦有深刻的认识。比如他说："子长以郁折而成《史记》，收合百家，散近乎朴，变藏于平，善序事理，真不虚也。自庄生剽剥钩悬，尝借人物、叙事藏其议论；《史记》直为叙事，据款结案，何用犯手装面，而强湊之、强括之乎？以此读者更快其情，以为天然。"②《史记》文字散行，近乎质朴，变化藏于平直之中，善序事理，使读者从叙事中领会出事理，这与庄子借人物、叙事藏其议论有一致处。区别在于庄子的人物、叙事多为假托，而太史公则据实直书而已。就文体而言，《史记》散行中时见偶俪，而班固"整严之中，亦能错落；范（晔）史因东京平对，而顺载之，伯喈则喜比偶矣。趣至六朝，尚丽掞藻，势也。徐、庾始娴，唐宋遂为别体"。这就将文章由散趋骈的脉胳梳理得很清楚。对于骈散两种文体，方以智并无抑扬，认为只要能做到爽利、流畅，足以叙事理，达情意，便都是好文章。就表达而言，方以智指出，司马迁的文字，常在语言之外寄托微情妙旨，而班固之文，"情旨尽露于文字蹊径之中。读子长文，必越浮言者始得，其意超文字者乃解。其宗班氏文章，亦称博雅，但一览之作，情词俱尽"。这些看法都是很有见地的。

方以智于先秦诸子中，最为欣赏孟子、屈原、庄子之文。三子精神实有会通处，这个见解方以智得自觉浪道盛禅师。方以智编《青原志略》云：

---

① 方以智：《文章薪火》。

② 方以智：《文章薪火》。

> 杖人（道盛）……作《会宗论》，谓屈以怨致中和，惟危尽人者也；庄以怒致中和，惟微得天者也；孟以惧致中和，合天人者也。……班固辈谓平露才扬己，非明哲之器，此怀王之谐臣，而靳尚之知己也。平患郑袖之蛊，故托远游，求古圣帝之妃悟怀王，而高丘无女，宓妃纬繣，鸩与雄鸠不可为媒，终不能得，无可以慰心者，此屈子之意也。而论者以为谲怪虚无，过矣。魏了翁、王介甫皆云屈子未尝死，孙文介（孙慎行，谥文介）以表法消归曰："庄子击水而飞天，屈子登天而入水，独不见孟子曰天不言、海难言耶？"愚者曰："曾知屈子自化为詹尹、渔父，即庄子之自化为貌姑、唐（尧）、许（由）乎？曾知七逸、仪封在《论语》之一堂，即清、任、和在《孟子》之一堂乎？①

"中和"是指人道的中和状态。在方以智看来，此状态合于人情，合于人性，合于仁义。觉浪道盛是会同儒释道三教为一的高僧，他的思想对方以智有深刻的影响。方以智的圆∴理论将事物对立的双方统一于一个整体之中；下两点表示相对立、相差别的事物，上一点则消泯这种差别和对立。矛盾的每一个方面，都同时包含着对立和非对立，对立、非对立处于一个整体之中。对立与非对立呈现一种运动的状态，即以过化其不及，以不及化其过，以非过、非不及化其过与不及。当国政、人心脱离中和状态时，屈子、庄子、孟子采取了不同的方式，以期达到中和状态。屈原是以怨致中和，怨之极，则沉水明志。班固不懂此意，认为屈原露才扬己，非明哲之器。这在方以智看来，班固此言，无疑希望屈原成为佞臣乡愿，才能明哲保身。屈原《离骚》写高丘求女，意在感悟楚怀王，而宓妃乖戾、鸩与雄鸠不可为媒，此皆为象征比兴式的写法。学者应透过谲怪虚无，以明屈原之志；也只有这样，才能懂屈原之妙。庄子写大鹏击水而飞天，这是庄子怒人间之丑陋，企飞天以超越，以消解人间之卑俗，达人道之中和状态。屈子登天而入水，发决绝人间之怨，以启楚王行美政之哲悟。孟子以惧致中和，是因为"仁义充塞，则率兽食人，人将相食，吾为此惧"

① 方以智：《鼎新闲语》，见方以智编、张永义校注：《青原志略》，华夏出版社 2012 年版，第 356 页。

"予岂好辩也哉！予不得已也"。（《孟子·滕文公下》）孟子因惧而发声，其目的也是致中和。孟子所谓"天不言"出于《孟子·万章上》。万章问："尧以天下与舜，有诸?"孟子不赞成这个说法，认为舜有天下，乃是"天与之"。"天不言，以行与事示之而已矣。"即是说，舜之行事，合乎天道，顺应人事，称王天下，是很自然的事。朱子《孟子集注》解释为："天无形，其视听皆从于民之视听。民之归舜如此，则天与之可知矣。"所谓"海难言"出自《孟子·尽心上》："孟子曰：'孔子登东山而小鲁，登太山而小天下。故观于海者难为水，游于圣人之门者难为言。"正因为"孔子之道不著，是邪说诬民、充塞仁义也"（《孟子·滕文公下》），所以孟子因是以惧，大力宣传孔子之道。此为孟子"以惧致中和"之意。就文章而言，方以智认为，屈原《卜居》《渔父》托言对话詹尹、渔父，以明自己坚定不回、独立不改之心志；庄子《逍遥游》虚构出藐姑射之山的神人，托言唐尧、许由之言，以明自己离弃世俗、超越卑陋的远志；《孟子》兼有"清""任""和"，实是兼《论语·微子》中的"七逸"（逸民：伯夷、叔齐、虞仲、夷逸、朱张、柳下惠、少连）和《论语·八佾》的仪封人。《孟子·万章下》云："伯夷，圣之清者也。伊尹，圣之任者也。柳下惠，圣之和者也。孔子，圣之时者也。孔子之谓集大成。"《论语》中的仪封人，推崇孔夫子之道，说"天下之无道也久矣，天将以夫子为木铎"。亦可谓圣之任者也。方以智以"清""任""和"言《孟子》，既说的是孟子继承的是孔子之清廉、担当、和谐之气质，同时"清""任""和"亦是《孟子》之文风，清爽、阳刚而又和婉，这些风格，于《孟子》文风可见之。

在《文章薪火》中，方以智再次表达孟、屈、庄三家文风可"合而互之"的思想：

> 周末文胜，生才若是，后未有盛于此者。邹邑正正之旗，密转握奇之钥，神于惧创不避者乎？屈子开渔父之眼，而甘以诶诒竭忠，故其词沉笃，气塞穹苍，神于怨创不避者乎？庄子休具黑白之眼，而甘以巧激旁寓，善用奇兵，神于怒创不避者乎？三子同时而不相遇，屈专尽人而冥于惟危之心，庄专得天而冥于惟微之心，孟合天人而以不

得已为用。本可会一宗，其文亦可合而互之，此当俟之间出之士。[1]

方以智认为，历史上就作文而言，未有胜于孟子、屈原和庄子的。孟子惧仁义道丧，率兽食人，从而知言养气，沟通天人，有“虽千万人，吾往矣”的大丈夫气概；故其文虽不得已而辩，而有堂堂之阵、正正之旗，惧创不避，勇于担当的气势。屈原假托与渔父问答，否决了“不凝滞于物，而能与世推移”、“淈其泥而扬其波”、“铺其糟而歠其醨”乡愿式的人生之路，而宁赴湘流，以死明志，甘以诶诒竭忠，是故其文沉着笃实，有浩然之气。庄子具黑白之眼，换言之就是阴阳眼，也就是说具有一双既现实而又超越现实的眼睛。《庄子》的语言虽貌似荒唐，但都是巧激旁寓，因怒于人世之卑俗丑陋，以无际涯之词对卑陋社会进行嘲讽和超越，故为“怒创不避”，亦是一种担当意识。《尚书·大禹谟》云：“人心惟危，道心惟微，惟精惟一，允执厥中。”方以智认为，屈原的着力点在于世道人心；庄子的侧重点在于人所应有的超拔之道心；而孟子则沟通天人，入世而又超世，以不得已而为用。三子会同一宗，不仅精神可以互通，其文亦可兼互用之，形成的文风即有磅沛之气，又巧激旁寓，思致汪洋不可端倪，兼具清通、刚柔之风致。这样的人当“俟之间出之士”，方以智颇以此自任。

四　方以智对唐宋文家的批评

就古文写作而言，明代文人喜坛坫自雄。前后七子倡言文必秦汉，薄西京以下文章俱不足观。唐宋派以唐宋八大家为学文对象，与前七子隐然成一敌国。晚明公安派又鼓吹不秦不汉、不唐不宋，反对模拟前人，主张自抒性灵。理学派守几本宋元语录，薄文人为不足观，即使作文，亦只求辞达，不讲文法。方以智对各家之言都进行了批评，从而“坐集千古之智”，而形成自己的古文理论。

方以智《文章薪火》云：

---

① 方以智：《文章薪火》。

动则曰唐宋大家，抑知唐宋大家皆有深造之火候乎？今欲一蹴而偃袭之，唐宋大家未许也。

韩退之答李翱曰：“古立言者，无望其速成，无诱于势利，养其根而俟其实，加其膏而希其光。学二十余年矣，非圣人之志不敢存，处若忘，行若遗，俨乎若思，茫乎若迷。注于手也，惟陈言之务去，戛戛乎难哉。如是有年，识古书之正伪。徐有得也，汩汩来矣。人笑之则喜，誉之则忧，犹有人之说者存也。如是有年，浩乎沛然矣。平心察之，其皆醇也，然后肆焉。然不可不养也。水大而物之浮者，大小毕浮。气盛则言之短长与声之高下皆宜，虽如是，敢自谓成乎？处心有道，行己有方，用则施诸人，舍则传诸其徒，垂空文而为后世法，亦足乐乎。志乎古必遗乎今，吾诚乐而悲之。”

柳子厚曰：“吾少以辞为主，及长乃知文以明道，不苟为炳炳烺烺、采色夸声也。未敢轻心掉之，惧其剽也；未敢怠心易之，惧其弛也；未敢昏气出之，惧其杂也；未敢矜气作之，惧其骄也。本诸书以求质，诗以求恒，礼以求宜，春秋求断，易以求动，此取道之原也。参之谷梁厉气，孟子畅支，老庄肆端，国语博趣，离骚致幽，太史公着洁，此旁推交通而以为文也。”

李习之曰：“六经创意造言，皆不相师。故读《春秋》也，如未尝有《诗》；读《诗》也，如未尝有《易》；读《易》也，如未尝有《书》；读屈原、庄周也，如未尝有六经。义深意远，理辩气厚，则辞盛而文昌。今尚异者曰：奇险而已。好理者曰：叙意而已。溺时者曰：文当对。病时者曰：文不当对。爱难者曰：宜深不宜易。便易者曰：宜通不宜难。此皆情有便滞。古人深于义、当于理，文之以其辞而已。不知其对与否、易与难也。学古文者说古人之行，爱古人之道也。持己莫如恭，自责莫如厚，接众莫如宏，用心莫如直，进德莫如勇，受益莫如择友，好学莫如改过。”

苏明允曰：“孟子之文语约而意尽，不为巉刻斩绝之言，而其锋不可犯。韩子之文如长江大河，浑浩流转，鱼鳖蛟龙，万怪惶惑，而抑遏蔽掩，不使自露，而人望见其渊然之色，亦自畏避不敢迫视。欧阳子之文，纡余委备，往复百折而条达疏畅，无所间断，气尽语极，急言竭论，容与简易，无艰难劳苦之态。此三者，断然自为一家之文也。惟李翱之文，俯仰揖让，其味黯然而长，其光油然而幽，其别有以服之乎?”又曰：“二十七始知读书，后困甚，觉古人之出言用意与己大异，时复内顾其才，则又似夫不止于是而已者。尽烧曩时所为文，取《论语》《孟子》《韩子》，介然端坐，读之者七八年，久之豁然。以明若人之言，固当然者。试书之，浑浑乎来之易矣。若或启之，若或相之，诗人之优柔，骚人之清深，孟韩之温淳，迁固之雄刚，孙吴之简切，投之所向，无不如意。然未敢以为是也。”

潜谷（明邓元锡）曰：“子瞻名理类庄，治体类贾、陆，其嘻笑怒骂，猝然愤然，皆成文可书。其大者，驰聘纵逸如行云流水，浑沦光怪，雄视百代，所自得为多矣。子由深思澄蓄，汪洋澹泊，不风人知如其人，然秀杰之气不可掩。”谢迭山（宋谢枋得）曰：“东坡自庄子觉悟来。”袁中郎曰：“坡评道子画如灯取影，横见侧出，逆来顺往，各相乘除。余谓公文亦然。舞女走竿，市儿弄丸，横心所出，腕无不受其至者。如晴空鸟迹，水面风痕，有天地来一人而已。”阮雾灵（阮自华，号灵雾山人）曰：“坡长于驰阪，而短于顿郁，故恶扬之黭深。今学苏者，平衍易袭而精奥不传矣。必学六经、史汉，仅乃韩苏。”

愚者（方以智）曰：“极深研几，因象数而会通之，斯文错综之本乎？宋人好平易，一往其时尚然也。故韩魏公不与永叔言《易》，子厚非《月令》《国语》，执道之变动相诘难，彼乌知有统类、秩叙之端几哉！放翁曰：‘东坡岭外喜子厚文，及北归《与钱济明书》乃痛诋子厚，时令断刑，四维贞符。’诗篇可见学问转变，好尚顿异，未可以杀活语也。好学不已，历年必变平而奇，奇而平。不好学，而依趣彷佛，即执一而不变矣。极深变尽之后，无深无浅，然后知圣人之文章皆致中和。如未至此，或平或奇，听人之才亦可互救，以为鼓舞，要期于自成节奏，远鄙倍而已。”①

上述所引这段长文，主要是方以智所引述的宋代以来著名文家有关论文的文字。这里需要指出的是，或许是方以智凭记忆书写，所引文字经笔者与原文核查，多有不同。方以智论学，常常荟萃前人观点，以生发自己

① 方以智：《文章薪火》。

的思想。有时他所引述前人的议论，放在他自己的语境中，就又生出更进一层的意义，成为方氏自己的精神和灵魂。上述这段文字，至少表明三层意思。一是方以智认为，唐宋大家的文之所以成功，是因为其学问。韩愈学文二十年，得益于学圣人之道。其于圣人之道有得，才不因他人之毁誉而动其心。韩愈于古书义理之正伪，有了自己的见解，心志大定之后，才气盛言宜，陈言务去，垂空文而为后世法。柳宗元少年著文，注重文辞，后来方知文以明道，重心在于道而不在辞。他的作文经验是本诸六经以求道，读子、史之文以畅支、厉气、博趣、肆端、致幽、着洁。他的经验是旁推交通以为文。李翱论文，主张悦古人之行，爱古人之道，重心仍是一个“学”字。苏洵论文，乃为秦汉文章为范文。宋代谢枋得，明代邓元锡、阮自华论苏轼文，指出东坡文得益于庄子、贾谊、陆贽。阮自华甚至说，学六经、《史记》、《汉书》，才能达到韩愈、三苏文章之水平。也就是说，唐宋大家文章，是从学先秦西汉文章而来。二是方以智文论观念，虽接近于明代前后七子，主学先秦西汉文章，但他并不排斥唐宋文；而且指出唐宋名家文实从先秦西汉文章转手而来。这不同于七子派“文自西亦以下俱不足观”的偏执。第三，方以智提出“斯文错综”、文境随学问而日转日进的观点。他尤重视学问，学问变了，思想变了，文风亦跟着转换，或平或奇，或深或浅，听之自然而已。最高的文境，在于儒家倡导的“中和”而已。此“中和”既有“喜怒哀乐之未发谓之中，发而中节之谓和”的仁义中庸思想，亦有中和存在于奇、平，深、浅，刚、柔，阴、阳辩证运动之中的文章美学思想。要之，方以智主张，为文要自成节奏，文字雅训，远离鄙倍，成一家之言。

五　方以智遍学诸法而无一法的古文思想

历史上思想家论学与文学家论文，每每自立一说，排斥他人。在方以智看来，论学与论文，都不能唯我独尊。片面的极端理论，固然能纠一时之弊，但也造成新的流弊。他在《文章薪火》中说：“竖一说者，伏一敌乎？各树一其说，并对一敌，而天下事不可为矣。”就学术思想而言，“合纵连横炽，而六国入秦；顾厨俊及标，而汉祚为墟。即至濂洛诸君子倡明理学，厥力不细，而韩侂胄犹诬为‘伪学’而残噬之”。即是说，合纵连横之说盛行，而秦并六国，造成焚书坑儒、禁百家之学的后果。东汉清流党人标举人品，与宦官集团作斗争，固然有其积极的一面，但也有好心办坏事的一面，正如司马光所评价：“党人生昏乱之世，不在其位，四海横流，而欲以口舌救之，臧否人物，激浊扬清，撩虺蛇之头，践虎狼之尾，以至身被淫刑，祸及朋友，士类歼灭而国随以亡，不亦悲乎？”① 东汉加速灭亡，与清流党人的盲动不能说没关系。即如理学在宋代，影响固大，但庆元党禁，韩侂胄将理学诬为伪学而予以打击，党争的结果是加速了宋朝的灭亡。方以智生活在明清易代之际，明末东林党人与阉宦集团的斗争，也是促进明朝灭亡的一个因素。作为一明遗民，方以智对此有着痛切的体会。因此，有鉴于“树一说，并伏一敌”之现象，方以智反对学术专制，主张学术和平共存，多元发展。就此而言，他的思想很具有现代性。

学术思想是这样，文学思想亦是此理。方以智说：

> 今时流辈大率渊源无素，爱奇者闻诡而惊听，浮慧者观绮而跃心，迂疏者以浅俚为古朴，填砌者以六朝为冶丽，此由胸智不多，未更老成故也。又好诋诃前辈，旁人甚怜其愚，而造之者扬□以为得意。盖文士之矛足酿兵争之祸。历观古来应若指掌，陈兴霸之言应矣。痴山曰：“前辈论文，有专取厚重，以为风教所关、福泽所出者，固也。其间政自有辨。阿荦山身重三百五十斤，顾当时见称，乃在运其三百五十斤之躯，盘舞如飞。不然，司马保八百，孟业千斤，刘荆州大牛何异哉？钟有径广者，容可万石，顾其肉郭必不能厚，厚则石而音咽矣。惟其灵也，惟其动也，小巧以为灵，凌轹以为动，又弗取也。临以生平之魄力，收古人之精英，久而出之，古人与我郁勃而不可已，心醒而口咀，迫而吐之，其声乃流。至于泣风雨、惊鬼神，歌舞愤涕，不形于外而洋溢于毫端，如是者谓之能尽其才，能尽其才而养之，方为贵耳。”②

这段文字是方以智对当下文坛的批评。明代文坛，标榜学先秦西汉文

---

① 司马光：《资治通鉴》卷五六中。

② 方以智：《文章薪火》。

者有之，如前后七子，多有爱奇者“闻诡而惊听”；有标榜唐宋文者，多“观绮而跃心”；公安派及理学家的文章，多“浅俚为古朴”；亦有文士如杨慎之流标榜六朝、初唐文，喜其冶丽。他们各立门户，诋诃他人；树一说，则另有一说相敌对。如陈孝逸（痴山）所说，前辈论文，专取厚重。但厚重未必是佳文，重而不笨，厚不失灵，方为上品；重而笨，厚而蠢，则不可以言文矣。就学古而言，方以智主张遍学诸家，而又不为一家所囿，才是学文之正道。他说：

> 宋九青曰：先辈岂生今而薄今耶？时未至也。其智之变亦不暇至此也。不学则前人之智非我有矣，学而狗迹引墨，不失尺寸，非《盐铁论》所谓呻吟枯简、诵死人之句乎？柳子谓《淮西碑》有帽子习，杨大年谓杜陵为村夫子。子美谓太白少缜密，太白谓子美困琱镌，秦少游谓《醉翁亭》用赋体，尹师鲁以《岳阳楼》用传体。大约才人，各伸其所独至。少陵欲仿汉魏不难，子瞻欲摹周秦亦易。惟不肯蹈袭耳。然末世之空腹高心，不能茹吐古今者，率其鄙倍，亦曰我不蹈袭也，未可借口智。谓世以智相积而才日新，学以收其所积之智也。日新其故，其故愈新，是在自得，非可袭掩。
>
> 石塘师曰：自以拖沓为笃实，而古文风致尽矣。何谓远鄙倍乎？好古者以《史》《汉》之追章琢句，拔之久而袭为剽贼矣；贵神识者以唐宋大家救之。侯广成曰：杂怪难识以为博，空疏不学以为灵，此谓妄居。其创者，至狂子僇民，群起粪扫六经，师心杜撰，于是乎冥趋倒行，愈变愈下，嫌钟鼓玉帛为刍狗，而遂甘为鬼魅也，可乎？末世才固日生，而好学者少，文以礼乐，尼山所望，即以文章致其中和，亦安艺息游，琢玉继声之道也。①

这两段文字大部分是引用宋九青以及石塘的话。如前所述，方以智常荟萃前人之言；哪怕是前人只言片语，汇集到方以智这儿，则形成一种系统的思想。方以智认为，学古人为文之法，如李梦阳所谓“规矩者，法也。仆之尺尺而寸寸之者，固法也”②，无异于“呻吟枯简、诵死人之句”，

---

① 方以智：《文章薪火》。

② 李梦阳：《驳何氏论文书》，《空同集》卷六十一，文渊阁四库全书本。

这是非常不可取的。李白、杜甫、欧阳修、苏轼之诗文，各有其不足，但不妨碍其各成大家。杜甫欲摹仿汉魏诗不难，苏轼欲摹仿秦汉文亦容易，只是他们不肯蹈袭前人，方能自成一家。因之，方以智非常重视“学”字。但学不是学其字句，而是学古人的智慧，日新其故，其故愈新，从而推陈出新，自成一家之言。蹈袭古人并不可取。方以智借石塘的话批评前七子对秦汉文章追章琢句，模仿剿袭，无异于剽贼。唐宋派以“神识”为名，以学唐宋八大家起而救七子之弊，但又陷入率易不学之病。侯广成一段话，是对明代诸文派的批评。“杂怪难识以为博”，是在批评七子派；“空疏不学以为灵”则是批评唐宋派；“其创者，至狂子僇民，群起粪扫六经，师心杜撰，于是乎冥趋倒行，愈变愈下，嫌钟鼓玉帛为刍狗，而遂甘为鬼魅也”则是批评公安、竟陵派。公安派论文，受心学启发实多。阳明学派直指良知，粪土六经；公安派则视文学遗产为刍狗，鼓吹不格不调，独抒性灵。至竟陵派，竟群趋于幽冷孤峭，以至如钱谦益所斥的“鬼语”，成为亡国之音。

总之，就学习文学遗产而言，方以智主张遍学诸法，而又不为一法所囿。方以智论诗时曾说：“一切法法，而无一法，诗何尝不如是？……法至于诗，真能收一切法，而不必一法。以诗法出于性情，而独尽其变也。”① “先吟摩诘、达夫，而后扩以杜陵、义山；能为昌黎、东坡，而散为香山、放翁，于是乎曰：‘诗有别才。’”② 真正的诗有别才，应是广泛地师法唐宋诸名家的诗学技法，而后无一法可言。其实古文写作在方以智看来也是此理。历史上的古文家，每一法立，必伏有一敌。正确的做法，应是将对立面统一起来，以“游于艺”的态度遍学诸家，以儒家“致中和”为目的，最后推陈出新，成为一家之文。所以，方以智对历史上各家文论，都不持偏见，既肯定又否定，以宏通的视野、超越的态度，破除前人边见，吸取前人智慧，形成一种集大成的古文思想。

---

① 方以智：《范汝受集引》，《浮山集》文集后编卷一，清康熙此藏轩刻本。

② 方以智：《为荫公书卷》，《浮山集》别集卷一，清康熙此藏轩刻本。

六　“天下之至文也，岂止达而已哉？”

——方以智论“辞达”

古文写作如何运用语言，是一大难题。七子派古文追章琢句，求似于秦汉文的雅深古奥；唐宋派重在神明，“神明而亦不可见，于是于开阖顺逆求之”①，语言上则以平易出之。道学家（包括理学家、心学家）以求道为第一义，语言上本不怎么在意，且常以孔子所谓“辞达”作为其俚率的借口。公安派信口直言，抒写其性灵趣味。怎样运用语言，古文之内容如何艺术地进行表达，这是文论家绕不开的话题。方以智对这个问题也有自己的思考。他仍是惯常的做法，引用前人的话，组合成他自己的思想。他说：

> 《谭苑醍醐》曰：辞达而已矣，恐人溺于辞而忘躬行也。浅陋者借之。《易传》《春秋》，孔子之特笔，其言玩之若近，寻之益远，陈之若肆，研之益深，天下之至文也，岂止达而已哉？夫意有浅言之而不达，深言之而乃达者；详言之而不达，略言之而乃达者；正言之而不达，旁言之而乃达者；俚言之而不达，雅言之而乃达者。故东周、西汉之文最古，而其能道人意中事最彻。今以浅陋为达，是乌知达哉？夫脱于口谓之言，爻于文谓之辞。《书》曰政贵有恒，辞尚体要，以言乎政令之辞也。《仪礼·聘记》曰：辞多则史，少则不达。辞苟足以达，义之至也，以言乎礼聘之辞也。《左传》曰：辞之不可以已也。如是非文辞不为功，慎辞哉。以言乎使命之辞也，《记》曰：有其容则文以君子之辞，遂其辞则实以君子之德。又曰：情欲信，辞欲巧。以言乎相接相示之文辞也。凡谓之辞，未有不贵达者，亦未有达而犹贵枝叶者也。夫子恶巧言，而曰“辞欲巧”，则知辞非言例也。《易》有圣人之道四焉。以言者尚其辞，圣人之情见乎辞，修辞立其诚，所以居业也。韦编三绝，铁镝三折，漆书三灭。曰假我数年，若

① 郭绍虞：《中国文学批评史》下卷，百花文艺出版社 1999 年版，第 207 页。

是我于《易》则彬彬矣。彬彬者，辞达之谓也。系终六辞，尽天下之情哉。

《艺苑卮言》云：吾尝论孔、荀以前，作者理苞塞不喻假而达之辞，后之为文者，辞不胜跳而匿诸理。六经理而辞者也，两汉事而辞者也，错以理而已。自儒林、道学歧分，而经义帖括为剥啄之瓦，贤者舍经，而楼上架楼以讲道，高自标目，而不肖者滉漾自恣莫可穷诘矣。

邓潜谷曰：宋贤等文学于功利，于根本固笃而苛求，多拂物理，徒生其鹰击扬去之心。

虚舟子曰：尼父辙环至老，终以志事托之斯文，安万世之火于灶，使之可群乐业，而熏陶自化。听上者之通神明，类万物，次亦各食其力，各消其智，或依循，或达材，皆鼓舞不能自已。扫除者无乃暗仿别传乎？曾知为宋元王造闭解闭之滑疑哉。

虞叟曰：正嘉以剿袭传讹相师，而士以通经为迂，万季以缪妄无稽相夸，而士以读书为讳。至今俗学晦蒙，缪种胶结，胥天下为鬼语而不知其所从来。噫！

《潜草》曰：好学者理明、事正，辞自然达，惟诐遁之辞不达。方且以不达诒人。

浮山之孤曰：学必悟，而后能变化。悟必藏于学，而后能善用。同人达辞之道亦然。通其故则不为所惑，不为所惑则善用之皆药矣。学足识尽而用其才，行乎不得不行，止乎不得不止，秩叙变化，同时中节，知达之神者乎！不以辞害意，言近而指远，吾无隐乎尔。造适不及笑，知达之本者乎！①

这段话综合杨慎的《谭苑醍醐》、王世贞的《艺苑卮言》、方以智父亲方孔炤的《潜草》以及莫是龙（虚舟子）、虞叟的话，以表达方以智对这个问题的认识。

杨慎的话是针对道学家的。道学家以“辞达”为借口，以掩其粗陋不文之病。杨慎以为，孔子说辞达，语境上是防止人们溺于言辞而忘躬行。实际上孔子也说过“情欲信，辞欲巧”（《礼记·表记》），亦说过“言之

① 方以智：《文章薪火》。

无文，行而不远”（《左传》襄公二十五年）。杨慎以六经为例，证明孔子是非常重文的，甚至断言孔子所谓“彬彬”亦是辞达之谓。应该说杨慎的观点有其儒家经学的根据，击中了道学家文论观的要害。更为可贵的是，杨慎认为辞达不仅是语言深浅的问题，而且关乎文章的写法及表达。所谓“夫意有浅言之而不达，深言之而乃达者；详言之而不达，略言之而乃达者；正言之而不达，旁言之而乃达者；俚言之而不达，雅言之而乃达者”，这已是关乎文章的做法了，不仅仅是雅言或俚言的问题。

王世贞所谓“辞不胜跳而匿诸理”，本是批评道学家。道学家托言求理，而言辞质俚。儒家本是讲究文采的，但自道学与儒林分离，道学偏离了儒家传统，在经学之外别求所谓理，楼上架楼以讲所谓的道，甚者滉漾自恣、莫可穷诘，乃至偏离了儒家的轨辙。道学家的文章在王世贞看来，实为不足观。

邓元锡（潜谷）批评理学家视文学、功利为异端。（按：《二程遗书》卷十八云：“今之学者有三弊：一溺于文章，二牵于训诂，三惑于异端。”朱熹《大学章句序》将文学与功利之学等同视之。）潜谷以为，道学家苛求道，而又多拂人情物理，至少不少学人已生厌离之心。

莫是龙（虚舟子）认为，孔子的道，最终是靠其文得以表达，不懂其文也就不懂其道。孔子之道，教化万世，既通天道，亦达人事，除了文难道还有类似释氏拈花、微笑的别传之教吗？莫氏意在说文在儒门中的重要性。

虞叟批评七子派以剿袭传讹互相吹捧，侧重点在于拟袭古人字句，而于经学实为不通；万历末年的公安竟陵派、心学家则以缪妄无稽相夸，不读书竟然成为社会风气。整个文坛充斥着鬼活、空话。

方孔炤认为，好学者才能明理，理明、事正之后才能做到辞达。而那些邪说遁辞并非辞达，而是“不达”，而且以还“不达”之辞骗人。

“浮山之孤”即方以智。方以智在抄录前人关于辞达的论说后，再表述自己的看法。他首重一个“学”字，光学还不行，还得有悟。学而悟，文章才能有变化。方以智强调“通其故而不为所惑，不为所惑则善用之皆药矣”。意思是说前人关于辞达的论说，都各有其理，但有一理，即有一障，也不能为其所惑。如果不为所惑而根据情境变化而善用之，那么各种为文之法都是救病之药。当然救病之药，也可能造成新的病痛。

方以智的哲学每每通有无、利弊、虚实、法与无法等对立面为一个整体，他看到事物一面的同时，必看到其另一面，事物的两面性如影随形，不可分割。他在《东西均》说："有人即病，病亦是药，增药增病，不以增病而废药；有法即弊，弊亦是法，无法即弊，而有无法之法。"① 人总是会生病，生病本身亦药（按现代医学来说人生病，即是人的免疫系统与疾病在作斗争，如发烧本身就是身体机能抗病的一种表征）。人用药治病，是药三分毒，即可能会增加新的病；但又不能怕增病而废弃用药。有法即意谓着有弊，但弊本身亦是法。无法的弊端更大，故有无法之法。方以智在《东西均》又说："有生以后无一非窞，窞窞溺人，窞窞可遁，窞又自扫其窞以为窞，谁能知之？知之则皆窞、皆非窞也。圣人不妨容诸窞，以消其太甚之窞而已矣。藏天下于天下而不得所遁，是则容遁。容遁容窞，则消一切窞。果欲知此乎？请过四千九百六十窞而后可。"② 人生之后，每一种理论（世界观、价值观）无一不是陷坑（或曰障碍），但不能固化这种陷坑或障碍，扫除一陷坑或障碍后，又陷入一新坑或新障。智慧的人正视这些陷坑，同时又虚化这些障碍，也就是说正视这些理论的存在，同时又不能固化这些理论，将其当成终极不变的教条。故方以智说"一切皆病，一切皆药，学正'回习还天'之药。溺学者，药病也；而忌学者，根病与药病相投，其病难治，故须以圣人中道药之"③。即是说一切法皆是病，但一切又皆是药。而"学"字是返本之药。溺于学的人，是药成了病；但忌学的人，既有根病，也有药病，不可治矣。所以圣人以"中道"药治不学之病。其意是说既要学，又不能为学所困。

明白了方以智的哲学思维方式，即可理解他对文法的认识。实际上，方以智非常清楚学术史、文学史每一流派、每一理论形态的出现，都是对前人的纠弊的结果。但纠弊又常常带来新的流弊。理学家鉴于溺于文辞，妨碍躬行，于是主张辞达，反对溺于文章。明代七子派鉴于理学家的语录不文，于是倡导复归文学本位，以先秦两汉、盛唐诗救理学诗文之弊。唐宋派鉴于前七子盲目拟古，于是以神明和唐宋文之法度救之。公安、竟陵鉴于后七子之弊，倡导不拘格套，独抒性灵，救弊的同时，又带来粗率不学之弊。真是纠一弊，新弊生，超过了一坎（窞），又掉进一新坎（窞）。

① 方以智著，庞朴注释：《东西均》，第 92 页。
② 同上，第 235 页。
③ 同上，第 186 页。

所以方以智强调“通其故则不为所惑，不为所惑则善用之皆药矣。”也就是重视前人的经验，学习前人的法度，而又不为前人法度所缚，最终达到“学足识尽而用其才，行乎不得不行，止乎不得不止，秩叙变化，同时中节，知达之神者乎”，这才是真正领会了辞达之妙义。

萧统《文选》选录曹丕、曹植诗文比较论

安徽大学文学院　王莉

曹丕、曹植既是皇室兄弟，又同是引领文坛的风骚人物。他们在建安文坛的领袖地位自不待言。若立于比较的视角来看，其一，二人作品保存数量的多寡不同，《隋书·经籍志》著录曹丕集二十三卷、曹植集三十卷；其二，文学成就在建安文坛也早有定论，陈琳、吴质、杨修在答曹植的书笺中皆称赏曹植的文采，这已是文坛一贯的看法。至于后世对二人文坛地位的高下之争，是历代诗文评点的重要内容①。本文以最早的选本——萧统《文选》选录丕、植作品的情况为基点来透视二人的异同之处。通过对选录情况的具体考察，可见萧统在选录二人作品及标准上的异同点，再由此探讨选录标准产生的背景。这一背景既与编者的审美趣味有关，又与萧统的皇室身份、当时文坛注重新变的时代风气，以及编者对以往文学史家既定观念的继承等都有密切关联。

一　《文选》选录曹丕、曹植作品情况

萧统《文选》选录曹丕、曹植作品总涉 7 种类别，共 41 篇作品。其中曹丕作品 3 类、9 篇：诗 5 首，书 3 篇，论 1 篇。曹植作品 6 类、32 篇：赋 1 篇，诗 25 首，七体 1 篇，表 2 篇，书 2 篇，诔 1 篇。具体统计情况可

---

① 拙文《论明清三曹诗评的特点及其成因》（《江淮论坛》2015 年第 2 期）已论及比较曹丕、曹植，扬丕抑植和抑丕扬植之争论，此处不再赘述。

参看下表。单从种类和数量上，曹植作品远超过曹丕。然萧统在选录二者作品时表现出的异同之处还需具体探讨。

《文选》选录曹丕、曹植作品篇目数量统计如下图所示：

选录作品类别／数量	赋	诗									七	表	书	诔	论
		献诗	公讌	祖饯	咏史	游览	哀伤	赠答	乐府	杂诗					
曹丕	0	0	0	0	0	1	0	0	2	2	0	0	3	0	1
曹植	1	2	1	2	1	0	1	6	4	8	1	2	2	1	0

二　《文选》收入丕、植作品的共性及其选录标准

清代诗论家陈祚明云："细揣格调，孟德全是汉音，丕、植便多魏响。"① 陈氏看出曹氏兄弟与其父曹操在诗歌审美风格的差异性，也道出了曹氏兄弟审美风格方面的某些相同点。回溯到萧统的《文选》，编者在选曹丕、曹植作品时往往选录二人具有共同性的一些作品。这些作品正是颇具"建安风骨"的典范之作，同时是能够暗合萧统文学观念的作品。

1.《文选》编者注重选录曹丕、曹植作为皇室成员与文人游宴唱和的慷慨之作，以及表现曹丕、曹植与文人间微妙关系的作品。就类别来看：

其一，公宴类诗。如曹丕《芙蓉池作》、曹植《公宴诗》。入选"公宴"类的建安文人作品还有王粲《公宴诗》、刘桢《公宴诗》、应玚《侍五官中郎将建章台集诗》。这类作品重在表现邺下文人集团以贵公子曹丕为中心的聚会唱和、筵宴欢乐，酣唱之余透露出浓浓的悲慨之情。

其二，祖饯类诗。如曹植在《送应氏诗》（二首）中，充分展现其与应氏兄弟间既有友情又爱莫能助的复杂情愫。关于此诗为一时所作，还是

① 陈祚明评选，李金松点校：《采菽堂古诗选》卷五，上海古籍出版社 2008 年版，第 216 页。

不同时间所写，注家也有臆测，可由此寻绎出曹植的内心活动。此处从张玉穀之说。张玉穀言："二诗历来注家俱以为一时送别之诗，是为题所误，而于地志未之考也。详诗，明是两时两地所作，特以题同，集中撮归一处耳。应各还诠解，斩断葛藤。"① 前一首是在北邙送应归家之诗。应家汝南，在洛阳之东南，归途必过洛阳。而洛阳新乱，汝南亦骚动不宁，应氏之归，心必皇遽，故亦为之伤感也。后一首是在河阳送应之朔方之诗。陈王为文帝所忌，有爱才之心，而实无援才之力。故于同时六子，赠送诸什，时露此意，而皆不使一直笔。读者须玩其惨淡经营处。曹植将自己对应氏兄弟既有爱才惜才之心却无提携之力的内心活动展示出来，委曲婉转，联想陈思王自身境遇，耐人寻味。

其三，赠答诗文。赠答诗有曹植的《赠徐幹》《赠王粲》《又赠丁仪王粲》等作品。"书"类有曹丕《与朝歌令吴质书》《又与吴质书》《与钟大理书》，曹植《与杨德祖书》《与吴季重书》。这类作品与《文选》"笺"类作品，如杨修《答临淄侯笺》、繁钦《与魏文帝笺》、陈琳《答东阿王笺》、吴质《答为太子笺》《在元城与魏太子笺》等联系来看，曹氏兄弟与建安文人相互书信往来中的重要内容之一，是曹氏兄弟对士子们文学才华的激赏，对文人因疫气谢世表示惋惜等诸多情感。

2. 注重选录二人对乐府及汉末古诗继承和创新的诗作。如"乐府"类收录曹丕 2 首（《燕歌行》"秋风萧瑟天气凉"、《善哉行》"上山采薇"）、曹植 4 首（《箜篌引》《美女篇》《白马篇》《名都篇》）。从曲调类别来看，曹丕《燕歌行》属《相和歌·平调曲》，《善哉行》属《相和歌·瑟调曲》，曹植《箜篌引》属《相和歌·瑟调曲》（又题为《野田黄雀行》），《美女篇》《白马篇》《名都篇》皆属《杂曲歌·齐瑟行》。

统言之，所选二人乐府皆属相和歌和杂曲歌。相和歌和杂曲歌最初来自"汉世街陌谣讴"，因此，歌辞情感基调古朴动人。与之不同，二人拟辞更为典雅、华美。如曹丕拟作《善哉行》比之古辞，更为明艳动人。《善哉行》古辞已佚，曹丕拟作翻新诗意。吴兢《乐府解题》曰："古辞云：'来日大难，口燥唇干。'言人命不可保，当见亲友，且永长年术，与王乔八公游焉。又魏文帝辞云：'有美一人，婉如清扬。'言其妍丽，知音

① 张玉穀，许逸民点校：《古诗赏析》卷九，上海古籍出版社 2000 年版，第 196 页。

识曲，善为乐方，令人忘忧。"[①] 而曹丕拟作胜出之处，如王夫之评曰："微风远韵，映带人心于哀乐，非子桓其孰得哉！"[②]

"杂诗"类收录曹丕2首（"漫漫秋长夜"和"西北有浮云"），曹植《朔风诗》1首、《杂诗》4首（"高台多悲风""转蓬离本根""西北有织妇""南国有佳人"）、《情诗》1首。《文选》"杂诗"类目首列《古诗十九首》。曹氏兄弟的拟古诗对汉末古诗多有沿袭，也不乏创新。陈祚明曾言及曹丕杂诗与古诗的渊源："子桓笔姿轻俊，能转能藏，是其所优。转则变宕不恒，藏则含蕴无尽。其源出于《十九首》，淡逸处弥佳。"[③]

3. 萧统注重选取二曹诗文中文辞华美的作品。萧统《文选序》曰："事出于沉思，义归乎翰藻。"[④]此为萧氏《文选》的编辑旨归，虽是针对史书中的赞论序述等文体而言，却表明萧统对选文辞采的高度重视。萧统这一选文观得到后学的肯定。如阮元《书昭明太子〈文选序〉后》说："昭明所选，名之曰文，盖必文而后选也。经也，子也，史也，皆不可专门之为文也。故昭明《文选序》后三段特明其不选之故。必'沉思''瀚藻'，始名为'文'，始以入选也。"[⑤] 从文学历时的发展来看，萧统对作品趋向华美持肯定的态度。他认为"踵其事而增华，变其本而加厉，物既有之，文亦宜然"（《文选序》）。总之，辞藻华美应为萧统选文的重要标准之一，在曹氏兄弟作品的选录上也达到充分体现。

萧统注意挖掘同类题材中的名篇。如曹丕《芙蓉池作》在公宴诗类中属上乘之作。吴淇评曹植《公宴诗》曰："《公宴诗》首二句递过书宴，从夜游写起。其写法甚类文帝《芙蓉池作》。……其实较之《芙蓉池作》，风调远不及也。"[⑥] 由此可见，就曹丕《芙蓉池作》和曹植《公宴诗》比较而言，"风调"意蕴，丕诗更胜一筹。

在曹植作品的选录上，《文选》收录具有文辞之美的曹植诗文，尤其是当时文坛已有定论的经典之作。后世的诗评家对此类作品也有充分的肯

① 郭茂倩：《乐府诗集》卷三十六，中华书局1979年版，第535页。

② 王夫之：《古诗评选》，岳麓书社2010年版，第505页。

③ 《采菽堂古诗选》卷五，第136页。

④ 萧统编，李善注：《文选》，上海古籍出版社1986年版。

⑤ 阮元：《揅经室三集》卷二，《续修四库全书》集部第1476册，第197页。

⑥ 吴淇：《六朝选诗定论》卷五，《四库全书存目丛书补编》，齐鲁书社2001年版，第115页。

定，如何焯评曹植《上责躬诗》曰：“表与诗俱载本传，时封雍邱王。二篇词义之美，汉魏以来不可多见。”[①] 谭献批《上责躬诗》：“忧危愤懑，喷薄而成，言在于此，意在于彼。”又：“畦辙井然，旋导旋顿，由于笔妙，宗臣悱恻。至性语而有充耳之叹，时势阻之。”[②] 又如沈约《答陆厥书》对曹植《洛神赋》的音韵美大为称赏：“以《洛神》比陈思他赋，有似异手之作。故知天机启，则律吕自调；六情滞，则音律顿舛也。”[③] 诗评家多是就曹植作品的辞章华丽，极尽赞美之词，突显建安时期“诗赋欲丽”的艺术准则，同时与齐梁间“义归于翰藻”的美学追求一脉相承。

（四）注重其能够成为类目之首的启示意义。类目之首选，往往具有象征和标志意味。如游览类首列曹丕《芙蓉池作》。此诗虽有欠凝重与浑厚，但却开启“山水诗派”之先声。胡大雷先生已有专文论述之[④]。又如，献诗部分首列曹植《上责躬应诏诗表》《应诏》；公宴类诗首列曹植《公宴诗》；祖饯诗首列曹植《送应氏诗》；诔类首列曹植《王仲宣诔》等。足见萧统在选目上对开题材先声的作品予以高度重视。

三　《文选》收录丕、植诗文的不同之处及选录标准

曹丕、曹植在诗歌的审美风格上更多的是其差异性。钟嵘《诗品》评曹植诗曰：“骨气奇高，词采华茂，情兼雅怨，体被文质”[⑤]，沈德潜评曹丕诗：“子桓诗有文士气，一变乃父悲壮之习矣，要其便娟婉约，能移人

① 何焯：《义门读书记》卷四六，中华书局 1987 年版，第 888 页。

② 李兆洛：《骈体文钞》，上海书店 1988 年版，第 258 页。

③ 萧子颐：《南齐书》卷五十二，中华书局 1972 年版，第 900 页。

④ 胡大雷：《论中国游览类诗作》，《广西师范大学学报》，1998 年第 2 期，第 44—50 页。

⑤ 钟嵘著，陈延杰注：《诗品注》，人民文学出版社 1998 年版，第 20 页。

情。”[①] 其文章风格也各具特点[②]。此差异性，《文选》收录上也达到充分的体现，可见出其不同的选录标准。就曹丕作品而言，《文选》选录的标准有：

1.《文选》注重选录曹丕以副君、皇帝的尊位心态创作的诗文作品。如“游览”类首录曹丕《芙蓉池作》1首。此诗虽作于曹丕立为太子之前，是其与曹植、王粲、阮瑀、刘桢、应玚在邺下聚会宴游、诗酒唱和生活的写照。但选者注重的是曹丕作为王储的人选，其自身具有的优势地位。何焯评曹丕《芙蓉池作》：“丹霞一绝，直书即目，自有帝王气象，合结语恰似文帝生平也。”[③] 又如，书类所录曹丕《与吴质书》。至于萧统缘何录入此类书信？孙矿评曰：“文帝与陈思与吴、杨等来往书，亦但有小致，不为大佳。昭明顾乃宽取，想以其意趣于己有相符者耶?”（卷二一引）[④] 也更有洪若皋评析了曹操和曹丕不同的王者气质及与其文章的关联性：“（曹丕）一种妍情媚态，婉娈尖秀，不惟无帝王气，兼无丈夫子气。曹丕心肠较老瞒隘些、险些、柔些、细碎些，其文章亦然。……帝王文章不尽在读书上。志至而气从之，气至而笔与舌从之，原与文士不同。至以汉武之骜桀，而有落叶哀蝉之曲，此又情之所钟，不可同年而语矣。”[⑤]

2. 注重选录曹丕本人认为可以“立名”的传世之作，当以《典论·论文》为代表。《典论·论文》作于建安末年甚或黄初年间。曹丕在言行上都力推此文的传世之功用。

就言论方面，曹丕言：“盖文章经国之大业，不朽之盛事。年寿有时而尽，荣乐止乎其身，二者必至之常期，未若文章之无穷。是以古之作者，寄身于翰墨，见意于篇籍，不假良史之辞，不托飞驰之势，而声名自传于后。”[⑥] 他高度评价文章乃经天纬地之大业，不朽之盛事。这一言论直

---

① 沈德潜：《古诗源》卷五，《万有文库》，北京商务印书馆1938年版，第64页。

② 参见张溥《汉魏六朝百三名家集题辞注》，中《魏文帝集》《陈思王集》题辞部分，中华书局2007年版。

③ 《义门读书记》卷四六，第896页。

④ 闵齐华：《文选瀹注》，《中华大典》（魏晋南北朝分典第一册），凤凰出版社2008年版。

⑤ 洪若皋辑评：《梁昭明文选越裁》卷七，《四库全书存目丛书》，齐鲁书社1997年版，第109页。

⑥ 严可均：《全三国文》，商务印书馆1999年版，第83页。

接开启魏晋时期“文学自觉时代”的到来。又如曹丕《与王朗书》亦言：“生有七尺之形，死惟一棺之土，惟立德扬名，可以不朽，其次莫如篇籍。”[①] 曹丕以副君之重，注重文学对政治功绩的推衍作用。

就行为而言，《三国志》裴注引胡冲《吴历》曰：“帝以素书所著《典论》及诗赋饷孙权，又以纸写一通与张昭。”[②]《三国志》裴松之注云：“汉世西域旧献火浣布……文帝以为火性酷烈，无含生之气。著之《典论》。……及明帝立，立诏三公曰：‘先帝昔著《典论》，不朽之格言。其刊石于庙门之外及太学，与石经并，以永示来世。’（齐王芳正始元年）至是西域使至而献火浣布焉，于是刊灭此论，天下笑之。’松之昔从西征至洛阳，见典论石在太学者尚存，而庙门外无之。”[③] 魏文帝曾以此论赠予孙权、张昭，又以火浣布书写；魏明帝曹叡将之刊于庙门和太学外的石头上，成为“典论石”。这些举措也都印证了曹丕作为皇帝，对文章传世立名的高度重视。后世评论家也认识到著述对曹丕立名所起的作用。许印芳言：“曹子桓凭乃父诈力，假禅让名篡汉，人品本不足道，而雅好文学，以著述为务，卒以成名。”[④]

3.《文选》注重选录曹丕、吴质等人的书信。在这些书信往来中，曹丕等人都对邺下宴游场景进行追忆。这段邺下雅集的集体记忆对曹丕、吴质各有不同的意义[⑤]，而对于编录者萧统而言，更有仿效追慕之意。洪若皋将这些以太子之尊亲近文学的作者加以比较：“若夫晋愍怀、齐惠文、梁昭明，咸以太子著声，或有慧无才，或有才无命，至陈后主、隋炀帝，皆以帝王能文，而身亡国绝。独魏文，自世子以至于受禅，传祚四世，是两人文章，福泽实堪匹休，一时相投，未必非有数焉，存乎其间也。”[⑥] 同为皇室，又为储君太子，其思维方式、处事方法、身心感受，多有暗合。其中，特别提到昭明太子萧统英年离世带来的缺憾。

---

① 《全三国文》，第 67 页。

② 陈寿撰，裴松之注：《三国志》卷二，中华书局 1959 年版，第 89 页。

③ 《三国志》卷四，第 118 页。

④ 许印芳：《诗法萃编》卷一，《中华大典》（魏晋南北朝分典第一册），凤凰出版社 2008 年版，第 393 页。

⑤ 汪春泓：《吴质〈答魏太子笺〉笺说》，《文学评论》，2005 年第 4 期，第 133—138 页。

⑥ 《梁昭明文选越裁》卷七，第 111 页。

《文选》编者入选曹植诗文时，也有其异于乃兄的独特之处。

1.《文选》选录曹植作品中多典雅正式的诗文。曹道衡先生言："从《文选》所选作品而来，确实是典雅之作多于华靡之作。"① 在曹植诗文的选录上确实如此。这从曹植诗的一些类目来源、诗题及诗歌内容即可见出。

如献诗作为诗的类目，始见于《文选》。然"献诗"说源自《诗经》。"献诗"说是《诗经》整理编纂过程的一种说法。此说始于东周。周天子为观察民风，了解民情，制定章典，曾建立了公卿列士献诗的制度。《国语·周语》载："天子听政，使公卿至于列士献诗，瞽献曲……师箴，瞍赋，矇诵。"② 公卿列士献诗的目的主要是通过诗歌进行讽谏或赞颂，表达对政治的评价。

这一献诗以通政教的精神自然影响到后世的诗歌创作和入选标准。一方面，曹植作品本身具有献诗的特征，与《诗经》献诗精神一脉相承。朱嘉徵曰："思王《责躬》《应诏》二诗，思而不二，怨而不悱，雅之正也。可以上轹韦孟，俯视仲宣。"③ 胡应麟言："子建《责躬》一章，词义高古，几亚二韦。《应诏》瞻而不冗，整而有序，得繁简文质之中，绝可师法。"④ 另一方面，《文选》将其列为"献诗"之首，也正因其是符合献诗精神的典范之作。就曹植《上责躬应诏诗》《应诏》的题解来看，诗题中的"责躬"，释为诘问自身的所作所为，反省过失。责，诘问。《正字通·贝部》："责，诘罪曰责。"《史记·绛侯周勃世家》："吏簿责條侯，條侯不对。"裴骃集解引如淳曰："簿问责其情。"躬，自己，自身。吴淇释《应诏诗》题曰："'应诏'乃应赴朝之诏，非应诏作诗也。"⑤ 从诗题来看，这两首诗正是呈示给皇兄曹丕的正式之作。

就公宴诗而言，其一，公宴类目始见于此。然公宴活动早在先秦时期就已存在。诸侯间常举行有具体地点的正式宴会，《左传》襄公九年："晋

---

① 曹道衡：《萧统的文学观和〈文选〉》，《文学遗产》，2004年第4期，第24页。.

② 《国语·周语》，上海古籍出版社1998年版，第9页。

③ 朱嘉徵：《诗集广序》，《续修四库全书》，集部第1590册，上海古籍出版社2002年版，第157页。

④ 胡应麟：《诗薮》，中华书局1962年版，第9页。

⑤ 《六朝选诗定论》卷五，第109页。

侯与诸侯伐郑还，公送晋侯以公宴于河上。”[①] 自魏晋以后，公宴与侍宴相近，指公卿高官或官府的宴会。《南史・王筠传》：“筠又能用强韵，每公宴并作，辞必妍靡。”[②]《梁书・王藻传》：“藻性谦退，不求闻达，善属文辞，尤好古体。自非公宴，未尝妄有所为。纵有小文，成辄弃本。”[③] 颜之推《颜氏家训・勉学》：“明经求第，则顾人答策；三九公宴，则假手赋诗。”[④] 其二，曹植、王粲以公宴为题，也正是沿袭其具有雅颂精神的一面。《文选・王粲〈公宴〉诗》张铣解题：“此侍曹操宴，时操未为天子，故云公宴。”[⑤] 陈祚明评曹植《公宴诗》：“建安正格，以秀逸为长。”[⑥] 宝香山人评曹植《公宴》曰：“此在邺宫与兄丕宴饮，武帝在，故称丕为公子。起处真是雅颂衣钵。”[⑦]

就“祖饯”类目而言，其渊源与先秦时代的祭祀活动有关[⑧]。《文选》李善注引崔寔《四民月令》曰：“祖，道神也。黄帝之子，好远游，死道路，故祀以为道神，以求道路之福。”刘敏就对《诗经》和两汉时期的祖饯诗进行分析，认为这些祖饯诗都是与祭祀相关的，是人们为了祈求出行者的平安，向路神祭祀，并在祭祀饯别的仪式上“赠”与远行之人的诗歌。

其特点有三个：一是宗教色彩比较浓厚；二是送行双方身份的显赫，使诗歌显得雍容典雅，政治色彩较浓，祖饯诗成为贵族的专利；三是祖饯兼有祀神与社交的双重功能，可以通过祖饯诗来沟通联络感情[⑨]。魏晋以来，祖饯赋诗活动盛行，如《梁书・昭明太子传》记载，萧统“每游宴祖

---

① 魏了翁：《仪礼要义・士冠礼第一》，中华再造善本，北京图书馆出版社 2003 年版，第 3 页。

② 李延寿：《南史》卷二十二，中华书局 1975 年版，第 609 页。

③ 姚思廉：《梁书》卷二十三，中华书局 1973 年版，第 362 页。

④ 颜之推：《颜氏家训》卷上，上海书店 1986 年版，第 13 页。

⑤ 萧统：《〈文选〉六臣注》卷二十，《文渊阁四库全书》本。

⑥ 《采菽堂古诗选》卷六，第 179 页。

⑦ 宝香山人：《三家诗》，河北师范学院中文系古典文学教研组编：《三曹资料汇编》，中华书局 1980 年版，第 160 页。

⑧ 相关论述，参见胡大雷《中古祖饯诗初探》，《广西大学学报》1998 年第 6 期；刘敏《〈文选〉祖饯诗初探》，《哈尔滨学院学报》2009 年第 3 期；党薇薇《先秦汉魏晋祖饯活动与祖饯诗研究》，青岛大学 2013 年硕士论文。

⑨ 刘敏：《〈文选〉祖饯诗初探》，《哈尔滨学院学报》，2009 年第 3 期，第 48 页。.

道，赋诗至十数韵”[1]。因此萧统注重具有一定仪式性的祖饯类目，也就不足为奇了。

2.《文选》对曹植悯己悯人之情有所体察。如曹植《上责躬应诏诗表》《应诏》的写作情况即可见出曹植心迹。李善注引《魏志》曰：“黄初四年，植朝京都，上疏并献诗二首。”曹丕做了皇帝以后，对曹植进行迫害，屡迁其封地，使之失去行动自由。黄初四年（公元223年），曹植进京朝见魏文帝曹丕，为改变自身处境，写下《上责躬诗》和《应诏》。《上责躬诗》中曹植先追念先父曹操建立的功绩，继而对自己过往的行为表示悔过，论及现实处境的孤独可怜，希望能重获恩泽的急迫心情。陈祚明评《责躬诗》：“自叙条次，微寓悲感。”[2] 陈祚明评《应诏诗》：“此首较流动，写途路劳辛，来朝之诚如此。而徘徊邸舍，得觐与否尚未可，必疑畏之忠，如何可言。”[3]诗篇虽以应用文体的形式出现，然作者低沉抑郁又渴望被重视的心迹表露无遗，无怪乎读者生悲悯之心。如张溥言：“余读陈思王《责躬》《应诏》诗，泫然悲之，以为伯奇履霜，崔子渡河之属。”（《陈思王集》）[4]

从“咏史”类收录的曹植《三良诗》，也可体察曹植的悯人之心。此类首列王粲《咏史诗》，再列曹植《三良诗》。王粲、曹植赋予三良题材以新的题旨，一改以往对杀人为殉的秦穆公的严厉批判谴责主题为歌颂君恩，从怜悯三良的被迫自杀转而歌颂其感恩图报、以死尽忠的行为[5]。这一颂美三良主题的确立与曹植等人的悯人之心关系密切。

3.《文选》还注重曹植的寄寓之作。如曹植乐府《美女篇》《七哀诗》《杂诗》（“仆夫早严驾”“飞观百余尺”）。如曹植《七哀诗》描写的是思妇在月夜怀念游子的哀怨。诗评家则认为诗里面的沉浮异势是指曹丕和自己的不同处境，孤妾是曹植自喻。如刘履评之曰：“比也。……子建与文帝同母骨肉，今乃浮沉异势，不相亲与，故特以孤妾自喻，而切切哀虑之

---

① 《梁书》卷八，第166页。

② 《采菽堂古诗选》卷六，第176页。

③ 同上，第177页。

④ 张溥著，殷孟伦注：《汉魏六朝百三家集题辞》，中华书局2007年版。

⑤ 王书才：《魏晋三良诗系列作品新论》，《广西社会科学》，2010年第1期，第101页。

也。其首言月光徘徊者，喻文帝恩泽流布之盛，以发下文独不见及之意焉。”①

又如《文选》在“情”类赋中，收录的作品依次是：宋玉《高唐赋》《神女赋》《登徒子好色赋》，曹植《洛神赋》。这些作品的入选，不仅是其均塑造女性形象，更在于二者具有一定的讽谏意义。如何焯评曹植《洛神赋》：“萧粹可注太白诗云：《高唐》《神女》二赋，乃宋玉寓言。《洛神赋》则子建拟之而作。惟太白知其托词而讥其不雅，可谓识见高远者矣。是前人已有与予同者，自喜愈于无稽也。”②

4.《文选》在曹植诗的诗体选录上往往以四言为先。曹植《上责躬应诏诗表》《应诏》是四言诗体。这一体式特征是沿袭《诗经》雅、颂四言诗体式。在应朝廷征召这样肃穆、正式的情景下采用四言体式，具有应用公文的文体特征。此后入选的曹植诗均为五言诗。

概言之，《文选》在选录曹丕、曹植兄弟二人作品时，既有分类上的考量，又有经典篇目的推崇；既有体现“建安风骨”的经典作品，也有建安文人游宴欢会的消遣娱乐之作。通过《文选》收录的二曹作品，彰显二人文学才华的高下之分和作品不同的风貌特征。这也透射出萧统重曹丕以“太子”“皇帝”身份创作的作品，偏曹植典雅正式之类的作品，由此，确立二人作品的典范价值。对丕、植二人作品选录的考察，更能寻绎出萧统《文选》独特的选录标准和美学追求。而且这一选录准则为梁代文风的继承和革新提供了效法的标杆。

---

① 刘履：《选诗补注》，河北师范学院中文系古典文学教研组编：《三曹资料汇编》，中华书局1980年版，第121页。

② 《义门读书记》卷四五，第883页。

明清毗陵庄氏家族文学雅集与姻娅关系

中南民族大学文学院　萧晓阳

常州旧称毗陵，明清以来人文蔚起。常州学派、阳湖文派、常州词派先后兴起。龚自珍《常州高才篇》称："天下名士有部落，东南无与常匹俦。"毗陵望族文化璀璨夺目，刘氏、唐氏、庄氏、钱氏、恽氏等家族皆人才辈出，其中毗陵庄氏家族尤为近百年来学界所重视，论毗陵之历史文化与常州今文经学无不论及庄氏，然庄氏家族生动的文学活动和具有文学意义的姻娅网络，却鲜为学者注意，本文拟对此加以探讨。

一　家族世系：阀阅形成与文脉延伸

毗陵庄氏宗族文化源远流长，宋代郑樵《通志·世族祖略》载："庄氏芈姓，楚庄王之后以为姓。"明人对常州庄氏渊源的追溯不仅至北方士族南迁之前，更具体言之，"先世本漆园后裔，分派于凤阳、湘潭、镇江、吴淞，各有谱系"[①]。庄述祖家族即镇江一支的后代。此支南宋时由京口迁移至金坛，邦一公为金坛庄氏始祖。申用懋所撰庄以临子庄起元墓志云：

三吴甲第之盛，首推毗陵，而兄弟同榜、父子联绵者，指不多

① 庄清华纂修：《毗陵庄氏增修族谱》卷十三《庄公暨赠宜人元配唐氏合葬墓志铭》，1935年铅印本。

屈。……公讳起元，字中孺，鹤坡其别号也。古漆园先生之裔居濠、梁间，南渡自润徙金沙观庄村，为始祖邦一公。邦一传义，四讳必强，宋宁宗嘉泰间为翰林学士。载传。至秀九，赘晋陵蒋氏，遂占籍焉。①

云庄氏为庄周之后实在幻渺无据，而谓其本居濠州、梁州，南宋时先居润州（即京口），自邦一公起居金坛（金沙）观庄村，则有迹可寻。至明初，庄秀九迁居常州为武进蒋氏婿，“卜筑于佘宅桥西北之横堰村”②，这便是常州庄氏的由来。

庄秀九在常州庄氏号为始祖，而庄氏后来在常州成为名门显族，秀九曾孙庄襗为一大关键人物。唐顺之撰《山东参政掌北直隶河间府事鹤溪庄公墓志铭》云：

公讳襗，字诚之，别号鹤溪。其先，古润之金坛人，国初，曾大父秀九赘武进蒋氏，因家焉。大父讳林。父讳斌，以公贵赠户部主事，行义为乡人所宗。……公少颖悟刚毅，不好弄游，八岁入乡塾，每课诗对，不构思立就。……户部度不起，与之诀，且自令择所业，公泣对曰：儿非儒不可以图立身。……公登弘治丙辰进士。③

显然，庄襗出仕是庄氏家族显达的开始。由于受到庄斌的良好教育，其以义行事、以儒立身，颇为当时士林所推重，成为庄氏一门的典范。庄襗在士林中的声望为庄氏家族政治文化上的地位奠定了基础。庄氏后代论及庄襗时已经将他视为家族文化基业的开创者：

邑志载第四世祖鹤溪公《传》，系徐庄裕手笔、唐襄文公所裁定者。公为吾家入毗陵有封爵之始。志中立传甚严，特以公为明代晋陵才首第一。其间事实皆有关朝廷政典、国家名教者，约举一二以概其余，而公之公正长厚、道义自持，实不止此也。……迄今世衍书香、

① 庄清华纂修：《毗陵庄氏增修族谱》，卷十三《太仆寺少卿鹤坡庄公墓志铭》。

② 同上，卷二十《毗陵始祖秀九公传》。

③ 同上，卷十三。

人蒙旧业，皆自公一人启之。①

庄禩有四子，名为整、齐、严、肃，其中庄齐生庄宪，庄宪生四子名为以临、以湓、以礼、以正。庄宪四之子中，庄以临、以湓两支大昌。其中庄以临为长，最为蕃盛，生子三人，有孙男十人，曾孙男十四人。以临治家谨严，“家本阀阅而清素如寒士”②，三子都受到了良好的教育。其中以生于嘉靖己未、卒于崇祯癸酉的中子庄起元最有成就，远近慕名来访者皆一时名流，庚戌登进士第。起元生子五人，分别为应德、应熙、应期（《家传》中作“恒”）、应会、应诏。“应会同母兄弟五人皆仕，俱字侯，乡里称为五侯家云。”③ 应期生宝及佑生，庄宝之子维嵩生令舆、令翼，庄松承、柏承皆为令舆之子。柏承有子二人，曰纶渭、湘衡。而应会有五子，京生、回生、朝生、仪生、嵋生。嵋生四子，有子曰绍平。绍平生二子，为庄映与庄勇成。庄绍平为侄辈庄存与之师，子庄勇成又为存与子庄通敏之师。至此，家族文脉传衍中“族内相师友”的现象已然出现。

庄以湓为庄宪次子，生子二人，即庄廷臣、庄廷弼；廷臣生子五人，有子名鼎铉；鼎铉生二子，长为庄绛，绛弟庄纬；庄绛五子：楷、枟、敦厚、大椿、柱。当庄柱出现时，庄氏家族的文化和文学的大幕拉开了，而且高潮即将涌起。庄柱字书石，号南村。柱天资颖悟，时人谓为通才，“初入史馆，诸前辈咸曰：‘迩日馆阁通才，惟吴荆山、庄某两人尔。’”④ 笃好性理之学，又喜言诗，为庄氏“九老”之一，与同邑大族钱氏结为婚姻，生二子，即庄存与与庄培因。庄柱望子成才甚殷，以同族中号闲汀公者庄绍平（庄起元之后）教二子，庄勇成《少宗伯养恬兄传》说庄存与“制艺得力于闲汀公”，庄通敏为庄勇成所作《复斋公传》尝转述其事：

闲汀族祖之丧，复斋叔乞铭于养恬公，养恬公不敢辞而为之传曰：“某敢忘授受渊源？且非某不足于知师门潜德耳。”⑤

---

① 庄清华纂修：《毗陵庄氏增修族谱》，卷十三庄禩墓志铭附录《康熙乙卯闰五月十一日第六世孙庄回生跋》。

② 同上，卷十三《鹤坡庄公墓志铭》。

③ 同上，卷十九《宦绩传》。

④ 同上，卷二十《南村公传》。

⑤ 同上，卷二十《复斋公传》。

可见庄存与之学问多传自闲汀公庄绍平。庄存与得益于家族的培养，为学兼融汉宋，不非议古文经学，成为庄氏家族与常州经学的杰出代表。其后庄氏之学再次光大而有庄述祖之学。述祖为培因之子，“年始八龄，其英俊勤学似父，而浑融沉没，得奉教于养恬”[①]，终成大器。

“吴中望族，人人最庄氏”[②]，这是相当可信的评价。当作出以上极为简略的庄氏家族世系的叙述时，一个个在中国近世学术史、文化史上光辉闪烁的名字已经络绎出现在笔下，连成了一条意涵丰满的家族文脉。概括来看，这一文脉大致可以分为三个阶段：

第一期自明弘治中期至明末。此际毗陵庄氏家族以文章而擅名。当庄襗以制艺之长打开了科举的大门，庄氏家族文道桐荫渐而蓊郁蔚然。明末，庄起元与应德、应熙父子并有才华，起元气骨峻整，天资敏妙，弱冠即工文章，但长期难骋其志，聚徒讲学，后终获登第；应德则早成进士，而庄应熙以诸生入太学。此一门文学之状况被比作“三苏”：“鹤坡公年五十余始登第，尝家贫乏绝，断齑划粥，下帷萧寺，与伯仲二子俱乔梓，为师弟昆仲为友朋相切劘，时人目为三苏。”[③]“三苏”之外，庄起元之五子又有“五侯”之称。实际上，至明末毗陵地区已经形成了一个以庄起元为中心，以儿辈伯仲为中坚的毗陵家族文人群体。

第二期自清初至雍正朝。此际毗陵庄氏家族以性理为立身之本，以文采为娱情之资。庄绛、庄柱父子为这一阶段的核心人物。庄绛字丹吉，邑增生，入太学，考授同知，有《著存堂诗文稿》。柱为通才，似更精于经术，从小好朱子《小学》，并引为行事之法度，与所游孙文定公谈论亦为理学，而又参与同乡“九老之会”，故可见其所好者又不全为性理之学。彭启丰《芝庭文稿》中有为其所作的墓志铭，称庄柱诗歌多质实，为人“以躬行实践为本”[④]，颇能道出其文学与理学相兼并擅之状。康熙一朝，毗陵庄氏家族已足称科举世家，时庄令舆为编修，楷为国子司业，其他族

---

① 庄清华纂修：《毗陵庄氏增修族谱》，卷二十《学士仲淳弟传》。

② 同上，卷十三《翰林院待诏二鹤庄公暨贾孺人合葬墓志铭》。

③ 同上，卷十三《翰林院待诏二鹤庄公暨贾孺人合葬墓志铭》。

④ 彭启丰：《芝庭文稿》卷五《中宪大夫浙江海防兵备道庄君墓志铭》，乾隆刻增修本。

人亦多词林翰苑之佼佼者。

第三期自乾隆至嘉庆间。庄存与、庄述组、庄绶甲三代以经术名世，不但提升了毗陵望族在政坛上的地位，常州学派也随之形成。乾隆十六词林同仕籍，为一时盛况，其中便有毗陵庄氏家族文人：庄存与为编修累迁礼部侍郎，以翰林学士直上书房为师傅；庄承篯为编修历侍讲，后改吏部主事①；庄通敏任编修历左中允。科第中之“师弟子中表鼎甲”在庄氏家族蔚为胜观：庄存与、培因与其师汤大坤俱为进士②，庄存与和程景伊及存与之表兄弟钱维城为常州同时“三阁学”，其他庄氏族人为一时朝政、文坛名流者夥矣。庄氏家族在参与政治的过程中，以今文经学为根，以诗礼文辞张本，事出于沉思，义归乎翰藻，形成了毗陵庄氏家族文化的鲜明特色。

稍加梳理便不难看出，自入清以来，庄氏家族渐渐走向了极盛。据艾尔曼《经学、政治和宗族》统计，庄氏一家共有 9 人入翰林院、29 人中进士、90 人中举人，在常州府科举考试中首屈一指。庄秀九之第八代孙中，庄廷臣与堂兄弟庄起元两支鼎盛。庄起元以下，七代九进士；庄廷臣一支则出现了孙绛、曾孙柱、玄孙存与等颇有影响的社会名达。存与为乾隆十年榜眼，弟培因为乾隆十九年状元，培因之子为述祖。尽管庄氏家族中如庄绛、庄绶甲等皆以诸生终老，但科举应试的成功无疑确立了庄氏家族在文学与经学上的地位，扩大了庄氏家学的影响。

需要注意的是，尽管入清后毗陵庄氏以主流社会的身份意识致力于阐释经义，但依然传承了家族雅好文学的传统。龚自珍《资政大夫礼部侍郎武进庄公神道碑铭》论庄存与家族，称其“以文学最有声”。近人刘师培《清儒得失论》指出了庄氏家学合文章经训为一途的特征；论及庄存与《春秋正辞》时亦云：“庄氏文辞，深美闳约，人所鲜知。”③ 事实上，在古代中国，尤其当科举成为人才选拔的主要途径之后，士人、文人，乃至诗人都往往可以看成通约的称呼，科举家族、文化家族、文学家族同样具有相近的意义。正是从这一角度而言，可以说毗陵庄氏家族之阀阅渐成，是经学家成长的过程，也是文学家成长的过程；而其家族发展的历史，也

---

① 赵熙鸿：《毗陵科第考》卷七，同治年间刊本。

② 《毗陵科第考》卷六。

③ 刘师培：《刘师培辛亥前文选》，三联书店 1998 年版，第 152 页。

必然是文脉之形成和延展的历史。

二　家族文会：南华九老唱和及其流韵

明清两代，常州是学术文化的峰原，也是文学创作的渊薮，而庄氏家族文藻光耀一时，是常州文学繁兴的表征之一。李兆洛曾记述庄绥甲当时与士人“如张编修皋文、丁大令若士、刘礼部申受、宋大令于廷、董明经晋卿诸子无不朝夕研咏，上下其议论”①。在常州文人交游中，庄氏无疑是一支蓬勃生动的力量，正是这一力量参与并推动着近古常州文学的发展。

庄氏家族之始兴之时，即以文学著称，而非以经术名世。庄氏家族文学可追溯至明弘治年间家族之咏唱。庄襗是确立庄氏家族文学地位的标志性人物，八岁能诗，“与叔同学，每校诗对，不构思立就”②。他在宦官刘瑾专权时归隐白鹤溪，与乡士大夫为“逸老之会”，晚年仍好为诗，病中犹吟诵讽咏，文坛上传为佳话。

庄襗玄孙庄起元（鹤坡），文章为当时名流所称慕。如前所述，庄起元弱冠工文章，以进士仕浦江，见世道昏昧，于是辞官回籍，寄情于山水。时人在其墓志铭中有如下记述：

> 遂拂衣引疾归里，泛舟春波、探幽吴越，意之所至，情兴俱会，自言得《养生主》大要，不劳不怒、不醉不饱。觇公平生似有真得于斯者。故年逾古稀而发肤荣茂不减少壮。徜徉杯酒、流连顾曲，绝不外设城府。③

这种流连光景的诗酒风流有高逸之意，在江山之助中颇得养生之真趣。顺治之初，庄起元之孙庄回生号澹庵，亦以诗著称，同样处世淡然：

---

① 李兆洛：《养一斋诗文集·文集》卷十四《监生考取州吏目庄君行状》，道光二十三年活字印、二十四年增修本。

② 《毗陵庄氏增修族谱》卷十三《山东布政使司右参政鹤溪庄先生行状》。

③ 同上，卷十三《太仆寺少卿鹤坡庄公墓志铭》。

> 庄公初入中秘时，年甫弱冠，虽雄姿杰出，外朗内明，而元龙之豪气未除、司马之风标自喜……里居几二十年，始得援例输粟关中补原官。来京师与余相见，握手道故。公之气度，渊然以深，意念间冲和恬淡，言论举止迥异曩时，吾知其有得于古人者深也。出所著诗歌古文词盈尺者示予，名其卷曰《澹庵集》。①

庄回生能诗善画，得到顺治帝的赏识。冯溥作铭称颂说："诞生我公，抱宝怀珍。苕龄突兀，弱冠成文。经纬史馆，缉藻抒新。游艺殚数，抚律穷源。"② 可以说，自庄襗以来经庄起元传至庄应熙，乃至庄回生辈，庄氏家族文学恬淡逸放、抒发性灵的特征日渐彰显。

毗陵庄氏家族文学的影响日渐盛大，在清康熙、乾隆间。庄令舆、庄柱是这个时期的代表。庄应期之曾孙令舆好为诗，梁同书记庄纶渭生平之《苇塘庄先生行状》论及其祖庄令舆云："公在翰林，一时推为文章宗匠。"③ 许玉猷《阮尊庄先生传》记令舆尝搜辑《毗陵六逸诗》，谓先生诗亦磊磊落落，跌宕自喜，肖其为人，著有《双松晚翠楼集》④。庄令舆编纂的《毗陵六逸诗钞》，序中论述了常州诗学的意义，显示出庄氏家族在文化承传上的自觉意识。

毗陵庄氏家族文学最引人注目的是乾隆十四年的"南华九老唱和"，标志着其家族诗文创作从个人的吟咏转变为群体创作，庄氏家族文学进入鼎盛时期。张惠言曾有《南华九老会倡和诗谱序》云："庄氏于吾乡为故家，科第仍显，文章行谊，冠冕士类。"⑤ 一族显贵，联袂唱和，在当时已被引为盛事，受到士族阶层极大的关注。

九老之说古已有之，唐代已有"香山九老"之称；"南华"出自《庄子》的别名《南华经》，以喻庄氏，"南华九老"为庄氏九位德高望重的长者之尊称。南华九老故事在清代文献中时有提及，但多语焉不详。洪亮

---

① 《毗陵庄氏增修族谱》卷十三《左春坊左庶子兼翰林院侍读加一级四品服俸澹庵庄公墓碑》。

② 同上，卷十三《左春坊左庶子兼翰林院侍读加一级四品服俸澹庵庄公墓碑》。

③ 同上，卷十三《苇塘庄先生行状》。

④ 同上，卷二十《阮尊庄先生传》。

⑤ 张惠言：《茗柯文编》，上海古籍出版社 1984 年版，第 62 页。

吉与庄氏为同乡，其《南华九老会倡和诗序》俱载九老之名：

> 乾隆十四年，吾乡庄氏之致仕居里者凡九人：曰礼部郎中清度，年九十；曰福建按察使令翼，年八十四；曰临洮府知府祖诒，年八十二；曰黄梅县知县赠文选司主事柡，年六十九；曰密县知县封福建台湾兵备道歆，年六十六；曰开州知州学愈，年六十三；曰湖南石门县知县封甘肃宁州知州柏承，年六十三；曰射洪县知县赠顺天府南路同知大椿，年六十二；曰温处兵备道封礼部右侍郎柱，年六十。因为南华九老会，各系以诗。[1]

从洪氏《序》可知，九老分别为：庄清度、庄令翼、庄祖诒、庄柡、庄歆、庄学愈、庄柏承、庄大椿、庄柱九人。据庄氏族谱《南华九老会倡和诗》载："乾隆十四年，岁在己巳，族中先后引年致仕者凡九人，仿香山故事，为南华九老会。晚菘公首纪以诗，各依韵和之。"[2] 族谱于庄祖诒诗歌中附记："会在春，公卒于冬。"又述庄清度生平云："会在春，公卒于秋。"庄清度诗："九十春光尚未赊。"一首云："朝来准拟篮舆出，看遍郊原桃李花。"庄柡之诗其二云："鸡豚共赛春秋社，铅汞唯餐日月华。"则可知诗会举于春社之时。会外和作之中有庄逊学诗云"此日追随同里社，向时游宦各天涯"，亦证明庄氏九老会在乾隆十四年春社之时，即立春后第五个戊日。

南华唱和之首倡者，据谱载为庄柡，有兄弟五人，皆显达，"时人比之于燕山窦氏"[3]。庄柡唱和诗其二云："林下相逢尽一家。"[4] 浓厚的家族意识与情感昭然可见。颇有意思的是，名列"九老"的庄大椿当年春日并不在常州，据族谱记载，庄大椿名下诗歌其一为庄柡所作：

> 时公已致仕有年，以前秋游闽修志未归，右诗乃晚菘公所代和者。既而邮诗至闽，公复追和二章并叙，略云：余以戊辰八月至闽，

---

① 洪亮吉：《洪亮吉集》，中华书局2001年版，第323页。

② 《毗陵庄氏增修族谱》卷十八下《盛事·南华九老会倡和诗》。

③ 同上。

④ 同上。

己巳夏接仲兄书，知兄集族中引年归者作九老会，各赋以诗，因余萍滞闽中，因代和一首，展读之下，归思顿兴。谨追步原韵，且属志馆诸同学和之。庶几志事速竣，返棹故园。东篱菊放时，不致有“遍插朱萸少一人”之憾也。①

文中明言，大椿时在福建与修闽志，夏日方知春日族中有诗歌唱和之会。由此知南华唱和虽志“九老”，但与会仅有“八老”。因欲效“香山九老”唱和之事，而仍称“南华九老”，使家族文会具有法古的历史感和人文雅趣。

“南华九老唱和”雅集之外和作者人数众多，据庄氏族谱记载宗族中有璿、逊、宣、源洁、国桢、逵、汾誉、鹏祥、学贽、怀屺、沛惠、润业、令奂、纯慕、松承、树嘉、杜芬、启徵。另有庄学愈之孙女玉珍诗附录于学愈后。庄宇逵辑录《南华九老会倡和诗谱》，并附名流之序，远近称为盛事。《诗谱》虽不存，而族谱将诗歌及诸老吟咏盛况基本完整地保存了下来。另外，柏承后一首为二十三年后所作：“岁辛卯，距己巳二十三载，会中老人相继殂谢，唯公岿然独存，因复次韵一章。”诗云：“九老于今事未赊，频年花蝶漆园家。三春觞咏全非旧，百岁光阴亦有涯。开府作铭怀故侣，平原吟赋感年华。莺啼燕语风光昨，独上濠梁看浪花。”② 这表明南华九老之会对庄氏家族文化产生了深刻的影响。

南华九老唱和是毗陵庄氏家族的一个永远的典范，之后庄氏家族文会雅集渐成风气。乾嘉之际，庄氏多有诗酒之会，以庄勇成所主持之吟社影响较大。赵怀玉《亦有生斋集》多处记载了吟社的这一情况，其中《文学庄君墓志铭》所载较详：

君姓庄氏，讳勇成，字勉余。号复斋，世为武进右族。……制举业为同辈所推服，君益好学深思，日进于古，所为诗文莫不精赡。乾隆二十七年，纯皇帝南巡召试，名列二等……竟以诸生老。……壬寅乞假归省，谐君举吟社。同会者程君景傅、蒋君熊昌及君族子绳祖、选辰。它客或有增减，此六人常在座。每集拈题分体后各出觞政，务

① 《毗陵庄氏增修族谱》卷十八下《盛事·南华九老会倡和诗》。
② 同上。

为新奇以取胜，往往达旦，不止乡党友朋之乐。是岁为极盛。[①]

《山西交城县知县庄君别传》所载相关事迹亦可印证：

> 归田后，唯事吟咏，与同里宣城训导程君景傅、颍州知府蒋君熊昌及君族父勇成、族弟选辰、族孙宇逵为觞酒赋诗之社，怀玉亦时与其间。积久酬唱颇夥。[②]

从赵氏的记载可知，该社主要成员为庄勇成、庄绳祖、庄选辰、庄宇逵、程景傅、蒋熊昌、赵怀玉等。庄氏家族三代人四人与列，而勇成辈分最高，似为之主盟。每次雅集往往通宵达旦，拈题分韵，各出觞政，务为新奇，以求取胜，这是何等诗酒风流！

此外，乾嘉之际庄炘（字景炎）也与庄氏家族内外成员举文会，成为庄氏家族文会的余响流韵。赵怀玉《清故奉政大夫陕西邠州直隶州知州墓志铭》云：

> 尝举五老会，君与余与焉。里中戚友宴集，两人必偕。余虽跛蹇，亦黾勉以从。每构一文，必以相质。或谈枌榆故事，辄淹晷日，盖余得之吾家豹三先生，君得之外祖钱铸庵先生，两先生固乡邦所推文献者也。君诗研究格律，老而弥细；为文谨于法度，藻不妄抒。生平著述，舟行汉江，为水渗漏，丧失过半。[③]

据赵氏所记可知，庄炘“诗研究格律，老而弥细；为文谨于法度，藻不妄抒，受到外家影响，钱人麟精通小学和史学，诗格近于宋人，与常州诗歌重视翰藻的传统并不尽同，不过这已经是清中叶朴学盛行之时，庄氏家族的诗歌创作风格与时而变是自然而然的。稍后庄氏家族中绶甲在地方文坛十分活跃，参与文会极为频繁，较多交流者如张皋文、丁若士、刘申

---

① 赵怀玉：《亦有生斋集·文集》卷十八，道光元年刻本。

② 赵怀玉：《亦有生斋集·文集》，卷十二《山西交城县知县庄君别传》。

③ 同上，卷十九。

受、宋于廷、董晋卿诸子，相互间“朝夕吟咏，上下其议论”[①]。此外，庄氏家族的女作家在当时也产生了一定影响。徐珂《清稗类钞》文学类中记载了自康熙至同治间庄氏女诗人二十二人，皆以诗词知名于时，而以庄盘珠为翘楚。女诗人的加入，扩大了文会的范围，注入了新的活力。显然常州士人之间乐于交际，文会吟咏甚多，而庄氏家族始终在其中占有重要的地位。

庄氏家族文学在自明中叶到清乾嘉时期的发展中，从个人的吟唱逐渐演变为家族群体雅集，从家族内部酬唱扩展至与常州文士唱和，从抒发个人的闲情逸致到润色鸿业与朴学款通，从大量的制艺、古文到诗歌作品的创作并梓行，充分说明庄氏家族文学日渐兴盛并深度融入了常州文化，成为近古常州文学史上一片璀璨壮丽的风光。

三　姻娅结盟：庄氏文学与望族亲缘

庄氏文学的兴盛是家族自身文化演进的必然，也是毗陵乃至吴中地域文化熏染的结果。在提出这两个带有普遍意义的问题的时候，应当注意对家族文学发展的考察，尤须重视姻娅亲缘资源的因素，正如罗时进所论：姻娅关系往往“使家族集群变得相当凝合、坚固，具有相似文化背景和文学好尚的家族聚合在一起，姻党外亲联袂一体，成为文学创作互动的平台”[②]。庄氏家族以婚姻为纽带，与其他望族门第建立了稳固的社会关系。这种亲缘网络一方面为其文学创作特别是诗人唱和提供了良好平台，同时促进了庄氏家族文学发展。

在庄氏的姻娅关系中，最重要的是毗陵唐氏与刘氏。庄襗是常州庄氏家族发展的奠基者，正是他凭借其独特的政治地位与文化影响，通过联姻为庄氏家族建立起了良好的社会基础。其重要的“手笔”当是促成了庄氏与唐氏的两桩婚姻：其长孙女嫁给唐顺之，而其孙庄以临娶唐氏之女。

---

① 《养一斋诗文集·文集》卷十四《监生考取州吏目庄君行状》。

② 罗时进：《家族文学研究的逻辑起点与问题视阈》，《中国社会科学》2012 年第 1 期，第 167—168 页。

关于唐顺之，《晋陵先贤传》云："先生精思睿识，探寻鸿閟。凡所历阅，必究极本原。六籍之精微蕴奥，出一两言揭示之。足以剖蔽全经而垂不朽。"[①] 唐氏通贯六经，以之为本，而《四库全书·荆川集提要》云："顺之学问渊博，留心经济，自天文地理、乐律、兵法，以至勾股、壬奇之术，无不精研，深欲以功名见于世。"[②] 可见志于事功、合于经典、见于文辞便是其旨趣所在。唐顺之于文辞则主张"本色"之作："直据胸臆，信手写出，如写家书，虽或疏卤，然绝无烟火酸馅习气，便是宇宙间一样绝好文字。"[③] 这种"本色"中自然不乏作者之性情，所谓性情也并非儒家思想所能局限。作为散文家，唐顺之文章中也自有其逸情高致，与常州地域传统中的飘然雅淡的一面相契。艾尔曼以为："常州庄氏家族继承了唐顺之的文学与经世结合的主张。"[④] 唐顺之诗文富有灵性的特点在明清之际庄氏家族文人的创作中颇有体现，即使是遥远的后代，无论学问或文学，唐氏总是庄氏族人心中不朽的先哲。

庄氏与毗陵刘氏也建立了极为密切的婚姻关系，对家族文化与文学产生了很大影响。武进西营刘氏第一代刘真为明初功臣，因奉命驻扎常州郡城西营，家属族人同迁居于此，遂著籍武进。因其初驻扎"西营"，故号称"西营刘氏"。西营刘氏家族中，西营刘氏十四代中，刘纶与当世文人杭世骏、钱维城、袁枚等交游；从弟刘星炜文章清转华妙，为"骈文八大家"之一。第十五世刘嗣绾嘉庆十三年会试第一，与仪征阮元及同邑董基诚、董佑诚等并负盛名。据艾尔曼统计，庄氏与刘氏有 11 次婚娶[⑤]，其中有 7 次联姻是庄氏娶刘氏之女，表明刘氏需要庄氏之文化上的影响，而庄氏则需要盟于刘氏来提高其社会声望。事实证明这一姻娅结盟对两个家族来说确乎休戚相关，庄存与、庄培因在学术文化上的出色表现固然与家族养成和个人才情有关，但与其家族的社会关系，特别是刘氏在朝廷的特殊地位亦有某种联系。乾隆二十三年二月，庄存与主持考试而满州、蒙古童生拥挤闹堂时，刘纶时直军机处；乾隆三十三年，庄存与在上书房行走

---

① 欧阳东凤：《晋陵先贤传》，同治戊辰刻本，第 35 页。

② 唐顺之：《荆川集》，《文渊阁四库全书》本。

③ 《荆川集》卷四《与茅鹿门主事书》。

④ 艾尔曼著、赵刚译：《经学、政治和宗族——中华帝国晚期常州今文学派研究》，江苏人民出版社 1998 年版，第 58 页。

⑤ 同上，第 43 页。

时，刘纶早已经位至于太子太保、协办大学士；至庄培因在乾隆十九年中状元时[①]，刘纶已为户部侍郎兼顺天府尹，权位日重。后庄存与以年力就衰而免，其婿刘跃云主会试时以忤和珅黜，亦可谓连筋带骨。值得一提的是，庄存与之女嫁给刘纶之子刘跃云，跃云生逢禄，庄述祖为其舅，刘逢禄与庄绶甲中表兄弟不但皆传其学，且成为“朝夕吟咏”的诗友。

其实，庄氏作为一个文化巨族，与常州地方名族世代联姻或连环婚姻尚不止唐氏与刘氏。庄氏与钱氏也世为婚姻，庄炘子庄逵吉娶钱维城妹为妻，庄述祖子庄廉甲娶钱维城孙女、钱中铣之女为妻，庄柱娶钱荣世女为妻。洪亮吉的一个姨母曾嫁给庄氏族人，洪亮吉早年在庄氏家学读书，后其长子饴孙娶庄云的女儿为妻。赵怀玉曾将其女嫁于庄颖曾，颖曾为前述庄勇成之侄，则赵氏家族与庄氏亦为姻亲。

稍作考察不难发现，庄氏家族在毗陵以至江南的姻亲网络实在是巨大而密致的，而无论对京师之翰林雅集、郎署文会或在毗陵乡梓的地方社团、耆老会加以推究，均可发现庄氏所参与的文学活动，其实都与庞大家族的姻娅网络相关。进一步观察庄氏家族现存的各种文集，其编纂、序跋者亦每涉姻亲关系。姻亲群体是庄氏重要的社会支持力量，也是其游豫其间，互激互动的文学平台，是一种不可或缺的文化和精神资源。

毗陵庄氏，一个延续了几个世纪声名的文化巨族，在政治和学术领域中曾经深刻地影响古老帝国近世的发展历史和文化历程，更作为常州文化的重要缔造者之一，将其家族与地域文明紧紧联系起来。凡此皆著于史，勒于石，不会被忘记。而同样不应忽视的是这一家族曾经有过生动的文学活动，留下了深刻的人文印记。研究近古文学，尤其江南地域文学，应对毗陵庄氏数代文人给予关注之目光和了解之同情。

① 《清史稿》卷十一：“闰四月庚戌朔，赐庄培因等二百三十三人进士及第出身有差。”卷三百五《庄存与传》中又有：“弟培因，字本淳，乾隆十五年一甲一名进士，官至内阁学士。”二说牴牾。今据家谱定为十九年。

桐城博物馆《寒岩独往图》等三件藏品辨伪

安庆师范大学文学院　熊言安

桐城是人文荟萃之地，明清时期冠盖满京华，文章甲天下。在这片神奇的土地上，桐城书画艺术如鲜花怒放，多彩多姿，璀璨夺目。桐城市博物馆在桐城文人书画遗墨的收藏和维护方面，可谓薪火相传，不遗余力，做出了骄人的成就。这些馆藏的珍贵书画作品是桐城文化乃至中国传统文化重要载体之一。但是，书画鉴藏是一件非常艰难的工作。由于鉴定条件有限，在具体的书画鉴定活动中，即使是文物界著名的鉴定专家，也难免有看走眼的时候。在桐城书画艺术研究过程中，笔者发现被安徽省文物鉴定组定为“一级藏品”的《寒岩独往图》《方氏五代遗书》以及被视为“精品”的《磊翁十二真图》应是托名之作。

一　《寒岩独往图》真伪考辨

《寒岩独往图》书画诗文长卷，纵 43 厘米，横 512 厘米。全卷由十个部分组成：一、署名阮元题签的“寒岩独往图”；二、署名马云的《寒岩独往图》画卷；三、署名方东树书写的《自题〈寒岩独往图〉》诗；四、署名阮元书写的《乙酉冬过惠州寒婆径一绝》；五、署名方璋书写的方东树《赠马云序》文；六、署名方东树书写的《自题像赞》《歇菴铭》《冷斋说》文；七、署名梅曾亮题写的《方植之〈寒崖独往图〉》诗；八、署名方东树书写的《效寒山拾得诗》；九、署名苏惇元书写的姚莹诗《方植之〈寒岩独往图〉》诗二首；十、署名郑銮书题的《寒岩独往图》诗[1]。从书画署款和题跋看，该卷始作于道光二十五年（1845），终于道光二十九年（1849），历时五载。方东树，字植之，号副墨子，晚号仪卫老人。“植翁”是别人对其晚年的尊称。此物被安徽省文物鉴定组定为“一级藏品”[2]。

但是这幅画有几处颇值得怀疑，主要体现在仿刻印鉴和涂改署款两个方面：

第一，卷首署名阮元的题签是伪托的，这可从印鉴上辨识出来。题签内容为“寒岩独往图”，署款为“颐性老人阮元为植之先生题，时丙午闰月小暑日”，下钤“癸卯年政八十”“湖光山色阮公楼”等印。（图1、图2）然而，这两枚印鉴与钟银兰主编的《中国鉴藏家印鉴大全》以及上海博物馆编的《中国书画家印鉴款识》中所收的阮元印鉴皆不相符。画上的两枚印章是仿刻的，虽然能仿其形，却不能传其神。

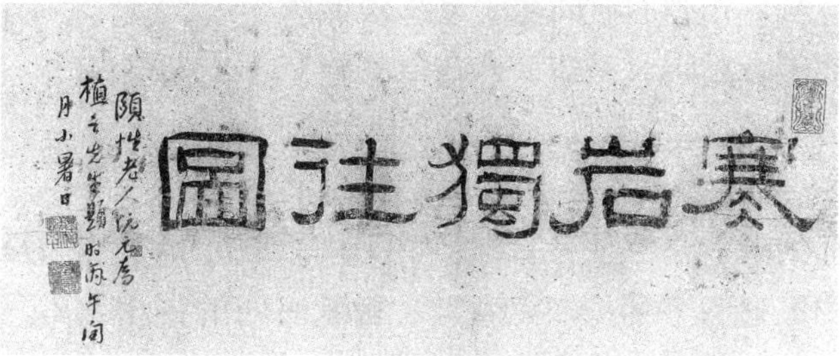

图1　“寒岩独往图”题签（伪）

先说“癸卯年政八十”印鉴，边框外形上，真印鉴与仿刻印章差别很大。结构上，真印鉴在“十”字上面加了一小撇，这样既起到点缀作用，又可避免结构太松散，而仿刻印章忽略了这一细节。线条上，真印鉴中较长的笔画常用断笔法，但笔断意连，以取得苍古的篆刻效果，如“年”下部的“千”的一竖，有两三处断笔，虚实相间，而仿刻印章则线条太实（图3）。再说“湖光山色阮公楼”印鉴，外形上，真印鉴取横势，结体较宽绰，而仿刻印章取纵势，结体较逼仄。二者差距很大。线条上，真印鉴

① 张泽国主编：《桐城市文物精华》（书画卷），安徽美术出版社2009年版，第98—103页。

② 童树桐主编：《桐城县文物志》自印本，1988年，第140页。

似直而曲，刚柔相济，有古拙朴茂之美，非篆刻大家不能为此。而仿刻印章线条僵直，过于规整，缺乏灵气，应出自匠人之手。如“光”字的最后一笔，真印鉴方圆并用，气韵流动，而仿刻印章只有圆笔，没有方笔，呆板乏力（图4）。据此可推，画上的印章是仿刻的，署名阮元的题签是伪托的。

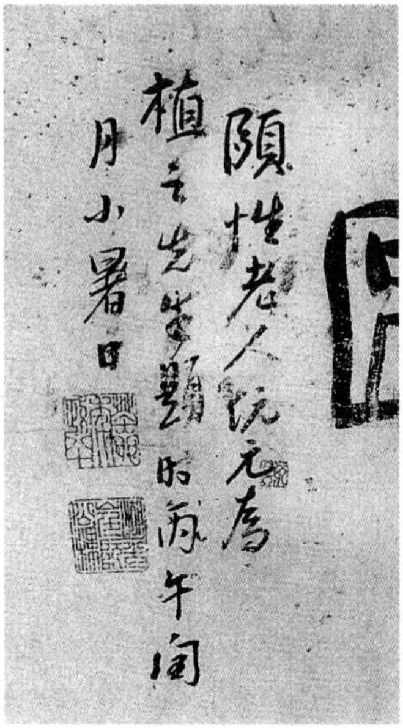

图2　“癸未年政八十”“湖光山色阮公楼”印鉴（伪）

第二，涂改名款，自相矛盾。《寒岩独往图》的落款为“乙巳嘉平月为植之先生作《寒岩独往图》，马云写”，乙巳嘉平月为道光二十五年（1845）腊月。而方东树书写《自题〈寒岩独往图〉》落款为“乙巳冬月东树”，“乙巳冬月”为道光二十五年（1845）阴历十一月。马云作画的时间晚于方东树题跋的时间，显然不合逻辑。不知谁人在落款的右下方补写了“实冬日”三字。按道理，应补写“实冬月”三字，可与方东树自题诗时间相吻合。但仔细看，是“实冬日”，而不是“实冬月”。因为嘉平月本来就属于冬日，加上这三个字，毫无意义。署款时间的自相矛盾，本是作伪者思虑不周所致，却为我们发现真相提供了一条有价值的线索。（图5、图6）

图3　“癸未年政八十”印鉴（真）

图4　“湖光山色阮公楼”印鉴（真）

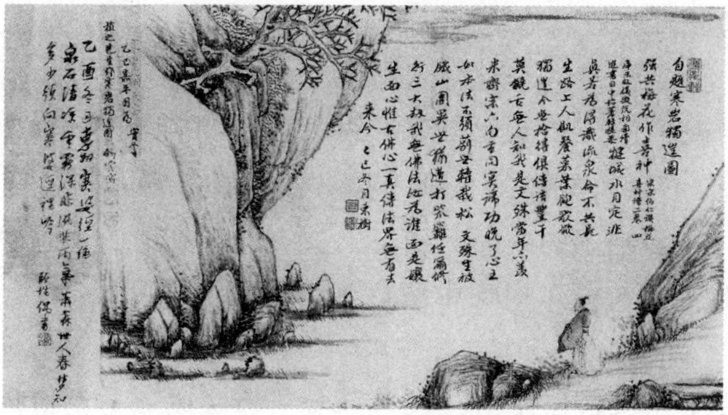

图 5　《寒岩独往图》（伪）

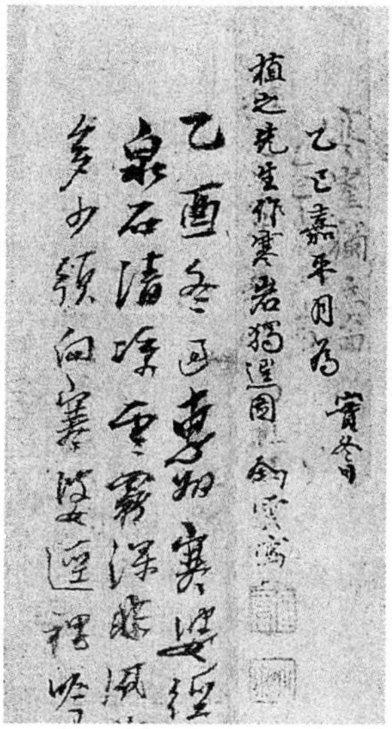

图 6　《寒岩独往图》之署款（伪）

第三，《寒岩独往图》的题目和落款是被修改过的。具体地说，某人发现画的题目和落款有不妥当的地方，于是在纸条上重新写了一个，粘贴到原先的题目和落款之上，这样，原先的文字就被覆盖掉了。但仔细观察可以发现，纸条下面有“寒崖独立图……”字样，新、旧题目皆五个字，但有两个字不同。涂改画题和署款的目的是什么？不言而喻。

第四，署款为马云的“马”，涂改的痕迹非常明显，而且涂改之后，根本看不出“马”字。《桐城县文物志》认定这个字是“马”字，可能缘于方东树《赠马云序》一文曾提到金陵画家马云为自己画像一事。其文曰："金陵马云，工画，尤妙写真。尝自比唐之曹霸。道光乙巳冬来桐城，谓余曰：'必为君写像'。余曰：昔顾长康欲图殷仲堪，殷自以形恶不欲。今吾貌寝而癯，气轻神薄，常顾影自憎，又可图邪？窃同仲堪之不欲也。"[①] 这里的"写像"指的是画人物肖像，但《寒岩独往图》中人物是写意的，并不能看清人物的面部特征，这一点与其他山水画中的人物没有什么不同。这显然与方东树文中所提到的"必为君写像"及"又可图邪"等表述不吻合。

职此之故，《寒岩独往图》及其题签、诗跋应该是伪造的。又据有关文献，方东树曾创作过《寒岩独往图》，托名马云的那幅画之所以题为《寒岩独往图》，可能与此有关。如戴钧衡《奉怀植之先生即寄厚子钟甫存之》曰："八十犹强健，乾坤一老儒。万源通造化，百虑返虚无。大海波谁涉，寒岩径本孤。（句下小注：先生近画《寒岩独往图》。）斯文天未丧，后死待吾徒。"[②] 戴钧衡（1814—1855），字存庄，桐城人，方东树弟子，其言应该是可信的。又如叶名澧《戴存庄寄近刻诗有庚戌雪夜对酒见怀长篇赋答一律》曰："不见寒岩老，逢君余绪论。冥心臻绝诣，昭昧得名言。（句下小注：存庄自言为诗得力于其师方植之翁东树《昭昧詹言》一书，植翁曾画《寒岩独往图》。）遥想桐山下，空孤雪夜樽。年光嗟俯仰，极目甲兵屯。（句下小注：诗中叙庚戌春京邸友朋聚谈之乐，不禁怃然。）[③] 叶名澧（1811—1859），字润臣，汉阳人，好游山水，与戴均衡是朋友关系，因此他说"植翁曾画《寒岩独往图》"，也应当是可信的。戴氏与叶氏，一个说"近画"，一个说"曾画"，尽管时间不同，但其指向是相同的，即方东树曾画过《寒岩独往图》。此外，姚莹有《方植之〈寒岩独往图〉》诗，朱琦有《寄题桐城方植之〈寒岩独往图〉》诗，梅曾亮有《方植之〈寒崖独往图〉》诗，此皆可作为方东树画过《寒岩独往图》的佐证。

据此可知，方东树本人应该画过《寒岩独往图》，所谓马云为方东树作的《寒岩独往图》是后人托名之作。之所以托名金陵马云，可能是因为

---

① 方东树：《考槃集文录》卷八，清光绪二十年（1894）刻本。

② 戴钧衡：《味经山馆诗钞》卷六，《续修四库全书》集部1545册，上海古籍出版社2002年版，第561页。

③ 叶名澧：《敦夙好斋诗全集初编》卷十二，《续修四库全书》集部1536册，上海古籍出版社2002年版，第438页。

方东树《赠马云序》一文提到马云“必为君写像”一事。

二　《方氏五代遗书》真伪考辨

《方氏五代遗书》（以下简称《五代遗书》）诗文书画长卷，纵33.5厘米，横624厘米，纸本。主卷由方孔炤、方中履、方正瑗、方张登的墨迹组成，共七纸。其中，方孔炤书《示以智其义》一纸，方中履书《便足楼记》一纸，方张登跋唐太宗《屏风帖》拓本、书沈括《梦溪笔谈》一则各一纸，方正瑗书读《吕氏春秋》《论语·子路章》心得与《七月十七日张二来关中》家书各一纸。副卷由周思廉的题签和康曾定、管乐、方昌翰、边保柽、胡志章、谭献等人的诗跋组成。据卷中题跋称，方氏先祖遗墨是方氏后人方昌翰积多年心血搜集而成的，题签和诗跋也是他请人题写的①。此物被安徽省文物鉴定组定为“一级藏品”②。

这里的方氏五代指方孔炤、方以智和方其义兄弟、方中履、方正瑗、方张登。方孔炤（1590—1655），字潜夫，号仁植，系廷尉方大镇之子。方以智（1611—1671），字密之，号曼公、浮山愚者，系方孔炤之子。方其义（1620—1649），字直之，号次公，亦系方孔炤之子。方中履（1638—1688），字素伯，号合山，又号小愚，系方以智之子。方正瑗，生于康熙丁卯（1687），卒年不详，字引蘧，号方斋、连理山人，系方中履之子。方张登，字午庄，号耘墨，一号褚堂，系方正瑗之子。但《五代遗书》中并无方以智墨迹，因此实际上只能称其为“方氏四代遗书”。

除了桐城博物馆藏的《五代遗书》，还有方昌翰于光绪十六年（1890）刊刻的《桐城方氏七代遗书》（以下简称《七代遗书》），汇集了方学渐、方大镇、方孔炤、方以智、方中履、方正瑗、方张登等方氏七代先人著述数种。两种遗书既有相同点，也有不同点。

相同点：其一，皆为方氏先人遗书，同系方昌翰所辑。其二，皆汇成于光绪年间。其三，皆有清常州派词人谭献题跋。

---

① 《桐城市文物精华》（书画卷），第17—25页。

② 《桐城县文物志》自印本，第131页。

不同点：其一，时间不同。据《七代遗书》的牌记及序可知，光绪十四年戊子（1888）三月，此书开镌，光绪十六年庚寅（1890）五月，谭献作《叙》。因此，此书刊刻竣工时间不会早于光绪十六年（1890）五月。而《五代遗书》最晚的题跋时间是"光绪甲申（1884）莫春"。其二，内容不同。二者仅有方中履《便足楼记》一篇内容相同，其余均不同。其三，诗跋不同。《七代遗书》只有方昌翰和谭献序，而《五代遗书》先后有管乐、方昌翰、胡志章、康曾定、边保柽、谭献等人作诗题跋，且谭献题跋内容不重复。

但仔细研究，不难发现《五代遗书》存在两大疑点：

其一，如前文所述，《五代遗书》的汇成时间不晚于光绪暮春（1884）甲申，《七代遗书》的刻成时间不早于光绪十六年庚寅（1890）五月。即《五代遗书》在《七代遗书》刊刻前五六年就已汇成。又方昌翰《刻方氏七代遗书缘起》曰："人情每惮创始而乐踵成。七代之书，至赜也，后先推暨于七代者，益广且博也。吾愧未能图其全而姑引其绪焉，后有述者，续而增之，易为力也。"[1] 因此，以方昌翰对先辈的虔诚孝敬的心态以及不遗余力搜集先祖遗书的做法，不至于将《五代遗书》的珍稀内容排除在《七代遗书》之外。

其二，既然先有《五代遗书》墨迹，且同系方昌翰所为，同汇集于光绪年间，那么方昌翰和谭献在《方氏七代遗书》的序跋中，何以只字未提《五代遗书》呢？更何况前后两件遗书中只有方中履《便足楼记》一篇相同呢？

综上，笔者推测，《五代遗书》应系后人伪托。至此，《五代遗书》缺失方以智遗书的悬念就可以迎刃而解了。原来，方以智的遗书存世较多，比较易见，如果刻意仿作，很容易被人辨识出来。于是作伪者干脆谎称方以智遗书已经亡佚，以掩人耳目。而方孔炤、方中履、方正瑗、方张登的遗书世间罕见，故而可以大胆伪托之。此外，方孔炤遗墨的伪造可能受到方以智《文孝贞述两先生遗帖后跋》的启发。跋文曰："先父中丞公，晚径书与吾弟者，藏在鹿湖。……廷尉公书法近过庭，中丞公笔势似大令。

---

① 方昌翰辑：《桐城方氏七代遗书》，清光绪十六年（1890）刻本。

手泽所存，见者感发，而况其子孙乎?”[①] 中丞公即指方孔炤，但“晚径书与吾弟者”之说与《五代遗书》中方孔炤遗墨题跋“浮山翁仁植书示以智其义”所涉及的对象不相同，并不能说明方孔炤遗书是真实存在的。

三 《磊翁十二真图》真伪考辨

《磊翁十二真图》诗书画散页[②]，画为设色绢本，每幅纵46.5厘米，横69厘米。记、诗、跋为纸本，每幅纵43厘米，横66.6厘米。十二幅真图依次为《匡庐种花》《浔江送客》《飞雪度陇》《华山采药》《漓江秋泛》《岳麓观碑》《峨眉春望》《泰山观日》《崆峒招鹤》《沧海乘槎》《燕市酒人》和《龙眠著书》。每幅真图后，有署名为江皋的自题诗以及署名为张英的和诗与题跋，自题诗居左，和诗居右。另有《磊翁十二真图记》和收藏题跋各一幅。按其名义，应有二十六张散页，然实际只有二十三张，另有两图一诗据称是在流传中遗失了。十二幅写真图皆未署款，因此《桐城文物精华》未著录作者，而《磊翁十二真图记》说是陈山人，《桐城县文物志》说是陈维邦。

据题跋称：“画与字并诗无一不佳，真乃吾家之至宝也。”[③] 又据《桐城文化志》称：“抗日战争前，张英后裔欲以三十六担租田及一所庄屋换取十二幅张英诗、跋手迹，江氏不忍割爱。……建国后，桐城光明甫、房秩五两先生曾向省文博部门荐此图，派员来桐查找，未获。”[④] 可见其备受珍视。此物被桐城博物馆视为“精品”[⑤]。

然而通过诗跋中的书法以及避讳字的研究，笔者发现：每幅真图后的江皋自题诗与张英诗跋显然都是伪造的，十二幅真图未必出自陈山人之手，而卷尾两段交代此物流传情况的题跋也是伪造的。

---

① 方以智：《浮山此藏轩别集》卷二，《续修四库全书》第1398册，上海古籍出版社2002年版，第427页。

② 《桐城市文物精华》，第38—60页。

③ 同上，第59页。

④ 汪福来主编：《桐城文化志》，安徽人民出版社1992年版，第130页。

⑤ 《桐城县文物志》自印本，第136页。

首先，从避讳字看，江皋诗中数处有“炫”“弦”“玄”字，而皆未缺笔避讳。如《磊翁十二真图记》中的“佛光起云雾中，大如车轮，光彩炫耀不可测”之“炫”，自题《峨眉春望图》诗“五色冰轮涌瑶阙，炫彩流光天半发”之“炫”，自题《浔江送客》“送别莫弹南浦曲，商船弦绝不堪闻”之“弦”，自题《漓江秋泛图》诗“沙飐微波飞鸟变，峰攒怪石玄鱼多”之“玄”，自题《崆峒招鹤图》诗“崆峒有玄鹤，巢在深岩颠。玄裳而缟襟，顶结硃砂鲜”两个“玄”等，皆未缺最后一笔，也未用“元”字替代（图7）。张英身为康熙皇帝身边的重臣，做事是非常谨慎的。康熙皇帝曾说：“张英始终敬慎，有古大臣风。”[①] 更何况清代文字狱令人非常恐怖。既然是唱和之作，张英在题诗之前绝不会不看原作，也绝不会明知原作多处犯讳而置之不理，这是再简单不过的道理。据此可推，所谓江皋题诗和张英诗跋都是假的。

图7　《磊翁十二真图》之《崆峒招鹤图》江皋、张英诗跋（伪）

其次，从书法笔迹看，所谓江皋自题诗与张英诗、跋实际出自同一人之手，虽然作伪者书写署名江皋的自题诗多用草书，而书写署名张英的和诗与题跋则用行书，但每个人都有自己的书写习惯，因此仔细看，就会发现前后好多字的行笔方式、间架结构和笔意都是相同的。如《匡庐种花》，

① 赵尔巽等：《清史稿》，中华书局1997年版，第9966页。

自题诗“爱此淳朴乡”的“此”与和诗“故人曾此种花田”的“此”，自题诗“花下携壶觞”的“花”与和诗“花落花开四十年”的“花”，自题诗“至今浔阳境”的“今”与和诗“只今彭蠡春如海”的“今”，写法、结构和笔意皆相同。此外，卷末托名江皋十六世孙江世翼和十八世孙江鳌的题跋，也是同一个人所书。如前后两跋中“磊翁十二真图”“程姓之家”“子孙”“佳”等字，写法、结构和笔意亦皆相同。(图 8)

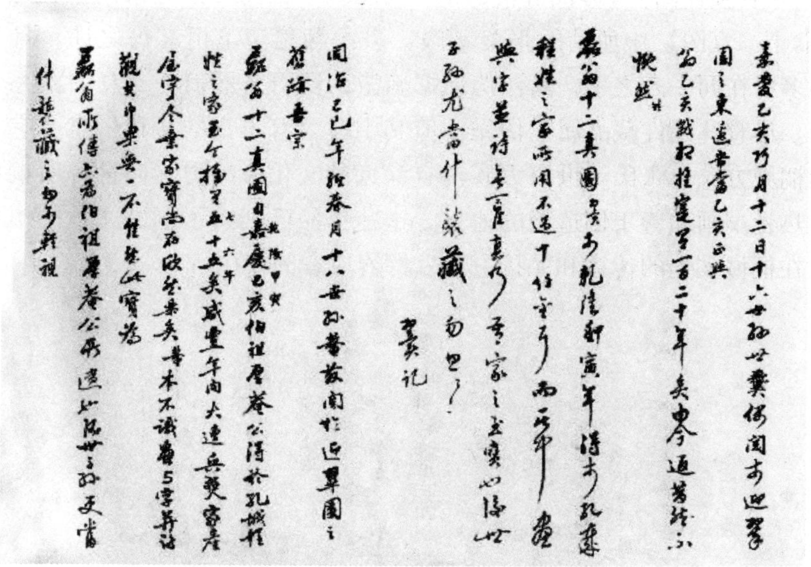

图 8　《磊翁十二真图》江世翼、江鳌题跋（伪）

再次，虽然作伪者有相当好的书写功力，依然感到用笔拘谨、结体软弱（图 9)。而张英的字虽属馆阁体，但用笔爽利、结体廓朗，有庙堂之气，与其学识、心胸相表里，其艺术境界是作伪者望尘莫及的（图 10)。

最后，散页中只有两处有署款，一在《龙眠著书》诗跋之后，署款为“康熙癸未年十一月三日，双溪，弟张英题并书”，一在所谓的江氏后人题跋中，署款为“翼记”。至于江皋自题诗和《磊翁十二真图记》，皆未署名，似不合常理。而十二真图的作者，《磊翁十二真图记》中只说是陈山人，而没有具体说他的名字。这是作伪者心虚的表现。如果伪托当时某位著名画家，则因为其作品在世流传较广，很容易被人识破。这是伪托的普遍规律之一。

总之，《磊翁十二真图》中的江皋自题诗与张英诗跋都是后人托名之作。从避讳字看，此件作品的作伪时间应该在民国之后甚至更晚。

结　语

《寒岩独往图》《方氏五代遗书》《磊翁十二真图》应系伪作，尤其是《磊翁十二真图》中所谓的张英题跋，多次触犯清圣祖玄烨之讳，且卷中书迹多出在同一人之手，其作伪证据确凿，证明《磊翁十二真图》系伪作无疑。尽管这几件藏品属于伪作，但其中蕴含着丰富的文化信息。它不仅说明桐城方氏、张氏等世家大族具有深远的文化影响力，而且说明桐城是一个热爱书画和善于创造美的地方。这些作品已汇入了桐城文化的历史长河，在桐城文化的传播和弘扬方面发挥着应有的作用。

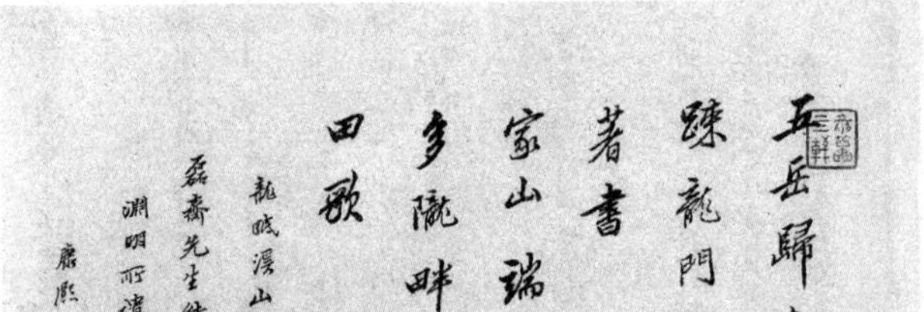

图 9　《磊翁十二真图》之《龙眠著书》张英和诗并题跋（伪）

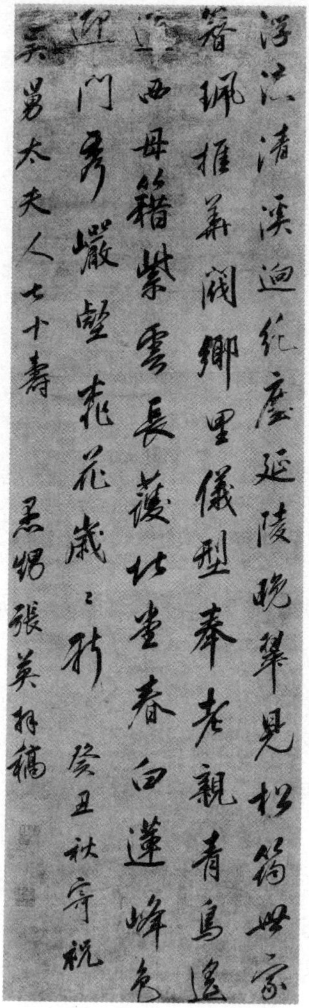

图 10　张英书《七言律诗轴》(真)

朱光潜前期“人生是有机体”美学思想研究

安庆师范大学文学院　周红兵

以为人生是一个有机体、有机整体或和谐整体，是朱光潜前期的重要观点，也是朱光潜前期美学思想中的主导。在《变态心理学派别》中朱光潜就说：“我们的兴趣偏重在科学的研究，带有哲学色彩的心理学说也和我们气味不相投。”① 早期朱光潜一直标榜科学，如果不考察科学是如何作为一种意识形态标准成为朱光潜的最高价值追求，只考虑这种价值追求是如何在朱光潜那里产生影响及产生何种影响的话，那么可以发现，奠基于心理学、生物学、物理学等现代科学思潮之上的理论总结——“人生是有机体”——是朱光潜前期的主导价值标准。这一主导价值形成于朱光潜的心理学研究时期，但在朱光潜从心理学转入文学、美学研究之后，这一主导价值仍然广泛存在于朱光潜的学术研究尤其是美学研究中。此后朱光潜关于艺术与人生、艺术与道德、教育与社会、审美与趣味等各个方面，都以此为标杆，凡是符合这一标准的，朱光潜即予以接纳、阐发，反之，则或批评或修正。

一

学界一般以新中国成立前后将朱光潜学术生涯分为前后两个时期，但此种划分过分突出朱光潜前期与后期的断裂性，带有明显的政治意识形态

① 朱光潜：《朱光潜全集》（新编增订本）第2卷，中华书局2012年版，第7页。

性。从朱光潜长达60余年的学术生涯来看，1921年发表的《福鲁德的隐意识说与心理分析》可视为朱光潜学术研究的开端。按照朱光潜个人学术兴趣和学术研究实际领域的不同，可将朱光潜学术生涯划分为心理学研究（1921—1930）和美学研究（1930—1986）两个时期，美学研究时期又可以分为心理学美学（1930—1948）与哲学美学（1948—1986）两个时期，其中，哲学美学又可以分为唯心主义哲学美学时期（1948—1956）与马克思主义哲学美学时期（1956—1986）。

心理学阶段（1921—1930），朱光潜先后写成三部心理学专著，第一部应该是《心理学派别》，但没有出版[①]；第二部便是1929年成稿，1930年由开明书店出版的《变态心理学派别》；第三部是《变态心理学》，此书写成于1930年，1933年商务印书馆出版。1930年之后，朱光潜完全转入美学研究阶段，此后几十年在学术上朱光潜一直以美学为业，但从1930年到1948年的《克罗齐哲学述评》，朱光潜一直从事的是心理学美学研究，此间也是朱光潜学术生命最旺盛的时期，主要作品有《悲剧心理学》《谈美》《文艺心理学》三本奠定朱光潜现代美学双峰之一地位的心理学美学专著。1948年，在翻译完克罗齐的《美学原理》之后，朱光潜深感自己此前对克罗齐的误解，另外写成了《克罗齐哲学述评》一文。此文不仅是朱光潜对克罗齐的接受从心理学到心灵哲学的一个转变，也是朱光潜美学研究从心理学向哲学转变的开端。从1948年到1956年间，朱光潜鲜有美学作品问世，但是，由于他所持的美学观仍旧是此前奠定的唯心主义美学观，所以可以称1948年至1956年为朱光潜哲学美学的初期，即唯心主义哲学美学时期。1956年朱光潜发表《我的文艺思想的反动性》一文，标志着朱光潜开始从唯心主义向马克思主义的转变，1956年一直到朱光潜逝世，皆是朱光潜美学研究的马克思主义哲学美学阶段。

在心理学美学研究阶段，在《悲剧心理学》《谈美》和《文艺心理学》这三本奠定朱光潜现代美学大师地位的美学著述中，朱光潜分别从不同角度论述了“人生是有机体”这一观点：

> 生活是一个有机整体，其中的各个部分纵横交错，分离出任何一

① 大致在1928年写成《行为主义》的“作者附识”中提到的“全书储稿待斟酌损益”的《心理学派别》。参见朱光潜：《朱光潜全集》（新编增订本）第2卷，第276页。

部分都不可能不伤害其余的部分。[①]

人生是多方面而却互相和谐的整体，把它分析开来看，我们说某部分是实用的活动，某部分是科学的活动，某部分是美感的活动，为正名析理起见，原应有此分别；但是我们却不要忘记，完满的人生见于这三种活动的平均发展，它们虽是可分别的而却不是互相冲突的。[②]

从前，我受从康德到克罗齐一线相传的形式派美学的束缚，以为美感经验纯粹地是形象的直觉，在聚精会神中我们观赏一个孤立绝缘的意象，不旁迁他涉，所以抽象的思考、联想、道德观念等等都是美感范围以外的事。现在，我觉察人生是有机体，科学的、伦理的和美感的种种活动在理论上虽可分辨，在事实上却不可分割开来，使彼此互相绝缘。因此，我根本反对克罗齐派形式美学所根据的机构观，和所用的抽象的分析法。[③]

人在生理和心理两方面都是完整的有机体，其中部分与部分，以及部分与全体都息息相关，相依为命。我们固然可以指出某一器官与某另一器官的分别，但是不能把任何器官从全体宰割下来，而仍保存它的原有的功能。我们不能把割碎的四肢五官堆砌在一块成为一个活人，生命不是机械，部分之和不一定等于全体，因此处处还有全体所特有的属性。同理，我们固然可以在整个心理活动中指出"科学的""伦理的""美感的"种种分别，但不能把这三种不同的活动分割开来，让每种孤立绝缘。[④]

尽管文字上有差异，但核心观点"人生是有机体"非常清晰。《谈美》完成于1932年，《悲剧心理学》完成于1933年，《文艺心理学》初稿完成于1932年，定稿完成于1936年，这三本著作历来被认为最能代表朱光潜前期美学思想。"人生是有机体"这一观点贯穿于这三本著作中，也即贯穿了朱光潜整个三十年代的美学研究。不仅如此，这一观点，还在朱光潜前期其他一些著作中不断出现。《诗论》是朱光潜自认为在他过去的写作

① 朱光潜：《悲剧心理学》，见《朱光潜全集》（新编增订本）第4卷，第27页。
② 朱光潜：《谈美》，见《朱光潜全集》（新编增订本）第3卷，第91页。
③ 朱光潜：《文艺心理学》，见《朱光潜全集》（新编增订本）第3卷，第111页。
④ 朱光潜：《诗论》，见《朱光潜全集》（新编增订本）第5卷，第222页。

中，“用功较多，比较有点独到见解的”[①] 一本专著。这部著作纲要成于朱光潜在法国留学期间（1932年），1942年成型定稿，在论及诗歌产生的时候，朱光潜也认为：“像一般艺术一样，诗是人生世相的返照。人生世相本来是混整的，常住永在而又变动不居的。”[②]《谈修养》中，朱光潜讲道：“我的先天的资禀与后天的陶冶所组成的人格是一个完整的有机体。”[③]《谈文学》里，朱光潜认为：“人是有机体。”[④] 而在1944年文章《知识的有机化》中，朱光潜将知识与花、鸟或人等有机物类比，提出“学问的增长是有机体的增长”“做学问第一要事就是把知识系统化，有机体，个性化”[⑤]。这些著述大多以散论的形式分别论及文学、人生、社会、政治及其他方面。但是，在这些著述中，朱光潜仍然贯穿了“人生是有机体”这一思想。从这个方面，我们可以说，“人生是有机体”实在是朱光潜前期思想中的一个重要内容。

二

在“人生是有机体”这一判断句式中，“有机体”这一谓语承担了限定“人生”内涵与外延的功能，何谓“有机体”？“有机体”在朱光潜的使用中有何特别意谓？“有机体”这一词汇本是自然科学用语，经生物学而扩展至社会科学与人文学科，其基本内涵包括：1. 视对象为生命体；2. 视对象为整体；3. 视对象整体之局部自有其存在的权利，且局部与局部之间共同构成整体；这样的思想通常也被表述为“有机整体”观。朱光潜接受这一词汇，当是从其早期的心理学研究，特别是完形派心理学研究而来，1926年的论文《完形派心理学之概略及其批评》是最早使用这一概念的论文，通过词源的发生学考察可以确定：1. 朱光潜最早使用“有机体”

---

① 朱光潜：《诗论》，见《朱光潜全集》（新编增订本），第316页。

② 朱光潜：《谈修养·自序》，见《朱光潜全集》（新编增订本）第1卷，第46页。

③ 同上，第91页。

④ 朱光潜：《资禀与修养》，见《朱光潜全集》（新编增订本）第6卷，第168页。

⑤ 朱光潜：《知识的有机化》，见《朱光潜全集》（新编增订本）第10卷，第113—119页。

这一概念是在 1926 年；2. 最早是在心理学意义上使用的。但是，考察这篇文章，还有两个需要值得注意的地方，即：

1. 此文预兆了朱光潜从心理学向美学的学术转向。朱光潜发表的第一篇美学论文《无言之美》是在 1924 年，但我认为，这并不能作为朱光潜美学研究的正式开端，只能看作处在教育实践阶段的朱光潜在业已成名的朋友的劝谏下对美学的一次涉猎，作为一种自觉的学术选择，朱光潜从心理学向美学的转折是在 1930 年。朱光潜公开发表的第一篇学术论文是 1921 年 7 月的《福鲁德的隐意识说与心理分析》。如果把 1923 年到 1925 年这两年的教育实践不算作专门的学术研究期的话，那么，1930 年之前，朱光潜的学术活动是以心理学为主的，留学欧洲期间，1930 年前后，朱光潜开始《文艺心理学》初稿写作，这标志着朱光潜正式从心理学研究转入美学研究，完成了自己的学术转向①。在论及自己为什么会走上美学之路时，朱光潜曾经多次表示，自己决没有梦想到有一天会走到美学的路上去的②。但从 1927 年前后开始对文学、哲学与克罗齐感兴趣，到 1930 年终于确定以美学为业，完成了从心理学到文学、美学的学术转向，除了个人兴趣之外，还有没有其他原因导致朱光潜从心理学转向美学？我认为，这篇论文里朱光潜表达出来的对心理学的不满和对自己此后学术研究的彷徨疑虑，可为朱光潜为何会从自己已经有不小成绩的心理学领域转向还较为陌生的美学领域提供另一个参考。

有两件事情可为朱光潜在 1930 年从心理学改信美学佐证。其一，高觉敷为朱光潜《变态心理学派别》所写的“序”中说：“最近他已决定取文

---

① 王攸欣：《朱光潜传》，人民出版社 2011 版，第 83，85，97—98 页。

② 他“原来的兴趣中心第一是文学，其次是心理学，第三是哲学。因为喜欢文学，我被逼到研究批评的标准、艺术与人生、艺术与自然、内容与形式、语言与思想诸问题；因为喜欢心理学，我被逼到研究想象与情感的关系、创造与欣赏的心理活动以及趣味上的个别的差异；因为喜欢哲学，我被逼到研究康德、黑格尔和克罗齐诸人讨论美学的著作。这么一来，美学便成为我所喜欢的几种学问的联络线索了。我现在相信：研究文学、艺术、心理学和哲学的人们如果忽略美学，那是一个很大的欠缺”。朱光潜：《文艺心理学·作者自白》，见《朱光潜全集》（新编增订本）第 3 卷，第 113 页。晚年的朱光潜，也从另外一个角度强调：“研究美学的人如果忽略文学、艺术、心理学、哲学和历史，那就会是一个更大的欠缺。”朱光潜：《我是怎样学起美学来》，见《朱光潜全集》（新编增订本）第 15 卷，第 118 页。）

学而舍心理学，所以他说著了此书之后，将不再于心理学有所论列了。”①这篇序言写于“一九二九，五，廿四”，以高、朱二人的交往而论，本序可作佐证，以证明朱光潜已经在 1926 年至 1929 年完成从心理学向文学的改宗。其二，1929 年，朱光潜结束了在爱丁堡大学四年的学习之后，11 月在伦敦大学学院注册，同时在巴黎大学文学院注册，选修关于文学艺术方面的课程，朱光潜《文艺心理学》是在巴黎大学文学院院长德拉库瓦（Delacroix）开设的课程“艺术心理学”的直接启发下，起念头写作的②，直到晚年，朱光潜在向后辈学者介绍的书目里，仍然将“艺术心理学”作为重要参考。

在《完形派心理学之概略及其批评》的第一部分“题外话”中，朱光潜总结了心理学发展的一个明显现象：“总之，心理学上许多学说互相冲突矛盾。”19 世纪末到 20 世纪初一段时间里，在新观念、新方法的刺激下，心理学的发展非常迅速，一些针锋相对的学术观点争鸣激荡，这既推动了心理学研究的发展和繁荣，但同时带来了许多新的问题，比如朱光潜怕说的“身心问题”，就难得有一些心理学派会有一个定准的意见，这的确会让投身于心理学研究的人有一种“城头变幻大王旗”的无力把握感，朱光潜同样感受到了这个问题，他的结论是：“我自己学心理学所得的唯一结果只是：愈学愈莫名其妙，愈穷究愈觉心理学的立脚点之不稳固！每日费去大好时光，看满纸空谈的著作，做很琐细的实验，说从此中可以抽出科学的原理，我总有些怀疑。而且读各家辩论的文章，同是一个实验，你这样解释，他那样解释；同是一个原理，你说天经地义，他说是根本错误。公说公有理，婆说婆有理，我总不免彷徨疑虑。”心理学的迅速发展，及心理学科内部的无定准之见，让朱光潜对心理学学习开始有了彷徨疑虑，这部分“题外话”从文章整个结构来说，的确是题外话，与整个文章内容无关，只是朱光潜在抒发自己的感慨，但从朱光潜的感慨中不难看出此时他已经对心理学研究萌生退意了。

2. 从科学发展史的角度接受、评价完形派心理学。朱光潜不仅从心理学科内部介绍了完形派心理学对构造派和行为派所持的原子观（atomistic

---

① 高觉敷：《变态心理学派别·序》，见朱光潜：《朱光潜全集》（新编增订本）第 2 卷，第 3 页。

② 朱光潜：《作者自传》，见《朱光潜全集》（新编增订本）第 10 卷，第 5 页。

view）与机械观（mechanistic view）以及对他们所用的分析法提出反对，而且越出心理学学科的界限，从生物学、物理学等西方现代思潮的角度指出“完形派不过顺着时代潮流而加以有力的推助”①。

朱光潜早期对完形派心理学及对“有机体”这一概念的接受，在后来的思想发展中，有一个变化和一个不变。变化，即对完形派心理学的评价变化了，1926年朱光潜对完形派心理学之过于注重整体还颇有微词，认为“完形派重视整体，也太过分了”②，但在1936年已经不再批评完形派，而视其为二十世纪的、现代的了③，这也表明，朱光潜在1936年已经全盘接受了完形派的整体观，并且从整体角度开始批评文学、美学了；不变，即朱光潜是从科学发展史的角度来理解完形派心理学及“有机整体”这一观念的。这一变、一不变在他后来对康德—克罗齐形式主义学派批评中的表现即：1. 形成了“人生是有机体”这一观念，从有机整体角度理解人生与艺术，批评康德—克罗齐派形式主义，修正自己此前在克罗齐影响下的美学观点；2. 对康德—克罗齐派形式主义的批评，角度仍然是科学发展史，根源仍在完形派心理学奠定的整体观，因此，对克罗齐派的批评仍然是心理学的，故对克罗齐的解读并不准确。

三

从教育背景、个人兴趣和学术选择来说，朱光潜前期经历了从教育学、心理学到文学、美学这样的过程。而具体到美学观点来说，以克罗齐为中心，朱光潜又经历了从崇拜、接受到反省、批评西方康德—克罗齐派的变化。1926年，朱光潜开始对心理学研究“彷徨疑虑”，此后对文学、哲学日益感兴趣，1927年撰文《欧洲近代三大批评学者（三）——克罗

---

① 朱光潜：《完形派心理学之概略及其批评》，见《朱光潜全集》（新编增订本）第2卷，第253页。

② 朱光潜：《欧洲近代三大批评学者（三）——克罗齐（Benedetto Croce）》，见《朱光潜全集》（新编增订本）第9卷，第253页。

③ 朱光潜：《诗论》，见《朱光潜全集》（新编增订本）第5卷，第264页。

齐（Benedetto Croce）》开始介绍克罗齐的美学观，视克罗齐为欧洲亚理斯多德之后以第一流哲学家而从事于文艺批评者“首屈一指”式的人物①，1930年正式从事美学研究后，他一度借重克罗齐学说，完成《文艺心理学》初稿，而到1936年定稿的《文艺心理学》中，又多次表示要对克罗齐进行批评，并为此专门撰写其中一章——《克罗齐派美学的批评——传达与价值问题》——以特别澄清自己前后观点的变化，此期间已经完成主体部分的《诗论》对克罗齐的观点也多有澄清，朱光潜为何会改变对克罗齐的看法？他批评克罗齐的是什么？又如何批评的？

康德在朱光潜整个学术生涯的影响是“基础性的、内在的，也是持久的”②。朱光潜对克罗齐的接受，一直有一个最基本的理解，即将克罗齐放在康德—克罗齐学派中理解，视克罗齐为一康德主义者：“近代美学派别甚多，几乎每个重要的美学家都有独到的见解，自成一派。……不过近代许多美学派别中有一个最主要的，就是十九世纪德国唯心哲学所酝酿成的一个派别。这派的开山始祖是康德，他的重要门徒有席勒、黑格尔、叔本华、尼采诸人。这些人的意见固然仍是彼此纷歧，却现出一个共同的基本的倾向。我们把这个倾向叫做唯心主义或是形式主义。意大利美学家克罗齐最后起，他可以说是唯心派或形式派美学的集大成者。在现代一般美学家没有一个人比得上他重要，无论是就影响或是就贡献说。”③ 从朱光潜对克罗齐的接受与批评来看，朱光潜并未对康德—克罗齐派内部的康德、叔本华、尼采与克罗齐之间的差异性进行理论上的辨析，只是比较笼统地将他们归为一个统一的学派。由于视克罗齐为此学派的“集大成者”，因此在未对此派内部差异性进行细致辨析的情况下，朱光潜对克罗齐的不满实际上代表了朱光潜对康德—克罗齐派的不满。那么，朱光潜对康德—克罗齐派不满意的是什么呢？

1. 批评什么？我们要注意的是，朱光潜对康德—克罗齐派，一般最经常使用的定位是“形式主义”，而非这里并列的“唯心主义”，实际上，措

---

① 朱光潜：欧洲近代三大批评学者（三）——克罗齐（Benedetto Croce），朱光潜全集（新编增订本）第9卷，第29页。

② 曹谦：《论康德对朱光潜前期美学的基础性影响》，《文艺理论研究》2013年第4期，第62页。

③ 朱光潜：《诗论》，见《朱光潜全集》（新编增订本）第5卷，第258—259页。

辞上的取舍也表明了朱光潜对康德—克罗齐派同一性的理解，即朱光潜一直是从“形式主义”的意义上理解并接受他称之为康德—克罗齐学派的，而“形式主义”无论在何语境中都绝不是一个中性词，更多的是偏向于贬义。其中，他理解的此派最基本的观点是审美独立性，即将审美区别于科学、道德，外在于社会、人生。这也是他对克罗齐“直觉说”最基本的理解，同时是他对美感经验和美学的最基本的理解。《文艺心理学》初稿尽管已不可尽览全貌，但是，其中的基本观点是美感即“形象的直觉”。美感应区别于科学、道德，应与社会、人生绝缘，这个基本的结论还是可以确定的。尽管在“直觉”等问题的理解上，朱光潜直接源于克罗齐，但是，在形式主义学派的整体框架里论述美感与美学这个大方向却在。在《文艺心理学》的“作者自白”中，朱光潜也承认了这一点，即：“从前，我受从康德到克罗齐一线相传的形式派美学的束缚，以为美感经验纯粹地是形象的直觉，在聚精会神中我们观赏一个孤立绝缘的意象，不旁迁他涉，所以抽象的思考、联想、道德观念等等都是美感范围以外的事。”① 但在承认这一点接受时，朱光潜也强调了自己写作《文艺心理学》定稿后对康德—克罗齐派的“思想变迁”。既然此前接受的是康德—克罗齐派将人分为美感的人、科学的人和伦理的人及将人的活动分为美感、科学与道德这样一分为三的做法，朱光潜认为：“形式派美学的弱点就在信任过去的机械观和分析法。它把整个的人分析为科学的、实用的（伦理的在内）和美感的三大部分，单就‘美感的人’出来讨论。它忘记‘美感的人’同时也还是‘科学的人’和‘实用的人’。科学的、实用的和美感的三种活动的理论上虽有分别，在实际人生中并不能分割开来。‘美感的人’是抽象的，在实际上并不独立存在。形式派美学把美感经验从整个有机的生命中分割出来，加以谨严的分析……我们如果承认美感经验可以由整个有机的生命中分割出来加以分析，便须否认美感与抽象思想和实际生活的关系。但这种分析与‘人生为有机体’这个大前提根本相冲突。形式派美学的错误不在它分析所得的结果，而在它用分析法所假定的机械观；不在它对于美感经验以内所肯定的，而在它对于美感经验以外所否定的。它的错误和十九世纪机械观的心理学一样，专分析部分而忘去全体所持有的属性。单

① 朱光潜：《文艺心理学·作者自白》，见《朱光潜全集》（新编增订本）第3卷，第111页。

纯的直觉和单纯的感觉一样地渺茫，在实际经验中决不能独立自主。”① 综合起来，形式派受到诟病的是：他们在人的问题上，将人一分为三，即“美感的人”“科学的人”和“伦理的人”；在人类活动的问题上，将人的活动同样也一分为三，即“美感”（艺术活动）、科学与道德；要害在于抽离与分割，即将人、活动从整体人生与生活中抽离出来加以理论的分割，因此，与“人生是有机体”这个大前提根本相冲突。而此做法，在朱光潜看来，其根源在于康德—克罗齐派信任了机械观与分析法。

2. 怎么批评？《文艺心理学》第十一章，指出克罗齐美学有三个毛病：“第一是他的机械观，第二是他的关于‘传达’的解释，第三是他的价值论。”② 其中第二、三个毛病，是就克罗齐论克罗齐；第一个毛病，是就克罗齐的毛病论克罗齐派的弱点。为了驳倒克罗齐派的弱点，朱光潜搭建了一个“机械观/分析法 = 十九世纪” VS “有机观/综合法 = 二十世纪 = 现代的”框架，这个框架的具体内容，即我在本文第二部分结尾处所说的变与不变。

所谓变是指朱光潜对整体观的态度变了，由颇有微词变为赞赏、肯定；所谓不变，是指对机械观与有机观具体内容的理解没有变，从科学发展史角度理解并阐释机械观/分析法与有机观/综合法的方法没有变。在朱光潜看来，所谓“机械观”是指“把一切物理现象和生理现象看成是由无数极简单的原子所构造成的”，持机械观的学者使用的唯一武器是分析法，即“遇着一个混整的东西，把它分析成一些简单的元素，指出每元素的特性和诸元素的分别，便算尽了学问的能事”；所谓“有机观”，即“着重事物的有机性或完整性，所研究的对象不是单纯的元素，而是综合诸元素成为整体的关系”；他们所使用的方法是综合法，并且，“十九世纪和二十世纪的哲学和科学思潮有一个重要的分别，就是十九世纪的学者都偏重机械观，二十世纪的学者都偏重有机观。”③ 这样，朱光潜就大致划分了两个阵营：十九世纪的机械观—分析法和二十世纪的有机观—综合法。划分本身不是目的，朱光潜的目的是要通过对西方十九世纪、二十世纪哲学、科学思潮发展线索的辨析，为自己批评康德—克罗齐学派寻找历史的依据。在

① 朱光潜：《诗论》，见《朱光潜全集》（新编增订本）第 5 卷，第 265—266 页。
② 同上，第 264 页。
③ 朱光潜：《诗论》，见《朱光潜全集》（新编增订本）第 5 卷，第 264 页。

划分了两大阵营之后，朱光潜立刻表明自己的态度："我们可以概括地说，现代学者多数都承认无论在物理方面或心理方面，有机观都较近于真理。"因此，机械观—分析法和有机观便成为一个流派、一位学者是十九世纪还是二十世纪的重要标准。不幸的是，"形式派美学的弱点就是信任过去的机械观和分析法"，因此，形式派美学不是二十世纪的、现代的。这样，从"十九世纪：机械观/分析法"VS"二十世纪：有机观/综合法"这一西方哲学、科学思潮变化的史学角度，朱光潜为自己批评"形式派美学"找到了历史依据和哲学科学上但事实上仅是心理学的理论基础，这个依据中，"有机观"便成为朱光潜自然而然的选择。

从以上分析可知，朱光潜所谓的"人生是/为有机体"，其观念来源即1926年朱光潜还有些微词的完形派心理学。"格式塔心理学，是朱光潜美学最为重要的科学基础"[①]，在心理学研究中了解的有机整体观，被朱光潜从科学发展史的角度加以理解；而美学在朱光潜那里，一直是科学研究。因此，将有机整体观扩展至科学、哲学发展潮流的角度，检讨康德—克罗齐派美学，从而发现康德—克罗齐派美学观对机械观/分析法的信任与"人生是有机体"大前提的抵牾，因为有机观=二十世纪=现代，机械观/分析法=十九世纪，所以，朱光潜就以"人生是有机体"观念为核心，建立起了一个从十九世纪机械观/分析法到二十世纪有机观/综合法的史学框架，从而为自己的批评找到了一个自以为非常坚实可靠的基础，也基本上完成了以"人生是有机观"为观念内容、以综合法（即"调和折衷"）为主要方法的思想体系。

3. 为什么这个时候开始批评？从1926年对有机观还颇有些微词，到1932年《谈美》中强调实际人生与整个人生的不可分割，再到1936年明确提出"人生是有机体"的观念，对有机整体观，朱光潜同样经历了一个部分接受到赞赏肯定的过程。那么，为什么朱光潜会在这个时段开始改变对"有机观"的看法，并将其引入对艺术、人生的关系理解中，从而确立起"人生是有机体"这一观点呢？

王攸欣在其《论朱光潜之学术品格》一文中，通过深入细致地考察朱光潜一生的学术活动，提出他对朱光潜整个一生学术品格的基本理解：

---

① 杨恩寰：《朱光潜美学与现代心理学》，见叶朗：《美学的双峰——朱光潜、宗白华与中国现代美学》，安徽教育出版社1999年版，第44页。

“……他或自觉或下意识地调整自己的个人情感、个人话语与时代学术大环境以及所处学术小环境的关系，同时，也着力表现出在主流学术话语框架内的独立思考，由此获得相对独立的学术价值和相当程度的主流学术话语的认可。”① 纵观朱光潜长达六十余年的学术生涯，朱光潜在大环境与小环境中自我调适确实影响了他的学术观点，具体到本文讨论的问题，即朱光潜何以对“有机观”从颇有微词到赞赏肯定，并且形成了“人生是有机体”这一主导观念，批评康德—克罗齐学派、修正自己的美学观，我认为，环境同样发挥了作用，只是，在这一次态度转变过程中发挥了重要作用的可能是歌德。

朱光潜八年欧洲留学（1925—1933）可分为三个时期：1925—1929 年的爱丁堡时期，1929—1931 年的伦敦、巴黎时期和 1931 年 11 月—1933 年 7 月的斯特拉斯堡时期。朱光潜 1925—1929 年在爱丁堡大学学习，获得硕士学位；1929 年来到伦敦，同时又在巴黎大学文学院注册，并且在巴黎大学重新与奚今吾重逢。由于伦敦与巴黎的生活费用超出了朱光潜的承受能力，所以他在和奚今吾商议后，在 1931 年 11 月左右，一起转学到处于法国东部法德边境的斯特拉斯堡大学，奚今吾进了数学系，朱光潜进了心理学系，在斯特拉斯堡大学，朱光潜着手他的博士学位论文，收获了婚姻与博士学位②。后来，在一次访谈中，朱光潜回忆道：“后来，我到了法国斯特拉斯堡大学，那是歌德的母校，有很好的文艺传统，那里哥特式大教寺是有名的建筑物。……我在那里呆了三年……”③ 综合这些因素，我们可以确定《文艺心理学》《谈美》和《悲剧心理学》的成书时间与地点：博士论文《悲剧心理学》开始于 1931 年 11 月左右在斯特拉斯堡开始写作，到 1933 年由斯特拉斯堡大学出版；而《文艺心理学》“初稿的主体应该是朱光潜 1931 年下半年去斯特拉斯堡之前，在伦敦和巴黎完成的，作为附录

① 王攸欣：《论朱光潜之学术品格》，见《中国文化研究》2013 年春版，第 54 页。

② 这段经历详细可见王攸欣著《朱光潜传》第五章“学术树立”。需要特别提到的是，根据王攸欣的考证，朱光潜在斯特拉斯堡大学只学习到了不到一年半，准确地说是一年零四个月，就完成了他的博士论文，而非朱光潜在《悲剧心理学》前言中译本中所说的“三年”。——见王攸欣：《朱光潜传》，人民出版社 2011 年版。

③ 朱光潜，冬晓：《朱光潜教授谈美学》，见《朱光潜全集》第十卷，安徽教育出版社 1992 年版，第 530 页。

的《近代实验美学》大约1932年初才写完。"①《谈美》是《文艺心理学》的简写本，当成于《文艺心理学》初稿之后、1932年年初，同样是在伦敦和巴黎期间完成②。如此繁琐地介绍朱光潜在欧洲留学和三本重要著作的详细情况，只是为了提请注意一个可能性，即朱光潜《文艺心理学》初稿与定稿的变化，可能与他求学地点的变化有关，环境的改变促成了朱光潜对有机整体观态度的变化。

1930年朱光潜就曾经翻译了《歌德评〈最后的晚餐〉》（德国歌德作，载《中学生》1930年第3期）。晚年朱光潜在《西方美学史》中，高度评价歌德，后来还翻译了《歌德谈话录》，可见歌德对朱光潜的影响。尽管歌德在西方美学史上的地位并未达到与康德并列的程度，但在《西方美学史》中，朱光潜还是在康德之后、席勒之前为歌德单列了一章。朱光潜分别介绍了歌德几个方面的美学观，但"朱光潜最为欣赏的是歌德提出的'整体'观念"③，歌德是斯特拉斯堡大学校友，朱光潜1931年进入斯特拉斯堡，晚年回忆还专门提起"那是歌德的母校"。考虑到朱光潜会"或自觉或下意识地调整自己的个人情感、个人话语与时代学术大环境以及所处学术小环境的关系"，我们可以推测：即在1931年进入到法国斯特拉斯堡大学之后，在歌德这位著名校友的"整体观念"影响下，朱光潜修正了自己对整体观的态度，确立了自己"人生是有机体"的观点。

四

从1926年初涉完形派有机观、整体观，到1931年入学法国斯特拉斯堡大学，在歌德影响下，接受了整体观念，到1932年《谈美》中谈整个人生与人生的艺术化，再到1936年《文艺心理学》定稿中，将有机观等

---

① 高觉敷：《变态心理学派别·序》，见朱光潜：《朱光潜全集》（新编增订本）第2卷，第98页。

② 据王攸欣考证："朱光潜在1932年初托人带交或邮寄《文艺心理学》《谈美》两书的手稿给朱自清，请他作序。"由此可以推断，《文艺心理学》初稿和《谈美》必定于1932年年初已经完成。——见王攸欣：《朱光潜传》，人民出版社2011年版，第98页。

③ 阎国忠：《朱光潜美学思想及其理论体系》，安徽教育出版社1994年版，第282页。

同于二十世纪、现代，朱光潜逐渐确立了“人生是有机体”这一观念，形成了综合、调和折衷这一方法。围绕着“人生是有机体”观念与“调和折衷”方法，朱光潜一方面批评克罗齐、康德—克罗齐学派，修正自己的美学观点，另一方面分别就艺术与人生关系阐发了“人生艺术化”为指归的美学体系。

前面我们重点论述了朱光潜如何批评康德—克罗齐学派美学观，接下来，我们论述一下，朱光潜在哪些方面修正了自己的美学观，以及如何在“人生是有机体”观念的指导下，探讨艺术与人生，进而阐发“人生艺术化”这一理论的。

1. 美感经验观的修正

形式主义派将真善美区分，以为美感与科学和道德区分，具有独立性，这是形式主义研究艺术、审美的根本性前提，早期朱光潜深受康德—克罗齐学派影响，自然也就接受了美感、科学、道德三分的观点，并且将美感定位为“极端的聚精会神的心理状态”“用志不纷，乃凝于神”的凝神境界及“物我两忘”的特征①。但是，确立了“人生是有机体”的朱光潜，已经不满意于康德—克罗齐乃至先前自己运用分析法将美感与联想、道德析开的做法了，他要在“人生是有机体”这一总体观念的驱使下，重新考察美感与联想、文艺与道德之间的关联。于是，《文艺心理学》新增补的第六章便对“美感与联想”重新进行了定位，第七、八两章则分别从“历史的回溯”与“理论的建设”两个方面分别对“文艺与道德”进行了考源辨流。

（1）美感与联想。将《文艺心理学》初稿的简写本《谈美》的第五章“‘记得绿罗裙，处处怜芳草’——美感与联想”与《文艺心理学》增补的第六章“美感与联想”做对比，就可以非常清晰地看出朱光潜对美感与联想态度的转变。在《谈美》中，朱光潜“关于美感与联想这个问题，我们赞成形式派的主张”，此主张即“联想是妨碍美感的。美感起于直觉，不带思考，联想却不免带有思考。”② 而在《文艺心理学》中，朱光潜总结

① 朱光潜：《诗论》，见《朱光潜全集》（新编增订本）第5卷，第121—123页。

② 朱光潜：《文艺心理学》，见《朱光潜全集》（新编增订本）第3卷，第36页。

了一般学者反对联想与美感有关的四种理由，朱光潜承认他们对联想的攻击“都很言之成理，但是终有不惬人心处。换一个观点看，联想对于艺术的重要实在不能一概抹煞，因为知觉和想象都以不受基础，无论是创造或是欣赏，知觉和想象都必须活动，尤其在诗的方面”①。朱光潜美学论著的一大特点是，他从来不空谈理论，而是非常善于联系实际尤其是自己的审美体验来谈理论，一方面是印证理论观点，一方面也是检验理论观点，这就使得朱光潜的美学著作将理论阐述与审美经验融合无间。朱光潜列举了西方诗里波德莱尔的《感通》（Correspondences）、兰波（Rimbaud）的十四行诗《母音》和中国诗里李贺的《正月》、李商隐的《锦瑟》四首诗例证“联想对于诗的重要”，并且由诗而及其他艺术，如图画、雕刻等，广泛论证“联想有助美感，与美感为形象的直觉两说并不冲突”、“一言以蔽之，联想虽不能与美感经验同时并存，但是可以来在美感经验之前，使美感经验愈加充实”②、联想对美感“可以帮助”也“可以扰乱”这一观点，从而事实上在联想与美感问题上，将自己从形式主义隔绝联想与美感的做法中解脱出来，有限度地承认美感与联想的双重关系，也对自己的观点作了局部的修正。

（2）文艺与道德。通过历史的回溯，在文艺与道德的问题上，朱光潜得出一个中正调和的结论：就中国而言，中国伟大文学作品中，道德的严肃与艺术的严肃并不能截然二分，“文以载道”固然会经文人的滥用而现出浅薄俗滥的气味，但并不能因此抹煞中国文学的长处；就西方而言，无论是文艺界“为艺术而艺术”的呼声，还是美学界“无所为而为的观赏”的理论，都终未能把文艺寓道德教训的信条完全打倒。在未确立“人生是有机体”观念之前，朱光潜深信康德—克罗齐派理论，将文艺与道德的关联脱离开，将美感经验划为独立区域研究，但是，在确立了“人生是有机体”观念之后，朱光潜明了，“伟大的艺术都是整个人生和社会的返照，来源丰富，所以意蕴深广，能引起多数人发生共鸣”③，道德也是“应付人

① 朱光潜：《诗论》，见《朱光潜全集》（新编增订本）第5卷，第194页。

② 同上，第198页。

③ 同上，第222页。

生的方法”[1]，因此，与其说“文以载道”，不如说“因文证道”[2]。这样，在“文艺与道德”的问题上，尽管理论立场从形式主义转移到“人生是有机体”，但是，朱光潜并未取消文艺与审美的独立性，而是在“人生是有机体”这一和谐整体观念的总摄下，为审美独立性预留下一个重要的位置。因此，朱光潜将美感经验划分为前、中、后三个阶段，既保留了文艺独立、无所为而为的观赏的理论可能性，又避免了因文以载道、寓道德于文艺观点所带来的将文艺独立性与美感经验孤立绝缘的极端做法，从而实现了文艺与道德、审美与人生的有机统一。

2.“人生艺术化”的阐发

“人生艺术化”是朱光潜在《谈美》中提到的，作为朱光潜前期人生美学最典型的概括，这一观点不仅在其被提出之时就已被朱自清认可为“这是孟实先生自己最重要的理论”[3]，而且，随着当代中国社会生活的发展，由于这一理论涵纳审美与人生、融通传统与现代、观照西方与中国的多重品质，而被当代学者们重新发掘、光大，并且针对当代社会生活物质主义和功利主义日益高涨的现实，激励其现实意义与当代功能。在众多的“人生艺术化”研究中，多数研究者尤其注重这一理论的“合理内核”与“现实意义”，而在一定程度上忽略了此一理论在朱光潜自身思想体系中的内在理路。事实上，在我看来，作为对艺术与人生的集中思考，“人生艺术化”的确是早期朱光潜自己最重要的理论。但是，考源辨流，这一理论是“人生是有机体”这一观点开出的花朵。“朱光潜的美学从性质上讲一开始就不同于哲学、文艺学，而是一门人学。它从现实人生出发，以理想人格、艺术化的人生为指归”[4]，“人生是有机体”即早期朱光潜对现实人生的总体理解，“人生艺术化”即早期朱光潜对人生和艺术的理想追求，一为根，一为果，正是因为认识到人生是互相关联的有机整体，真善美一

---

① 朱光潜：《诗论》，见《朱光潜全集》（新编增订本）第5卷，第231页。

② 朱光潜：《文学与人生》，见《朱光潜全集》（新编增订本）第6卷，第162页。

③ 朱自清：《谈美·序》，见《朱光潜全集》（新编增订本）第3卷，第5页。

④ 王旭晓：《“人生的艺术化”——朱光潜早期美学思想与他的人格理想》，《社会科学战线》2000年第4期。

体，艺术与人生尤其不可分割，艺术源自人生、人生也因艺术而富情趣，因此，才使得人生的艺术化指归成为可能。

“人生的艺术化”① 的主张认为，人生有“实际人生”和“整个人生”狭义与广义两种区别，艺术虽与实际人生有距离，但是与整个人生没有隔阂，“离开人生便无所谓艺术，因为艺术是情趣的表现，而情趣的根源就在人生；反之，离开艺术也便无所谓人生，因为凡是创造和欣赏都是艺术的活动，无创造、无欣赏的人生是一个自相矛盾的名词”，不仅艺术离不开人生，同时，“人生本来就是一种较广义的艺术。每个人的生命史就是他自己的作品。……知道生活的人就是艺术家，他的生活就是艺术作品”。这些观点，其实正是“人生是有机体”观点的进一步发挥与引申：“人生是多方面而却互相和谐的整体，把它分析开来看，我们说某部分是实用的活动，某部分是科学的活动，某部分是美感的活动，为正名析理起见，原应有此分别；但是我们不要忘记，完满的人生见于这三种活动的平均发展，它们虽是可分别的而却不是互相冲突的。‘实际人生’比整个人生的意义较为狭窄。”“我们把实际生活看作整体人生之中的一片断，所以在肯定艺术与实际人生的距离时，并非肯定艺术与整个人生的隔阂。”“一篇好文章一定是一个完整的有机体，其中全体与部分都息息相关，不能稍有移动或增减。”“艺术家传达事物的价值，全以它能否纳入和谐的整体为标准。”“不但善与美是一体，真与美也没有隔阂。”正是因为有了“人生是有机体”这一观念的铺垫，“人生艺术化”才得以自然延伸。

五

1948年，在翻译完克罗齐的《美学原理》之后，朱光潜意犹未尽，接着写了篇长达6万字的文章《克罗齐哲学述评》，全面批评克罗齐美学、哲学，澄清了自己此前对克罗齐的一些误解，堪称朱光潜对克罗齐理解的新高度。其中，朱光潜谈到：“一般人单看克罗齐的第一部著作《美学》，

① 本段所引均见：朱光潜：《谈美》，见《朱光潜全集》（新编增订本）第3卷，第91—98页。

或不免误解他把艺术的独立性说得太过火，以为他把整个人格割裂开来了。（作者自己从前就有这个误解，所以写出《文艺心理学》第十一章批评克罗齐的机械观那一段错误的议论。）其实这种看法与克罗齐的哲学系统全体相违。他固然着重每一阶段心灵活动的整一性，却也着重全体心灵活动的整一性；直觉、概念、经济、道行四阶段虽各有分别，却互相影响，循环生展。这道理他在大英百科全书里《美学》那篇论文中特别说得明白。"① 这表明，当朱光潜正式离开心理学，从哲学理解克罗齐时，就开始真正理解克罗齐的心灵哲学。

朱光潜因为"要研究克罗齐的美学，于是被牵引到他的全部哲学；又因为要研究他的全部哲学，于是不得不对康德以来的唯心主义作一个总检讨"。这一方面可以说明，在《克罗齐哲学述评》一文之前，朱光潜对克罗齐哲学了解不多，未能从克罗齐的全部哲学进入克罗齐的美学。正如我前文所指出的那样，1948 年前，朱光潜主要是从心理学、科学角度理解克罗齐美学的，但是，一旦朱光潜深入研究克罗齐美学、哲学之后，他就深刻意识到，理解克罗齐的美学必须理解克罗齐的哲学，同样，理解克罗齐哲学可以有助于理解克罗齐美学，为此，他写这篇《克罗齐哲学述评》，以"使读者由明白他的哲学而更能明白他的美学"②。

朱光潜一直视克罗齐为康德主义者，而非一般哲学史上的"黑格尔主义者"，这更多的是因为朱光潜从"艺术独立性"角度理解克罗齐与康德。因此，在介绍克罗齐"艺术即直觉"时，朱光潜每每着重强调克罗齐是如何运用排除法阐释艺术的，艺术不是物理的事实（physical fact）、功利的活动（utilitarian act）、道德的活动（moral act）、科学的活动（scientific act），并由此认定克罗齐及克罗齐所处的康德—克罗齐派是持机械观与用分析法的十九世纪学者。但是，当朱光潜进入克罗齐哲学及克罗齐哲学所处的唯心主义哲学传统中时，朱光潜开始全面理解克罗齐哲学，并进而理解其美学以及其美学观中的"艺术独立性"这一观点。在进入哲学之后，朱光潜不再执着于克罗齐是"康德主义者"，而是承认"克罗齐是康德与黑格尔以后唯心派的大师。他的哲学是继承康德与黑格尔而加以修正的新

① 朱光潜：《克罗齐哲学述评》，见《朱光潜全集》（新编增订本）第 7 卷，第 38 页。
② 同上，第 3 页。

唯心主义"[1]，这已经从"生发史"[2] 即渊源的角度承认克罗齐哲学中的黑格尔成分了；克罗齐哲学中，心灵是真实界的全体，融贯整一，但心灵在几个高低有别的阶段有不同显现，心灵活动分知、行两度，知即认识，又分为直觉与概念两度，行即实践，又分经济与道德两度，因此，心灵共分两度四阶段。但是，这种划分不必有时间次序上的先后，而只有逻辑的依据。在克罗齐看来，哲学就是《心灵的哲学》，因此，他的《心灵的哲学》共分四部：第一部是《美学》，专研第一阶段的直觉（即艺术）问题；第二部是《逻辑学》，专研第二阶段的概念（即哲学）；第三部是《实用活动的哲学，即经济学与伦理学》，研究第三、第四阶段的经济的和道德的活动。这样，心灵的两度四阶段的活动在哲学当中已经完成，但是因为心灵活动全体的生展就是历史，因此克罗齐在三部书之外，还加上第四部《历史学》，构成克罗齐整个的唯心主义体系，从而在逻辑上完成了一个人类心灵史乃至人类史的逻辑之圆。

在朱光潜被迫由克罗齐美学而被牵引到克罗齐哲学后，朱光潜就不再是就克罗齐美学论美学，而是将克罗齐美学放在克罗齐哲学系统中进行定位与考察。因此，在详细研究了克罗齐美学与哲学关系之后，朱光潜认为，克罗齐美学"在克罗齐哲学中特别重要"[3]。克罗齐打破康德、黑格尔的二元主义，建立一种比较彻底的唯心哲学，就全靠他的美学。克罗齐美学的核心概念是"直觉"，正是这个概念使得克罗齐将"物"或"外在的自然"这个硬栗壳打烂了，物质完全由直觉创造出来，是由实用活动产生主观的感受、情感、欲念，通过心灵赋予形式而外射为对象。因此，知识主体（subject）和知识对象（object）的对立并不是内心与外物的对立，而是主动与被动心灵活动所成的形式与无形式的混沌的经验的材料或内容的对立了。实际上也就是一切皆在心灵之内，因此无所谓心与物二分，也因此，传统的二元主义在克罗齐美学的核心概念"直觉"这里被打破。事实上，这里的解读已经将朱光潜在《文艺心理学》中对克罗齐的误读澄清，那时，他将形象看作外物的形象。

朱光潜认识到，克罗齐运用排除法将艺术定位为直觉，区别于其他几

---

① 朱光潜：《克罗齐哲学述评》，见《朱光潜全集》（新编增订本）第7卷，第5页。

② 同上，第25页。

③ 朱光潜：《克罗齐哲学述评》，见《朱光潜全集》（新编增订本）第7卷，第29页。

度，这是克罗齐艺术独立性的观点。但克罗齐在艺术独立性之外还强调艺术的整一性，克罗齐认为艺术不是哲学、科学或历史，不是功利的活动，不是道德的活动，其“用意只在分清艺术与其他心灵活动的界限，并非说艺术与其他心灵活动可以完全脱节”①，克罗齐心灵活动的“每一阶段都是完整的、具体的、真实的”，心灵在它活动的每个阶段都以它的全体真实性出现，只看到艺术独立性，未看到艺术整一性，就是对克罗齐美学观的误解。因此，此前，自己认定克罗齐强调艺术独立性、将整个人格分割开来，实在是对克罗齐的误解。通过从美学到哲学、再从哲学回到美学，朱光潜此时终于比较全面地了解了克罗齐的艺术独立性观点、美学及哲学观、历史观，也终于明白，自己此前对克罗齐的“机械观/分析法”的批评实在是个误解。这篇《述评》不仅标志着朱光潜对克罗齐的理解从心理学向哲学的转变，标志着早期朱光潜美学研究开始从心理学阶段（1930—1948）进入到哲学阶段，也标志着早期朱光潜“人生是有机体”观念的一次自我反思。

六

从1926年从完形派心理学那里接触到了机械观/分析法与有机观/综合法，并且从科学发展史角度理解，但仍然对有机观有所微词，到1931年在歌德“整体观念”影响下开始接受有机观/综合法，并且由心理学领域扩展至美学领域，形成“人生是有机体”这一观念，在此后完成的《谈美》《悲剧心理学》及《文艺心理学》定稿中，实际运用“人生是有机体”辨析、批评康德—克罗齐学派，修正自己前期的美学观，阐发自己的“人生艺术化”理论，再到1948年由心理学而哲学时，对克罗齐美学是否即机械观/分析法有了重新认识，“人生是有机体”这一观念在朱光潜前期美学（1930—1948）阶段的一以贯之显现无遗。随着1948年《述评》中朱光潜对克罗齐是否持机械观的自我批评，以及随后而来整个大环境的转变，朱光潜前期借助心理学研究成果，构建起来的从十九世纪机械观/分析法到

① 朱光潜：《克罗齐哲学述评》，见《朱光潜全集》（新编增订本）第7卷，第38页。

二十世纪有机观/综合法框架似乎也要开始闭合，问题似乎可以告一段落了，但这并不影响“人生是有机体”这一观念是朱光潜前期（1930—1948）美学思想的核心这一判断。